FEDERICA DE CESCO
Mondtänzerin

Federica de Cesco

Mondtänzerin

Roman

blanvalet

Verlagsgruppe Random House FSC-DEU-0100
Das für dieses Buch verwendete FSC®-zertifizierte Papier
EOS liefert Salzer Papier, St. Pölten, Austria.

1. Auflage
© der deutschsprachigen Ausgabe 2011 by Blanvalet Verlag, München,
in der Verlagsgruppe Random House GmbH
Satz: Uhl + Massopust, Aalen
Druck und Bindung: GGP Media GmbH, Pößneck
Printed in Germany
ISBN 978-3-7645-0323-9

www.blanvalet-verlag.de

Für Alessa Panayiotou,
die der Erzählerin dieser Geschichte
ihren schönen Namen schenkte.

Für Geraldine Cauchi und Annalise Falzon,
die mir auf Malta alle Wege öffneten,

und wie immer für Kazuyuki.

»Schicksal und Wille, Erde und Himmel, bringen das Korn miteinander zum Keimen; und wonach das Brot schmeckt, das weiß niemand.«

Mary Renault, *Der Stier aus dem Meer*

Prolog

Noch lange Zeit nach der Tragödie kam mir immer wieder in den Sinn, wie ich mich fühlte, als ich in der Dunkelheit gefangen war. Träumte ich? Wachte ich? Ich weiß noch, wie ich atmete, schnell und kurz. Diese Dunkelheit, von der ich umgeben war, schien einer inneren Anspannung zu entspringen, einer Beklemmung, dicht an der Grenze zum Schmerz. Ich weiß noch, wie ich mir Fragen stellte: Wo, verdammt noch mal, war ich? Ich hatte geträumt, so viel war sicher. Der übliche Traum, der stets wiederkehrende Sturz in kaltes, grün funkelndes Unbekanntes. Ich hatte noch das aufgewühlte, schaumglitzernde Meer vor Augen. Kein Geräusch aber, an das ich mich erinnerte. Das Wasser schien sich zu heben, mit lebendigen Strudelarmen nach mir zu greifen. Dabei sah ich mich irgendwie von außen, eine Art Glasfigur, ausbalanciert zwischen Treiben und Herabsinken. Die dahinrasenden Strömungen, die vielleicht nur eine einzige waren, bildeten einen Trichter, einen flüssigen Kern. In der Mitte war eine Stelle fast vollkommen glatt, ein scheinbarer Stillstand ohne Glanz, ohne Schaum. Im Traum hob mich das Wasser hoch, wirbelte mich dieser Stelle entgegen, als ob ein Gewicht mich nach unten gezogen hätte. Ich schloss fest den Mund, hielt den Atem an, bis mir endgültig die Luft ausging und ich mich leblos dem Strudel überließ, der mich in einer Spirale dorthin trug, wo sich das Smaragdgrün in Dunkelheit verwandelte, alles zur Ruhe kam und ich dann erwachte. Ich hatte also geschlafen. Wie lange? Lange vermutlich, aber gleich würde es

Tag werden. Ich hatte keine Uhr, aber durch die Holzritzen schienen winzige Pünktchen roten Lichts. Die Sonne ging auf. Eine Weile versuchte ich mich daran zu erinnern, was geschehen war, merkte aber bald, dass ich in der Erinnerung das Geschehene veränderte, ganz als legte ich Konturen und Farben über Vorgänge, die ich nicht wirklich erlebt hatte. Immerhin beschäftigte mich das Erinnern sehr, und dabei verhielt ich mich still wie ein Klotz, bevor ich mich endlich herumwälzte und mit dem Gesicht auf der Decke lag, die muffig roch. Im Aufruhr von Luftholen und Pulsschlag wartete ich darauf, dass es heller wurde. Nach einer Weile stemmte ich mich hoch und erschrak. Es war nicht so, wie ich gedacht hatte. In Wirklichkeit ging die Sonne nicht auf. Nein, sie ging unter! Die Lichtpünktchen wurden blasser, bevor sie endgültig erloschen. Das war ganz und gar falsch, ich hätte tagsüber nicht schlafen sollen. Die Nacht würde endlos sein. Was die Leute verrückt machen konnte, war der Mangel an Licht, und jetzt war es tintenschwarz. Ich hörte draußen, wie ein Käuzchen schrie, ein dumpfes, weiches Geräusch, das wie ein banges Fragen klang. Ich empfand eine tiefe Beklemmung dabei; es war, als liefe ich Gefahr, in den Abgrund dieser Dunkelheit hinabzustürzen, wie in meinem Traum. Mein ganzer Körper vom Kopf bis zu den Füßen roch schlecht und fühlte sich klamm an. Die Kenntnis der Dinge wurde mir jetzt nur durch die Finger zuteil, die über den Boden tasteten, zum Brot hin, zur Wasserflasche. Ich nahm einen Schluck, riss ein Stück Brot ab. Das Wasser war lauwarm, das trockene Brot schmeckte säuerlich. Da waren Funken, die vor meinen Augen in der Dunkelheit kreisten, phosphoreszierende Gebilde, die kamen und gingen. Halluzinationen?, hatte ich damals gedacht, schauen wir uns die mal an. Solange ich gefangen war, von der Welt abgeschnitten, mochte es gesünder sein, auf irgendeine Weise der Gegenwart zu entkommen. Viviane brachte solche Dinge ja auch fertig, hatte sogar ihren Spaß daran, warum nicht ich?

Im Geist floh ich durch Raum und Zeit, wie einer anderen Hemisphäre entgegen, überließ mich der Schwerkraft, der Bewegung einer Erde, die rückwärts schwebte statt vorwärts. Ich weiß noch, mir war, als ob es dann heller wurde, als ob es heller wurde, als ob ich Kinder hörte, die meinen Namen riefen. »Al-essa, Al-essa!« Ich weiß noch, wie ich ihre Stimmen zu hören glaubte, diese besondere Betonung, und entsinne mich an die Schauer, die mir dabei über den Rücken liefen. Der Klang hatte etwas Unbeschwertes und Verzücktes an sich, auf- und abschwellend wie Musik. Ich trieb meinen Geist dieser Musik, diesen Kindern entgegen, die ein Teil von mir waren. Wenn die Vergangenheit der einzige Ort war, an dem ich dem Wahnsinn entfliehen konnte, musste ich die Vergangenheit suchen und an die Kinder am Strand denken, die sich halb nackt und selig den Wellen überließen. Bald mischten sich ihr Lachen und ihre vertrauten Stimmen in das Kreischen der Möwen, in das aufgeregte Flattern der Seeschwalben. Die Kinder schubsten sich gegenseitig ins Wasser, spielten ausgelassen im vollen Licht, während ich im Schatten stand. Ich stellte mir vor, wie ich meine Sandalen von den Füßen schleuderte, über hartes Gestein sprang und rutschte. Der Strand fiel steil ab, ich rannte immer schneller, spürte kaum etwas von Kälte, als prickelnder Schaum mich umfasste. Und schon kamen, überglitzert von Wassertropfen, die Kinder. Halb schwimmend, halb watend, ergriffen sie glückselig lachend meine Hände und zogen mich in ihr magisches Spiel.

1. Kapitel

Über Zeit im Allgemeinen können wir uns gut hinwegsetzen. Allerdings nicht immer. Die Mehrzahl der Menschen kennt von den Tagen nichts anderes als den Wechsel zwischen Aufgaben und Vergnügen, so vergeht ihr Leben, dem Pendelschlag einer Uhr ähnlich. Je älter wir werden, desto schneller scheint das Pendel zu schwingen. Das stimmt natürlich nicht, denn Minuten und Stunden sind die gleichen geblieben. Wir sind es, die einen anderen Takt spüren. Auch für mich sind diese Zeitfragmente immer da, unerbittlich, unerschütterlich, egal, ob ich sie wahrnehme oder nicht. Es sind diese Zeitfragmente, die mich fortgetragen haben. Fort von jener goldenen Zeit zwischen Kindsein und Erwachsenwerden, die uns – wie mir heute scheint – auf unerträglich brutale Weise entzogen wurde. Einst bewegten wir uns in Küstenwäldern und Erdtiefen wie in einem magischen Raum, gefeit gegen jede Gefahr. Wunderbar hatten wir uns in diese wilde Landschaft eingefügt, waren ein Teil von ihr gewesen, unschuldig und gleichsam mit Wissen begabt, wie Kinder es eben sind. Die Veränderung kam plötzlicher, als wir es für möglich gehalten hatten, und sie war ungeheuer. Die Wirklichkeit holte uns ein, zerrte uns aus dem Paradies der Kindheit ins Unbekannte. Giovanni ging als Erster. Peter blickte ihm erschrocken nach, sein Herz war noch wie in Tücher eingewickelt. Und Viviane hatte ihre Welt, in der sie versinken konnte, wie eine Nixe auf dem Meeresgrund. Ich aber hatte von Giovanni gelernt, wie verwirrend die Wirklichkeit sein konnte, wie grausam und wie gefährlich. Vieles von dem, das uns gegeben wurde, war dabei verloren gegangen. Mit den Eltern war ich früher ganz gut zurechtgekommen. Jetzt war etwas Hartes, etwas wie ein Groll zwischen uns. Ich merkte es, als ich Mutter zum ersten Mal nach der Tragödie im Theater besuchte, und musste damit erst ins Reine kommen. Ich wusste, dass sie mich als ein unberechenbares – oder vielmehr gefährliches – Wesen betrachtete, bei dem man auf alles gefasst sein musste. Ich hatte die Familie ins Gerede gebracht. Vaters politische Laufbahn konnte Schaden nehmen. Das alte Lied. Auf Malta hatte bürgerliche Scheinheiligkeit noch Hochkonjunktur. Hätte ich dazu noch meinen Job verloren, wäre niemand übermäßig erstaunt gewesen. Aber Adriana hatte mich schon wissen lassen, dass sie mich auf keinen Fall entbehren wollte. Ein Trost immerhin, wenn auch nur für das Ego.

»Wie geht es dir?«, murmelte Mutter.

Sie nähte die Kostüme für eine Neuinszenierung der *Traviata*.

»Es geht schon.«

Eine Zeit lang hatten Peter und ich niemanden sehen wollen. Wir fühlten uns müde und schlapp, der Schock saß uns noch allzu tief in den Knochen. Jetzt war der Herbst vorbei, die Bäume im Wind vertrocknet. Auch Peter und ich waren gefangen im Kreislauf der Zeit, fühlten uns an einem Tag noch kräftig, am nächsten abgestumpft und zerbrochen. Die Bäume waren fremde Materie, fremde Substanz. Doch die Bäume lebten, und im Frühling trugen sie Grün. Wir begannen, uns wohler und befreiter zu fühlen. Und Peter hatte immerhin sein Examen bestanden, wenn auch mit schlechten Noten – in Anbetracht der Situation eine beachtliche Leistung. Wir wussten, dass es uns schwerfallen würde zu vergessen, was vorgefallen war. Und obwohl die Erinnerung Schatten auf unsere Zukunft warf, verhinderte ein hohes Maß an Vertrauen und

Ehrlichkeit uns selbst gegenüber, dass wir ihr sogar die Hoffnung opferten. Doch nie wieder würden wir so unbekümmert sein wie zuvor.

Mutter nickte mir zu.

»Setz dich doch.« Ich nahm einen Stapel alter Modezeitschriften von einem Stuhl und setzte mich. Ich hatte das Bedürfnis zu reden. Mutter war umgeben von Stoffballen in schönen Edelsteinfarben, Goldgelb, Korallenrot, Violett, alles wertloses Zeug, das sie bei einem Trödler erstanden hatte. Auf ihrem Arbeitstisch lagen bunte Garne, Schnüre, Fransen und Troddeln. Augenwischerei das Ganze, aber sobald es durch ihre Hände ging, machte sie etwas Glamouröses daraus, kaum eine Spur kitschig. Sie selbst hatte den Schrank voller Kleider, war aber immer gleich angezogen, Jeans und T-Shirt, ganz nach dem in Fleisch und Blut übergegangenen Motto »Lass es dir für etwas Besseres«. Jeder Mensch hat nun mal sein Trauma, dachte ich, bevor ich von Peter sprach.

»Stell dir vor, er verträgt sich jetzt wieder mit seinen Eltern. Er war es, der den ersten Anlauf nahm. Er brauchte das wahrscheinlich.«

»Peter ist sehr feinfühlig.«

»Ich würde eher sagen, konsequent. Er hat sich richtig verkracht und jetzt wieder richtig versöhnt.«

»Dr. Micalef ist ein angesehener Arzt.«

»Und sein Sohn wird Tierarzt. Stört dich das?«

Sie ging auf die Bemerkung nicht ein. Sie machte akkurat ihren Saum fertig, nahm ihren Fingerhut ab.

»Und wie geht es ihm?« Ich fühlte eine Schwere im Kopf, die mir Banalitäten eingab, Wörter ohne Sinn.

»Ich sehe ihn nicht oft, er hat sein Praktikum begonnen und ist viel unterwegs.« Ich lachte ein wenig. »Du ahnst nicht, wie viele kranke Tiere es auf Malta gibt.«

Mutter hob ihre Arbeit hoch, einen pflaumenblauen Umhang mit Kapuze, mohnrot gefüttert.

Sie hielt ihn an den gestreckten Armen vor sich hoch, prüfte den Ärmelschnitt, die Nähte.

»Was macht seine Wunde?«, fragte sie, betont beiläufig.

Ich war darauf gefasst, dass sie die Frage stellen würde.

»Die spürt er nicht mehr. Man sieht sie auch kaum noch.« Mutter hielt den Blick konzentriert auf den Umhang gerichtet, den sie ein wenig schüttelte.

»Hübsch«, murmelte ich pflichtbewusst.

Sie entfernte mit spitzen Fingern einige Fäden.

»Blau und Rot machen sich gut auf der Bühne.«

Überall an den Wänden waren Entwürfe angeheftet. Bei Mutter war alles Maßarbeit, jedem Sänger akkurat an seinen – meist recht fülligen – Leib angepasst. Am liebsten kramte sie aus dem Fundus des Theaters alte, mottenzerfressene Kostüme hervor, trennte sie auf, fügte neue Teile hinzu oder verwendete geschickt die aufwendigen Bordüren und Stickereien. Mutter machte alles selbst, nur gelegentlich half eine junge Schneiderin. Der Umhang fiel knisternd auf eine Sofalehne. Mutter bückte sich etwas steif, las ein paar Stoffschnipsel vom Boden auf.

»Eigentlich solltest du Peter dankbar sein. Denk mal daran, was er alles für dich aufs Spiel gesetzt hat.«

Augenblicklich ging ich in die Defensive.

»Für mich? Wie kommst du darauf?«

»Die Sache hätte ein schreckliches Ende nehmen können.«

Sofortige Pulsbeschleunigung. Herzklopfen. Wut.

»Die Sache *hat* ein schreckliches Ende genommen!«

»Peter hat dabei sein Leben riskiert.«

»Peter?«, sagte ich, ein paar Töne lauter. »Nein, auf keinen Fall!«

Mutter steckte ein Bügeleisen an.

»Verstehe mich jetzt bitte nicht falsch, aber du konntest das doch gar nicht im Voraus wissen.«

Ich spürte, wie ich innerlich zitterte.

»Ich wusste es eben!«
Sie prüfte mit dem Finger die Wärme des Bügeleisens. Sie
hatte gemerkt, dass sie gefährlichen Boden betrat.
»Komm, lass uns nicht mehr davon reden.«

Mutters Kopf hob sich dunkel von der gedämpften Helligkeit
des Fensters ab. Die Jugend war fort, ihr Gesicht aber seltsam
alterslos. Wie merkwürdig, dass es sie nach Malta verschlagen hatte – von Insel zu Insel sozusagen –, denn sie stammte
von der Ostseeinsel Rügen. Mutter hatte ihre Kindheit »hinter der Mauer« verbracht. Diesen Ausdruck benutzte sie oft:
»Ich lebte hinter der Mauer.« Was sie darunter verstand, begriff ich erst, als ich zum ersten Mal die Großeltern besuchte,
die Buchhändler gewesen waren. Ingrid, die Tochter, war intelligent, nahm auf der höheren Schule Englisch als Wahl-
fach. Sie las viel. Die Großeltern erzählten, dass es Bücher
gab, die erlaubt, und andere, die verboten waren. Immerhin
wusste Ingrid, dass es eine andere Welt gab, die sie sich größer und schöner vorstellte, von pulsierendem Leben erfüllt.
In ihrer Fantasie glitt Ingrid wie auf Flügeln dieser Welt entgegen. Und dabei stand ihr die Mauer im Weg. Als Kind hatte
sie sich eine schlechte Haltung angewöhnt; die Eltern schick-
ten sie zum Ballettunterricht. Ingrid entdeckte ihre Freude am
Tanz und fiel ihrer Lehrerin positiv auf. Diese Lehrerin, Paula
irgendwas (den Namen hatte ich vergessen), kam vom ungari-
schen Staatstheater, war in Fachkreisen bekannt und für ihren
Drill berüchtigt. Allerdings erreichten die jungen Talente, die
sie unter ihre Fuchtel nahm, ein hohes Niveau. Von Ingrid verlangte sie das Äußerste, und Ingrid machte mit, und zwar so
gut, dass Paula sie für einen Wettbewerb für junge Tänzer an-
meldete, der alljährlich in der Schweiz stattfand, in Lausanne.
Geschäftsleute, Filmschaffende, Sportler und Künstler durften
»ausreisen«: Sie wurden ja bevorzugt behandelt, und man ging
davon aus, dass sie gerne in das Land »hinter der Mauer« zu-

rückkehrten. Paula hatte bereits zwei Schülerinnen im Halbfinale gehabt und setzte große Hoffnungen in Ingrid, die mit fast achtzehn Jahren die oberste Altersgrenze erreichte. »Jetzt oder nie!«, entschied Paula.

In jenem Jahr hatten sich hundertundvierzig Kandidaten aus der ganzen Welt angemeldet. Und nur fünfzehn Auszeichnungen waren zu vergeben. Ingrid beherrschte ihr Tanzalphabet von A bis Z. Und sie blieb auch nicht auf der Strecke, sondern wurde Finalistin. Sie bekam vor Aufregung Schweißausbrüche, ihr hellblauer Polyesterdress war voller dunkler Flecken, bis ihr Name aufgerufen wurde und sie endlich Gewissheit hatte. Danach legte sie sich eine Strategie zurecht. Das Finale wurde jedes Jahr in einer anderen Stadt ausgetragen, diesmal in London. Gewann Ingrid einen »Profipreis« oder gar den Hauptpreis – die Goldmedaille –, würde sie sofort eine Karriere starten können. Paula triumphierte: Sie hatte im Sinn, ihren frischgebackenen Star beim Bolschoi unterzubringen. Ingrid war goldblond, hellhäutig, wohlgeformt, eine Märchenprinzessin. Klassische Rollen waren ihr wie auf den Leib geschrieben. Sie hatte aber auch etwas Wildes, Verwegenes an sich, von dem sie selbst nichts ahnte. Trat sie auf die Bühne, hielt das Publikum den Atem an.

Es kam, wie es kommen musste: Ingrid erhielt einen der begehrten »Profipreise«, verbeugte sich, zauberhaft lächelnd, im Licht der Scheinwerfer. Sie nahm ihren Preis in Empfang und genoss den Applaus, bis der Vorhang fiel. Hinter den Kulissen ließ sie sich von Paula beglückwünschen und umarmen, ging, um sich für das Galadiner zurechtzumachen … und wurde nicht mehr gesehen. Später überreichte eine Tänzerin Paula einen hastig hingekritzelten Zettel. Ingrid bedankte sich für die Ausbildung und wünschte ihrer Lehrerin alles Gute. Sie selbst wollte, wie sie schrieb, ihren eigenen Weg suchen.

Wie sie später erzählte, verbrachte sie viel Zeit in verschiedenen Pubs, wo sie Schwarztee trank und jede Zudringlichkeit abwies. Vor der Abreise hatten ihr die Eltern gesagt:»Wenn du gehen willst, nutze die Gelegenheit!«Sie hatten ihr auch gesagt, was sie zu tun hatte. Ingrid beantragte und erhielt politisches Asyl. Die Story machte Schlagzeilen, ihr Bild erschien in den Zeitungen und Zeitschriften. Ingrid wurde beim *Sadler's Wells* aufgenommen, wo sie in Solorollen auftrat, bevor sie – ein paar Jahre später – das Ensemble wechselte. Sie tanzte auf den großen Bühnen dieser Welt, lernte die Städte ihrer Träume kennen: Paris, New York, Sydney, Madrid, Tokio. Wieder in London, traf sie Geoffrey Zammit, einen drei Jahre jüngeren Malteser, der mit wenig Überzeugung Rechtswissenschaft studierte. Es war Liebe auf den ersten Blick, und eine Zeit lang genossen beide das Leben in vollen Zügen.

Als Teenager wollte ich natürlich wissen, wie meine Eltern sich kennengelernt hatten. Mutter redete wenig darüber, tat immer so, als ob mich das Ganze nichts anging.

»Das habe ich dir doch längst gesagt. Wir hatten einen Workshop auf dem Campus gegeben, und abends wurde gefeiert.«

Merkwürdig, dass ihr Gesicht so ohne Konturen war, wie verwischt. Kein Ausdruck mehr, als ob sie versuchte, unsichtbar zu bleiben. Unsichtbar in der eigenen Vergangenheit. Mich ärgerte das. Ich hatte oft Fragen gestellt, wollte mehr über Vater und sie wissen, persönliche Dinge, ja, sogar intime. Ob Vater damals gut ausgesehen hatte? Warum sie sich denn in ihn verliebt habe? Mutter war mir stets ausgewichen, mit einer Art stiller Gerissenheit.

»Ach, die Malteser sind ein schöner Menschenschlag.«

Mit zunehmendem Alter war Vater füllig geworden. Er hatte starke Knochen, runde Glieder und breite Hüften. Seine Stirn war hoch und kahl, in der Mitte leicht abgeflacht. Ein Kranz bereits grauer Locken fiel von den Ohren rings auf seinen schweren Nacken. Er hatte große Pupillen, mit einer sehr dunklen Farbe der Iris. Er sprach mit weicher, ernster Stimme, zeigte ein feines Lächeln und ein eigentümliches Gesicht, bartlos und mit einem starken Flaum auf beiden Wangen, das vielleicht gerade deshalb anziehend wirkte.

»Aber früher sah er doch anders aus«, hatte ich eigensinnig nachgehakt, wohl wissend, dass ich sie mit meinen Fragen belästigte.

»Du hast doch die Bilder gesehen.«

»Er war dünner, das schon.«

Noch heute entsinne ich mich, dass sich bei diesem Gespräch für einen kurzen Augenblick ihr Gesichtsausdruck verändert hatte. Etwas funkelnd Lebendiges war in ihre Augen getreten.

»Er hatte rote Bänder in seine Locken geflochten, wie ein junger Gott sah er aus, wie Dionysos. Mit ihm war die Welt so offen, so farbig.«

»Habt ihr Drogen genommen?«

Der Glanz in ihren Augen erlosch. Ihre Stimme wurde hart. Die Frage hätte ich mir sparen können. Aber ich war damals dreizehn und aufdringlich.

»Es war eine andere Zeit. Ich sage nicht, eine bessere – jede Zeit hat ihre Atmosphäre. Aber jetzt ist nichts mehr, wie es war. Lass es dir gesagt sein: Ich dulde nicht, dass du kiffst.«

»Ich kiffe nicht. Ich sehe ja bei Vivi, wie das ist.«

»Viviane ist kein Umgang für dich.«

Auf solche Zurechtweisungen reagieren Pubertierende allergisch. Ich war sofort kratzbürstig geworden.

»Vivi ist clean. Was kann sie dafür, wenn ihre Eltern an der Spritze hängen?«

Mutters Antwort, das weiß ich noch gut, hatte sich beschwichtigend angehört. »Ja, wenn der Wunsch nach Zerstörung stärker wird als jedes andere Verlangen … Es ist wie eine Sehnsucht, sein Ich zu vernichten. Und wenn es keine Einsamkeit gibt, in die man sich zurückziehen kann …«

Es überraschte mich, dass sie das sagte. Woran hatte sie gedacht? An die Allgemeinheit? An sich selbst? Für gewöhnlich schwang in Mutters Antworten ein Unterton gelangweilter Besserwisserei mit. Hörte ich zu oder nicht, es schien ihr wenig auszumachen. Aber ich stupste sie immer wieder an wie ein junger Hund, bis ich mir allmählich ein deutlicheres Bild machen konnte. Es war in Brüssel gewesen, als sie die »Giselle« tanzte und bei einem Laufsprung stürzte. Mutters Stimme wurde leise und dumpf, wenn sie darüber sprach. Nein, an Brüssel wollte sie nicht mehr denken, Brüssel hatte ihr kein Glück gebracht. Ein Sehnenriss am Fuß, eine schlimme Verletzung. Sie musste einen Gips tragen. Damals war Geoffrey immer bei ihr, pflegte sie, machte die Einkäufe, kochte die leckeren, schweren maltesischen Gerichte. Ingrid musste viel liegen, hatte zugenommen. Doch als sie wieder auf der Bühne stand, merkte das Publikum nichts, Ingrids linker Fuß war wieder genauso gut wie der andere. Sie machte allerdings unbewusst den für das Tanzen verhängnisvollen Fehler, dass sie ihn schonte. Der zweite Fehler war, dass sie schwanger wurde. Ingrid fühlte sich scheußlich, kämpfte mit Übelkeit, Schwindel. »Wir heiraten«, sagte Geoffrey, und damit war die Sache entschieden.

2. Kapitel

Ich war ein freundliches, ausgeglichenes Kind, ein Kind, das wenig Mühe machte. Ein vernünftiges Kind, bis auf eine seltsame Angewohnheit: Ich hatte mir einen Bruder erfunden, den ich Tomaso nannte. Keiner sah Tomaso, nur ich. Kinder vermögen sehr wohl in der Welt der Täuschungen und inneren Überzeugungen zu leben. Sie verzerren die Wahrnehmungen, ziehen sie krumm und glauben daran. Ich spielte mit Tomaso, redete mit ihm, indem ich mir selbst Frage und Antwort gab, ließ ihn sogar von meinem Teller essen. Ein Löffel für Tomaso, ein Löffel für mich, das war normal für mich, befremdend für alle anderen. Schwach im Kopf? Wohl nicht, denn ich konnte ja schon mit vier das Einmaleins.

Ging ich mit den Eltern aus, nahm ich Tomaso an die Hand, führte einen imaginären kleinen Jungen spazieren. Natürlich teilten wir auch unser Kopfkissen, und vor dem Einschlafen erzählte ich Tomaso eine Geschichte. Von den Eltern wurde mein bizarres Verhalten nachsichtig geduldet, obwohl sie sich gelegentlich bedeutungsvolle Blicke zuwarfen. Dann, als ich acht Jahre alt war, fuhren wir im August für eine Woche nach Paris. Am Flughafen herrschte großes Gedränge, alle Flugzeuge hatten Verspätung. Tomaso und mir wurde die Zeit nicht lang, wir spielten selbstvergessen Fangen. Als unser Flug plötzlich aufgerufen wurde, war Tomaso, der kleine Schlingel, irgendwo in der Menge verschwunden. Ich machte mich auf die Suche nach ihm, rief aufgeregt seinen Namen. Endlich fand ich ihn und lief, meinen unsichtbaren kleinen Bruder an der Hand, zu den Eltern zurück. Ich entsinne mich gut an diesen Augenblick, weil mir zum ersten Mal auffiel, dass die Leute mich beobachteten und lachten. Mich störte das zwar nicht, aber meinen Eltern war die Sache peinlich. Im Flugzeug war für Tomaso kein Platz reserviert, aber ich sagte liebenswürdig, das mache nichts, und ich würde ihn auf den Schoß nehmen. Ich wollte für ihn einen Orangensaft haben, die belustigte Stewardess brachte mir zwei Plastikbecher, Mutter sah weg, während Vater zum ersten Mal Unmut zeigte.

»Alessa, benimm dich gefälligst anständig.«

Wir beide – Tomaso und ich – waren verblüfft und gekränkt. Warum schimpfte er jetzt mit uns, wo er doch zu Hause nie etwas sagte? Doch zwischen den Eltern und mir musste irgendetwas aufgeplatzt sein, aufgeplatzt wie ein vergessener Abszess. Am nächsten Tag im Jardin du Luxembourg, als Vater eine Zeitung holen ging, sah Mutter mit zunehmender Gereiztheit zu, wie ich mit Tomaso mein Eis teilte, und sagte plötzlich:

»Schluss jetzt, Alessa! Und, hör mal, du bist jetzt alt genug, dass ich es dir sage: Du hattest wirklich einen Bruder!«

Ich sah erschrocken zu ihr auf. In meinem Geist gingen unklare Dinge vor, die sonderbar und beunruhigend waren.

»Tomaso?«, fragte ich.

Sie schüttelte irritiert den Kopf.

»Er hatte keinen Namen. Er wurde tot geboren.«

Ich hatte das Gefühl, dass ich mich in einer Art Vakuum befand, in einer Luftblase.

»Tot?«, murmelte ich.

Sie presste die Lippen zusammen.

»Er wäre dein Zwillingsbruder geworden, aber aus irgendeinem Grund hatte er keine Kraft, in mir zu wachsen. Und im Ultraschall war er nicht sichtbar, weil er…« – sie schluckte – »…dicht hinter dir, an deiner Wirbelsäule klebte. Aber er wurde nie ein voll ausgebildetes Baby. Und als du geboren

23

wurdest, sagte plötzlich der Arzt: ›Da ist ja noch ein Baby!‹ Er leitete die Geburt ein, und es ging eigentlich ganz schnell. Das Kind kam einige Minuten später zur Welt. Es war winzig klein, ich hätte es in beiden Händen halten können. Und es war eindeutig ein kleiner Junge.«

Sie stockte, holte tief Atem. Ihr Gesicht im Sonnenlicht war rot und verzerrt. »Aber es stimmt schon, dass ihr beide eine Zeit lang in mir gelebt habt. Dein Vater und ich nehmen an, dass du dich unbewusst erinnerst. Und solange du klein warst, wollten wir es dir nicht sagen und haben dir auch niemals Vorwürfe gemacht. Aber jetzt wird es Zeit, dass du weißt, warum du dir einen Bruder erfunden hast.«

Jeder Mensch ist ein Kosmos, und das Unbewusste ist der größte Teil von ihm. Mutter hatte versucht, mir mit kindgerechten Worten etwas sehr Kompliziertes zu erklären, etwas, das, wie ich später vermutete, sie selbst nicht im vollen Umfang verstand. Ich hatte meinen Zwillingsbruder nur in der Berührung im Mutterleib erlebt, eine Begegnung wie die Vorwegnahme eines Todeserlebnisses. Mein Bruder war nie zu einem für mich sichtbaren Wesen geworden, bewohnte jedoch meine Seele. Dem Verlust dieses Elementarwesens war ich nicht gewachsen gewesen. Erst nachdem ich von Mutter die Wahrheit erfahren hatte, konnte ich über mein Verhalten nachdenken und eine neue Stufe meines kindlichen Bewusstseins erreichen. Ja, es war eine besondere Geschichte. Und eine alte Geschichte. Ich lebte mit einem Phantom in einer Welt, die nicht natürlich war. Vermutlich war ich seelisch sehr stark, sodass es mir schließlich gelang, mich von diesem Phantom zu trennen. Nicht sofort natürlich, nicht auf einmal, sondern nach und nach. Mein Bruder existierte nicht wirklich, aber er hatte mal existiert. Ein Teil seines Blutes pulsierte in mir. Er gehörte zu meinem unmittelbaren, tiefsten Ursprung, es war die gleiche Materie, die uns beide erschaffen hatte. Und man weiß ja, dass Zwillinge im Mutterleib schon eine Symbiose entwickeln. Das war eine Sache, die selbst ein kleines Mädchen verstehen konnte. Und so befreite ich mich von Tomaso, indem ich im Geist eine Einheit mit ihm wurde und nie mehr ein Phantomkind an der Hand führte.

Wie war es damals gewesen, als Ingrid – noch ohne es zu wissen – Zwillinge trug? Sie wurde neunundzwanzig. Noch jung, aber nicht mehr die Jüngste. Noch strahlend, noch schön, aber bei Regen schmerzte ihr Fußgelenk, und auf Malta schien immer die Sonne. Ein Kind, ja, warum nicht? Eine Pause, dachte Ingrid, ich mache jetzt eine Pause. Also ging sie mit Geoffrey nach Valletta, lernte ihre Schwiegereltern kennen, die traditionell und bigott waren. Ingrid wurde katholisch, so, wie man eine Rolle spielt. Sie war ohne Religion aufgewachsen. Die Gottesdienste, die Prozessionen, die Krippen- und Passionsspiele, die vielen Feste zu Ehren diverser Schutzheiliger erlebte sie wie exotische Inszenierungen. Doch, doch, für sie war alles recht neu und hübsch. Sie heiratete in weißem Brautkleid und Spitzenschleier, wie es sich gehörte, obwohl ihr Kind sechs Monate später zur Welt kam, viel früher, als Brauch und gute Sitten es vorschrieben; die Leute konnten ja rechnen. Allerdings wurde es eine schwere Geburt, weil das Becken meiner Mutter zu eng war und die starken Sehnen sich nicht richtig streckten. Und da schlug das Unglück zu: Nicht nur, dass unmittelbar nach mir meine Mutter eine Totgeburt zur Welt brachte, Tomaso, sondern auch ihr nächstes Kind, wieder ein Junge, mit einem Herzfehler geboren wurde. Diesmal kostete sie die Entbindung fast das Leben. Im letzten Augenblick rettete sie ein Kaiserschnitt, aber das Kind lebte nur einige Tage. Daraufhin wurde Ingrid depressiv, und Geoffrey, der nie besonders fromm gewesen war, erlebte es als Strafe des Himmels, bis die Schwiegermutter unter Tränen zugab, dass es sich um eine erbliche Veranlagung handelte: Sie selbst hatte, bevor Geoffrey gesund auf die Welt kam, zwei Neugeborene auf ähnliche Weise verloren. In der Familie Zammit gab es schlechtes Blut: Man hatte zu viel untereinander geheiratet. Der kleine Inselstaat, der sich als Drehscheibe der Geschichte empfand, war in Wirklichkeit fern von allem, im Raum und noch mehr in der Zeit.

Der Arzt teilte Mutter mit, dass es wohl besser war, keine Kinder mehr zu haben. Sie erholte sich, wollte wieder tanzen, aber etwas in ihr war zerbrochen. Sie hatte zugenommen, fühlte sich kraftlos und verbraucht. Die Nachwuchstänzerinnen waren so stählern, so gelenkig, so ehrgeizig. Hartgeschliffene Diamanten. Mutter trainierte eine Zeit lang mit einem kleinen Ensemble, bevor sie aufgab. Sie ermüdete schnell, das Klima bekam ihr nicht. Der Sommer war unerträglich heiß, nasskalt der Winter. In einer Zeitspanne von fünf Monaten starben auch die Schwiegereltern, beide mit einem Priester neben sich. Vater hatte längst bemerkt, dass er mit Mutter über Religion nicht reden konnte. Er versuchte auch nicht, sie zu beeinflussen, aber fortan ging er sonntags zur Messe. Unfähig, in der Kirche irgendein Glückshormon aufzuspüren, haderte Mutter mit sich selbst, blieb aber stur. Einerlei, sie wollte aus dem Vorhandenen etwas machen. Glück war es keineswegs, aber mit dem, was es war, gab sie sich zufrieden. Valletta wurde für sie ein Abbild der Welt, nur alles auf engem Raum zusammengerückt.

Das *Manoel Theater* in der Old Theatre Street – das sich Mitte des neunzehnten Jahrhunderts noch »Royal Opera« nannte –, ist ein Schmuckstück, ganz in Holz ausgekleidet, die Galerien mit Goldstuck und Fresken geschmückt. In der Nachkriegszeit war kein Geld da, das Gebäude wurde vernachlässigt, zeitweise als Sozialstation für die Armen genutzt. Nach umfangreicher Renovierung wurde es 1960 wieder seiner ursprünglichen Bestimmung zugeführt. Die Malteser lieben dramatische Aufführungen, gefühlvolle Musik. Da es nach wie vor an Geldmitteln fehlte, waren die meisten Darsteller Laien, sogar die Mitglieder des kleinen Orchesters, die überaus gut spielten. Mutter beobachtete das Ganze eine Zeit lang. War sie gut aufgelegt, erzählte sie recht witzig, wie sie einmal einer Generalprobe beiwohnte und die vollbusige »Madame Butterfly« in einer Art geblümtem Vorhangstoff auftreten sah, mit zwei Hibiskusblüten im Haar, während der amerikanische Marineoffizier Pinkerton mit tintenschwarzen Haarlocken in Schaftstiefeln auf die Bühne stapfte.

Eine junge Frau, die »hinter der Mauer« aufgewachsen ist, lernt schnell, mit Nadel, Faden und Nähmaschine umzugehen. Die Bühne mochte ein Schattenspiel sein, aber warum ein geschmackloses? Nach dieser Generalprobe nähte Mutter eine lange Nacht lang, passte der Sängerin zwei Kimonos mit schöner Gürtelschärpe an. Sie bat den Tenor, keine Schaftstiefel zu tragen, und überredete ihn zu einer blonden Perücke. Sie erzählte mit einem amüsierten Zucken um den Mund auch, wie bei der nächsten Aufführung der »Perlenfischer« Tenor und Bariton in eine Art Badehose schamhaft auf der Bühne standen. Mutter nähte ihnen stilechte indische Beinkleider, knüpfte ihre Turbane so, dass sie gut aussahen und gut hielten. Die mollige Tempeltänzerin hüllte sie in einen Sari. Bei gedämpfter Beleuchtung brauchte sie nur die Hüften zu bewegen und mit den Armbändern zu klingeln, während Mädchen aus der Ballettschule sie elegant umtanzten. Mutter hatte viel Erfahrung, ihre Vorschläge wurden beachtet. Man bot ihr an, für das Theater Kostüme anzufertigen und Inszenierungen zu überwachen. Ihr Gehalt war symbolisch, aber das machte ihr nichts aus.

Besuchte ich gelegentlich – ihr zuliebe – eine Aufführung, überkam mich stets das gleiche Gefühl: Das Theater war irgendwo in der Vergangenheit gefangen, wie ein Insekt in einem Klumpen Bernstein. Die kleingewachsenen, provinziell gekleideten Zuschauer, die schreienden oder schlafenden Kinder, der gewaltige Lüster, die mit grün gestrichenem Holz verkleidete Bühne, der weichdunkle Himmel über der Glaskuppe, in dem ein paar Sterne funkelten – mein Gott, in welchem Zeitalter befand ich mich bloß? Die Lüftung war schlecht. Alle, Frauen und Männer, bewegten ihre Fächer; wurde es dunkel im Saal, schien der Raum mit glitzerndhellen Faltern gefüllt. Ich musste an die Kameliendame denken, an George Sand und Alfred de Musset. Und auch an Nellie Melba und Caruso, die ja hier gesungen hatten. Theater sind Orte der Erinnerung und der Gespenster. Wer ein Gefühl dafür hat, spürt solche Dinge. Ob meine Mutter davon wusste? Ich nehme an, ihre Sachlichkeit stand ihr im Weg. Eine Kühle ging von ihr aus, die womöglich nur gut gehütete Einsamkeit war.

Das Wort »einsam« wird oft mit Traurigkeit in Verbindung gebracht, und das mag ja stimmen. Aber Traurigkeit nützte weder Mutter noch mir. Als erwachsene Frau fand ich es mühsam und suspekt, dass ich nach allem, was geschehen war, noch immer an meine Kindheit dachte, den Kopf voller Erinnerungen an unwiderruflich Vergangenes trug. Erinnerungen, die ich mit ganz feinen Webfäden verknüpfte, die ich mit dem Empfinden meines Lebendigseins belebte. Möglicherweise ließ sich der Schmerz eines Tages in Trost verwandeln. Denn mit dem Trost kann man machen, was man will, man kann wieder leben. An jenem Morgen, als ich zu Mutter ins Theater kam, die Bilder des Schreckens noch im Kopf, war mir zumute gewesen, als ob ich mich bei ihr verkriechen wollte. Fast leidenschaftlich hatte ich mir gewünscht, dass sie mich in ihre Arme nahm, mich streichelte und bedauerte, wie es sich gehörte. Aber daraus wurde nichts. Ich begriff, dass diese Art von Trost ein sehr bequemer war, dass ich es allein durchstehen musste. Nicht viel anders als meine Mutter im Grunde, die Vater nie richtig klarmachen konnte, was der Verzicht auf ihre Berufung – den Tanz – für sie bedeutet hatte. Sie hatte gekämpft, aber nicht konsequent genug, und sich am Ende doch in ihr Schicksal gefügt. Mir würde so etwas nicht passieren können, weil ich einen stärkeren Willen hatte. Es kam überhaupt nicht in Frage, dass ich mich unterkriegen ließ. Ich würde mich auch nie ausweinen können. Nicht bei meiner Mutter, und auch bei Peter noch nicht. Mein Stolz ließ es nicht zu. Ich rief mir Giovanni in Erinnerung, der für die Zurschaustellung seines Elends nie etwas übrig gehabt hatte, der Prügel einsteckte, während er den Stolz in sich barg wie seinen einzig sicheren Schatz. Giovannis warme Haut, sein Atem, seine Stimme mochten fern und verloren sein, aber auf diese Weise, kam mir plötzlich in den Sinn, ließ sich etwas von ihm in mir bewahren.

Inzwischen knöpfte Mutter ein Männerjackett auf, einen nachtblauen Smoking, der bereits an einen Drahtbügel hing, und legte ihn auf das Ärmelbrett. Sie schwieg dabei, wie es ihrem Wesen entsprach. Ihr Schweigen dauerte zu lange für meinen Geschmack. Sie sagte nicht: »Geh jetzt bitte«, aber mir war klar, dass sie allein sein wollte. Sie dachte natürlich an Giovanni, aber der Skandal, der ihm folgte wie ein Fliegenschwarm, erschütterte sie zu sehr, als dass sie jetzt schon darüber hätte reden können. Später vielleicht, wenn sie Abstand gewonnen hatte. Dann aber unsentimental und ohne gefühlsmäßig überladene Aufregung, ganz einfach nur sachlich, was eindeutig gesünder war. Sie hatte ihre Methode, die vielleicht sogar die bessere war. Sie ließ keinen Schmerz mehr zu, der leidenschaftlich und zerstörerisch wütete. Und so schwebte Giovannis Name ungenannt zwischen uns. Schwamm drüber, fertig. Aber ich brauchte jetzt dringend einen Kaffee, und der aus der Cafeteria war schlecht. Ich schob meinen Stuhl zurück.

»Mach's gut«, sagte ich. »Vielleicht komme ich mit Peter zur Premiere. Hast du noch zwei Freikarten?«

»Ja, aber kommt nicht zu spät. Viel Vergnügen«, setzte sie nichtssagend hinzu.

Als ich ihr noch einmal zunickte, stand sie in schlechter Haltung vor dem Bügelbrett. Ihr Rücken sah krumm aus, aber das störte nur mich. Tänzerinnen sind wie Sterne, im Laufe ihrer Karriere ziehen sie alle einmal vorbei. Und dann sind sie weg, und andere Sterne gehen am Bühnenhimmel auf. Im Untergeschoss des Theaters, wo es still und wohltuend kühl war, wollte Mutter nicht mehr daran denken und ganz für sich sein. Eine Art gefesselte Andromeda, mit umwölkter Stirn. Einige Atemzüge lang stand ich unschlüssig da, doch ich fand nichts, was noch hätte gesagt werden müssen, drehte mich um und ging. Mit vagem Erschrecken stellte ich mir vor, dass ich eines Tages so werden könnte wie sie. Aber nein – ich war anders. Eine andere Generation auch, das kam hinzu. Ich ging scharfen und eckigen Schatten nicht aus dem Weg, sondern zerschlug sie mit bloßer Hand, auch wenn die Finger dabei bluteten. Ich trug die Scherben einer Utopie in mir, aber aus den Trümmern ließ sich ein Leben aufbauen, das sinnvoll war. Es reichte, fand ich, wenn ich meine Gedanken, Zweifel und Erkenntnisse mit Peter teilte, dass ich gut zu ihm war, dass wir Seite an Seite gingen, umfangen von Empfindungen, die ganz verschmolzen waren mit frühen Erinnerungen und Träumen. Ja, es gab nur eine einzige Geschichte, die erzählt werden musste. Und sie handelte von vier Kindern, die am Strand spielten und sich in Grabkammern verloren. Die anderen mochten in dieser Geschichte ein fantastisches Durcheinander sehen, wir aber sahen in ihr die unverfälschten Elemente unseres Lebens. Und es war ein schönes Gefühl zu wissen, dass Giovanni dieses Leben gekannt hatte, dass es Teil seiner selbst geworden war. Er hatte das Schicksal auf sich herabgerufen, jeder andere wäre daran zerbrochen. Weil Giovanni aber das Gleichgewicht zwischen Wirklichkeit und Schein bewahren konnte, hatte er sich diesem Schicksal nie blind unterworfen. Bis zu jenem Ende, das eigentlich ein Anfang war, hatte er es zu halten und zu lenken gewusst, mit fester, sicherer Hand.

3. Kapitel

Die Kinder also. Am Anfang waren wir nur zu dritt. Als ich Giovanni zum ersten Mal sah, kauerte er auf einem Stein, in den Ruinen von Tarxien. Es war Frühling, die Luft roch nach Minze, der Stechginster öffnete seine ersten gelben Blüten. Hitzedunst fiel senkrecht vom Himmel. Das Rund hoher Steine war einst unter Erdschichten verborgen gewesen; man hatte die Steine ausgegraben, wieder aufgestellt. Auf den Ruinen waren noch Spuren von Feuersbrünsten sichtbar und Reste von Farben. Unter dem wuchernden Unkraut erzählte jeder Stein eine andere Geschichte. Der Junge, den ich plötzlich erblickte, glich einem zu Fleisch und Blut gewordenen Bild aus der Vorzeit, einem jugendlichen Gespenst des Ortes. Wie eine Katze kauerte er auf einem Stein, trug eine schreckliche Hose und ausgetretene Sandalen. Er war mit irgendetwas beschäftigt, das seine ganze Aufmerksamkeit gefangen nahm. Doch irgendetwas – vielleicht ein Geräusch oder auch nur mein stummes Ihn-Anstarren – machte, dass er meine Anwesenheit bemerkte. Jedenfalls hob er den Kopf und lächelte mich an. Und da wurde es in mir ganz still. Ich stand unbeweglich, mit angehaltenem Atem, bis die Grenze zwischen mir und dem anderen fiel, und endlich kam Bewegung in mich. Wie verzückt, und gleichsam in tiefer Unruhe, ging ich auf den fremden Jungen zu, während die Umrisse seiner Gestalt sich füllten, leuchtende Körperlichkeit erkennen ließen, sein Lächeln deutlicher hervortrat und die Festigkeit der ihn umgebenen Dinge annahm. »Was machst du da?«, fragte ich.

»Ich rette Ameisen«, sagte er. »Sie geben sich so viel Mühe, klettern den Stein hinauf. Und hier oben hat sich Wasser angesammelt, und fast alle ertrinken, das ist ungerecht!«

»Ach, das sind ja nur Ameisen«, sagte ich geringschätzig.

»Ja, aber sie sind klug. Sie bauen Gänge in der Erde, nach oben, nach unten, ganze Burgen haben die Ameisen gebaut. Drüben, bei den Korkeichen, da gibt es einige. Hast du die nie gesehen?«

Ich verneinte, wobei ich mich an dem Stein hochzog. Er rückte ein wenig zur Seite, sodass ich neben ihn klettern konnte. Ich zitterte vor Aufregung. Hinter einer Wegbiegung der Zeit hatten wir uns endlich gefunden. Natürlich sah auch er mich zum ersten Mal, aber ich fühlte mit jedem Atemzug deutlicher, wie sich mir aus seiner Wirklichkeit ein festes Band entgegenstreckte, an dem ich mich mit klopfendem Herzen entlangtastete.

In der Nacht hatte es geregnet, in einer Vertiefung auf dem Stein hatte sich Wasser angesammelt. Eine Kolonne von Ameisen erklomm den Stein und kletterte hinüber, doch das Wasser versperrte ihnen den Weg, und eine fiel hinein. Der Junge hatte ganz schwarze Haare, die ihm strubbelig über die Stirn fielen, und mandelförmige Augen, schwarz mit einem violetten Schimmer.

»Ameisen sind älter als Menschen«, sagte er. »Hast du das gewusst?«

»Du meinst, hundert Jahre alt?«

Er schüttelte den Kopf, dass die Haare flogen.

»Nein, sie waren schon da, als es überhaupt noch keine Menschen gab. Und sie denken fast wie wir.«

Der Junge machte einen vernachlässigten Eindruck, drückte sich aber nicht wie ein gewöhnliches Bauernkind aus. Obwohl wir beide Malti sprachen, die Sprache des einfachen Volkes, formte er seine Sätze ebenso gut wie ich. Vielleicht sogar besser.

»Woher weißt du das?«, fragte ich.

Er antwortete schlicht.

»Von Onkel Antonino.«

»Was ist er denn? Lehrer?«

»Nein, er ist der Priester der St. Gilian's Church.«

Der Junge deutete vage auf das hügelige Häusermeer. Jeder Hügel trug eine Kirche, und alle Kirchen sahen gleich aus. Ich wandte uninteressiert die Augen ab. Meine Aufmerksamkeit war auf den Jungen gerichtet, auf ein eigentümliches Merkmal in seinem Gesicht. Die Brauen über den Wangenknochen waren schwarz und hochgeschwungen, und senkrecht durch die rechte zog sich ein Streifen weißen Flaums. Wie ein kleiner Schwalbenflügel sah das aus. Ich starrte ihn an, neugierig und ziemlich vermessen, was der Junge nicht zu bemerken schien. Er hielt einen Grashalm in der Hand, fischte die Ameisen aus dem Wasser und hob sie behutsam auf trockenen Boden.

»Es ist sehr schwierig, Ameisen mit den Fingern aufzuheben, ohne sie zu zerquetschen.«

»Einige sind schon so gut wie tot«, meinte ich.

»Fast«, sagte er, »aber noch nicht ganz.«

Nach einer Weile geschah etwas Merkwürdiges: Die sich vorantastenden Ameisen schien, irgendwie erfahren zu haben, dass das Wasser für sie gefährlich war. Sie tapsten nicht mehr blindlings hinein, sondern machten einen Bogen, sobald sie über den Steinrand kamen, und krabbelten an dem Hindernis vorbei.

Der Junge nickte mir zu.

»Da, siehst du, wie schlau sie sind? Sie wissen jetzt, dass sie hier oben ertrinken können, und sagen es den anderen.«

»Reden sie denn auch?«

»Ja, aber anders als wir. Sie geben sich irgendwelche Signale. Unter der Erde gibt es ja viele Tausende. Und sie kennen sich alle.«

Ich bezweifelte keinen Augenblick, was der Junge sagte. Seine

Stimme war kehlig, erstickt, als ob er zu mir durch eine Muschel sprach. Auch später, in der Pubertät, sollte er diesen tiefen Ton behalten, der seine Stimme so fesselnd machte. Es war schon gegen Mittag, das Licht fiel senkrecht vom Himmel. Nur dann und wann knackte ein Zweig, eine Eidechse huschte vorbei, und manchmal warf eine ziehende Wolke einen Schatten. Noch heute, wenn ich an diesen Augenblick denke, überläuft mich am ganzen Körper eine Gänsehaut. Denn zum ersten Mal empfand ich mit wachem Bewusstsein den tiefen, körperlichen Eindruck meines Lebendigseins. Ich spürte den fließenden Übergang der Momente, das Gleiten der Jetztzeit, das Kinder für gewöhnlich nicht wahrnehmen. Dieser Augenblick, der alle anderen einschließt, kehrt ewig wieder. Wir fangen diesen Zeitmoment ein, in all seinen Farben und Empfindungen; er ist ein Geschenk, das wir im Herzen tragen, ein Leben lang.

»Wie heißt du?«, fragte ich den fremden Jungen.

»Giovanni.«

Es war mir von vornherein klar gewesen, dass er nicht Tomaso heißen konnte. Ich hatte meinen Phantombruder auch nur so genannt, weil er ja namenlos geblieben war. Aber Kinder glauben an Wunder. Hätte Giovanni gesagt, er hieße Tomaso, wäre ich nicht im Geringsten überrascht gewesen.

»Ich bin Alessa«, sagte ich zu ihm, und nach kindlicher Art fügte ich gleich eine Herausforderung hinzu. »Mein Vater ist Professor, Mitglied der *Alternattiva Demokratika*.« Zwischen den beiden traditionellen Regierungsparteien Maltas war die neue AD-Partei zunehmend in der Lage, sich als dritte politische Kraft im Land zu behaupten. Die AD sah ihr Wählerpotenzial hauptsächlich in der intellektuellen Jugend. Meine Eltern redeten fast täglich darüber. Altklug, wie ich war, bekam ich alles mit.

Doch Giovanni zog nur die glatten Schultern hoch. Es war ihm gleich. Er war ein Wesen, das strahlte und gleichzeitig fern war. Und das sollte immer so bleiben.

»Wo wohnst du?«, fragte er.

»In Hal Saflieni, beim Paola Square.«

Das Viertel Hal Saflieni befand sich eigentlich nur einige Straßen von dem Ruinenfeld entfernt. Damals war alles ruhig und sehr provinziell.

Mein Vater war in dem Haus aufgewachsen, das seine Eltern nach dem Namen seiner Mutter »Villa Teresa« genannt hatten. Der Name war in geschnörkelter Schrift auf einem kleinen Keramikplättchen neben der kleinen gewundenen Treppe zur Eingangstür angebracht. Daneben standen zwei Hibisken in großen Blumentöpfen. Zu Anfang hatte Mutter das Haus gemocht, hatte sich geborgen gefühlt. Sie mochte auch die Gegend, weil alles nah und praktisch war und sie gleich um die Ecke einkaufen konnte. Das Café mit den imposanten Glastüren, den großen Spiegeln und den Sesseln aus rotem Plüsch fand sie entzückend und malerisch, bis sie bemerkte, dass dort nur Männer verkehrten. Abends trafen sich die Alten auf dem Platz vor der Kirche, die Männer spielten Boccia, die Frauen hüteten Kleinkinder und tratschten. Mutter forderte ständig Kritik heraus durch Handlungen, die man ihrer fremdländischen Erziehung zuschrieb. Sie merkte es gerade noch rechtzeitig, bevor sie zu viele Tabletten schluckte. Ihre Herkunft befähigte sie nicht, die überlieferten Ansichten der Maltesen, ihre kleinlichen Vorurteile, zu verstehen. Mutter erkannte sie lediglich und wurde unglücklich. Am schwierigsten für sie waren die Tage im Jahr, an denen Sandstürme aus Afrika einfielen. Sie kamen aus der libyschen Wüste oder aus Syrien, die Luft war von gelblichem Nebel erfüllt; es war aber nur Staub, feinster Staub. Mutter hatte dann Kopfschmerzen und Schweißausbrüche, ihr Herz raste. Sie zog alle Läden fast zu, aber der Staub drang durch die Ritzen, legte sich auf die Möbel. Vater machte dieses Klima nichts aus; der »Chamsin« oder der »Schirokko« wehten ja nur ein paar Tage, und dann war die Luft wieder sauber.

»Und du? Wohnst du hier?«, fragte ich Giovanni.

»Mein Vater hat da unten ein Haus.« Er wies in unbestimmter Richtung auf die fernen baumlosen Höhenzüge, wo in niedrigen Häusern, von ungepflegten Gärten umgeben, Bauern wohnten, die ihre kargen Felder bestellten. An die Oleanderbüsche längs der Wege hatte der Wind Abfall geweht, und es stank nach Kloake. Auch Zementfabriken und Lagerhäuser befanden sich dort. Es sei keine gute Gegend, sagten die Leute.

Ich fragte Giovanni:

»Hast du Geschwister?«

Ich war ein Einzelkind, ein Unglück, das ich mit Vivi teilte. Die Eltern befassten sich ausschließlich mit mir. Hätte ich Geschwister, würde ich nicht für jede Dummheit allein die Suppe auslöffeln müssen.

»Ich habe drei Brüder und zwei Schwestern!«, sagte Giovanni, wobei er leicht das Gesicht verzog.

Ich war beeindruckt.

»Könnt ihr zusammen zur Schule gehen?«

Allmorgendlich sah ich mich allein den Weg zur Schule gehen, was ich sehr langweilig fand.

Doch er schüttelte den Kopf.

»Meine Brüder arbeiten auf dem Feld. Und meine Schwestern sind verlobt.«

Ich war ein wenig verunsichert.

»Gehst du auch nicht zur Schule?«

»Doch, ich schon.«

Was ich nach und nach über Giovannis Familie erfuhr, stank wie ein fauler Fisch in der Sonne. Seine Vorfahren waren von auswärts – sie sollten, wie man sagte, Sizilianer gewesen sein, manche vermuteten in ihnen sogar Araber – und hatten zunächst in Grotten gehaust. Der Großvater, ein notorischer Bandit und Trunkenbold, wurde Aufseher eines Lehnsgutes, das einer Abtei gehörte. Als dieses Kirchengut zum Verkauf kam, zahlte er bar und nahm das Land in Besitz. Er heiratete die junge Tochter eines Pächters, die sanftmütig war und an nichts anderes als nur an die Liebe dachte, und starb im folgenden Winter, als er stockbetrunken überfahren wurde. Sein Vetter Emilio Russo, schön von Gesicht und äußerst arglistig, schmeichelte sich bei der jungen Witwe ein und brachte es fertig, dass Santuzza seine Frau wurde. Somit ging das Gut in Emilios Besitz über. Nach sechs Schwangerschaften und etlichen Fehlgeburten konnte Santuzza nicht mehr. Unterleibsschwäche, Senkung der Gebärmutter. Fortan schenkte Emilio ihr keine größere Beachtung mehr als den Steinen am Wegesrand. Das Land lag in der Küstenzone, gewann jährlich an Wert, aber nach außen hin lebte die Familie am Rande der Armut. Emilio Russo war ein Geizkragen, drehte jede Münze um, ein Despot, ungebildet, schmutzig, anmaßend, der Frau und Kinder, auch Giovanni, seinen Jüngsten, erbarmungslos quälte. In der Umgebung wohnten noch andere Verwandte mit zahlreichen ungepflegten Kindern. Es war eine Art Großfamilie, unzivilisiert und verrufen. Die Töchter machten den Männern Glutaugen. Die Söhne, Rebellen gegen jede soziale Ordnung, kamen in regelmäßigen Abständen hinter Gitter. Mario, der Älteste, hatte sich bereits seine eigene Lebensregel geschaffen und schickte afrikanische Huren auf den Strich.

Clantreue, Rachedurst und Ehrbegriffe aus dem Mittelalter hielten die Familien zusammen oder ließen sie in Fehden zerplatzen, die Jahrzehnte überdauerten und gelegentlich Tote forderten. Ein Netz von Mitwissern schützte die Übeltäter, und Geldgier war stets die antreibende Kraft. Schlimme Verhältnisse also. Bemerkenswert war, dass Giovanni ganz ruhig davon sprach. Wer die Schwere seines Unglücks ermessen wollte, musste zunächst das böswillige und unversöhnliche Umfeld erkennen, in dem sich seine Kindheit abspielte. Jung, wie er war, hatte er die seltsame Gabe, die Dinge zwar so zu sehen, wie sie waren, sich jedoch von ihnen nicht berühren zu lassen, sie einfach zum Absoluten des Sonderbaren zu machen. Es war, als betrachtete er eine Fata Morgana, an deren Wirklichkeit er nicht einen Augenblick lang glaubte. Der Vater schlug ihn, die Brüder schlugen ihn, ja, sogar die Schwestern. Giovanni ertrug die Schläge, als ob er gar nichts verstand. Grausamkeiten schienen ihn begriffsstutzig zu machen, er fasste nur vereinzelte Tatsachen auf, war unschuldig und melancholisch. Seine besondere Art der Unangreifbarkeit bewirkte, dass er für Gemeinheiten schlecht ausgestattet war. Er wehrte sich nicht – noch nicht. Erst viele Jahre später würde er fähig sein, seine blinde Unschuld, seine lähmende Frustration, zu zerschlagen.

»Gehst du gerne zur Schule?«, hatte ich ihn an diesem Tag gefragt. Er hatte sein schnelles, leuchtendes Lachen gezeigt, ein Lächeln, das sich tief in meinem Augenhintergrund einprägte.

»Onkel Antonino sagt, wenn ich weiter so gut bin, darf ich auf die Höhere Schule.«

Er erzählte mir, dass er die zweite Schulklasse überspringen konnte und gleich in die dritte Klasse aufgenommen worden war. Auch wollte sein priesterlicher Onkel, dass er die Schule wechselte; er sollte mit »besserer Leute Kinder« auch bessere Möglichkeiten im Unterricht haben. Wir sind die Geschöpfe unserer Herkunft; die Herkunft diktiert unser Verhalten und Denken in dem Maße, in dem wir für sie empfänglich sind. Man muss viel Selbstbewusstsein haben, um sich von seiner Herkunft zu lösen. In seinem primitiven, abgeschlossenen Familienkreis hatte Giovanni eine ungewöhnliche Ehrfurcht vor dem Lernen entwickelt. Das geschriebene Wort war für ihn von nahezu magischer Bedeutung. Als er dann tatsächlich zu uns in die Klasse kam, fiel das auf. Giovanni war immer höflich zu den Lehren, widersprach nie, gab mit fester Stimme klare Antworten. Er war klug, und das war in den Augen seiner Mitschüler ein schlimmes Übel. Es war etwas an ihm, das sie reizte und ihnen den Wunsch einflößte, ihn zu erniedrigen. Selbst wenn er still an seinem Platz saß, spürten sie seine Andersartigkeit und hassten sie. Giovannis Gesicht war leer und steinern, und er hatte einen fernen, stolzen Blick, der ihn unzugänglich machte. Er hatte eine kindliche Geradheit, etwas von der Einfalt und Unberechenbarkeit eines Naturwesens. Die Schüler prügelten sich oft, auch wenn sie sich innerhalb des häuslichen Bezirkes recht wohlerzogen benahmen, aber an Giovanni wagten sie sich nicht zu vergreifen. Er weckte den Sadismus, den sie in sich trugen, und sie hätten ihn gerne gequält, aber sie fürchteten sich vor ihm. Es hatte sich schnell herumgesprochen, wer er war.

Noch heute sehe ich die helle, gewölbte Treppe, die blank geputzten Gänge, an denen die Schulzimmer lagen; schlichte Zimmer mit vergitterten Fenstern, die an frühere Klöster erinnerten. Über der Tafel hing ein großes Kruzifix. Durch die Fenster sah man das Grün eines Gartens und einen tiefblauen Himmel, an dem im Oktober die Zugvögel ihre wandernden Dreiecke zogen. Giovanni verharrte unbeweglich und steif auf seinem Platz neben diesem Fenster. Die Stimme des Lehrers – wir hatten nur eine einzige Lehrerin, die Malunterricht gab – hallte in der Stille wider. Giovannis Schuluniform war immer sauber, sein Hemd gebügelt, seine Schuhe blank geputzt. Seine Mutter sorgte dafür, dass er immer tadellos gekleidet war. Sein Haar war akkurat gekämmt. Mir gestand er, dass er die Uniform nicht mochte, dass ihm die Schuhe an den Füßen schmerzten. Gleich nach dem Unterricht zog er sie immer aus, sobald er aus der Sichtweite der anderen war. Er band die Schuhe an den Schnürsenkeln zusammen und warf sie über den Arm, bevor er barfuß und befreit losrannte.

Sein Onkel wollte einen Priester aus ihm machen.

4. Kapitel

Die Geschichte, die ich erzählen will, ist auch Vivianes und Peters Geschichte. Die Geschichte von Giovanni und mir steht auf einem anderen Blatt. Und trotzdem ist es die gleiche Geschichte, die lange davor bereits begonnen hatte. Und es ist eine ganz besondere Geschichte, in der alles zutiefst miteinander verwoben war, in der es nichts gab, das uns nicht völlig natürlich schien. Vivianes Platz in dieser Geschichte war strategischer Natur, sie war das entscheidende Verbindungsglied zwischen Peter, Giovanni und mir. Tatsächlich war es Viviane, die unser Verwobensein bewirkte und festigte. Sie trug in sich eine größere Überlagerung von Erfahrungen, sie kannte ihre Rolle, so absonderlich und unbegreiflich sie auch sein mochte, und sie spielte diese Rolle gut. Später erzählte sie mir, sie habe dabei stets das Gefühl gehabt, Buch zu führen. Diese Sachlichkeit war typisch für sie.

Vivianes Mutter hieß Miranda Ogier. Sie war Engländerin und kam aus einer sogenannten »besseren Familie«, von der sie aus obskuren Gründen nichts wissen wollte. Der dreizehn Jahre jüngere Vater Alexis stammte aus Thessaloniki. Ihr hybrides Erbe machte es wohl, dass Viviane, sobald alle Bezugs-und Verbindungspunkte eingeklinkt waren, die Erste war, die die Geschichte verstand. Sie stimmte ihre scharfen Sinne darauf ein, konnte sich das unsichtbare Werk dahinter vorstellen, für sie war die Sprache der Zeichen individuell und deutlich. Das Geheimnis offenbarte seine dunkle Seite, das Innere des Malstroms, den unbekannten Kern. Viviane beobachtete das alles mit aufmerksamen verzückten Augen. Sie erklärte nie etwas, weil sie ja nicht wusste, wie sie es hätte erklären können. Sie konnte die Sache auch nicht zum Stillstand bringen, ebenso wenig, wie sie sich dem Lauf der Tage, der Jahreszeiten, der Sonne und des Mondes widersetzen konnte. Aus unserer Sicht der Dinge war es ganz selbstverständlich, dass Viviane im Mittelpunkt stand. Wenn ein Kind besondere Fähigkeiten hat, glaubt es, dass alle darüber Bescheid wissen. Das Kind bleibt unbefangen, bewegt sich in einer Art ewiger Feststimmung. Unmöglich zu erkennen, was gerade in ihm vorgeht. Das Kind weiß es ja selbst nicht.

Vivi war kleingewachsen, ungepflegt, schüchtern und unverschämt, mit einer Zahnlücke, die ihrem Lächeln etwas Freches und Feenhaftes gab. Sie trug ihr feines Haar im Halbrund geschnitten, wie Fransen fiel es ihr auf die Augen, die groß und leicht vorstehend waren, richtige Kulleraugen, mit langen Wimpern. Sie war witzig, aufgeweckt und ein Ausbund von Fröhlichkeit. Es kam aber vor, dass sie sich anmaßend und stockdumm zeigte; man konnte sie auch nicht zum Gehorsam zwingen, da zersprang sie wie Quecksilber.

Sie hatte eigentümliche Veranlagungen. Wir staunten, wenn sie sich langsam und herausfordernd Dornen in den Arm stach und sich über unsere betroffenen Gesichter amüsierte. Entfernte sie die Dornen, zeigten sich winzige blaue Flecken, stecknadelgroß, aber es kam nie Blut. »Es tut überhaupt nicht weh!«, sagte sie gleichgültig. Sie sah oft Dinge an, ohne sie zu sehen, und manchmal sah sie auch etwas, als könnte sie nichts anderes sehen oder hören oder fühlen. Dann war ihr Gesicht starr und voller ungläubigem Erstaunen. Sie gab keine Antwort, wenn wir mit ihr sprachen, es war, als ob sie mit offenen Augen schlief und wir sie wachrütteln mussten. Auch hatte sie eine übertriebene Beweglichkeit der Gelenke, konnte ein Bein mühelos über ihre Schulter werfen, als sei es aus Gummi. Oft lag sie auf dem Bauch, die Beine angewinkelt und weit auseinandergespreizt, in einer Pose, die sich nur mit der eines Frosches vergleichen ließ. Kam sie in überdrehte Stimmung, konnte sie Stimmen nachmachen, wie eine erwachsene Frau sprechen, ja sogar wie ein Mann. Sie pfiff wie ein Vogel, ahmte auch Tiere nach, zauberte aus ihrem Kehlkopf alle möglichen Grunz- und Zischlaute hervor. Sie verzog keine Miene dabei, was bei uns Lachanfälle ohne Ende auslöste. Sie war eben ein kleiner Clown. Doch nicht nur das: Gelegentlich geschahen auch unheimliche Dinge. Das war, wenn sie die Augen verdrehte, sodass man nur das Weiße sah, wenn sie steif nach hinten auf den Boden fiel, ihr Körper wie eine zerbrochene Schlange zuckte und Spucke aus ihrem Mund tropfte. Während wir sie entsetzt anstarrten, schlug sie bereits die Augen wieder auf, setzte sich hoch und wischte sich die Spucke vom Kinn.

»Was glotzt ihr so blöd?«

Die Anfälle hatte sie schon als Kleinkind gehabt. Der Arzt hatte ihr Beruhigungstabletten verschrieben. Miranda wusste nie, wo sich die Tabletten gerade befanden, rannte kopflos im Haus herum, suchte in jeder Schublade. Hatte sie die Tabletten endlich gefunden, stand Viviane schon wieder auf den Beinen, schaute mit überraschten Augen um sich und hatte vergessen, was gerade geschehen war. Im Laufe der Zeit machten sich Miranda und Alexis keine Sorgen mehr. Es lag nicht in ihrer Natur, sich Sorgen zu machen. Vivianes Anfälle dauerten ja nie lange – höchstens ein oder zwei Minuten. Das sei wie bei Kindern, die asthmatisch oder mondsüchtig seien, hatte der Arzt gesagt. In der Pubertät würden die Beschwerden verschwinden. Was Miranda allerdings nicht ertrug, das waren die Geschichten von Toten und Gespenstern, die Viviane ganz unbeschwert erzählte. Dann schrie Miranda mit hysterischer Stimme: »Um Gottes willen, hör auf!«, und Alexis sagte freundlich, denn er war ganz auf Vivianes Seite: »Tu uns den Gefallen, Vivi, sonst kann Miranda heute Nacht nicht schlafen.«

Viviane quittierte es mit einem Achselzucken. Sie war um
solche Geschichten nie verlegen, es bildeten sich ja immer
neue in ihrem Kopf. Die meisten waren unklar und verwirrend. Und sie wusste auch noch nicht, woher sie kamen und
was sie damit anfangen sollte.

Miranda und Alexis kam es nicht darauf an, ob sie verheiratet waren oder nicht. Sie waren es nicht. Im Sog der alten
Hippie-Bewegung hatte es sie nach Malta verschlagen. Da saßen sie nun fest, führten eine kleine Pension, ein flaches Haus
mit Außentreppe, Ziegeldach und eine Weinrebe neben der
blau gestrichenen Tür. Die Zimmer waren dürftig eingerichtet, Waschbecken, Dusche und Klo befanden sich hinter einem Plastikvorhang. Alexis fuhr jeden Morgen mit den Fi-
schern auf See, brachte Fische mit ganz glatter weißer Haut
mit, die noch schwach nach Luft schnappten, während etwas
Blut aus ihren Kiemen sickerte. Mittags sah man ihn im Hof
vor dem Grill stehen, in Jeans und mit nacktem Oberkörper.
Er servierte den Fisch gekocht oder gebraten, mit Gemüse und
jeder Menge Kartoffeln. Die Preise waren niedrig, die Gäste –
auffallend viele Homosexuelle – kamen Jahr für Jahr wieder. Miranda machte mit einem Zimmermädchen die Betten,
putzte die Duschräume, schrubbte die Böden. Sie lief immer
in Shorts herum, mit einer Zigarettenkippe im Mundwinkel.
Abends wurde für die Gäste im Garten gedeckt. Man betrank
sich, rauchte Joints, manche bevorzugten härtere Sachen,
und jeder – Homo oder nicht – schlief mit jedem. Die Musik dröhnte laut, dann und wann beschwerten sich die Nachbarn. Einmal tauchten zwei finster dreinblickende Polizisten
auf, die Alexis milde stimmte, indem er sie zum Essen einlud. Viviane, in dieser Umgebung aufgewachsen, war, wie
ihre Lehrer es gestelzt ausdrückten, »ermüdend«. Heutzutage
würde man sie wohl als »hyperaktiv« bezeichnen. Sie hatte immer schlechte Noten. Nicht, dass es ihr an Intelligenz geman-

gelt hätte, sie war im Gegenteil überaus scharfsinnig. Aber sie war völlig verwahrlost; keiner war da, der Vokabeln mit ihr büffelte oder ihr bei den Schularbeiten half. Dazu kam, dass in den maltesischen Schulen streng auf Zucht und Ordnung geachtet wurde und Viviane nie still sitzen konnte, den Unterricht störte und alle Kinder mit Albernheiten zum Lachen brachte. Eines Tages kam sie mit Korkenzieherlocken in die Schule, so ausgiebig mit Spray besprüht, dass sie wie eine Perücke von ihrem Kopf abstanden. »Abscheuliche Eitelkeit!«, schimpfte Pater Jean, unser Klassenlehrer. Viviane musste ihren Kopf über ein Waschbecken halten und die ganze Pracht in Seifenschaum auflösen. Ein andermal fiel auf, dass ihr Uniformrock eine Handbreit kürzer war als vorgeschrieben. Das war, als sie sich in der Pause mit geschlossenen Augen im Kreis drehte; sie zeigte dabei ein undurchdringlich feierliches Gesicht und sah wie in Trance aus. Wir Kinder schauten hingerissen zu, neugierig, wie lange sie es wohl noch aushalten würde. Ihr Rock wirbelte hoch, man sah ihre dünnen Schenkel voller Mückenstiche und ihren Schlüpfer, weiß und mit rosa Blümchen bedruckt. Eine Lehrerin lief herbei, packte sie am Arm und zerrte die sich heftig Sträubende zum Schulleiter, der die Stirn in strenge Falten legte. Viviane, die immer ehrlich war, gab mürrisch zu, dass sie zwei Stunden damit verbracht hatte, den Saum zu kürzen. Der knielange Wollrock sei ihr zu warm, und – nein – Strümpfe wolle sie auch nicht tragen, die kratzten an den Beinen. Der Schulleiter bekam einen roten Kopf. Er brummte Viviane einen Verweis auf, sie musste den Saum wieder auslassen und mit Kniestrümpfen in die Schule kommen.

Heute lebt Viviane in Japan. Miranda will clean werden, macht Yoga bei Sonnenaufgang und ernährt sich vegan. Alexis wurde in der Heimat begraben. Die Pension verkam zur Müllhalde, bevor die Bagger anrückten. Jetzt entsteht dort ein Apartmenthaus mit eigenem Resort und Blick auf die Steilküste Tat il Hnejja. Eine Luxusidylle. Die Unternehmer respektieren die Landschaft, planen Naturschutz gleich mit ein. Sie schlagen sich gerissen und erfolgreich auf die Seite der Sieger, zu denen Peter und ich offenbar jetzt auch gehören, obwohl dadurch kein Euro mehr auf unser Konto springt. Unser Sieg ist lediglich ein moralischer. Eine Genugtuung allemal, wir könnten eigentlich zufrieden sein.

5. Kapitel

Die Kindheit, diese mysteriöse Landschaft der Veränderungen, erfüllt uns mit einem Sturm der Unruhe. Unser Verstand wird von einer rudimentären Logik geleitet, die dem Primitiven noch sehr nahe ist. An dem Ort, an dem Giovanni und ich die Ameisen retteten, schien die Vergangenheit noch in der Hitze ihres Mittags zu brüten. Das Geräusch der Trockenheit war in der Luft, ein heimliches Knistern, etwas wie ein Flüstern der kreisförmigen Ruinen. In der Ferne leuchtete still das Meer, und nicht ein einziges Schiff war zu sehen. Wir fügten uns in diese Landschaft ein, die stillzustehen schien, sprachen leise zueinander, mit der irrationalen Ernsthaftigkeit jener Kreaturen, die einst den ersten Feuerfunken entfachten. Wir sprachen dabei halblaut, und unsere Stimmen waren so körper- und schwerelos wie die Luft.

»Da liegen welche, die tot sind«, sagte Giovanni.

»Wir können sie nicht mehr retten.«

»Ob es wohl schlimm ist, tot zu sein?«

Ich umklammerte meine Knie, kam mir unpersönlich und klug vor.

»Ich glaube, da fühlt man nichts mehr. Meine Mutter sagt, du bist ja jede Nacht für ein paar Stunden tot.«

»Aber wir träumen doch«, sagte Giovanni. »Tote können das nicht.«

»Vielleicht doch?«

»Das wissen wir aber nicht.«

»Ich kenne einen Ort«, sagte ich, »wo ganz viele Tote liegen.«

»Auf dem Friedhof?«

»Nein, in Löchern. Man sieht nur die Knochen.«

»Knochen träumen nicht.« Giovanni sagte es in entschiedenem Tonfall. »Das Gehirn ist ja weg.«

»Knochen sind lebendig, auch wenn sie tot sind.«

»Wer sagt das?«

»Meine Freundin Vivi.«

»Hat sie keine Angst?«

»Nein, sie sagt, die in den Löchern sind nicht böse.«

»Woher weiß sie das?«

»Ach, Vivi fühlt solche Dinge.«

Giovanni zog die Stirn in Falten.

»Kann ich diese Toten auch mal sehen?«

Ich blickte auf seine Fingernägel, die wegen der abgebrochenen Stellen wie ausgezackt aussahen. Armeleutekinder haben schmutzige Nägel. Giovanni nicht. In mir bekämpften sich widerstreitende Empfindungen. Die Sache, von der ich gesprochen hatte, war unser Geheimnis. Aber ich spürte in mir ein mysteriöses und unbezähmbares Verlangen, es mit Giovanni zu teilen.

Schließlich sagte ich:

»Ich weiß nicht, ob du dabei sein darfst. Ich muss zuerst Vivi und Peter fragen.« Giovanni sah mich immerfort mit weit offenen, dunklen Augen an, deren Ausdruck zwischen funkelnd und verschwommen wechselte. Er blickte manchmal scharf, manchmal ängstlich. Seit dem Tag seiner Geburt, und zuvor schon, als die Geburt seiner Mutter ihm einen Platz auf der Erde gesichert hatte, trug er Erbanlagen in sich, die widersprüchlicher nicht hätten sein können. Eine unsichtbare, namenlose Schranke war's, die ihn zum Ausgestoßenen machte, als ob er nur Impulse vernahm, die ihm aus einer fremden Ebene zugeleitet wurden. Einen Austausch gab es nicht, alles erreichte ihn durch den Filter des sozialen Unterschieds. Die Gesellschaft stieß ihn an den Rand. Der Lebensraum, dem er angehörte, hatte ihm genügen sollen. Er lehnte sich nicht dagegen auf – noch nicht. Es gab eben Kinder, die nicht gewöhnt waren, Schuhe zu tragen, und Kinder, für die sich alles in einer anderen Welt abspielte, für ihn so unerreichbar wie der Mond. Diese Kinder kauften sich Eis und Süßigkeiten am Kiosk, sie hatten eine Busfahrkarte, oder ihre Eltern brachten sie mit dem Auto zur Schule. Sie lebten in großen Wohnungen, hatten warme Kleider im Winter, wuschen sich die Hände vor dem Essen, schliefen in sauberen Laken. Giovanni beobachtete diese schattenhaften Kinder, zu denen er nicht gehörte, und erlebte das alles in einer Durchsichtigkeit, die er mit Fantasien füllte. In ihm war nichts endgültig verschlossen. Er wartete darauf, sich zu entwickeln. Er war so feinfühlig, dass er eine Beleidigung spürte, und großmütig genug, um sie zu verzeihen. Daraus ergaben sich ungestillte Bedürfnisse, unmögliche Wünsche und sonderbare Manien: Er buchstabierte gierig die Wegweiser am Straßenrand, studierte die Fahrpläne sämtlicher Autobusse, hob jeden Papierfetzen auf, und wenn nur etwas Gedrucktes darauf stand, las er die Zeitungsblätter, die er aus Mülleimern fischte und mit der flachen Hand glatt strich. Sein Sinn für Reinlichkeit und Ordnung war übergroß. Er wusch täglich Hemd und Unterhose, zog sie morgens an, wenn sie noch klamm waren. Er schlief nie ein, bevor seine Mutter dafür gesorgt hatte, dass die Dinge um ihn herum an der richtigen Stelle lagen und keinen Zentimeter daneben. Kaum zehnjährig, war Giovanni sich bereits der Welt der Auswahl bewusst, einer Auswahl, die nur nach dem Gesichtspunkt des sozialen Standes getroffen wird. Und sah sich gezwungen, seine Träume und Sehnsüchte mit dem Preis, mit der Last der Einsamkeit zu bezahlen.

Er sagte leise und unglücklich: »Sie werden nicht mit mir gehen wollen!«

»Aber das kannst du ja gar nicht im Voraus wissen.«

Er zog traurig die Schultern hoch.

»Ich weiß es aber.«

»Hör zu«, sagte ich. »Im Paola Square, vor der Kirche, steht ein Springbrunnen. Du kannst ihn nicht verfehlen. Ich wohne ganz in der Nähe. Morgen Nachmittag haben wir schulfrei. Komm um drei, da sind meine Eltern schon weg.«

»Weil du nicht willst, dass sie dich mit mir sehen?«

»Bist du blöd!«, gab ich ärgerlich zur Antwort. »Weil sie nicht wissen sollen, dass wir zu den Toten gehen. Die Eltern von Vivi und Peter auch nicht. Sonst würden sie es uns verbieten. Darum erzählen wir nie etwas davon. Es ist unser Geheimnis.«

»Und wenn ich nicht dabei sein darf?«

Er blieb misstrauisch. Ich verstand das nicht. Da machte ich es wie immer, wenn ich nichts mehr zu sagen wusste, kehrte meine unangenehme Seite hervor und sagte mit herablassender Sicherheit:

»Dann wartest du eben umsonst!«

Er fuhr wie vor einem Schlag zurück. Sein Gesicht wurde straff und abweisend. Eine dunkle Flamme flackerte in seinen Augen auf. Er war gekränkt. Das hatte ich nicht gewollt. Giovannis Lippen waren zusammengepresst, sie schienen ganz hart geworden. Doch gelang es ihm nicht, ein leichtes Zittern zu verbergen. Dies zu sehen, tat mir weh. Ich sagte versöhnlich:

»Aber das macht nichts. Auch wenn sie nicht wollen, sind wir jetzt doch Freunde?«

Giovanni ließ mich nicht aus den Augen. Er schien völlig versunken, wie versteinert.

»Nun sag doch was!«, rief ich ungeduldig.

Mit einem Ruck bot mir Giovanni die Stirn. Ich dachte, er würde mich anschreien, aber nein. Er zwang sich die Worte aus der Lunge, sie kamen so weich und leise heraus, dass ich meinte, sie geträumt zu haben.

»Ich habe keine Freunde. Du bist genau wie die anderen.«

Wer heute das Hypogäum in Hal Saflieni besichtigt, erlebt eine Überraschung nach der anderen. Die angemeldeten Besucher – nur immer in Gruppen von zehn – erfasst eine sonderbare Stimmung, wenn sie in einer normal belebten Straße vor einer Haustür stehen, die wie alle anderen aussieht. Nur eine kleine Tafel, seitlich angebracht, markiert den Ort. Die Besucher betreten zunächst die Vorhalle mit der Eintrittskasse. Danach kommt ein zweiter Raum, in dem die Geschichte, die Entdeckung und die Erforschung der Grabkammern an Schautafeln dargestellt wird. Es gibt eine Videovorführung mit Erklärungen in verschiedenen Sprachen. Dann erst beginnt die eigentliche Besichtigung. Sie ist wohl ähnlich, wie man es sich erwartet hatte, aber doch um vieles eindrücklicher, geheimnisvoller und gewaltiger.

Die Arbeiten zum Schutz dieses Ortes hatten viele Jahre in Anspruch genommen. Beleuchtungs- und Klimaanlagen wurden angebracht, Stufen eingebaut, das Kanalisationssystem und die Zisterne gesichert. Als ich Kind war, gab es das alles noch nicht. Die alten Häuser bewahrten ihr Geheimnis. Und die Geister der Toten waren gut zu uns. Auch wenn wir unser Leben mehrmals in Gefahr brachten, die Toten sorgten dafür, dass uns nichts Böses geschah. Sie mögen uns eben sehr, sagte Vivi, die solche Dinge wusste.

Vor mehr als einem Jahrhundert hatte ein Pater, auf der Suche nach archäologischen Denkmälern, unter den Häusern die Reste eines Friedhofs aus vorchristlicher Zeit ausgemacht. Pater Magri wühlte in der Erde, legte Knochenteile und Keramikscherben frei, die man den Toten als letzte Gabe beigelegt hatte. Er fand auch Schmuck: Perlen und Amulette aus poliertem Metall und Halbedelsteine, kleine geschnitzte Tiere und Vögel. Die »heidnischen Funde« lösten zunächst eine leichte Verstimmung aus. Viele hielten sie für gänzlich wertlos. Am Ende wurden die Sachen im archäologischen Museum untergebracht. Pater Magri war es auch nicht gegeben, weiterzumachen, weil er bald darauf Malta als Missionar verließ. In dieser Zeit steckte die Steinzeitforschung noch in den Kinderschuhen, die Religion stand haushoch im Weg, und rings um sie lag das Wissen brach. Ein Mann jedoch ließ sich von den finsteren, warmtrüben Tiefen behexen: Dr. Themistocles Zammit, der wohl bedeutendste einheimische Archäologe, hatte sein Wissen weitgehend als Autodidakt erworben. Dr. Zammit, übrigens ein Großonkel meines Vaters, machte sich ab 1910 mit anderen Gelehrten ans Werk, arbeitete unvoreingenommen und zielstrebig, ohne Hast und sehr sorgfältig. Er machte Aufzeichnungen, stellte eine Art Chronologie auf, immer mit der Absicht, aus den Entdeckungen eine zusammenhängende Geschichte zu bilden. Der Erste Weltkrieg mit seinen Restriktionen setzte den Ausgrabungen ein vorläufiges Ende. Schweren Herzens veranlasste Dr. Zammit, dass die rote Erde, ohne die Knochen und Grabbeigaben, die im archäologischen Museum blieben, wieder in die Kammern gebracht wurde. Im Krieg diente die große Zisterne im Vorraum der Grabkammern, die mit ihren wuchtigen Pfeilern aus dem Fels geschnitten war, als Wasservorrat für die Bevölkerung; sie war noch bis zum Zweiten Weltkrieg in Gebrauch. Dann wurde die Grabstätte verschlossen und vergessen.

Doch es gab Wege, die in die Tiefe führten. Sie zu finden und hineinzukriechen war für Kinder das Einfachste auf der Welt. Wir waren so oft hier gewesen, dass wir uns in allen Gängen und Kammern zurechtfanden. Licht fiel durch kleine oder größere Löcher; mehr brauchten wir nicht. Wir wussten, dass wir etwas Gefährliches und Verbotenes taten. Aber nichts hätte uns davon abbringen können, es wieder und wieder zu tun. Das Reich der Toten war unsere Welt und unser Geheimnis, kostbar und verschwiegen.

Und wir hatten an jenem Tag, nach der Schule, lange und heftig miteinander gestritten. Wir stritten oft und ungeniert, wie Bäume von einem heftigen Wind geschüttelt werden. Wir maßen unsere Kräfte, bangten, litten, hofften dabei; zuallerletzt verfielen wir in atemlose Heiterkeit. Das offenbar und Ähnliches war es, womit wir unsere Freundschaft festigten. Und es war ausgegangen wie immer: Die Beharrlichste setzte ihren Willen durch. Aber diesmal musste sie ein Opfer bringen.

»Auf dich ist einfach kein Verlass!« Peters Vorwürfe prasselten wie Kiesel auf mich ein. »Wir kennen den anderen Jungen nicht. Ich wette, der kann seinen Mund nicht halten. Und wenn der redet, drehe ich dir den Hals um!«

»Ein Geheimnis muss man für sich behalten«, sagte Vivi. »Sonst wird das Geheimnis böse!« Vivi sagte oft sonderbare Dinge, ähnlich unverständlich wie die Texte, die wir im Unterricht lesen mussten. Es klang wie purer Quatsch, ohne Zusammenhang. Die Tiefgründigkeit war irgendwo, aber wir konnten sie nicht wahrnehmen. In der Schule hielt Vivi sich zurück, machte ein einfältiges Gesicht; sie hatte schnell gemerkt, dass ihre Bemerkungen bei den Lehrern auf Ablehnung stießen.

»Ein Geheimnis kann nicht böse werden!«, sagte ich verärgert zu ihr.

»Doch!« Vivi zog hüpfend einen Kreis. Sie wirkte zerbrechlich wie ein Vogel. Ihr Haar fiel herunter, und die hellrote Schleife, die sie trug, hing auf ihrer Schulter.

»Wir gehen einfach nicht hin.« Im Gegensatz zu Vivi hielt sich Peter steif wie ein Stock. Er stieß beim Sprechen leicht mit der Zunge an, wofür ihn die Mutter tadelte. »Dann wartet er umsonst und kommt kein zweites Mal wieder.«

Ich fand Peter gemein. Eifersüchtig? So weit dachte ich damals noch nicht. Ich hätte ihn gerne an meiner Seite gehabt.

»Nein, er soll dabei sein. Ich habe es ihm versprochen.«

»Versprochen?«

Vivi zog argwöhnisch die Silben in die Länge, senkte den Kopf, der schmal und länglich war, und schien ihre tanzenden Füße zu beobachten.

»Ehrenwort, er ist nett!«, sagte ich. »Er rettet Ameisen.«
Schallendes Gelächter. Die beiden krümmten sich.
»Wo kommt er denn her?«, fragte Peter, als er wieder spre-
chen konnte. Ich machte eine unbestimmte Geste. Ich wollte
das Spiel nicht von vornherein verlieren.
»Ich weiß es nicht.«
»Er wird uns verpetzen, garantiert!«
»Tut er nicht.«
»Ist ja egal, wir wollen ihn einfach nicht dabeihaben.«
»Dann gehe ich eben allein mit ihm!«, sagte ich trotzig.
Vivi hüpfte plötzlich nicht mehr, stand ganz ruhig, kniff
die grünen Augen zusammen. »Zu den Toten? Das kannst du
doch nicht!«
Ich starrte sie böse an.
»Natürlich kann ich das!«
Peter wurde auf einmal sehr feindselig.
»Und du glaubst, dass wir dir das erlauben?«
Ich ballte die Fäuste.
»Ich tu, was ich will!«
»Und wenn ihr in ein Loch fallt und wir nicht da sind?«,
fragte Vivi.
»Wir passen schon auf! Wir sind nicht dämlich.«
»Und wenn er Angst kriegt? Davonrennt? Dann liegst du
im Dunkeln. Und niemand hört dich, wenn du schreist.«
»Er rennt nicht weg.«
Sie warfen einander Blicke zu, bis Peter in heimtückischem
Ton das Schweigen brach.
»Wenn es dir so wichtig ist, dass er dabei ist, musst du etwas
dafür tun. Eine Mutprobe bestehen.«
»In Ordnung«, sagte ich. »Welche denn?«
Peter sah zu Vivi hinüber: »Sag du eine!«
Vivi schüttelte den Kopf.
Mutproben gehörten dazu; wir fassten es nicht als Beleidi-
gung auf. Es war manchmal zum Lachen, manchmal scheuß-

lich kompliziert. Es gab wenig, vor dem unsere Einbildungs-
kraft zurückgescheut hätte.

Peter stand, von seiner Wichtigkeit durchdrungen, breitbei-
nig da und kratzte sich den Schweiß unter den Achselhöhlen.

»Muss mal überlegen!«

»Ich mache jede Mutprobe, die du willst«, sagte ich.

»Warte, mir fällt gleich eine ein!«

Vivi wandte sich achselzuckend ab.

»Da können wir bis morgen früh warten.«

»Los, nun sag schon!«, rief ich herausfordernd.

Peter schnippte mit den Fingern.

»Ich hab's! Du musst durch Brennnesseln laufen.«

Vivi fuhr herum, wobei sie hell auflachte.

»Das ist doch keine Mutprobe!«

»Für dich nicht«, sagte Peter, »du spürst ja nichts.«

»Weil ich nichts spüren will.«

Peter sah ein wenig verächtlich über mich hinweg.

»Ja, dann sag ihr doch, wie man das macht. Vielleicht bringt
sie es fertig.«

Vivi wischte sich mit den Handrücken unter der Nase lang.

»Sie muss einfach die Luft anhalten.«

Ich wandte mich entschlossen an Peter.

»Du denkst, ich habe Angst, was?«

»Hast du bestimmt!«

Meine Wangen wurden heiß.

Ich fauchte: »Die so das Maul aufreißen, die werden sich
wundern! Wenn ich durch Brennnesseln laufe, darf dann Giovanni dabei sein?«

Vivi streifte mich mit einem Blick und sah wieder weg, als
ob sie das Ganze nicht mehr interessierte.

»Du tust es ja sowieso nicht«, meinte Peter mit gehässiger
Ironie.

»Ja oder nein?«, schrie ich.

Vivi kauerte sich abseits auf die Fersen, zog ihren Schlüpfer über die Schenkel, stützte die Ellbogen auf die Knie und ließ Wasser. Peter und ich warfen einander böse Blicke zu und warteten. Der Entscheid hing von ihr ab. Nach einem Augenblick kam Vivi wieder auf die Beine, schob ihren Schlüpfer hoch.

»Meinetwegen«, sagte sie nachlässig.

Peter schwieg verbissen und widersprach ihr nicht. Ich stellte die Schultasche an einen Baum, drehte mich um und rannte los. Die anderen liefen hinterher. Von dem Schauspiel wollten sie sich nicht das Geringste entgehen lassen. Damals war das Viertel noch nicht verbaut. Es gab viele Stellen, wo nur Unkraut wucherte. Manche Steine, die aus dem Gestrüpp ragten, wiesen quadratische Formen auf. Später fand man heraus, dass die Römer dort eine Straße bis zur Küste angelegt hatten. Davon waren nur noch wenige Überreste vorhanden, und im Laufe des Baubooms der Neunzigerjahre hoben Bagger sie aus der Erde und trugen sie fort. Der Hang, auf dem die Brennnesseln wucherten, war ganz in der Nähe. Oben, wo es weniger schattig war, wuchs nur noch Ginster, und auf der anderen Seite gab es nichts als Geröll. Ich sah über den Hang hinweg, atmete ein paarmal tief ein und aus. Im Grunde war die Strecke nur kurz. Los, also! Ich zögerte nicht mehr, begann den Aufstieg, bahnte mir einen Weg durch das staubige, brennende Gestrüpp. Was hatte Vivi gesagt? Luftanhalten? Unmöglich! Es juckte und kratzte überall. An manchen Stellen schien das Gebüsch undurchdringlich. So dicht wuchsen die Nesseln, mit wilden Brombeerranken vermischt, dass ich den Boden nicht sah. Irgendwann trat ich auf einen lockeren Stein, der umkippte und mich fast aus dem Gleichgewicht brachte. Als ich mich aufrichtete, schlug ich hart mit dem Kopf an einen Ast. Ich biss die Zähne zusammen und befühlte die schmerzende Stelle. Ich berührte aufgeplatzte Haut, sah Blut an meinen Fingern. Scheiße, Scheiße, wiederholte ich innerlich, mit dem Gedanken an meine Eltern, die mir überdies solche Ausdrücke verboten hatten. Allerdings, auf eine Schramme mehr oder weniger kam es ja nun wirklich nicht mehr an. Keuchend, stolpernd bahnte ich mir einen Weg nach oben, zog mich an Sträuchern empor, während der Schmerz in meiner Stirn pochte und ich mir einzureden versuchte, Dornen und Brennnesseln täten nicht weh. Das Gemisch welker Pflanzen, alter Blätter und staubiger Erde erzeugte einen warmen, herben Geruch, der mir in die Nase drang und die Kehle austrocknete. Endlich erreichte ich die höchste Stelle, die Anhöhe, drehte mich zu den anderen um, die unten warteten, und machte das V-Zeichen. Meine weiße Schulbluse war zerknittert und verschwitzt, rote Striemen und Schwellungen bedeckten meine nackten Arme und die Beine oberhalb der Kniestrümpfe. Ich rutschte und strauchelte den Abhang hinunter. Am Fuß des Hügels liefen mir Vivi und Peter entgegen. Ich war ihre heftigen und schnellen Stimmungsumschwünge gewohnt und wunderte mich nicht, dass sie mich betroffen anstarrten. Peter stand das schlechte Gewissen ins Gesicht geschrieben.

»Angst haben und dann trotzdem, das ist schon was!«, stammelte er einigermaßen kopflos.

Ich stampfte mit den Fuß auf.

»Ein für alle Mal, ich hatte keine Angst!«

Alles brannte in mir, wie ein Sonnenbrand am ganzen Körper. Ich war außer Atem und zitterte. Das gleißende Licht betäubte mich fast. Aber ich war zu erhöhter Bedeutung aufgestiegen, ein symptomatisch erwünschter Zustand für meinen Geltungsdrang. Peter, der nicht sehr schlagfertig war, grinste einfältig.

»Glaube ich dir!«

Vivi zeigte auf meine Stirn.

»Du blutest ja! Und wie!«

Ich sah Peter in die Augen.

»Ich bin gegen einen Ast gerannt.«

Peter schluckte.

»Tut es sehr weh?«

»Überhaupt nicht!«, prahlte ich.

Das Blut lief mir den Mund entlang und tropfte auf meine Bluse. Vivi gab mir ihr Taschentuch – sie hatte immer eins dabei und ich nie –, und wir verabredeten uns um drei vor der Kirche.

»In die Brennnesseln gefallen?«, schimpfte Mutter. »Wie alt bist du eigentlich?« Ich sollte sofort eine Dusche nehmen – ja, auch die Haare – und die Wäsche wechseln. Und wenn die Verletzung morgen nicht besser aussähe, bliebe mir ein Arztbesuch nicht erspart; vielleicht musste die Wunde genäht werden. Mutter behandelte sie mit Jodtinktur – das übliche Allerweltsmittel – und brachte mir eine Salbe, um die Schwellungen zu lindern. Bluse und Kniestrümpfe kamen in den Wäschekorb, der Faltenrock wurde ausgebürstet und an die Luft gehängt. Dann endlich gab es Mittagessen.

Giovanni kam zur verabredeten Zeit. Am Anfang stand Schweigen zwischen uns. Wir trafen zusammen, mit Zurückhaltung und Misstrauen, wie Tiere, die sich mitten im Wald begegnen. Dass ein neuer Abschnitt in unserem Leben anfing, dass dies der Beginn eines komplizierten Spiels sein würde, war uns noch nicht klar. Alles geschah auf so einfache, zu einfache Weise. Giovannis Augen schauten uns an, öffneten sich weit und glänzten wie braune Spiegel. Dabei kehrten seine Blicke immer wieder zu mir zurück, als ob er insgeheim fürchtete, ich könne ihm meine Freundschaft entziehen. Ein nur ganz zart angedeutetes Lächeln verklärte seine Züge wie von innen her, zeigte Zutrauen, Klugheit und Melancholie. Trotzdem fühlten wir uns unbehaglich. Vivi schien abwesend, wie ausgelöscht, und Peter machte ein finsteres Gesicht. Plötzlich wurde mir bewusst, dass ich Giovannis Lächeln erwiderte. Er hörte nicht auf, mich zu betrachten, gleichsam erstaunt und besorgt, und wies unvermittelt auf meine Wunde, an der Jodtinktur und verkrustetes Blut klebten. Mutters Heftpflaster hatte ich abgerissen, sobald sie außer Haus war, und dann im Spiegel gesehen, wie düster meine Augen unter der orangefarbenen und pflaumenblauen Schwellung schimmerten.

»Bist du gefallen?«, fragte Giovanni mitfühlend.

Vivi zog an ihrer Schleife, und Peter wurde rot. Mein drohendes Anstarren verfehlte nicht seine Wirkung, keiner muckste sich.

»Ein Kratzer, nicht der Rede wert!«

Erst viel später erzählte ich Giovanni, wie es zu der Verletzung gekommen war. Werfe ich mein Haar nach hinten oder wirbelt es ein Windstoß empor, sieht man die Narbe noch heute: ein dünner Strich, heller als die gebräunte Haut.

Bisher waren wir drei gewesen; von diesen Augenblick an waren wir vier. Ganz rasch, fast heimlich, gehörte Giovanni zu uns. Vielleicht war die heftige Neigung, die Peter und Vivi – jeder auf seine Art – ihm entgegenbrachten, meinen eigenen Gefühlen nachgebildet. Oder auch nicht. Gesteigerte Gefühle allemal, die sich häuften, Schicht auf Schicht. Sie wurden bedeutend, einfach weil wir sie mit schuldhaftem Wohlbehagen erlebten. Es war nicht sofort zu erkennen, wer von uns die Fäden zog. Aber wenn ich zurückblicke, sehe ich immer nur Giovanni. Schweigsam und mit ungewöhnlicher Sanftmut wurde er unser Schatten. Aber schon damals war es, als ob wir dabei etwas Heimliches empfanden, und in unserer Freundschaft lag stets eine gewisse Angst. Denn niemand und nichts hatte unser Leben so geändert, wie Giovanni es änderte.

6. Kapitel

In den Grabkammern war es immer Nacht. Das Gelände lag unterhalb einer Anzahl unbewohnter Häuser. Es hieß, die Bombardierungen im Zweiten Weltkrieg hätten die Fundamente erschüttert, was sich später auch als wahr erwies. Die ganze Anlage ließ sich mit einer alten, vernachlässigten Baustelle vergleichen. Doch gab es Stufen und längst vergessene Leitern, die in das geheime Mark des Felsens führten. Unbefugten war der Zutritt natürlich verboten, aber welches Kind schert sich um Verbote? Jedenfalls kannten wir den Weg; ein Türschloss war nur mit einem Draht befestigt, der sich mühelos zurückbiegen ließ. Drinnen war es nicht völlig dunkel: Durch die mit Brettern vernagelten Fenster fiel spärliches Licht. Die Räume waren von Trümmerhaufen angefüllt, die durch den Treppenschacht gefallen waren. Zerschlagene Steine hatten den Fußboden bedeckt, Möbelstücke zermalmt und andere völlig verschüttet. Schmal und geschickt, wie wir waren, kamen wir überall durch. Wir kletterten über Steinbrocken, glitten an einem großen, im labilen Gleichgewicht herabhängenden Betonblock vorbei, wichen geschickt verrosteten Eisenstäben aus. Kinder denken nicht an Gefahren. Dass der Block ins Rutschen kommen konnte, kam uns überhaupt nicht in den Sinn. Die halb verschüttete Öffnung lag kaum sichtbar hinter einem Schuttberg, aber wir hatten die Stelle längst ausgemacht. Zwischen Rand und Gesteinsmassen war nur ein enger Durchschlupf geblieben. Peter, der Einzige, der eine Taschenlampe besaß, knipste diese jetzt an und leuchtete hinab. Eine Leiter, an die raue Mauer gelehnt, führte in die Tiefe. Peter zwängte sich mit den Füßen voran in das Loch, kletterte vorsichtig die Sprossen hinab. Wir folgten dem hüpfenden Lichtkegel. Von Sprosse zu Sprosse tastend, bahnten wir uns allmählich den Weg nach unten. Die Leiter stammte noch aus Kriegszeiten. Man hatte sie benutzt, um Trinkwasser aus der Zisterne zu schöpfen. Diese befand sich in einer unterirdischen Kammer und war aus dem natürlichen Kalkstein geschnitten worden, wobei Pfeiler die Wände stützten. Wir beugten uns über den Rand, an dem noch ein Eimer an einer Kette befestigt war. Ein muffiger Geruch stieg aus dem alten Brunnen empor. In mehreren Metern Tiefe schimmerte Wasser, von irgendeiner unterirdischen Quelle gespeist. Das Wasser, vollkommen still, starrte wie ein pechschwarzes Riesenauge zu uns empor. Als Peter sich mit der Lampe vorbeugte, wurde es plötzlich so durchsichtig wie Glas. Funken spielten in der feuchten Tiefe, und unsere Gesichter bewegten sich wie rosa Flor auf der glänzenden Fläche.

»Tief?«, fragte Giovanni.

»Nur, wenn es regnet.«

Peter hob einen kleinen Stein auf und warf ihn in die Zisterne. Es gab ein plätscherndes Geräusch. Silberne Wellenringe zeigten, dass das Wasser lebte.

»Jetzt ist es ziemlich tief«, meinte Peter.

Eine zweite, ebenso morsche Leiter führte in den eigentlichen Eingangsbereich der Grabkammern. Hier zweigten Gänge ab, die alle in verschiedene Räume mündeten. Der Eingang jeder Kammer war durch große, akkurat gemeißelte Steine gekennzeichnet. Peter wies mit der Taschenlampe nach oben; die Decke, weit bis ins Dunkel hinauf, war ockerfarben bemalt – spiralförmige Muster, einfach und schnörkellos.

»Wer hat das gemacht?«, flüsterte Giovanni.

»Leute von früher«, flüsterte Vivi zurück.

Das Gewölbe war kurvenreich und ziemlich hoch, nur gelegentlich mussten wir gebückt gehen. Das Bauwerk war glanzlos und auffällig in einem, vor allem aber geheim. Dann und wann erhielt es durch Spalten etwas Licht, das handgroße helle Flecken auf die Wände warf. Außerdem gewöhnten sich unsere Augen allmählich an die Dunkelheit. Der dünne Strahl der Lampe beleuchtete nur den Boden, der felsig und glatt war und den Weg in die Tiefe mehr andeutete als zeigte. Außer unseren leisen Schritten und den Geräuschen unserer Atemzüge war alles still. Die kurvenreichen Gänge, von warmer Luft gefüllt, gaben den Blick auf verschiedene Kammern frei. Und in jeder Kammer sammelte sich, geheimnisvoll und unheimlich, das Dunkel.

»Wo sind denn die Toten?«, fragte Giovanni.

Der Klang seiner Stimme ließ uns alle zusammenfahren. Vivi gab keine Antwort, drückte nur stumm seinen Arm. Nach einer Weile blieb Peter, der mit der Lampe vorausging, stehen. Er kannte die Stelle, an der sich, unmittelbar vor seinen Füßen, ein kreisrundes Loch öffnete. Auch hier war eine Leiter angebracht. Einer nach dem anderen stiegen wir die Sprossen hinab. Unten war der Weg ein ganzes Stück enger; streckten wir die Arme seitwärts in Schulterhöhe aus, konnten wir den Fels berühren. Hier war es eine Zeit lang stockfinster, der kleine weiße Lichtkegel half auch nicht viel, aber wir wussten ja, dass der Weg bald wieder nach oben führte. Man merkte es daran, dass die Luft kühler wurde. Von irgendwoher drang Licht, und nach etwa zwanzig Metern mündete der Gang in einen großen, abgerundeten Raum. Ein Teil der Wand und der kuppelartigen Decke war mit schwarzen und weißen Vierecken versehen. Wie ein überdimensionales Schachbrett sah es aus, sehr deutlich zu erkennen, weil von oben, wie ein feiner blauer Nebel, Helle hereinfiel; sie musste von einem Loch an der Außenwand eines der Häuser kommen, sodass die Kammer, drei Stockwerke tiefer unter der Erde, beleuchtet wurde. Hier waren alle Wände wie eine Bienenwabe ausgehöhlt. Übereinanderliegende Zellen, kaum groß genug, dass ein Mensch mit eingezogenem Kopf dort sitzen konnte, waren in den Fels geschlagen. Und alle Steinquader, alle Pfeiler waren mit ockerfarbenen Spiralen bemalt. Ich sagte zu Giovanni, der staunend dastand:

»Malereien für die Toten.«

Genaueres konnte ich nicht sagen. Wir verfügten über keine rationale oder mystische Erfahrung, spürten lediglich das Geheimnis unter dem Schleier, und eine Kraft, die zu beschwören einst gelang und die dann einer Stätte zu eigen blieb. Denn die Spirale, gleichermaßen Muschel, Schlange und Mutterschoß, stellt die ursprüngliche Materie dar, die Leben hervorbringt und Verstorbene aufnimmt. Im innersten Hort, in der Krypta der Geheimnisse, wird die Neugeburt eingeleitet. Die Spirale, die sich einschließt und fortbewegt, ist Geheimnis alles Geheimen, Kern aller Kerne und Sinnbild eines Lebens, das niemals endet. Woher sollten wir, die Kinder, das wissen? Gleichwohl setzte in unserem Alter die Gabe, sich etwas vorzustellen, voraus, dass der Sinn für das Heilige, In-sich-Gekehrte, noch in uns war. Wir suchten keine Erklärung, wie Erwachsene das tun würden, wir waren nur Unbefangenheit und Staunen.

»Und die Toten?«, fragte Giovanni.

»In den Löchern«, sagte Peter. »Früher hat man da ganz viele gefunden.«

»Die Löcher sind zu klein«, meinte Giovanni zweifelnd. »Da kann keiner liegen.«

»Doch, in hockender Stellung, das müssen wir dir noch erklären.«

Giovanni sah nach wie vor skeptisch drein.

»Als mein Großvater gestorben war, lag er ganz steif auf dem Rücken. Der hätte niemals reingepasst.«

Vivi kicherte ein wenig schrill.

»Kein Problem, Tote kann man zurechtbiegen.«

Giovanni überhörte die Bemerkung.

»Sind da noch welche?«

»In den Löchern da oben? Kann sein.«

»Kann ich die mal sehen?«

»Von hier aus nicht«, sagte ich. »Wir müssen klettern.«

Peter erwiderte sofort, er nicht. Seine angeborene und anerzogene Vorsicht machte ihn mitunter kleinmütig. »Ich finde nichts Interessantes dabei!«, sagte er, wie um sich zu rechtfertigen.

»Dann bleib da, wo du bist«, versetzte ich geringschätzig. »Lampe her!«

Ich hielt die Taschenlampe und leuchtete, während wir an der Wand emporkletterten. Die unteren Löcher waren alle leer. Wir zogen uns weiter hinauf, bis der Lichtkreis das Dunkel in einer der oberen Zellen durchbrach. Vom ersten Augenblick an hatte ich einen Geruch wahrgenommen – weder angenehm noch unangenehm –, den ich nicht deuten konnte. Er roch irgendwie süßlich und gleichzeitig bitter, nach Moder, Verwesung und tiefer, feuchter alter Erde. Es war eigentlich kein unangenehmer Geruch. Ich empfand ihn eher als feierlich wie in einer luftschwangeren Kirche. Dieser Geruch verstärkte sich, wurde sehr intensiv. Er führte uns sozusagen, als wir höher stiegen, Stein über Stein, bis wir uns endlich auf den Rand der Nische setzen konnten.

»Auch genug Licht?«, rief Peter, der von unten zusah, halblaut.

»Reichlich.«

Wir zogen vorsichtig den Kopf ein, leuchteten in die Zelle und fuhren erschrocken zurück. Neben einem Stein ragte der Schädel eines Menschen aus dem Geröll, schimmerte grellweiß im diffusen Licht, mit aufwärtsgerichteten Augenhöhlen. Daneben noch einige Fragmente, bleich und sauber wie Elfenbein, ein Teil der Wirbelsäule und ein gebrochener Schulterknochen. Solche Reste hatten wir schon früher gesehen, aber es waren immer kleinere Häufchen gewesen. Es war das erste

Mal, dass wir einen so gut erhaltenen Schädel fanden. Der Kiefer zeigte schöne, starke Zähne. Die Schneidezähne waren intakt, nur ein Backenzahn fehlte. Wir starrten auf den Schädel, und die tiefen, scharfen Augenschatten starrten zurück. In dem pechschwarzen Inneren schienen zwei Punkte zu glitzern; es war aber nur das Funkeln der Taschenlampe auf dem grellen Weiß der Knochen. Gleichzeitig fiel mir auf, dass sich unlängst Steine aus der Wand gelöst hatten. Es waren sogar ziemlich große dabei, die gebrochen herumlagen. Einige waren wohl aus der Zelle gesprungen, hatten Geröll abgetragen und die verschütteten Knochen freigelegt.

Vivi war es, die sich als Erste bewegte. Sie machte ihren Hals eine Kleinigkeit länger, tastete mit den Fingern vorwärts und hob einige kleine Gegenstände aus dem Schutt: vereinzelte Kugeln aus grünlicher Keramik, die ursprünglich eine Halskette gebildet hatten, ein kupferner Ring, die Reste eines Armbands in Form einer Spirale. Während sie die Gegenstände mit sorgfältigen Gesten auf die Seite legte, merkte ich, dass die Taschenlampe in meiner Hand leicht zitterte. Es war eine Anspannung in mir, die mehr die Muskeln als den Geist ergriff. Ich fror, was mich verwunderte, da die Luft äußerst stickig war. Ich fragte mich, ob es die Erde war, die sich den Geruch der Knochen angeeignet hatte. Aber Knochen riechen doch nicht, dachte ich, auch wenn sie die Erde einschließt und bewahrt. Ich kam zu dem Schluss, dass das Gerippe mit dem Geruch nicht viel zu tun hatte.

Giovanni kauerte neben mir und sagte kein Wort. Ob er den Geruch wohl auch roch? Ich hätte ihn gerne gefragt, aber die Frage kam mir zudringlich vor, unpassend. Das kräftige schwarze Haar fiel ihm tief in die Stirn. Sein Atem streifte mein Gesicht, vermischt mit seinem eigenen Geruch nach erhitzter Haut und Ginster. Ein warmer, lebendiger Geruch, der den anderen, den fremden, verdrängte und mir wohltat.

»Seht ihr was?«, rief Peter von unten.

»Ja, da liegt einer, der fast noch ganz ist«, rief ich mit gedämpfter Stimme zurück. Und da sagte Giovanni:

»Eigentlich ist es eine Frau.«

Das war behutsam, freundlich gesprochen. Trotzdem fuhr ich leicht zusammen, weil seine Stimme so dicht neben mir erklang. Ich war überrascht, weil ich nur die Knochen sah. Er aber schien sich den Menschen vorgestellt zu haben, der hier begraben war. Und der Schmuck deutete darauf hin, dass er recht hatte. Ich machte ein bejahendes Zeichen.

»Sie muss jung gestorben sein.«

Die Antwort kam von Vivi, wobei sich ihre Stimme wie ein leises Summen anhörte. Es war nicht ihre übliche Stimme.

»Nicht ganz jung. Ungefähr so alt wie meine Mutter.«

Ihr Gesicht mit den wirren Haaren erschien gespenstisch im Helldunkel. Die leicht vorgewölbten Augen wirkten noch größer, als sie sowieso schon waren, und sonderbar dunkel und matt.

»Woher weißt du das so genau?«, fragte ich verblüfft.

Sie nickte mir besserwisserisch zu.

»Du, das kannst du mir glauben.«

Was denkt sie denn jetzt wieder?, schoss es mir durch den Kopf. Es kam vor, dass Vivi unheimliche Dinge sagte oder tat, darauf waren wir immer gefasst. Irgendwas musste es geben auf der Welt, das sie bisweilen auf ganz verrückte Ideen brachte. Womöglich war sie jetzt auch Giovanni unheimlich, denn er sah sie drei volle Sekunden an, ehe er sich bewusst und langsam wieder dem Skelett zuwandte. Seine Augen folgten dem Lichtkegel, und plötzlich stieß er mich mit dem Ellbogen an und deutete auf einen kleinen Gegenstand, der dicht bei der Frau zwischen den Resten von Brustkorb und Arm sichtbar war. Die Frau, die auf der rechten Seite lag, schien diesen Gegenstand einst mit dem linken Arm wie eine Puppe umfasst zu haben. Ein Knochen war es nicht. Giovanni beugte sich vor, langte behutsam nach dem Ding, das sich ganz leicht aus dem

65

Geröll löste. Ich richtete den Schein der Taschenlampe auf den Fund, den Giovanni behutsam hielt und betrachtete. Es war eine Tonfigur, kaum größer als seine Handfläche. Sie stellte nicht, wie ich zunächst angenommen hatte, einen Vogel dar, sondern eine schlafende Frau. Sie lag auf einem Ruhebett, auf ihren rechten Arm gestützt, in der gleichen Stellung wie die Tote. Der Kopf war im Verhältnis zum Körper klein, die Brust entblößt, und die Hüfte bildete eine hohe Wölbung. Schulterblätter, Rücken und Gesäß waren wunderbar naturgetreu geformt und zeigten eine harmonische Linie. Die Schlafende trug eine Art Faltenrock, von der Taille abwärts bis zu den Waden, die kleinen Füße waren leicht eingezogen und jeder Zeh akkurat nachgebildet.

Dass Vivi nicht mehr neben uns kauerte, war uns nicht aufgefallen, weil die Figur unsere ganze Aufmerksamkeit gefangen nahm. Wir merkten es erst, als wir hörten, wie Peter einen erschrockenen Laut ausstieß. Irgendwann war es Vivi gelungen, die Nische zu verlassen und so leicht über die Wand nach unten zu gleiten, als wöge sie nur so viel, wie man im Traum wiegt. Und jetzt lag sie zu Peters Füßen am Boden, verdrehte die Augen, von denen man nur noch das Weiße sah. Sie wälzte sich hin und her, von Krämpfen geschüttelt, während Peter neben ihr kniete und hektisch in den Taschen seiner Jeans wühlte. Er fand das Taschentuch, das er suchte, und stopfte es Vivi in den Mund. Ich sah Giovanni bedeutungsvoll an.

»Sonst beißt sie sich die Zunge ab!«

Giovanni, der einen verwirrten Eindruck machte, nickte nur. Wir stiegen hinab, setzten einen Fuß nach dem anderen auf die vorspringenden Steine. Bei dem bisschen Licht war der Abstieg gefährlich. Wie hatte Vivi das nur so schnell geschafft? Ich kletterte voraus, und Giovanni folgte, wobei er die kleine Figur behutsam an sich drückte. Seine Füße in den zerschlissenen Turnschuhen fühlten sehr geschickt den Fels. Und kaum standen wir unten, da hob Vivi den Kopf, hustend und würgend, und spuckte das Taschentuch angeekelt aus.

»Was soll denn das?«, keuchte sie erbost. »Warum steckst du mir das dreckige Ding in den Mund?«

Peter antwortete pflichtschuldig, sein Vater habe gesagt ...

»Ach, geh weg mit deinem Vater!«

Worauf Peter leicht pikiert erwiderte, dass er ja nur helfen wollte.

»Mein Vater ist Arzt, und ...«

Vivi fuhr mit einem wilden Ruck hoch und kniff ihn so fest in den Arm, dass er schmerzhaft das Gesicht verzog.

»Au!«

»Schnauze! Ich will hören, was die Frau sagt.«

»Hier ist keine Frau«, stammelte Peter.

»Doch, da oben ...« Vivi deutete auf die Nische, in der das Skelett lag.

»Vivi, das ist nicht lustig ...«

»Schnauze! Sonst verstehe ich kein Wort!«

Peter rieb sich verdrossen den Arm und schwieg. Vivi fiel wieder flach auf den Boden, der dünne Körper klatschte auf die Steine, sie sah mit leerem Gesichtsausdruck an ihm vorbei, während ihre Augen sich, leicht hin und her schwankend, ins Vage richteten. Peter und ich tauschten einen Blick. Vivi sollte uns nicht für dumm verkaufen. Sie war eine, die gerne Theater spielte. Aber nicht immer. Und jetzt wussten wir nicht, was wir von der ganzen Sache halten sollten, und hörten betroffen zu, was sie, ohne sich sonderlich anzustrengen, erzählte. Es war genau so, als sähe sie im Fernsehen eine mächtig spannende Sendung, dreidimensional, die sie uns in allen Einzelheiten beschrieb, weil wir einfach zu blöd waren, das Gleiche zu sehen.

»... große Steine stehen im Kreis, mit Balken darüber. Der innere Kreis ist schon länger da; den haben Riesen gebaut. Die Luft ist dunkelblau, der alte Mond scheint. Der Mond war ja früher viel größer als heute. Viele Leute kommen, tragen Blumen, Körbe, kleine Ziegen oder Lämmer. Sie knien auf dem Boden, vor dem Steinblock in der Mitte. Da sitzt eine Frau auf einer Art Thron und redet. Ich kann nicht verstehen, was sie sagt. Sie redet eine komische Sprache. Klingt so wie Malti, aber anders ...«

Unwillkürlich unterbrach ich sie. Es war wirklich denkbar, dass sie nur Theater spielte.

»Wie sieht die Frau denn aus?«

Vivi antwortete völlig sachlich.

»Sie hat einen dicken Busen. Sie trägt einen dunkelroten Rock, aus Ziegenfell, glaube ich, ein Armband und eine Halskette. Grüne Perlen. Und sie ist halb nackt.«

»Nackt?« Peter grinste. »Wenn sie dazu noch dick ist ...«

»Mund halten!«, zischte ich.

Ich fühlte etwas von hinten herandrängen, wie die Luft des Himmels vor einem dieser afrikanischen Stürme, als ob Vivi in ihren Shorts und dem Ringelpulli einen Zauberstab über unseren Köpfen bewegte. Ich spürte eine Gänsehaut, und meine Nackenhaare richteten sich auf. Giovanni schien es auch zu spüren, stand einfach da, wie am Boden festgewachsen, sagte kein Wort und rührte sich auch nicht. Vivi indessen sprach weiter, in einer Art von konzentrierter Gespanntheit. Ihr Blick war vollkommen leer, als wäre sie selbst gar nicht präsent oder zumindest unsichtbar.

»Sie ist mit Spiralen bemalt. Rote Spiralen, überall, auf den Armen, auf der Brust. Auf dem Gesicht auch. Es könnten auch Tattoos sein, wie meine Mutter eines auf dem ... dem Arsch trägt.« Vivi prustete, hielt sich die Hand vor den Mund. Wobei auch wir überdreht kicherten, außer Giovanni, der ernst blieb.

»Aber bei der Frau sieht das schön aus«, fuhr Vivi fort. »Ihr Haar ist geflochten, mit einem Knoten im Nacken. Sie trägt ein Armband und die Kette, die wir da oben gefunden haben. Aber die Kugeln sind nicht verschmutzt, sondern schön glänzend. Sie redet, alle hören zu, ich möchte so gerne wissen, was sie sagt! Warum redet sie bloß in dieser beschissenen Sprache? Doch, Augenblick mal, jetzt zeigt sie auf sich ...« Vivi hob die Hand, als ob sie uns eine wichtige Mitteilung machte. »Sie sagt: Persea. Das muss ihr Name sein, sie wiederholt ihn immer wieder. Persea. Und ... jetzt glaube ich plötzlich, dass ich sie verstehe. Seid doch mal einen Augenblick still! Was sagt sie? Ach so, ja, ja ...«

Ihre Stimme plapperte einen langen, unverständlichen Satz, bis der röchelnde Atem die Worte erstickte. Vivi schien plötzlich zu erschlaffen, als ob sie innerlich zusammenfiel. Sie zitterte am ganzen Körper, ihre Zähne schlugen aufeinander. Peter hob sie hoch, sodass sie saß. Aus ihren Lippen, die eine leicht bläuliche Färbung hatten, quoll ein kleiner Tropfen Blut. Das war mir doch zu viel. Ich packte sie ziemlich unsanft und schüttelte sie, um sie wieder zu Verstand zu bringen.

»Schluss jetzt, Vivi, du tust dir ja weh!«

»Alessa, man darf nicht ...«, begann Peter. Nein, man durfte sie in diesem Zustand nicht wecken, hatte man auch mir eingeschärft, aber ich ertrug es einfach nicht mehr. Ich schob meinen Arm unter Vivis Schultern. Nun öffnete sie ihre Augen, wobei sie sich mit dem Handrücken über die Lippen fuhr und das Blut verschmierte.

»Oh«, sagte sie in überraschtem Tonfall, »ich habe mir auf die Zunge gebissen.«

»Lass mal sehen!«

Peter neigte sein Gesicht zu ihr hin. Sie öffnete gehorsam den Mund. Ich hielt die Taschenlampe mit der freien Hand und leuchtete ihr ins Gesicht. Vivi kniff die Augen zusammen, stieß meine Hand auf die Seite.

»Weg damit, das blendet!«

Peter nickte mir zu.

»Nichts Schlimmes.«

»Was war denn eigentlich los?«, fragte Vivi.

69

»Du hast einen Anfall gehabt«, sagte ich.

»Ach so.« Vivi war noch ganz weiß im Gesicht, aber sie sprach jetzt wieder wie sonst. »Miranda sagt, dass ich dummes Zeug dabei rede. Habe ich dummes Zeug geredet?«

»Du hast von der Frau erzählt«, sagte ich vorsichtig.

»Welche Frau?«

»Die Tote da oben. Die mit dem Schmuck.«

Vivi sandte aus ihren Augenwinkeln einen schnellen Blick zu der Nische hin, bevor sie verwirrt den Kopf schüttelte.

»Keine Ahnung!«

»Du hast die Frau ganz genau beschrieben«, sagte ich. »Dass sie halb nackt war und überall Tattoos hatte.«

Vivi nickte plötzlich.

»Ja, auch im Gesicht.«

»Siehst du?«, rief ich. »Jetzt fällt es dir wieder ein. Du hast auch gewusst, wie sie hieß. Persea, hast du gesagt.«

Ein Schimmer von Erinnerung trat in Vivis Augen.

»Persea? Ja, kann sein. Klingt hübsch, finde ich.«

»Wenn du das erfunden hast …«, sagte Peter.

»Ich habe nichts erfunden!« Vivi wurde erneut böse. »Ich habe das alles ganz genau gesehen. Und zum Schluss habe ich sie sogar verstanden! Sie hat gesagt, dass wir ihre Kinder sind. Aber ihr liebstes Kind sei Giovanni, und deswegen gibt sie ihm ihre heilige Puppe. Die Puppe ist ein Bild von ihr. Sie ist nur für ihn, und er darf sie niemals verschenken.«

»Die da?«, murmelte Giovanni.

Er, der bisher kaum etwas gesagt hatte, drehte plötzlich den Kopf, sodass die Hälfte seines Gesichts von der Taschenlampe beleuchtet wurde. Ich werde sein Gesicht nie mehr vergessen, erzählte ich später Viviane, nie mehr. Sein Gesicht prägte sich mir als das Eindrucksvollste ein, das ich je gesehen hatte. Es war ein zutiefst ursprüngliches Gesicht, so klar und einfach in seinen Umrissen, wie von der Hand eines Meisters gezeichnet. Ein Gesicht, das nicht in diese Welt passte, archaisch und episch. Er ist längst kein Kind mehr, dachte ich, er ist nie ein Kind gewesen, er ist ein Mutant, ein unbegreiflicher Akt der Natur. Durch sein Blut zog sich eine Geschichte, wie ein dunkler Strom. Seine Augen waren weit weg, ausgelöscht durch Rätsel und Träume. War er empfänglich für Zeichen, Omen, Vorbedeutungen? Vielleicht begriff er seine eigene Fremdartigkeit nur allmählich, wollte sie nicht zulassen, kämpfte dagegen an.

»Zeig mal her!«

Vivi sprang auf, so gelenkig, als sei nichts geschehen. Sie besah sich die kleine Figur, die Giovanni ihr unter größter Vorsicht zeigte. Er schien bei jeder Geste zu fürchten, dass er sie fallen ließ oder sonst wie beschädigte.

»Ja, das ist sie.« Vivi lächelte zufrieden. »Sie trägt die gleiche Frisur.«

»Aber das ist …« Giovanni zögerte, bevor er hastig weitersprach. »Onkel Antonino sagt, dass Malta früher den Teufelsanbetern gehörte. Dass man es an manchen Orten noch sehen kann. Dass sie in ihren Heiligtümern schlimme Dinge trieben. Genau wie damals die Assyrer, die in ihrem Irrtum gefangen waren, bevor der blinde Samson den Tempel Baals zerstörte.«

»Menschenskind, kannst du reden!« Ich war fassungslos und beeindruckt. »Glaubst du wirklich an diese Dinge?«

Er zeigte ein zaghaftes Lächeln.

»Na ja, das steht jedenfalls in der Bibel.«

»Mein Vater denkt wie dein Onkel«, gab Peter widerstrebend zu. Vivi fuhr grimmig dazwischen.

»Als diese Frau lebte, hatte man den Teufel noch gar nicht erfunden!«

»Egal, was«, seufzte Giovanni, »ich würde die Figur ja gerne behalten. Ich habe nur Angst, dass Onkel Antonino sie zerschlägt!«

»Aber die Figur ist doch wertvoll!«, sagte ich.

Er machte ein unglückliches Gesicht.

»Deswegen sollen sie auch meine Brüder nicht finden. Die würden sie verkaufen und großes Geld damit machen. Ich will das nicht.«

»Mein Vater hat einen Freund«, sagte ich, »der im Nationalmuseum arbeitet. Da werden solche Sachen ausgestellt.«

Peter zeigte auch jetzt wieder, dass er einer war, der Schwierigkeiten gerne aus dem Weg ging.

»Aber was, wenn dein Vater wissen will, wo Giovanni die Figur gefunden hat? Dann wird es auch mein Vater erfahren. Und dann können wir nicht mehr tun, was uns Spaß macht. So viel steht fest.«

Ich zog die Schultern hoch.

»Ach, mir wird schon etwas einfallen.«

Vivi wandte sich erregt an Giovanni.

»Gib bloß die Puppe nicht weg! Es ist verboten. Persea will es nicht.«

»Ach, das bildest du dir nur ein«, sagte ich.

Vivi wirbelte herum, trat ganz nahe an mich heran, sodass ich einen Schritt zurückwich. Ich war kein Raufbold, aber Vivi liebte das Prügeln, man musste sich vor ihr in Acht nehmen. Sie spuckte einem ins Gesicht, versetzte Hiebe und Fußtritte an den schwächsten Stellen, die ihr erreichbar waren.

»Wiederhol das, und ich knall dir eine!«

Ich konnte sehen, dass sie sich wirklich aufregte. Ich hatte sie noch nie so aufgebracht erlebt und wartete auf die Katastrophe. Vivi schien Funken zu sprühen, wie eine wütende Katze.

»Ich bilde mir überhaupt nichts ein! Persea hat das wirklich gesagt!«

Ich leuchtete ihr mit der Taschenlampe ins Gesicht, als ob ich sie mir auf diese Weise vom Leibe halten konnte.

»Nun sei doch endlich ruhig! Giovanni kann mit der Puppe machen, was er will. Er hat sie ja schließlich gefunden!«

»Eigentlich hätte ich lieber, dass sie ins Museum kommt«,

mischte sich Giovanni mit belegter Stimme ein. »Mir wäre wirklich wohler dabei...«

»Ach, das glaubst du?«

Schlagartig erlosch Vivis Zorn. Sie wirkte plötzlich ganz verängstigt, zusammengekrümmt. Sie zog die Brauen zusammen und wimmerte etwas Unverständliches. Dann legte sie die Finger flach auf die geschlossenen Augen. Sie wechselte oft die Stimmung, das wussten wir ja. Eine Weile stand sie ganz still da, bevor ein großer Seufzer kam und sie langsam den Kopf bewegte, als wäre sein Gewicht für ihren dünnen Hals zu schwer zu tragen. Und alles, was sie sagte, war:

»Du wirst schon herausfinden, dass du die Puppe behalten musst.«

Wie konnte später das alles geschehen?, habe ich mich oft gefragt. Durch die Umstände, gewiss. Schicksal. Es löste bei allen eine ungewöhnliche Reaktion aus. Dazwischen blieb kein Spielraum. Und heute – Jahre danach – frage ich mich, ob Giovanni tatsächlich ein Verbot missachtet hatte, ob seitdem für ihn der Weg im Dunkel der Zukunft, unter den kreisenden Sternen, schon vorgezeichnet gewesen war.

7. Kapitel

Noch war für uns die Welt voller Zeichen und Wunder, ohne die Deformation durch die Vernunft. Wir konnten diese Wunder nicht deuten, wir spürten sie nur, auf unbegreifliche Weise auch in den Grabkammern – ja, ganz besonders in den Grabkammern –, und Angst hatten wir nie. Vivi war wieder zu sich gekommen, wir suchten den Ausgang, gingen zunächst im Kreis, bis wir die richtigen Leitern fanden, die aufwärts führten. Dass wir uns zunächst verirrten, machte das Spiel nur noch interessanter! Als wir endlich draußen waren, die Tür zuzogen und den Draht befestigten, waren wir erregt, erhitzt und glücklich. Aber es dunkelte bereits. Peter, Vivi und ich mussten nach Hause. Giovanni sagte, er nicht, nein. Leute kamen und gingen, Fahrräder klingelten, Autos fuhren haarscharf an uns vorbei, wir beachteten es nicht, waren nur mit uns selbst beschäftigt. Giovanni wollte die Figur auf keinen Fall behalten. Er kam immer wieder auf seine Brüder zu sprechen, ganz mechanisch, wie auf ein Ergebnis angstvoll und wiederholt konzentrierten Denkens.

»Ihr wisst nicht… wer meine Brüder sind?«

Er nannte ihre Namen: Mario, Filippo, Enrico. Vivi und Peter schüttelten den Kopf. Nie gehört, diese Namen. Ich entsann mich, dass Giovanni, als wir uns zum ersten Mal getroffen hatten, mit Furcht in der Stimme von seinen Brüdern gesprochen hatte. Was diese genau machten, war mir nicht klar. Schlimme Sachen jedenfalls. »Sie sind wirklich böse«, sagte Giovanni. »Sie stehlen, was sie finden. Manchmal brechen sie sogar ein, holen sich teure Sachen und verkaufen sie dann an Leute, die sich das leisten können. Onkel Antonino sagt, dass sie in die Hölle kommen. Er versucht oft mit ihnen zu sprechen, aber meine Brüder lachen ihn aus, erzählen unanständige Sachen. Sogar mein Vater sagt, dass sie Scheusale sind.« Giovanni sprach, als ob ihm ein Kloß im Hals saß, der zu groß war, als dass er ihn hätte schlucken können. Wir balancierten unschlüssig am Rinnstein. Die Brüder waren uns nicht geheuer. Wenn Giovanni von ihnen sprach, wurde er ganz nervös. Aber wohin mit der Figur? In ein Museum? Peter sagte, dass die alten Dinge dort in Glaskästen lägen, damit keiner sie anfassen oder wegnehmen konnte.

»Ich war nur einmal im Museum«, sagte ich. »Mit meinen Eltern. Das fand ich spießig.«

»Ich schon dreimal«, sagte Giovanni.

Er hielt die heilige Puppe an die Brust gepresst wie ein Kind sein liebstes Spielzeug. Die Figur war abgerundet und sanft, einer nistenden Taube gleich. Kinder spüren Dinge, die sie nicht in Worte kleiden können. Ich ahnte, dass der Tod mit dem Schlaf gleichgesetzt wurde, dass diese Figur es darstellte. Die Schlafende mit ihrem entrückten Gesicht, ihrer entblößten Brust, ihrer schönen Rückenlinie und den zierlichen Füßen war so vollkommen in ihrer ruhenden Schönheit. Was sagte uns die heilige Puppe? Dass auch der Tod nur ein Traum war? Aber wem galt die Botschaft? Giovanni oder mir?

Inzwischen sprach Giovanni hastig weiter, zeigte zum ersten Mal eine heftige, leidenschaftliche Beredsamkeit, für die – wie ich später erfahren sollte – seine Familie bekannt war.

»Onkel Antonino wollte, dass ich mir alte Gemälde ansah. Der heilige Sebastian, die heilige Agnes, der heilige Petrus. Alle großen Meister, sagte Onkel Antonino, hätten zu Gottes Ehren gemalt. Und zu jedem Bild hatte er eine Geschichte zu erzählen. Es war im Grunde immer dieselbe: Die Heiligen wollten ihren Glauben nicht aufgeben und mussten auf brutale Art sterben. Und zuerst quälte man sie lange, sehr lange. Aber ich sollte mich nicht fürchten, sagte Onkel Antonino, sondern mir ein Beispiel an ihnen nehmen.«

Vivi verzog angewidert die Lippen.

»Solche Malereien finde ich überhaupt nicht schön! Und die Puppe darfst du nicht weggeben, das ist ganz verkehrt. Persea wird sehr böse sein.«

Was Vivi sich ausdachte, wenn sie ihre Anfälle hatte, durfte man nicht so genau nehmen. Aber Giovanni sah elend aus, und wir brauchten dringend eine Lösung.

»Du musst sie irgendwo verstecken«, schlug Peter vor.

»Ja, aber wo?«

Am Ende hatte ich die beste Idee. Giovanni sollte mir die Figur geben, ich würde sie in meinem Zimmer verstecken. Giovanni fiel offensichtlich ein Stein vom Herzen. Sogar Vivi hatte nichts dagegen einzuwenden: Die Figur gehörte ja immer noch Giovanni. Jedenfalls ging ich mit der heiligen Puppe nach Hause, wickelte sie in ein Taschentuch ein und steckte sie ganz unbekümmert in die Schublade meiner Kommode, zu den Schlüpfern und Socken. Aber abends, bevor ich einschlief, nahm ich sie manchmal aus der Schublade, um sie zu betrachten. Mir schien, dass ich danach besser und tiefer schlief und schöne, leuchtende Träume hatte. Aber das bildete ich mir vermutlich nur ein. Die Erinnerungen verwirren sich, wir verwandeln die Wirklichkeit, wie es uns gefällt. Die kleine Schlafende war für mich die Kunst, die Schönheit und das Geheimnis gleichermaßen. Aus der eleganten, liebevoll geformten Figur strömte eine ganz ungewöhnliche Kraft, eine Freude, die allen Dingen einen andersartigen Zauber verlieh. Und eine Zeit lang ging alles gut. Giovanni sahen wir nicht jeden Tag – er kam erst später in unsere Klasse, aber wir trafen ihn nach der Schule; es war einfach so, dass er dazugehörte. Wir hatten keine Ahnung, wie es zustande kam, aber in uns war etwas, das ohne ihn nicht mehr sein konnte. Der Junge mit dem seltsamen Merkmal im Gesicht – dieser weiße, flügelartige Flaumstreifen – war nur für uns da. Früher hatten wir uns auch mit anderen Kindern angefreundet, jetzt erschienen uns diese Kinder nur ein dürftiger, schattenhafter Ersatz. Sie langweilten uns. Erst, wenn Giovanni dabei war, waren wir richtig zufrieden. Wir vermochten das nicht in Worten auszudrücken, vielleicht konnte man das auch gar nicht. Wunderbar passte Giovanni in die wilde Landschaft unserer Kindheit. Der Zauber, der von ihm ausging, zeigte sich tiefgründig in der Art und Weise, wie er zu uns sprach und wie wir ihm antworteten. Man spürte, dass er das, was er sagte, lange im Voraus überlegt hatte. Er ging immer ein paar Schritte voraus, als ob er eigensinnig ein Ziel verfolgte – dabei hatte er keines –, und wir trabten gehorsam hinterher. Darüber, dass uns so viel an dem Zusammensein mit ihm lag, machten wir uns wenig Gedanken. Man kam immer sehr leicht mit ihm aus. Und es hatte auch nichts mit Liebe zu tun. Obwohl vielleicht… – aber das kam später. Vorerst erlebten wir nur das Zusammensein mit ihm, bevor wir das Sinnliche bewusst zu empfinden begannen.

Was Giovanni mir bedeutete, merkte ich, als ich, unmittelbar nachdem ich ihn kennengelernt hatte, von ihm zu träumen begann, so wie ich früher von den Helden aus Geschichten und Büchern geträumt hatte. Die heftige Zuneigung, die ich für ihn empfand, war wohl seinen eigenen Gefühlen nachgebildet. Ich verstand immer genau, was er meinte, die anderen zwar auch, aber nie so schnell. Zwischen uns gab es Erinnerungen, zweifelsohne, und darunter waren einige, die ich seit langer, langer Zeit hatte. Tomaso? Dann und wann kam der Name in mein Gedächtnis zurück. Aber dachte ich an Tomaso, so war es Giovannis Gesicht, das ich sah. Und heute ist Tomaso ganz verschwunden. Wenn ich zurückblicke, sehe ich überall nur Giovanni.

Ich denke, dass mein Kindheitsbedürfnis, meinen Zwilling zu finden, nicht narzisstisch im üblichen Sinn war. Es ging um eine Ähnlichkeit, die nach Ganzheit strebte. Eine verpasste Gelegenheit also. Aber ist dieses Verlangen nach dem Ganzen nicht die Grundlage jeglicher Liebe? In Giovanni mussten ähnliche Bedürfnisse im Spiel sein, Bedürfnisse, die er noch weniger erkannte als ich. So war es auch nicht weiter erstaunlich, dass er sich zu mir am meisten hingezogen fühlte, dass er mir Dinge erzählte, die er den anderen verschwieg. Möglicherweise auch, weil Peter und Vivi sich nicht sonderlich dafür interessierten. Beide lebten in der komplizierten, entstellten Welt der Erwachsenen, die Sorgen anderer noch dazu, das war einfach zu viel. Giovanni sah das wohl ein. Aber er hatte oft das Bedürfnis zu reden oder laut zu denken. Sein Elternhaus war ihm verhasst. Der Schmutz, die Unordnung, die schlechten Gerüche, das Geschrei. Giovannis Vater verprügelte seine Frau, bis sie zu Boden fiel. Oft schlug er auch seine Söhne, aber die schlugen zurück. Der einzige Mensch, vor dem Emilio Respekt hatte, war Marietta, seine eigene Mutter. Aber diese, schon über neunzig, verlor das Gedächtnis, hatte kaum noch Zähne im Mund und sabberte in ihre Suppe. Bianca und Angelina, die Schwestern, verschwanden manchmal für einige Zeit, und bald danach gab es trübe Dinge und Geheimnisse, die sie in schmutziges Zeitungspapier wickelten und im Hof eingruben. Und nachts huschten Ratten hervor und wühlten im Unrat, die Hunde rissen an der Kette und bellten, und alle Hunde in der Nachbarschaft auch. Die Brüder gingen zu den Huren und erzählten Giovanni, was sie dort gemacht hatten. Giovanni lief weg, wenn sie angeschossene Hasen bei lebendigem Leib häuteten. Ihm wurde schlecht, wenn ein Schwein geschlachtet wurde und er den Eimer halten sollte, in dem das schrecklich schreiende Tier verblutete. Er ertrug es nicht, dass man kleine Katzen ersäufte, dass die Esel und die beiden Haushunde Trauben von Fliegen auf schwärenden Wunden trugen. Der Vater schlug ihn, die älteren Schwestern schlugen ihn. Enrico, der nächstältere Bruder, den alle »Mimmo«

78

nannten, war ein Tölpel mit dem Gehirn eines Sechsjährigen. Er hatte schamlose Dinge von Giovanni gefordert. Als er sich wehrte, schlug Mimmo zu. Giovanni blutete eine Zeit lang aus der Nase und war auf einem Ohr ganz taub. Die Mutter schwieg; sie stellte ihre Wahrnehmung auf Sparflamme, und die war nahezu erloschen. Sie hatte tiefe Schatten unter den Augen, und ihre blassen Lippen waren nur noch ein Strich. Sie putzte und kochte, als ob sie im Stehen schlief. Nichts sagen, nichts hören und bloß keine Prügel mehr beziehen. Von ihr war kein Beistand zu erwarten. Nur die Großmutter nahm ihn in Schutz. Sie erlaubte Giovanni, bei ihr im Bett zu schlafen. Mimmo wagte sich nicht in ihr Zimmer, weil Großmutter ihn mit Schmähungen überschüttete oder ihm einen Schuh an den Kopf warf. Eingewickelt in ihr Bettzeug, das scharf nach altem Schweiß roch, schlief Giovanni fest und tief, die Augen gegen die Welt um sich herum verschlossen. Verschmutzte Großmutter nachts ihr Bett, wachte Giovanni auf und machte pflichtbewusst alles sauber. Er half Großmutter auch beim Ankleiden, wusch ihr das Gesicht und kämmte sie, bevor er sie an den Tisch führte, ihr den morgendlichen Milchkaffee brachte und danach ihr Geschirr wegräumte. Einst war Großmutter groß und stattlich gewesen, daran erinnerte er sich noch gut, aber jetzt hatte er den Eindruck, dass sie einschrumpfte und mit jedem Tag dünner wurde. Sie beobachtete ihre Umgebung aus wässrigen Augen und erzählte oft sinnloses Zeug. Giovanni machte sich Sorgen.

Ich hörte zu, verblüfft und einigermaßen angeekelt, wobei ich eine Ahnung von dem bekam, was die Erwachsenen unter »schlechten Verhältnissen« verstanden. Giovanni lebte in einer Welt außerhalb meiner Welt, die ganz geregelter Tagesplan, Seife, Hygiene und gute Manieren war. Gewiss hatte Mutter eine rasche Hand, gelegentlich holte ich mir eine verdiente Ohrfeige, und das war's dann auch schon. Giovannis trauriges Dasein ging bejammernswert weit an meinem Be-

griffsvermögen vorbei. Aber Chaos zog mich möglicherweise
an. Und Giovanni konnte ja nichts dafür. Wurde sein hin und
her gestoßenes Herz durch zu viele unnennbare Empfindungen verwirrt, zog er sich in sich selbst zurück. Als wäre ihm
ein Mittel eingeflößt worden, das seinen ganzen Stoffwechsel
verlangsamte. Er atmete flach, sprach leise, bewegte sich wie
ein Mondsüchtiger. Das machte ihn in meinen Augen noch
interessanter. Darüber hinaus hatte der Onkel dafür gesorgt,
dass er eine gute Schule besuchte. Der Unterricht war kos-
tenlos, aber Giovanni brauchte eine Schuluniform, Hefte und
Schulbücher. Der Vater, dieser Geizhals, ließ für Schulbücher
kein Geld springen. Don Antonino zahlte aus seiner Tasche.
Und jeden Sonntag nach dem Gottesdienst bekam Giovanni
im Pfarrhaus das Mittagessen an einem weiß gedeckten Tisch.
Tagelang freute er sich auf diesen Augenblick. Er war immer
hungrig, denn zu Hause bekam er nur das, was die Brüder
übrig ließen, meistens nicht viel. Den Schwestern machte das
nichts aus, sie halfen in der Küche und bedienten sich reichlich aus den Kochtöpfen, bevor sie das Essen auftrugen.

Nach dem Mittagessen sah sich Don Antonino seine Schul-
noten an und prüfte, ob er Fortschritte machte. Danach gab
es eine Belohnung, einen Spaziergang zumeist, und der Onkel zeigte ihm City Gate, Republic Street und die alten Gäste-
häuser des Johanniterordens, noble Bauten aus heroischen
Zeiten, und auch die Kirchen und Kapellen, die wuchtigen
Bastionen, die Denkmäler. Kürzlich war Jahrmarkt in Valletta gewesen. Sie waren mit der Menge gegangen, die sich
zwischen den Buden drängte, es gab Musik, Karussells und
eine Riesenschaukel. Don Antonino hatte Giovanni eine Ein-
trittskarte gekauft. Er nahm in der Schaukel Platz, die sich –
wie ihm schien – immer höher in den Himmel hob. Giovanni
wurde hochgeschleudert und wieder zurück in die Tiefe,
spürte, wie sein Körper dem Rhythmus folgte, ein Hin- und
Herschweben in einem Raum voller zuckender bunter Lich-

ter, bis die Schaukel ihren Schwung verlor und langsam zu Boden sank. Giovanni erzählte, dass er ein paar Augenblicke brauchte, um sich aus seiner glückseligen Trunkenheit zu lösen, und danach kaufte ihm der Onkel in Zucker geröstete Mandeln, und sie setzten sich auf eine Steinbank in dem Upper Barrakka Garden und sahen in der langsam einbrechenden Nacht die Lichter im Hafen blinken. Onkel Antonino wurde auch nicht müde, ihm Geschichten zu erzählen. Oh ja, es waren immer erbauliche Geschichten, aber Onkel Antonino, der so gut von der Kanzel predigte, wusste auch, wie man auf bewegende Art erzählte. Zum Beispiel, wie der Apostel Paulus die Ureinwohner Maltas zum wahren Glauben bekehrt hatte. Bevor Jesus Christus zu seinem Vater in den Himmel ging, hatte er den Jüngern den Auftrag erteilt, allen Menschen die frohe Botschaft zu verkünden. Folglich reiste der Apostel nach Rom, doch ein Sturm warf sein Schiff auf die maltesische Küste. Hirten gaben dem Apostel Obdach. Es sprach sich bald herum, dass ein heiliger Mann mit den Hirten in einer Höhle lebte. Immer mehr Menschen kamen zu ihm, brachten ihm Geschenke. Er segnete sie und erzählte von Gott. Die Einwohner wandten sich von ihren Riesengötzen ab, die in einem Kreis von Steinpfeilern standen. Schrecklich sahen diese halb nackten Götzen aus, so furchtbar bemalt, dass die Menschen von ihrem Anblick blind wurden. Sogar heute, sagte Onkel Antonino, siehst du noch an manchen Orten einen Teil ihrer steinernen Schurze, ihre plumpen Waden und ihre riesigen Füße, denn die Statuen waren so gewaltig, dass die Menschen sie nicht vollkommen fällen konnten. Aber sie schlugen ihnen die Köpfe ab, und der allwissende Gott bedeckte die Überreste im Laufe der Zeit mit Erde.

Mir schien, dass Giovanni fast so gut wie der Onkel erzählte. Ich fieberte richtig mit, obwohl mich der Apostel nicht besonders interessierte. Und ich musste an die kleine Schlafende bei mir in der Schublade denken und sagte:

»Aber die Figur, die du gefunden hast, stammt die nicht auch aus dieser Zeit? Könnte ja sein!«

Er nickte zögernd. Ich sagte:

»Und sie sieht überhaupt nicht furchtbar aus, sondern lieb.«

Giovanni sah an mir vorbei.

»Onkel Antonino würde sie trotzdem nicht mögen.«

Ich kicherte.

»Mag er keine dicken nackten Damen?«

Giovanni wurde rot.

»Nein, überhaupt nicht!«

Ich zupfte ein wenig an dem Mantel der Besserwisserei, den der Onkel sich angemaßt hatte.

»Aber die Heiligen, sind die nicht nackt?«

»Nicht ganz.«

»Diese Dame ja auch nicht.«

»Ja, aber ...« Giovanni bemühte sich redlich, den Onkel zu verteidigen. »Die heiligen Frauen halten sich ein Tuch oder eine Hand davor. Die Dame ist oben ganz nackt und liegt einfach da, als ob es ihr nichts ausmachen würde.«

»Das wird es wohl sein«, bemerkte ich, »was er nicht mag.« Wir tauschten bedeutungsvolle Blicke und fingen in unwiderstehlicher Heiterkeit an zu prusten. Für gewöhnlich gibt man Kindern zu verstehen, dass sie weniger wissen als die Erwachsenen. Und die Kinder rächen sich, indem sie vorgefasste Neigungen und Meinungen spitzfindig entlarven. Aber nach wie vor hatte Giovanni Angst, dass die Schlafende in falsche Hände geriet. Im Gegensatz zu mir, der völlig Arglosen, war er sich dunkel der Gefahren bewusst, die ihr von Seiten religiöser Moralvorstellungen oder von der Geldgier der Menschen drohen konnten. So kam es, dass die heilige Puppe noch lange in der Schublade hätte liegen können, wenn meine Mutter nicht ein paar Tage später beim Aufräumen meines Zimmers die Schlafende aus dem Taschentuch gewickelt hätte, wobei sie ihr fast aus der Hand geglitten wäre.

Verblüfft fragte sie:»Was ist das?«

Ich antwortete mit schlechtem Gewissen, wir hätten sie in Hal Saflieni gefunden.

»Ihr strolcht ja immer irgendwo herum«, sagte Mutter kopfschüttelnd.»Zeig die Figur mal deinem Vater!«

Meine Erziehung war weniger streng gewesen als die hierzulande übliche, aber gewisse Formen hatte man mir beigebracht: sich gerade halten bei Tisch, nicht mit vollem Mund reden und keine Speisereste mit dem Fingernagel zwischen den Zähnen wegholen. Man hatte mir auch beigebracht zu klopfen, wenn ich zu den Eltern wollte und die Tür geschlossen war. Und jetzt klopfte ich und hörte Vater zerstreut»Ja, komm nur!«brummen. Er saß vor seinem Arbeitstisch, drehte mir halb den Rücken zu und gab irgendeinen Bericht in seinen Computer ein. Im Gegenlicht sah ich sein Profil, das irgendwie Ähnlichkeit mit dem Profil Giovannis hatte, das glänzende, leicht gelockte Haar. Seine Hände und Füße waren klein für einen Mann, er hatte im Laufe der Jahre zugenommen, doch es stand ihm nicht schlecht, und wie er da saß, vor ihm die zugezogenen dunkelgrünen Vorhänge, damit ihn das Licht aus dem Fenster nicht blendete, zeigte er ganz das Bild eines Mannes, der im Begriff war, es in seinem Leben zu Ansehen zu bringen.

Er tippte seinen Satz zu Ende und wandte mir das Gesicht zu.

»Ja, Alessa. Was gibt es denn?«

Ich hatte die kleine Tonfigur wieder sorgfältig eingewickelt. Vater sah leicht ungeduldig zu, wie ich sie aus dem Taschentuch befreite.

»Ich soll sie dir zeigen, hat Mama gesagt.«

Als ich die Schlafende auf seinen Schreibtisch stellte, runzelte er die Stirn.

»Zerkratz mir die Tischplatte nicht!«

Doch kaum hatte er das gesagt, weiteten sich seine Augen

bereits vor Überraschung. Er sah auf die Figur, dann auf mich, hob sie behutsam in beide Hände, betrachtete sie ungläubig und äußerst genau. Mir kam in den Sinn, dass jeder Mensch, der kein rohes Herz hatte, diesem Kunstwerk die gleiche faszinierte Aufmerksamkeit schenken würde. Schließlich hob er den Blick. Seine Stimme klang belegt.

»Wo hast du sie gefunden?«

Auf das Verhör war ich angstvoll gefasst gewesen.

»In einem Loch«, erwiderte ich zurückhaltend. Man konnte es nehmen, wie man wollte, es entsprach ja auch der Wahrheit. Vaters Augen ließen nicht von mir.

»In einem Loch?«, wiederholte er zweifelnd.

»Ja, wir haben dort gespielt und ein bisschen in der Erde gewühlt. Und da kam sie zum Vorschein.«

»Wer war dabei?«

»Peter und Vivi und ... Giovanni.«

»Wer ist Giovanni?«

»Der neue Junge«, antwortete ich widerstrebend.

»Du meinst, in deiner Klasse?«

»Erst im nächsten Jahr«, sagte ich. »Sein Onkel meint, dass er vielleicht eine Klasse überspringen darf.«

»Wer ist denn sein Onkel?«

Ich hielt meinen Blick auf meine Füße gerichtet.

»Er ist Priester«, sagte ich, was Vater auf der Stelle beruhigte und ihn veranlasste, die Schlafende genau und eingehend zu betrachten. Schließlich brach ich das Schweigen.

»Ist sie sehr alt?«

Er sah auf.

»Ich nehme es an, bin mir aber nicht sicher. Ich werde sie Ralph zeigen. Professor Sandri, du weißt schon. Er kennt sich in diesen Dingen aus. Wie lange hast du die Figur schon bei dir?«

»Seit zwei Wochen ungefähr.«

»Warum hast du sie mir nicht schon früher gezeigt?«

»Ich wusste nicht, dass sie dich interessieren würde.«

»Das hättest du dir doch denken können.«

Hier war der Augenblick, mich aus der Schusslinie zu bringen. Ich sagte: »Eigentlich ist es Giovanni, der die heilige Puppe gefunden hat.«

Er starrte mich an.

»Warum nennst du sie die heilige Puppe?«

Ich wurde ein wenig rot.

»Einfach so«, sagte ich.

»Diese Figur ist kein Spielzeug«, sagte Vater in strengem Tonfall. »Der Junge wusste wahrscheinlich nicht, dass sie einen Wert haben könnte.«

Ich fühlte mich verpflichtet, Giovanni zu verteidigen.

»Er sagte von Anfang an, dass sie in ein Museum gehört.«

»Oh«, erwiderte Vater anerkennend. »Wie alt ist dieser Junge denn?«

»Fast elf.«

»Wie lange kennst du ihn schon?«

»Nicht lange.«

»Intelligenter kleiner Bursche!«, meinte Vater. »Ich gratuliere ihm. Wie heißt er denn mit Nachnamen?«

»Weiß ich nicht«, sagte ich, was zu jener Zeit der Wahrheit entsprach. »Aber seine Familie ist nicht sehr reich«, setzte ich zur Vorsicht hinzu.

»Auch Kinder aus ärmeren Familien können es im Leben zu etwas bringen, wenn sie das Zeug dazu haben«, sagte Vater, der immer noch dachte, dass ein Junge, der ins Museum ging, zwangsläufig auch gut erzogen war. In Valletta war die Gesellschaft scharf umrissen, die Welt außerhalb ein blinder Fleck. Und alles, was mit Vernachlässigung und Armut zusammenhing, eine Sache der Sozialämter. Vater nahm ganz automatisch an, dass Giovannis Familie aus gleichwertigen Kreisen stammte, zumindest in intellektueller Hinsicht. Heute kommt mir dieser bürgerliche Dünkel sinnlos und provinziell vor.

85

Aber die Eigenliebe einer Gesellschaftsklasse ist groß, wobei mein Vater – auf seine Art – milde, tolerant und aufgeklärt war.

Ich schwieg, während er die Tonfigur wieder aufnahm und betrachtete. Sein Ausdruck war jetzt anders, aufmerksam, genau beobachtend. Dann sah er auf die Uhr und gleich wieder auf mich, wobei er begann, seine verstreuten Papiere einzusammeln. Die Figur wickelte er wieder in das Taschentuch ein, suchte dann eine Schachtel, in die er sie sorgfältig legte.

»Ich muss fort, wir haben eine Sitzung. Aber ich sehe Ralph beim Mittagessen und werde ihm die Figur zeigen.«

Ich nickte, resigniert und betrübt. Da war nichts mehr zu machen.

»Habt ihr noch mehr solche Sachen gefunden?«, fragte Vater, der gerade seine Mappe schloss.

»Ein paar grüne Perlen.«

»Und wo sind die?«

Ich war erzogen worden, niemals zu lügen. Wurde ich in die Enge getrieben, suchte ich Ausflüchte und war darin ganz geschickt.

»Noch unten im Loch.«

Vater machte plötzlich einen gereizten Eindruck.

»Ihr geht mit diesen Dingen wirklich sehr fahrlässig um!«

Ich schwieg, das war viel besser. Vater bewahrte Geduld, schaltete seinen Computer aus.

»Hast du die Stelle noch im Kopf?«

Ich zog die Schultern hoch.

»Doch, ich glaube schon.«

Falls die heilige Puppe wertlos war, würde sich das Interesse der Erwachsenen sofort legen. Nach einer Weile verlieren alle Dinge an Dringlichkeit, Probleme lösen sich wie durch einen Schlag mit dem Zauberstab, und unser unterirdisches Traumland mochte unentdeckt bleiben. Und ich würde Giovanni die heilige Puppe zurückgeben, und er brauchte keine

Angst mehr zu haben, dass man sie ihm klaute oder zerschlug. Das wünschte ich mir so sehnlichst wie sonst nichts. Und so, wie ein Kleinkind an den Weihnachtsmann glaubt, war ich rundum davon überzeugt, dass sich alles für uns zum Guten wenden würde.

Das Wesentliche an der ganzen Geschichte, die Tote, hatte ich mit keinem Wort erwähnt.

8. Kapitel

Die Toten, ach ja. Ich möchte hier vorgreifen und von Viviane erzählen, wie ich sie einige Jahre später in London wiedersah. Das war kurz nachdem Viviane ihre Rockband gegründet hatte und ich, nach beendeter Schulzeit, Naturschutzbiologie studieren wollte. Das Institut für Conservation Biology existierte erst seit ein paar Monaten und nahm noch Anmeldungen an. Ich hatte Viviane wissen lassen, dass ich kommen würde, um mich einzuschreiben. Vater, der mich ungern gehen ließ, hatte für mich im Internet die Adresse eines Studentenwohnheims ausfindig gemacht, das einen guten Ruf hatte. Weil ein Student gerade gekündigt hatte, fand ich dort im letzten Augenblick noch ein Zimmer. Ich dachte, dass Vater wohl zufrieden sein würde. Das Maß an Freiheit, über die ich verfügte, wurde mir noch von den Eltern gegeben. Bei Viviane, natürlich, war alles anders. Während ich heimlich über Zäune klettern musste, konnte sie schon als Kind tun und lassen, was sie wollte. Nun hatte sie mir eine Karte zu ihrem Konzert geschickt. Sie trat im Barbican Centre auf. Es war nur ein kleiner Saal, aber randvoll gefüllt mit Leuten aus der Rockszene, die alle kreischten, pfiffen und trampelten. Der Lärm machte mich taub, ich fühlte mich ganz erschlagen, aber Viviane war vollkommen in ihrem Element. Sie nahm die Bühne mit raumgreifenden Schritten in Besitz, hob die umgehängte Gitarre über ihren Kopf und wirbelte sie mühelos herum. Ich erlebte fasziniert, wie sie ihre Band mit Stampfen und Zurufen anfeuerte, wie sie ihren Körper beherrschte, sich wie eine Schlange krümmte und drehte. Sie ließ sich von der Musik der Instrumente tragen, rief sie zurück und holte sie ein, wenn sie ihrer Stimme entflohen, entfloh ihnen selbst und ließ sich wieder einholen, um sich wieder mit ihr im Gleichklang zu vereinen. Sie trug eine Art Hemd aus Metallplättchen, die wie kleine Spiegel funkelten, dazu High Heels mit roten Sohlen. Ihr Haar war purpurn gefärbt. Sie hatte es geflochten und zu einer Art Krone aufgesteckt, eine Aufmachung, die sie im Licht der Scheinwerfer groß und gebieterisch wirken ließ. Ich sah ihre Augen, diese dunklen Quellen, aus denen so viel Feuer zu uns geflossen war; sie leuchteten fast orangerot. Ich musste mich erst langsam daran gewöhnen, dass diese Erscheinung wirklich Viviane war. Auch wie sie sang, war ungewöhnlich. Einzelne Worte, eine Art Gestammel, aber mit viel Musik darin. Ab und zu fiel mir auf, dass ihre Stimme leicht zitterte, als ob sie mit all ihren Gedanken mehr bei sich selbst war als beim Publikum, und trotzdem blieben alle bis zum letzten Ton in ihrem Bann.

Nach dem Konzert fuhren wir zu ihrem Haus, das bis zu seinem Tod ihrem Großvater gehört hatte. Ich entsinne mich noch gut, wie sie ihren Range Rover im Londoner Verkehr steuerte, in der Dunkelheit, durch blinkende Punkte, leuchtende Tropfen, im Gespräch mit mir und gleichzeitig aufmerksam und traumwandlerisch sicher im prasselnden Herbstregen.

Viviane fuhr mit leicht erhobenem Kopf, eine Haltung, die ihren zierlichen, schlanken Hals zur Geltung brachte. Worüber hatten wir geredet? Über ihren Führerschein zunächst. Der Wagen hatte ihrem Großvater gehört. Für Viviane war es schwierig gewesen, zur Fahrprüfung überhaupt zugelassen zu werden. Sie hatte ein ärztliches Attest vorweisen müssen. Tatsache war, dass ihre Anfälle, entgegen der Behauptung ihres früheren Arztes, noch dann und wann auftraten.

»Die Franzosen nennen es ›le haut mal‹, ›das hohe Leiden‹«,

sagte Viviane. »Weil ihre Könige oft davon betroffen waren. Warum schaust du mich so an?«

»Vielleicht solltest du dir etwas darauf einbilden?«

Die Spur eines Lächelns zuckte um ihren Mund.

»Das tu ich auch. Und mit den richtigen Medikamenten ist es o.k. Ich habe gelernt, das zu kontrollieren. Aber am Steuer bin ich immer vorsichtig. Es ist wegen der Unfälle. Du weißt, dass ich immer Angst habe.«

»Ja, schon lange«, sagte ich.

»Jetzt ist mir immerhin klar, woher das kommt. Grandpa hat mir alles erzählt.«

Ihr Profil hob sich dunkel von der gedämpften Helligkeit des Fensters ab. Von dem Gesicht selbst war so gut wie nichts zu sehen. Nur eben der Umriss des Profils, diese klare, scharfe Linie, die an der Schläfe begann und sich voller Anmut zum Kinn rundete. In dem purpurnen Haar fing sich noch so viel Dämmerung, dass sich so etwas wie ein ganz schwacher Schein über ihrem Kopf zeigte, husch, husch, kommend und gehend im zuckenden Glanz der Scheinwerfer. Es war ein Profil wie aus einer alten Zeit, voller Harmonie, ernst, anmutig und geheimnisvoll, ein Kunstwerk, das sich mit jedem Mienenspiel veränderte und gar nicht zu der jungen Frau passte, die sich eine Stunde zuvor in ekstatischem Rhythmus auf der Bühne bewegt hatte. Aber das war eben Viviane.

Danach sprachen wir über Giovanni. Ich merkte verärgert, wie mir die Tränen kamen, und murmelte:

»Tut mir leid, ich habe mich erkältet!«

Ich wühlte nach einem Taschentuch, das ich nicht hatte. Viviane zauberte ein Kleenex hervor.

»Putz dir die Nase!«

Ich schnäuzte mich. Viviane wartete, bis eine Ampel grün wurde, und setzte, bevor sie weitersprach, ihren Wagen behutsam in Bewegung.

»Der arme Giovanni! Die Bedrohung war so unheimlich

vorhersehbar. Ich konnte sie fühlen, sie geradezu riechen. Wenn man wie ich ist, muss man sehr aufpassen, dass man sich nichts einbildet. Und gut unterscheiden: Was stimmt, was stimmt nicht? Weißt du, ich vergesse oft; ich vergesse, was ich gesehen und gehört habe, tagsüber oder im Traum. Es wäre im Grunde ganz einfach gewesen, Giovanni zu warnen. Aber ich konnte nicht nachdenken, das war mein Problem. Aber damals hatte ich zu viel im Kopf! Ich wollte nach London, erinnerst du dich? Grandpa hatte mir den Flugschein besorgt, und Miranda wollte mich nicht gehen lassen. Sie hatte Angst, dass ich von Grandpa die Wahrheit erfuhr.«

»Ja«, sagte ich matt, »ich entsinne mich.«

Mühsam glitt ich in die Erinnerung zurück. Da war irgendeine schlimme Geschichte gewesen, die Miranda betraf. Viviane hatte Andeutungen gemacht, aber nichts Genaues erzählt. Ich hatte vergeblich versucht, mehr zu erfahren. Wie es schien, hatte der Großvater Viviane verboten, darüber zu reden. Noch heute fühlte sie sich offenbar an eine Art kindlichen Ehrenstandpunkt gebunden. Na gut, was ging es mich an? Familiengeheimnisse sind eine sehr persönliche Sache. Mit halbem Ohr hörte ich zu, wie Viviane weitersprach:

»Aber Grandpa hatte mir ja schon alles erzählt, als ich ihn das erste Mal besuchte. Miranda war ganz einfach ein furchtsames Geschöpf, das sich an die Wand drückte, bis die unbequeme Lage sie dazu zwang zu reagieren. Zum Glück hatte ich Pass und Flugschein gut versteckt. Ich packte stur meinen Rucksack, und sie schwirrte wie eine Hornisse um mich herum. Ich hatte nur einen einzigen Gedanken im Kopf: Weggehen, so schnell wie möglich. Ich musste ja immer reifer sein, als ich hätte sein sollen. Glaubst du, dass Miranda mir jemals einen Gutenachtkuss gab? Nicht einmal im Traum! Ich packte also meine Sachen, und weil ich nicht mit ihr sprach, schloss sie sich am Ende im Klo ein. Baaaa! Das Böse stank noch abscheulicher als Mirandas Durchfall. Die nackten Wände, der schmutzige Duschvorhang, der Boden mit seinen dunklen Flecken ekelten mich an. Ich wollte hier raus, raus aus dem Haus, raus aus den Bildern, weit weg von alldem, es musste jetzt schnell gehen. Ich wechselte hektisch meine Jeans, als Miranda wie eine Furie aus dem Klo kam. Auf dem Klo fiel ihr immer wieder etwas ein. ›Ich dulde nicht‹, schrie sie, ›dass du das Haus verlässt!‹ Sie lief zur Tür, knallte sie von außen zu und drehte den Schlüssel. Ich kam mir gefangen im Nichts vor, die Wände sahen aus, als stünden sie nicht mehr fest, als schrumpften sie zu einer Pappschachtel. Ich zögerte nicht lange: Mein Zimmer befand sich im ersten Stock, und unten wuchs Grünzeug. Ich warf meinen Rucksack aus dem Fenster, kletterte auf das Brett und sprang. Ich landete auf allen vieren, schürfte mir die Knie auf, aber das machte nichts. Ich rannte los, schleppte meinen Rucksack den Weg hinauf, bis zur Haltestelle, und erwischte in letzter Sekunde den Bus. Den Geruch hatte ich noch in der Nase. Rochen ihn die anderen Fahrgäste auch? Aber nein, alle waren ganz friedlich. Ich war nass geschwitzt, der Geruch schien an mir zu kleben. Er verzog sich erst, als ich im Flugzeug saß.«

Vivane erzählte gleichmütig und bildreich wie einst. Mir kam der Gedanke, dass sie von sich selbst wie von einer anderen sprach. Draußen schoss das Wasser wie ein kleiner Strom schnurgerade den Rinnstein entlang. Die Regentropfen prasselten wie Kugeln, tanzten wirr und bunt im Schein der vielen Lichter. Der Scheibenwischer surrte sanft und hektisch. Das Haus befand sich in Kensington. Viviane erzählte, dass sie pünktlich den Gärtner und die Zugehfrau zahlte, die das Haus sauber hielt und das Silber putzte. Ihrem Großvater hatte sie ein Versprechen gegeben. Vivianes Pflichtbewusstsein lag in ihrer Erbmasse, aber die frühere Loyalität hatte eine Generation übersprungen: Miranda hatte sich nie darum geschert.

Das Haus lag am Ende einer dunklen Straße. Der gut erhaltene Backsteinbau aus dem neunzehnten Jahrhundert war von einem großen Garten umgeben. Nasse Glyzinien, schon halb entlaubt, fielen über eine Balustrade, deren Säulen sie fast verdeckten. Die Jalousien waren heruntergezogen, aber im Erdgeschoss brannte Licht. Viviane sagte, dass es auch eine Alarmanlage gab. Und die Zugehfrau hatte den Auftrag, jeden Morgen die Jalousien hochzuziehen, damit das Haus bewohnt aussah.

Der Range Rover hielt vor einem Tor aus Schmiedeeisen. Viviane gab einen Code ein, die Flügel glitten auseinander. Die goldenen Spitzen der hohen Gitterstäbe funkelten. Viviane fuhr langsam in einen kopfsteingepflasterten Hof, in dem einige Ziersträucher in großen Betontöpfen standen. Während sich das Tor hinter uns von selbst wieder schloss, stellte Viviane den Motor ab. Die Scheinwerfer erloschen.

»So, da wären wir!«, sagte Viviane.

Wir rannten im Regen die paar Stufen hinauf bis zur Haustür. Viviane tippte einen zweiten Code, die Tür sprang mit leichtem Surren auf. Ich trat in eine holzgetäfelte Eingangshalle mit glänzendem Parkettboden. Eine weiße, leicht gewundene Marmortreppe führte nach oben. Daneben stand eine lebensgroße Statue, ebenfalls aus Marmor: Flora mit dem Füllhorn. In der Halle befanden sich ein überdimensionaler Schrank, ein paar Stühle. Der Schrank diente als Garderobe. Viviane reichte mir einen Holzbügel, der unsinnig schwer war.

»Soll ich meine Schuhe ausziehen?«, fragte ich

»Ja, wenn du willst. Ich gehe zu Hause immer barfuß.«

Sie setzte sich, streifte ihre High Heels mit den roten Sohlen von den Füßen und massierte ihre Zehen.

»Schrecklich, diese Schuhe! Sehen gut aus, aber man kriegt Hühneraugen.«

Der Eingangsbereich gab die Sicht auf eine Folge weitläufiger Wohnräume frei. Der Parkettboden unter gut erhaltenen Orientteppichen quietschte bei jedem Schritt. Wir gingen weiter. Schweigen stand zwischen uns und verlieh der Ausstrahlung der Räume eine besondere Intensität. Ein Empfangszimmer, ein Esszimmer, ein großer Salon, ein kleiner Salon. Die meisten Möbel waren im Empirestil, echt, soweit ich das beurteilen konnte, aber es gab auch moderne Sachen, und alles passte zusammen. Jeder Farbton, jeder Gegenstand trug zu einem wohltuenden Gefühl des Geborgenseins und des Behagens bei. Die Tapeten mit ihren verschiedenfarbigen Schattierungen, die Stiche, die in antiken Rahmen die Wände schmückten, die chinesischen Ziervasen in jeder Größe, die Lampen und Nippsachen, alle höchst kostspielig, bezeugten erlesenen Geschmack und große Sorgfalt. Viviane führte mich in einen Salon mit hohen Erkerfenstern, in die man rankenartig bunte Scheiben eingefügt hatte, die ein Blumenmuster bildeten – Wasserrosen und Lilien. Das Licht eines Kronleuchters verlieh den Farben etwas Mehrdimensionales, als ob sie in der Schwebe kaleidoskopisch schimmerten. Als Viviane mit leichten Schritten durch den Raum ging, schienen die Farben um sie herum zu schweben, wobei sie eine Art Lichtzelt bildeten, safranfarben, rosa und hellblau, wie in einer Kirche. Unter diesem Lichtzelt wandte Viviane sich um, deutete auf zwei große Gemälde.

»Meine Großeltern.«

Die Bilder, Acryl auf Papier, hingen neben dem Kamin, schräg gegenüber dem Fenster. Ich trat näher. Lavinia, die Großmutter, lehnte an einem Treppenpfeiler. Sie trug ein hellgrünes Kleid von unterkühlter Eleganz. Ihr blondes Haar war zu einem kunstvollen Chignon geschlungen. Bei aller Weichheit zeigten ihre ebenmäßigen Züge Mutwillen und etwas spielerisch Amüsiertes, als ob sie nahe daran war, in Lachen auszubrechen. Eine zarte, aber athletische Erscheinung, wirklich anmutig. Ein ganz besonderer Zauber ging von ihr aus, wobei die straffe Haltung, der feste Blick Intelligenz und Unerschrockenheit zeigten.

»Sah sie wirklich so aus?«, fragte ich.

Viviane nickte.

»Ja, sie war eine berühmte Schönheit. Man kann sich nicht vorstellen, dass sie gelegentlich schmutzig und unfrisiert sein konnte, dass sie die Ställe ausmistete, im Garten arbeitete und sogar Schweine fütterte. Und Grandpa! Sah er nicht wie ein Filmstar aus?«

Willbur Ogier war sehr groß und sehr langbeinig. Sein dichtes Haar hatte die Farbe verbrannten Holzes. Er trug einen dunklen Doppelreiher mit eng anliegendem Jackett. Dazu ein gepunktetes Halstuch. Er hielt einen grauen Hut in der Hand, von jener eleganten Sorte, die man Homburg nannte. Er zeigte eine feine, deutlich wahrnehmbare Energie, sehr beherrscht, aber vollkommen präsent. Sein Kopf war außerordentlich schön gebildet. Er hatte wirklich ein charaktervolles Gesicht, mit hoher Stirn, schmaler Nase und einem fest zusammengepressten, sinnlichen Mund. Es war ein aristokratisches Gesicht, das mit der Zeit einen intellektuellen Ausdruck angenommen hatte.

»Wer hat die Porträts gemalt?«, fragte ich

»Eine österreichische Malerin, die vor Hitler geflohen war. Meine Großeltern unterstützen sie. Ich finde die Bilder ziemlich gut.«

Ich war fasziniert von den Farben, von der Reinheit der Malweise. Die Gesichter waren so ausdrucksstark, als ob sie lebten.

»Sie sind wirklich wunderschön«, sagte ich.

Viviane trat an den Barschrank, wo ihr ein ziemlich umfangreicher Vorrat an alkoholischen Getränken zur Verfügung stand, und hielt mir zwei Gläser entgegen.

»Was möchtest du trinken? Whisky, Wodka? Gin, Mojito? Großvater trank zu jedem Anlass Burgunder. Wollen wir mal in den Weinkeller gehen?«

»Nein, danke, keinen Wein«, sagte ich.

»Etwas Gin vielleicht? Mit viel Soda?«

»Ja, gerne.«

»Setz dich!«, sagte Viviane. Ich ging auf einen Sessel zu. Sie zuckte leicht zusammen.

»Nein, nicht da! Da sitzt Grandpa.«

Ich wich zurück, entschuldigte mich.

»War das sein Lieblingssessel?«

»Er sitzt immer da, wenn ich Cembalo spiele. Er ist dann immer ganz glücklich und schaut mich so zärtlich an.«

Ich setzte mich auf ein Sofa. Vivianes Vorstellungen waren für mich nichts Ungewöhnliches. Im gewissen Sinne teilte ich sie sogar.

»Du spielst Cembalo?«, fragte ich.

Sie deutete auf einen schönes, deutsches Cembalo, das auf einem Teppich in der Mitte des Raumes stand.

»Ich war zwei Jahre auf der Musikschule. Da haben wir gelernt, verschiedene Instrumente zu spielen. Lavinia soll wunderbar gespielt haben. Ich klimpere nur ein wenig, wenn ich komponiere. Aber dazu ist ein Cembalo nicht da. Grandpa sagt, die Musik soll eine Geschichte erzählen. Ich gebe mir also Mühe. Schließlich will ich ihm ja eine Freude machen.«

Wir sprachen über die Verstorbenen, als ob sie noch lebten. Das war schon früher so gewesen.

»Und deine Großmutter, hört sie auch zu, wenn du spielst?«

»Lavinia? Die geht immer auf und ab, durch alle Zimmer. Das ist auf die Dauer ermüdend. Ich sage ihr manchmal: ›Ich bitte dich, Großmutter, bleib doch endlich mal sitzen!‹ Aber sie schüttelt nur den Kopf und lächelt. Grandpa hat mir erzählt, dass sie immer einen großen Bewegungsdrang hatte. Sie ist geritten, geschwommen, hat Tennis gespielt. Und im Winter ging sie Skifahren und Schlittschuhlaufen. Grandpa vergötterte sie. Er selbst machte nie mit, saß nur da, trank Cola und schaute ihr zu. ›No sports‹, sagte er, ›wie Winston Churchill.‹ Aber er konnte ziemlich gut reiten.«

Sie mischte Gin mit Zucker und Grapefruitsaft, den sie aus

der Küche holte. Dann kam sie zurück, ließ sich neben mir auf das Sofa plumpsen. Das Sofa war mit gelbem Brokat bezogen, die Kissen waren schwarz, mit einer Goldborte und Troddeln. In der Londoner Kälte trug Viviane nur ein Unterhemd, das ihre Brustwarzen zeigte, Leggins aus schwarzem Leder und einen indianischen Concha-Gürtel.

»Cheers!«, sagte sie.

Wir tranken, bevor Viviane mit dem Kinn auf das Bild ihres Großvaters wies.

»Als ich ihn zum ersten Mal traf, war er enorm dick. Und dann starb er an Krebs. Wenn du ihn zuletzt gesehen hättest ...«

»Schlimm?«

Sie ließ ihre Eiswürfel kreisen.

»Ja, sehr schlimm. Die Speiseröhre. Zum Schluss wurde er nur noch intravenös ernährt.«

Viviane redete über alle Maßen kühl, wie sie es immer tat.

»Grandpa war sehr klar im Kopf. Er saß schon im Rollstuhl, als wir einen Termin beim Notar hatten. Grandpa gab ihm ganz genaue Anweisungen. Miranda bekam den ›Taubenschlag‹, unser Gut bei Old Sarum. ›Sie kann damit machen, was sie will‹, sagte er. Mir vermachte er das Grundstück, das Haus und einen Teil des Bargelds. Der Rest ging an eine Stiftung. Das war's dann.«

Miranda hatte zwei Brüder gehabt, Irwin und Robert, die in Afrika ums Leben gekommen waren. Viviane sagte, dass sie die Einzelheiten erst von ihrem Grandpa erzählt bekam: Die beiden Söhne lebten mit ihren Familien im ehemaligen Rhodesien, wo sie Plantagen bewirtschafteten: Kakaobohnen und Kaffee. Als in Rhodesien die Unruhen ausbrachen, umzingelten Aufständische das Haus, überwältigten die Wachen und schlugen alle Bewohner mit Macheten tot.

»Ganz zerstückelt waren sie«, sagte Viviane, »sogar die Babys. Ein Fuß hier, ein Arm dort. Die Aufständischen plün-

97

derten das Haus und steckten es in Brand. Heute liegen die Plantagen brach, überall wächst Urwald.«

Sie kauerte sich in ihrem Sessel zusammen – eine Art Fötushaltung, ging mir durch den Kopf. Ich starrte in ihre Augen, die von Schatten umwölkt waren, und spürte ein Frösteln.

Viviane fand plötzlich aus ihrer Verzückung heraus, nahm einen kräftigen Schluck.

»Das Schicksal hat seine eigene Logik. Grandpa war Parlamentsmitglied, hatte alles, was man sich wünschen kann: Klugheit, Einfluss, viel Geld. Aber immer wieder passierte etwas Schreckliches in seinem Leben. Und am Ende hatte er keine Kraft mehr.«

Ich nippte an meinem Gin, der zu stark war. Ich fühlte mich schwer in den Gliedern, und mir war flau im Magen. Viviane sprach weiter illusionslos und sanft.

»Weißt du, Miranda hatte mir immer gesagt, Grandpa sei eine Art Monster. Als er mir schrieb, dass er mich sehen wollte, war ich total in Panik. Und dann kam alles ganz anders. Mit Grandpa konnte ich reden, wie ich es mit Miranda nie gekonnt hatte. Miranda hörte nie zu, erzählte nur ihren eigenen Kram, lauter Unsinn. Wenn es mir zu bunt wurde, sagte ich: ›Und in der Mitte saß eine riesige Spinne!‹ Das sagte ich einfach nur so, um ihren Redefluss zu stoppen. Sie hörte dann auch wirklich auf und starrte mich an, völlig aus der Fassung gebracht. ›Wo siehst du eine Spinne?‹ Im Gegensatz zu ihr war Grandpa einer, der wirklich zuhören konnte. Er sagte: ›Jeder nimmt und gibt! Aber du darfst nur so viel geben, wie deine Kraft es zulässt.‹ Das leuchtete mir ein. Grandpa stand mir viel näher als Miranda, die einen Irokesenkamm und Piercings trug, da, wo man sie nicht vermutete. Glotz nicht so, Alessa, du weißt genau, was ich meine. Und, ehrlich gesagt, Grandpa stand mir auch näher als Alexis, der heroinsüchtig war und immer nur das Gleiche erzählte: ›Das Individuum muss frei sein, Drogen brechen Widerstände und führen uns zur Einheit. Drogen helfen uns, aus unseren Leben ein Kunstwerk zu machen‹, sagte er, knetete Pizzas und bestreute sie mit Sardellen.«

»Was sagte dein Großvater dazu, dass du Rocksängerin werden wolltest?«

Auch bei ihr zeigte der Gin seine Wirkung. Sie lachte stoßweise und ein wenig überdreht.

»Am Anfang, da verstand er mich nicht. Ich machte ihm klar, wie ich mein Leben führen wollte. Am Ende akzeptierte er das. Irgendwie hatte er sogar Spaß an der Sache. Er hatte mir von den Tagungen im Parlament erzählt, von selbstgerechten Hardlinern und salbungsvollen Imagepflegern, die zuschlugen wie der Blitz, wenn man sie nicht im Auge behielt, von Intrigen, Scheinmanövern und Interessengruppierungen. ›Eine Hackordnung wie im Hühnerhof!‹, sagte Grandpa. Er sprach darüber mit umso größerem Sarkasmus, je kränker er wurde. Er war schon über alles hinaus. Ein- oder zweimal sagte er zu mir, was für ein langweiliger, arroganter, heuchlerischer Typ er doch geworden sei! Die meisten Politiker würden so, früher oder später, überfressen und in Eigennutz glasiert, wie in Sülze. Politik sei eine Waffe, sagte er. Und wer sie einmal in der Hand hätte, gäbe sie nie wieder ab, es sei denn gewaltsam. Er sagte auch: ›Kümmere dich nicht um Politik, Viviane, kümmere dich um dein Leben.‹

Ich sah in ihre großen, dunkel geschminkten Augen. Nach wie vor sprach sie leichthin und kühl, aber tiefer Ernst war es, was am stärksten in diesen Augen leuchtete.

»Glaubst du wirklich«, fragte ich, »dass du dein Leben verwirklichen kannst?«

Ihre Antwort klang, wie immer, sachlich und wohlüberlegt.

»Das Leben ist kurz. In meiner Familie sind schon so viele Menschen gestorben. Oft komme ich mir wie eine Überlebende vor. Rockmusik betäubt, Alessa, löst alles auf. Ich liebe Punk, Slash-Metal, Hardcore und dergleichen. Ich brauche die

Kakophonie; je lauter wir spielen, desto glücklicher werde ich. Lärm kann sehr kreativ sein, hast du das gewusst? Manchmal stehe ich am Rand von Baustellen, wo Maschinen die Erde aufreißen, und empfinde ein seltsames Gefühl im Bauch. So angenehm, dass ich aufpassen muss. Einmal bin ich fast in ein Loch gestolpert. Aber Rock ist besser. Rock hilft mir, den Kopf freizubehalten.«

In der Tat war sie näher an der Wirklichkeit als ich, die keinen Fernseher hatte, kaum ins Kino ging und keine Romane las. Ich suchte nach der eigenen Bestimmung, die fern war wie der Mond. In mir staute sich alles an, ich konnte nicht »Tabula rasa« machen.

»Findest du Ruhe im Lärm?«

Sie zeigte ihre Perlenzähne. Ihr Lächeln war eine Spur zu kokett. Schon früher fiel es ihr leicht, sich durch Charisma beliebt zu machen.

»Ach, vielleicht ist es nur Selbstdarstellung. Aber ich kenne meine Grenzen. Ich weiß, wo und wann ich was tun kann und was nicht. Meine Shows produziere ich selbst, sie müssen perfekt bis ins kleinste Detail sein. Ich brauche einen festen Rahmen, dann kann ich loslegen. Meine Gitarre habe ich auch von Grandpa, sie ist schon achtzig Jahre alt und wiegt eine Tonne! Nach der Show bin ich kaputt, aber der Sound ist einfach großartig!« Viviane drehte ihre dünnen Arme mit den schlanken Gelenken. Sie hatte lange, feine Muskeln, die geschmeidig und stark waren.

»Aber du spielst doch auch Cembalo, hast du gesagt.«

»Siehst du da einen Widerspruch? Ich nicht!«

Sie verließ schwungvoll das Sofa, klappte das Cembalo auf. Ich setzte mich neben sie auf die Bank. Viviane redete und spielte gleichzeitig, mit größter Gelassenheit. Die Töne folgten und mischten sich, bildeten eine Melodie, die mir vertraut war. Ich summte sie unwillkürlich mit. Viviane nickte mir zu.

»Brahms«, sagte sie.

»Und so etwas Schweres kannst du spielen?«

»Es ist leichter, als du glaubst. Man muss nur der Melodie folgen, die man im Kopf hat. Deswegen habe ich alle Stücke auswendig gelernt. Habe ich Noten vor mir, kann ich mich nicht konzentrieren.«

Die Melodie klang so schlicht, so herzzerreißend. Musik löst seltsame Empfindungen aus. Erklingt Musik und kommt sie mit der richtigen Stimmung in uns zusammen, werden wir wie durch Traumkraft mitten in die Herzkammer getroffen. Ein schmerzliches Rieseln zog durch meine Brust.

Ich sagte leise: »Giovanni hätte diese Musik gemocht.«

Viviane warf mir einen Seitenblick zu, schlug einen lauten Akkord.

»Shit!«, sagte sie. »Du kommst nicht von ihm los!«

Ich wollte trinken. Meine Zähne schlugen gegen den Rand des Glases. Wie ist es, dachte ich, wenn man im Zentrum der Welt eines anderen ist? Wenn man ein anderes Wesen in sich spürt? Wenn einer die Haut ist, der andere das Gefühl? Man kann nicht zwei Menschen in sich haben, aber einer kann am Rücken des anderen wachsen, dicht an seiner Wirbelsäule, im Fruchtwasser. Man kann neun Monate mit ihm vereint sein und dann ins Leben gestoßen werden, allein. Und ihn dann eines Tages wiederfinden, in anderer Gestalt. Früher hatte ich das fest geglaubt. Vielleicht hätte der gesunde Menschenverstand mir heute sagen sollen, das sei nicht möglich. Aber ich hatte in Giovanni etwas gesehen, das zu mir gehörte, ich ging in ihm auf. »Du weißt doch«, sagte ich zu Viviane, »dass ich einen toten Zwillingsbruder habe?«

Sie zog die Brauen hoch.

»Tomaso?«

Ich nickte.

»Als ich Giovanni zum ersten Mal sah, entsprach er genau dem Bild, das ich mir von Tomaso gemacht hatte. Ich sah und spürte es augenblicklich. Wenn ich daran denke, schnürt es mir noch heute die Kehle zu...«

Sie sah mich von der Seite an, einen Ellbogen auf den Deckel gestützt. Durch die kunstvoll angebrachten Löcher sah man ihre bloßen Füße mit den kräftigen, rot gelackten Zehen.

»Giovanni, ach ja!«, seufzte sie. »Er brauchte einen Schutzengel.«

»Er hatte einen«, sagte ich.

»Er kam zu spät.«

Ich nickte beklommen.

»Es war unsere Schuld.«

»Nein«, sagte sie. »Wenn etwas in den Sternen steht...«

Ein Frösteln überlief mich. Der große Raum war nicht geheizt, überall war Luftzug, weil die alten Fenster nicht gut abgedichtet waren.

»Wie meinst du das?«, fragte ich. »Und außerdem: Wo lag bei uns der Unterschied zwischen Erfahrung und Einbildungskraft? Kannst du mir das sagen?«

»Ich meine, es gab keinen«, sagte Viviane. »Und ich denke, dass in irgendeiner verdrehten Art alles vermischt war. Sozusagen vorprogrammiert. Und wenn das so ist, kann eben nichts mehr geändert werden.«

»Wirklich nichts?«

Sie ließ ihre Finger über die Tasten gleiten.

»Es sei denn, man ist sehr stark. Aber dann auch nicht immer.«

Auf die Dauer hatte der Gin eine entspannende Wirkung. Viviane sagte nichts mehr, ließ ihre Finger über die Tasten gleiten, suchte eine neue Melodie. Schließlich brach ich das Schweigen.

»Wenn ich heute über alles nachdenke, muss ich mir sagen, dass Giovanni als Priester ein unglückliches Leben geführt hätte.«

Viviane antwortete nicht sogleich, spielte einige Akkorde,

102

geistesabwesend, bis sich die Melodie, sanft, einfach und zärtlich, wie von selbst einstellte. Und irgendetwas in meiner Brust tat mir weh, als ich die Melodie erkannte: Es war das Requiem von Fauré, das Wiegenlied. Und während ihre Finger behutsam die Tasten berührten, sagte Viviane, ohne das Gesicht zu heben und wie zu sich selbst:

»Religion ist im Grunde etwas sehr Gewalttätiges. Wer dazu gezwungen wird, an einen zornigen Gott im Himmel zu glauben, muss zwangsläufig unglücklich werden.«

9. Kapitel

Ich entsinne mich, was für ein schlechtes Gewissen ich hatte, als Vater die kleine Tonfigur an sich nahm. Sie gehörte ja nicht mir, sondern Giovanni. Jedenfalls wurde es ein langer, unangenehmer Tag. Als Vater abends nach Hause kam, war meine erste bange Frage an ihn, was sein Freund denn über die heilige Puppe gesagt hatte. Als Antwort kam ein gereizter Blick.

»Hör auf, die Figur eine heilige Puppe zu nennen! Sie ist weder eine Puppe noch heilig. Ralph wird den Fund mit der Museumskommission untersuchen. Inzwischen wäre mir lieb, wenn du, statt in Löchern zu wühlen, dich vermehrt um deine Hausaufgaben kümmern würdest. Im letzten Quartal ließen deine Leistungen zu wünschen übrig. Aber das weißt du ja selbst.«

Es war das typische Geschwätz der Erwachsenen. Die meiste Zeit rauschten solche Gemeinplätze einfach an mir vorbei. Es gab zu viele andere Dinge, die mich beschäftigten. Dass ich die heilige Puppe nicht mehr hatte, verschwieg ich den anderen einstweilen, war ich doch fest davon überzeugt, dass sich – mit ein bisschen Geduld – rundweg alles zum Guten wenden würde. Ostern lag in diesem Jahr sehr spät – fast Ende April. In der Karwoche wurden Passionsspiele aufgeführt, die Leute fielen auf die Knie, wenn Jesus, gebückt unter der Last des Kreuzes und eskortiert von grimmig blickenden römischen Legionären, vorbeiwankte. Der Darsteller trug eine Perücke, darüber die Dornenkrone. Man hatte ihm mit roter Farbe Wunden und Striemen auf die nackte Haut gemalt. Dann, am Ostersonntag, schwangen sich die Schallwellen der Glocken empor, Kirchengesänge erklangen aus den offenen Toren aller prächtig geschmückten Kirchen und Kapellen. Ich besuchte mit meinen Eltern den Gottesdienst. In der Kirche war es warm, halbdunkel, es roch nach Blumen und Wachskerzen, die roten und goldenen Ornamente funkelten. Männer und Frauen bewegten sich hinter Weihrauchschleiern, fielen unablässig auf die Knie, die Orgel brauste, ein Kinderchor sang mit süßer, weicher Stimme. Vater nahm sogar an den Vigilien teil, Mutter nicht. Sie ging auch nie in die Knie, sondern lehnte mit abwesendem Gesicht an ihrem Stehsitz. Ich kniete, weil es sich so gehörte, trug ein graues Kleid aus leichter Wolle, das etwas über die Knie herabreichte, und weiße Socken und schwarze Lackschuhe, die mir bereits zu klein wurden. Alle kleinen Mädchen trugen sonntags Lackschuhe. Mutter hatte akkurat meine Zöpfe frisiert, die Fransen im Halbrund geschnitten. Ich hatte vor zwei Jahren die heilige Kommunion erhalten und besaß ein eigenes kleines Messbuch, mit einem Einband aus weißem Leder und Perlmutt. Die Geschichten, die uns der Priester damals erzählte, fand ich nur spannend, wenn ich sie zum ersten Mal hörte. Die ständigen Wiederholungen danach – wo ich die Geschichten doch längst kannte – langweilten mich. April – die Sonne stand bereits hoch, Himmel und Erde leuchteten. Ein heftiger, heißer Südwind wehte vom Meer herüber, mitten in der Stadt schmeckte es nach Salz. Die Azaleen kletterten purpurn, gelb und rosa über die Hügel, der Ginster stürzte die Hänge zum Meer hinab. Schwalben tanzten im Sonnenlicht, die alten Mauern und Bastionen waren mit Blüten und grünen Ranken bestückt. Ich war von Unruhe erfüllt, von dem Drang, mit nacktem Körper die Steine, das Wasser, die Luft zu berühren. Der Frühling: ein Augenblick der Vollkommenheit! Ich wollte der Welt der Erwachsenen entfliehen, noch ehe sie merken

konnten, was mit mir los war. Peter, Vivi und ich waren von
derselben Sorte, unbekümmerte kleine Heiden, die die flirren-
den Wege zur Küste hinabtanzten. Wir sahen das Liebesspiel
der Falken, ihr Steigen, Drehen, Fast-Berühren, Ausweichen.
Der Kuckuck rief, die frische Minze duftete. Aus verborgenen Gärten, hinter Feigenkakteen, stiegen in warmen Wellen
die Düfte der Orangenblüten. Am Strand war alles ruhig, wir
hüpften und schubsten uns am Rand der kleinen Wellen. Vereinzelte Touristen waren schon da, lagen mit schwarzen Son-
nenbrillen auf Strandtüchern, und jedes Tuch hatte eine andere Farbe. Wir beachteten die weißen, schlaffen Körper nicht,
die sich bräunen ließen. Sie waren weit weg, wie auf einem
Bild gemalt, sie störten uns nicht. Unsere Stimmen und Lachen vibrierten in der Weite mit einem hellen Echo, wie in einer Welt aus Kristall. Unser Glück war erst vollkommen, wenn
Giovanni hinzukam – selten zwar und immer erschöpft und
zerschlagen. Wir hatten frei, er aber musste das Ackerpferd
führen, wenn der Vater pflügte, das Kartoffelfeld nach Käfern
absuchen. Giovanni musste die beiden Schweine füttern, den
Stall ausmisten. Die Muttersau hatte ihren ersten Wurf und
war gefährlich. Giovanni sprach leise zu ihr, was sie beruhigte.
Die Brüder riefen ihn, wenn sie Zäune flickten, er sammelte
Steine vom Feld, bis zu der Größe, die er gerade noch schlep-
pen konnte. War Giovanni bei uns, klang sein Lachen frohlockend, als wäre er einer Gefahr entronnen. Er war anziehend
in seiner kindlichen Schönheit, mit dem geschmeidigen inneren Glanz, den wir durch seine Haut wahrzunehmen glaubten. Wir kletterten an Felsen hinab, die steil und schlüpfrig
waren, von Wasser überspült und von der Sonne getrocknet,
und unsere Füße waren sicher wie die der kleinen Bergziegen.
Mit der Unbefangenheit der Kinder zogen wir uns aus bis auf
die Unterwäsche, sprangen in die kalten, schwappenden Wellen. Wir tanzten, hüpften, spritzten uns gegenseitig mit Wasser nass. Schaum zerstreute sich in der Luft und platzte auf un-

serer Haut wie kleine Seifenblasen. Am Nachmittag wurde die
See glatt, straff und blau wie Türkis. In der Meeresluft hörten
wir das Kichern und Lachen der Geister, die früher da waren.
Wir sammelten kleine Muscheln und Seetang, den wir zerkau-
ten und wieder ins Meer spuckten. Der Seetang schmeckte wie
Wassermelonen. Dann lagen wir ermattet im Sand, ließen uns
von der Sonne wärmen. Zwischen der Kindheit und dem Erwachsenwerden liegen ein paar Jahre; es sind – aber wir mer-
ken es erst später – vielleicht die schönsten. Eine merkwürdige
Leichtigkeit prägte unser Zusammensein, alles, was unerträg-
lich in den Augen der Erwachsenen sein mochte, war für uns
natürlich. Wir lebten mit gesteigerten Gefühlen und wussten
es nicht. Wir tauschten Geheimnisse, die mit uns, mit unseren
Körpern und den Körpern der Erwachsenen zu tun hatten.
Vivi sagte: »Meine Mama trägt keinen. Im Sommer nicht.«
»Was trägt sie nicht?«, wollte Peter wissen.
»Einen Slip, du Idiot!«
»Woher weißt du das?«, fragte ich.
»Sie trägt Shorts. Glaubst du, man sieht es nicht, wenn sie
sich bückt?«
»Vor allen Leuten?«
»Das ist ihr egal.«
»Ich glaube es nicht«, sagte Giovanni.
»Doch, und sie riecht komisch.«
Wir kicherten.
»Wonach riecht sie denn? Nun sag es doch, Vivi!«
Ihre Augen bekamen einen seltsamen Ausdruck.
»Ich weiß es nicht.«
Das war interessant. Wir forschten weiter.
»Nach … Pisse?«, fragte ich.
Ein zweifelndes Kopfschütteln. »Nein, nicht nach Pisse.«
»Nach Knoblauch?«, fragte Peter.
»Auch nicht nach Knoblauch.«
»Nach Dope?«

Ich hatte keine Ahnung, wie Dope roch, aber Vivi musste es ja wissen.

»Nein, auch nicht.«

Sie schien plötzlich ein wenig verwirrt, weil sie davon geredet hatte, und wandte sich rasch an Giovanni:

»Hast du deine Mutter nie nackt gesehen?«

Giovanni wurde rot.

»Nein, niemals! Sie hat immer Strümpfe an.«

»Auch im Sommer?«

»Ja, sie hat blaue Adern an den Beinen, so dick wie mein Daumen.«

Peter, der Arztsohn, nickte wissend.

»Krampfadern.«

»Tun die weh?«, fragte ich.

»Sie redet nicht davon«, sagte Giovanni.

»Aber das heißt nicht, dass sie ihr nicht wehtun«, sagte Peter.

»Und deine Schwestern?«, fragte Vivi. »Hast du sie nie nackt gesehen?«

»Doch. Meine Schwester Chiara. Sie ... sie probierte Unterwäsche an.«

Allgemeines Kichern.

»Weiß sie, dass du sie gesehen hast?«

»Nein, ich habe durchs Loch geguckt!«

Wir kreischten vor Lachen.

»Du bist ganz schön durchgedreht, du Lochgucker!«

Giovanni zog verlegen den Kopf ein.

»Wir haben auch Fernsehen. Spätabends, da sieht man Frauen, die sich nackt ausziehen. Meine Brüder gucken sich das an.«

»Du auch?«

Er zog die Schultern hoch.

»Manchmal. Aber wenn die Frauen anfangen, mit Männern zu spielen, kommt Großmutter und zerrt mich weg. ›Geh zu Bett, sonst musst du beichten‹, schimpft sie.«

»Wie spielen sie denn mit Männern?«

»Ach, die Männer kriechen auf sie, oder sie kriechen auf die Männer.«

»Ich habe meine Eltern im Schlafzimmer gesehen«, erzählte Vivi gleichmütig. »Sie schließen die Türen nie ab. Und ein paarmal sah ich Miranda, wie sie nackt auf Alexis saß.« Wir hörten fasziniert zu. Das war neu und aufregend.

»Was haben sie denn gemacht?«, erkundigte sich Peter nervös.

»Gefickt natürlich«, sagte Vivi achselzuckend.

Peter schwieg daraufhin, und ich fragte Vivi:

»Haben sie dich gesehen?«

Sie hielt sich die Hand vor dem Mund.

»Nicht gleich. Aber nach einer Weile schon.«

»Und dann?«

»Dann hat Alexis gesagt: ›Vivi, lass uns mal einen Augenblick in Ruhe.‹ Er hat sich irgendwie geniert, Miranda nicht; die hat so gelacht, dass sie nicht aufhören konnte.«

Kurze Stille, die Peter verlegen brach.

»Ich habe das nur im Kino gesehen.«

»Alles?«, fragte ich.

»Na ja, sie lagen im Bett. Aber sie haben nicht alles gemacht.« Ich lachte, und er zog verlegen den Kopf ein. »Und du?«, fragte er Giovanni, der zögernd Antwort gab.

»Unsere Hunde tun das, und auch die Esel. Wenn meine Mutter sie dabei ertappt, wirft sie Steine, und sie rennen auseinander. Das sieht komisch aus, weil sie noch nicht fertig sind.«

Wir starrten ihn an. Alle unsere Nerven schienen dabei zu vibrieren. »Aber das ist doch wirklich etwas anderes!« Peter wurde plötzlich wütend. »Und du solltest dich schämen, so zu reden!«

Giovanni sah verdutzt aus wie einer, der nicht weiß, was er Falsches gesagt hat.

»Ja, das ist doch so. Mimmo hat das ein paarmal auch mit

mir versucht, aber ich habe mich immer gewehrt. Und danach durfte ich bei Großmutter schlafen.«

Wir schwiegen ziemlich fassungslos. Wir berührten Dinge, die im Dunkeln sind, gefangen gehalten, und standen davor wie die sprichwörtlichen Hühner vor einem Kreidestrich. Verstecktes, nicht offen Ausgesprochenes, beschäftigte uns unentwegt; die Erwachsenen sprachen ja nie darüber. Ihr Schweigen erfüllte uns mit Neugier, Unruhe und Streitsucht. Die Macht des Geschlechts ist ein mächtiger Impuls. Peter war plötzlich knallrot im Gesicht.

»Das ist eine Schweinerei!«

»Du hast mich doch gefragt«, sagte Giovanni.

Beide wurden auf einmal aggressiv. Vivi kicherte überdreht. Vivi hatte Spaß an solchen Szenen. Sie legte den Kopf auf die Seite, zog an ihrer Schleife.

»Und ein Mädchen? Hast du nie ein Mädchen geküsst?«

Sie provozierte ihn ungeschickt. Er sah an ihr vorbei, lachte verlegen auf.

»Nein, noch nie!«

»Ich bringe dir bei, wie man das macht«, sagte Vivi feierlich. »Du darfst mich jetzt küssen.« Sie neigte sich zu ihm, spitzte die Lippen. Ich versteifte mich unwillkürlich. Ihre Koketterie bildete plötzlich einen Graben zwischen uns. Ich fühlte mich einsam und traurig. Giovanni wand sich vor Verlegenheit.

»Du meinst, wie die Erwachsenen es tun?«

»Was ist denn dabei?«, fragte Vivi.

Giovannis Blick glitt rasch zu mir hinüber. Ich rührte mich nicht und starrte beide an, als sie ihre Gesichter einander näherten. Sie zog ihn an den Schultern zu sich, öffnete weit die Lippen, und unwillkürlich tat es ihr Giovanni nach. Er presste die Zunge in ihren Mund. Das dauerte, das dauerte eine ganze Weile. Ich ballte die Fäuste, bis es eine kleine Explosion in mir gab und ich Vivi einen Stoß versetzte, der sie zurückwarf.

»Aufhören!«, schrie ich. »Sofort aufhören. Jetzt bin ich an der Reihe!«

Vivi warf ihr nasses Haar aus dem Gesicht, krümmte sich vor Lachen, und Peter saß da wie ein Ölgötze. Giovanni sah mich an, mit einem langen, dunklen Blick.

»Nun mach schon!«, befahl ich.

Er umfasste meinen Hals, und ich spürte seine Zunge in meinem Mund, das lebendige, zuckende Fleisch. Ich fühlte Giovannis warmen Atem und schloss die Augen. Giovannis Lippen waren fest, mit einem Salzgeschmack. Noch heute rufe ich mir oft diesen Augenblick ins Gedächtnis, obwohl die Bilder verschwommen, nebelhaft werden und die Eindrücke sich verwischen. Aber Giovanni kann ich nicht vergessen, auch nicht den warmen, salzigen Duft seiner Haut. Ich weiß, dass alles einmal Wirklichkeit war. Und auch, dass ich mir in diesem Augenblick plötzlich viel älter vorkam, als hätte ich ganz viele zukünftige Jahre erlebt und sei – als unsere Lippen sich voneinander lösten – ebenso eilig wieder in meine wirkliche Daseinsstufe zurückgeschnellt. Und ich entsinne mich auch an das seltsame Kribbeln im Unterleib und an Peters überdrehte Stimme, die an meinen Ohren schrie: »Jetzt aber Schluss! Das ist ja peinlich!«

Giovanni und ich knieten Brust an Brust; ich blickte überrascht zu Peter hinüber. Er war mit schamrotem Gesicht aufgesprungen, sein Atem ging heftig, und ich sah, dass seine Unterhose plötzlich eine seltsame Beule aufwies. Ich starrte ihn fassungslos an. Doch bevor ich etwas sagen konnte, ließ sich Vivi auf den nassen Sand fallen. Ihr schrilles Lachen brach auf, verhallte, setzte wieder ein, ihr dünner Körper war davon geschüttelt, und man sah das helle Rosa ihres Mundes, während sie vor Vergnügen mit beiden Fäusten auf den Boden hämmerte.

»Oh, oh, das ist wirklich zu komisch!«

Peters Zorn brach los. Er schrie Vivi an: »Du dumme Ziege,

111

du!« Er stieß mit dem Fuß nach ihr, traf ins Leere, weil Vivi sich hin und her rollte, mit hochgezogenen Knien, und vor Lachen kaum atmen konnte. Unvermittelt drehte Peter sich um und rannte davon, den Strand entlang.

»Was hat er?«, stammelte ich. »Warum ist er so wütend?«

»Weißt du das nicht?« Vivis Gelächter ließ ein wenig nach, um gleich danach wieder anzuschwellen. Sie kreischte vor Lachen, als ob sie kurz vor einem Anfall stand.

»Hör auf! Worüber redest du eigentlich?«, fragte ich wütend.

Vivi antwortete atemlos und prustend.

»Die Jungen kriegen sofort einen harten Schwanz, wenn sie Mädchen küssen. Sonst könnten sie ja nicht mit ihnen ficken. Das hat mir meine Mutter gesagt.«

Ich schluckte. Ich fand Vivis Worte aufdringlich und brutal. Giovanni lag auf dem Bauch, das Gesicht in den Sand gepresst. Er rührte sich nicht, ich sah nur sein schwarzes, mit Sand vermischtes Haar und seinen gebräunten Rücken, der leicht bebte. Vivi rüttelte ihn an den Schultern.

»He, Giovanni, ist dein Schwanz auch hart geworden? Zeig her, los!« Sie schlug ihn mit beiden Fäusten, doch er hob nicht den Kopf und rührte sich auch nicht.

»Nun lass ihn doch in Ruhe!«, schrie ich.

Vivis Lachen verebbte wie eine kleine Woge, die sich zurückzieht. Sie richtete sich auf, schnappte nach Luft. Sie sah atemlos und etwas beschämt aus. Und nach einer Weile kam Peter mit finsterem Gesicht zurück. Da setzte sich auch Giovanni wieder hoch und strich sich das sandverklebte Haar aus dem Gesicht. Danach spürten wir, dass es kühler wurde. Die Luft war feucht und klar, die noch fahle Frühlingssonne stand bereits tief. Himmel und Meer schimmerten rosa, wie das Innere einer Muschel. Auch die Touristen rollten ihre Tücher ein und entfernten sich. Schweigend zogen wir uns wieder an, und auch auf dem Heimweg sprachen wir kaum noch miteinander.

10. Kapitel

Jahre später, als Peter und ich zu Besuch bei meinen Großeltern auf Rügen waren, griffen wir das Thema zum ersten
Mal wieder auf. Für uns war es stets eine beunruhigende Geschichte gewesen, nicht so sehr wegen der äußeren Umstände,
sondern mehr im Hinblick auf die Art, wie wir sie empfunden hatten. Wir konnten uns auf zweierlei Weise erinnern: unbefangen die eine, mit einem merkwürdig schlechten Gewissen verbunden die andere, weil sie Gefühle an die Oberfläche
brachte, die verschwiegen, wirr und intim-persönlich waren.
Dabei waren unsere Erinnerungen oft nicht dieselben, hatte
doch jeder von uns eine Sicht der Dinge, die vom jeweils eigenen Empfinden geprägt war. Das Schwierigste war, dazwischen ein Gleichgewicht zu finden.

Es war das erste Mal gewesen, dass ich Peter zu den Großeltern nach Binz einlud. Peter gefiel ihnen sehr. Er sei ein besonderer junger Mann, hatte Großmutter gesagt, was auch immer
sie darunter verstand. Peter schien überhaupt nicht befangen,
im Gegenteil: Er schien genau zu wissen, wie er mit den Großeltern zu reden hatte. Es war, als ob er sich bei ihnen zu Hause
wüsste. Er fühlte sich offenbar wohl. In Binz hätte es gewiss
Leute gegeben, die misstrauisch gewesen wären – wer hätte
es ihnen verdenken können? Aber nein, die Großeltern waren bezaubert.

Es regnete viel in diesem Sommer, die Ostsee war grau,
zum Baden viel zu kalt. Die Großeltern hatten uns ihre Fahr-

räder ausgeliehen. Wir machten lange Radtouren. Auf Rügen hätte man glauben können, die Wälder seien endlos und ewig wie das Meer. Der Himmel hatte, auch wenn er blau war, eine schiefergraue – eine nördliche – Färbung. Oft kam auch ich mir vor, als trüge ich entgegengesetzte Gefühle wie Farben in mir: glutvoll und warm wie das Mittelmeer, und dann wieder kühl und wie erstarrt, nördliche Gefühle eben: Ingrids mütterliches Erbe. Diese lebhaften Kontraste, die mein Wesen bildeten, dieser Zwiespalt zwischen Gefühl und Vernunft, wurde mir erst auf Rügen klar. Die Küsten von Malta waren gelber Sandstein, der das Sonnenlicht aufsog. Am Abend lag ein pulsierendes Rot über der Landschaft, das man mit geschlossenen Augen sah. Die Kreidefelsen von Rügen, waldgekrönt, ließen große Steine ins Wasser herabstürzen. Am Ufer schlugen Bäume ihre Wurzeln in die Felsspalten, widerstanden, mit Eisfäden bedeckt, den Winterstürmen. Moose und Farne sprachen von einer uralten Welt, und es gab auch Ruinen, die vielleicht Tempel waren, vielleicht Gräber, die aus dunklen Vorzeiten stammten und unter Eichen von Zeiten erzählten, da die Menschen zu den Geistern beteten, zu den geheimen Kräften des Weltalls und des Feuers. Kreisförmig auch hier verlassene Gehäuse, die vielleicht nur Eingänge waren zu unerforschten Grabkammern. Unter diesen Eichen sprachen wir von Vivi, und kein Geist, so schien es uns, hörte zu. Die vertrauten Zaubermächte waren fern, anders als damals. Wir waren keine Kinder mehr; sprachen die Geister zu uns, hörten wir sie kaum noch. Und an einem dieser Tage war es, dass wir seit langer Zeit zum ersten Mal von Vivi sprachen, die jetzt in Amerika war.

»Weißt du«, sagte Peter, »Vivi war einfach unglaublich dreist.«

»Was willst du machen?«, erwiderte ich. »Ihre Familie war …« – ich suchte das richtige Wort – »na ja, exzentrisch.« Wir sprachen über die Unstetigkeit, mit der sie die Liebhaber wechselte, wie sie von einem Ort zum anderen floh, von einer

Musikart in die nächste. In Vivi schien nichts beständig. Sie war eine Art Fee, ein Irrlicht, schillernd und unberechenbar. Eine junge Frau mit schmalen Schenkeln, fast ohne Busen, mit großen Augen unter rot gefärbten Fransen. Ihr schmaler Körper war weiß, durchtrainiert, gespannt und geschmeidig. Es gab keine innere Ruhe in Vivianes Leben. Oder täuschten wir uns? – Sie war eben undurchschaubar.

»Die Mutter ohne Slip ... weißt du noch?«, sagte Peter. »Ich war total überfordert. Wie hätte es auch anders sein können, mit meinen Eltern, diesen Weihwasserkröten!«

Noch heute, wenn Peter über seine Eltern sprach, ließ er den Eindruck aufkommen, er zeichne bittere Karikaturen von ihnen. Aber Zynismus war wohl allen Einsamen eigen.

»Und Vivi machte verrückte Sachen und sah immer überdreht aus«, fuhr er fort. »Sie war schon als Kind besonders.«

»Sexy, willst du sagen?«

Wir tranken abwechselnd aus der Wasserflasche.

»Obwohl ich das nie so empfand.« Peter wischte sich über die nassen Lippen. »Ich war eifersüchtig, verstehst du, dass sie sich an Giovanni heranmachte.«

»Warst du in Giovanni verliebt?«

Er nickte unfroh. Es fiel ihm noch heute schwer, darüber zu sprechen.

»Eine homoerotische Neigung, ich kann's ja zugeben. Ich meine ... jeder Junge macht das mal durch, lebt es dann und wann aus. Ich habe ein paar Geschichten mit Jungen gehabt, hatte immer Schuldgefühle dabei, das Empfinden, etwas Verbotenes zu tun. Damals dachte ich wirklich ..., dass mit mir irgendetwas völlig verkehrt war. Ein Junge verliebt sich in ein Mädchen, nicht in einen anderen Jungen.«

Ich antwortete sachlich:

»Im alten Griechenland war das normal. Die Frau für die Fortpflanzung, der Knabe für die Lust. Praktisch, nicht wahr?«

»Heute verstehe ich das«, sagte Peter. »Aber als Junge kam ich mir wie ein Monstrum vor.«

»Du warst ein kleiner Moralist.«

Er lächelte flüchtig.

»Aber ich habe mitgemacht.«

Ich reichte ihm die Flasche.

»Ja, das hast du. Bereust du es?«

»Jetzt nicht mehr. Mich mit einem erwachsenen Mann auf eine sexuelle Handlung einzulassen, habe ich immer als abstoßend empfunden. Aber es mit einem anderen Jungen zu tun, schien mir irgendwie ... logisch.«

»Logisch?«

Er nickte düster.

»Ja, aber an Giovanni war ja nicht ranzukommen. Er war ja ganz versessen auf dich. Und das, was ich für ihn empfand, war wohl seinen Gefühlen für dich nachgebildet. Aber während ich mich einsam und unverstanden fühlte und wirklich litt, sah Giovanni entspannt und glücklich aus. Tja, wie immer hatte ich das Nachsehen. Noch heute verzeihe ich ihm nicht, dass er mich dermaßen provozierte.«

»In voller Unschuld«, sagte ich. »Hättest du es ihm gesagt, wäre er aus allen Wolken gefallen.«

»Ja, das machte die Sache noch schlimmer. Ich war immer wütend auf Giovanni, obgleich er ja nichts dafür konnte und ich von ihm träumte. Genauso, wie ich als kleiner Junge von Tarzan oder Prinz Eisenherz träumte.«

»Merkwürdig. Du auch?«

Peter nickte.

»Ich fand, Giovanni sah so ein bisschen wie Prinz Eisenherz aus. Und ich selbst fand mich schäbig.«

Peter war kurzsichtig und trug schon damals eine Brille aus Nickel. Später verlieh ihm seine Hornbrille einen markanten Ausdruck, aber damals hatte sein Gesicht noch keine feste Form angenommen. Früher lagen hinter der Brille, die bereits Grünspan aufwies (er putzte sie immer sehr nachlässig), scheue Jungenaugen, die einen nicht geradeaus ansahen, sondern immer ein wenig von der Seite. Peter hatte nie die Gabe besessen, sich darzustellen; er war von uns der Abgewandte, der In-sich-Gekehrte. Und dass er sich in die Miniaturausgabe eines Leoparden verlieben konnte, verunsicherte ihn zutiefst. An das Aussehen von Menschen, die man in der Kindheit gekannt hat, kann man sich nur selten erinnern. Aber Giovanni war schöner als irgendein Junge, den ich seitdem gekannt hatte, und es traf mich umso wehmütiger, dass Peter es genauso empfand. Giovannis Art zu gehen, zu lächeln, sich zu bewegen – alles war gleichsam unschuldig und erotisch. Wie in aller Welt erklärten wir uns damals die Faszination seiner körperlichen Erscheinung? Wir erklärten sie uns nicht, wir nahmen sie lediglich zur Kenntnis. Ich war Peter nicht im Geringsten böse. Es reichte völlig, dass er – auf seine Art – das Gleiche empfunden hatte, und wir konnten einander ohne Scheu in die Augen sehen. Es gab eine Sache, die ich Peter allerdings nicht sagen konnte: dass ich, vielleicht gerade aus diesem Grund, mich zu ihm hingezogen fühlte. Und was Peter betraf… wer weiß? Auch das war etwas, worüber wir nicht sprachen. Auch jetzt nicht. Ich sagte lediglich: »Es war schön, damals. Weißt du noch?«

Er legte den Kopf an meine Schulter.

»Ich weiß.«

Unsere früheren Regungen und Gefühle hatten weder er noch ich als anrüchig empfunden. Meldete sich aus unserer »guten Erziehung« so etwas wie Widerstand, dann blieb er unterlegen angesichts unserer halb nackten Körper, die wir in einer Art hellsichtiger Unschuld erkundeten. Damals taten wir nicht das, was die Erwachsenen dachten, das wir getan hätten – nein, dazu fehlte es uns einfach an… nun, sagen wir mal, an der Technik. Dabei waren die Jungen noch verklemmter als Vivi und ich. Man hatte ihnen im Religionsunterricht ja gesagt, dass sie krank davon werden konnten, mit Pickeln und Furunkeln und Schulversagen. Solche Dinge bekamen wir Mädchen noch nicht zu hören. Erst später, als wir unsere Blutung bekamen, wurde der Körper Gegenstand unseres Misstrauens. Es war ein Schock für uns, eine Veränderung, die bei Vivi und mir fast gleichzeitig eintrat und die wir als sehr unangenehm empfanden. Ich weiß noch, wie niedergeschlagen, gereizt und verwirrt ich damals war. Es war eine scheußliche und schmerzhafte Überraschung, mit Bauchweh und Kopfschmerzen verbunden. Die Erklärungen, die Mutter mir damals gab, schockierten mich, entsprachen sie doch einer Aufklärung, die sehr unterkühlt war. Sie redete von diesen Dingen wie vom Wetter. Vivi reagierte ihrem Umfeld entsprechend, stellte mir Fragen, die ebenso unanständig wie neugierig waren, wo ich mich doch am liebsten mit meinem Geheimnis irgendwohin verkrochen hätte. Immerhin konnte sie mit dem Problem besser umgehen als ich. Außerdem bekam sie sofort Tampons, während ich mich zunächst mit Binden behelfen musste. Vivi lachte mich aus. Sie flüsterte mir unter viel Gekicher ein paar Geheimnisse zu, die mit den Worten endeten: »Kein Mädchen benutzt heutzutage noch Binden. Nur wenn sie eine dumme Gans ist und den ganzen Quatsch mitmacht!«

Ich wollte keine dumme Gans sein und griff zur Selbsthilfe. Als ich mal wieder meine Periode hatte, legte ich mich aufs Bett, bohrte mir so tief den Finger in die Scheide, bis es wehtat, stieß und drehte den Finger hin und her, bis ich merkte, dass da unten ein Loch war, das sich vergrößern ließ. Dann ging ich mit rotem Kopf zu Mutter und verlangte einen Tampon.

Sie sah mich an, gereizt, misstrauisch und tadelnd. Immerhin kaufte sie mir Tampons – die dünnsten. Ich führte sie ein, es ging problemlos, und danach fühlte ich mich wohler, obwohl Mutter perplex dreinschaute.

»Hat es dir denn nicht wehgetan?«

Ich erwiderte trotzig ihren Blick.

»Nicht die Spur!«

»Hast du dabei geblutet?«

»Weiß ich nicht. Ich hatte ja meine Tage.«

Sie wirkte nachdenklich, doch sie sagte nichts, und fortan benutzte ich Tampons.

Bald bekam ich auch das, was ich einen »dicken Hintern« nannte, und meine Brüste spannten unter der Bluse. Und Vater hielt mir dauernd vor, was sich für mich nicht mehr gehörte. Dass ich mich am Strand mit Peter und Giovanni traf, missfiel ihm. Auch Vivi stand bei ihm in keinem guten Ruf. »Sei doch ein wenig zurückhaltend. Was sollen denn die Leute sagen?«, murmelte er, und ich wunderte mich, woher denn plötzlich all die Leute kamen, die etwas über mich zu sagen haben sollten.

Das Ergebnis war, dass ich Verbotenes heimlich tat. Peter auch, obwohl aus anderen Gründen. Und so ging das zwei, drei Jahre lang, bis alles brutal zerstört wurde.

Eine Weile saßen Peter und ich still da. Die Erinnerungen nahmen uns gefangen. Die Bäume auf Rügen waren dicht und dunkelgrün, in ihren Kronen rauschte der Nordwind, der im Herbst selbst im Süden noch spürbar war.

»Was wohl aus ihm geworden ist?«, fragte ich leise.

Ich sprach von Giovanni, natürlich. Ich erinnerte mich an seine Augen an jenem Morgen, als ich ihn zum letzten Mal sah, diesen finsteren und scharfen Blick mit dem ganzen Schmerz darin, nicht verwirrt, nein, sondern wissend und leicht verächtlich. Er trug sein Leid wie einen Speer, der in seinen Körper eingedrungen war. Hilfe erwartete er keine mehr. Prinz Eisenherz nach verlorener Schlacht.

Peter antwortete nachdenklich.

»Weißt du, Alessa, Giovanni sah schon mit dreizehn aus wie ein Mensch ohne Zukunft. Er hatte eine Karriere vor sich – Priester; er hätte diesen Weg Schritt um Schritt gehen müssen.

Dann hätte er es – mit tausend Kompromissen – wohl zu etwas gebracht, aber die Augen wurden ihm zu früh geöffnet. Er liebte die Gerechtigkeit zu sehr, er wollte sie mit anderen teilen, wie all das Gute, das er besaß. Und er hätte doch wissen müssen, dass wir zu ihm hielten.«

Ich schüttelte traurig den Kopf. Die Frage, ob es für Giovanni eine Alternative gegeben hätte, hatte ich mir oft genug gestellt und erst nach langem Überlegen eine Antwort gefunden.

»Es waren die Erwachsenen, Peter, vor denen er sich fürchtete. Ob er log oder die Wahrheit sprach, Giovanni war immer das Opfer. Sie ließen ihm keine Chance.«

»Oder nur eine einzige.«

Ich erzählte Peter von meinem Gespräch mit Viviane, damals in London. »Der Engel kam zu spät«, hatte Viviane gesagt. Für uns war es ein Gefühl, als ob eine Uhr in der entscheidenden Sekunde endgültig stehen geblieben war. Was sollten wir machen, wenn das Gefühl nur eine falsche Auffassung vom Wirklichen war? Aber was, wenn es als Albtraum immer wiederkam? Wenn es nicht mehr aus uns herausging, weil es Wurzeln in unsere Seele geschlagen hatte?

Wir richteten unsere Fahrräder auf, die wir ins Gras geworfen hatten, und schoben sie eine Weile den Weg entlang. Die Sonne schimmerte durch die Bäume, und dahinter leuchteten die Felder mit sonnengelben Ähren, mit Kornblumen und Klatschmohn, dem Gemälde eines Impressionisten ähnlich. Ich sagte zu Peter:

»Viviane behauptet noch heute, dass Persea damals böse war.«

Er sah perplex aus.

»Hat sie noch immer ihr Hirngespinst?«

»Was verstehst du unter Hirngespinst, Peter?«

»Erinnerst du dich, als sie diese Figur erfand? Genau wie im Kino, habe ich immer gedacht. Sie sprach ihren Text, gestikulierte dabei, und wir waren stark beeindruckt.«

Ich lächelte, wenn auch nur flüchtig, wobei ich feststellte, dass wir alles noch ganz genau im Kopf hatten. Als sei es gestern gewesen. Schwierig manchmal, mit Vivi umzugehen, mit dem ewigen Wechsel ihrer Launen. Ich hatte noch die bekümmerten Worte meiner Mutter in den Ohren:»Das Kind ist nie erzogen worden. Eine kleine Wilde. Dass du dir ja kein Beispiel an ihr nimmst.«

»Schuld war offenbar Miranda. Die hatte sich mit der Familie verkracht und sich einen Irokesenkamm zugelegt.«

»Gelb, schwarz und karottenrot«, sagte Peter.»Ansonsten war der Kopf rasiert, das Ganze sah wie ausgerupft aus. Dazu hatte sie ein Piercing auf der Zunge.«

Ich grinste.

»Und noch eines – aber sag das nicht weiter – an der Klitoris!«

»Oh, woher weißt du das?«

»Von Vivi natürlich. Sie hat mal daran gezogen …«

»Du meine Güte!«

Wir lachten – und wurden im gleichen Atemzug wieder ernst. Ich sagte:»Punk is not dead, das war Mirandas Motto. Eine Zeit lang saß sie mit zerstochenen Adern in der Waterloo Station neben den Mülleimern. Vollkommen unverständlich, wenn du an ihre Erziehung denkst und das Haus siehst, in dem sie aufgewachsen ist! Ihre Familie ist von der besten Sorte, du machst dir ja keine Vorstellung. Der Vater war ein Lord – ich habe ihn auf einem Gemälde gesehen –; die Mutter sah wie ein Filmstar aus.«

»Warum ist Miranda so geworden?«

»Keine Ahnung. Aber die Familie hatte wirklich Pech, das weißt du doch, eine Tragödie nach der anderen.«

»Die ermordeten Brüder? Kann das sein, dass Miranda es nicht verkraften konnte?«

»Grund genug, dass sie drogensüchtig wurde?«

»So hat das vielleicht angefangen«, meinte Peter.»Eventuell kam anderes hinzu. Gegebenenfalls weiß Vivi auch nicht alles.«

»Setze mal voraus, dass Vivi alles weiß.«

»Woher denn?«

»Der Großvater.«

»Ach so. Hat sie dir nie etwas erzählt?«

»Ich kann doch nicht immer fragen. Es geht uns ja schließlich nichts an. Lass sie doch von ihren Toten reden!«

»Immer noch?«

»Auf ihre übliche Art, wie von irgendwelchen Nachbarn. Erinnerst du dich, wie sie dich geschlagen hat?«

Er verzog das Gesicht.

»Und ob! Sie hat mir wirklich wehgetan. Ich hatte noch tagelang blaue Flecken. Aber ich durfte mich ja nicht wehren. Man prügelt sich nicht mit einem Mädchen, hatte man mir eingeschärft.«

Er zögerte. Dann: »Findest du es nicht seltsam, dass sie heute noch solche Sachen erzählt?«

»Früher fanden wir das toll.«

»Aber heutzutage...«

»Ach, Peter, wir waren ja so naiv. Was wussten wir denn von ihr?«

Peter seufzte mit komisch herabgezogenen Mundwinkeln.

»Nicht viel. Außer dass bei ihr zu Hause alle kifften und ihre Mutter keinen Slip trug.«

11. Kapitel

Mit manchen Dingen aus der Vergangenheit pflegen wir eine Art aseptischen Verkehr, wollen nicht mehr daran erinnert werden. Es bedeutet Verteidigung, wir errichten eine unbewusste Mauer, um uns vor dem zu schützen, was Schmerz bereiten könnte. Aber damals, auf Rügen, bauten Peter und ich die trennende Mauer Stück für Stück ab, und die Erinnerungen kamen zurück wie Träume. Vivis imaginäre Welt war tatsächlich sonderbar, obwohl wir es damals nicht so empfanden. Wir wunderten uns nur, dass sie stets ohne die geringste Furcht als Erste über die Leiter in die Grabkammern stieg. Nur Peter hatte eine Taschenlampe, aber Vivi glitt immer voraus, so geschwind und leicht, als ob ihre Pupillen in der Dunkelheit sähen. Ich hatte immer Angst, eine Sprosse zu verfehlen, Vivi überhaupt nicht. Waren wir ihr zu langsam, stand sie still wie eine kleine Holzfigur und wartete auf uns. Rund um uns dehnten sich die Gewölbe des Tempels, die langen Gänge, die Kammern mit ihren Löchern und Nischen. Gelegentlich trippelte eine Maus davon, oder eine Ratte duckte sich in der Finsternis. Ratten waren uns unheimlich, aber sie schienen ebenso viel Angst zu haben wie wir vor ihnen. Einmal kroch eine Blindschleiche durch den feuchten Gang, ein andermal saß eine Katze hoch oben auf einem Mauersims. Ihre grünen Augen fingen das Licht auf, doch sie rührte sich nicht von der Stelle, auch nicht, als wir sie mir Koseworten zu uns lockten. Nach einer Weile erhob sie sich ohne Hast; ihr langer Schatten glitt über die Steine, und fort war sie. Wir sprachen nie laut in den Grabkammern; es ziemte sich nicht, und wir spürten das. Wer niesen oder husten musste, hielt sich die Hand vor den Mund.

Eine Zeit lang verspürte ich großes Unbehagen, weil ich etwas gestehen musste und mich davor fürchtete. Endlich entschloss ich mich dazu, mein Gewissen zu entlasten. Ich erzählte, dass ich die heilige Puppe nicht gut genug weggelegt hatte, dass Mutter sie gefunden hatte. Und dass Vater, nach allerhand Fragen, die Puppe an sich genommen hatte, um sie der Museumskommission zu zeigen. Vivi machte ein wütendes Gesicht, aber Giovanni schien erfreut.

»Wird sie jetzt ausgestellt?«

Ich antwortete kleinlaut: »Scheinbar sind sie im Augenblick dabei festzustellen, ob die heilige Puppe echt ist oder nicht. Das braucht Zeit, sagt mein Vater.«

Vivi fauchte mich an.

»Warum hast du sie nicht besser versteckt?«

Ich zog betreten die Schultern hoch.

»Sie war in einer Schublade.«

»Hat dein Vater wissen wollen, woher du die Figur hast? Los, was hast du gesagt?«

Es klang, als ob sie mich verhörte. Dabei dämpfte sie ihre Stimme zu einem wütenden Zischen, was mich noch mehr verunsicherte.

»Nun stell dich doch nicht so an! Ich… ich habe gesagt, dass ich es bin, die die Puppe gefunden hat. In einem Loch«, setzte ich kläglich hinzu.

Vivi sah plötzlich aus wie eine Furie.

»Scheiße! Hast du das wirklich gesagt?«

»Ja, ich wollte doch nicht, dass…«

Vivi zerrte hektisch an ihrer Schleife, riss sie los, warf sie auf den Boden. Sie fuhr mit beiden Händen durch ihr rotes Haar und blickte irgendwohin, nur nicht zu mir.

»Du hast gelogen, du Holzkopf!«

»Ja, aber …«

Sie flüsterte wie toll: »Du darfst nicht lügen, hörst du? Persea weiß alles! Oh, du wirst jetzt großen Ärger haben!«

»Ich wollte keine Scherereien. Ich …«

»Du gemeine, dreckige Lügnerin!« Vivi stampfte mit dem Fuß auf. »Die Puppe war nicht für dich! Die Puppe war für Giovanni.«

»Ich finde es richtig, dass sie das gesagt hat«, mischte sich Giovanni ein. »Sonst glauben die Leute, dass ich sie geklaut hätte.«

Er hätte das nicht sagen sollen, denn jetzt fiel Vivi über ihn her. Sie hatte einen richtigen Zornesausbruch.

»Du hast sie nicht geklaut, merke dir das! Die Puppe war ein Geschenk von Persea!«

Giovanni schüttelte den Kopf, versuchte etwas zu sagen und brachte es nicht fertig, weil Vivi ihn zu sehr einschüchterte. Sie sah ihn voll an, ließ ihre etwas schräg gestellten Augen funkeln. Vielleicht las er etwas in diesen Augen, ein Moment ohne Bewegung, der ihn sprachlos machte. Peter, der das nicht sah, brach mit einem nervösen Lachen das Schweigen.

»Ach, geh weg mit deiner Persea. Die hast du ja nur …«

Weiter kam er nicht. Vivi wirbelte um sich selbst herum. Sie knirschte mit den Zähnen und spuckte ihm ins Gesicht, bevor sie ihm mit aller Kraft einen Fußtritt verpasste.

»Sag das noch mal, und ich schlage dir die Zähne ein!«

»Au!«, stöhnte Peter, wischte sich die Spucke von den Brillengläsern und rieb sich das schmerzende Schienbein. Vivi war immer noch nicht beruhigt und zog hörbar den Atem ein.

»Schrei doch nicht so!«, zischte sie. »Wir sind hier bei den Toten!«

Peter und ich trugen viel Sinn für das Nacherleben der Dinge in uns, für dieses Weiterleben über die Zeiten, das Ausharren der Erinnerungen. Im Gedächtnis gibt es immer etwas Niederblitzendes, Neues. Denn die Erinnerung hat niemals ihre alte, gewohnte Gestalt. Wir verändern uns, die Erinnerung verändert sich mit uns. Lassen wir die Vergangenheit wiederkehren, sehen wir sie nicht ganz so, wie sie vormals war. Aber es gibt bestimmte Sachen, an die wir uns deutlich erinnern. Zum Beispiel, dass im unterirdischen Heiligtum die Luft nicht kalt war, sondern drückend und warm. Dass auch keine nachtschwarze Dunkelheit herrschte. Aus Spalten und Löchern drang Tageslicht, das mit der Sonne wanderte. Heute weiß man, dass der Tempel viel älter ist als die Toten, die dort – gekrümmt oder in Hockstellung – ihre letzte Ruhestätte fanden. Auch jetzt, als Peter und ich darüber sprachen, zuckten in unseren Köpfen die erlebten Szenen auf; wir waren wieder in den Grabkammern, in denen es feucht und modrig roch und Wassertropfen in die Zisterne plätscherten, während wir ganz deutlich Vivis Stimme hörten:

»Was sollen wir jetzt machen? Sie ist böse!«

Peter und ich entsannen uns genau, wie betreten wir dastanden. Wer war böse? Vivi oder ihre tätowierte Göttin? Allmählich kamen wir zu der Überzeugung, dass zwischen Vivi und ihrem Hirngespinst kein Unterschied bestand. Ihre Pupillen hatten einen seltsamen, verschleierten Glanz. Als ob die Gestalt, die wir selbst nicht sehen konnten, in der Welt dicht hinter ihren Augen schwebte.

»Wir müssen jetzt schwören«, sagte sie feierlich. »Anders geht es nicht. Los, wir müssen einen Kreis bilden.«

Vivis Gedanken waren immer aktiv und unermüdlich. Und dass sie jetzt ein Ritual verlangte, gefiel uns. Nach Kinderart waren wir sofort mit Begeisterung dabei, als Vivi nun befahl, die Taschenlampe auf den Boden zu legen. Peter tat, was sie wollte. Wir stellten uns im Kreis, die Taschenlampe in der Mitte, und fassten uns an den Händen, während die Taschenlampe zu unseren Füßen eine Art Strahlenkranz bildete. Vivis Stimme klang wieder vollkommen ruhig. Nur ihre Augen wanderten umher, als ob die Worte irgendwo in der dunklen Luft standen, für uns unsichtbar, für Vivi aber so klar wie gedruckt in einem aufgeschlagenen Buch. Sie brauchte sie nur abzulesen.

»Von jetzt an sind wir Geschwister. Wir teilen alles miteinander. Wir werden immer die Wahrheit sagen, keiner darf den anderen anlügen. Jetzt nicht und auch in der Schule nicht. Und auch später nicht, wenn wir große Leute sind.«

Ihre Rede war Punkt für Punkt ausgearbeitet. So verwildert Vivi auch war – sie hatte gelernt, sich gut auszudrücken. Zu Lebzeiten von Alexis hatte die Pension noch ihre Stammgäste, die Jahr für Jahr das gleiche Zimmer haben wollten. Ein interessanter, bisweilen fragwürdiger Mikrokosmos: mehr oder weniger bekannte Songwriter, Tantra-Psychologen, Möchtegerne-Gurus, Soziologen. Dazu kamen die üblichen Rucksacktouristen, Studenten zumeist, die mit wenig Geld weit reisen wollten. Peter und ich hatten von solchen Leuten wenig Ahnung, auch wenn wir sie oft im Garten der Pension *Xlendi* um den großen Tisch sitzen sahen, wo sie geschmorten Tintenfisch verzehrten, »Kinnies« tranken und intensiv theoretisierten. Das Ganze sah trotz Mirandas Irokesenkamm recht idyllisch aus. Während Alexis am Grill stand und Miranda mit wippender Haarpracht servierte, tänzelte Vivi wie ein Insekt herum, schillernd und beweglich und leise summend, und dabei so unaufdringlich, dass man sie kaum beachtete. Sie hatte keinen Platz bei Tisch – der Tisch war nur für die Gäste bestimmt –, aber sie grapschte sich verstohlen etwas zu essen und sah und hörte alles. Peter und ich waren behütete Kinder, unwissend, naiv und Vivi in keiner Weise gewachsen. Sie wusste etwas, was Peter und ich noch nicht wussten: Sie wusste Bescheid mit den Menschen. Dieses Wissen trug sie überheblich zur Schau, konnte sich ebenso in nuschelnden Selbstgesprächen verlieren wie hemmungslos fluchen, je nach Laune sich balgen oder sich hochanständig benehmen. Sie hatte auch gelernt, wie eine Erwachsene zu reden – es hörte sich manchmal komisch an, aber nicht immer –, und jetzt gab sie uns ein Meisterstück ihrer Dramaturgie, während Giovanni sie fassungslos anstarrte und seine Hand in der meinen vor Aufregung zitterte.

»Vergessen wir nie, dass alles, was wir sagen, denken und tun, nur für uns bestimmt ist. Kein Fremder darf sich einmischen!«

»Auch die Eltern nicht?«, fragte Peter mit einer bangen Betonung der Frage.

»Die Eltern schon gar nicht, sonst weiß es bald jeder«, sagte Vivi in befehlendem Tonfall, worauf er erleichtert nickte.

Giovanni sagte zögernd:

»Ich werde Onkel Antonino auch nichts davon erzählen. Sogar der Großmutter nicht.«

Vivi antwortete geringschätzig.

»Ja, die verstehen nichts davon. Alessa?«

»Stumm wie ein Fisch!«, versprach ich.

Vivi runzelte die Brauen.

»Das glaubst du doch wohl selbst nicht!« Alle grinsten, und ich hätte Vivi am liebsten verprügelt. Sie sah mich drohend an.

»Das hier ist wichtig, merk dir das! Und jetzt rührt euch nicht mehr und schwört es ganz laut, damit alle Toten es hören!«

»Wir schwören es«, riefen wir einstimmig, und ein paar Atemzüge vergingen, bevor das Echo unseres Schwurs in der Dunkelheit verhallte. Ich fühlte Giovannis warme, etwas klebrige Handfläche, das Pochen seiner unsichtbaren Adern. Wenn das, was uns verband, körperliche Anziehungskraft war, so hatte genau dort alles begonnen. Aber damals schüchterte uns Vivis feierliche Rede, ein genussreicher Augenblick möglicherweise für sie, dermaßen ein, dass wir uns wie hypnotisiert ihrer Führung anvertrauten. Und als völlige Stille einkehrte, nickte Vivi ganz langsam, bevor sie sagte:

»Und jetzt müssen wir noch einen Namen haben, damit wir wissen, wer wir sind. Ein Name, den wir nie vergessen werden.«

Ein Name, ja, der fehlte uns noch! Wir tauschten Blicke, jeder dachte angestrengt nach. Dann bewegte sich Giovanni, seine Hand zuckte leicht in meiner, bevor er mit belegter Stimme das Schweigen brach.

»Die Kinder der schlafenden Göttin. Wäre das ein guter Name?«

Seine Bescheidenheit und sein Verlangen, es allen recht zu machen, waren so eingewurzelt, dass er nur gehemmt sprach, eindringlich und unsicher. Dabei zog er den Kopf leicht an, als ob er Angst vor sich selbst hätte, aber keiner lachte. Vivi blickte auf, mit ihrem Gesicht, das Ablenkung und gleichsam Konzentration ausdrückte. Schließlich lächelte sie. Ich war bestürzt von der fast erwachsenen Zuneigung, die sich in ihrem Lächeln zeigte.

»Ja, das ist ein schöner Name! Aber wir dürfen ihn nie aussprechen, wenn Fremde dabei sind.«

Wir versprachen erneut, das Geheimnis zu bewahren. Alle Kinder haben Freude an geheimen Abmachungen, an Verschwörungen und Riten. Für sie ist alles Magie. Weil sie ungemein stolz darauf sind, deuten sie dann und wann an, dass sie etwas Verborgenes hüten, erleben voller Genugtuung, wie die anderen es zu erraten versuchen. Dabei ist es notwendig, dass ihr Mund verschlossen bleibt, triumphierend in Hochmut und Entzücken. Als sei Schweigen das wesentliche Requisit, ohne welches die Zauberwelt zersplittert. Und es dauert lange, manchmal ein halbes Leben; erst dann, nachträglich, werden sie fähig, darüber zu lächeln.

Doch Vivi hatte eine besondere Vorstellung davon, was ein richtiges Einswerden sein sollte, eine Besonderheit, die das Herkömmliche nicht ertrug.

»Und noch etwas. Unseren Namen sollen nur die Toten

kennen. Wir brauchen nämlich ihre Hilfe. Giovanni hat sein Geschenk nicht haben wollen, und Alessa hat gelogen.«

Das war jetzt kein richtiger Triumph mehr, nur so halb und halb. Ich ärgerte mich gehörig dabei.

»Mensch, hör auf! Ist das wirklich so schlimm?«

Sie zeigte zum ersten Mal Unsicherheit.

»Ich … ich weiß es nicht. Alles ist dunkel …«

Peter, der sich in solchen Augenblicken immer etwas überdreht benahm, wollte einen Witz reißen.

»Willst du die Taschenlampe?«

Vivi blinzelte und sah ihn an, als ob sie etwas ganz Naheliegendes sah, etwas direkt vor ihrer Nase, was Peter nicht sehen konnte. Dann baute sie sich vor ihm auf.

»Still, du Idiot! Persea hört alles.«

Peter lachte noch ein bisschen, schlug eine Hand vor seinen Mund und lachte nicht mehr. Vivi holte aus und knallte ihm die Faust ins Gesicht, dass ihre Fingerknöchel zwei symmetrische Striemen auf der blassen Haut hinterließen. Giovanni und ich standen schweigend da, ehrfürchtig.

Das war eben Vivi. Sie hatte verrückte Tagträume und mochte es nicht, wenn man sie deswegen beleidigte.

12. Kapitel

Auf Rügen, im Schatten des alten Waldes, war es fast immer Peter, der sprach.

Peter erinnerte sich an alles, an jede Einzelheit, sodass ich mich oft fragte, woher das kam, aber es hing wohl mit seinem Charakter zusammen.

»Ich danke dir, Peter.«

»Wofür?«

»Dass du in deinem Kopf so gut Buch führst. Bei mir liegt alles in Bruchstücken herum. Ein einziges Chaos.«

Er zwinkerte mir zu, was seinem Gesicht viel Charme gab.

»Ich bin eben sehr methodisch.«

»Ja, ich weiß«, seufzte ich. »Beneidenswert!«

Er nahm seine Brille ab, pustete auf die Gläser und setzte sie wieder auf. Die vergangenen Ereignisse waren Ursache für gesteigerte Gefühle gewesen, solche, die man nur mit Mühe hinter sich bringt. Es war noch nicht lange her, dass ich versuchte, Peter richtig einzuschätzen. Früher hatte ich kaum besondere Merkmale an ihm entdeckt, abgesehen davon, dass er schüchtern war und dies zu verbergen suchte. Jetzt, da ich den Erwachsenen vor mir hatte, ergab sich ein neuer Blickwinkel, ein neuer geistiger Gehalt für diesen übersensiblen, eigenwilligen Menschen. Kein Wunder, dass ich Peter immer übersehen hatte; meine Augen waren nur auf Giovanni gerichtet gewesen. Hätte man mich gefragt, ob Peter klein oder groß gewesen war, welche Augenfarbe er hatte oder welche Brille er trug, dann wären es gerade diese selbstverständlichen Details gewesen, an die ich mich am schlechtesten erinnern konnte. Erst jetzt sah ich seine Augen hinter den dünnen Gläsern. Ich will damit sagen, dass ich sie wirklich wahrnahm. Warme, braune Augen, mit einen vergoldeten Schimmer. Schöne Augen, mit langen Wimpern, auf die eine Frau neidisch sein konnte. Es war auch das erste Mal, dass wir offen über Giovanni sprachen. Über unsere Gefühle zu ihm. Ich merkte, dass wir beide unglücklich waren, innerlich zerrissen, weil er fort war, und uns mit der gleichen Leidenschaft nach ihm sehnten. Trotzdem versteifte ich mich, als Peter sagte:

»Ich weiß noch genau, wie du ihn nanntest.«

»Wie ich ihn nannte?«

Peter starrte an mir vorbei.

»Ja. Schwalbenflügel. So hast du ihn genannt.«

Meine Wangen wurden heiß. Ich konnte es auch heute schlecht ertragen, dass er sich einmischte.

»Woher weißt du das?«, fragte ich mechanisch.

Er zog die Schultern hoch.

»Ein- oder zweimal hast du ihn so genannt, als wir dabei waren.«

»Kann schon sein.«

»Ist es dir unangenehm, davon zu reden?«

Die Frage klang zärtlich. Über dem Wald kreisten Vögel. Schwalben? Ich wandte die Augen ab.

»Es hat ja keinen Zweck mehr.«

»Er könnte zurückkommen.«

Ich fuhr leicht zusammen.

»Ach, glaubst du das wirklich?«

Er lächelte mich an, ein kleines Lächeln, das in seinen Mundwinkeln begann und immer größer würde.

»Es könnte ja sein.«

Giovanni band uns in Sehnsüchten, in unausgesprochenen Begierden. Es war ein Zeitabschnitt unserer Entwicklung gewesen, zu komplex, zu reichhaltig für unser Denken.

In der freien Natur zu sprechen fiel uns leichter als in einem geschlossenen Raum. Es war, als ob der Wind die Worte einer Ewigkeit übergab, die immer in Bewegung war. Als Kind hatten wir uns unter der Erde aufgehalten, in der Welt der alten Gräber, abseits der Welt, die voller Licht, Stimmen und Lärm war. Vivis Vertrautheit mit den Verstorbenen hatten wir nicht als morbide empfunden, sondern als vollkommen natürlich. Und es war eine Tatsache, dass alles, was wir im Leben an Wichtigem erfahren hatten, von dort zu kommen schien. Galt die Erde früher nicht als Symbol für den Mutterschoß? Wurde die Überwinterung der Saatkörner im Dunkeln nicht mit der Entwicklung des Kindes im Mutterleib verglichen? Und es war durchaus logisch, dass man die Verstorbenen in unterirdischen Kammern bestattete und Nischen in den Felsen schlug, um Platz zu machen für die Toten, die noch kommen würden. Später dienten die unterirdischen Gänge den Christen als Zuflucht, als die römischen Soldaten sie jagten. Und noch später fanden Schäfer in solchen Grotten Unterschlupf; hier lagerten sie ihre Vorräte. Auf diese Weise wurden die Plünderer nicht fündig. Dass hier Gräber waren, mochten sie nicht einmal mehr gewusst haben. Wie Hunde, die ihre Knochen eingraben und nicht wiederfinden, weil sie nicht über die Gabe verfügen, sich die Plätze zu merken. Aber woher konnte Vivi das wissen? Jemand musste es ihr gesagt haben. Alexis vielleicht?

»Hat sie noch ihre Anfälle?«, fragte Peter

»Sie hat die Sache im Griff. Sagt sie jedenfalls. Sie konnte sogar den Führerschein machen.«

»Wie redet sie jetzt?«

»Ganz normal eigentlich.«

»Normalität ist ein sehr willkürlicher Zustand.«

»Hör auf, Peter!« Ich stieß ihn mit dem Finger an. »Du wirst Tierarzt, nicht Analytiker. Nein, es ist nicht zum Lachen.«

»Ich lache nicht.«

Peters kleines Lächeln verschwand.

»Ich könnte dir sagen, dass jeder normale Säugling eine ganze Skala von Symptomen durchmacht, bevor er lernt, zwischen Fantasie und Wirklichkeit zu unterscheiden.«

Ich schlug eine Mücke auf meinem Arm tot.

»Was meinst du damit? Dass Viviane es nie gelernt hat?«

»Doch. Aber sie will es sich nicht abgewöhnen. Als ob sie es manchmal vorzöge, logische Denkvorgänge zu ignorieren.«

Ich hob rasch den Kopf. »Du, Peter, sie erzählt keinen Unsinn, glaube das ja nicht. Man kann fühlen, dass sie von Dingen spricht, die für sie persönlich völlig klar sind.«

»Für sie. Aber nicht für uns.«

»Das war schon immer so. Mensch, Peter, erinnere dich! Wir kamen da einfach nicht mit. Nein, nein, Vivi ist nicht verrückt, sondern erschreckend intelligent. Wenn jemand eine Meise hat, dann Miranda. Vivi finde ich sogar recht vernünftig.«

»Über Vernunft lässt sich streiten«, Peter seufzte. »Jedenfalls hat sie mit uns gemacht, was sie wollte.«

Peter und ich hatten nicht überlegt, wohin das Gespräch uns führen würde. Zwischen dem Damals und den beiden jungen Leuten auf dem Fahrrad lagen viele Jahre, sodass wir unsere Gefühlsregungen sehr sachlich einschätzten. Wir waren schließlich alt genug dafür. Wir hatten Distanz. Und vielleicht war Rügen, so weit entfernt von Malta, genau der richtige Ort dazu.

»Das Leben schenkt uns viele einsame Augenblicke.« Peter sah zum Himmel empor, der sich rosa und blass über den Baumwipfeln wölbte. »Und rückblickend hat uns Vivi sehr gutgetan.«

»In welcher Hinsicht eigentlich?«

Er lächelte mit einer Melancholie, die tief aus seinem Inneren kam.

»Wir sind Freunde geworden. Echte Freunde. Mit ihren Tricks hat sie das immerhin fertig gebracht.«

13. Kapitel

Im Grunde beruht Vertrauen auf Selbstachtung. Die Kunst, den Menschen gegenüber nicht zu versagen, zeigt sich meistens in einer Bewährungsprobe. Auch wir mussten da durch. Nicht, dass das Leben für uns leichter davon wurde, ganz im Gegenteil. Aber wir wurden gekennzeichnet, geprägt von jener Eigenschaft, die man Selbstlosigkeit nennt und die bei Kindern, die von Natur aus egoistisch sind, selten vorkommt. Ja, es war Vivi gewesen, die aus uns kleine Krieger gemacht hatte, großzügig und mutig, mit einem sensiblen Herzen. Vivi stand immer im Zentrum, wie ein Fixstern. Giovanni bewegte sich am Rand, ein unerforschter Planet. Ob er sich damals noch fremd bei uns fühlte? Heute kommt es mir so vor. Giovanni war jemand, der nur zögernd Freundschaft schloss, an jeder Zuneigung zweifelte. Es mochte ja sein, dass sein Misstrauen ihn nie ganz verlassen hatte. Bis jenes Ereignis eintrat, das, so unheimlich und brutal es auch war, jede eingefleischte Angst in ihm ausmerzte.

Das war mitten in den Sommerferien gewesen. Es war eine merkwürdige Geschichte, sowohl was den äußeren Anlass betraf als auch hinsichtlich der Art, wie wir reagierten. Vorbildlich, wurde uns gesagt, als es uns besser ging. Dass wir eine Bewährungsprobe durchgemacht hatten, kam uns erst viel später in den Sinn. Wir hatten eine Mauer durchdrungen, eine Grenze überschritten. Für uns alle war es eine ungeheuerliche Zäsur, der Beginn der Verantwortung. Und abends im Bett versank unsere Seele in Verwirrung.

Die Geschichte kann ich allein so erzählen. Wie Peter und Vivi sie erlebten, kann ich nicht genau sagen. Und auch Giovanni, der im Krankenhaus lag, mochte sich ganz anders erinnern. Jeder von uns erlebte die Wirklichkeit auf seine besondere Art, die sie vielleicht entstellte. Ich wollte nicht die Welt verändern wie Peter oder mir Dinge einbilden wie Vivi. Ich war schon damals praktisch veranlagt. Beim Träumen hatte ich stets die gleichen Bilder vor Augen; sie waren gewiss nicht falsch, weil die Tatsachen stimmten. Meine Albträume waren wie schlechte Filme, aber rational.

An dieser Stelle muss ich auf Maltas besonderes Merkmal zurückkommen, die unterirdischen Brunnen. Viele der alten Häuser verfügen noch heute über solche Zisternen, in denen sich das Grundwasser ansammelt und die in Belagerungs- und Kriegszeiten für die Bevölkerung wesentlich waren. Auch der Brunnen in der Nekropole war in Gebrauch, bis der Zugang verschlossen wurde. An die Knochenreste hatten wir uns längst gewöhnt, während uns die Zisterne nach wie vor beunruhigte. Die Kammer, in der sie sich befand, war nicht ganz dunkel; aus einer Öffnung oberhalb der Felswand fiel Tageslicht, und zwar so, dass es genau den Brunnenschacht beleuchtete. Beugten wir uns über den Rand, konnten wir glauben, das Wasser unten sei hart wie Glas und von eigenartiger, smaragdgrüner Farbe. Überall war die Luft warm, nur hier stieg es wie kalter, fauliger Atem empor, als ob das Erdinnere lebte. Durch die glänzende Oberfläche, die jedes Bild zurückwarf wie ein Spiegel, konnte man genauso wenig sehen wie durch die Oberfläche eines Spiegels. Was darunter war, konnte man nur ahnen. Riefen wir »Hallo!« hinunter, prallte der Ruf von einer Wand zur anderen, sodass der Felsen zu schwingen schien.

»Ob das Wasser wohl tief ist?«, hatte ich an jenem Tag gefragt, als es passierte.

Peter behauptete es. Giovanni wollte es genau wissen.

»Wie tief?«

»Mal sehen«, antwortete Peter.

Er nahm einen Stein, warf ihn ins Wasser und löste damit ein dumpfes Plätschern aus. Wir fröstelten. Im unterirdischen Bereich hatten sich Steigrohre gebildet, die immer wieder frisches Wasser in die Zisterne drückten. Allerdings vergrößerte sich Valletta, es wurde viel gebaut, und das Grundwasser war gesunken.

»Früher war der Brunnen tiefer«, murmelte Vivi. Sie machte ein starres Gesicht. »Sie warfen Schmuck hinein, und manchmal auch ...« Sie stockte verwirrt.

»Was denn?«, fragte ich. »Was warfen sie hinein?«

»Kinder«, sagte sie.

Giovanni bekreuzigte sich und murmelte: »Jesus!«

»Menschenopfer?«, fragte Peter mit einer Art von angeregtem Schaudern. Vivi rieb sich die Augen.

»Mein Kopf schmerzt«, murmelte sie, worauf wir wissende Blicke tauschten. Vivis Kopfschmerzen waren für uns ein altes Lied. Inzwischen runzelte sie die Stirn und sprach weiter.

»Wenn lange kein Regen fiel, nur dann. Aber die Kinder, die schliefen ja. Sie hatten vorher Dope geschluckt, so kleine Kugeln, die man zwischen den Fingern rollte. Ein Junge und ein Mädchen, immer zusammen. Keine Geschwister, nein, die Familie hätte zu sehr gelitten. Man steckte den Kindern eine Münze in den Mund, warf sie in den Brunnen, in ihren schönsten Kleidern und mit Blumen bekränzt. Vorher hatte man ihnen gesagt, ihr geht jetzt zu der Göttin und bringt ihr eine Botschaft. Weil die Göttin ja Tausende von Kindern hat und ein jedes von ihnen kennt. Die Kinder freuten sich. Unter Wasser war nämlich eine Stadt mit hohen Mauern und Palästen, die wie Gold glänzten. Hier wurden die Kinder wieder lebendig und liefen über eine breite Treppe in das Gemach der Göttin. Die Wände zeigten, kunstvoll in Schmelzglas gearbeitet, Seesterne und spielende Delfine. Die Göttin, mit einem goldenen Kopfschmuck gekrönt, war in einen Schleier aus Muschelseide gehüllt und saß auf einem Thron aus Alabaster. Ihr Gesicht, das elfenbeinfarben schimmerte, war mit roten Spiralen bemalt. Sie lächelte gütig, als die Kinder ihr von der Not ihrer Eltern erzählten. Weil sie Mitleid mit den Menschen hatte, hob sie ihren Schleier und schüttelte ihn, und aus dem Schleier wurden Wolken, die Regen brachten und die Felder wieder fruchtbar machten. Dann nahm die Göttin beide Kinder an der Hand und führte sie in Gärten voller Schmetterlinge und Vögel, voller Blumen und Früchte, Weintrauben, Aprikosen und Holunder, wo andere Kinder sie jubelnd begrüßten. Hier spielten sie den ganzen Tag, viele Tausend Jahre lang, und wurden nie krank oder müde. Weil sie so jung zu der Göttin gegangen waren, sagte ihnen keiner, sie sollten erwachsen werden.«

Es waren keine Gute-Nacht-Geschichten, die Vivi uns auftischte. Ihre permanent wilden Träume schienen sich nach einiger Zeit in Albträume zu verwandeln. Wir hatten das allmählich satt.

»Ach, geh weg mit deinen Schauermärchen«, sagte ich. Sie antwortete ganz sachlich: »Ich erzähle ja nur, was sie gemacht haben.«

»Kinder geopfert? Jetzt übertreibst du aber! Woher willst du das wissen?«

Vivi drehte den Kopf, bis ich nur ihren schmalen Nacken vor mir hatte.

»Ich weiß es eben«, hörte ich sie sagen. »Und die Geschichte, die haben sie den Kindern erzählt, damit sie keine Angst hatten.«

Vivi war es mal wieder gelungen, uns in ihren Bann zu schlagen.

»Ja, ja, reite bloß nicht drauf herum!«, gab ich zurück auf die Gefahr hin, dass sie mir eine knallte, aber sie rührte sich nicht. Es kam immer darauf an, in welcher Stimmung sie war.

Inzwischen beugten sich Peter und Giovanni über den Rand der Zisterne. Die schwarze Fläche war abstoßend, feindlich, tückisch. Peter versuchte seine Angst mit einem Witz zu zügeln, wie er es oft tat, wenn er sich zu fürchten begann.

»Ich sehe kein totes Kind, aber ich glaube, dass ich einen Fisch sehe...«

Giovanni lehnte sich weiter vor.

»Wo?«

Peter warf einen zweiten Stein. Das Wasser sprang plätschernd auf; es war, als ob sich unten eine silberne Blüte entfaltete. »Da!«, rief Giovanni.

Durch die glitzernden Wasserringe glitt, wie ein Gespenst, ein länglicher, weißer Schatten.

»Das ist kein Fisch!«, bemerkte ich. »Das ist ein Molch.«

»Warum ist er denn ganz weiß?«, wollte Giovanni wissen.

»Weil er nie ans Tageslicht kommt«, sagte Peter.

»Da ist ein anderer!«, rief ich.

Ein zweiter Molch, noch größer als der erste, kam an die Oberfläche und zog einen unruhigen Kreis.

»Igitt, die sind nicht schön«, meinte ich.

»Blind wahrscheinlich«, sagte Peter. »Aber sie hören uns, das macht sie neugierig.«

Giovanni beugte sich weiter vor.

»Da ist...«, begann er.

Weiter kam er nicht. Wir spürten ein Knirschen, eine Bewegung unter unseren Armen. Der Brunnenrand, an dem wir mit unserem ganzen Gewicht lehnten, musste irgendwann zerbröckelt sein. Wer konnte wissen, wie das Gestein unter dem Rand haftete und wie wenig es dazu brauchte, dass es abrutschte? Alles geschah fast gleichzeitig und in der Zeitspanne eines Atemzuges. Klack machte es, und ein Stein löste sich. Ganz plötzlich bewegte sich der Rand, rückte ein ganzes Stück vor. Steine, größere und kleine, lockerten sich, wurden hinabgefegt, rumpelnd und in wirrer Kaskade. Es polterte und dröhnte, die ganze Zisterne schien zu erzittern. Giovanni konnte sich nicht rechtzeitig zurückziehen. Der Rand gab unter ihm nach. Plötzlich waren unter seinen Händen keine Steine mehr; die waren schon unten, im Wasser. Giovanni hatte keinen Halt mehr. Er verlor das Gleichgewicht, stürzte mit den neuen Steinbrocken, die jetzt fielen, kopfüber in die Tiefe. In einem Steinregen klatschte er auf die schwarze Fläche auf, ging unter, während sich das Tosen des aufgewühlten Wassers in einem Zucken weißer Blitze wie ein Donnerschlag anhörte, der das ganze Gewölbe erschütterte. Einige Herzschläge später tauchte Giovanni wieder auf. Er lag auf der Wasserfläche, das Gesicht in den schwappenden Wellen, Arme und Beine abgewinkelt, und rührte sich nicht mehr. Wir starrten hinab. Alles in uns zitterte. Dann blickten wir einander an, mit Panik in den Augen. Es war, als ob das Leben plötzlich stillgestanden hätte. In solchen Momenten ist es, als ob etwas in uns ist, das an unserer Stelle denkt. Ich sehe mich noch, wie ich beide Beine fast gleichzeitig über den Rand schwang und mich in den Brunnen fallen ließ. Im Nachhinein erfuhr ich, dass sich der Wasserspiegel in einer Tiefe von weniger als drei Metern befand, was die ganze Handlung etwas relativierte. Aber damals war mir, als wäre ich vom Himmel in einen Abgrund gefallen. Gnadenlos stieß mich das Wasser hinab. Eiskalte, brausende Finsternis schlug über mir zusammen. Ich drehte und krümmte mich in einem schwarzen, erstickenden Chaos. Plötzlich spürte ich etwas Hartes unter dem Fuß – Steine oder Knochen oder was weiß ich –, stieß mich ab, schoss aufwärts und riss den Mund weit auf, um zu atmen. Luft und Wasser rutschten in meine Lungen hinab wie schmerzende Blasen. Dabei schwamm ich mit ungeschickten Stößen, planschte blindlings im Kreis, bevor ich Giovannis Arm zu fassen bekam. Fast gleichzeitig entdeckte ich, dass ich stehen konnte. Das Wasser reichte mir ungefähr bis zu den Schultern und war kalt wie der eisige Tod. Giovanni lag immer noch mit dem Gesicht im Wasser. Ich zog ihn heran, während sein kalter Körper auf und ab schwappte. Unter Aufbietung aller Kraft gelang es mir, ihn umzudrehen, sodass sein Gesicht wieder an die Oberfläche kam. Ich hustete und hustete, pfeifend strömte Luft dazwischen, aber ich konnte ihn stützen und nach oben blicken. Ich sah Vivi und Peter, die über den Rand gebeugt entsetzt hinabstarrten. Ich brüllte empor.

»Eine Leiter! Schnell!«

Vivi rief etwas, das ich nicht verstand. Doch sie waren schon weg. Ich klapperte mit den Zähnen, konnte nur noch husten und nach Luft schnappen. Die Kälte war schrecklich, nicht auszuhalten. Ich hielt mich auf schwankenden Beinen, Giovannis Gewicht machte, dass ich immer wieder den Halt verlor und mir das Wasser bis zum Kinn reichte. Ich sah, dass ihm ein dünner Blutfaden aus der Nase floss. Er ist tot, dachte ich voller Panik, er ist tot, und gleich muss ich auch sterben. Schließlich gelang es mir, über irgendwelche Gegenstände unter Wasser an die Brunnenwand zu waten. Ich drückte Giovanni an die Steine und lehnte mich an ihn, sodass er gehalten wurde. So verging eine endlose Zeit, immer wieder rutschte ich ab, schluckte eiskaltes, modrig schmeckendes Wasser, bis ich von oben Stimmen hörte und im Wechsel von Licht und Schatten sah, dass Peter und Vivi tatsächlich eine Leiter brachten. Alle Leitern hier unten waren mit Seilen befestigt, aber es war ihnen gelungen, die Knoten zu lösen. Jetzt kippten sie die Leiter mit vereinten Kräften über den Rand und ließen sie an der Wand herunter. Die Leiter holperte und vibrierte und klatschte endlich neben mir ins Wasser. Ich streckte den Arm aus, bekam sie zu fassen, indem ich Giovanni kurz losließ, und stellte die Leiter so, dass sie fest stand. Doch ihre Länge reichte nicht so weit, dass ich oben bis zum Rand hätte klettern können. Ich hielt mich verzweifelt an den Sprossen fest.

»Ich komme nicht hoch!«, schrie ich.

»Warte!«, rief Peter.

Er schwang sich vorsichtig über den Zisternenrand, ließ sich herunter, indem er die Beine so weit ausstreckte, dass er die Füße auf die erste Sprosse stellen konnte. Schlimm war, dass wir nicht wussten, ob die Leiter nicht abrutschen würde. Sie stand zu tief, als dass Vivi sie von oben hätte halten können. Peter bewegte sich sehr vorsichtig, drehte sich behutsam herum, kletterte mir langsam entgegen, bis er mit beiden Beinen dicht neben mir im Wasser stand und mir Zeichen gab, Giovanni auf seinen Rücken zu laden. Ich hob Giovanni hoch, er schien mir schwer wie ein Eisblock, doch Peter kam noch eine Sprosse tiefer, sodass es mir endlich gelang, den Verunglückten an ihn zu drücken. Ich stützte Peter von unten, während er Giovanni an den Armen nach vorn zog, bis er mit halbem Oberkörper über Peters Schulter zu hängen kam. Peter war nicht besonders kräftig; ich frage mich noch heute, wie er es schaffte, mit seiner Last emporzuklettern, während ich, dicht hinter ihm, Giovannis Beine hielt, um ihn zu entlasten. Die alten Sprossen zitterten und knarrten bedenklich. Die Last von zwei Erwachsenen hätten sie wahrscheinlich nicht ausgehalten. Dann und wann schlug Giovanni mit dem Gesicht an die Steine, obwohl Peter sich Mühe gab, ihn vor Verletzungen zu bewahren. Langsam, Sprosse um Sprosse, Schritt für Schritt, kletterten wir empor, bis es Vivi gelang, den Verunglückten unter den Armen zu packen und mit Peters Hilfe über den Rand zu zerren. Ich aber hatte keine Kraft mehr, meine Arme und Beine waren wie gelähmt. Zuletzt war es Peter, der mir über die letzten Sprossen half. Meine Bewegungen waren steif und unbeholfen, dann und wann schlug ich mit den Schienbeinen hart gegen Kanten, spürte aber nicht den geringsten Schmerz. Endlich stand ich auf der ersten Sprosse, aber da konnte ich plötzlich nicht weiter, stand einfach da und klapperte mit den Zähnen.

»Komm!«, rief Vivi, »komm doch!« Aber ich wusste nicht, was sie denn eigentlich von mir wollten, und konnte mich sowieso nicht rühren. Schließlich griffen beide nach mir, zerrten mich hoch, bis ich mit dem Bauch auf dem Brunnenrand lag und dann klatschend auf die andere Seite fiel, dicht neben Giovanni, der wie eine bleiche Wachspuppe am Boden lag. Es ging ein paar Augenblicke, bis ich wieder zu Verstand kam und mich aufsetzen konnte. Ich bewegte den Arm und rüttelte an Giovanni, als ob ich ihn wecken wollte, aber diese einfache Berührung löste Kälteschauer und Schmerzen in mir aus. Ich sah hilflos zu Peter empor, der immerhin Sohn eines Arztes war.

»Ist er ... ist er tot?«, stammelte ich.

Peter, dem die Anstrengung noch im Gesicht stand, beugte sich über Giovanni, legte ihm die Hand auf das Herz.

»Nein ... Er lebt.«

Ich rappelte mich auf den Knien hoch. Meine Knochen begannen zu schmerzen; ich sah die vielen Blutergüsse und Abschürfungen an Armen, Beinen und Knien. Peter und ich waren völlig durchfroren, klapperten mit den Zähnen. Oh Himmel, ging es mir durch den Kopf, jetzt holen wir uns beide eine Lungenentzündung. Und was sollen wir den Eltern sagen?

Plötzlich öffnete Giovanni die Lider, seine Augen schwammen verwirrt, er tastete mit den Händen hierhin und dorthin, versuchte sich aufzurichten. Ein heftiger Ruck ging durch seinen Körper, er drückte Wasser und blutige Spucke aus seinem Mund heraus. Er rollte sich auf die Seite und übergab sich, noch mehr Wasser und blutiger Schleim. Dabei verschluckte er sich immer wieder, röchelte und hustete. Dann fiel er entkräftet wieder zurück. Seine Stirn war blau und dick angeschwollen; er hatte Schüttelfrost und schnappte nach Luft, keuchte, röchelte, bevor ein Schimmer von Bewusstsein in seine Augen trat und er endlich einen Ton zustande brachte.

»Kalt ...«

Wir hatten nichts, womit wir ihn wärmen konnten, Peter

und ich waren nass bis auf die Haut, und Vivi hatte nur das
Nötigste an. Peter war blau im Gesicht und bewegte mühsam
die blassen Lippen.

»Kannst du gehen?«

Er versuchte sich aufzurichten, was ihm nur mühsam gelang. Wir zerrten und schoben ihn hoch, hielten ihn beim Gehen fest. Vivi ging voraus, dem Ausgang entgegen, und leuchtete mit der Taschenlampe. Die Leitersprossen, über die wir
noch steigen mussten, erschienen uns als kaum zu bewälti-
gende Hindernisse. Jeder Schritt, jeder Griff kostete uns un-
endliche Anstrengung. Giovanni sagte, dass ihm der Kopf zum
Verrücktwerden wehtat und er bei jedem Atemzug Schmerzen
in der Brust verspürte. Er konnte auch den linken Arm kaum
bewegen. Endlich, in einer letzten Biegung, sahen wir Tageslicht. Wir krochen durch den Schutt, schwankten nach draußen in die helle Luft, erschöpft, zerschrammt, blutig, und die
gleißende Abendsonne überzog uns mit brennender Glut.

14. Kapitel

Der Unfall hatte schwerwiegende Folgen. Giovanni hatte derart starke Schmerzen, dass er nach ein paar Schritten wieder in Ohnmacht fiel; ich bat Vivi, meine Mutter zu benachrichtigen. Sie rannte los, während Peter und ich bei Giovanni warteten. Leute blieben stehen, boten ihre Hilfe an. Ich sagte, dass wir einen Unfall hatten und meine Mutter gleich da sein würde. Mutter kam auch bald mit dem Wagen. Sie half Giovanni, sich hinten ins Auto zu legen. Wie fuhren zuerst zu uns nach Hause. Peter, Vivi und ich mussten unter die heiße Dusche und sofort die Kleider wechseln. Giovanni bekam einen Pyjama von mir und eine Wärmflasche. Sein Zustand gefiel Mutter gar nicht: Sie rief Peters Vater an; zum Glück war er gerade aus der Sprechstunde zurück. Und er war recht aufgebracht, weil Peter nicht pünktlich zum Abendessen da war. Er hatte seine Arzttasche mitgebracht. Ricardo Micalef war ein guter, sensibler Arzt, ein Koloss von einem Mann, aber stets brummig. Sogar Peter konnte nicht sagen, warum er immer so unfreundlich war. Auch zu Hause bei Tisch oder wenn sie zusammen Tennis spielten – immer. Es lag wohl in Ricardos Natur, dass er jede Gefühlsregung unterdrückte. Oder glaubte er, sein barsches Auftreten sichere ihm Respekt? Er hatte einen starken Bartwuchs, sein Kinn und seine Wangen schimmerten immer blau, auch wenn er sich täglich mehrmals rasierte. Er untersuchte Giovanni, gründlich und mürrisch, stellte eine schwere Gehirnerschütterung und ein gebrochenes Schlüsselbein fest. Als Giovanni

Namen und Adresse angab, wurde sein Ausdruck noch finsterer. Schlechtes Viertel, schlechtes Milieu! Er geruhte allerdings den priesterlichen Onkel anzurufen und mit ihm ein verbindliches Gespräch zu führen. Dann ließ er eine Ambulanz kommen und schickte den Verletzten ins St. James Hospital. Um alles Weitere würde sich Don Antonino kümmern. Der Krankenwagen kam auch bald, und wir sahen erschreckt zu, wie Giovanni, blass und voller Blutergüsse, auf eine Trage gelegt wurde. Es ging uns durch und durch. Und auch wir kamen nicht ungeschoren davon. »Mut verdient kein Lob, wo Leichtsinn im Spiel ist«, dozierte mein Herr Papa. Von seiner Überzeugung, dass Giovanni selbst schuld an seinem Unfall hatte, ließ er sich nicht abbringen, auch wenn wir vehement das Gegenteil behaupteten. Immerhin wurde mein waghalsiges Verhalten nicht allzu sehr getadelt. Auch Dr. Micalef gab widerwillig zu, dass Giovanni mir vermutlich das Leben verdankte. Bei seinem Sturz hatte er mit dem Kopf den Grund berührt; wäre das Wasser weniger tief gewesen, hätte er sich wohl das Genick gebrochen. Aber weil er eine Zeit lang bewusstlos mit dem Gesicht im Wasser gelegen hatte, konnte sein Gehirn vorübergehend nicht mit dem nötigen Sauerstoff versorgt werden. Eventuelle neurologische Schäden würden sich aber erst später feststellen lassen. Mit dieser unheilvollen Ankündigung marschierte Dr. Micalef zur Tür. Peter trabte hinter ihm her wie ein unglücklicher kleiner Hund, und auch mir war mulmig zumute. Nur Vivi schnitt eine Fratze.

»Ach, Quatsch! Der will uns ja bloß Angst machen.«

Mutter fragte streng, was ihre Eltern wohl dazu sagen würden. Vivi verrenkte leicht den Hals und schielte unter ihren feuchten Haaren an ihr vorbei.

»Ich bin doch nicht so blöd und erzähle ihnen das!«

Als Vivi gegangen war, schimpften meine Eltern auf sie. Beide hatten einen gehörigen Schock erlitten und teilten nicht Dr. Micalefs Meinung. Sie glaubten vielmehr, dass es

Vivi gewesen war, die uns zu diesem Abenteuer verleitet hatte. Das Ausmaß der Gefahr, der wir mit knapper Not entkommen waren, wurde mir erst allmählich bewusst. In dieser Nacht konnte ich nur weinen. Immer wieder erlebte ich den furchtbaren Augenblick, als das kalte Wasser über mir zusammenschlug und ich Giovannis leblosen Körper zu fassen versuchte, der unentwegt meinen steifen Armen entglitt. Ich machte mir entsetzliche Sorgen um ihn. Am Morgen bettelte und flehte ich so lange, bis Mutter im Krankenhaus anrief. Der Junge sei auf die chirurgische Abteilung gekommen, hieß es. »Warum?«, fragte Mutter. – Weil er das Schlüsselbein an zwei Stellen gebrochen hatte. Ein komplizierter Bruch, man musste operieren. Wie es ihm ging? Wir sollten später noch mal anrufen. Hat er einen Knochenbruch, sagte Mutter, wird ihn das doch nicht umbringen. Ein Knochenbruch heilt, merk dir das. Ich aber hatte noch Dr. Micalefs düstere Prophezeiung im Kopf, stand tausend Ängste aus. Weil ich blass und elend aussah, hatte Mutter Mitleid mit mir. Ich durfte fernsehen, so lange ich wollte, damit ich auf andere Gedanken kam, mit leise gestelltem Ton allerdings, weil Mutter der Krach auf die Nerven ging. Ich saß also auf der Couch und sah mir wie ein hypnotisiertes Kaninchen italienische Sendungen an, grell, laut und kitschig, voller halb nackter Frauen und explodierender Autos, und die Tränen kullerten mir unentwegt über die Wangen. Ich ärgerte mich – ich weinte sonst nie –, aber ich konnte nichts tun, die Tränen flossen von selbst. »Eine posttraumatische Reaktion«, nannte es meine Mutter. Abends telefonierte sie erneut mit dem Krankenhaus. Der Junge würde jetzt schlafen, hieß es. Es ginge ihm gut. Nein, noch keine Besuche. Vor dem Zubettgehen träufelte Mutter Baldrian auf ein Stück Zucker, und in der zweiten Nacht konnte ich zumindest schlafen. Am nächsten Tag, als Mutter wieder anrief, hieß es, Giovanni ginge es besser, viel besser. Und, nein, nichts deutete darauf hin, dass er einen Gehirnschaden hatte. Er sei aber noch schonungsbedürftig, man würde erst in zwei, drei Tagen zu ihm gehen dürfen. Vorerst durfte ihn nur Don Antonino besuchen.

An die allgemeinen Folgen des Unfalls hatte ich bisher wenig Gedanken verschwendet. Und jetzt kam Vater und teilte mir mit, er hätte das Nötige veranlasst, dass die unterirdische Tempelanlage gesperrt wurde. Man würde ein Gitter ziehen, den Eingang mit Brettern sichern. Und ein Schild sollte Unbefugten das Betreten des Geländes bei hoher Geldstrafe untersagen. Ich bemühte mich, ein stoisches Gesicht zu machen, auch wenn ich wusste, dass es das Ende war. Welches Ende? Das Ende von allem, nahm ich an, und das war das Schlimme. Als ich den anderen sagte, dass wir nicht mehr in die Grabkammern durften, schimpfte Vivi in den höchsten und verrücktesten Tönen, während es Peter eher leise zur Kenntnis nahm; noch beherrschte er nicht die Technik der Rebellion. Was Giovanni betraf – der lag ja noch im Krankenhaus. Irgendwann würde es uns wieder besser gehen, vielleicht morgen, wahrscheinlich übermorgen und alle Tage danach. Wir hatten eine eigene, fantastische Welt erfunden, jetzt setzte man uns vor die Tür. Alles gut gemeint, wir aber fühlten uns betrogen, in unseren Vorlieben gestört. Zu schade! Wir begruben unsere Kindheit, legten sie zu den Toten. Als man später ihre Knochen aus dem Boden kratzte und einsammelte, steckten sie auch unsere Kindheit in Plastiksäcke, mit Nummern und Etiketten versehen. Vielleicht war es richtig so. Aber Erinnerungen leben weiter, mit dem klopfenden Herzen verbunden. Und wenn wir Glück haben, bekommen wir als Entschädigung für das, was uns genommen wurde, etwas geschenkt.

Von der heiligen Puppe hatten wir lange nichts gehört. Dann und wann hatte ich nach ihr gefragt und immer nur die nichtssagende und leicht überhebliche Antwort erhalten: »Der Fund wird untersucht.« Immerhin war die Schlafende zum »Fund« avanciert, eine Bezeichnung, an der bereits etwas

Gewichtiges haftete. Und dann, ein paar Tage nach Giovannis Unfall, kam mein Vater nach Hause und machte ein Gesicht, als wäre ihm aus heiterem Himmel ein Regenguss auf den Kopf geprasselt.

»Alessa, Ralph Sandri meint, dass er die Figur wohl datieren könnte. Aber um ganz sicher zu sein, hat er Fra Beato zu Rate gezogen. Fra Beato fertigt Expertisen für die archäologische Abteilung im Vatikan an. Professor Sandri hat ihn wissen lassen, auf welchem Weg der Fund in seine Hände kam. Fra Beato wünscht, dass ihr ihn auf St. Angelo besucht. Er möchte einen genauen Bericht von euch hören.«

Mutter, die gerade das Mittagessen auftrug, zuckte zusammen.

»Um Gottes willen, warum denn das? Dr. Sandri wird doch wohl dabei sein und dafür sorgen, dass sich die Kinder benehmen?«

Sie hatte wieder jenen kleinen fremden Akzent, der sich immer bei ihr einstellte, sobald sie aufgeregt war.

Vater schüttelte den Kopf.

»Nein. Fra Beato will nur die Kinder sehen.«

Mutter trug eine Schüssel mit Bratkartoffeln herein, die sie behutsam auf den Tisch stellte, bevor sie meinen Vater perplex ansah. Dieser zog die Brauen hoch und spreizte leicht die Hände, als wollte er sagen:»Was soll ich machen?« Ich war sehr beunruhigt. Es lag an ihrer Stimme, an ihren Augen. Mussten wir, weil wir in den Grabkammern gespielt hatten, zu guter Letzt noch zu einem Verhör? Von Fra Beato wusste ich nur das, was ich aufschnappte, wenn bei uns zu Hause über ihn gesprochen wurde. Meine Eltern nahmen oft an Empfängen teil, wo sie alle trafen, die eine respektgebietende Stellung bekleideten: Professoren, Politiker, Direktoren, Doktoren, Militärs und eigentlich alle reichen Leute. Als Kind verstand ich natürlich nichts von den politischen Verknüpfungen. Auf Malta war man eher konservativ, obwohl sich –

wie Mutter längst gemerkt hatte und auch ich später begriff –
die Trennungslinien zwischen links und rechts sehr willkürlich vermischten. Einen festen Eindruck von Respektspersonen bekam ich allerdings erst, als ich größer wurde und zu
gelegentlichen Einladungen mitkommen durfte. Mir war beigebracht worden, Respektspersonen artig die Hand zu geben,
sie mit einem Knicks zu begrüßen und in ihrer Gegenwart
nur dann den Mund aufzumachen, wenn sie mich etwas frag-
ten. Sie wollten meistens nur wissen, wie alt ich war und ob
ich gerne zur Schule ging, worauf unweigerlich die Feststellung folgte, dass ich seit dem letzten Mal wieder ein Stück gewachsen und noch hübscher geworden sei. Einige hatten dabei die unangenehme Angewohnheit, mir lächelnd über den
Kopf zu fahren. Kinder blicken ohne Wohlgefallen auf erwachsene Schmeichler. Indessen, das Ganze war einigermaßen abschreckend, bestens dazu geeignet, mir den Umgang
mit solchen Leuten frühzeitig zu vermiesen. Nun gab es, neben diesen Respektspersonen, noch andere, bei denen die
Dinge überaus komplizierter lagen. Es handelte sich dabei um
hohe Offiziere –Armee oder Marine –, um Mitglieder des europäischen Adels und um kirchliche Würdenträger – Bischöfe,
Kardinäle –, denen man mit ostentativem und übertriebenem
Respekt zu begegnen hatte. So hatten meine Eltern dann und
wann an Empfängen teilgenommen, an denen auch Fra Beato zugegen war. Und dieser schien meisterhaft die Kunst zu
beherrschen, verbindlich der allgemeinen Unterhaltung bei-
zuwohnen und dabei etwas ganz anderes im Kopf zu haben.
Meine Mutter sah das jedenfalls so. Noch immer war sie mit
dem Netzwerk des maltesischen Gesellschaftslebens nicht
richtig vertraut, nicht aus Widerwillen, sondern weil sie entgegen allen Augenscheins nicht dazugehörte. Damit kam sie
gut zurecht. Das Getue ging ihr auf die Nerven, diese Welt war
nicht die ihre. Und aus alter Erfahrung hatte sie oft das absolut widersinnige Gefühl, dass Fra Beato – wenn auch aus völ-

lig anderen Gründen – ähnlich empfand.»Ich muss verrückt sein«, sagte sie sich dann. Aber das erzählte sie mir erst später. Und was sie über Fra Beato schon damals dachte, deckte sich genau mit dem, was auch wir empfinden würden. Aber ich greife vor.

»Ihr müsst natürlich gehen«, sagte Vater in einem Ton, der keine Widerrede duldete. Eine der Respektspersonen der höheren Kategorie hatte uns einen Befehl erteilt. Darüber nachzudenken war erschreckend, aber auch erregend. Und kneifen kam nicht in Frage. Peter wird vor Aufregung Bauchweh haben, dachte ich. Das hat er ja immer. Nur Vivi wird es nichts ausmachen; die Queen könnte sie zum Nachmittagstee einladen, ohne dass es ihr den Schlaf raubte. Ich aber fühlte mich überfordert und sah auch bereits im Geist die Panik in Giovannis Augen.

»Giovanni wird nicht kommen wollen!«, sagte ich.

»Nach Giovannis Meinung fragt keiner«, versetzte mein Vater.

»Er ist aber noch im Krankenhaus!«

»Soviel ich weiß, wird er am Freitag entlassen. Man wird es dem Onkel rechtzeitig mitteilen. Fra Beato will euch ja erst am Montag sehen.«

Ich schluckte und fragte:»Ich möchte es Giovanni selbst sagen; darf ich ihn morgen besuchen?«

Die Eltern tauschten einen Blick, und Vater sagte:»Dagegen ist eigentlich nichts einzuwenden.«

Das St. James Hospital befand sich im Stadtteil Sliema, an der »Triq Borg Olivier«. Es war ziemlich weit, und ich fuhr mit dem Bus. Einige staubige Palmen, vom Wind zerwühlt, knisterten über meinem Kopf, als ich die Straße überquerte. Im Krankenhaus war es angenehm kühl, unpersönlich und modern. Der klotzige Bau, ein ehemaliger Palast, war kürzlich renoviert worden. Ich meldete mich bei der Schwester am Empfang, die mir freundlich den Weg zeigte.

Eine Treppe führte ein paar Stufen hinauf, dann einen Gang entlang, an dem viele Zimmer lagen. Hellblau gekleidete Schwestern kamen und gingen. Verschüchtert betrat ich die Männerabteilung. Alte und junge Männer in Schlafrock und Pantoffeln, manche mit Gips oder dicken Verbänden, saßen auf Bänken oder schleppten sich mühevoll durch den Gang. Einige trugen einen Infusionsständer, die Nadel steckte in ihrem Arm, und sie sahen blass und verhärmt aus. Gerade als ich das richtige Zimmer entdeckte und klopfen wollte, ging die Tür auf. Ein junger Priester in einer gut geschnittenen Soutane trat hinaus. Er war schlank, hochgewachsen, mit glattem schwarzem Haar, das er sehr kurz trug. Er hatte ein schmales Gesicht, eine leicht gebogene Nase und geschwungene Lippen und sah eigentlich recht gut aus, obwohl das bei einem Priester keine Rolle spielte. Die schwarzen, länglichen Augen schimmerten etwas verschleiert, weil die dunkle Pupille rundherum die Hornhaut sehen ließ. Ich dachte, dass dies wohl Giovannis Onkel sein musste, und grüßte verlegen. Er lächelte freundlich. Rechts fehlten ihm etliche Zähne.

»Bist du Giovannis kleine Freundin, die ihn gerettet hat?«

»Ja, ich bin Alessa.«

»Du hast dich wunderbar verhalten. Hattest du denn keine Angst?«

»Es musste ja schnell gehen«, erwiderte ich.

Er nickte ernst, wobei er mich unverwandt ansah. Er hatte ein lässiges, ungezwungenes Auftreten und gleichzeitig eine Steifheit, die befremdend wirkte. War er möglicherweise krank? Sein Gesicht war fast feminin hell und glatt. Man konnte sich nicht vorstellen, dass er einmal unrasiert sein konnte. Ein Bart hätte ihm einen verwegenen Ausdruck gegeben. Mit einem Bart hätte er wie ein Filmschauspieler ausgesehen. Ich konnte mir ihn gut als Piraten vorstellen.

»Ja, das hat auch der Arzt bestätigt«, sagte er. »Du hast Giovanni vor Schlimmem bewahrt. Ich werde für dich beten, Kind.«

Ich deutete dankend einen Knicks an, wobei ich – da wir schon beim Film waren – die Rolle des artigen kleinen Mädchens spielte. Er betrachtete mich aus seinen schwarzen Augen, die ein bisschen schläfrig und versonnen dreinschauten und gleichzeitig sehr rasch umherblickten und alles wahrnahmen.

»Es war ein gefährlicher Ort, wo ihr gespielt habt«, fuhr er fort, und in seiner Stimme lag ein tadelnder Unterton. »Kinder, warum seid ihr so leichtsinnig? Ist es euch nie in den Sinn gekommen, dass etwas passieren könnte?«

»Jetzt kommt keiner mehr rein«, sagte ich. »Das Gelände ist gesperrt. Mein Vater hat das veranlasst.«

Trotz seines freundlichen Lächelns zeigte er ein linkisches und spürbar mürrisches Verhalten und war auf eine nervöse Weise verschlossen. »Ihr habt großes Glück gehabt«, meinte er. »Gott hielt seine schützende Hand über euch. Man sollte diese Grabkammern der Erde zurückgeben. Nur die Katakomben, die den ersten Christen Zuflucht boten, sollten für die Besucher offen bleiben.«

Er bekreuzigte sich flüchtig, seine Hand war lang und fein wie die einer Frau. Aus reiner Gewohnheit setzte ich zur gleichen Geste an und unterdrückte sie gerade noch rechtzeitig. Mutter hätte das nicht gefallen, und wir waren hier auch nicht in der Kirche.

»Giovanni, geht es ihm gut?«, fragte ich.

Er lächelte auf einmal warmherzig, was sein Gesicht sehr anziehend machte. »Er fängt an, sich zu langweilen, ein gutes Zeichen! Weil er noch Pflege braucht, wird er jetzt eine Zeit lang bei mir wohnen. Da hat er mehr Ruhe, und meine Haushälterin wird sich gut um ihn kümmern.«

Ich erwiderte sein Lächeln.

»Da wird er sicher froh sein.«

»Er kommt gerne, hat er gesagt. Nun, ihr habt euch gewiss viel zu erzählen«, setzte er hinzu und trat ein wenig zur Seite, sodass ich durch die Tür konnte. »Gott segne dich, Alessa! Du bist ein tapferes Mädchen.«

Mit diesen gutherzigen Worten ging er. Ich sah ihm nach, wie er mit schnellen, etwas unbeholfenen Schritten zum Aufzug ging. Vielleicht war es ja die linke Schulter, die leicht schief hing, vielleicht auch seine Bewegungen, aber wie konnte er gleichzeitig so jugendlich und so krank aussehen? Fra Beatos Namen hatte er mit keinem Wort erwähnt. Offenbar war die Nachricht noch nicht bis zu ihm gedrungen. Mir war das nur recht. Ich klopfte und trat ein. Das Zimmer war für drei Patienten gedacht. Das eine Bett war leer, im zweiten lag schläfrig ein kleiner Junge. An seinem Infusionsständer waren oben vier Arme, und die Stangen hingen voller Flaschen. Giovanni saß im Schlafanzug am offenen Fenster und hielt ein Buch in der Hand. Wie blass und mager er aussah! Sein linker Arm war eingegipst, und man hatte seine Brust fest verbunden, damit das Schlüsselbein heilte. Als ich in das Zimmer kam und ihm zulächelte, hob er den Kopf, und ich sah, dass seine Stirn noch violett und gelb verfärbt war. Das machte mir eine Angst, die ungerechtfertigt war bei der Freude, ihn wiederzusehen, bei dem Glücksgefühl in seiner Gegenwart. Doch er erwiderte mein Lächeln rückhaltlos, und ich atmete erleichtert auf. Es ging ihm wieder gut, das sah man.

»Tag«, sagte er. »Setz dich!«

Er deutete auf einen Stuhl. Behutsam, um den kleinen Jungen nicht zu wecken, zog ich ihn zurück und setzte mich zu Giovanni.

»Hast du noch Schmerzen?«

Er verzog das Gesicht.

»Wenn ich auf dem Rücken liege, geht es. Aber immer nur auf dem Rücken zu liegen, ist öde. Manchmal versuche ich mich auf die Seite zu legen. Aber nach einer Minute liege ich schon wieder auf dem Rücken. Ich habe noch zu starke Schmerzen in der Brust.«

»Und der Kopf?«

»Manchmal schwebe ich über meinem Bett, das ist ein komisches Gefühl. Hast du das nie gehabt? Und wenn ich zu schnell den Kopf drehe, sehe ich Blitze. Schwester Maria sagt, es wird noch eine Weile dauern. Schön, dass du gekommen bist. Es ist langweilig hier.«

»Was liest du?«

Er lächelte und zeigte mir den Einband.

»Tom Sawyers Abenteuer, von Mark Twain. Onkel Antonino brachte mir das Buch.«

»Spannend?«

»Ja, sehr. Stell dir vor, auch Tom Sawyer verirrt sich in einer Höhle.«

»Aber wir hatten uns doch nicht verirrt«, sagte ich.

»Nein. Wir nicht.«

Wir tauschten einen langen Blick. Unter seinen Augen lagen tiefe dunkle Schatten.

»Onkel Antonino sagt, du hättest mir das Leben gerettet.«

Das hatten auch meine Mutter und Dr. Micalef gesagt. Ich wurde ein wenig rot.

»Ich … ich weiß nicht. Ich hatte so große Angst um dich! Da bin einfach ins Wasser gesprungen und habe dich gehalten.«

Er antwortete mit großem Nachdruck, die Augen unverwandt auf mein Gesicht gerichtet.

»Das werde ich niemals vergessen, Alessa, das verspreche ich dir. Niemals, auch wenn ich hundert Jahre alt werde!«

»Aber Vivi und Peter haben die Leiter geholt«, setzte ich schnell hinzu. »Peter hat dich auf dem Rücken getragen.«

»Auf dem Rücken?«

»Ja, ja! Und Vivi hat dich aus dem Brunnen gezogen.«

»Das werde ich niemals vergessen«, wiederholte Giovanni.

155

Er sprach mit leiser, matter Stimme. »Onkel Antonino sagte, dass ich deine Eltern besuchen soll, um mich bei ihnen zu bedanken.«

Ich zog die Schultern hoch.

»Ach, die haben doch nur geschimpft!«

»Aber sie haben Dr. Micalef geholt, und der hat mich untersucht und verbunden.«

»Ja, aber der will nicht mehr, dass Peter mit dir spielt.«

Giovanni seufzte. In seiner ganzen Haltung lag viel Demut.

»Wenn wir im Herbst in die gleiche Klasse gehen, sehen wir uns ja.«

»Nur in der Pause, das wird nicht dasselbe sein.«

»Nein.«

Ich gab ihm die Vanillekringel, die ich für ihn gekauft hatte.

»Die werde ich mit Steve teilen«, sagte Giovanni, »aber er muss erst fragen, ob er sie essen darf.« Der kleine Junge im Bett nebenan schien die Worte gehört zu haben, denn er wurde wach und versuchte sich aufzurichten. Giovanni lächelte ihn an.

»Gut geschlafen?«

Der kleine Junge nickte und lächelte zurück.

»Steve ist schon einen ganzen Monat da und langweilt sich noch mehr als ich«, erklärte Giovanni. »Ich lese ihm oft aus meinem Buch vor. Er wurde am Bauch operiert. Das ist schon das fünfte Mal, dass sie eine Infusion anlegen. Beide Arme sind ganz angeschwollen. Zeig mal her, Steve! Da, siehst du? Schwester Maria sagt, heute muss die Spritze in den Fuß.«

Steve krümmte sich unter der Decke.

»Wenn die Schwester nicht gleich richtig trifft, tut es mehr weh als im Arm.«

»Er hat einen ganz dicken Bauch«, sagte Giovanni. »Und nachts kann er nicht schlafen.«

»Dann klingele ich nach der Schwester«, sagte Steve, »und die holt mir eine Spritze. Danach schlafe ich.«

156

Wie traurig sieht dieser kleine Junge aus, dachte ich, völlig übermüdet und so krank! Ich hatte so viel Mitleid mit ihm und wusste gar nicht, was ich zu ihm sagen sollte. Er hatte eine gelbliche Gesichtsfarbe und kaum noch Haare auf dem Kopf, nur ein wenig Flaum. Ich wandte den Blick von ihm ab und sprach weiter mit Giovanni. Ich hatte ihm noch vieles zu sagen.

»Hör zu, wir können nicht mehr in die Grabkammern. Meine Eltern sagten, ihr geht nicht mehr da rein. Und mein Vater hat Arbeiter kommen lassen, und jetzt ist alles verschlossen.«

»Ich hatte eigentlich nie Angst«, murmelte Giovanni.

»Ich auch nicht. Und jetzt bin ich wütend.«

»Und Vivi? Und Peter?«

»Vivi war wirklich böse. Peter sagte, er macht sich nichts draus. Aber das sagt er nur so. Er ist trotzdem wütend.«

»Ich bin auch wütend«, sagte Giovanni. »Aber was liegt den Erwachsenen schon dran?«

Aus seinen Worten sprach viel Fatalismus. Wenn die Zeit so dahinrann, spürte man, was sie eigentlich war. Giovanni hatte es lange vor uns begriffen; die Zeit war gnadenlos, sie trug uns vorwärts wie der Strom den Schwemmsand. Da war etwas Unheimliches am Werk. Es gibt Augenblicke, in denen man es fühlt; es ist was da, mit dem man nicht fertig wird. Aber ich wusste nicht, was es denn eigentlich war, und ich wollte es auch gar nicht wissen. Ich hatte Angst davor.

»Ich gehe nicht mehr nach Hause«, sagte Giovanni plötzlich.

»Ja, dein Onkel hat gesagt, dass du bei ihm wohnen kannst.«

»Er hat ein Zimmer, das leer steht. Er sagt, er kauft mir ein Bett und einen Schrank, und ich kann auch bei ihm essen. Und dann wohne ich auch noch in der Stadt und habe keinen langen Schulweg mehr.«

»Freust du dich?« Er nickte und starrte vor sich hin. Seine Augen waren groß, dunkel und verschwollen.

157

»Mein Vater war hier und … und hat die Schwestern bedroht. Dr. Micalef hat ihm die Arztrechnung geschickt, und das Krankenhaus will er auch nicht bezahlen. Zum Glück war Steve gerade in der Therapie, so hat er das alles nicht mitgekriegt. Die Schwestern hatten wirklich Angst vor ihm. Er hat gesagt, alles ist meine Schuld, und wenn ich nach Hause komme, wird er mich grün und blau schlagen, und er schert sich einen Dreck darum, ob ich noch einen Gips trage.«

»Was ist denn das für einer?«, fragte ich fassungslos.

»Wer?«

»Na, dein Vater!«

Giovanni schüttelte den Kopf.

»Er ist niemals nett.«

»Wieso denn nicht?«

»Einfach so, da kann keiner was machen. Aber es ist mir ganz gleich. Ich habe ja meinen Onkel.«

»Ja, da kannst du von Glück sagen!«

Das Wesentliche wusste er noch nicht; ich teilte es ihm mit. Unabänderliche Dinge nahm Giovanni stets mit ruhiger Ergebung auf. Aber dieser Angelegenheit fühlte er sich nicht gewachsen. Fra Beato war eine Respektsperson der höheren Kategorie, und Fort St. Angelo, über dem Hafen von Valletta, sah im schwarzen Dämmerlicht aus, als wäre es hinter Wolken verborgen. Die unbekannte Welt da oben lag nahe am Himmel und war nichts für uns. Dass man uns jetzt geheißen hatte, diesen Himmel zu betreten, war ein bisschen happig für uns alle und für Giovanni ein Schock. Seine Empfindungen erinnerten ihn an einiges, was ihm widerfahren war. Er hatte ein schlechtes Gewissen.

»Ich will da nicht hin!«

»Es geht um die Figur, die du gefunden hast.«

Das hätte ich nicht sagen sollen. Giovanni sog scharf den Atem ein. Er duckte sich wie in Erwartung einer Ohrfeige.

»Fra Beato wird böse auf mich sein! Vielleicht steckt er mich ins Gefängnis.«

»Wie kommst du darauf?«, fragte ich und spürte ein unangenehmes Kribbeln im Magen.

Giovanni blickte mit gehetztem Ausdruck umher.

»Weil er denkt, dass ich sie gestohlen habe.«

Giovanni fühlte sich immer schuldig, in irgendeiner Hinsicht, auf irgendeine Weise. Das färbte allmählich auch auf mich ab. Aber ich sagte: »Er denkt überhaupt nicht so.«

Ich log, aber das wusste Giovanni nicht. Er entspannte sich ein wenig.

»Komm«, sagte ich und wollte nichts anderes, als dass er sich beruhigte. »Fra Beato kennt sich gut in den Dingen von früher aus, sagt mein Vater. Ich glaube, er will nur herausfinden, wo wir die Figur gefunden haben.«

Giovanni atmete etwas freier.

»Bringt er sie dann ins Museum?«

Ich nickte.

»Vater hat gesagt, dass er das jetzt entscheiden wird.«

Vater hatte nichts dergleichen gesagt. Aber einstweilen war Giovanni abgelenkt. Von Anfang an hatte ihm viel daran gelegen, dass die Figur in ein Museum kam. Er war auf Schlimmes gefasst gewesen und fühlte sich nun erleichtert.

Unsere Eltern regten sich bei der ganzen Angelegenheit unvergleichlich mehr auf als wir, die wir ziemlich ahnungslos waren. Peter erzählte, dass sein Vater einen Anruf vom Ministerium erhalten hatte und am Telefon fast strammstand. Seine Mutter bekam rote Flecken auf den Wangen. »Eine solche Ehre«, wiederholte sie ständig. »Oh Gott, Peter, dass du dich bloß nicht blamierst.« Worauf Peter verzweifelt gedacht hatte, dass er im unpassendsten Moment garantiert aufs Klo müsste. Sogar Miranda sah sich in einer Art widerwilliger Fügung verpflichtet, die Form zu wahren. Der Montag kam, und Vivi erschien in ihrem marineblauen Sonntagskleid. Ihr langer

159

Hals steckte schön gerade und artig in einem weißen Kragen, ihre Socken waren weiß, und natürlich trug sie Lackschuhe. Es war nicht die richtige Vivi, so kam es mir vor: Die richtige Vivi war weg, als ob es sie nie gegeben hätte. Zurück blieb ein kleines Mädchen mit einem verschlafenen und mürrischen Ausdruck im Gesicht und mit einem Schlendergang wie ein junger Hund. Auch ich trug ein Kleid, hellblau mit rosa Blüten, igitt, und Mutter hatte mir die Haare so straff hinter die Ohren gekämmt, dass ich Kopfschmerzen hatte. Und Peter, der Unglücksrabe, hatte den Anzug an, den er bei der Erstkommunion getragen hatte und der bereits zu kurz und zu eng für ihn war. Dazu eine Krawatte, und der Knoten saß schief. Sogar Giovanni erschien in einem neuen Pullover, schon für den Herbst gedacht und viel zu warm für die Jahreszeit. Man hatte sein Haar mit Pomade geglättet. Wir alle, sonntäglich ausstaffiert, fühlten uns scheußlich.

Noch heute sehe ich die Szene ganz genau vor mir. Unser eingeschüchterter Haufen pferchte sich in Vaters Wagen. Mutter sah uns nach und winkte mit einem komischen Ausdruck im Gesicht, nicht eigentlich betroffen, eher gespannt. Und dann ging es los. Wir fuhren zum Fort St. Angelo. Geoffrey war angewiesen worden, nicht den offiziellen Eingang zu benutzen, der über die Steinbrücke zu dem gewaltigen Portal führte, sondern vor dem Privateingang nahe beim Hafen zu warten. Wir fuhren an einer Mauer aus Sandstein vorbei, die uns wuchtig und endlos vorkam. Schließlich hielt Vater den Wagen an und ließ uns aussteigen. Wir befanden uns unterhalb der Festung, vor einem geschlossenen Tor. Hier begann der Hafen, ein paar Fischerboote lagen auf dem undurchsichtigen, öligen Wasser. Das Tor, mit Haken und Riegel versehen, ragte auf der anderen Straßenseite vor uns auf. Die Sonne brannte, Katzen dösten. Es roch nach Staub, nach Meer, nach faulem Fisch. Aus den Mauern schien die Hitze zu tropfen. Das sirrende Geräusch der Trockenheit kam aus den alten

Steinen, aus der sandigen Erde. Eine Art zermürbendes Knistern. Und kein Schatten weit und breit. Vater, rot im Gesicht, klopfte sich den Staub von seinem dunklen Anzug, wischte sich mit einem nicht mehr blütenweißen Taschentuch den Schweiß von der Stirn. Wir würden gleich abgeholt werden, meinte er. Der Wind wehte einen Wolkenflaum aus Süden herbei, kleine Sandböen wirbelten auf. Der Staub durchzog alles, Wäsche, Kleider und Haar, mischte sich mit dem Schweiß und kratzte wie verrückt. Wir warteten.

15. Kapitel

Maltas Vergangenheit ist überall präsent. An jedem Platz erinnern Denkmäler an das, was einmal war, und die alten Kanonen erzählen düstere Geschichten. Wie oft sollte ich später als Reiseführerin diese Geschichten erzählen müssen! Die Touristen wollten sie hören, wieder und wieder. Sie kamen ja nicht nur nach Malta, um Badeferien zu machen, sondern auch, um Denkmäler anzusehen. Zeitweise wurde es mir sogar zu viel, weil mir patriotische Intensität nicht lag. Dazu war ich viel zu skeptisch und unabhängig. Dennoch, in mir war die Überzeugung, die Verpflichtung, etwas übermitteln zu müssen. Maltas Geschichte gehörte ja auch zu mir, blieb ich doch gefühlsmäßig meiner Heimat durch Klang und Wärme der Kindheit verbunden. Wir waren mit geschichtlichen Erinnerungen beladen, die unser Stolz – der althergebrachte Stolz des Malteser Ritterordens – in uns lebendig erhielt. Und überall auf der Welt war der Orden noch ein Begriff. Wenn auch viele nicht wussten, wer diese Ritter denn eigentlich gewesen waren, sah man in ihnen nach wie vor die Verkörperung von Ehre, Adel, Mut und Tugend. Ihr Augenblick mochte gekommen und wieder vergangen sein – aber er war gewesen! Das war es, was die Menschen im Gedächtnis behielten. Wir aber lernten im Schulunterricht, dass sie ebenso Krieger wie Wissenschaftler waren, dass sie den Embryo eines vereinten Europas ins Leben riefen. Für uns war der Mythos weder verstaubt noch abgetan, es wunderte uns auch nicht, dass so viele Fremde nur ihretwegen kamen. Und jedes Mal, wenn ich mich darauf besann, wurde ich ausführlich, gab Namen, Ziffern, Deutungen, ließ mich hinreißen, formte mir den Traum der Vergangenheit in die Ruinen und Denkmäler. Die Geschichte des Ordens war tausend Jahre alt und begann 1071, als Rom im Chaos zerfiel und das neu christianisierte oströmische Kaiserreich zerbröckelte, während die Türken Jerusalem einnahmen. Die Sieger zeigten Milde: Den Christen wurde erlaubt, die Heilige Stadt ungehindert zu verlassen. Einige jedoch blieben; unter ihnen war Bruder Gérard de Martigues, der Vorsteher einer christlichen Pflegestätte, die Kranke jeglichen Glaubens pflegte. Im Konzil von Piacenza aber verkündete Papst Urban II. den ersten Kreuzzug. Zu den Tausenden, die sich zu Pferd oder gar zu Fuß aufmachten, um Jerusalem zu befreien, gehörten nicht nur tugendhafte Glaubenskämpfer. Viele gingen aus Gewinnsucht oder politischem Opportunismus. Die Reise war lang und beschwerlich, ein guter Teil von ihnen kehrte um oder starb, von Strapazen und Seuchen dahingerafft, und erst nach erbitterten Gefechten vermochte der französische Herzog Godefroy de Bouillon im Jahr 1099 die Türken in die Flucht zu schlagen. Jerusalem war wieder in christlicher Hand! Doch im Gegensatz zu ihren Gegnern vergriffen sich die Kreuzritter an der wehrlosen Bevölkerung, plünderten und mordeten ohne Erbarmen. Die verübten Grausamkeiten hinterließen bei den Muslimen eine bis heute schwärende Wunde. Godefroy de Bouillon aber schenkte Bruder Gérards Pflegestätte Ländereien sowie ein Zehntel der Beute. Und einige Jahre später ehrte ihn der Papst mit dem Militärorden »des Spitals des heiligen Johannes des Täufers zu Jerusalem«. Als Symbol wählte der neu gegründete Orden ein weißes Kreuz auf rotem Grund. Eine Anzahl normannischer Ritter, des Mordens überdrüssig, traten dem Orden bei. Ihre Funktion bestand zunächst darin, die Pilger auf dem Weg ins Heilige Land zu schützen. So entstand der militärische Orden der Tempelritter, während die Johanniter, inzwischen auf Zypern und Rhodos angesiedelt, ihrer Aufgabe als Krankenpfleger treu blieben. Ihre Kontakte nach Kleinasien (Syrien, Persien) hatten ihnen medizinische Kenntnisse gebracht, mit denen sie ihrer Zeit weit voraus waren: Sauberkeit war oberstes Gebot, die Laken der Kranken wurden täglich gewechselt, sie erhielten ihr Essen in Silberschalen und speisten mit silbernen Bestecken. Man hatte herausgefunden, dass Silber Ansteckungen verhinderte.

Aber die Türken ließen nicht locker. Sultan Saladin schlug die letzten Kreuzritter, brachte Jerusalem wieder unter das Banner des Halbmonds. Im 13. Jahrhundert fiel eine christliche Stadt nach der anderen. Ihre Bewohner wurden hingerichtet oder versklavt, der Sultan wollte es den Kreuzrittern heimzahlen. Die Bevölkerung konnte sich nicht erholen, die Felder wurden verwüstet, die Armut wuchs. Die überlebenden Tempelritter flohen, die Johanniter unter ihrem Großmeister Jean de Villiers zogen sich nach Zypern zurück. Dort sammelte der Orden neue Kräfte und entwickelte seine Struktur der »acht Säulen«, die auf den acht wichtigsten »Zungen« – also Sprachen – seiner Mitglieder gründete. Der Ordensrat wurde von einem Großmeister geführt. Als 1312 ein päpstliches Dekret den militärischen Tempelorden wegen Häresie auflöste, fielen seine Besitztümer den Johannitern zu. Mit Waffen und Geldmaterial ausgiebig versorgt, konnten sich diese lange Zeit auf Rhodos halten. Sie hatten die Insel befestigt und schlugen die türkischen Kriegsgaleeren zurück, bis diese Konstantinopel eroberten und nach Südosteuropa vordrangen. Da hielt die Festung Rhodos den Angriffen der Türken unter Mustafa Pasha nicht mehr stand. Die Johanniter kapitulierten. Ihr Großmeister L'Isle Adam konnte den freien Abzug aller Ritter aushandeln. Auch die Einwohner durften gehen. Auf der Suche nach einer neuen Heimat zogen die Johanniter zunächst nach Viterbo, dann nach Kastilien, wo Kaiser Karl V. von Spanien bald einsah, wie gut der Orden sich als Vorposten eignete, um die Handelswege nach Asien und dem neu entdeckten Amerika zu schützen. Er vertraute den Rittern, ihre Selbstherrlichkeit gefiel ihm. Man musste ihnen ebenbürtig sein, ihnen auf die gleiche Weise entgegentreten – oder überhaupt nicht. Er gab dem Orden den Auftrag, den Archipel von Malta zu halten. Denn die Türken waren den Kreuzrittern ebenbürtig und hartnäckig obendrein, und Suleiman der Prächtige hatte es auf Europa abgesehen.

Der Sultan hatte zunächst Sizilien im Visier. Die Landtruppen sollten durch einen Vorstoß zur See unterstützt werden. Den Oberbefehl hatte wieder Mustafa Pasha, recht erbost darüber, dass ihm die Ordensritter erneut den Weg versperrten. Mustafa Pasha hatte auf Rhodos gegen seinen christlichen Widersacher, Großmeister Jean Parisot de la Valette, gekämpft. Er wusste, dass de la Valette noch mit siebzig ein harter Brocken war. Der Pasha wollte einen kompletten, definitiven Sieg. Folglich rückten im Frühsommer 1665 mehrere Tausend Janitscharen – Elitetruppen – und Layalaren – Selbstmordkämpfer – gegen Malta vor, mit dem Befehl, diese »Söhne des Sheitans« – Teufels – vollständig zu vernichten. Und als am 18. Mai die Wachtposten in Fort St. Angelo die gewaltige türkische Flotte sichteten, war sich de la Valette seinerseits klar, dass dem Orden eine Belagerung bevorstand. Drei Monate lang, in tage- und nächtelangem Kanonendonner, hielten die Johanniter, verschanzt im Fort St. Elmo, die türkischen Schiffe von Maltas Grand Harbour fern. Die zweite Augusthälfte, die Zeit größter Hitze, brachte beiden Seiten die Hölle. Seuchen brachen aus, die Belagerten und die leidende Bevölkerung hatten kaum noch Trinkwasser und Munition. Trotzdem hielten sie die Stellung. Und als Vergeltung für die verstümmelten Gefangenen, die an Kreuze genagelt vor St. Angelo strandeten, gab de la Valette den Befehl, die türkischen Gefangenen zu enthaupten und ihre Köpfe mit Mörsern in das türkische Lager zu schießen. Die Schulkinder hören davon im Unterricht mit wollüstigem Schaudern, obwohl der blutrüstige Bluff nur Zeit gewinnen sollte. Denn heimlich waren Boten unterwegs, die die europäischen Fürstenhäuser um Hilfe baten. Tatsächlich segelte am 6. September eine spanische Armada mit siebentausend Kriegern auf Malta zu. Worauf die Türken, am Ende ihrer Kraft, die Flucht ergriffen. Es war die größte Niederlage, die sie je einstecken mussten. Suleyman der Prächtige schwor Rache, doch de la Vallette, der alte Fuchs, war schlauer: Seine gut getarnten Spione erreichten Konstantinopel, sprengten die großen Pulverkammern des Sultans in die Luft. Die türkische Armee, im Aufbau begriffen, war nun für lange Zeit handlungsunfähig. 1566 starb der Sultan, und seine Nachfolger überlegten sich gut, ob sie es mit den »Söhnen des Sheitans« wieder aufnehmen wollten.

Die Gefahr war vorerst gebannt, der europäische Adel freute sich, und Malta wurde dem Orden als Geschenk überreicht. Die symbolische Gegenleistung war, dass der Orden jedes Jahr der spanischen Monarchie einen Jagdfalken zu überreichen hatte.

Jean de la Valette starb 1568 im Alter von 74 Jahren und wurde in einer Gruft in der Kapelle von St. Angelo begraben. Seine Nachfolger, die viel Geld hatten, bauten ein großes Ordensspital, schmückten die nach dem Sieger benannte Hauptstadt mit einer Kathedrale, zahlreichen Kirchen und Kapellen und prachtvoll eingerichteten Herbergen (Auberges), die eigentlich richtige Paläste waren, für die verschiedenen »Zungen«, die protestantischen wie die katholischen. Ein Aquädukt nach römischem Vorbild wurde gelegt, Speicher und Werften und Ziehbrunnen für den Fall einer Belagerung erbaut. In dieser Zeit fand auch die berüchtigte Inquisition, die krampfhaft nach Ketzern suchte, den Weg nach Malta. Die Inquisition residierte im prachtvollen Palast in Vittoriosa – die Siegreiche; der frühere Name von Birgu. Folterkammern und Gefängnisse befanden sich im Kellergewölbe. Die aufgeklärten Johanniter hatten wenig Freude an Leuten, die nie ein Stück Seife benutzten. Sie hatten im Orient feinere Sitten gelernt. Immerhin wollten sie es sich nicht mit Spanien verderben. Im übertragenen Sinne kamen sie dabei in die inquisitorische Zwickmühle: Nur Gebete waren erlaubt, doch niemals Kritik. Zwar trat der Malteser Falke noch immer seine alljährliche Reise nach Kastilien an, aber die Johanniter bangten allmählich um die eigene Haut. Die leutselige Frage:»Mein Sohn, habt Ihr gesündigt?«, mochte schlimme Folgen haben. Die Inquisition war eine Macht innerhalb der Macht, die man zu überwachen und der man schwer zu misstrauen hatte. Tatsächlich pflegten die Johanniter, nunmehr der reichste Orden der Welt, einen Lebensstil, der mit dem alten Stoizismus wenig zu tun hatte. Sie führten»Korso« gegen nordafrikanische Handelsschiffe, wobei sich diese Art von Seeräuberei zu einem äußerst lukrativen Gewerbe entwickelte. Die hervorragend bewaffneten, meistens siegreichen Korsaren brachten jede Menge Seide, Gold, Edelsteine und Sklaven nach Malta. Im Jahrhundert der»Libertinage« sahen sich die Johanniter nicht mehr als Tugendbolde. Einst nahmen sie sich nicht einmal das Recht, sich zu betrinken, nun waren sie müde, verweichlicht und viel zu reich. Es gab keinen Sultan mehr, der sie in Berserker hätte verwandeln können. Sie waren nur noch Profitmacher. Aber nach wie vor wollten sie den Ton angeben, und als 1789 die Französische Revolution losbrach, stellte der Großmeister Emmanuel de Rohan dem bedrohten König Ludwig XVI. eine Summe zur Verfügung, die die Malteser Staatskasse in Geldnot brachte. Als dann Napoleon Bonaparte 1798 auf seinem Feldzug nach Ägypten vor dem Grand Harbour stand, hatte er leichtes Spiel: Die Johanniter kämpften nicht gegen Christen. Sie rebellierten erst, als der französische Revolutionsrat alle Großgrundbesitzer enteignete. Worauf Napoleon, der sich mit Vorliebe als Moralist aufspielte, sie kurzerhand zu Staatsfeinden erklärte. Eine Schlacht gegen Napoleon war aussichtslos. Der deutsche Großmeister Ferdinand von Hompesch dachte praktisch: Er kapitulierte, womit er einige sehr gute Freunde gewann und sich gleichzeitig viele Feinde machte. Die Malteser, dieses zähe Gemisch aus Sizilianern, Normannen, Türken, punischen Seefahrern und Eingeborenen, von denen man weder wusste, wer sie waren, noch, woher sie kamen, diese eigenwillige Bevölkerung mit ihrer Sprache voller Zischlaute und rauen Konsonanten, verstand kaum etwas von der hohen Politik, genug jedoch, um verärgert zu sein. Sie sah sich nicht gerne gedemütigt. Die Köpfe der Türken hatten ihnen früher als Kanonenkugeln gedient. Die Malteser hätten die Übung gerne mit den Franzosen wiederholt, doch war das Vorgehen nicht mehr zeitgemäß. Immerhin folgte ein Aufstand, der ohne große Verluste mit Hilfe der Engländer zerschlagen wurde.

Nun aber geriet der Orden vom Regen in die Traufe: 1800 besetzten die Engländer Malta, während die aufgebrachte Bevölkerung ein Mitspracherecht verlangte. 1801 war es dann so weit: Der Orden wurde aufgelöst. Nicht nur sein legendärer Mut, sondern auch sein wirtschaftliches Rückgrat war gebrochen. 1814 wurde der Archipel endgültig als britische Kolonie anerkannt. Malta bekam eine eigene Verfassung, eine gewisse Pressefreiheit und Mitbestimmung in politischen Entscheidungen. 1834 wurde das, was vom katholischen Orden übrig blieb, nach Rom verlegt. Aus dem protestantischen ging die St. John Ambulance Association hervor, die eine Kette von Spitälern in den Kolonien und Ländern des Commonwealth gründete. Mit der Eröffnung des Suezkanals 1869 wurde Malta für die Briten ein wichtiger Stützpunkt, sodass der Archipel weder im Ersten noch im Zweiten Weltkrieg ungeschoren davonkam. Die Zerstörungen waren gewaltig, und auch die Bevölkerung erlitt schwere Verluste. Heute sind die Ableger der einstigen Johanniter eigenständige Organisationen, wobei die englische »Zunge« in allen Ländern des Commonwealth dominiert. Doch das silberrote Emblem des Normannenfürsten Roger I., der 1099 den Archipel in Besitz nahm, ist nach wie vor Staatsflagge. Und nach dem Zweiten Weltkrieg wurde das von König Georg V. verliehene Georgskreuz für außerordentliche Tapferkeit in die Flagge einbezogen. Das achtzackige Johanniterkreuz aus der Gründungszeit des Ordens ist nur noch als Symbol im Gebrauch und wird in den Logos zahlreicher internationaler Institutionen verwendet.

Und unsere Vorladung nach St. Angelo? Die Aufregung der Eltern? Keiner von uns fragte sich: Warum das ganze Theater? Es war nur zu verstehen, wenn man die Geschichte kannte. Der Stolz der Kreuzritter galt etwas, selbst in der verblassten Blütezeit ihres Ordens. Das wusste auf Malta jeder. Denn als Malta 1964 seine Unabhängigkeit feierte, wurde den katholischen Johannitern das Fort St. Angelo für neunzig Jahre zur Verfügung gestellt. Und Fra Beato Stanfort Faloni, der uns zum Entsetzen unserer Eltern vorgeladen hatte, war Resident Ritter des Militärordens von Malta, Großes Kreuz der Gerechtigkeit. Man konnte immer sehen, ob er sich in Valletta aufhielt, weil dann auf der höchsten Terrasse von St. Angelo neben der Malteser Flagge mit dem Georgskreuz die weiß-rote Fahne des Ritterordens gehisst wurde. In seiner Abwesenheit wurde die Ordensflagge eingezogen. Und jetzt wehten beide Fahnen Seite an Seite in der Gluthitze, und vier Kinder warteten vor einem geschlossenen Tor, befangen und schwitzend in ihren Sonntagskleidern, hatten großen Durst und ein sehr schlechtes Gewissen.

16. Kapitel

Das Warten, das uns so lang vorkam, hatte kaum fünf Minuten gedauert. Dann ertönte – von irgendwoher – ein Motorengeräusch. Dabei war weit und breit kein Auto zu sehen. Auf einmal öffneten sich die Flügel des Festungstores, und hinaus fegte ein Geländewagen, der uns in einer Staubwolke entgegenfuhr. Der Wagen bremste in knapper Entfernung, der Motor wurde abgestellt. Das Knirschen der Räder auf dem rauen Boden vibrierte noch leicht nach, als der Fahrer bereits ausstieg und meinem Vater mit ausgestreckter Hand entgegenkam. Er war von ansehnlicher Größe und von starkem Knochenbau, was aber die Schnelligkeit und Geschmeidigkeit seiner Bewegungen in keiner Weise verringerte. Er hatte wirres, rostfarbenes Haar, seine Augen waren blau, die Haut gebräunt und von der Sonne gerötet. Er trug ein Jeanshemd und alte, kniekurze Shorts, dazu ausgetretene Turnschuhe. Fra Beato schüttelte meinem Vater die Hand. Er tat es derart leicht und so ungezwungen, als ob er einen guten Bekannten begrüßte.

»Danke, Geoffrey, dass Sie die Kinder hergebracht haben«, sagte er mit einer Stimme, die trotz ihrer Rauheit klar und wohltuend offen klang. »Heißer Tag heute, nicht wahr? Ja, der Schirokko. Aber bei mir im Garten ist es schön schattig.«

Er trat auf uns zu, begrüßte uns mit freundlichem Lächeln. Vivi und ich machten brav einen Knicks, die Jungen senkten die Köpfe. Peter war wie versteinert, und Giovanni sah aus, als wollte er die Flucht ergreifen. Fra Beato hatte sich unsere Namen gemerkt. Unsere kleinen Finger verschwanden fast in seiner kräftigen Pranke, aber er drückte nicht zu, sodass es uns nicht wehtat.

»Oben wartet Limonade auf euch!«, sagte er augenzwinkernd.

Mein Vater räusperte sich.

»Wann soll ich die Kinder abholen?«

Fra Beato blickte auf seine Uhr.

»Sagen wir mal, in zwei Stunden?«

»Gut.«

Fra Beato schlurfte zu seinem Wagen zurück und öffnete die Türen.

»Los, steigt ein, Kinder! Wer will vorn sitzen?«

»Ich«, sagte Vivi sofort. Sie war plötzlich wieder lebhaft. Ihre Augen blickten wach und neugierig, wobei sie ein kleines Lächeln zeigte. Fra Beato nickte ihr zu.

»Bravo!«

Sie kletterte zu ihm auf den Vordersitz, lehnte sich mit dem Rücken an und ließ zufrieden die Beine baumeln. Wir pferchten uns zu dritt auf die hintere Sitzbank. Kaum saßen wir im Wagen, stellte Fra Beato auch schon den Motor an und gab Gas. Der Wagen sprang zuerst rückwärts, zog eine Kurve, die meinen einsam wartenden Vater in Staub hüllte, und brauste dann geradewegs auf die Festung zu. Das Portal stand weit offen, Fra Beato fuhr hindurch, bremste plötzlich scharf, und wir nahmen im Gegenlicht die Gestalt eines Wachtpostens in englischer Uniform wahr. Der Mann salutierte.

»Die Post, Sir!«

Fra Beato nahm das Paket mit Zeitungen und Briefen, die der Wachtposten ihm aushändigte, und reichte sie wortlos Vivi. Diese legte die Post, ohne aus der Fassung zu geraten, auf ihre Knie, und Fra Beato gab erneut Gas. Vor uns war nur die Wand, doch knapp davor bog Fra Beato zur Seite. Der Wagen dröhnte und ratterte durch ein hohes Gewölbe, hüpfte über das Gestein wie ein Korken auf den Wellen, einem Viereck von großem blauen Licht entgegen. Oben bog der Wagen erneut scharf ab, tauchte durch ein zweites Gewölbe und fuhr dann unter freiem Himmel auf einer hohen und breiten Steinrampe ein Stockwerk höher. Zuletzt rollten wir auf ebenen Fliesen weiter und hielten ruckartig vor einer Lorbeerhecke.

»So, Kinder, aussteigen!«, sagte unser Gastgeber.

Wir befanden uns auf einer großen Terrasse, von brusthohem Mauerwerk, Bastionen und Zinnen umgeben. Auf der einen Seite befand sich eine Kapelle, in der Mitte ein kleiner Springbrunnen. Ein leichter Wind fuhr über alles hin; hier war es tatsächlich angenehm kühl. Fra Beato ging um den Wagen herum, öffnete Vivi die Tür, und diese rutschte leichtfüßig von der Sitzbank.

»Gehen Sie niemals zu Fuß?«, fragte sie liebenswürdig.

»Ich werde allmählich alt, und der Aufstieg ist steil.« Fra Beatos heisere Stimme klang belustigt. »Ich finde einen Wagen bequemer.«

»Ja, ich auch«, antwortete Vivi in ernsthaftem Tonfall. »Es schüttelt nur ein bisschen.«

»Daran gewöhnt man sich!« Fra Beato nahm die Post, die sie ihm überreichte, und nickte uns zu. »Kommt, Kinder! Ihr habt sicher Durst!«

Er ging voraus, mit weit ausgreifenden, elastischen und unhörbaren Schritten. Von einem alten Steinbrunnen kam das sanfte Plätschern der Wasserstrahlen, die in ein großes Becken fielen. Davor, im Laubschatten einer Pergola, stand ein runder Tisch mit mehreren Stühlen. Auf dem Tisch warteten zwei Flaschen Limonade auf uns, eine Anzahl Gläser und Kekse in einer Silberschale.

»Aber seht euch zuerst meine Fische an«, sagte Fra Beato.

Die Wasser kamen aus der Steinwand in glitzernden Fäden hervor, trafen die grünliche Oberfläche des Beckens, wo sie leichte Schauer, Blasen und kleine Wellenkreise erzeugten. An

der moosigen, nassen Wand lehnte das Halbrelief einer Muttergottes, die auf einer Mondsichel stand. Als wir uns über das
Becken beugten, tauchten geheimnisvolle Gestalten an die
Oberfläche empor. Fra Beato klatschte leicht in die Hände.
»Sie hören die Schallwellen«, sagte er.
Plätschernd und sich drängelnd sammelten sich die Fische
an der Stelle, aus der das Geräusch kam. Wir hatten noch nie
solche wunderbaren Fische gesehen; zwischen ihren Schuppen leuchtete ein Glanz von Gold, von Korallen und Rosen-
blüten. Wie lebende Blumen schaukelten sie anmutig im Wasser, reckten uns ihre bleichen Mäuler entgegen.
»Sie kommen aus Japan«, sagte Fra Beato.
»Schmecken die besser als Lampuki?«, fragte ich einfältig,
wobei ich auf unseren Nationalfisch anspielte, den ich nicht
besonders mochte.
»Jesus Maria Josef!« Fra Beato mimte entsetztes Schaudern,
und ich hätte mich am liebsten geohrfeigt. »Nein, es sind Zier-
karpfen. Für jeden einzelnen habe ich unverschämt viel Geld
ausgegeben. Sie sind zahm und lassen sich sogar streicheln.«
Peter griff behutsam ins Wasser. Doch der Karpfen entzog
sich der Berührung, glitt lautlos ins Dunkle zurück.
»Karpfen sind klug und unterscheiden sehr wohl die Gesichter«, erklärte Fra Beato. »Aber sie sind wie alle anderen
Fische, sie kommen, sobald man sie füttert.«
Er brachte eine kleine Tüte zum Vorschein, schüttete einige
Körner in unsere Hände. Wir hielten die Hände über das Wasser, und die Karpfen kamen tatsächlich, holten sich die Nahrung. Wir spürten die Berührung ihrer samtigen Mäuler.
»Sie werden noch wachsen«, sagte Fra Beato. »Ich be-
schränke mich auf diese vier, obwohl ich am liebsten zwanzig
hätte, aber da würde ihr Lebensraum zu eng.«
Eine Weile fütterten wir die Fische. Ich ärgerte mich, dass
ich gleich zu Anfang unangenehm aufgefallen war, aber Kinder werden schnell wieder unbefangen. Nur Giovanni schwieg.

173

Sein Gesicht zeigte auch nicht das geringste Lächeln. Als wir die Körner verteilt hatten, sagte Fra Beato in herzlichem Ton: »Setzt euch, Kinder! Und jetzt ... Limonade ist nur gut, wenn man sie mit Sodawasser und Zucker mischt.«

Er stellte uns eigenhändig das Getränk zusammen, gab eine Scheibe Zitrone hinzu und reichte jedem ein Glas.

»So schmeckt Limonade am besten.«

Vivi pustete in das Sodawasser, um es zum Schäumen zu bringen.

»Trinken Sie keinen Whisky?«, fragte sie.

Peter rollte entsetzt mit den Augen, doch Fra Beato antwortete völlig gleichmütig.

»Doch, das kommt vor. Aber nur ganz wenig Whisky und sehr viel Wasser, sonst werde ich ...«

»Beschwipst«, fiel ihm Vivi kichernd ins Wort.

Ich verpasste ihr einen Fußtritt unter dem Tisch, doch Fra Beato nickte ihr freundlich zu.

»Das ist beschönigend ausgedrückt, junge Lady. Die Wahrheit ist, dass mir Whisky Sodbrennen verursacht und ich deswegen Rotwein bevorzuge. Vor allem zu Pasta und zum Risotto.«

Sie nickte verstehend. Er lächelte, nahm einige kräftige Schlucke.

Es gibt Menschen, bei denen, sobald man ihnen nahekommt, die Scheinheiligkeit jeden Sinn verliert, weil diese Menschen außerhalb jeder Konvention leben und die anderen sogleich in ihre Unbefangenheit hineinziehen.

»Wohnen Sie hier oben ganz allein?«, fragte ich.

Er setzte sein halb volles Glas behutsam auf den Tisch.

»Eine Zugehfrau kommt allmorgendlich, macht mir den Haushalt und kocht. Und ich bin nicht so hilflos, dass ich mir abends das Essen nicht aufwärmen könnte. Außerdem wurden uns eine moderne Küche und ein modernes Badezimmer bewilligt. Rostige Rohre, Küchenschaben und ein verstopftes WC machen keinem von uns Spaß.«

Seine unkomplizierte Offenheit rief einen Grad der Übereinstimmung herbei, bei dem der Altersunterschied nicht mehr zählte. Er war auf eine besondere Art herzlich und verstand es, eine wahrhafte Gemeinschaft zwischen Kindern und einem Mann zu schaffen, der seit Langem schon aufgehört hatte, Kind zu sein. Auch Peter, der bisher steif wie ein Klotz vor seinem Glas gesessen hatte, taute allmählich auf.

»Gehört Fort St. Angelo Ihnen?«

Fra Beato antwortete sachlich, als ob er zu einem Erwachsenen sprach.

»Das Fort wurde als extraterritoriales Erbe dem Johanniterorden überlassen. Ich bin nur der Hüter dieser Stätte. Ich sage nicht, der Hauswart, mein Ego will geschont sein. Wir haben das Fort für neunzig Jahre, inzwischen sind dreißig vergangen. In sechzig Jahren wird Fort St. Angelo wieder Malta zufallen. Aber natürlich werde ich das nicht mehr erleben.«

»Und was wird dann aus dem Fort?«, hakte Peter nach.

Er schenkte ihm sein helles, unbeschwertes Lächeln.

»Das, junger Mann, kann mir schnurzegal sein.«

Ich fragte neugierig: »Haben Sie viel Besuch?«

Er hob die Schultern, gleichmütig.

»Bisweilen kommen interessante Menschen zum Fort.«

Peter lehnte sich vor: »Auch Könige?«

»Auch Könige und Königinnen«, sagte Fra Beato. »Aber nicht so oft, wie du vielleicht glaubst.«

»Sind sie mit Ihnen befreundet?«

Das Lächeln, das so belustigt, abgeklärt und voller Charme war, kam abermals auf Fra Beatos Lippen.

»Sie sind nur Besucher. Man kann mit ihnen nicht richtig befreundet sein. Und im Allgemeinen ist es nicht so, dass ich auf sie nicht verzichten könnte. Man muss auf ihre Empfindlichkeit Rücksicht nehmen. Denn auch Könige können nur das geben, was sie haben. Mit ihnen unterhalte ich mich so, wie sie Lust haben und es gewohnt sind. Aber nicht über Dinge, die wirklich wichtig sind.«

Er blickte auf eine kleine, verschlossene Schachtel auf dem Tisch. Ich hatte sie bereits zu Anfang bemerkt, ihr aber keine große Beachtung mehr geschenkt; die Karpfen waren interessanter gewesen. Doch jetzt hob Fra Beato mit liebevoller Geste den Deckel. Katschen. Eingebettet in Seidenpapier lag dort unser Fund, die heilige Puppe. Sofort bekamen wir es wieder mit der Angst zu tun. Tatsächlich hatten wir schon fast vergessen, warum wir denn eigentlich hier waren. Ich sah, wie Giovanni, der immer noch kein Wort gesagt hatte, sich auf seinem Stuhl duckte, dass er fast einen krummen Rücken bekam. Sein Gesicht war verhärtet, nahezu versteinert, und zwischen den Brauen zeigte sich eine tiefe frühreife Falte.

Fra Beato beachtete Giovanni nicht. Er hielt die Augen zärtlich auf die Tonfigur gerichtet, und seine Stimme schien von der gleichen sanften Rührung befallen.

»Bisweilen findet man solche Figuren, aber selten von der Zeit unbeschädigt. Diese ist unversehrt und vollkommen, ein schieres Wunder. Seit Jahrtausenden ruhte sie in tiefer Dunkelheit und wartete. Auf die Kinder vielleicht, die ihr das Tageslicht zurückgeben würden?«

Er stellte die Frage wie beiläufig und als ob er laut dachte, doch bei diesen letzten Worten hob Giovanni jäh die Augen – was er noch kaum getan hatte, seitdem wir Platz um den Tisch genommen hatten – und hielt sie fasziniert auf Fra Beato gerichtet. Ein Gefühl von Erleichterung und Dankbarkeit entspannte seine beweglichen Züge. Für mich war dieser Ausdruck äußerst vielsagend; er zeigte mir, dass er endlich Vertrauen fasste und spürte, dass er in diesem Mann einen Verbündeten hatte, keinen Feind, der ihn richten oder bestrafen würde. Und als ob Fra Beato diesen Ausdruck gesehen und sofort gedeutet hätte, richtete er seine klaren Augen auf den Jungen und fragte: »Bist du es, mein Sohn, der diese Figur gefunden hat?«

Giovanni deutete ein bejahendes Zeichen an. Als er sprach – und es war das erste Mal –, verspürte ich eine Gänsehaut, so leise und rau klang seine Stimme.

»Sie lag zwischen den Armen der Toten.«

»Welche Tote, mein Sohn?«

»Die, von der wir das Skelett gefunden haben«, mischte sich Vivi vorlaut ein. »Den Schädel, die Wirbelsäule... Die meisten Knochen hatten sie schon herausgeschafft, aber nicht alle.«

»Ja, in den Zwanzigerjahren wurden Ausgrabungen vorgenommen.«

Fra Beato sah sie ernst an und nickte. Er fragte uns nicht aus, sondern ließ uns erzählen. Sogar Peter wurde zunehmend mutiger.

»Da waren noch ein Ring und ein kaputtes Armband. Und eine Halskette. Grüne Perlen.«

»Habt ihr die Sachen auch genommen?«

»Nein«, sagte ich. »Wir wollten die Tote nicht stören.«

Er antwortete langsam und nachdrücklich.

»Ja, wir sollen nur nehmen, was die Toten uns schenken. Habt ihr gewusst, dass die Höhle einst eine heilige Stätte war? Dass nur die Priesterinnen sie betreten durften? Und dass nur Priesterinnen in der Höhle ihre letzte Ruhestätte fanden und kein Mann jemals in der Kultstätte begraben wurde?«

Wir saßen stumm da. Woher sollten wir das wissen? Nur Vivi nickte mehrmals zustimmend mit dem Kopf und sagte in ihrer selbstsicheren Art: »Die Frau hieß Persea. Ich weiß es genau.«

Falls Fra Beato erstaunt war, verriet er es mit keiner Bewegung.

»Wie kommst du auf diesen Namen?«

Vivi erwiderte seinen Blick, wich ihm nicht aus. Sie hatte wieder ihre monotone Stimme, ihren fernen Blick.

»In der Höhle, da wurde es mir plötzlich schlecht. Ich meine, ich hatte plötzlich blaues Wasser vor den Augen, und

177

dann sah ich die Frau, wie sie aussah, als sie noch lebte. Sie war dick, aber wunderschön. Und da hat sie mir auch ihren Namen gesagt.«

Fra Beatos Blick ruhte weiterhin auf ihr, und ich fragte mich, welche Gedanken wohl hinter den ruhigen blauen Augen vorbeiziehen mochten.

»Kind«, sagte er schließlich sehr sanft, »erlebst du oft solche Dinge?«

»Ach, das kommt einfach so! Mitten in der Nacht und manchmal auch im Unterricht. Die Lehrer sagen, dass ich krank bin, aber ich bin nicht krank, überhaupt nicht. Mir wird es nur komisch. Und wenn sie mir eine Tablette geben, spucke ich die gleich wieder aus.« Vivi sprach schnell und sicher, wobei ihre profane Redeweise ein nicht auszumachendes spezifisches Merkmal trug, den Ausdruck guter Herkunft. Fra Beato ließ sie nicht aus den Augen.

»Hat die Frau noch etwas anderes gesagt?«

»Ach, sie hat gesagt, dass sie Giovanni ein Geschenk machen will. Diese Figur eben. Aber Giovanni wollte von Anfang an, dass sie in ein Museum kam. Er hatte Angst, dass sein Onkel sie zerschlagen würde.«

»Zerschlagen?«, wiederholte Fra Beato, als ob er seinen Ohren nicht traute.

Giovannis Gesicht lief rot an.

»Er sagt, was von den Teufelsanbetern kommt, muss vernichtet werden.« Vivi zog die Schultern hoch.

»Er ist eben Priester.«

Fra Beatos Gesichtsausdruck veränderte sich kaum merklich, und doch gewann sein Blick zunehmend eine ganz andere, eine strengere und traurige Färbung. Und vielleicht, weil er bewegt war, wurde seine Stimme noch leiser, als er sagte:

»Es gibt Gewissheiten, die auf Unwissenheit beruhen. Der Schauer der Ehrfurcht, den ein Kind freudig zulässt, wird für manche von uns ein Schauer der Angst. Wir spüren: Es gibt

178

ein anderes, das sich jeder Erklärung entzieht. Aber das ist nicht das Entscheidende. Entscheidend ist vielmehr, welche Gedanken in unserer Vorstellung ihre Wirkung tun. Der Teufel denkt nur an uns, wenn wir an ihn denken.«

Wir sagten kein Wort. Nicht alles begriffen wir; vor allem blieb uns der letzte Satz dunkel.

»Es tut mir leid, Kinder, ich wollte nicht ins Schwatzen kommen.« Fra Beato straffte sich ein wenig. »Ihr sollt aber wissen, dass das Knochenhaus seit mehreren Zeitepochen bestand. Ihr wart noch nicht geboren, als ein starkes Erdbeben die Gegend um Valletta erschütterte. Steine zerbrachen, der Erdboden wurde aufgerissen. Daran wird es wohl liegen, dass die Gebeine zum Vorschein kamen.«

Er sprach zu uns, als ob wir Erwachsene, Gleichwertige wären. Sein Ton war völlig sachlich, erklärend, aber nicht mahnend oder belehrend. Und Vivi, die das genau spürte, erklärte voller Überzeugungskraft: »Ich habe wirklich mit Persea gesprochen, das müssen Sie mir glauben.«

Er lächelte ihr zu.

»Ich glaube dir jedes Wort, junge Lady. Persea, die weibliche Form von Perseus, bezeichnet gleichsam die dunkle, zornige Mutter und die gütige, barmherzige und alles verzeihende. Ich denke, ihr Name macht auf eine Wahl aufmerksam: Der Mensch, diese unfertige Kreatur, bewegt sich zwischen Blindheit und Klarsicht. Denn die Schöpfung ist noch im Werden. Und es mag durchaus sein, dass wir sie zerstören, bevor Gott sie beenden kann.«

Er schloss kurz die Augen und rieb sich die Stirn. Seine Stimme klang plötzlich müde.

»Kinder«, fragte er dann, »wie habt ihr denn diesen Ort entdeckt?«

Wir tauschten Blicke. Unsere Geheimnisse hatten wir den Eltern größtenteils verschwiegen. Aber Fra Beato konnte sie aus uns herauslocken, wie man einen Vogel aus dem Wald lockt. Fast war's uns, als ob wir darauf gewartet hätten. Wir erzählten ohne richtige Folge, sprachen von allem fast gleichzeitig: von unseren Streifzügen in die Grabkammern, von unserer Vertrautheit mit den Toten und von dem Unfall schließlich, der Giovanni fast das Leben gekostet hätte. Als wir erschöpft schwiegen und nachdem Fra Beato unsere Gläser frisch gefüllt hatte, sagte er, als ob er laut dachte: »Wir beten zu den Engeln und glauben, sie seien fern. Es ist ganz natürlich, dass wir uns manchmal von ihnen verlassen fühlen. Aber die Engel sind immer da und halten ihre Schwingen über uns.«

Er hob mit behutsamen Händen die Tonfigur aus der Schachtel und lächelte Giovanni an. Es war ein Lächeln, das aus den Augen kam wie klares blaues Licht.

»Die Priesterin hat dir ein Geschenk gemacht. Du aber hast entschieden, das Geschenk sei nicht für dich bestimmt, sondern für Malta. Und Malta wird dir dafür dankbar sein.«

Giovanni senkte verlegen den Blick. Fra Beato sprach weiter.

»Malta ist alt, sehr alt. Von den Menschen, die hier vor langer Zeit lebten, wissen wir nur, dass ein Teil von ihnen aus Libyen kam. Sie wohnten in Behausungen aus roh behauenen Steinen, pflanzten Oliven, Gerste und Reben an. In ihrem Blut lebte der alte Glaube an die Herrin des Mondes, die das Korn zum Reifen brachte. In Libyen trug sie den Namen Astarte. Ihr zu Ehren wurden auf Malta Tempel erbaut, die eine runde Form hatten, dem Mutterleib nachempfunden. Gewaltige Steine wurden auf Baumstämmen transportiert, um Hügel herumgerollt und über Ströme gefahren. Es ist uns noch heute ein Rätsel, wie die Menschen dieser Zeit mit Winden und Hebeln Blöcke aufrichteten, die wir ohne Maschinen nicht bewegen könnten. Gewiss gab es ein Geheimnis, wie diese Steine aufzurichten waren, denn solche Bauten finden wir ja auf der ganzen Welt. In den Tempeln betete man zur Großen Mutter und brachte ihr Opfer dar.«

Er trank einen Schluck, und ich fragte gespannt:

»Auch Menschenopfer?«

Peter bewegte sich unruhig, und Vivi stieß mich mit dem Ellbogen an. Fra Beato antwortete mit gleichmäßiger Stimme.

»Das war nicht ungewöhnlich. Erzählt nicht das Alte Testament, wie Abraham das Messer über seinem Lieblingssohn schwang und Jahwe ihm Einhalt gebot? In wenigen Worten wird hier eine Bewusstwerdung geschildert, die in Wirklichkeit eine ganzen Zeitepoche beanspruchte – viele tausend Jahre –, bis die Menschen eine neue Stufe ihrer Entwicklung erreichten. In einigen Teilen der Welt ist dieser Vorgang noch heute nicht ganz abgeschlossen.«

Vivi betrachtete ihn einen Augenblick, und ihre kindlichen Züge waren leicht verkniffen, bevor sie widerstrebend sagte: »Eigentlich wollte ich nicht davon reden, aber wenn kein Regen fiel, warfen sie kleine Kinder in den Brunnen. Zuerst wurde ihnen eine schöne Geschichte erzählt, damit sie keine Angst hatten. Und wenn es so weit war, merkten sie nichts, man hatte ihnen ja vorher… äh… Pillen gegeben, na ja, Sie wissen schon. Sonst wäre es wirklich zu brutal gewesen.«

Fra Beato antwortete nicht gleich. Doch sein Ausdruck erlaubte es uns, genau die Länge des Weges zu ermessen, die wir in Richtung auf ein gegenseitiges Vertrauen zurückgelegt hatten. Schließlich brach er mit einem Seufzen das lastende Schweigen.

»Ja, das mochte vorkommen. Und es waren die Priesterinnen, die bestimmten, wann der Augenblick des Säens oder der Ernte kam, und es den Bauern mitteilten. Und brauchten die Bauern einen Rat, verbrachten die Priesterinnen eine Nacht schlafend im Tempel, und die Himmelsmutter sandte ihnen einen Traum, den sie an ihre Bittsteller weitergaben. Diese Tonfigur mag gleichsam die Priesterin und die Himmelsmutter darstellen, die in ihrem Schlaf die Menschheit erträumt. Und als der heilige Paulus Jahrtausende später nach Malta kam und den Glauben verkündete, war es nicht so, dass er der Himmelsmutter die Ehre verwehrte. Der Apostel wusste, dass Maria, die Mutter Jesu, die Kraft des Vaters mit der Kraft des Sohnes verbindet, dass sie Empfängerin und Gebende ist und Himmel und Erde sich in ihr vereinen. Es ist wahrlich kein Zufall, dass die heilige Muttergottes fast immer mit den Sinnbildern des unendlichen Himmels dargestellt wird, mit der Mondsichel oder der Sternenkrone ...«

Er deutete auf die Steinfigur an der Brunnenwand. Die Muttergottes stand in einer Vertiefung; Feuchtigkeit und Alter umhüllten sie mit einem Mantel aus samtigen Moosen, doch unter ihren kleinen Füßen war die Mondsichel deutlich erkennbar.

Wir blickten sie an; es war, als sähen wir sie mit neuen Augen. Dann wandten wir uns wieder zu Fra Beato herum. Er lächelte, aber sein Gesicht trug den Ausdruck einer tiefen Melancholie.

»Nun, Kinder, all das war ein wenig zu schwer für euch. Aber wenn ihr einmal älter seid und es verstehen könnt, werdet ihr euch an manches erinnern.«

Wir sagten kein Wort, wir nickten nicht einmal, rührten auch die Limonade nicht an. So saßen wir eine Weile, und nur der Wind spielte in den Oleanderbüschen, und die Fahne des Malteser Ordens ließ ein sirrendes Knattern hören. Wir kamen uns wie auf einem Schiff vor, das in transparenter Luft durch Raum und Zeit segelte.

Schließlich brach Fra Beato das Schweigen, doch seine nächsten Worte galten Giovanni.

»Die Erde, von Gottes Atem beseelt, ist das Gedächtnis der Schöpfung. Dein Geschenk ist für Malta sehr wertvoll. Und ich kann dir versichern, dass die Schlafende im Nationalmuseum für Archäologie einen Ehrenplatz einnehmen wird.«

Giovanni, der den Blick auf die Tonfigur hielt, hob plötzlich die Augen, während ein kleines erleichtertes Lächeln seine verschlossenen Züge verklärte.

»Das wird ihr sicher Freude machen.«

»Du bist klug, mein Sohn, sehr klug«, sagte Fra Beato. »Was willst du werden, wenn du groß bist?«

Giovannis Augen behielten ihren ruhigen, friedlichen Glanz.

»Mein Onkel, Pater Antonino, will, dass ich das Priesterseminar besuche.«

»Schön, dass er dich unterstützt«, antwortete Fra Beato, wobei seinen Worten nicht zu entnehmen war, ob man ihn über Giovannis Herkunft unterrichtet hatte. Er trank sein Glas aus, stand ein wenig steif von seinem Stuhl auf und reckte sich.

»Kinder, es wird Zeit, andere Aufgaben warten auf mich. Doch ich möchte euch noch etwas zeigen.«

Er führte uns über die Terrasse; das alte Portal der Normannenkapelle stand offen. Drinnen war die Luft transparent und kühl. Wir beugten das Knie, befeuchteten unsere Finger in der kleinen Schale voller Weihwasser und schlugen das Zeichen des Kreuzes. Dann gingen wir lautlos und eingeschüchtert über die Steinplatten; es war nur eine kleine, schlichte Kirche, aber sie trug in sich eine fühlbare Größe, eine Erhabenheit und Entrücktheit, die uns in ihren Bann schlug. So schmucklos war das scharf geschnittene, noble Gewölbe, dass es dem Geist allen Raum bot, sich zu öffnen, sich emporzuschwingen. In gewisser Weise existierte hier eine unerforschliche Dimension, eine spürbare Verbindung zu der Vergangenheit, die in einem großen Bogen zur Ewigkeit führte. Wir Kinder, die noch so nahe am Paradies lebten, spürten deutlich diese Kraft, die aus dem Nichts geboren wurde. Und wenn wir auch nicht wussten, wie sie entstand und woher sie kam, berührte sie doch unser Herz. Aber es war erforderlich, dass Fra Beatos Blick den unseren begegnete, damit er bestätigte, was wir empfanden.

»Die Kirche ist Marias Mutter, der heiligen Anna, gewidmet. Es gibt keinen Prunk, das Auge wird nicht abgelenkt. Die

183

Erbauer von damals wussten, dass ein Gotteshaus nichts anderes zu sein hat als ein Gehäuse für den Geist. Hier hat Gott nichts – weil er alles hat.«

Er ging langsam weiter, geleitete uns zu einer im Boden eingelassenen Grabplatte. In den Stein waren ein Name, ein Geburts- und ein Todesjahr eingraviert. Fra Beato gab Giovanni ein Zeichen, damit er den Namen las. Er sprach ihn halblaut aus, bevor er seine erstaunten Augen wieder auf Fra Beato richtete.

»Jean Parisot de la Valette.«

Peter fuhr leicht zusammen.

»Der Großmeister, der die Türken zurückschlug?«

»Ebender«, sagte Fra Beato, den Blick unverwandt auf die marmorne Grabplatte gerichtet.

»Hier wollte er bestattet werden. Er hatte genaue Anweisungen gegeben. Doch später wurden seine sterblichen Überreste in die Kathedrale überführt, wo sie heute noch ruhen. Ob es ihn glücklich macht oder nicht, kann ich nicht sagen. Oft, wenn ich hier zu nächtlicher Stunde bete, ist mir, als würde ich seine Stimme vernehmen. Er spricht, die Worte sind irgendwo in mir, aber nach dem Gebet ist ihr Klang schon verblasst. Ich kann mich nicht an sie entsinnen. Vielleicht reicht mein Gedächtnis nicht aus, oder mein Ohr ist verhärtet ...«

Wir tauschten Blicke, die er auffing, denn er seufzte kurz auf.

»Lasst uns gehen, Kinder, hier ist ein Ort für alte Männer.«

»Aber Sie sind ja noch gar nicht so alt«, meinte Peter treuherzig.

»Danke, mein Sohn, das höre ich gerne, obschon mir meine Knochen etwas anderes sagen.« Fra Beato lächelte leicht und wies uns mit einer Handbewegung den Weg.

»Das, was ich euch zeigen will, befindet sich dort drüben.«

Wir folgten ihm hinaus auf die Terrasse. Geschmeidig, ein bisschen nach vorn geneigt, ging er auf ein kleines Gebäude zu, das an der wuchtigen Mauer lehnte. Fra Beato stieß eine Holztür auf, wir betraten einen kleinen, offenbar unbewohnten Raum. Durch zwei Fenster mit schmiedeeisernen Gitterstäben fiel das Licht auf pastellfarbene Teppiche, auf große und kleinere Statuen aus Holz, manchmal nur Köpfe, die wie mit Öl eingerieben glänzten. Auf Regalen standen Puppen aus Porzellan, mit weißen Gesichtern, kirschroten Lippen, in verblichene Seidengewänder gehüllt. Blau schimmernde Vasen, mit Blüten und Zweigen, mit Kranichen und geflügelten Drachen bemalt, standen auf dem Boden und waren noch größer als wir. An den Wänden hingen, Kirchenbannern ähnlich, lange Seidenbilder in grünen und gelben Schattierungen, die geheimnisvolle Schriftzeichen und fremdartige Menschen zeigten, alle nur in schwarzen Strichen gemalt.

Fra Beato sah amüsiert zu, wie wir staunten.

»Die Kunstwerke sind mehrere Jahrhunderte alt. Einige unserer Ordensbrüder reisten auf der Seidenstraße nach China, das sie Cipangu nannten, und kamen mit diesen Sachen in die Heimat zurück.«

Er näherte sich einer Tür im Hintergrund, die er mit lautem Knarren entriegelte. Die Tür sprang auf, gab einer Lichtwelle Einlass, die den ganzen Raum durchflutete. Wir schlossen geblendet die Augen, wichen zurück, doch Fra Beato gab uns ein Zeichen, näher zu kommen. Wir machten zögernd ein paar Schritte, als ob die Öffnung, auf die wir uns zubewegten, steil in glitzernde Tiefen fiel. Befangen und mit blinzelnden Augen traten wir auf einen schmalen, hölzernen Balkon mit Sitzen an den Seiten. Und da wagten wir kaum zu glauben, was wir sahen, und schlossen die Augen, geblendet und voller Angst, das Bild könnte sich von einem Herzschlag zum anderen wieder in nichts auflösen. Vorsichtig öffneten wir sie wieder … nein, alles, was wir sahen, war Wirklichkeit! Unter uns leuchtete der Great Harbour von Valletta, eine fast wellenlose, tiefblaue Fläche, mit seinen Frachtern, Yachten und Segelbooten. Über den

Hafenmauern reihten sich die aufgerichteten Stahlglieder der Kräne. Es gab keinen Hitzedunst mehr. Der Himmel war ganz blank und von lockender Leichtigkeit. Die gelben Häusermassen, von der Sonne schräg beleuchtet, schienen ferne, zerfließende Grenzen zu berühren. Wir waren wie verzaubert, weder erschrocken noch erstaunt. Es war ein Bild, das uns den Atem raubte. Und als ob Fra Beato nicht wollte, dass der Ton seiner Stimme den Zauber brach, zeigte er nur wortlos mit der Hand. Und da sahen wir, wie ein Ozeandampfer sich gerade in diesem Augenblick in Bewegung setzte. Das Schiff trug den Namen »Vittoriosa«, war mindestens fünf Stockwerke hoch, mit gelben Schornsteinen und unzähligen Bullaugen. Langsam kam es auf uns zu, einem schwebenden Gebäude ähnlich, denn das Wasser lag unentwegt glatt und ruhig da. Keine rauschenden Wellen, keine gischtigen Wogen. Wuchtig und still näherte sich das Schiff, sein Bug teilte das Wasser wie Seide. Unten, aus einem Bullauge, plätscherte ein Wasserstrahl hinab, und bald konnte man das Deck voller Leute sehen, die dicht gedrängt wie die Ameisen die Ausfahrt aus dem Hafen beobachteten. Und nun glitt, himmelhoch und ganz nahe, der Dampfer an Fort St. Angelo vorbei, sodass wir in dem Steuerhaus auf der Kommandobrücke ganz deutlich den Kapitän und seine Offiziere erblickten, die das Schiff aus dem Hafenbecken lenkten.

»Also, Kinder«, rief uns Fra Beato zu, »wollt ihr nicht den Kapitän grüßen?«

Es war, als ob wir nur auf diese Aufforderung gewartet hätten. Wir hüpften, sodass die alten Bretter dröhnten und bebten, jauchzten, schwangen die Arme. Und da – in diesem Augenblick –wandte sich der Kapitän uns zu, hob die Hand an seinen Mützenschirm und grüßte. Und alle Offiziere taten es ihm nach. Und dann plötzlich war es, als ob Himmel, Wasser und Erde gleichzeitig explodierten. Die gewaltige Schiffssirene warf uns ihren Gruß zu, in einer Lautstärke, die die Luft

in mächtige Schwingungen versetzte. Das Getöse ließ erregte
Möwenschwärme aufsteigen, die kreischend über St. Angelo
fegten, der Dampfer nahm langsam und majestätisch Kurs
auf die Hafenmündung und zog im Wasser eine schäumende
Bahn, über der unzählige Vögel wirbelten und kreischten.
Dann drehte das Schiff leicht ab, bevor es die Einfahrt passierte. Wir aber hüpften und winkten noch lange, atemlos,
geblendet, trunken vor Freude. Und dann sahen wir uns an,
traumbefangen und fassungslos, und konnten nicht aufhören
zu lachen, während das Schiff sich entfernte und Fra Beato
die hölzernen Läden schloss. Da fiel Dunkelheit in den Raum,
und wir wurden still. Der Besuch war vorbei. Hinter Fra Beato
gingen wir über die Terrasse zum Wagen. Und diesmal war es
Giovanni, der darum bat, neben ihn auf den Vordersitz klettern zu dürfen.

»Halt dich gut fest!«, sagte Fra Beato mit einem Blick auf
Giovannis verbundenen Arm.

Er gab Gas; der Motor knatterte, bevor die Fahrt mit voller
Geschwindigkeit nach unten ging. Am Tor stand der Wachtposten stramm und salutierte, und wir salutierten übermü-
tig und begeistert zurück. Und dann fuhr der Wagen aus dem
Tor, und wir sahen das Auto meines Vaters und meinen Vater
selbst, der uns aussteigen sah und misstrauisch unseren Übermut und unser Gelächter zur Kenntnis nahm.

»Ich hoffe«, sagte er steif, »dass die Kinder sich anständig
benommen haben.«

»Sie waren geradezu vorbildlich.«

Fra Beato kniff uns ein Auge zu, worauf wir uns anstießen
und überdreht kicherten, was bei meinem Vater ein missbil-
ligendes Stirnrunzeln auslöste. Doch Fra Beato sagte: »Keine
Sorge, Geoffrey, für solche Besuche bin ich dankbar. Sie hinterlassen ein großes Glücksgefühl in mir.«

Er sprach lächelnd, aber mit einer Spur von Kühle, ganz
gering nur, sodass mein Vater sie nicht einmal zur Kenntnis

nahm. Es war, als ob er wider Willen in eine Rolle zurückfand, für die er nur noch Überdruss empfand.

»Was die Tonfigur betrifft, Sie werden ein offizielles Schreiben erhalten. Und es gibt Maßnahmen, die bald getroffen werden müssen. Maltas Geschichte soll der Nachwelt erhalten bleiben. Aber darüber reden wir noch.«

Er verabschiedete sich von meinem Vater, drückte jedem von uns die Hand. Als jedoch Giovanni an der Reihe war und er ihm die Hand auf die Schulter legte, bemerkte ich erneut diesen seltsamen Ausdruck in seinen Augen. Es war, als ob er auf ferne Dinge blickte, die uns fremd und verborgen waren, ihn aber mit einem Vorgefühl von Schmerz erfüllten.

»Du wirst ein guter Priester werden«, sagte er, und wieder war diese schwere Melancholie in seiner Stimme. »Wenn Gott es will und die Menschen es zulassen.«

17. Kapitel

Jahre später sagte Peter zu mir: »Dass etwas mit Giovanni nicht stimmte, spürten wir doch.«

Das war bei diesem Ausflug auf Rügen, als wir uns endlich entschlossen, die Fäden der Erinnerung zu entwirren. Bisher hatten wir die Vergangenheit von uns ferngehalten, auf Armeslänge außer Reichweite. Solange wir einigermaßen jung waren, funktionierte das. Aber unser Kopf war voller komplizierter Geschichten und Situationen, das ungesunde Balancieren zwischen Stummsein und Verdrängung führte zu nichts außer zu einer diffusen Lebensqual. Wir mussten da einiges herauskramen. Was hatten uns die Jahre geschenkt? Gewiss keine Gleichgültigkeit, nein, nur innere Distanz. Peter und ich hatten das Gefühl, einander zu verstehen, obwohl ich im Stillen dachte, dass dieser Eindruck täuschte. Immerhin, wir hielten gemeinsam die Fäden und entwirrten das Knäuel.

»Wer etwas zu vertuschen hat, wird still«, sagte ich. »Giovanni war vorzeitig einsilbig geworden. Das fiel auf.«

»Er schien immer abgelenkt. Am Anfang wussten wir ja nicht, warum. Mit dir hat er immerhin geredet. Mit mir nicht – kein einziges Wort.«

»Das stimmt«, sagte ich, »mir hat er einiges erzählt. Aber es hörte sich so merkwürdig an!«

Ja, wir waren unschuldig, aber Unschuld ist immer etwas anderes als das, wofür man es hält. Ach, was hatte ich in Giovannis Augen gesehen, eine beunruhigende Trübung oder bereits die kommenden Schatten, das Vorgefühl einer Angst?

Die Zukunft bewegte sich lautlos, wie sie es für gewöhnlich tut.

Und in der Zeit, von der zwischen Peter und mir die Rede war, geschah einiges in Hal Saflieni. Nach Jahren der Vernachlässigung sollten die Grabkammern der Öffentlichkeit wieder zugänglich gemacht werden. Die unterirdische Tempelanlage zog Archäologen und Historiker an, Berichte erschienen in der lokalen und internationalen Presse, Sendungen wurden im Fernsehen gezeigt. Als die Baugenehmigungen erteilt waren, ging alles ziemlich schnell. Man schuf ein Museum, einen Multimediaraum. Anstelle der Leitern führt heute eine Wendeltreppe aus Stahl von der Oberfläche bis zum zweiten Stock. Eine aufwendige Lichtanlage beleuchtet die verschiedenen Kammern, bevor eine Anzahl Steinstufen abwärts zum dritten Stock und zu einer schmalen Brücke führen, die sich von Besuchern nur einzeln betreten lässt. Die Touristen ziehen den Kopf unter den wuchtigen Steinbogen ein. Man zeigt ihnen die Kammern der Priesterinnen, den Orakelraum mit seinem vielfältigen Echo. Führe ich selbst Besucher hinab, erkläre ich, dass der Tempel fortwährend renoviert wird, dass die Temperatur konstant bleiben muss, damit keine feuchte Atemluft die Malereien und Symbole beschädigt. Mein Mund spricht die Worte, während meine Augen bemerken, wie Ocker und Schwarz unaufhörlich verblassen, wie sich die Spiralen vor dem Licht in die Mauer zurückziehen. Einst tänzelten wir über Stege durch kapellenartige Räume, balancierten über Abgründe hinweg, von denen wir nicht einmal wussten, dass sie vorhanden waren: Das Licht der Taschenlampe reichte nicht aus, um sie ganz zu beleuchten. Jeder Raum war eine Falle, es gab Treppen, die in Gruben führten oder ins Nichts. Heute, da ich die Gefahren schaudernd ermesse, frage ich mich, welche magische Kraft es wollte, dass wir unversehrt blieben.

Ich finde mich damit ab, dass die Tempelanlage in Pawla-Square ein begehrtes Ziel für Touristen wurde, die gelegentlich historisch interessiert, meistens aber nur sensationslüstern sind. Zu der Zeit aber, als die Stätte ausgebaut und renoviert wurde, gingen wir noch zur Schule. Vivi erregte Anstoß mit ihren rot gefärbten Haaren, und Peter wurde eine stärkere Brille verschrieben. Sein Vater wollte, dass es eine gute und teure war; sie kauften ihm ein Horngestell, das in der Hitze schnell brüchig wurde. Peter hasste die Brille, die seinem empfindsamen Gesicht einen frühzeitig gealterten Ausdruck gab und immer mit Sand verschmiert war. Hinter den Gläsern richtete sich sein vergrößerter, scheuer Blick immer wieder auf Giovanni, der ja seit diesem Jahr die gleiche Klasse besuchte. Giovanni zog aus den Unterrichtsstunden größeren Nutzen als wir, denn er gab sich mehr Mühe, wollte er doch Don Antonino nicht enttäuschen, den gütigen Onkel, der ihn aus einem unglaublich kümmerlichen und brutalen Leben gerettet hatte. Giovanni sprach immer wieder von ihm, und bruchstückweise reimte ich mir einiges zusammen. Don Antonino hatte ich ja nur einmal gesehen, als er Giovanni im Krankenhaus besuchte, und ich erinnerte mich an seine strengen Züge, an seine Erscheinung, jugendlich, feierlich und düster zugleich. Ich wurde aus ihm nicht klug, aber Giovanni erzählte, dass er Rhetorik studiert hatte und Latein – die Sprache Ciceros – sowie Griechisch – die Sprache Sokrates' – beherrschte. Auf Giovanni war er aufmerksam geworden, als seine Kusine Santuzza, diese bedauernswerte Kreatur, ihn zur Beerdigung ihres letzten behinderten Kindes rufen ließ. Giovanni ließ dabei durchblicken, dass der frühe Tod des Kindes vielleicht nicht nur der Lungenentzündung zuzuschreiben war, der es angeblich zum Opfer gefallen war. Don Antonino wusste, dass die Familie zu der übelsten Sorte gehörte, dass die Töchter ein liederliches Leben führten und die Söhne, die alle wie Afrikaner aussahen, mit blendend weißen Zähnen unter ungepflegten Bärten, ein schlimmes Pack waren. Pater Antonino mochte sich an diesem schmutzigen, unzivilisierten Ort sehr unbehaglich und trotz seiner Soutane nahezu bedroht fühlen. Die buschigen Brauen, die dicken, blutroten Lippen des Sippenoberhaupts flößten ihm ebenfalls Angst ein. Emilios Hass gegen die Gesellschaft wurzelte tief: Er war durch seine Frau reich geworden, aber jeder spuckte vor ihm aus, weil er schlechte Manieren hatte. Don Antonino mochte bemerkt haben, dass der jüngste Sohn – Giovanni – ganz anders war, dass er fehl am Platz erschien, unglücklich und einsam in dieser gewaltbereiten Familie. Giovanni erzählte:»Als Don Antonino mich fragte, was denn mein größter Wunsch sei, sagte ich: ›Ein Buch lesen können.‹ Daraufhin verpasste mir mein Bruder Marco einen Fußtritt. ›Hinaus mit dir, Taugenichts! Geh und melke die Ziegen, du Bettler!‹«

Ich hörte Giovanni zu und war erschüttert.

Diese Leute besaßen noch in vollem Maße das alte Vorurteil, nach dem jeder gebildete Mensch verächtlicher ist als die Viehhirten und die Tagelöhner. Denn was war ein Gebildeter, wenn nicht ein Weichling?

Giovanni hatte nie geglaubt, dass von Don Antonino Hilfe kommen könnte. Doch er kam des Öfteren und unterhielt sich mit ihm. Don Antonino war für ihn fast wie ein Heiliger. Wenn er an der Tür erschien, war es für Giovanni, als ob die Sonne aufging. Die Besuche des Priesters wurden nicht gern gesehen; nur Santuzza bemühte sich sehr, mit ihren dürftigen Vorräten eine schmackhafte Mahlzeit zu bereiten. Versuchte Don Antonino mit den Brüdern ein freundliches Gespräch anzufangen, beantworteten diese nur mürrisch und einsilbig seine Fragen, und der Alte rauchte seine Zigarette, die abscheulich stank, wobei er sich fragte, was der Priester denn eigentlich im Kopf hatte. Kein Wunder, wurde doch selbst Don Antonino aus dem Wirrwarr der eigenen Gefühle wahrscheinlich nicht klug. Don Antoninio entkam dem Dilemma, indem er einen Entschluss fasste. Er schlug dem Vater vor, für Giovannis Bildung aufzukommen und, falls er das Zeug dazu hatte, ihn später aufs Priesterseminar zu schicken. Der Alte, der mit den Behörden permanent auf Kriegsfuß stand, erwog blitzschnell Gewinn und Verlust; ein Priester mochte sich nützlicher erweisen als ein Bandit mehr in der Familie. Diese Sorte hatte er ja bereits im Überfluss. Verhielt sich sein priesterlicher Sohn loyal – und Emilio würde schon dafür sorgen, dass man ihm die Zügel straff hielt –, würde er später als Vermittler auf praktische Weise eingesetzt werden können. Der alte Emilio vermied allerdings, jede Art von gierigem Interesse zu zeigen, ging erst nach vorgespieltem Zögern auf den Vorschlag ein, und beide Männer schüttelten sich die Hände, wobei Don Antonino angeekelt die seine schnell zurückzog. Don Antonino schaffte es auch, darauf hinzuwirken, dass Giovanni anständig ernährt wurde und das gleiche Essen wie seine Geschwister bekam, statt nur die Reste, wie bisher. Auch den Brüdern wurde die Lektion erteilt; sie sorgten fortan dafür, dass Giovanni nicht mehr mit Blutergüssen zur Schule ging.

So ging das eine Zeit lang gut: Giovanni lebte in einem besonderen Universum, in einer Welt eigener, ganz besonderer Erfahrungen. Er sah die offenen Möglichkeiten von Gut und Böse, ohne selbst davon Gebrauch zu machen. Er hatte gelernt, dass Gott nur jene strafte, die aus freien Stücken den bösen Weg einschlugen; instinktiv wusste er, dass es der Fall bei seinen Geschwistern war, aber solange er nicht gezwungen wurde, sie auf diesem Weg zu begleiten, war es nicht seine Sache. Allerdings erwartete er mit Bangen den Herbst, wenn die Zugvögel auf ihrem Weg zwischen Europa und Afrika Zwischenstation auf Malta machten. Es gab noch kein Gesetz, das die Vögel schützte, und Giovannis Brüder zogen, sobald es hell wurde, zur Jagd.

Sie ballerten einfach los, zum Vergnügen. Fischadler, Falken, Lerchen, Reiher und viele andere Arten fielen ihren Schüssen zum Opfer. Daneben war es auch ein gutes Geschäft für sie: Die größten und schönsten wurden ausgestopft und als Trophäen an Touristen verkauft. Giovanni blutete das Herz. Auf seinen einsamen Streifzügen fand er haufenweise Hülsen von Schrotpatronen und nicht selten tote oder schwer verletzte Vögel. Er konnte nichts für sie tun. Er verscheuchte die Fliegenschwärme, die an den faulenden Wunden klebten, sah hilflos zu, wie die Tiere qualvoll verendeten. Für die toten grub er ein Loch aus, das ihrer Größe entsprach. Mit zwei dünnen Ästen bastelte er ein kleines Kreuz und rammte es in die lockere Erde. Er bildete einen Kreis mit ein paar Kieseln und steckte einige Blumen in die Mitte. Dann sprach er ein leises Gebet und fühlte sich wohler. An manchen Tagen besuchte er alle Gräber, die er ausgehoben hatte – es waren viele –, und brachte frische Blumen. Die Brüder fingen auch Singvögel in Fangnetzen, steckten sie in Käfige und verkauften sie auf dem Markt. Sie verlangten von Giovanni, dass er half, die Netze zu legen. Er weigerte sich oder rannte davon; die Brüder drohten mit Prügeln. Die Großmutter fuhr dazwischen, prophezeite dem sittenlosen und böswilligen Pack die unheilvollsten Dinge. Giovanni liebte die Großmutter, obwohl sie eine streitsüchtige Frau war, weil sie ihn immer in Schutz nahm. Er liebte auch seine Mutter, diese sanfte Kreatur mit den braunen Augen eines leidenden Hundes, die in ihrem freudlosen Leben nichts als gedarbt hatte. Santuzza roch nach Schweiß, schmutzigen Kleidern und scharfen Zigaretten, weil Emilio, bevor er einschlief, im Bett zu rauchen pflegte. Jetzt meinte sie, dass ihr Jüngster bald ein richtiger junger Herr sein würde und im Haushalt keinen Finger mehr rühren sollte. Giovanni hörte lächelnd zu, was sie sagte, und half ihr trotzdem, wie gewohnt, in der Küche und draußen bei den Tieren. Ungefähr in dieser Zeit erkrankte die Großmutter. Die gebieterische alte Frau wollte keine Schwäche zeigen und verheimlichte ihre Krankheit. Giovanni nahm aber wahr, dass sie übel roch und immer dünner wurde. Marietta schickte ihn zur Apotheke, damit er ihr Rizinusöl holte, mit dem sie ihre Bauchschmerzen kurieren wollte. Und das war alles. Einen Arzt? Nie im Leben! Marietta wies das Ansinnen empört ab. Diese Quacksalber wollten sich ja nur an ihr bereichern. Sie war geizig wie ihr Sohn und blieb störrisch, auch als sich ihre Leiden verschlimmerten. Sie versteckte sich, wenn sie sich übergeben musste, wobei braunes Wasser aus ihrem Mund floss. Sie starb, von der überforderten Schwiegertochter und den Enkelinnen notdürftig gepflegt, vollständig durchseucht, nicht mehr bei Verstand und nur noch Haut und Knochen.

Giovanni war traurig nach Großmutters Tod. Aber sie war eine alte Frau; ihr Tod war zu erwarten gewesen. Er wohnte ja auch schon bei Don Antonino. Und in jenem Frühjahr wurde er Klassenbester, während sich Peter zunehmend verschlossen und mürrisch zeigte. Er kam aus einer Familie, nach außen sehr harmonisch, nach innen so hierarchisch und stur, dass ihm kaum Luft zum Atmen blieb. Ihm war nie beigebracht worden, eine eigene Meinung zu haben. Dem Vater passte es nicht in den Kram, und die Mutter folgte dieser Richtlinie bedingungslos. Peter widerstrebte es zutiefst, zu sagen, was er dachte, und handelte vor lauter Angst so wenig wie möglich. Er lebte in permanenter Furcht, verspottet und verletzt zu werden. Giovanni und ich verletzten ihn auf unausgesprochene Art und wussten nichts davon. In dieser Zeit suchte er oft Vivis Nähe. Sie steckten die Köpfe zusammen und tuschelten, als ob sie ein Geheimnis teilten. Ein Geheimnis gab es in der Tat: Peter war gleichermaßen in mich und in Giovanni verliebt, und Vivi war die Einzige, die klar ins menschliche Herz sah und das alles verstand. Vivis Kindheit war ja eine ganz andere gewesen. Sie hatte ihre Mutter mit anderen Männern im Bett liegen sehen, ihren Vater mit anderen Frauen, ohne dabei in Verwirrung zu geraten. Die Freizügigkeit war bezeichnend für das Umfeld, in dem sie aufwuchs. Man erlag seinen Trieben und Instinkten, probierte alles aus, was früher verboten war, im Bannkreis eines sinnlosen Lebens, und immer in der törichten

195

Hoffnung auf Metamorphose. Die Wandlung indessen machte Vivi durch, Miranda musste weiterleben mit diesen Zonen des Dunklen in ihrem Kopf und dem Todesgeschmack ihrer Lüge. Und Vivi, der nichts, aber auch gar nichts, verboten war, erlebte eine Freiheit, die in Wirklichkeit keine war, weil niemand für sie die Verantwortung übernahm. Vivi war ein junger Vogel in einem zerstörten Netz, sie sah, was die Eltern taten. Es gefiel ihr nicht, und sie entwickelte dagegen einen stillen, ungeheuer heftigen Widerstand. In einem verschmutzten Haus kann man den Dreck nicht nur vor sich hin kehren, sondern muss ihn erst mal bei sich selbst finden, sich reinigen und dann eine Geschichte erzählen oder eine Musik machen, die voller Poesie ist und Wärme erzeugt. Bei Vivi war das wörtlich zu nehmen: Unter dem Bett ihrer Eltern lagen Bierdosen, gebrauchte Präservative und blutige Spritzen. Vivi schmiss das ganze Zeug weg, machte sauber; sie dachte sich nicht viel dabei. Die Gedanken kamen später, als sie dieses Haus immer weniger als ihr eigenes erkannte. Von Anbeginn waren ihre Fantasien recht lebhaft, ihre Traumwelt überdeutlich. Auf diese Weise schuf sie sich einen Zustand der Isolation, in dem sich ihr Geist seiner Flügel bediente, zum Vollmond stieg und tanzte.

Inzwischen war Giovanni in unsere Klasse gekommen – der Onkel hatte das bewirkt – und saß in der gleichen Reihe wie Peter. Mein Platz war schräg gegenüber – in den Reihen der Mädchen. Peter beobachtete uns verstohlen, aber weder Giovanni noch ich hatten Augen für ihn, lebten wir doch in unserer eigenen Welt, waren bereits eine Einheit. Dazu kam natürlich die Tatsache, dass ich Giovanni das Leben gerettet hatte, was mir Macht über ihn gab. Eine Macht, die ich auch genoss, war ich doch schon damals – mit dreizehn – ein zu Dominanz neigender Mensch.

Jahre später sagte mir Peter, er habe nie gemerkt, dass Giovanni und ich uns nach der Schule trafen. Es war ihm erst aufgefallen, als Vivi ihn darauf aufmerksam machte.

196

»Du, ich glaube, die beiden bumsen!«, hatte sie gesagt und eine anzügliche Geste dabei gemacht, die Peter noch mehr verstörte. Man hatte ihn zu Prüderie erzogen, die saß ihm tief in den Knochen, und dazu kam jetzt die Eifersucht. Er spürte, dass es zwischen Giovanni und mir etwas gab, das außerhalb seines Gesichtskreises lag. Nein, alles war für Giovanni und mich, und für ihn war nichts. Er blieb auf der Strecke. Wenn Peter sich Giovanni vorstellte, wie er auf mir lag – oder ich auf ihm –, war das nicht bloß eine sexuelle Vorstellung, sondern verursachte Gefühle, die aus einer Schattenwelt kamen und zum Fürchten waren. Will man erwachsen werden, muss man solche Gefühle hinter sich bringen. Aber für Peter waren sie sehr quälend. Wen liebte er mehr? Mich oder Giovanni? Darüber, dass ihm so viel an dem Zusammensein mit mir gelegen war, hatte Peter sich nie vorher Gedanken gemacht. Was ihm am meisten an mir gefiel, war meine Art, Schwierigkeiten nicht auszuweichen oder sie gar auf andere abzuwälzen, sondern frontal zu packen. Peter erzählte, dass er in diesem Alter noch fixe Vorstellungen davon hatte, wie sich ein Mädchen zu benehmen hat. Ich aber hatte ihn verunsichert, weil ich mich ganz anders benahm: nicht wie ein normales Mädchen, sondern eher wie ein Junge. Und Giovanni war in seiner dunklen Sanftheit wahrscheinlich schöner als irgendein Junge, dem Peter in seinem Leben je begegnet war. Er war einer der Menschen, die leuchten; er konnte nichts dafür, er war so geboren worden. Peter hatte manchmal Giovannis Haut berührt, die noch so weich und glatt war, und dieser hatte es zugelassen, vertrauensvoll und belustigt. Selbst ein einziger Blick auf Giovannis Gesicht sagte Peter, dass seine Wangen wie samtige Pfirsiche waren, seine Haut – die kaum etwas anderes als Meerwasser kannte – golden. Dass seine Gesten gelöst und nobel waren wie die Gesten der mit Efeu gekrönten Jünglinge auf den Bildern Caravaggios, der gleichzeitig Genie und Verbrecher war. Peter hatte einen Bildband mit Reproduktionen

197

italienischer Maler der Renaissance in der Bibliothek seines Vaters aufgestöbert. In den Bildern lag etwas, das ihn an Giovanni denken ließ. Der jugendliche »Narziss« zum Beispiel sah Giovanni auf derart verwirrende Weise ähnlich, als ob dieser Modell gestanden hätte. Peter konnte sich an diesem Jungen nicht sattsehen. Ein Bild besaß er von Giovanni, aber das war nur ein Klassenfoto, auf dem Giovanni in der hinteren Reihe kaum zu erkennen war. Auf diese Weise konnte er sich Giovanni nahefühlen; anders wäre es von vornherein undenkbar gewesen, und das war vielleicht der Grund, warum ihm so oft die Tränen kamen. Er verbarg diese Tränen – ein Junge weint nicht, hatte man ihm sattsam eingebläut. Aber hinterher, im Klassenzimmer, benahm sich Peter Giovanni gegenüber derart steif, dass man seine Zurückhaltung mit Aggressivität verwechseln konnte. In seinem Herzen bekämpften sich unnennbare Gefühle. Dazu kam der Standesdünkel. Natürlich war früher alles anders gewesen, aber als Dreizehnjähriger musste sich Peter vor Augen halten, dass Kinder aus anständigen Familien nicht mit Banditensöhnen verkehrten. Eine Freundschaft – wenn auch eine distanzierte – war nur möglich, wenn Giovanni das Priesterseminar besuchte. Da führte sein Weg ja zu Gott und ganz nebenbei in höhere Gesellschaftsschichten. Giovanni hätte sogar Bischof werden können. Peter stellte sich vor, wie seine Mutter vor Giovanni auf die Knie sank und seinen Ring küsste. Die Vorstellung fand er schockierend, spielte sie sich jedoch immer wieder genüsslich vor. Solche Tagträume und ähnliche zerrissen die Räume vorbildlicher Ordnung, in denen er sich zu bewegen hatte. Später erzählte er mir einiges davon, verwundert darüber, dass ich überhaupt zuhörte. Was Mitteilsamkeit betrifft, stand es schlecht um Peter. Er hatte immer das Gefühl, dass man ihn nicht ernst nahm. Seine Tagträume, die er als schlüpfrig empfand, waren einfach nur unschuldig und romantisch. So war es in einem dieser Tagträume er selbst, und nicht ich, der Giovanni aus der Zis-

198

terne rettete und in seinen Armen barg. Oh, wie gerne wollte er das glauben, sagte Peter, verlegen auflachend, aber leider hatte er ja nur die Leiter geholt. Und er hatte Giovanni zwar auf dem Rücken getragen, sich Muskelkater dabei geholt, aber wachgeküsst hatte er ihn nicht. Auch das hatte ich getan. Ungeachtet seiner Eifersucht bewunderte Peter mich rückhaltlos, ja, er fand mich anziehender und klüger als andere Mädchen, die vielleicht hübscher waren, aber weniger oder überhaupt nicht mutig.

Und als Peter merkte, dass er an mich wie an einen Jungen dachte und an Giovanni wie an ein Mädchen, geriet seine Welt definitiv in Verwirrung. In seinem geistigen Panoptikum spielte sich etwas ab, das nicht sein durfte. Etwas, das ihn furchtbar elend machte. Erst im Nachhinein erzählte mir Peter, wie oft er dabei das Gefühl gehabt hatte, etwas Heimliches, Verbotenes empfunden zu haben. Und nur seine pedantische Wahrheitsliebe machte, dass er überhaupt davon sprach. So enorm umständlich seine Erklärungen auch waren, konnte ich mir im Geiste sehr wohl ein Bild von dem ganzen Vorgang machen, konnte sogar den Trotz und die Isolierung nachempfinden, die er in dieser Zeit gehabt haben musste: einer gegen alle. Aber damals hatte ich von alldem keine Ahnung.

Nachträglich, aus dem Blickpunkt der Erwachsenen, weiß ich, dass auch ich die flimmernden Bilder von einst nicht verleugnen kann. Mit dem Unterschied, dass bei mir das wahrhaft Erlebte irgendwelche Fantasien weit überstieg. Wie oft war es später vorgekommen, dass mich meine Schritte ganz von selbst zu den Felsen trugen, die Giovanni und mir einst als Schlupfwinkel dienten. In diesen Felsen gab es Löcher, mehr oder weniger tief, die das Meer im Laufe der Jahrhunderte geformt hatte. Ich kannte dort eine ganz bestimmte Höhle, gesprenkelt mit Möwenkot, die innen trocken war, denn das Meer hatte seit Langem nicht mehr von ihr Besitz genommen. Bis in Hüfthöhe wuchsen Sträucher vor dem Eingang, es roch nach

199

verwesten Algen, und über die Steine huschten klebrige Licht-flecken. Ich betrat sie gebückt, mit einer schmerzlichen Sehn-sucht im Herzen, als ob die Höhle mit eigener Einbildungs-kraft die Erinnerung an Giovanni und mich wie ein Nachbild bewahrt hätte. Es war ja noch da, dieses wunderbare grüne Licht, das aus der Tiefe der Landschaft kam und sich in un-seren Seelen widerspiegelte. Jedes Mal, wenn ich in die Höhle kam, wanderten meine Blicke empor, fanden, was sie suchten: die rote Spirale am unteren Rand des Deckengewölbes, das Zeichen Perseas, halb verwischt zwar, aber noch nicht weg, noch nicht verloren. Hier mochten unsere Vorfahren – die Hirten, die Fischer – der Göttin kleine Opfer gebracht haben. Jedes Mal betrachtete ich die Spirale, betrachtete sie lange. Mir war, als zöge die Spirale an meinen Augen vorbei, drehte sie sich unentwegt in Raum und Zeit. Sie zeigte ein Fortschreiten der Kraft, den ewigen Zyklus des Lebens. Zu meinen Erinne-rungen hatte ich nur noch einen geisterhaften und subjektiven Zugang. In dieser Höhle fand ich welche wieder, aufbewahrt in einzelnen Bildern. Meine Erinnerungen konnte ich zurück-holen, konnte sie aber nicht dem Werden und dem Zerfall ent-reißen, die Spirale sagte mir, das sei ganz und gar unmöglich. Und die Frau, die ich geworden war, stand vor diesem Zeichen und wusste, dass nichts mehr wie früher sein konnte. Nichts, was einmal gewesen ist, kommt wieder. Und kommt es wieder, kommt es in einer anderen Form.

»Es ist schlecht«, hatte ich damals zu Giovanni gesagt.

Er hatte leise geantwortet:

»Ja, ich weiß.«

Don Antonino und unsere Lehrer hatten gute Arbeit geleis-tet: Seine Sprache hatte fast völlig jenen Dialektklang verloren, der ihn zu dem stempelte, was er nicht mehr war.

»Aber ich möchte es so gerne mit dir machen«, setzte er hinzu.

»Hast du es schon mit einem Mädchen gemacht?«

Er hatte leise gelacht.

»Nein, so richtig niemals.«

»Vivi?«, fragte ich.

Wir lachten – und wie wir lachten. Erstickt, überdreht.

»Vivi zeigt alles!«

»Aber Vivi will auch alles sehen.«

»Und alles anfassen«, sagte Giovanni, was bei uns noch mehr Gelächter hervorrief.

»Glaubst du, dass Vivi es schon gemacht hat?«

»Mit wem?«

»Ach, das weiß ich doch nicht. Mit irgendwelchen Jungen bei ihr in der Pension.«

Giovanni glaubte es nicht.

»Sie war nur dabei, wenn ihre Mutter es machte.«

Wir sahen uns an, etwas atemlos nach dem Gelächter.

»Würdest du mich heiraten?«, fragte Giovanni plötzlich.

»Priester können doch nicht heiraten!«, versetzte ich.

Seine Augen trübten sich.

»Ach so, ja, das hatte ich ganz vergessen.«

»Willst du wirklich Priester werden?«

Er antwortete leise und unbewusst, als hätte etwas in ihm gesprochen.

»Onkel Antonino sagt, dass ich es werden muss.«

»Aber vorher …«, sagte ich. »Hat dein Onkel dir nicht gesagt, dass du es darfst?«

»Onkel Antonino redet nie darüber.«

Giovannis Stimme wurde etwas heiser.

»Aber ich weiß, dass er es mit sich selbst macht.«

»Mit sich selbst?«

Ich war verwirrt, dann fiel es mir wieder ein. Ach so, ja, ja, auch von diesen Dingen hatte Vivi erzählt. Zum Glück gab es Vivi, denn unser akkurater Schulunterricht hatte Aufklärung nicht im Programm. Dafür mussten wir die Namen der neun Musen auswendig lernen: Thalia, Euterpe, Polyhymnia und so

weiter… Ob die Musen uns im Leben weiterhalfen, bezweifelte ich.

»Woher weißt du das?«, fragte ich Giovanni.

Er lächelte verschmitzt. Wir empfanden beide das gleiche
schuldhafte Vergnügen, über solche Dinge zu reden.

»Ich habe die Flecken in seinem Bett gesehen. Eine richtige
Landkarte!«

Wir krümmten uns vor Lachen. Auch diesen Ausdruck hatten wir von Vivi. Aber Giovanni wurde gleich wieder ernst.

»Mir hat er gesagt, wenn mir das nachts passiert, soll ich…
mir sofort die Hände waschen und beten. Er könnte mir auch
die Hände festbinden, wenn ich wollte.«

Ich starrte ihn an.

»Hat er das gesagt?«

»Ja, aber ich will das nicht.«

Das Gestaltlose zu gestalten gehört zum Erwachsenwer-
den. In Schatten von ungleichmäßiger Dichte zeigte uns die
Wirklichkeit ihr Antlitz. Aber unsere Sinne waren noch in
Knospen gehüllt, und die Dinge, besonders die Dinge des
Körpers, erschienen uns fremdartig und beängstigend. Bei
all dem, was Giovanni bereits wusste, empfand auch er diese
Angst. Der sexuelle Schmutz, mit dem er aufgewachsen war,
drückte sich nur in seinem Reinlichkeitsfimmel aus – jeden
Tag eine sauber gewaschene Unterhose – und hatte mit dem,
was uns Herzklopfen verursachte, ebenso wenig zu tun wie
Don Antoninos nächtliche »Landkarte«. Er lebte in einer anderen Welt. Sport? Disko? Kino? Sein Onkel sah es nicht gern.
Giovanni sollte über seinen Büchern sitzen und sich bilden,
wie es sich für einen zukünftigen Priester gehörte. Giovanni
fügte sich aus Pflichtbewusstsein und Dankbarkeit. Seinem
Onkel war er ja völlig ausgeliefert. Giovanni gab zu, dass er
diesen Zwang hasste. Sein Herz war verwirrt, und mein Herz
warf sehr wohl das Echo dieser Verwirrung zurück. Im Unterricht machten ihn sein verschlossenes Gesicht, seine düste-

ren Augen seltsam alterslos. Umso erstaunlicher war es, wenn er lachend seine weißen Zähne zeigte. Sein Lachen glich einer Quelle, die einem Felsen entspringt. Aber das Lachen sah meistens nur ich. Und im Klassenzimmer glitt sein Blick, mein Bild mit den Augen und der Seele suchend, immer wieder unauffällig zu mir. Heute scheint mir, dass der Raum, der uns trennte, von der Sehnsucht, die uns zueinandertrieb, vibrierte. Und ebenso scheint mir, dass ich Vivis stilles, wissendes Lächeln sehe, während Peter mit abweisend gekrümmtem Rücken den Eindruck erweckte, dass ihn das Ganze nichts anging, dass er lediglich aufmerksam schrieb oder auf das lauschte, was der Lehrer vorn an der Tafel erzählte. Die wenigen freien Augenblicke, die Giovanni und ich hatten, erlebten wir nach dem Unterricht, wenn er wie gehetzt davonrannte und ich unter irgendeinem Vorwand zurückblieb und den Bus verpasste, der Peter und Vivi und den Großteil der Mitschüler in die Stadt brachte. War der Bus mit laut ratterndem Motor davongefahren, kamen Giovanni und ich aus verschiedenen Richtungen an die Haltestelle, wo jetzt keiner mehr war. Der Strand lag ganz nahe, und der Weg über die Klippen war uns vertraut. Wir hielten uns an der Hand, aber zu küssen wagten wir uns erst in der Höhle, wenn wir sicher waren, dass kein Mensch uns beobachtete. Wir küssten uns mit einer Art furchtsamer Überraschung, unsere Umarmungen waren ebenso leidenschaftlich wie ungeschickt. Wir befanden uns in jener unwirklichen Zeit, da wir, noch halb in der Kindheit, die Sinnlichkeit wie ein Spiel empfanden, ein verdammt ernstes Spiel allerdings. Wir strebten irgendeine Erfüllung an, von der wir glauben wollten, dass es sie gab, und gleichsam schon wussten, dass sie unerreichbar war. Unsere Liebe war wie ein Schweben zwischen Glückseligkeit und wirklicher, wahrhaftiger Angst. Denn wir spürten – wie junge Menschen es spüren mögen –, dass unsere Liebe in Gefahr war. Mit Sicherheit war ein schemenhaft Bösartiges da, etwas sehr Widerwärtiges, das Lichtlose selbst. Und auch das war nicht eindeutig gewiss.

Um diese Zeit, nach der Schule, stand die Sonne bereits schräg. Jenseits der Schattenlinie der Klippen war das glitzernde Meer azurblau. Die Brandung schlug an die Steine und sog an ihnen; es war, wie wenn Schallwellen andrangen. Wir spürten, wie die Erde im Raum sich um sich selbst drehte und auf ihrer Kruste alle Menschen in ein kommendes Zeitalter trug. Wir umarmten uns in einem Jetzt, das gleich nicht mehr da sein würde, rochen den warmen, gesunden Duft unserer Haut, atmeten den Hauch der Erinnerungen in unserem Haar. Küssten wir uns, war es Wonne und gleichzeitig Ohnmacht, wir fühlten alles und nichts, uns selbst nicht mehr, nichts. Unsere Umarmungen verwandelten sich in Zittern und Verzweiflung, es war, als ob wir innerlich schluchzten. Wir wollten unsere Gefühle bewahren, wenn nur die Blutgefäße sie aushalten konnten! Aber diese Gefühle waren zu mächtig; täten wir es, die Adern würden reißen, und die Leidenschaft würde mit jedem Blutstropfen zerfließen. Das Schicksal, das uns von Geburt an beschieden ist, zeigte uns gleichsam das Maß an Glück und das Maß an Leid, die Grenzen eben, die wir nicht überschreiten können. Das wilde Weinen, das Schluchzen, das uns manchmal grundlos überkam, erstickten wir. Wir feierten das Fest der Sinne, in Schrecken und in Überwältigung, entdeckten jeden Tag etwas Neues an uns.

»Hast du das gestern auch schon gehabt?«, fragte Giovanni.

»Was?«

»Das Muttermal hier an der Brust?«

»Ja, das hatte ich schon immer.«

Er legte den Finger auf das Muttermal. Ich blickte auf die Stelle, die er mir zeigte, als sähe ich sie zum ersten Mal.

»Genau hier, wo dein Herz schlägt.«

»Das ist eben mein Zeichen. Du hast ja auch eins.«

Ich berührte mit der Fingerkuppe die Braue mit dem weißen Flaum. »Schwalbenflügel!«, sagte ich leise.

Er lachte. Wir lachten beide. Schwalbenflügel war der Name, den ich nur flüsternd aussprach, ein Name für uns beide, für den Rest der Welt unbenannt, unbekannt. Zumindest glaubte ich das, bis Peter mich eines Besseren belehrte. Inzwischen lebten wir in einem unklaren Traum, einem Traum, den wir nie zu Ende träumen würden. Wir hielten den Atem an, Leben und Tod sollten stillstehen. Sah ich Giovannis Lächeln, diese Mischung aus Scheu und Übermut, lächelte auch ich. Ich wusste nicht, was er in mir sah, etwas Wunderbares vielleicht? Die Erfüllung? Nein, auch uns würde die Erfüllung nie zuteilwerden, sie gab es ja auch gar nicht in der Liebe. Die Erfüllung ist eine Abstraktion, aber eine Liebe, die nicht das Letzte, das Unmögliche beansprucht, ist keine Liebe. Giovanni und ich waren ein bisschen verrückt.

Einmal sagte Giovanni, dass er Angst hatte.

»Wenn man uns trennt und ich nicht mit dir gehen kann, möchte ich lieber sterben.«

»Du? … Angst? Aber warum denn?«

»Ich weiß es nicht. Ich bin nur unglücklich.«

»Komm, lass uns weglaufen! Wir werden schon nicht verhungern.«

»Wohin sollten wir gehen? Sie würde uns einfangen.«

»Wer denn?«

»Die Polizei! Wir würden sofort getrennt werden.«

»Keiner trennt uns, Giovanni. Sei nicht unglücklich. Mir ist etwas kalt. Wärme mich!«

Wir merkten kaum, als wir es taten; wir dachten einfach an nichts. Als wir es zum ersten Mal taten, war er ein wenig verwundert. Seine Brüder hatten ihm gesagt, dass Mädchen dabei zu bluten haben. Ich blutete nicht. Er fragte, warum nicht. Ich kicherte an seiner Wange, erzählte ihm von der Sache mit dem Tampon damals. Er kicherte auch.

»Blutest du oft?«

»Ein paar Tage im Monat. Ich hasse das.«

»Das würde mir auch nicht gefallen.«

Wir erzählten uns alles, was wir dachten und was wir machten und was wir vorhatten. Wir hatten nichts zu verbergen. Trotzdem schämte ich mich ein wenig.

»Ich hätte es dir nicht sagen sollen. Jungen sagt man das nicht...«

»Nein?«

Giovanni wirkte leicht verunsichert.

»Aber wenn du und ich... solche Dinge machen – kannst du ein Kind kriegen? Meine Brüder sagten, dass Mädchen davon Kinder kriegen.«

»Glaubst du, dass ich ein Kind davon kriege?«

Er dachte nach, seufzte und lächelte dabei.

»Ich weiß es nicht.«

Der Gedanke streifte uns nur kurz, er war zu entfernt für unsere Gegenwart. Wir sprachen zueinander, Mund gegen Mund, unsere Stimmen waren sanft, unsere Worte nachdenklich und beunruhigt.

»Eigentlich will ich kein Priester werden«, gestand Giovanni. »Ich will lernen, das ist alles.«

»Hast du mit deinem Onkel darüber geredet?«

»Nein. Ich will nicht, dass er mich wieder zu meinem Vater schickt.«

»Glaubst du, dass er das tun würde?«

»Nein.«

»Dann sag es ihm doch!«

»Ich traue mich einfach nicht, mit ihm darüber zu reden.«

In der ersten Zeit hatte Giovanni freudig und arglos zugehört, wenn sein Onkel über die Geschichte Maltas oder irgendwelche Heiligen sprach.

»Solche Dinge lernst du nicht in der Schule. Sei froh, dass ich sie dir beibringen kann.«

206

Die Geschichten waren spannend, aber voller Sünden, Blut und Marterinstrumente. Weil Giovanni viel Fantasie hatte, sah er die heilige Agatha, der man mit Zangen die Brüste ausriss, den heiligen Sebastian, der von Pfeilen durchbohrt wurde, die heilige Agnes mit den ausgerissenen Augen und den mit dem Kopf nach unten gekreuzigten Petrus. Don Antonino erzählte von der Inquisition, von den Hexenverbrennungen, den Magiern und Ketzern, die an Rädern festgebunden und vor den Augen der Bevölkerung ausgeweidet wurden. Kinder lieben blutrünstige Geschichten, Giovanni hatte von Haus aus ein dickes Fell, aber allmählich wurde es ihm zu viel; er vermeinte bei den Beschreibungen der vielen Leiden und Hinrichtungen die Symptome am eigenen Körper zu spüren. Zwar sagte Don Antonino immer wieder, diese Geschichten seien so grausam gewesen, weil sie aus einer falschen Welt kamen, und Gottes Gnade hatte sie verwandelt, sodass sie gerecht und heilig und wunderbar wurden und eigentlich jedes Kind sie hören konnte. Giovanni sah das irgendwie ein. Es beunruhigte ihn aber, dass ein Mensch, von dem er bisher nur Gutes erfahren hatte, so oft von der Sünde sprach und von den furchtbaren Strafen, die der Herrgott im Himmel für die Sünder bereithielt. Aber gleichzeitig erzählte Don Antonino ganz andere Geschichten, beeindruckend und großartig, die Giovannis empfindsames Herz höher schlagen ließen. Er hatte natürlich dafür gesorgt, dass Giovanni die Erstkommunion erhielt, und ihn sanft dafür getadelt, dass er in seiner Familie so wenig über Religion erfahren hatte. Don Antonino sprach von Gott und seinen Heiligen wie von einer Macht, die den richtigen Weg wies und nicht duldete, dass man von ihm abkam. Er zeigte ihm ein Bild, das Gott als großes Auge darstellte, das alles sah. Giovanni gewann allmählich den Eindruck, dass Don Antonino ihn in eine Sache hineinmanövrierte, von der er nicht wusste, was sie denn eigentlich war. Misstrauen hatte er zunächst nie gehabt, bis Don Antonino eines Tages zu ihm

207

sagte, dass Gott ganz bestimmt wusste, dass er noch ein kleiner Heide sei. Dabei starrte er Giovanni auf eine ganz besondere Art an, sodass er sich ein paar Atemzüge lang schuldig fühlte. Das war nur ein winziges Alarmzeichen, an sich unbedeutend. Die Angst kam später, so nach und nach. Es waren immer nur kurze Anfälle von Angst, die ihm unsinnig und grundlos vorkamen, ihn aber mit solcher Gewalt packten, dass er nicht einschlafen konnte, die halbe Nacht wach lag und am nächsten Tag im Unterricht döste. Ihm fiel auch auf, dass Don Antonino oft in langes, düsteres Schweigen versank. Es kam vor, dass er mehrere Tage lang nicht zu den Mahlzeiten erschien. Giovanni saß ganz allein an dem weiß gedeckten Tisch, von Clarissa, der alten Haushälterin, bedient. Clarissa sah immer aus, als ob sie ihr schwarzes Kleid zum Schlafen nicht auszog. Es war ganz verknittert und klebte an ihrem Rücken. Ihr schütteres graues Haar war im Nacken zu einem dünnen Knoten festgesteckt. Sie roch nach Schweiß und Bratenfett, nach Knoblauch und Minze und irgendwie nach alt. Sie redete kaum; ihre mattblauen Augen und ihr blasser Mund waren durch Fältchen verbunden wie bei einer Stoffpuppe. Sie redete kaum, während sie still und geschickt die Speisen auf den Tisch brachte und das gebrauchte Geschirr wieder wegtrug. Saß Giovanni allein bei Tisch, brach sie ihr Schweigen nur, um zu wissen, ob es ihm geschmeckt hatte. Giovanni bedankte sich höflich, das Essen sei vorzüglich. Und die geschmorten Kartoffeln, ja, die mochte er am liebsten. Fragte er nach seinem Onkel, antwortete Clarissa meistens, dass er wohlauf sei, es aber gelegentlich vorzöge zu fasten. Er sei eben ein sehr frommer Mensch, murmelte die Alte wie im Selbstgespräch, wobei sie die Augen abwandte. Wenn Giovanni dann den Onkel plötzlich den Flur entlangkommen sah, mit diesen seltsam unsicheren Schritten, der schiefen Haltung, eine Schulter tiefer als die andere, erblickte er den Gegensatz zwischen der steifen Soutane und dem hageren, nervösen Körper darin. Die Worte, die er dann zu ihm sprach, wurden ausgestoßen in zischenden Lauten, wobei Giovanni das Gefühl hatte, dass Don Antonino innerlich vibrierte.

»Nun, mein Sohn, wie war es im Unterricht?«

Giovanni antwortete pflichtschuldig, dass er gute Noten nach Hause brachte. Der Priester ließ ihn nicht aus den Augen.

»Und wo warst du nach der Schule?«

Er hatte also gemerkt, dass Giovanni sich dann und wann verspätete.

Giovanni wich seinem bohrenden Blick aus.

»Am Strand. Ihr habt es mir doch erlaubt, Onkel Antonino.«

»Ja, ja, der Bewegungsdrang der Jugend. Du schwimmst gerne, nicht wahr?« Der Priester zeigte ein kleines Lächeln. Er hatte eine schwache Röte im Gesicht, die Augen glitzerten, die Wangenknochen traten wie kleine Elfenbeinkügelchen hervor.

Giovanni sah auf seine Füße.

»Ja, sehr gerne, Onkel Antonino.«

»Hast du dich beim Schwimmen auch nicht nackt ausgezogen?«

»Nein, Onkel Antonino. Ich … ich schwimme in Unterwäsche.«

Ruckartig hob sich das spitze Kinn, als ob sich im Inneren ein Faden spannte und riss.

»Sieh zu, dass dich keiner beobachtet. Sonst muss ich dir das Schwimmen verbieten.«

Erzählte mir Giovanni solche Dinge, ging in meinem Kopf ein Licht an und aus, als ob ein Alarmzeichen blinkte.

»Findest du nicht, dass dein Onkel etwas sonderbar ist?«

Giovanni gab zu, dass er das manchmal auch fand.

»Was will er mit solchen Fragen?«

»Na ja, er ist Priester.« Giovanni hob verlegen die Schultern. »Er will einfach nicht, dass ich mich draußen ausziehe.«

209

Ja, es gab Leute, die Scham vor jeder Nacktheit empfanden. Der unbekleidete Körper zeigt ja nicht nur die Haut, sondern die Blöße in ihrer eigentlichsten Form. Viktorianische Zimperlichkeit. Für Don Antonino, gefangen in der Welt der Heiligen und Märtyrer, mochte der Körper ein Instrument des Leidens sein, eine als beklemmend empfundene Erdverbundenheit, die man zu unterwerfen hatte, wenn man in den Himmel wollte. Weil Giovanni ein natürliches Verhältnis zu seinem Körper hatte, reagierte Don Antonino hypersensibel und prüde bis in die Knochen. Dass anderes dahintersteckte, sollte Giovanni erst auffallen, als es bereits zu spät war. Im Augenblick fasste er es noch als verschroben auf; wenn etwas verschroben ist, kann man darüber lachen. Ahnungslos, wie ich war, lachte ich mehr als Giovanni, der weitere Unarten bei seinem Onkel beobachtet hatte.

»Er wäscht sich nie.«

»Igitt!«, stöhnte ich zwischen Schaudern und Gelächter.

»Er wechselt nur das Hemd, damit der Kragen sauber bleibt. Der Kragen hat oft einen schmutzigen roten Rand…«

Das war nicht mehr komisch. Ich starrte ihn an. Mir fiel auf, dass Giovannis Gesicht sich in letzter Zeit verändert hatte. Es war härter geworden, fand ich. Seine Züge waren nach wie vor fest und klar, aber das Leuchten war aus ihnen gewichen. Es ist die Belastung, dachte ich, die Belastung, weil er alles so gut wie möglich machen will und der Onkel so schrullig ist.

»Kommt es nie vor«, fragte ich, »dass du Angst vor ihm hast?«

Giovanni schluckte.

»Also, ich muss sagen – wenn er nachts in mein Zimmer kommt…«

Die Lust am Lachen war mir endgültig vergangen.

»Was hat er denn in deinem Zimmer zu suchen?«

Giovannis Augen blickten scharf aus zusammengezogenen Pupillen, unnatürlich scharf.

»Er denkt, dass ich schlafe, aber ich wache auf, sobald die Tür knarrt. Dann sehe ich seinen Schatten an der Wand. Er kommt dicht an mein Bett und schaut auf mich hinunter.«

»Sagt er etwas? Was sagt er denn?«

»Ach, nicht viel. Ich wollte nur sehen, ob du gut schläfst, und ähnliche Dinge. Ich muss dabei immer an Mimmo denken ... Obwohl man das ja gar nicht vergleichen kann ...«

Mein Rückgrat kribbelte. Irgendetwas war nicht in Ordnung. Im Gegenteil, etwas war völlig falsch. Ich wusste genau, dass ich mich nicht irrte. Aber ich konnte nicht ausmachen, was dieses Etwas, das mich so sehr beunruhigte, sein konnte. Ich konnte es nicht identifizieren. Ich war nur aus tiefstem Herzen verunsichert.

»Ist er eigentlich böse zu dir?«, fragte ich.

»Böse? Nein, eigentlich nie. Er ist nur böse zu sich selbst.«

Ich hatte das deutliche Gefühl, dass ich immer weniger verstand.

»Wie meinst du das?«

Er starrte vor sich hin, ließ den Atem herausströmen.

»Wirst du es niemandem sagen?«

»Nein, aber ...«

»Versprochen?«, wiederholte er eindringlich.

»Ja, versprochen! Nun sag doch, was macht er denn?«

Giovanni fuhr sich mit der Zunge über die Lippen, bevor sich seine Worte überstürzten.

»Einmal bin ich zu ihm gegangen, weil ich Schularbeiten machte und ein Wort nicht richtig schreiben konnte. Und da habe ich vergessen anzuklopfen – und da stand mein Onkel, ohne Soutane und nackt bis zum Gürtel. Er schlug sich selbst, und sein Rücken war voller dicker, blutiger Striemen. Am Boden lagen Zeitschriften, die hatte er ausgebreitet, weil er nicht wollte, dass Blut auf die Fliesen tropfte und Clarissa die Flecken sah. Und du kannst dir sein Gesicht dabei nicht vorstellen, entsetzlich verkrampft und blass.«

Ich fühlte eine neue Art von heftigem Erschrecken.

»Das ist nicht wahr, das hast du geträumt!«

Er hob feierlich die Hand.

»Ich schwöre es. Ehrenwort!«

Giovanni log nie, das war einfach eine Tatsache. Ich holte gepresst Luft.

»Hat er dich gesehen?«

»Ja. Eigentlich hätte ich sofort wieder gehen sollen. Aber ich war so erschrocken, dass ich gefragt habe, warum er das machte. Und da hat er gesagt: ›Ich mache das für Gott.‹ Wahrscheinlich hat er gemerkt, dass ich Angst hatte, denn er hat noch gesagt: ›Meine Schmerzen opfere ich Gott!‹, bevor er mich wütend hinausschickte. Ich war ganz durcheinander. Ich konnte mir nicht denken, dass Gott Freude an diesen Dingen hatte. Aber dann fielen mir die Märtyrer ein, die er mir immer als Beispiel vorführte. Vielleicht wollte er ihre Schmerzen am eigenen Leib spüren. Es kann ja sein«, setzte er verstört hinzu.

Nach unserer Begegnung im Krankenhaus hatte ich Don Antonino ein- oder zweimal gesehen, wenn er in die Schule kam und sich mit den Lehrern unterhielt. Ich wusste, dass sie von Giovanni sprachen, die Lehrer nickten, machten wohlwollende Gesichter. Don Antonino sprach mit leichter, lustiger Stimme. Wurde er meiner ansichtig, lächelte er mir freundlich zu. In seinem Lächeln lag etwas Komplizenhaftes. Erwachsene taten manchmal seltsame Dinge. Aber dieses war etwas ganz anderes! Was für ein Mensch mochte Don Antonino sein, der die Dominanz des Geistes über die Sinne auf so grausame Weise an sich selbst weitergab? Ein Fanatiker, der blindwütig das Körperliche in sich bestrafte? Ich versuchte vergeblich, Don Antoninos hochgewachsene, noble Erscheinung mit dem unheimlichen Bild in Verbindung zu bringen. Wer oder was hatte ihm sein Doppelgesicht aufgezwungen? Wie alle Menschen, die besonnen sind und nicht genug Fantasie besitzen, glaubte ich Giovanni nicht ganz. Nicht, dass er mir etwas vorlog, das kam überhaupt nicht in Frage. Es mochte aber sein, dass er geträumt hatte. Giovanni war dreizehn und keineswegs naiv; er war nur sehr betroffen. Ich war sehr behütet aufgewachsen, aber die Wärme der Kindheit hatte Giovanni nie erlebt. Er kannte nur Elend und Prügeleien, war es nicht einmal gewohnt, an der Kette einer Wasserspülung zu ziehen. Und wie es Träumen eigen ist, mochten sie ihm ein Schreckensbild zeigen, ein Menschengesicht, das im Dunkel weiß und blutig aufleuchtete...

Wenn man jung ist, hat man den Eindruck, dass die Zeit ganz langsam vorbeischleicht; man lebt in den Tag hinein und denkt, dass morgen wie gestern sein wird. In Wirklichkeit steht die Zeit nie still, das Leben rinnt dahin in seiner gewohnten Art, nutzt ab, schlägt zu. Unmerklich, heimtückisch ändern sich die Welt und das Wesen der Geschöpfe. Das Schuljahr ging vorbei, Giovanni und Peter gehörten zu jenen, die die besten Noten schrieben. Peter, weil er mit den Mauern der Schule verwachsen schien, und Giovanni aus einer Art blindem, verbissenem Ehrgeiz heraus: Er wollte immerzu der Beste sein. In seine Bücher versunken, schien er von der Realität abgeschlossen. Mir warfen die Lehrer Unaufmerksamkeit vor, und Vivi leistete nur Mittelmäßiges. Sie wurde vierzehn, ein spindeldürres, eckiges Ding, mit rot gefärbtem Haar und verschwommenem Blick, die sich oft auf die Toilette verdrückte, um zu rauchen. Zweimal wurde sie dabei ertappt, beim zweiten Mal wurde die Mutter herbeizitiert. Miranda kam, roch schlecht und stammelte in ihrer hochmütigen, kopflosen Art, dass sie das Mädchen nicht bändigen konnte. Vivi sagte zu ihrer Verteidigung, es sei wegen der Autos, die sie nachts nicht schlafen ließen. »Das ist doch absurd!«, widersprach Miranda. »Die Pension liegt weit weg von der Hauptstraße, den Verkehr hört man kaum.« Vivi blieb bei ihrer Behauptung. Ja, sie hörte jede Nacht Motorengeräusche, Räder, die kreischten, splitterndes Glas und Schreie. Miranda wurde zunehmend wütend. »Das ist eine faule Ausrede, weil sie nicht lernen will!« Miranda missfiel dem Schulleiter, nicht zuletzt deswegen, weil sie einen Minirock trug, die nackten Beine übereinanderschlug und ihre Pumps an den Zehen baumeln ließ, als säße sie auf einem Barhocker. Er sah auch die Ringe um Vivis Augen und das nervöse Zucken um den Mund. Er hatte Erfahrung mit Pubertierenden. Aber weil er Miranda nicht mochte, verbarg er sein Mitgefühl hinter abweisender Kühle. »Schwierig manchmal zu wissen, was in den Kindern vorgeht«, meinte er. »Vielleicht sollte ein Arzt dem Mädchen ein leichtes Beruhigungsmittel verschreiben, irgendetwas, das ihr zum Einschlafen verhilft.«

»Jetzt sind Sie auf der falschen Fährte«, fauchte Miranda. »Vivi ist kompliziert, keine Rede von angenehm. Außerdem ist Vollmond, da dreht sie durch. Sie sollten sich über ihr Getue nicht wundern.«

Der Schulleiter hatte das Debattieren satt. Er erhob sich und beendete das Gespräch mit den Worten: »Einsicht gehört dazu in meinem Beruf. Ich denke an das Wohl der Kinder. Aber für ihre Leistungen muss ich geradestehen. Für ihr gutes Benehmen auch.«

Vivi sprach mit mir über die Sache. Eigentlich war der Schulleiter nett zu ihr gewesen, aber was er dachte, war ihr egal. Mich aber wollte sie davon überzeugen, dass sie, wenn der Vollmond schien, den Verkehr auf der Hauptstraße hörte. »Ehrlich, Alessa, das musst du mir glauben.«

»Nur bei Vollmond?«

»Ja, nur bei Vollmond.«

In den Nachtstunden fuhren wenige Autos vorbei, erklärte Vivi, und minutenlang lag die Straße still da, aber just in dem Augenblick, da sie hoffte einzuschlafen, bevor das nächste kam, hörte sie es schon. Oft saß sie voller Angst im Bett und wartete darauf, einen Zusammenstoß zu hören. Das Schlimmste war das Warten, die sich wiederholende Angst.

Und am Ende wurde sie so nervös, dass sie einen Unfall herbeisehnte. Er sollte doch endlich passieren, damit sie ihre Ruhe hatte! Schließlich meinte sie, dass sie einschlafen würde, wenn sie die Autos zählte. Das tat sie dann auch, stundenlang, bis der Mond hinter den Hügeln verschwand und sie bei Tagesanbruch einschlief.

»Es ist wirklich wahr!« Vivi machte einen elenden Eindruck. »Ich habe das nicht erfunden!«

Zeitweise schien sie eine Gewissheit zu besitzen und um eine Wahrheit zu wissen, die nichts mit der Zahl der Jahre und den Gewohnheiten der Logik zu tun hatte. Und heute, da ich die Geschichte kenne, weiß ich, dass Vivi in ihren Wachträumen die Wahrheit sah. Dass die in ihr wachgerufenen Erinnerungen ein Vorgefühl waren. Weil Vivi den Faden zu einer versunkenen Welt hielt, den einzigen, den es überhaupt noch gab. Aber damals wusste ich nichts und stellte nur die allerdümmste Frage:

»Und was kommt danach?«

»Danach?« Vivis unantastbare Überzeugung stand deutlich ablesbar in ihren Augen. »Danach kommen die Toten«, sagte sie.

Bei unserem nächsten Treffen erzählte sie mir, dass sie nach London fuhr. Der Großvater hatte sie eingeladen und ihr ein Flugticket geschickt.

»Miranda bekam einen hysterischen Anfall. ›Keinen Schritt tust du für den Kerl!‹, hat sie geschrien. ›Er sitzt auf seinen Millionen und lässt mich in der Scheiße wühlen. Du kennst ihn nicht, den alten Narren. Schreibe ihm, dass du nicht kommen wirst.‹«

Vivi wusste, dass Miranda ihren Vater seit über zwanzig Jahren nicht gesehen hatte. Als ob beide in unvereinbaren Welten lebten und er Miranda aus seinem Leben gestrichen hätte, der Enkelin aber eine Chance gab. Vivi entging von alldem nichts. Ihr Widerspruchsgeist erwachte. Der Großvater wollte sie sehen, das war neu und aufregend. Miranda sprach ja nie darüber, warum sie sich so zerstritten hatten. Sinneseindrücke waren bei Vivi so ausgeprägt wie bei einem Tier. Wann war sie argwöhnisch geworden? Es hatte wohl begonnen, als sie zum ersten Mal Mirandas Geruch wahrnahm, dicht, süßlich und ölig. »Wie Kompost«, sagte Vivi. Als Miranda Großvaters Brief in den Händen hielt, strömte der widerliche Geruch aus all ihren Poren. Vivis Nackenhaare stellten sich auf. Sonderbar war, dass sie das früher nie gerochen hatte. Während sie noch unter Schock stand, fand sie, wie schon oft, einen Verbündeten in Alexis. »Ach, lass sie doch gehen und sich ein eigenes Urteil bilden«, sagte er friedfertig zu Miranda. »Sie ist ja schließlich alt genug.« Miranda starrte ihn an, als ließen sie die Worte in einen bodenlosen Schacht fallen, bevor sie kreischte:

»Misch dich da nicht ein, Alexis!«

Sie schreit wie ein Papagei, dachte Vivi. Der Geruch drehte ihr den Magen um. Sie riss Miranda das Flugticket aus der Hand, verdrückte sich in ihr Zimmer und versteckte es in einer Schuhschachtel, die sie im Schrank unter einem Berg alter Sachen verbarg. Sie traute es ihrer Mutter wohl zu, dass sie ihr die Tickets entwenden und dann mit dem unschuldigsten Gesicht der Welt zu ihr sagen würde: »Woher soll ich wissen, wo sie sind, wenn du nie aufräumst?«

»Hat sie überhaupt keinen Kontakt mehr zu ihrem Vater?«, fragte ich.

»Das sagt sie nur so.« Vivi verzog das Gesicht. »In Wirklichkeit schreibt sie ihm wirre Briefe, bettelt darum, dass er ihr einen Teil ihres Erbes vorstreckt, damit sie die Pension instand setzen kann. Es sei schließlich seine Pflicht, ihr zu helfen. Aber der Alte beantwortet ihre Post nie. Mutter schimpft: ›Ich könnte den Geizkragen umbringen!‹ Sie sagt immer wieder, dass sie einen Rechtsanwalt einschalten will. Aber das ist nur eine Redensart; sie hat ja kein Geld.«

»Wie lange wirst du wegbleiben?«, fragte ich.

»Solange es mir Spaß macht.« Vivis schiefe Zähne blitzten. »Wenn ich mit dem Alten nicht auskomme, haue ich am nächsten Tag ab. Mein Ticket ist ja ›open‹.«

Vivi hatte keine Ahnung, was sie erwartete. Die Ungewissheit gefiel ihr, im Geist war sie schon weit weg. Wir verabschiedeten uns mit einer flüchtigen Umarmung. Ich beneidete sie nicht; mir blieb auch kein Nachgeschmack. Ich hatte nur Giovanni im Kopf.

18. Kapitel

Wir trafen uns an der Bushaltestelle oder in der Eisdiele. Peter wollte immer, irgendwie, auf irgendeine Weise dabei sein, lief uns mit staksigen Schritten nach. Er blieb stehen, wenn wir anhielten, er ging weiter, wenn wir weitergingen. Er senkte den Kopf, wenn er unsere zwei Augenpaare auf sich gerichtet sah. Wir lachten. Er war unser Schatten, er gehörte dazu. Wir bildeten ein seltsames Dreigespann. Dass Peter Giovanni anbetete und sich deswegen verzweifelt und schuldig fühlte, empfand er im Nachhinein als Demütigung. Sprach er als Erwachsener davon, erweckte er den Eindruck, dass Giovanni ihn verführt hatte. Seine Lügen kamen mir sehr langweilig vor, weil ich mich an unsere Beziehungen und ihre Beschaffenheit lebhaft erinnerte und genau wusste, dass es in Wirklichkeit umgekehrt war. Ich kann nicht sagen, wann genau es anfing, aber es musste in diesem Sommer gewesen sein. Damals empfand Peter sexuelle Handlungen als Mutprobe. Er stürzte sich in die Schlacht, wo es keine Schlacht gab. Alles, was ihn befangen gemacht und was er als natürliche Ordnung hingenommen hatte, wollte er vergessen und Neues ausprobieren. Wir lebten mit solcher Intensität, weil die Jugend ihre geheimsten Wünsche vollkommen unbekümmert auszudrücken weiß. Aber so heftig und drängend sie auch sein mochte, sie verlor zu keiner Stunde ihren Glanz und ihre Unversehrtheit. Giovanni, der Peter wohl durchschaute, ließ sich von ihm berühren, nahm es weiter nicht ernst. Giovanni sagte zu Peter: »Leg dich hin!« Peter gehorchte, selbst wenn es ihn in seinen

218

eigenen Augen ein wenig lächerlich machte, und Giovanni streichelte ihn. Er wusste genau, worauf es ankam. Ich lag neben ihnen, und sie streichelten mich auch, etwas verwirrt, mit feuchtem Mund und glänzendem Blick. Peters Augen weiteten sich vor Staunen über das merkwürdige Gefühl, das er an sich wahrnahm. Er zitterte im Strom von Emotionen, weil er Dinge tat, die verboten waren. Es ging ihm durch und durch, kam über ihn wie Rausch und Verzückung. Giovanni und Peter anzusehen, war mir lieb, ich machte freudig mit. Unsere Finger und Lippen träumten, wir ließen den Wind durch unsere Liebkosungen fahren, rochen den vermischten Duft unserer Haut. Ich beobachtete diese Dinge, überwältigt von der Lethargie des Zuschauens, als sähe ich sie zum ersten Mal, als hätten meine beglückten Augen sie soeben erst entdeckt. Ich hatte ein triumphierendes Gefühl, ohne jeglichen Neid, denn Giovanni gehörte ja mir, sodass ich keinerlei Bedenken hatte, großzügig zu sein. In solchen Augenblicken – ich wusste es und war darüber nicht erstaunt – konnten wir einfach alles machen, was wir wollten. Und alles, was Peter bei Giovanni erproben und erfahren konnte, machte mein Glück noch besser, vollkommen. Denn Giovanni hatte seine eigene Art, Peter einzubeziehen, arglos, subtil, ein wenig belustigt, und war auf jeden Fall der Mittelpunkt. Die Rufe, das Lachen und das ferne Lärmen der Touristen drangen wie Böen zu uns. Wir hatten keine Scheu: Die Jugend ist eine ungehemmte Zeit. Wir feierten das Fest unserer Sinne unter dem Himmel mit seinem namenlosen Blau, bis unbemerkt und ganz leise die Nacht hereinbrach und auf der Theaterbühne des Lebens Don Antonino erschien, die Gestalt, die sich im Dunkeln verbarg und zunehmend hervortrat, von kreideweißem Licht umgeben. Da zerrissen die Feenschleier. Aber ich greife vor.

Zwischen Kindheit und Jugend liegen gefährliche Jahre. Ich war recht üppig geworden, und Mutter versuchte mich dazu zu bringen, einen Büstenhalter zu tragen. »Das ist doch un-

anständig, dass man alles durch den Stoff sehen kann«, sagte
sie. Ich wurde wütend: »Lass mich doch in Ruhe! Ich will bloß
in Ruhe gelassen werden!« Doch Mutter gab nicht nach, behielt das letzte Wort. Der Büstenhalter war hübsch, eine teure
Marke, doch ich kam mir schrecklich eingeschnürt vor. Ich
hatte eine sehr schmale Taille, runde Hüften, lange Beine.
Alle sagten, dass ich gut aussah, mit dem Büstenhalter sogar
elegant, eine richtige junge Dame. Ich selbst aber fand mich
plump und viel zu dick. Unversöhnliche Gegensätze rangen in
mir um die Oberhand. Ich war noch nicht an meinen neuen
Körper gewöhnt, schwankte zwischen Anorexie und Fett-
sucht. Ich studierte eifrig italienische Modeblätter, las jeden
Klatsch, probierte Frisuren und Lippenstift aus, lackierte mir
ungeschickt die Fußnägel. Dann fuhr Peter in die Ferien nach
Sizilien – seine Mutter stammte aus Taormina, und ihre Eltern
lebten noch dort. Ich dachte, jetzt hätte ich Giovanni ganz für
mich. Doch dann wartete ich vergeblich auf ihn; er kam nicht.
Das dauerte Tage, Wochen, er war einfach wie vom Erdboden verschwunden. Immer wieder rannte ich zur Bushaltestelle oder zur Gelateria, schleckte Eis, lief wie eine Irre umher, suchte ihn. Ich wartete, kein Echo, nichts, niemand mehr
nirgendwo. Er war gegangen, er war fort. Ich sprach leise mit
ihm weiter, zerbrach mir den Kopf vom Aufwachen bis zum
Einschlafen, verkroch mich zu Hause in beleidigtem Schweigen. In dieser Zeit war auch mein Vater ganz anders als sonst,
machte ein mürrisches Gesicht, hatte immer etwas an mir aus-
zusetzen. Mutter schien sich auszuschließen, hantierte herum,
mit abwesender Miene. Bei Tisch sprachen beide über meinen Kopf hinweg. Inzwischen stocherte ich in meinem Teller
herum, träumte meine Träume und verstand in keiner Weise,
warum Giovanni nicht kam und mein Vater mir unentwegt
vorhielt, was sich gehörte und was nicht.

»Hast du dich geschminkt? Und warum? Trag doch etwas weniger Auffälliges!«, sagte er mit missbilligendem Blick

auf meine knappen Shorts. »Wohin gehst du?«, fragte er, sobald ich aus der Tür wollte. Ich ärgerte mich, antwortete patzig, rannte zornig aus dem Haus. Vorwürfe erwarteten mich auch, wenn ich nach Sonnenuntergang heimkam: »So spät? Wo warst du denn die ganze Zeit?« Vater fragte mit unerwarteter Schärfe. Er benahm sich wie ein arabischer Vater, der seine Tochter unter Schloss und Riegel hielt. Mutter war toleranter. »Ach, lass ihr doch ihre Freiheit, sie hat Ferien!« Die Stimmung war seltsam gedrückt, vielleicht empfand ich es auch nur so. Abends saßen die Eltern vor dem Bildschirm, Vater rauchte, der Geruch seiner Zigarette machte die Luft noch stickiger. Mutter hatte eine Näharbeit in den Händen oder trank Bier, der Biergeruch ekelte mich genauso an. Ich lümmelte auf dem Sofa herum, einen Kaugummi im Mund, ließ die Beine baumeln, hielt ein Kissen auf meinem Bauch wie ein Kleinkind. Trostsuche. Teilnahmslos starrte ich auf das bunte Geflimmer, dachte nur an die wilde Sehnsucht, die mich erfüllte. Vielleicht lag es an der unerträglichen Hitze; das Wetter brachte Südwind mit, der tagelang tobte. Ich fühlte, wie ich störrisch und verschlagen wurde, alles summte in mir wie in einer Muschel. Ach, Giovanni! Ich wollte nur noch draußen sein, mit ihm, bei ihm. Ich sah das Drama nicht kommen. Woher auch? Doch mitten in der Stille kam es zu einem abrupten Stimmungswechsel, ausgelöst durch meine schmollende Bemerkung, dass ich die Ferien hasste, weil Peter und Vivi weg waren und Giovanni nicht kam. Und da explodierte mein Vater, hochrot im Gesicht. Die Adern traten hervor; ich hatte ihn noch nie so aufgebracht gesehen.

»Alessa, mit Giovanni ist ab sofort Schluss. Ich verbiete dir, dich mit ihm zu treffen. Auch wenn Peter dabei ist.«

Der Blitz traf mich wie aus heiterem Himmel, fuhr – zack! – durch mich hindurch. Der Blitz trennte mich von der Vergangenheit, von unseren Spielen und Entdeckungen, an denen ich, an denen er, was dasselbe war, teilgenommen hatten. Die

Trennung war endgültig, war absolut. Der Blitz zerschmetterte alles. Zurück blieb ein flackerndes Nachbild: die Zisterne, Giovanni und ich in eiskalter Dunkelheit und Vivi und Peter mit ihren bleichen, entsetzten Gesichtern oben am Rand.

Mein Mund bebte wie der Mund eines Kindes, das gleich in Tränen ausbricht.

»Aber … das geht doch nicht!«, stammelte ich kopflos. »Wir kennen uns doch seit Jahren!«

Bevor er antwortete, steckte sich Vater langsam eine Zigarette an. Vor dem Geruch dieser Marke ekle ich mich heute noch. Vater war im Grunde ein herzensguter Mensch, der Mitleid mit mir hatte. Aber in diesem Augenblick zeigte er sich ganz als »Pater familias«.

»Alessa«, sagte er dann, jedes Wort betonend. »Giovannis Mutter ist tot, und sein Vater steht wegen Mordes vor Gericht. Es stand in der Zeitung; ich kann dir den Bericht zeigen, wenn du willst.«

»Vater hat das die ganze Zeit mit sich herumgetragen«, vertraute mir Mutter später an. »Er hasst solche Szenen so sehr und wusste nicht, wie er es dir sagen sollte.«

»Das war unfair von ihm.«

»Nein, er wollte dir keinen Kummer machen.«

Ich weiß noch, wie mich damals, als er das sagte, eine Art fatale Lähmung überkam. Ich stand wie erstarrt, konnte nicht einmal den Kopf schütteln. Mir war, als ob er mich geschlagen hätte, was er noch nie getan hatte und auch nie tun würde. Ich konnte nichts sagen, nichts denken. Vater beherrschte sich mit mächtiger Anstrengung. Gerecht, wie er war, wollte er das Übel nicht verschlimmern. Er war mir nicht böse, nein, das nicht. Es war nicht meine Schuld, dass ich nichts wusste. Er wünschte nur, dass ich Giovanni nicht mehr sah. Jetzt, da es heraus war, atmete er freier. Er nickte Mutter zu, die ein kleines, trauriges Lächeln zeigte. Sie war froh, dass er die Dinge endlich ausgesprochen hatte. Mir kamen keine Tränen, ich weine ja fast nie. Ich stand wie betäubt vor einem Haufen Scherben; die Scherben unserer Unbefangenheit, unserer unbeschwerten Jugend, die Scherben unserer Liebe, die ihren Namen noch suchte. Mein Vater aber entspannte sich nun. Sitzend führte er die Zigarette an die Lippen, und sein Ton wurde sanfter. Der Sturm war vorüber. Endlich sprach er wieder mit mir, wie er früher gesprochen hatte, ganz ruhig, weil es jetzt viel leichter war, mit Milde und Verständnis.

»Ach, Alessa, es tut mir ja leid! Ich weiß, dass dir der Junge viel bedeutet. Aber den Nachbarn kann ich das nicht erklären. Sei vernünftig und verlass dich auf das, was ich sage: Er ist kein Umgang mehr für dich. Du bringst dich in Verruf, wenn du mit ihm gesehen wirst. Glaube mir, Alessa, ich kann das beurteilen.«

19. Kapitel

Vater hat meine Mutter getötet.« Giovanni sprach leise, die Wange an meine Schulter gedrückt, von unterdrückten Krämpfen geschüttelt. »Nach der Beerdigung hat mir mein Bruder Filippo erzählt, wie es passiert ist. Der Alte hat meine Mutter verprügelt, weil das Essen nicht schnell genug kam. Sie ist gegen die Ofenplatte gefallen und hat sich das Genick gebrochen. Vater hat allen befohlen zu schweigen. Ich sollte die Wahrheit nicht erfahren. Ich war ja nicht dabei, als es passierte, und konnte vor Gericht nicht aussagen. Aber Filippo hat den Mund nicht gehalten. Und wenn es Vater zu Ohren gelangt, dass Filippo es mir gesagt hat, bricht er ihm sämtliche Knochen.«

Er hob sein Gesicht zu mir empor; seine Züge sahen dabei ganz eng aus, als verdorre er unter der Sonne plötzlich zu einer dunklen Frucht. Wenn er sein Gesicht so veränderte und die Augen zusammenkniff, hatte ich vor lauter Qual Halsschmerzen. Irgendwie war es doch so, wie mein Vater gesagt hatte. Ich konnte mich nicht einmal über seine Worte entrüsten. Giovanni und ich waren durch Welten voneinander getrennt. Und gleichzeitig gehörten wir zusammen, eine Sache, die Vater nie begreifen würde. Ich spürte, wie ich zunehmend sachlich und störrisch wurde. Ob Giovanni aus schlechter Familie war, spielte überhaupt keine Rolle. Was mein Vater gesagt hatte, war viel weniger wichtig als das, was Giovanni für mich war. Ich hatte für ihn gekämpft und gelitten. Er gehörte mir, und ich gehörte ihm, wir konnten einander alles sagen.

Und jetzt war er unglücklich, was ich nicht ertragen konnte. Niemand – außer mir selbst – durfte Giovanni verletzen. Ich fragte:»Wurde dein Vater nicht verurteilt?« Er sah mit leeren Augen zu mir auf. Ich war ganz im Bann seiner Verzweiflung. »Sie haben ihn freigesprochen. Aus Mangel an Beweisen. Meine Geschwister haben ausgesagt, Mutter sei mit einem Topf Suppe in der Hand über einen Stuhl gestolpert. Sogar der Mimmo, der viel zu dumm ist, um zu lügen. Alle hatten Angst.«

»Hast du es deinem Onkel erzählt?«

Giovanni nickte mit zugekniffenen Augen.

»Doch, alles. Er hatte längst gemerkt, wie mich das quälte, und nahm sich viel Zeit für mich. Ich hatte meine Mutter sehr lieb gehabt, das wusste er ja, und fand tröstende Worte. Als ich ihm offen sagte, was ich dachte, fragte er mich, ob ich wirklich meinte, dass alle Zeugen vor Gottes Angesicht gelogen hätten. Wussten sie denn nicht, dass Gott in die Herzen der Menschen sah und erkannte, was sie vor sich selbst und den anderen verbergen? Ja, mein Vater sei ein harter Mann, das könne er nicht leugnen. Aber fähig, sich an der Mutter seiner Kinder auf solch entsetzliche Art zu vergreifen? Mehr konnte Don Antonino nicht dazu sagen. Er hatte Vaters Beichte abgenommen, und die stand unter dem Siegel der Verschwiegenheit. Aber weil ich so viel Kummer hätte, sollte ich wissen, dass mein Vater seine gute Gefährtin beweinte. Und dass er seinen Schmerz in der prachtvollen Zeremonie für die Verstorbene gezeigt hatte, die Kirche ganz mit Blumen geschmückt, und in seiner großzügigen Spende für die Armen. Daraufhin fragte ich Don Antonino, ob er denn glaubte, dass mein Bruder gelogen hätte. Er antwortete, auch dieses sei womöglich etwas ganz anderes als das, was ich dachte. Filippo hatte ja auch seine Mutter verloren und reagierte empfindlich. Und soweit er es beurteilen konnte, sei Filippo kein böser Mensch, nur einer, der zu viel grübelte. Ich sollte mich nicht zu sehr auf ihn verlassen. Was ich tun konnte? Nun, für ihn beten, dass Gott ihm den inneren Frieden zurückgab.«

Ich machte ein skeptisches Gesicht. Was Don Antonino gesagt hatte, wirkte schrecklich belehrend. Aber alles, was ich dazu zu sagen wusste, war:»Es könnte ja sein, dass es stimmt...«

Giovanni stieß zischend die Luft aus. Er ballte die Fäuste, seine Augen waren ganz schmal und dunkel geworden.

»Nein, es ist alles ganz falsch! Mein Vater hat ihn angelogen. Er glaubt nicht richtig an Gott, musst du wissen. Er tut nur so, weil er keine Scherereien will. Und mit der Armenspende hat er sich die Absolution erkauft. Oh, wenn ich könnte, würde ich ihn erschießen!«

Giovanni zitterte vor unterdrückter Wut. Er und ich hatten immer jeden noch so kleinen Gedanken geteilt, niemals ein Geheimnis voreinander gehabt – nie. Aber jetzt mochte er das Gefühl haben, dass ich ihn nicht verstand. Ich sagte mit matter Stimme:»Aber Don Antonino hätte das doch merken müssen!«

Giovanni schüttelte den Kopf. Seine Augen waren von Tränen rot gerändert.

»Nein. Er ist Priester und muss den Menschen, denen er die Beichte abnimmt, vertrauen. Sonst bricht ja alles zusammen.«

Ich wusste nicht, worauf er anspielte.

»Was? Was bricht zusammen?«

Er machte eine heftige Geste.

»Die Kirche, die Religion, alles. Wohin soll das führen, wenn man Priester ist und es mit Leuten zu tun hat, für die ›Ego te absolvo‹ nur ›Schwamm drüber‹ bedeutet? Wenn sie keine Angst mehr vor dem Höllenfeuer haben ...«

Giovanni war stets ein Junge gewesen, der sich viele Gedanken machte. Jetzt aber hörten sich seine Worte seltsam an, ja, sie widersprachen geradezu seiner Erziehung als zukünftigem

Seminaristen. Und später kam mir in den Sinn, dass er schon damals begonnen hatte, den Boden unter den Füßen zu verlieren, und nebelhaft ahnte, dass er niemals ein Priester werden würde. Ich wurde immer verwirrter und wollte begreifen. »Für dich stimmt also das, was dein Bruder gesagt hat.« Giovanni sah mit einem Ruck zu mir empor. »Alessa, hör zu: Filippo hasst es, wenn er zu irgendetwas gezwungen wird. Er tut nur das, was er will, das war schon immer so. Und jetzt musste er vor Gericht lügen. Weil Vater ihn gegen seinen Willen dazu gezwungen hat. Und weil er deswegen stinksauer wurde, rächte er sich, indem er mir die ganze Wahrheit auftischte. So einfach ist das mit dem Filippo, ich kenne ihn doch!«

Dass Giovanni übermäßig litt, konnte er nicht mehr für sich behalten. Ihm war auch gesagt worden, es sei schmählich für einen Jungen zu weinen, und zuerst schmerzte es ihn, als es durchbrach. Dann aber erleichterte es sein Herz, ich hielt ihn fest und streichelte ihn, alle Spannung, aller Schmerz wurden allmählich gelockert. Meine Zärtlichkeit ließ ihn spüren, dass er nicht einsam war, dass ich mit ihm die Last seiner Verzweiflung tragen konnte. Doch wir waren beide vierzehn Jahre alt, gesund, kräftig, von forderndem Blut erfüllt. Jeder spürte die Seele des anderen; als die Liebe über uns kam, war es, als ob ein Damm brach. Wir hatten diese Dinge schon getan, aber es war das erste Mal, dass Giovanni mich wie ein Mann liebte, fordernd, behutsam, im vollen Bewusstsein seiner jugendlichen Stärke. Ich hatte das Bedürfnis nach Worten vergessen, und er vergaß das Bedürfnis nach Tränen; man sagt nicht umsonst, die Liebe sei eine heilende Kraft. Und wie unsere Körper, ohne zu fragen, die Bedürfnisse des anderen kannten, so war es auch mit unseren Seelen. Nie ist die Liebe aufrichtiger, als wenn sie nicht nur aus Begierde, sondern auch aus dem Schmerz erwächst – sofern Jugendliche eine Ahnung davon haben. Die Höhle war grün bestrahlt, und die uralte Spirale umschloss uns in ihren Ringen. Jeder Atemzug versenkte uns tiefer in eine Umarmung, die so ganz anders war als unser unbeholfenes, neugieriges Vortasten von einst. Wir waren zwei junge Menschen, die sich in vollem Bewusstsein liebten. Keine Kinder mehr, sondern Erwachsene. Giovannis Finger waren immer kühl, selbst an heißen Sommertagen. Er streichelte mein nasses Gesicht, seine Finger glitten über die Augenhöhlen, die Nase, die Lippen, das Kinn. Er schämte sich auch nicht mehr, mir dabei in die Augen zu schauen. Auch sein Gesicht hatte das Unentschlossene der Kindheit verloren; es war schon das Gesicht des Mannes, der er im Begriff war zu werden. Seine olivgrünen Pupillen waren groß, ungezähmt, sahen einen nicht gerade an, sondern immer ein wenig von der Seite. Sie waren von langen Wimpern überschattet, die sich außergewöhnlich stark wölbten, sobald er die Lider senkte. Von diesem Blick, zusammen mit der klaren, weich gezogenen Linie seines Profils, den aufgeworfenen Lippen über den starken weißen Zähnen ging ein unwiderstehlicher Reiz aus. Es war, aber so dachte ich erst nachträglich, als ob in diesem Profil die Schöpfung sich an jene Zeiten erinnerte, in denen die Menschen noch Götter waren, rein, unschuldig, vollkommen. Ich nahm die Verwandlung wahr, mir schien, sie sei jetzt gerade geschehen, von einem Atemzug zum nächsten. Ich knetete unter meiner Hand seine blanke Schulterkugel, den muskulösen Oberarm. Giovanni war nicht sehr groß – und würde es auch nie werden –, wir waren beide gleich groß und gleich schwer. Ich wollte ihn immer nur liebkosen, in seinen lebendigen Körper eindringen, mit diesem reinen Hauch, der von ihm ausströmte, dem starken Duft von weicher, gesunder Haut. Er streichelte meine Brüste, streichelte sie mit solcher Hingabe und solchem Glück, dass ich das Gefühl hatte, die Brüste lebten ein eigenständiges Leben, wie zwei warme Tauben, die ich trug; er sagte leise, dass ich schön sei, schön wie eine Brunnenfigur. Und während er das sagte, spürte ich das heftige Ziehen, das die Warzen hart werden ließ. Ich hatte es schon früher gespürt, ohne jemals zu wissen, was es denn eigentlich bedeutete. Mein Leben lang würde ich mich an diesen Augenblick erinnern, als ich Giovanni zitternd umklammerte, seinen Rücken streichelte, der schon so kräftig war, seine langen Schenkel. Und als er sich auf mich legte und in mich eindrang, spürte ich, wie das Leben an uns vorbeizog, langsam, aber beständig, so wie die Körnchen in die enge Öffnung einer Sanduhr fallen, stets im gleichen Rhythmus, nie langsamer, nie schneller. Wir waren im Fließenden, bewegten uns fort mit dem Strom, Fernes aus längst vergessenen Zeiten stieg hinauf, aus den tiefsten Momenten der erlebten Dinge gezogen. Giovannis Arme hielten mich fest umschlungen, seine gelenkigen Hände bewegten sich auf meinen Bauch, strichen darüber. Während er sich in mir bewegte, fuhren meine Zähne über seine Schultern und Arme, drangen in seine Haut ein, die golden und unversehrt war, bissen zu. Schweißtropfen, die an Giovannis Körper glitzerten – ich leckte diese Tropfen mit ihrem Honiggeschmack ab. Er hielt mich mit den Armen fest, als er sich immer tiefer in mich hineinschob und wir gemeinsam zu keuchen begannen. Wir wiegten uns, die Körper aufeinandergepresst, mit vibrierenden Muskeln und pulsierendem Blut. Das Lustgefühl war so groß, dass uns schwindlig davon wurde und das Licht, das uns anleuchtete, aus uns zu kommen schien, aus unserer neu entdeckten Welt mit all ihren Herrlichkeiten. Wir wussten zu viel und wussten nichts. Jede noch so kleine Geste war voller Wunder und Bedeutung. Wie alle Liebenden vor und nach uns glaubten wir, dass wir die Einzigen seien, die diese gemeinsame Kraft des Staunens empfanden, dieses Entflammtsein und Fantasieren. Giovanni legte seine Hände auf mein Gesicht, streichelte es zärtlich, langsam, gierig. Wir stammelten Begeistertes, Halbvollendetes, die Herzen waren ganz aufgetan. Draußen, weiter unten an den Klippen, schwappten träge die Wellen, wälzten Gischt an den

Strand, die in der Sonne in glitzernden Bläschen zerplatzte. Der Wind brachte einen Geruch nach Algen, nach Leben, vermischt mit dem Geruch unserer Haare, der klebrigen Haut in den Achselhöhlen. Die Felsen, auf denen wir lagen, fühlten sich glatt und warm an. Es war, als ob nicht der geringste Unterschied zwischen diesen Felsen und unseren Körpern bestand, so warm und lebendig waren Körper und Stein. Das war, unter Ausschaltung des Bewusstseins, ein Zustand zwischen Schlafen und Wachen, und über uns hing eine leuchtende Wolke, sank herab, stieg wieder hoch, im gleichmäßigen Rhythmus unseres Atems. Unserer Jugend, unserer Redlichkeit, war alles gestattet, alles gemäß. Und so lagen wir nackt und entspannt und glückselig da, in alten und neuen Träumen geborgen.

20. Kapitel

Mein Vater hatte ein Verbot ausgesprochen. Wir fühlten uns diesem Verbot gegenüber so hilflos. Aber je strenger das Verbot, desto listenreicher schlüpften wir an ihm vorbei, wie die Schlangen, deren ganzer Körper die Erde berührt. Kaum etwas stand uns im Weg, Hindernisse besiegten uns, aber niemals ganz. Stets fanden wir Mittel und Wege, uns zu treffen, und sei es nur für kurze Augenblicke. Es bedarf großer Einfühlung und praktischen Verstands, um der Aufsicht zu entwischen. Wenn es ein Glück ist, beharrlich für eine solche Liebe zu kämpfen, dann waren wir die glücklichsten Menschen der Welt. Wir spürten die gleiche Schwere in den Gliedern, die Unruhe in der Brust, das Kribbeln am ganzen Körper, die gleiche Sehnsucht und den gleichen Schmerz. Wir entwischten jeder Aufsicht, liefen schnell, schlugen steinige Pfade ein, immer an den Klippen entlang, aber nie zur gleichen Stunde. Das hätte Verdacht erregt. Die Luft roch nach Thymian, die gelben Blumen der Forsythie leuchteten zwischen den Dornen. Wir trafen uns in einsamen Buchten, stiegen hinunter an den Strand, schwammen weit hinaus ins Meer. Und dann wateten wir zurück, fanden Schlupfwinkel im Gewirr der Steine. Aus Giovannis Haar sprühten Tropfen, sobald er den Kopf schüttelte, er lachte mit blitzenden Zähnen. Doch seine Augen blieben ernst, wenn ich auf ihm kauerte, er sich langsam in mir auf und ab bewegte; es war der dunkel wissende Blick einer anderen Zeit. Im Augenblick der Erfüllung bewegten sich seine Lippen, seine Augen verschwammen, etwas war dann in ihm, das eine Entrücktheit offenbarte, so versunken, so fern wie in einem Wachtraum. Giovannis Innigkeit und Wärme durchfluteten mich bis in den tiefsten Kern meines Seins. Ich zitterte, dass ich fast mit den Zähnen klapperte, es war die natürliche körperliche Antwort auf die Vereinigung mit einem Menschen, der eine mir verwandte Seele besaß. Wir wollten nie voneinander lassen, wollten unser Leben lang miteinander verbunden bleiben. Denn es war nicht nur die Gemeinschaft der neu entdeckten Lust, sondern eine ungewöhnlich stark empfundene Freundschaft. Diese Gefühle konnten wir nicht aussprechen, nur andeuten, durch die Zeichen unserer Augen, Lippen und Körper. Und es war eine Sprache, die das Wesentliche und Letzte auszudrücken vermochte. Küssten wir uns, war es nicht nur die Hitze unseres Blutes, die zum Ausdruck kam, sondern das Andere, das Innerliche. Und auf unserer Stirn lag der Glanz des Paradieses.

Das Paradies? Ach ja! Wo mochte es sein? Giovanni hatte es zunächst in der kühlen, beruhigenden St. Gillian Church gesucht. War die Kirche leer, er mit ihr ganz allein, vermeinte er eine Verheißung zu spüren, die Entstehung eines Wunders. Am Anfang ging er lange und still unter den Rundbogen umher, starrte an den Säulen empor ins Sonnenlicht, das edelsteinfarben von seitwärts kam. Er betrachtete die Vorhänge aus rotem Atlas, die eingravierten Wappen in den Fliesen des Bodens, ging an wuchtigen Chorstühlen aus geschnitzter Eiche vorbei, an Fresken, Gemälden und Statuen. Er hob seine Blicke zum Altar empor, wo Staubteilchen in der Schwebe hingen und vor den hohen, strahlenden Fenstern zu Farbe wurden. Täglich und zu bestimmten Stunden erklangen Kirchengesänge, die Luft duftete nach Weihrauch. An den großen Feiertagen, zu Weihnachten, zu Ostern und zu Pfingsten war die Kirche mit Blumen und Girlanden geschmückt. Männer und Frauen bewegten sich hinter Weihrauchschleiern, und Chorknaben sangen mit süßer, feiner Stimme. Der Geruch von Weihrauch und geschmolzenem Wachs vermischte sich mit dem Duft der Lilien, die in Garben auf den Chorstufen und Altartischen standen. Die Priester in ihren goldglitzernden Gewändern fielen unablässig auf die Knie, die andächtige Menge tat es ihnen nach, und jede Bewegung war wie ein Flügelrauschen. Aber Giovanni mochte es, wenn die Bänke leer waren und die Kirche nur für ihn da war. Vor dem Altar brannten Wachskerzen in glitzernden Muranoleuchtern, erzeugten einen fahlen Dunst, der nach Honig duftete, und im Helldunkel wisperte das rot glühende ewige Licht sein Versprechen. In Alabastervasen standen künstliche Blumensträuße in Rot, Rosa und Weiß, den echten wunderbar nachgebildet. Langsam ging Giovanni dem Altar entgegen, bemüht, seine Schritte lautlos zu halten. Bei den Stufen hielt er inne, den Kopf zurückgeworfen, nahm alles in sich auf. Wohin sein Auge sich wandte, sah er nur Goldstickereien, Stein- und Lichtgefunkel. Immer wieder setzte ihn der melancholische Prunk in Erstaunen. Der Glanz berauschte ihn, dass es ihn schmerzte. Er fühlte sich dunkel und namenlos wie ein Eindringling inmitten des Reichtums der Welt. Sobald die Ergriffenheit tief genug war, kniete er auf den Bodenplatten nieder und betete. Aus seinem innersten Wesen heraus versuchte er die richtigen Worte zu finden. Nicht jene, die er gelernt hatte, sondern schlichte, alltägliche Worte, die seiner eigenen Art entsprachen. Wunder entstehen aus Gedankenkraft. Giovanni konzentrierte seinen Geist, aber das logische Denken rückte die Dinge immer wieder in eine andere Perspektive. Er ließ die Augen auf irgendwelchen geometrischen Linien ruhen, blickte an den Säulen empor und berechnete ihre Höhe. Dabei stellte er sich oft Fragen über die Architektur und überlegte, wie weit sie das Gedächtnis der Vergangenheit ist – ähnlich fasziniert vom nur noch ahnbaren Leben der Alten, wie es einmal Piranesi gewesen war, dessen Radierungen ihm Don Antonino gezeigt hatte. Und am Ende musste er mit einem leichten Gefühl der

Peinlichkeit einsehen, dass er nicht bei der Sache war. Auf diesen unklaren Gedankenwegen blieb der Trost aus, das Wunder kam nicht zustande. Giovanni fand in der Kirche nicht das Größere, nach dem er sich sehnte. Er wurde viel zu leicht aus sich selbst herausgerissen. Ihm kam es so vor, als suche er in der falschen Richtung, aber das lag natürlich an ihm, weil ihm Neugier und Verstand immer wieder im Weg waren. Er bekreuzigte sich mit schlechtem Gewissen, ging um ein paar Säulen herum, auf den Raum zu, wo die Votivgaben hingen. Die Wände waren voll davon: Krücken, künstliche Handgelenke, Kinderkleidchen, vergilbte Briefe und Fotos von Unfällen, gestiftet von den Leuten, die der heilige St. Gillian beschützt oder geheilt hatte. Sogar ein Fahrrad war an der Wand befestigt und ein Motorradhelm. Doch in diesem Raum voller tiefer, feuchter Schatten war es, als ob die Dinge sich auflösten in verkohltes Schwarz, die Hände ohne Arme, die Augen ohne Gesicht, die kleine Zelluloidpuppe. Mit einem Frösteln im Rücken ging Giovanni zu den Vitrinen, wo die Reliquien aufbewahrt wurden, betrachtete die Stückchen Knorpel, die Gebissteile, die vertrockneten Hände oder Finger, eingefasst in massives Silber, mit Edelsteinen geschmückt. In Giovannis Kopf stellten sich Assoziationen ein. Er entsann sich des Knochenhauses in Hal Saflieni, der einst empfundenen Ehrfurcht, des Gefühls, dass die Toten noch sehende Augen hatten, noch lauschende Ohren. Die Skelette waren nicht böse, sie trugen Schmuck, sie sprachen ihre Sprache, die ein Kind verstehen konnte, sie machten sogar Geschenke. Gewiss, auch diese Knochen hier waren geheiligt. Aber man hatte sie von der Erde getrennt, sie hatten keine Erinnerungen mehr, keine Träume, keine Stimmen. Wenn Giovanni je ein Gefühl dafür gehabt hatte, das Gefühl war jetzt dahin, so sicher wie seine Kindheit dahin war. Das war der große Unterschied: Die Knochen in ihren silbernen Behältern waren ebenso tot wie die alten Spinnweben und die vertrockneten Nachtfalter in den

Ecken der Sakristei, in der es nach welken Blumen roch, nach muffigen Gewändern. Die Spitzendecken, erhabene Stickwerke müßig eingeschlossener Nonnen, waren vergilbt und zerschlissen, die Ornamente verblassten, Rot war Rosa geworden, Blau zu Hellgrau, die Gold-und Silberfäden zerbröckelten zu ganz feinem Staub. Giovannis Herz füllte sich mit Schwere. Vielleicht konnten keine Wunder mehr geschehen, weil zu viel Glaube gefordert wurde ohne die Gewissheit eines lauschenden Ohrs? Giovanni dachte oft an die Märtyrer auf den düsteren Gemälden alter Meister. Sie waren früher Visionen für ihn gewesen, ein geistiges Erbe in sichtbarer Form: Menschen waren für etwas gestorben, das ihnen wichtiger war als das Leben. Nun stellte er sich zunehmend die Frage, ob es sich wirklich für sie gelohnt hatte. Oder ob sie nur Opfer gewesen waren für etwas, das viel versprach und am Ende nichts gab? Wenn Giovanni die Kirche verließ, glänzte der Tag wie ein wasserklarer Edelstein. Blumen und Bäume leuchteten mit ihrer Üppigkeit des Blühens, viele, viele Vögel flatterten umher, und in der Ferne schimmerte tiefblau das lebendige Meer. Giovanni kam aus dem Düsteren, dem Farblosen; jetzt stürzte das Licht auf ihn herab, und Giovanni war es, als ob er Flügel hätte, höher schwebte, der Sonne entgegen. Und er dachte, sie könnte es gewesen sein, die die Erde und alles Leben erschaffen hatte. Er spürte eine Heiligkeit in der Luft, wie er sie in der Kirche nicht empfunden hatte. Er brauchte nur im Licht zu stehen, auf die Schwingungen der Natur zu achten, auf ihre Berührung, um sich wiedergeboren und gesegnet zu fühlen, gereinigt von Schwärze, Moder und Staub. Er freute sich, lebendig und jung zu sein, mit gesunden starken Gliedern und wachem Verstand. Er fühlte in sich den Drang, mit nacktem Körper die Erde, die Steine, das Wasser zu berühren. Vielleicht, dachte er, weil die Schöpfung Gottes Werk ist? Und alle Kirchen mit ihrem Prunk nur Menschenwerk?

Doch er wusste, es war nicht gut, solche Gedanken seinem

Onkel mitzuteilen. Ach, wann hatte er begonnen zu zweifeln? Es mochte gewesen sein, als seine Mutter umgebracht wurde und Don Antonino die Lüge nicht durchschaut oder sich aus irgendeinem Grund damit abgefunden hatte. Der Verdacht war allerdings abscheulich und quälte Giovanni sehr. Er fühlte sich undankbar und gemein. Giovanni wollte lernen, sein Onkel ermöglichte es ihm; jeden Tag wurden ihm die vollen Teller vorgesetzt – die vollen Teller der Mahlzeiten und die vollen Teller des Glaubens. Giovanni war ein bisschen sensibler als andere Kinder, und deshalb überstand er dieses Bewusstwerden schlechter als andere Kinder. Don Antonino hatte ihm auch erklärt, warum er sich geißelte. Weil Jesus ununterbrochen, in jedem Moment der Ewigkeit, ans Kreuz geschlagen wurde und Don Antonino seine Leiden mitempfinden wollte.

Er tat es immer wieder, hatte er Giovanni gesagt, sobald die Wunden, die er sich zufügte, verheilten. Giovanni hatte versucht zu verstehen, hatte es aus ganzem Herzen versucht, bis ihm klar wurde, dass sein Onkel unter einer Art bösartiger Krankheit litt, dass er sich nicht Schmerzen zufügte, um mit Jesus zu leiden, sondern weil er in einen Kampf mit sich selbst verwickelt war. Giovanni ahnte, dass sein Onkel gegen das Böse kämpfte, das in ihm selbst war, in seinem Fleisch, in seinem Blut. Giovanni verfügte über viel Mitleid, aber auch über einen gesunden Verstand. Und zudem hatte er eine innere Unbekümmertheit, fast eine Art Stoizismus. Noch mochte er kindlich wirken, aber in Wirklichkeit ruhte er fest in sich selbst. Nach und nach aber fühlte er sich in eine Sphäre gedrängt, die ihn nichts anging. Das seltsame, unheimliche Gefühl ließ ihn nicht mehr los. Er hatte das schlechte Gewissen des Schülers, der plötzlich spürt, dass er in einem Winkel seines Herzens nicht genug glaubt, was sein Lehrer ihm weiszumachen versucht. Das war schlecht, wirklich schlecht. Aber auch diese Gedanken behielt er für sich, die Provokation konnte er sich nicht leisten, er war ja von seinem Onkel abhängig. Zu mir aber sprach er, nebst vielem anderen, darüber.

»Er wird nie zornig, ist immer gleichbleibend geduldig und freundlich. Ist er nicht in der Kirche, sitzt er hinter seinem Schreibtisch, vor dem Bild des gekreuzigten Christus. Das Bild ist lebensgroß, und er sieht es immer an. Und hinter ihm hängt das Bild des heiligen Sebastian, dem mit den vielen Pfeilen im Leib. Und ich sitze auch da, zwischen den beiden Bildern, aber ich will sie nicht sehen. Don Antonino gibt mir Nachhilfestunden in Latein, hört mir die Vokabeln ab. Latein mag ich sehr. Es ist ein gutes Gefühl in meinem Kopf, all die vielen Worte und Gedanken. Es ist Latein. Es hört sich schön an. Ich gebe mir große Mühe und freue mich, dass ich nach der Lektion nach draußen darf. Wenn ich gut gelernt habe, hat er nichts dagegen.«

Giovanni musste im Freien sein können, er musste laufen, springen, unbekannte Gesichter ansehen. Er hatte immer den Drang, sich auszuziehen, die kalte Luft zu spüren, sich Wasser auf die nackte Haut zu spritzen.

»Ich weiß«, sagte Don Antonino, »dass du Bewegung nötig hast. Ich finde es auch richtig, dass du in deiner Freizeit schwimmen gehst. Sport ist gut, weil er ganz im Sinne Platons deinen Geist stärkt und deine Kräfte erprobt. Und du machst es ja auch nur zum Spaß. Nächstes Jahr, im Seminar, wirst du wenig Gelegenheit dazu haben.«

»Platon?«, murmelte ich. Von Platon hatten wir im Unterricht gehört. Aber ich sah überhaupt keinen Zusammenhang.

»Doch, er redet oft von Platon. Er sagt, schließlich handelt es sich um wichtige Dinge. Platon sei zwar kein Christ gewesen, aber auch er hätte sich zum Ziel gesetzt, junge Menschen zu unterrichten. Das gehöre zur Barmherzigkeit. Er starrt mich an, wenn er das sagt, starrt durch mich hindurch, als wenn er nicht wirklich Augen im Kopf hätte, ich kann es nicht anders beschreiben. Aber seine Augen sind da, schwarz und feucht, als ob sie in der Luft hingen. Manchmal, ohne ersichtlichen Grund, gerät er ins Zittern. Er kratzt sich, fummelt an sich herum, ich sehe seine weiße Hand auf der schwarzen Soutane. Dabei blickt er mir ins Gesicht, bis ich mich fühle, als ob ich etwas falsch gemacht hätte.

›Aber sei vorsichtig beim Schwimmen‹, hat er mir gestern gesagt, ›pass auf, dass du nicht ohnmächtig wirst und ertrinkst‹.«

Giovanni erzählte es ganz ruhig, mich aber überlief ein Frösteln.

»So gut, wie du schwimmen kannst!«

Giovanni zog die Schultern hoch.

»Er würde mich am liebsten einsperren.«

»Womöglich ist er nur neidisch«, meinte ich. »Ein Priester kann nicht seine Soutane ausziehen und in Badehose einen Kopfsprung machen, draußen vor allen Leuten. Das schickt sich einfach nicht.«

Wir lachten, Giovanni noch lauter als ich, schüttelte sich geradezu vor Lachen. Damals sprach man noch nicht unbefangen über das, was man »abartige Veranlagungen« nannte. Vor allem nicht, wenn von einem Geistlichen die Rede war. Man ließ diese Dinge in den staubigen Winkeln des Ungesagten. Aber zwischen Giovanni und mir gab es nichts Unaussprechliches. Noch lebten wir in einer Erfüllung, die alles andere zu Schemen und beweglichen Traumschatten machte; der Kummer hatte zwar die ersten Wunden geschlagen, aber noch waren die Narben nicht tief. Ja, wir lachten über Dinge, die eigentlich erschreckend waren. Und weil wir Angst in unserem Inneren fühlten, war unser Gelächter nicht fröhlich, sondern erstickt, überdreht und nahezu hysterisch. Und als wir wieder zu Atem kamen, sagte Giovanni, dass er fast jede Nacht hörte, wie der Onkel sich auspeitschte.

»Er stöhnt bei jedem Schlag, aber er macht weiter, mir wird fast schlecht dabei.«

Um uns herum waren nur Myrte und langes Gras, Hügel-
abhang und Meer, und wir beide tief vergoldet vom Sonnenschein. Doch mir kribbelte das Rückgrat. Wenn er mir das erzählte, wurde ich zu einer Art Dampfkessel. Ich platzte fast vor
Wut, und gleichzeitig fürchtete ich mich.

»Giovanni, warum tut er das?«

Wieder herrschte Stille, und es entstand eine Atmosphäre
beunruhigender Gedanken. Giovanni sah plötzlich aus, als
brauche er Wärme. Seine Stimme klang belegt.

»Er redet mit mir darüber.«

»Was sagt er denn?«

»Er sagt, dass der Körper etwas Widerliches ist, eine
schmutzige Hülle, in der wir leben müssen, bis Jesus Christus
uns erlöst. Und dass es unsere Aufgabe sei, die Seele zur Vollendung bringt. Das Seelenheil sei wichtiger als die Wünsche
des Fleisches oder die Ziele des Geistes. Wer sich schlägt, ist
der Vollendung näher.«

»Kommt er immer noch in dein Zimmer?«

»Ja. Er sitzt da und betet den Rosenkranz.«

»Weil er Schmerzen hat?«

»Kann sein. Er sagt: ›Ich muss eine Weile bei dir bleiben.‹«

»Schluckt er Medikamente?«

»Ich weiß es nicht. Er erzählt mir, dass er mein einziger
wirklicher Freund ist. Und dass ich keine Angst haben muss,
er sei nur da, um mich vor dem Teufel zu beschützen. Ich
soll mich nicht stören lassen und ruhig schlafen. Ich versuche es, aber es geht nicht. Ich höre, wie er sein ›Ave Maria‹
murmelt und stoßweise dabei atmet. Ich schließe die Augen, aber sobald ich blinzele, sehe ich den dunklen Kopf,
und wenn der Mond scheint, schimmert die Wand dahinter wie zerknittertes Silberpapier. Und dann ist er manchmal lange Zeit still, ich rieche nur seinen Geruch. Er stinkt
nämlich, weil er sich ja niemals wäscht. Und dann stöhnt er
wieder und klappert mit dem Rosenkranz, und ich liege

wach. Wenn es hell wird, geht er, und ich kann endlich schlafen.«

»Kannst du dich nicht einschließen?«, fragte ich.

»Nein, ich habe keinen Schlüssel. Ich habe Clarissa gefragt, und die ist fast böse geworden. Im Haus Gottes gäbe es weder Schlüssel noch vergitterte Fenster. Sogar die Haustür sei offen.«

Ich schüttelte den Kopf.

»Das ist aber nicht richtig!«

»Ganz und gar nicht.«

Es war nicht so, dass Naivität und Gutgläubigkeit uns blind machten. Wir sahen durchaus die Gefahr. Aber wir konnten keine Begierden lesen, die wir selbst nicht kannten.

»Sag ihm doch endlich, er soll dich in Ruhe lassen«, brach es aus mir hervor.

Vor Giovannis Gesicht war ein Vorhang gezogen. Er antwortete mit Qual in der Stimme: »Ich wag's nicht, Alessa, ehrlich gesagt, ich tu's lieber nicht. Ich habe Angst, dass er mich nach Hause schickt.«

Der Sachverhalt blitzte hell in meinem Kopf auf. Trotzdem fragte ich: »Wäre das denn so schlimm für dich?«

Ich sah, dass unter seinen Augen Falten waren. Falten der Angst und der Schlaflosigkeit. Er litt mehr, als er ausdrücken konnte.

»Wenn ich meinem Vater sage, was ich von Filippo erfahren habe, wird er mich schlagen. Aber jetzt bin ich stärker als er. Und weil ich so schrecklich wütend auf ihn bin … Gott helfe mir!«

Giovannis Körper drückte für ihn aus, was er nicht sagen konnte: Die harten, festen Muskeln, die starken Füße, die langen Hände sagten mir auch, dass er – fast vierzehn – über viel Kraft verfügte. Dieses Wissen um seine Kraft, die er noch niemals angewendet hatte, schleppte er mit sich wie eine Bürde. Und in seinen Träumen keimte bereits die Gewalt.

Auf der einen Seite war da also sein Vater, den er bis aufs

240

Blut hasste. Und auf der anderen Seite der Onkel, der Giovannis Schicksal in seinen bleichen Händen hielt. Heute kann ich mir vorstellen, was der Mann empfand, wenn Giovanni mit leuchtenden Augen und feucht glänzendem Haar vom Strand und unseren Umarmungen zurückkam. Wenn sein Blick frohlockend, fast anmaßend in seiner Vollkommenheit war und er auf der glatten Haut die Spuren des Paradieses sah, das Giovanni ohne Weiteres zuteilwurde, für ihn aber unerreichbar blieb. Don Antonino konnte nur auf das Jenseitige warten, während seine Wunden Schorf bildeten.

Mein Zorn wuchs, ließ die Machtlosigkeit vergessen.

»Giovanni, hör zu. Du bist ihm ja sehr dankbar für alles, aber du kannst dein Leben nicht so führen, wie er es von dir erwartet.«

Seit dem Tod seiner Mutter war Giovannis Vertrauen in Don Antonino erschüttert. Es gab ein Vorher und ein Nachher, dazwischen klaffte ein Riss. Das andere kam später hinzu.

»Glaubst du an Gott?«, fragte er mich einmal.

»Manchmal ja«, sagte ich, »manchmal nein. Und du?«

Er hob weich die Schultern.

»Manchmal ja, manchmal nein.«

Die Religion fühlt man entweder zu heftig oder überhaupt nicht. Früher liebte ich die Messe am Sonntagmorgen, wenn so viele Stimmen zum Spiel der Orgel erklangen. Ich beobachtete, dass alle Leute das gleiche Gesicht machten, ehrlich, bescheiden und ehrfürchtig. Und dann war der Gottesdienst vorbei, die Leute strömten aus der Kirche, und alles ging los wie zuvor, der gleiche formelle Tratsch, die gleiche künstliche Sonntagsfröhlichkeit. Seltsam, wie die Menschen sich umstellen konnten! Ich misstraute der Kluft, die sich auftat zwischen der Messe und dem Alltagsleben. Und je kritischer ich wurde, desto mehr Zweifel kamen mir. Die Religion enthielt so viele Schatten, Fantasiegebilde, ungelöste Rätsel, gebrochene Zauber. Giovanni und ich sprachen lange darüber.

»Ich habe nur einen Menschen getroffen«, sagte ich, »der ständig ein Gesicht hat, als ob er Kirchenmusik hört.«

Noch während ich sprach, schloss Giovanni die Augen. Ein Lächeln, das einzig und allein ihm selbst angehörte, ein in sich geschlossenes, nur ganz zart angedeutetes Lächeln, verklärte seine Züge wie von innen her. Dann hob er die Augenlider und bezog mich in sein Lächeln ein.

»Ich weiß, wen du meinst. Fra Beato, nicht wahr?«

Wir nickten uns freudig zu. Giovanni hatte es also auch bemerkt, dieses Lächeln, traurig und glücklich in einem. Und gleichzeitig war es das Lächeln eines Menschen, der sich nach einer großen Anstrengung erholt. Es hatte etwas Beflügeltes, Freies an sich, dieses Lächeln. Vielleicht, dachte ich, weil er alle Rätsel gelöst hatte?

»Ich glaube, ich will kein Priester werden«, Giovanni gestand es zögernd. »Eigentlich will ich zur Schule gehen und lernen.«

»Hast du mit deinem Onkel darüber gesprochen?«

Er hatte sich noch nicht getraut. Er hatte Angst.

»Ich würde ihn schrecklich enttäuschen. Er hat so große Pläne für mich. Wenn ich Seminarist bin, hat er gesagt, würde er dafür sorgen, dass ich nach Rom komme. Ich würde nie mehr hungrig sein und mein Leben lang ein Dach über dem Kopf haben. Am Anfang hielt ich es für herrlich, nach Rom zu gehen«, fügte er mit finsterem Gesicht hinzu.

»Und jetzt nicht mehr?«

Er schüttelte den Kopf, plötzlich von jeder Verlegenheit befreit.

»Nein, ich will dich heiraten.«

Ich erwiderte ungestüm sein zögerndes Lächeln.

»Ich will dich auch heiraten.«

»Ja, aber wir können noch nicht.«

»Inwiefern?«

»Wir sind beide viel zu jung. Und wir haben kein Geld.

Aber sag, du willst! Irgendwann. Wann wir können. Willst
du?«

»Ja, ja, ja!«, rief ich und fühlte mich auf törichte Weise unglaublich glücklich.

»Aber zuerst muss ich einen guten Beruf haben.« Giovanni
biss sich hart auf die Unterlippe, wie um sich selbst wegen einer Unterlassung zu bestrafen, die mir entgangen war. »Und
wenn deine Eltern nein sagen, dann können wir noch lange,
lange nicht heiraten. Und dann müssen wir uns damit abfinden.«

Mein Glücksgefühl verschwand. Natürlich, da gab es diesen
Klassenunterschied. Ob wir uns liebten oder nicht, zählte für
andere Leute nicht. Giovanni und ich waren eine einzige Seele,
die sich in zwei Teile geteilt hatte, um in zwei Körper einzutre-
ten. Es bestand ein Band zwischen uns, durch das Wiedererkennen der Seelen unlösbar verknotet. Aber wen interessierte
das schon? Die ganze Welt würde mit wohlmeinenden Rat-
schlägen oder Ermahnungen, wenn nicht gar mit List und Tü-
cke, versuchen, unsere Liebe zu zerstören. Ein Mädchen aus
gutem Hause durfte sich nicht mit einem Jungen einlassen,
der aus einer Familie von Verbrechern kam. Und hatte er den
Onkel nicht mehr im Rücken, würde ihn kein Lehrer in der
Klasse haben wollen.

Im Märchen heiraten Prinz und Prinzessin. »Und wenn sie
nicht gestorben sind, leben sie noch heute.« Mit diesen Worten enden alle Geschichten. Aber wir hatten den Film *Tita-
nic* gesehen und wussten, dass auch die schönsten Märchen
nicht immer gut enden. Ahnungslos waren wir also nicht. Es
war wie ein Spiel, das wir spielten, gebrauchsfertig und vertraut: »Wünsch dir was, und es geht in Erfüllung!« Aber unser
Wunsch war abstrakt und nicht opportun, und unser Universum war imaginär.

»Ich werde mit meinen Eltern reden«, sagte ich. »Es wird
schon alles gut werden.«

Giovanni antwortete daraufhin sehr vernünftig: »Ja, aber wir können erst mit achtzehn heiraten. Das ist Gesetz.«

»In vier Jahren?«, rief ich. »Das ist nicht schlimm. Ich mache einfach die Schule zu Ende. Und wenn du nicht mehr in den Unterricht kannst, wirst du doch irgendeine Arbeit finden.«

»Als Maurer oder so, ja, bestimmt.«

»Na, siehst du? Und ich setze mich schon durch, keine Angst! Meine Mutter wird uns nicht im Stich lassen, und mit meinem Vater komme ich schon zurecht. Wir können auch nach Italien gehen oder zu meinen Großeltern nach Deutschland. Da findest du bestimmt Arbeit. Da sind die Leute nicht so spießig wie hier.«

Träume, Träume! Halbwüchsige haben nur ein vages Gefühl für die wahren Dinge des Lebens. Sie vertrauen ihrer Stärke; wovor könnten sie Angst haben? Sie haben die Begeisterung der Vögel, die singen und der Schönheit des Tages Flügel schenken. Der Wind, Rennbahn der Falken, tanzte über unsere Liebe und unsere Illusionen.

Ach, wie kann ich den Zauber dieses Sommers vergessen, als wir noch glaubten, dass die Welt uns gehörte und dass wir sie verändern konnten?

Obwohl Giovanni keine Uhr trug, wusste er immer, welche Zeit es war; er wusste es fast auf die Minute genau, wie eine Katze, die sich bei ihren täglichen Streifzügen am Sonnenlicht orientiert. »Ich muss gehen«, sagte er, traurig, aber entschlossen, weil sein Onkel ihn zurückerwartete und er im Augenblick noch keinen Verdacht erwecken wollte. Wir küssten uns ein letztes Mal, dann kletterte er schnell den Hang hinauf, ohne dass es ihn die geringste Anstrengung gekostet hätte. Ich starrte ihm nach, solange er sichtbar war, kleiner und kleiner wurde, bis er, von einem Atemzug zum nächsten, hinter den Steinen verschwand. Und es war immer der gleiche Schmerz, wenn ich ihn nicht mehr im Blickfeld hatte, dieses Gefühl der Einsamkeit, ein klaffendes Loch in der Luft.

244

21. Kapitel

Ich habe, nachdem die Jahre vergangen sind, einen seltsamen Zugang zu unserer Geschichte. Denn jeder von uns erlebte sie ja in einem anderen Licht. Und immer wieder gerieten wir in Verlegenheit, weil mit der Zeit von der Erinnerung nur verschwommene Bilder blieben. Doch sprachen wir darüber, stellte Verlorenes sich wieder her, ein Neubeginn vielleicht, zu dem man Gewonnenes hin retten kann. Das verlangt Ehrlichkeit. Und um die bemühten wir uns im Nachhinein, schafften es aber nicht ganz. Wir erinnerten uns so sachlich wie möglich, schufen aber, ohne es eigentlich zu wollen, Variationen und Fantasien dazu.

Ich muss zunächst von Vivi erzählen. Das Ende der Schulferien wurde auch für sie eine Zeit der Erneuerung, der Beginn einer Metamorphose. Ein besonderer Rhythmus prägte diesen Spätsommer wie ein unsichtbares Meer, das in großen Wogen über uns rollte, jeden von uns in eine andere Richtung trieb. Wir hatten diese Flut nicht kommen sehen. Die Ferien, die Hitze, unsere wirren Gefühle hatten uns in eine Art Apathie versetzt. Nun aber ging der Sommer zur Neige. Das Licht verlor seine brutale Helle, wurde sanft, orange wie Fruchtfleisch, und trug schon in der Wärme einen Vorgeschmack nach Herbst. Noch ein paar Tage, und die Schule fing an. »Du brauchst neue Schuhe«, hatte Mutter an jenem Morgen gesagt, die sehr darauf achtete, dass ich keine verkrüppelten Zehen bekam. Turnschuhe wurden im Unterricht nicht geduldet, Schnürschuhe und weiße Kniestrümpfe waren Vorschrift.

245

Uniformzwang, wie ich das hasste! Ich war im Badezimmer und wusch mir die Haare, als das Telefon läutete und Mutter mit dem Hörer in der Hand erschien.

»Für dich.«

Es war Vivi, die aus London zurück war. Ich warf schnell ein Handtuch über meinen Kopf. Ich war glücklich, sie zu hören.

»Wann bist du angekommen?«

»Vor drei Tagen. Aber ich gehe morgen wieder zurück.«

Ich traute meinen Ohren nicht.

»Und die Schule?«

»Die kann meinetwegen abbrennen. Ich gehe in London zur Schule. Grandpa hat mich schon angemeldet. Ich erzähle dir alles. Können wir uns sehen?«

Mein Haar war noch so nass, dass mir das Wasser in die Augen lief. »Um elf, geht das?«

»Wir essen um eins und gehen dann in die Stadt«, mahnte mich Mutter, als ich mir bei ihr den Föhn auslieh.

Es gelang mir gerade noch rechtzeitig, den Bus zu erwischen. Ich war gespannt auf Vivi und gleichzeitig sehr verunsichert. Aus Vivi wurde ja keiner klug. Niemals konnte man wissen, was ihr durch den Kopf ging. Vivi, die so dreist, so schalkhaft, so bestürzend frühreif war und mit dem spöttisch-rätselhaften Lächeln einer Elfe haarsträubende Geschichten erzählte. Vivi, die nie still stand, nie still saß, deren Augen manchmal mit einem wachsamen, gefährlichen Ausdruck zur Seite blickten oder sich weiteten und wie Opale glänzten. Sie, die Mondtänzerin, machte mit uns, was sie wollte, führte uns an der Nase herum, hielt stets glatt und geschickt das Spiel in Gang.

Wir hatten uns im Café Cordina verabredet, einem beliebten Treffpunkt für Touristen und Einheimische. Der Himmel war klar, aber noch lastete die Mittagshitze auf Valletta. Die Blätter der Platanen waren schon hart und verbrannt. Die

246

Stadt war überfüllt. Touristen wanderten vorbei, bewunderten die Mauern und Bastionen, die Säulenbauten, die Wohnhäuser mit ihren hölzernen Lauben, nach orientalischer Art hellblau oder hellgrün gestrichen. Es roch nach frisch gerösteten Mandeln, nach Pizza. Vivi war schon da und winkte mir zu. Atemlos setzte ich mich zu ihr unter den roten Sonnenschirm. In nur zwei Monaten war Vivi ein ganzes Stück gewachsen. Anstelle der wirren Fransenfrisur trug sie jetzt ihr Haar schulterlang. Sie trug eine umwerfend modische Sonnenbrille mit Brillanten an den breiten Bügeln und auffallende Klamotten, ein rotes Top, das den Ansatz ihrer kleinen Brüste sehen ließ, die schwarzen Jeans saßen tief auf den Hüften. Ihre High Heels waren vorne offen und zeigten die rot lackierten Zehen. Sie war nach wie vor dünn – ein Fliegengewicht –, aber das schien in ihrer Natur zu liegen.

»Ich hätte dich fast nicht erkannt«, sagte ich, hingerissen und etwas neidisch.

»Ich bin fett geworden. Da, siehst du?«

Vivi klopfte auf ihre flache Bauchgrube. »In London habe ich nur Schinkensteak gegessen!«

Sie lachte. Ich starrte sie an.

»Du trägst jetzt eine Zahnspange?«

»Ja, es ist fast zu spät. Miranda sagt: ›Glaubst du, ich hätte nicht gesehen, dass du schiefe Zähne hast? Klar hätte man schon früher etwas tun sollen, aber woher das Geld nehmen und nicht stehlen?‹ Aber Grandpa machte keine Faxen, schleppte mich sofort zum Zahnarzt, und der sagte: ›Der Oberkiefer wächst vor. Wenn man nichts tut, sieht sie mit zwanzig wie ein Hase aus!‹ Grandpa meinte dazu, dass er Hasen lieber als Braten auf dem Teller hätte. Jetzt trage ich also die Spange – ihm zuliebe. Und er sagt auch nicht Vivi zu mir, sondern Viviane.«

Ich fragte verunsichert: »Und ich? Wie soll ich dich nennen?«

247

Bevor sie mir Antwort gab, schob sie mit langsamer Gebärde ihre Sonnenbrille hoch. Ich sah endlich ihre Augen, groß, nach den Schläfen sich leicht verengend, von diesem seltenen Grau, das fast vergoldet schimmerte. Ich musste an das kleine Mädchen denken, das den Kopf in den Nacken zu legen pflegte, die Augen zusammenkniff und gerade hinauf etwas sah, das wir nicht sehen konnten.

»Viviane… wenn es dir nichts ausmacht. Miranda ist die Einzige, die noch Vivi zu mir sagt. Ich hasse das!«

Der Kellner kam. Viviane hatte eine Cola vor sich. Gefräßig, wie ich war, bestellte ich ein Pistazieneis.

»Warum willst du denn plötzlich nach London?«, fragte ich, als er weg war.

Sie hob die schmalen Schultern.

»Es ist eben alles anders. Ich miste gerade mein Zimmer aus und schmeiße alles weg.«

»Und deine Eltern?«

Sie legte ihre dünnen Hände auf dem Tisch übereinander, presste sie zusammen. Ihre Fingernägel waren sauber, akkurat gefeilt. Sie trug jetzt einen Ring, einen Aquamarin, mit Brillanten umgeben, die ein zierliches Blütenmuster bildeten.

»Alexis versteht mich, irgendwie. Miranda ist stocksauer, aber das ist ihr Problem.«

Ich blickte unentwegt auf ihren Ring. Sie bemerkte es und streckte die Hand über den Tisch, damit ich ihn besser sehen konnte.

»Schön, nicht wahr? Grandpa hat ihn mir geschenkt. Der Ring gehörte meiner Großmutter. Als Miranda ihn sah, ist sie fast verrückt geworden.«

»Warum?«, fragte ich.

Viviane nickte mit einem boshaften Zug um den Mund.

»Ich weiß schon warum. Sie hat versucht, mir den Ring von der Hand zu reißen. ›Der Ring gehört mir!‹, hat sie geschrien. ›Ich wollte ihn schon immer haben.‹ Ich habe sie weggestoßen.

›Der Ring gehört jetzt mir!‹ Daraufhin hat sie mir eine geklebt. Ich habe noch den blauen Fleck, da, siehst du?«

Sie hielt mir die entblößte Schulter hin und lachte etwas überdreht.

»Familienkrach, das Übliche! In London werde ich meine Ruhe haben.«

Ich konnte es immer noch nicht glauben, dass sie uns verließ.

»Wo wirst du denn wohnen?«

»Bei Grandpa natürlich. Er hat ein großes Haus in Kensington. Ich konnte mir sogar mein Zimmer aussuchen. Ich habe ein schönes gefunden, im zweiten Stock. Der Teppich ist ganz weich und hellgrün, mit einem Muster aus rosa Fledermäusen. So lustig! Der Teppich kommt aus China. Da sagt man, Fledermäuse bringen Glück, hat mir Grandpa erklärt.«

»Ich dachte«, wandte ich mit schwacher Stimme ein, »dass du von ihm nichts wissen wolltest.«

»Ich kannte ihn ja gar nicht!« In Vivianes Augen schimmerte ein düsterer Schatten. »Miranda hat nur immer schlecht von ihm geredet. Und jetzt ist er ganz anders, als ich dachte!«

»Ist er wirklich so geizig?«

»Grandpa? Nie im Leben! Er ist meganett. Und wie er erzählen kann! Du kannst dir nicht vorstellen, wie lustig er ist. Ich hörte nicht auf zu lachen. Er zeigte mir das Tea-Museum und die neue Tate Modern, den London Tower, die Docklands und Westminster Abbey, wo die Königin gekrönt wurde. Wir stiegen auf das Riesenrad, das größte der Welt! In Covent Garden führte er mich in Boutiquen; ich konnte mir Klamotten aussuchen, und es störte ihn überhaupt nicht, dass sie schrill waren. ›Guter Geschmack lässt sich lernen‹, sagte er, ›und mit irgendwas muss man ja anfangen.‹ Wir sahen uns das Musical *Oliver Twist* an und besuchten sogar ein klassisches Konzert. Im Royal Festival Hall war das. Ich dachte immer, Konzerte sind für alte Leute und stinklangweilig, aber da waren sogar Fünfjährige, mucksmäuschenstill und ganz versessen auf Musik. Grandpa sagte, wenn wieder Saison ist, gehen wir in die Oper und ins Theater. Er will mich auch zu Pferderennen mitnehmen, wo man eine Menge berühmter Leute trifft. Früher hatte Grandpa selbst einen Rennstall, aber heute nicht mehr. Ich konnte kaum glauben, dass er schon siebenundachtzig ist. Das heißt, er hatte manchmal Mühe beim Gehen, zog ein Bein nach, setzte sich auf eine Bank und atmete komisch, ganz schnell. So!«

Viviane machte es vor, ihre Bauchgrube hob und senkte sich stoßweise.

»Sein Atem geht nicht mehr in die Lungenspitzen, verstehst du? Er sagt, er nimmt Medikamente, und es sei weiter nicht schlimm. Aber er will nie lange an der Sonne bleiben, weil er dann rot wird und schwitzt. Er lebt sehr zurückgezogen. Seitdem er pensioniert wurde, kümmert er sich wenig um Politik. Er geht selten ins Parlament, und nur als Beobachter, wenn wichtige Beschlüsse diskutiert werden. Aber er sagt, dass jetzt, wo ich da bin, sein Leben wieder einen Sinn hat. Wenn ich ihm etwas vorspielte oder sang, war er ganz begeistert. Ich hatte das Gefühl, dass ihm meine Stimme wirklich gefiel, und sagte ihm, dass ich eine Rockband gründen wollte. Er war überhaupt nicht geschockt. ›Viviane‹, sagte er, ›wollen wir eine Vereinbarung treffen? Du gehst aufs College, und wenn du den Abschluss hast, stelle ich dir Leute vor, die dir helfen können.‹ Er kennt viele Leute aus der Musikszene, sogar den Manager der Rolling Stones!«

Sie redete und redete. Ich hörte zu, ging mit ihr, sah alles, was sie erzählte, auf ihrem Gesicht.

»Grandpa sagte aber auch, das Musikgeschäft ist knallhart. Und schaffe ich es nicht, nützt mir die gute Schulbildung. Es gibt Beziehungen, die man im College knüpft und die erst später wichtig werden. ›Wenn es sich herausstellen sollte, dass du kein Talent hast‹, sagte er, ›ergreifst du vielleicht einen Beruf, zu dem man kein Talent braucht.‹ Ich fragte Grandpa: ›Welchen Beruf meinst du? Zum Beispiel?‹ Wenn wir so sprachen, tat er schrecklich ernst. Aber sah ich richtig hin, entdeckte ich immer ein Blinzeln in den Augen und wusste, dass er sich im Grunde amüsierte.

›Ich meine zum Beispiel Finanzexpertin!‹

›Finanzexpertin?‹, rief ich. ›Wo ich weder addieren noch subtrahieren kann?‹

›Trotzdem kannst du eine gute Finanzexpertin werden‹, sagte Grandpa. ›Wesentlich ist nur, dass du dich für eine Sache begeisterst. Wir werden schon herausfinden, ob du Talent zur Musikerin oder zur Finanzexpertin hast. Du musst nur wissen: Talent verlangt alles, gibt aber auch viel zurück.‹

Das Schlimmste für jeden Menschen, meinte Grandpa, sei, sein Leben lang gezwungen zu sein, das zu tun, was er nicht will.«

Ich löffelte mein Eis und nickte, weil mir nichts einfiel, was ich sagen konnte. Sie trug so viel Begeisterung im Gesicht.

»Das musst du verstehen«, sagte Viviane. »Grandpa hat überhaupt keine altmodische Einstellung. Ich hätte nie gedacht, dass mir unsere Gespräche so gefallen würden. Ich bin jetzt drei Tage hier, und sie fehlen mir jetzt schon.«

Viviane hatte nie unter Wortarmut gelitten, aber mir fiel auf, dass sie keine schlechten Ausdrücke mehr gebrauchte. Und auch Mirandas Floskeln kamen ihr nicht mehr über die Zunge. Sie sagte kein einziges Mal: »Drogen sind der Schlüssel, der rostige Türen öffnet«, oder: »Man soll ein in der Ferne liegendes Ziel in die Gegenwart versetzen.«

Viviane trank einen Schluck Cola und wippte mit dem Fuß. Die Ähnlichkeit sah sie wohl nicht: Miranda tat es auch. Womöglich war es unwichtig. Doch es schien, dass Viviane – wie so oft – ahnte, was in mir vorging. Sie beugte sich vor und senkte die Stimme.

»Alessa, ich kenne jetzt Mirandas Geschichte. Und es

ist eine ganz schlimme Geschichte. Versuche das zu glauben, bitte. Aber ich kann nicht darüber reden. Nicht, solange Grandpa am Leben ist. Das habe ich ihm ganz fest versprochen.«

»Es ist ja auch nicht wichtig, dass ich die Geschichte kenne«, sagte ich. Dabei schielte ich erwartungsvoll zu ihr hin. In Wirklichkeit platzte ich vor Neugier.

Viviane machte es gern spannend. Aber diesmal ließ sie mich im Stich. Mit ihrem Strohhalm drückte sie heftig auf die Zitrone in ihrer Cola. Ich sah, wie ihre feingliedrige Hand leicht zitterte. Dann hob sie wieder die Augen und sagte: »Ich musste Grandpa etwas versprechen, aber davon kann ich reden. Er sagte zu mir: ›Viviane, es ist eigentlich unwichtig, ob du es zu einem guten Abschluss bringst oder nicht. Mit einem mäßigen bin ich auch zufrieden. Aber du darfst dein Studium nicht abbrechen. Und noch etwas: Zigaretten kann ich dir nicht verbieten, obwohl das Rauchen deiner Lunge schadet. Ich habe ja auch meine Pfeife. Aber du darfst niemals kiffen oder dich betrinken. Ein Glas Rotwein oder Sekt – warum nicht? Aber nie so, dass du nicht mehr klar denken kannst. Du musst ohne Aufputschmittel auskommen, auch später, wenn ich nicht mehr am Leben bin. Du bist jetzt alt genug, dass ich das Versprechen von dir fordern kann. Bist du einverstanden oder nicht?‹

Ich versprach es, und am nächsten Tag fuhr Grandpa mit mir zum Friedhof, zum Grab meiner Großmutter. Und du weißt doch, Alessa, dass ich die Toten sehe …«

Ich schluckte, war ganz in ihrem Bann. Viviane kam allmählich in Fahrt. Sie wird sich hinreißen lassen, dachte ich, und am Ende werde ich die ganze Geschichte schon erfahren.

»Ja, ich weiß.«

»Es gibt Menschen, die das eben nicht können. Ich nehme an, die meisten Menschen nicht. Aber für mich ist ein Friedhof so etwas wie ... wie eine Bühne, und die Toten sind wie Schauspieler und schweben von allen Seiten heran. Wir parkten also da, wo die Besucher ihre Wagen ließen, stießen die große Gittertür auf. Unter alten Tannen lag der Friedhof gepflegt und verlassen da. Schweigend gingen wir durch die schmalen Alleen zwischen den Gräbern mit ihren keltischen Kreuzen, nur unsere Schritte knirschten auf dem Kies. Es war noch früh, die Luft roch frisch und herb, der Wächter hatte den Rasen besprengt. Das Zwitschern unsichtbarer Vögel erfüllte die Luft, und ich dachte: ›Heute ist ein besonderer Tag. Die Toten sind so still, wie die Steine, unter denen sie liegen. Aber in Wirklichkeit leben sie und passen gut auf. Und sehen sie jemanden, der ihnen gefällt, dann rühren sie sich, wie in den Wind gestellt.‹ Ich sagte leise zu Grandpa: ›Aber sie sind ja überall!‹ Er machte ein seltsames Gesicht, antwortete ebenso leise: ›Ja, sie lieben die Tage nach dem Regen, wenn die Sonne wieder glänzt. Dann ist die Erde für sie wie ein Altarschrein.‹

Für mich hörte sich das nicht sonderbar an. Ich empfand ja das Gleiche. Und dann standen wir vor Großmutters Grab mit der großen Marmorplatte und den Kerzenhaltern. Ich hatte Nelken für sie mitgebracht, einen großen Strauß. Und während ich die Blumen in die steinerne Vase stellte, sprach Grandpa von seiner unveränderlichen Liebe zu ihr und darüber, warum er nie wieder geheiratet hat ...«

Viviane brach plötzlich ab, biss sich auf die Unterlippe, als ob sie schon zu viel gesagt hätte. Sie hatte wieder diesen verschwommenen Blick, und ich sah, wie ihre Hand leicht zuckte, sodass der Aquamarin blaue Funken warf. Ich fragte halblaut: »Und dann?«

Sie erschauerte leicht und mit einer Bewegung, die sie selbst sicherlich gar nicht wahrnahm, so rasch und instinktiv war sie gewesen, setzte sie ihre dunkle Brille wieder auf.

»Es war wie damals«, sagte sie, »als ich die Göttin sah. Das

Bild meiner Großmutter, unter Glas, war in den Stein gefasst. Und während ich auf das Bild starrte, fühlte ich mich, als sei plötzlich ein ganz anderes Wesen da. Und mir schien, dass Lavinia in mir am Leben war, dass ich sie eingeatmet hatte, eine fantastische, plötzliche Menschwerdung. Und Grandpa, der mich nicht aus den Augen ließ, erzählte mir später, einen Augenblick lang hätte ich das gleiche Gesicht wie sie gehabt. Meine Großmutter war Stein, Erde und Knochen, die ursprünglichsten und vornehmsten Materialien der Welt, und sie lebte in mir, wieder geboren, und vielleicht, wenn ich später mal Kinder haben sollte, in ihnen. Ich verstand jetzt alles besser und auch, warum ich so oft an Autounfälle denken musste, entsinnst du dich? Ich glaubte sie ja wirklich zu hören. Es gibt Nächte, in denen weit entfernte Geräusche, vom Wind getragen, viel näher erscheinen, Aber das war es ganz und gar nicht. Was ich da hörte und sah, waren Mirandas Albträume. Immer wieder hatte ich ihre Unruhe gespürt, ihren Angstschweiß gerochen. Ich begriff, warum sie Schlafmittel und Alkohol brauchte, um ihre Furcht unter Narkose zu halten.«

Miranda musste etwas sehr Schlimmes angerichtet haben. Etwas, von dem ihr Vater noch heute nicht wollte, dass darüber gesprochen wurde. Und Viviane hielt sich an die Abmachung, redete geflissentlich um den heißen Brei herum, sprang andauernd von einem Punkt zum anderen. Ich hatte wirklich Mühe, ihr zu folgen.

»Hast du mal gesehen, Alessa, wie alte Menschen weinen? Es ist so herzzerreißend! Ich als Kind habe ja die ganze Zeit geplärrt, aber das war überhaupt nicht dasselbe. Weint ein alter Mensch, ist es, als ob die ganze Welt weint. Und da schluchzte ich auch, ich konnte nicht anders, und es gab eine große Heulerei. Und dann nahm Großvater meine Hand in die seine, die sich ganz feucht anfühlte, und wir hielten unsere Hände über das Grab, und schluchzend sagte er zu mir: ›Versprich es deiner Großmutter, Viviane, versprich es ihr, wie du es mir ver-

sprochen hast: Du wirst niemals Drogen nehmen oder dich
betrinken!‹

Und ich versprach es. Und an das Versprechen, das ich ihr
gab, muss ich mich halten. Denn meine Großmutter war ja wie
die Göttin, und die kann ich nicht belügen, nicht wahr, Alessa,
das verstehst du doch? Und abends schenkte mir Grandpa diesen Ring, der früher Lavinia gehört hatte, den Ring, den sie
trug, als sie starb, und den der Arzt ihr vom Finger gestreift
hatte. Und weißt du was, Alessa? Die Geschichte hat noch ein
Ende!«

Ich starrte sie an.

»Was für ein Ende?«

Ihre dünnen Schultern zuckten.

»Nun ja, um ganz genau zu sein, ist es ein Anfang!«

Viviane sprach in der ihr eigenen unbekümmert unruhigen
Art und blickte mich dabei an mit großen, traumbefangenen
Augen.

»Lavinia und Persea sind eine einzige Person. Verstehst du,
was ich meine?«

»Erst recht nicht«, sagte ich matt.

»Macht nichts.« Viviane blieb ungerührt. »Ich weiß ja selbst
nicht, wie ich dir das erklären soll. Ich habe schon immer so
etwas geahnt, aber ich konnte es nicht aussprechen. Ich kann
es auch heute noch nicht. Ich brauche Zeit. Es gibt noch so allerhand dazwischen …« In der heißen, hellen Sonne überzog
mich plötzlich eine Gänsehaut. Ich dachte, gleich hat sie wieder einen Anfall, kippt von ihrem Stuhl und zuckt am Boden,
oder sie benimmt sich wie eine Schlafwandlerin, die Dinge
tut, ohne davon zu wissen. Und das mitten in der Stadt! Und
die ganze Zeit, während ich mit Viviane sprach, dachte ich nur
immer »Giovanni, Giovanni«. Ich glaube, dass Viviane und er
sich darin glichen, dass beide einen starken Charakter hatten,
dass sie Träumer waren, mit einer Prise Wahnsinn obendrein.
Aber wo war der Zusammenhang? Ich wusste – ohne sagen zu

können, woher –, dass beide ihr Leben ohne Falsch einsetzten, dass sie die Wahrheit aus dem Herzen auf die Lippen treten ließen, ohne zu fürchten, dass jemand sie hören könnte, dem sie nur Anlass zu Gelächter gäbe.

Ich schüttelte den Gedanken ab, der hierhin und doch nicht hierhin gehörte.

»Und Miranda?«, fragte ich mit matter Stimme.

»Miranda?«

Viviane antwortete kalt.

»Ich habe zu ihr gesagt: Du bist immer vor der Wahrheit davongerannt, du hast sie in Whisky ertränkt. Aber die Wahrheit ist immer da und springt dir ins Gesicht, wenn du es nicht vermutest.«

Jetzt mache ich nicht mehr mit, dachte ich. Wenn sie einfach nur Dinge andeutete und doch nichts herauskam, sollte sie lieber aufhören.

Ich kratzte verärgert meinen Eisbecher aus. Ich hatte großen Durst.

»Kann ich einen Schluck von deiner Cola haben?«

Viviane reichte mir das Glas. Ich trank einen langen Schluck.

»Und was hat Miranda gesagt?«

»Sie hat gesagt: ›Ich wusste doch, dass es eine Katastrophe gibt, wenn du nach London gehst. Aber ich konnte dich ja nicht davon abbringen.‹ Und da hat sie mir den letzten Nerv geraubt, und ich habe sie angeschrien: ›Ich kann die verlorene Zeit zurückdrehen, du nicht. Und ich weiß jetzt genau, wie die Lüge riecht: Sie riecht wie kranke Scheiße! Willst du die Lüge riechen, Miranda? Steck doch die Nase ins Klo!‹«

Jetzt ging sie doch zu weit. Ich war betroffen.

»Hast du ihr das wirklich gesagt?«

»Warum sollte ich ein Blatt vor den Mund nehmen?«

Ich verlor allmählich die Geduld.

»Nun mal ganz ehrlich: Was ist denn eigentlich passiert?«

»Bist du schwer von Begriff?«, fauchte sie. »Wie oft muss ich dir sagen, dass ich mit dir nicht darüber reden kann?« Sie sog heftig an ihrem Strohhalm, erzeugte Blasen, die in ihrem Glas gurgelten. Ich hatte sie satt.

»Weißt du was? Miranda hätte dir eine kleben sollen!« Viviane ließ ein kleines, boshaftes Kichern hören.

»Das hätte sie nicht gewagt! Stattdessen ist sie heulend aus dem Zimmer gerannt. Und ich habe hinter ihr die Tür zugeknallt und mir im Badezimmer das Gesicht gewaschen. Und dann habe ich es an den Spiegel gehalten, mein Gesicht, das auch Lavinias Gesicht ist. Ich habe zu ihr gesagt: ›So, das haben wir hinter uns! War es schlimm?‹ – ›Ein bisschen krass‹, hat Lavinia gesagt. ›Aber du machst deine Sache schon gut. Und ich nehme an, dass es dir nichts mehr ausmacht.‹«

Viviane, die etwas verloren vor sich hin starrte, hob plötzlich den Kopf und sah mich an. Der verschwommene Ausdruck verschwand aus ihren Augen.

»Das war gestern. Ich werde diesen Tag nie vergessen.«

Ich nickte ihr zu und ließ sie reden, in der Hoffnung, dass ich mir beim Zuhören doch noch etwas zusammenreimen konnte.

»Ich trocknete mein Gesicht ab«, erzählte Viviane, »als Alexis kam. Er setzte sich aufs Bett, ich setzte mich zu ihm, und wir haben uns unterhalten. ›Du hättest nicht so frech zu Miranda sein sollen‹, hat er gesagt. ›Ob du es glaubst oder nicht, sie wollte dich nur schützen.‹

Ich glaubte es nicht. Das alles war Blabla.

›Nein, sie wollte nur sich selbst schützen.‹

Alexis, der schöne, beinahe durchsichtige Alexis sah mich traurig an und streichelte meine Hand.

›Verdient sie kein gutes Wort?‹

Ich putzte mir die Nase.

›Ich finde keins, tut mir leid.‹

›Sie war ja erst siebzehn‹, sagte er beschwichtigend. Ich

regte mich sofort wieder auf. Mit dieser Masche sollte er mir nicht kommen.

›Und später? Sie ist doch älter geworden! Und jetzt ist sie vierzig. Was sie hätte machen sollen, war gar nicht kompliziert. Sie hätte nur die Wahrheit sagen sollen. Aber sie hat sich von Anfang an gedrückt. Tatsächlich wollte sie die Sache aus ihrem Leben streichen. Aber so kann sie das Spiel nicht mehr spielen. Nicht mit Grandpa! Und auch nicht mit mir.‹

Alexis rückte mit einer Floskel heraus: ›Sie hatte Angst vor ihrem Vater. Und sie suchte ein neues Lebensgefühl.‹

›Sie nahm Drogen!‹

›Drogen gehörten einfach dazu. Miranda war sehr verklemmt. Es ging nicht um Spaß und Sex, sondern um… Befreiung.‹

Ich dachte: ›Du schwebst in den Wolken, Alexis, komm wieder auf den Erdboden zurück. Du hast dir ein fantastisches Luftschloss gebaut, im sentimentalen Stil. Und jetzt stürzt alles ein.‹

Ich hatte Mitleid mit ihm. Aber was er sagte, war unwichtig. Seine Worte prallten an meinem Kopf ab. Eigentlich war das schon immer so gewesen. Und weil ich nichts sagte, fragte er: ›Haben wir dich eigentlich unglücklich gemacht?‹

Ich überdachte die Frage und kam zu dem Schluss, dass auch diese Frage unwichtig war.

›Nein, nein. Ich war manchmal verwirrt, aber mehr auch nicht.‹

›Wir haben dich von Anfang an darin unterstützt, dass du eigenständig wurdest. Du warst sehr aufgeweckt.‹

Ich sagte: ›Was verstehst du unter aufgeweckt, Alexis?‹ Ich war nicht einmal mehr neugierig. Alles geschah doch vor meiner Nase. Und mit sieben rauchte ich bereits Joints.

›Koks hätten wir dir nie gegeben‹, sagte er. ›Joints schaden nicht. Haben sie dir geschadet?‹

›Ich weiß es nicht. Ich musste kotzen.‹

›Ist das alles?‹

›Das ist alles. Mehr oder weniger jedenfalls.‹

Er lächelte, schien erleichtert. In seinem Lächeln sah ich Güte, Freundlichkeit und Echtheit. Und ich dachte voller Verzweiflung und Zorn, dass Miranda auch ihn auf dem Gewissen hatte. Denn ich sah Dinge, die ich nicht sehen wollte. Meine Intuition, die jede Minute, in der wir zusammen waren, zu wachsen schien, machte mir Angst. Ich fühlte mich wie eine Fieberkranke und dazu verurteilt, mich still und beinahe reglos zu verhalten, als ob ich von etwas geheilt werden musste. Ich wollte um keinen Preis, dass er genauso viel wusste wie ich.

›Es war eine Therapie‹, sagte er. ›Joints gehörten dazu und auch, dass wir offen waren für jeden, der zu uns kam und zu uns passte. Wir haben dir nie etwas verheimlicht.‹

›Ich habe mir auch gar nichts entgehen lassen‹, erwiderte ich bissig.

Er kratzte an einem Eiterpickel. In letzter Zeit hatte er ziemlich viele davon.

›Wir erregten Anstoß, ich weiß schon‹, sagte er. ›Valletta ist ein spießiger Ort. Willst du uns deswegen verlassen?‹

Ich hatte mit Alexis noch nie so gesprochen. Es war meine Schuld. Ich hatte mir nie die Mühe genommen, ihn anders denn als den schattenhaften Begleiter meiner Mutter wahrzunehmen. Alexis hatte ein sanftes Herz. Und jetzt war es zu spät.

›Ich kann die Welt nicht verändern, auch wenn ich es möchte‹, sagte ich. ›Dazu braucht es noch zehntausend Jahre. Falls wir dann überhaupt noch da sind. Wir haben ja immer noch nichts gelernt. Aus der Vergangenheit, meine ich ...‹

›Wenn du so denkst ...‹

›Ich kann nicht machen, dass es schneller geht.‹

Er seufzte.

›Wir wollen den Krieg abschaffen. Und freien Sex haben,

ohne Vorurteile‹, sagte er, und es schien, er spräche zu sich selbst. ›Drogen geben uns das Gefühl, einander zu verstehen.‹

›Obwohl wir uns überhaupt nicht verstehen.‹

Er schüttelte langsam den Kopf.

›Über wen machst du dich lustig? Über mich?‹

›Nein. Und auch nicht über Miranda. Ihr tut mir leid.‹ Alexis' Gesicht zeigte, dass er bereit war, alle denkbaren Unterschiede zu akzeptieren.

›Urteile nicht so streng, Vivi, sei so gut. Nein, lass mich reden. Richtig angewandt, dienen Drogen dazu, unsere Sensibilität zu steigern. Hast du das nie begriffen? Wenn die Menschen ihr Leben mit diesen starken Gefühlen lebten, wären sie viel ehrlicher, schöpferischer und besser. Paradise now. Wir wollen dir die Welt öffnen, und du schiebst einen Riegel davor.‹

›Paradise never‹, murmelte ich. ›Du bist süchtig, Alexis‹, setzte ich, noch leiser, hinzu.

Er hob müde die Schultern, ließ sie wieder sinken.

›Ich kann aufhören, wenn ich will.‹

Ich fand das Gespräch grauenhaft. Alexis, der mich trösten wollte, wiederholte nur sein abgedroschenes Vokabular. Woher sollte er wissen, dass die Krankheit schon in seinem Blut keimte? Bis aus den Pickeln Geschwüre wurden und dann Eiterbeulen, war nur eine Frage der Zeit. Ich wusste es aber. Und wenn ich eine Sache erst einmal fühlte, erfuhr und erkannte, konnte ich sie immer und überall fühlen, erfahren, erkennen. Ein Schauder überlief mich. Ich rückte von ihm ab.

›Sei mir nicht böse, Alexis. Aber sobald ich kann, gehe ich weg von hier.‹

Er zuckte leicht zusammen, die Krusten unter seinen Augen bewegten sich.

›Zu Mirandas Vater?‹

›Ja.‹

›Sie sagt, dass er in einem großen Haus lebt.‹

›Er hat ein sehr hübsches Haus. Mir gefällt es dort.‹

›Wirst du deine Freunde nicht vermissen?‹

Ich lächelte ihn an, obwohl mir die Tränen kamen. Er hatte ein Lächeln verdient.

›Danke, dass du fragst. Aber das muss ich mit mir selbst ausmachen.‹

Er stand auf, schöpfte tief Atem und schlurfte aus dem Zimmer. Ich ließ mich auf das Bett fallen und weinte vor mich hin. Ich musste mich ausweinen. Und frage nicht, Alessa, worüber ich weinte. Ich kann es dir wirklich nicht sagen.«

Ich antwortete nicht. Sie hatte meine Neugier auf den Siedepunkt gebracht und mich dann schnöde im Ungewissen zappeln lassen. Ich war beleidigt, hatten wir doch so viele Gedanken, so viele Wünsche und Entdeckungen geteilt, hatten uns manchmal auch zerstritten, das gehörte dazu. Aber Viviane machte keine Konzessionen, und ich musste mich damit abfinden.

Nach einer Weile sagte Viviane, dass sie jetzt gehen müsse. Wir riefen den Kellner, doch der nahm sich Zeit. Und während wir warteten, fragte Viviane unvermittelt: »Wie geht es Giovanni? Siehst du ihn eigentlich oft?«

Meine Wangen wurden heiß. Ich wandte die Augen ab.

»Ja.«

»Hast du es mit ihm gemacht?«

Da war wieder die Vivi von früher, ihre frivole und fiebrige Neugier, ihre anzüglichen Worte, zur Hälfte gesagt, zur Hälfte geflüstert.

Ich schluckte.

»Wenn du so fragst …«

Ich dachte, wenn sie mich jetzt auslacht oder irgendeinen blöden Spruch klopft – ich könnte es nicht ertragen. Doch sie sagte leise und mit schleppender Stimme: »Das ist gut. Sonst weiß er ja nicht mehr, woran er sich halten kann.«

Ich fuhr leicht zusammen.

»Weil sein Onkel sich schlägt?«

Sie runzelte die Brauen.

»Er schlägt sich selbst? Womit?«

»Mit einer Peitsche.«

Sie verschränkte beide Arme, als ob es ihr plötzlich kalt war. Dabei brannte die Sonne doch so warm.

»Das ist ja ekelhaft!«

»Warum, glaubst du, tut er das?«

Sie zeigte ihre spitzen Zähne, aber ich konnte nicht sagen, ob sie lächelte oder nicht.

»Vielleicht will er sich bestrafen, weil er nicht fromm genug ist oder so. Sag Giovanni, er soll sich in Acht nehmen. Er hört auf dich, zum Glück. Ich sehe dich immer noch für ihn durch die Brennnessel rennen. So eine blöde Idee, die wir hatten!«

»Es war doch Peters Idee, oder?«

Sie wippte mit dem Fuß. Ihre roten Nägel schimmerten wie kleine Tropfen Blut.

»Peter ist eifersüchtig. Auf dich oder auf Giovanni, abwechselnd. Aber er ist nett, obwohl er wie eine Schildkröte ist. Was ich damit sagen will: Schildkröten werden erst nach hundert Jahren erwachsen.«

Ich dachte an Peters menschliche Wärme, die er verbarg. Aber alles, was er im Herzen trug, konnte man von seinem Gesicht, seinen Augen ablesen. Er war verloren in einem Labyrinth wilder Fragen, flüchtete in die Konvention, nahm sich den Vater, diese Verkörperung des achtbaren Menschen, als Vorbild. Jung, wie sie war, durchschaute Viviane ihn besser als ich, sprach lebhaft und zärtlich von ihm.

»Damit du es weißt, Alessa: Peter wird immer mein Freund bleiben. Und ich hoffe, dass ich immer gut zu ihm sein kann. Das wollte ich ihm beim Abschied auch sagen. Aber ich kann ihn nicht erreichen, das ist so idiotisch! Da ist immer seine Mutter am Telefon, und die macht eine Blockade. Sie sagt, Peter sei nicht da. Sie hat mich immer gehasst, diese Ziege! ›Die kleine Schlampe‹ hat sie mich genannt. Wenn die wüsste, dass Grandpa zum Tee nach Buckingham geht, dass er sich in Ascot mit der Queen über Pferdezucht unterhält. Aber das geht diese Klatschbase wirklich nichts an.«

Viviane lachte stoßweise und etwas boshaft.

»Mit dem armen Peter hat das nichts zu tun«, sagte sie, als sie wieder zu Atem kam. »Und ich will auch nicht, dass er schlecht von mir denkt, weil ich mich von ihm nicht verabschiedet habe.«

»Mach dir keine Sorgen. Ich werde ihm alles erklären.«

»Danke. Mir fällt ein Stein vom Herzen. Es ist einfach albern –wie traurig ich bin! Und – Alessa – pass gut auf Giovanni auf. Du weißt doch, dass Persea von uns vieren Giovanni am liebsten hat …« Und wieder kribbelte mein Rückgrat. Die Warnung durfte ich nicht in den Wind schlagen. Ich war zu nüchtern, zu sachlich, um Viviane in ihre Halluzination zu folgen. Trotzdem begann ich mich zu fürchten. Ihr sechster Sinn war so ausgeprägt wie bei einem Tier. Redete sie so vor sich hin, blitzten ihre Augen manchmal auf, ein kindliches Funkeln, dann waren ihre Lider wieder halb geschlossen. Ihre Art war mir längst vertraut. Viviane wurde von großen, unkontrollierten Gefühlswogen getragen, sie sah Zukunftsbilder, als ob sie in die Luft gemalt wären oder vor ihr auf dem Boden lägen. Sie hatte das Gesicht der Idealisten und Träumer, vollkommen oval, mit hoher Stirn, schmalen Nasenflügeln und einem Mund, der gleichzeitig Schmerz und Lächeln zeigte. Alle großen Maler der Renaissance haben die Muttergottes mit diesem Gesicht gemalt. Noch während ich sie unsicher anstarrte, fanden sich unsere Augen. Ich sah, dass sie mich wieder wahrnahm. Ihr Lächeln, kaum angedeutet, zeigte die gleiche offene Wärme wie zuvor. Und plötzlich fassten wir uns an den Händen, drückten sie fest. In einer Freundschaft gab es eine gemeinsame Vergangenheit, es gab Visionen, Träume, Streitereien, Versöhnungen und Bewährungsproben. Gemeinsam waren unsere Gedanken und Gefühle erwacht, wir erinnerten uns an dieses, dachten an jenes. In unseren Tiefen waren die Schatten, das Geisterhafte, die schweren Dinge. Das Geheimnis gehörte uns für immer. Keine Trennung konnte es auslöschen, auch wenn unsere Verständigung nur eine imaginäre war. Sahen wir uns an, glaubten wir daran. Unbeherrschtes Schluchzen stieg in unseren Kehlen hoch, es geschah fast gleichzeitig; wir konnten nichts dagegen machen. Mit zitternden Lippen saßen wir da, alles rückte in weite Ferne, die Bewegungen setzten aus, der Lärm wurde leiser, obwohl Kellner kamen und gingen, das Essen servierten und lachende, rotgeschwitzte Touristen sich in vielen Sprachen unterhielten. Wir saßen einfach da, die Schultern geschüttelt, ein Moment des Schwebens und der Stille, hielten uns an den klammen Händen und sagten kein Wort, lange Zeit.

22. Kapitel

Denke ich heute an das, was früher war, ist mir, als ob ich mit Giovanni, Peter und Viviane an Fäden hing, so dünn wie Spinnweben und verknotet, wie in einem Netz. Bilder ziehen an mir vorbei, in einer Erinnerung, die irgendwo im Meer flackert. Was eigentlich sollten wir mit den Bildern anfangen? Es kann nicht gut sein, wenn die Seelen voller Albträume sind. Viviane hatte gespürt, dass etwas Schlimmes bevorstand, hatte es sozusagen gerochen. Sie hatte mich gewarnt. Aber als es dann wirklich geschah, traf es mich trotzdem mit voller Wucht, machte mich kopflos. Die Erwachsenen gerieten unter Druck, ein Wort jagte das andere, anmaßend, peinlich berührt, voller Ekel. Schnell wegschieben, die widerliche Sache, nicht mehr darüber reden, nichts damit zu tun haben, rechtzeitig, bevor die Kinder wieder in die Schule mussten! Die Kinder, das waren Peter und ich, die übrig gebliebenen – die kaum noch Kinder waren, die das alles hörten, wie man Dinge ohne jeden Sinn hört. Und hinter dem ganzen Getue stand einfach nur der gefühlsduselige und schockierte Gedanke: »Um Himmels willen, was sollen denn die Leute denken?«

Zwei Tage nach Vivianes Abreise war Freitag. Der Schirokko brauste mit voller Kraft, durch die Jalousien drang der rote Staub der afrikanischen Wüste. Ich hatte schlecht geschlafen und kam in mieser Laune zum Frühstück hinunter. Mutter, die sich in der Küche um die Rühreier kümmerte, rief mich:

»Alessa! Geh doch schnell zu Pinto und hol Schinken.«

In meinem Alter ließ man sich nicht mehr alles gefallen.

»Schon gut, ich gehe schon. Aber zuerst brauche ich Milchkaffee.«

»Der Milchkaffee kann warten. Nur die paar Schritte, Alessa! Vater hat einen anstrengenden Tag im Büro und will Eier mit Schinken.«

Ich warf meinem Vater, der auf dem Sofa mit der Zeitung raschelte, einen wütenden Seitenblick zu.

»Da sitzt er und wird fett. Kann er nicht selbst gehen?«

Sie antwortete ungehalten: »Sei nicht unverschämt! Lass ihn seine Zeitung lesen. Er kommt ja den ganzen Tag nicht mehr dazu!«

Ich klaubte Mutters Portemonnaie aus ihrer Handtasche. Der Lebensmittelladen befand sich gleich um die Ecke. Auch in unserem Straßenzug galten die britischen Bauvorschriften aus dem neunzehnten Jahrhundert; die Häuser – zumeist aus goldbraunem Sandstein und nur mit einem Stockwerk – verfügten über einen Hof oder Garten zur rückwärtigen Seite, stets ohne Lücken zum Nachbarhaus, als ob ganze Straßenzüge aus einem Guss erbaut waren. Jedes Haus hatte einen Türklopfer aus Messing, manche Häuserfronten waren noch mit Ölfarben bemalt, und nach britischem Vorbild war der Name des Hauses auf einem bemalten Keramikplättchen zu lesen. Draußen roch es gut nach nasser Erde, die Straßen wurden mit Wasser bespritzt, die Pflanzen begossen, und Vögel lärmten in den Baumkronen. Von der Haustür aus führte eine geschwungene Steintreppe in den Vorgarten, mit einer Lorbeerhecke und einigen Hibisken bepflanzt. Ein verschnörkeltes Tor, ein paar Eisenstäbe nur, trennte uns von der Straße. Ich lief die Stufen hinunter, als eine leise Stimme meinen Namen rief.

»Alessa!«

Die Stimme kam von unten, wo die Treppe ein niedriges Gewölbe bildete, unter dem wir Gerümpel, Mülleimer und Gartenwerkzeuge aufbewahrten. Ich erkannte die Stimme

sofort, beugte mich über das polierte Geländer. Mein Herz
klopfte stürmisch.

»Giovanni?«

Stille. Erschrocken sprang ich die letzten Stufen hinunter.
Giovanni duckte sich unter der Treppe, wo es nach Müll und
Kompost roch und Spinnweben am Sandstein klebten.

Ich kroch hastig neben ihn.

»Giovanni! Was ist los?«

Er keuchte leicht, umfasste mich mit beiden Armen. Wir
keuchten und zitterten, pressten uns aneinander, bis wir kaum
noch atmen konnten. Giovannis Haut fühlte sich heiß und
klebrig an. Als ich endlich den Kopf hob und sein Gesicht
im Halbschatten erforschte, erkannte ich ihn kaum wieder.
Seine Züge waren gröber geworden, sein Gesicht war ausgehöhlt, seltsam schmal geworden. Es würgte mich vor Entsetzen, weil ich spürte, dass er etwas unwiderruflich Schlimmes
erlebt hatte.

»Giovanni! Wie lange bist du schon hier?«

»Seit heute früh. Vorher... da war ich unten am Hafen.
Ich kenne Leute auf einem Schiff, die haben mich versteckt.
Aber ich musste dich sehen. Hier sucht mich keiner. Und ich
dachte, irgendwann wirst du aus dem Haus kommen. Aber ich
habe nur wenig Zeit. Ich muss weg!«

»Weg? Aber warum denn?«

»Ich muss Malta verlassen. Die Polizei sucht mich!«

»Die Polizei?«, stammelte ich.

Es war ein Albtraum. Dies konnte nur ein Albtraum sein,
aus dem ich aufwachen musste. Giovanni versuchte zu sprechen, brachte es aber nicht fertig, weil er mit den Zähnen
klapperte. Ich erschrak über den schnellen, bebenden Atem,
den flackernden Blick. Seine Augen schienen ständig in Bewegung zu sein. Zum ersten Mal roch er schlecht, nach ungewa-
schener Haut und schmutziger Wäsche. Meine Fragen überschlugen sich fast.

»Aber warum denn, Giovanni? Was ist passiert? Und wohin willst du?«

»Ich... ich weiß es nicht. Ich habe ja nur meinen Schülerausweis. Keinen Pass! Aber meine Freunde haben versprochen, mir zu helfen.«

»Deine Freunde?«, murmelte ich verständnislos.

Giovannis Freunde, das waren wir. Andere hatte er nicht. Er bemerkte mein Erstaunen und schluckte, als wäre ihm jedes Wort eine Qual.

»Eigentlich... sind es Freunde meiner Brüder... aber das macht nichts. Ich komme schon durch, Alessa...«

Er stotterte wie ein Fieberkranker. Ich streichelte sein Gesicht.

»Giovanni, sei mal ganz ruhig. Warum sucht dich die Polizei? Nun rede doch endlich!«

»Ich... ich habe Don Antonino zusammengeschlagen. Er fiel mit dem Kopf gegen die Wand, ich dachte, er sei tot, weil er so merkwürdig die Augen verdrehte. Aber... er atmete noch. Ich habe ihn liegen gelassen und bin weggerannt. Ich war ja so wütend, Alessa, du kannst es dir nicht vorstellen.«

Namenloser Schrecken fuhr mir in die Glieder.

»Aber warum, Giovanni? Warum nur?«

Er presste die Kiefer zusammen, schüttelte wirr den Kopf.

Ich packte seinen Arm, kniff ihn in die Haut, um ihn wieder zu Verstand zu bringen.

»Was hat er getan, Giovanni?«

Er riss mich an sich, hielt sich an mir fest wie ein Ertrinkender. Er zitterte am ganzen Körper. Und weil er mich so fest umklammerte, übertrug sich sein Zittern auch auf mich.

»Du weißt doch«, stieß er hervor, »dass er oft kommt und an meinen Bett den Rosenkranz betet...«

»Ja, ja, aber das ist doch kein Grund... Ich meine, hat er mit dir geschimpft?«

»Nein … nicht geschimpft. Überhaupt nicht! Er hat gesagt, dass … dass er mich liebt.«

»Und da hast du ihn geschlagen?« Aber Giovanni …«

Ich war außerstande weiterzusprechen, fühlte ich doch eine quälende Beklemmung in meiner Brust, die bis ins Innere meiner Seele drang. Einen Atemzug lang blickte er mich stumm an. Und in dieser Sekunde sah ich das flüchtige Bild des Zauberglanzes, der einst auf seinem Gesicht geschimmert hatte. Dann verkrampfte sich sein Gesicht. Heftiges, unbeherrschtes Schluchzen stieg in ihm auf, und die Tränen begannen zu fließen.

»Es war ganz anders, Alessa, ganz anders! Keiner wird mir glauben! Ich … ich kann es ja selbst nicht glauben.«

Ein einziger Augenblick nur hatte gereicht, um Giovannis Leben für immer zu verändern. Was war in dieser Nacht vorgefallen? Der Lärm der Vögel drang durch die Stille um uns herum. Sie lebten ihr Alltagsleben weiter, bevor der Winter kam. Sie zwitscherten auf den Bäumen, während Giovanni schwer unter dem unermesslichen Schmerz erbebte, der seinen ganzen Körper schüttelte. Mit verschmierter Nase und staubigem Gesicht beweinte Giovanni den Glauben an eine Gerechtigkeit, den Verlust des Vertrauens. Und ich erinnerte mich an gewisse ungesagte Dinge, von denen wir alle lückenhaft wussten, dass sie existierten. Es waren ganz schlimme, verbotene Dinge, die nicht wir, sondern »andere« gehört hatten. Meine Angst war ganz frisch, wie eine Wunde; sie hatte sich noch nicht einnisten können. Die Worte kamen mir nur mühsam über die Lippen.

»Hat er dich … hat er dich begrapscht?«

Er drückte sein Gesicht an meines, ich spürte den salzigen Geschmack seiner Tränen. Seine Nase lief, er fuhr mit dem Ellbogen darüber.

»Nein … ja … beinahe war ich eingeschlafen, und plötzlich saß er neben mir auf dem Bett und streichelte mich. Ich rückte von ihm ab, drückte mich gegen die Wand. Ich hatte ganz entsetzliche Angst; ich weiß nicht, warum. Aber Don Antonino lächelte nur. Ich hatte dieses Lächeln noch nie bei ihm gesehen.

›Sei ruhig‹, sagte er zu mir. ›Darf ich eine Weile bei dir bleiben? Komm, wir sehen uns Bilder an.‹ Er hatte ein Heft bei sich, das er mir zeigte.

›Solche Bilder, die kennst du doch? Was denkst du dabei?‹

Er zeigte mir die Bilder, und mir wurde übel. Diese Bilder hatte ich früher bei meinen Brüdern gesehen. Weil ich mich nicht rührte, zog er mich zu sich herüber, sodass mein Kopf auf seinem Knie lag. ›Mein Gott, wie du schwitzt‹, sagte er. ›Bist du krank?‹

Ich wusste, was er von mir wollte, ich fühlte es ja unter meiner Wange. Ich versuchte mich loszureißen. ›Nein, Onkel Antonino, bitte, ich will das nicht machen!‹

›Hör zu‹, sagte er, ›nur dieses einzige Mal. Ich nehme alle Schuld auf mich, biete meine Sünde dem Himmel als Opfer an! Der liebe Gott weiß, dass der Kummer mich auffrisst. Aber Gott hat mich zu dem gemacht, was ich bin. Er wird barmherzig sein. Wir müssen nur zu ihm beten.‹

Ich sträubte mich, sein Körper über mir roch nach Schweiß und nach Blut. Er zerrte an meinem Schlafanzug, riss die Knöpfe auf. Seine Hände waren grob und kräftig. Ich wehrte mich, flehte ihn an, er sollte mich in Ruhe lassen. Ich wollte diese Sache nicht mit ihm machen.

›Geh weg, Onkel Antonino! Bitte, geh weg!‹

Er drehte mir das Handgelenk um, ich hörte, wie es knackte.

›Warum bist du so störrisch? So undankbar? Nach all dem, was ich für dich getan habe?‹ Er hielt mich mit beiden Armen fest, er geiferte und redete: ›Man kann nicht alle Menschen lieben, Giovanni, wenn man die Menschen kennt. Das kann nur Gott! Man kann sich auch nicht selbst lieben! Ich habe viel Geduld mit dir gehabt, mein Sohn, mein lieber Sohn! Gott hat mich zur Geduld gezwungen. Nur du kannst mich retten, du kannst mich befreien.‹

Er packte mich am Nacken, wie mein Vater, wenn er ein Schaf schlachtet, zwang meinen Kopf auf seine Knie. Ich war nass vor Schweiß, und dazu sein Geruch, einfach nicht auszuhalten! Und immer wieder redete er unverständliches Zeug, von Engeln und Opfertieren, er stöhnte und zuckte und drückte mein Gesicht in seinen Schoß, bis mir die Luft ausging. Und da... Alessa, ich kann es nicht anders sagen, da explodierte etwas in mir, und ich habe zugeschlagen. Er prallte zurück, krümmte sich, wollte mich festhalten, und da habe ich ein zweites Mal zugeschlagen, worauf er mit dem Kopf und der Schulter gegen die Wand fiel. Es gab ein dumpfes Krachen, und dann fiel er vom Bett und rührte sich nicht mehr. Ich starrte auf die spitzen Knie, die ausgestreckten weißen Schenkel, die noch ein wenig zuckten... Es sah wirklich entsetzlich aus. Dann habe ich mich in aller Hast angezogen, bin nach draußen gerannt. Die Haustür ist ja immer offen. Und erst, als ich unter dem Sternenhimmel im Garten stand, die dunklen Bäume um mich herum, erst da ist mir bewusst geworden, was ich angerichtet hatte. Vorher hatte ich es nicht gemerkt, das musst du mir glauben, Alessa. Es ist wirklich wahr, was ich sage!«

Ein wilder Schmerzensausbruch schüttelte ihn. Er kauerte zwischen den Mülleimern, mit nach vorn gesunkenem Kopf und krampfhaft bebenden Schultern. Ich schreckte zurück, als ich sein verzweifeltes, fremdartiges Weinen hörte. Ich war ganz außer mir, ich konnte es nicht ertragen.

»Genug jetzt, Giovanni, genug! Bitte, weine nicht mehr! Ich glaube dir ja alles, jedes Wort! Beruhige dich, du kannst ja nichts dafür. Wenn du willst, gehe ich mit dir zur Polizei. Du erzählst ganz genau, wie es war, und die Sache kommt schon in Ordnung...«

Er schluchzte immer noch, mit einem seltsam wimmernden Ton.

»Unmöglich, Alessa, das hat keinen Sinn! Ich habe zu viel Angst, dass sie mich ins Gefängnis stecken. Versteh doch: Don Antonino braucht nur zu sagen, es war meine Schuld, und alle werden ihm glauben.«

Ich verstummte vor Schreck, weil das tatsächlich wahr sein konnte. Was zählte das Wort eines Halbwüchsigen aus einer notorisch bekannten Gaunerfamilie gegen das Wort eines rechtschaffenen Priesters? Es war ganz und gar undenkbar, dass Don Antonino nach allem, was geschehen war, die Schuld auf sich nehmen würde. Ich fühlte mich wie ein Mensch, der nachts auf einer Klippe steht und vor seinen Füßen den Abgrund ahnt, den er nicht sehen kann. Ich entsann mich der liebevollen Verehrung, die Giovanni einst für Don Antonino empfunden hatte, ich dachte an seine Dankbarkeit und seine freudige Bereitschaft, ein guter Schüler zu sein – der beste –, um ihn glücklich zu machen.

Ich hatte etwas sagen wollen, was ihm Trost gab und half. Mir fiel nichts ein. Er merkte es und schauderte, was bewirkte, dass er noch mehr in sich zusammensank.

»Ich kann nicht mehr zur Schule gehen, Alessa. Ich weiß nicht, was ich tun werde, aber ich muss weg…«

Und in diesem Versteck unter der Treppe, unter staubigen Spinnweben, mit dem Geruch aus den Mülleimern in der Nase, spürte ich, wie ich seltsam entschlossen wurde, finster und voller Rache. Nein, die Polizei durfte Giovanni nicht finden. An seiner Stelle würde ich mich auch verstecken. Aber es lag in meiner Natur, immer wieder einen Ausweg zu suchen. Ein Wolf in der Falle wird kämpfen, niemals aufgeben, sich selbst die Pfote amputieren, um die Freiheit wiederzuerlangen.

»Giovanni, jetzt pass auf. Vielleicht… vielleicht ist alles nicht so schlimm, wie du denkst. Ich… werde mit Peter reden.«

Er wich erschrocken zurück.

»Um Gottes willen, nein, nicht mit Peter! Der hört auf seine Eltern und wird mir die Schuld geben.«

Ich ließ nicht locker.

»Doch, Giovanni! Peter muss die Wahrheit wissen, bevor ihm die Eltern etwas anderes erzählen. Außerdem… es kann ja sein, dass Don Antonino die ganze Sache für sich behält. Vielleicht tut ihm die ganze Sache ja entsetzlich leid! Er ist doch dein Onkel, Giovanni! Und er ist Priester!«

»Aber ich kann nicht mehr bei ihm wohnen«, sagte er unter Weinen. »Das geht einfach nicht…«

»Du könntest bei uns wohnen. Wir haben ein Gästezimmer. Irgendwie werde ich mit den Eltern schon zurechtkommen…«

Er wurde allmählich ruhiger, klammerte sich an einen Strohhalm, obwohl jede Vernunft dagegensprach.

»Vielleicht hast du recht…«

Ich würde jetzt die Sache für ihn in die Hand nehmen. Ich würde mir eine Strategie ausdenken. Würde kämpfen. Vielleicht unterliegen. Aber nie im Leben würde ich Giovanni im Stich lassen.

»Hör mal, vielleicht ist es gut, dass du dich für ein paar Tage versteckst. Die Schule fängt erst am Montag an. Bis dahin… bis dahin finden wir eine Lösung…«

Er nickte wortlos, wischte sich mit dem Handrücken über die verschmierte Nase.

»Du musst jetzt gehen«, flüsterte ich. »Komm wieder, wenn es dunkel ist. Ich lege dir einen Brief unter diesen Blumentopf, ja?«

Er nickte abermals, schon etwas ruhiger.

»Gut.«

»Hast du Geld?«

»Nein, aber das macht nichts…«

»Hier, das sollte genügen!« Ich drückte ihm das Portemonnaie in die Hand. »Nimm, was du brauchst.«

»Alessa, ich kann das nicht annehmen …«

»Doch, du gibst es mir später zurück. Ich … ich kann nicht länger bleiben, sonst fragen sich meine Eltern, wo ich stecke.«

Er machte ein bejahendes Zeichen, schob das Portemonnaie in die Hosentasche. Wir umarmten uns, innig und verzweifelt. Giovanni war völlig verschwitzt, so nass war seine Haut, dass sie an meiner klebte. Ich stieß ihn behutsam von mir, kroch unter der Treppe hervor und kam wieder zu Verstand, als ich oben vor dem Eingang stand, die Tür aufstieß und Mutters Stimme hörte:

»Alessa, wo um Himmels willen kommst du her?«

Vater saß beim Frühstück, verschlang sein Rührei mit ein paar Gurkenscheiben und Tomaten und machte ein mürrisches Gesicht.

»Zwanzig Minuten, Alessa! Glaubst du, dass ich so lange warten kann?«

Ich starrte auf meine leeren Hände, stammelte die erste dumme Entschuldigung, die mir in den Sinn kam.

»Ich … ich habe das Portemonnaie verloren!«

Mutter schrie auf.

»Mein Portemonnaie? Das darf doch nicht wahr sein!«

Vater runzelte die Stirn.

»Steckte viel Geld darin?«

»Nein, aber mein Ausweis! Und der Führerschein!« Mutter wurde böse. »Wo hast du das Portemonnaie verloren? Und überhaupt, wie siehst du aus? Wo bist du gewesen?«

Unter der Treppe hatte sich viel Staub angesammelt. Ich strich mir das Haar aus dem Gesicht, zupfte nervös an meinem verdreckten T-Shirt.

»Ich … ich habe überall gesucht. Deswegen …«

»Wahrscheinlich hat man es dir geklaut«, meinte Vater ungehalten. »Malta ist auch nicht mehr das heile Stück Erde, das es einst war.« Zu Mutter sagte er: »Du solltest sofort Anzeige gegen unbekannt erstatten.«

Vater verließ das Haus, eilig und in schlechter Laune. Ich ging mit meiner Mutter zur Polizei, spielte die Ahnungslose, fühlte mich noch miserabler als zuvor. Hoffentlich war Giovanni klug genug, das Portemonnaie gut zu verstecken; sonst wurde er womöglich noch des Diebstahls angeklagt. Wieder daheim – Mutter machte noch eine kurze Besorgung – rief ich Peter an. Nur das Dienstmädchen ging ans Telefon. Die Herrschaften seien nicht da. Ob ich am Nachmittag wieder anrufen wollte? Ich verbrachte ein paar schreckliche Stunden. Vor lauter Qual hatte ich Halsschmerzen. Mutter kam wieder nach Hause und kümmerte sich um das Essen. Sie merkte, dass mir elend zumute war, deutete meine Verzweiflung falsch und hatte Mitleid mit mir.

»Alessa, du darfst dich nicht so aufregen. Komm, nimm etwas Minestra. Du hast ja seit heute Morgen nichts im Magen. Wir warten jetzt ein oder zwei Tage. Kommt das Portemonnaie nicht zum Vorschein, lasse ich neue Papiere machen. Das ist unerfreulich, aber nicht tragisch. Du brauchst deswegen nicht zu hungern.«

Mutters gütige Stimme erreichte mich wie hinter einem Vorhang. Ich hätte ihr so gerne mein Herz ausgeschüttet, sie um Hilfe gebeten. Aber das war ganz und gar unmöglich. Sie wusste ja nicht, dass ich mich heimlich mit Giovanni traf. Und wie hätte ich ihr diese schreckliche Sache erklären können?

Inzwischen stellte Mutter Tomatensalat auf den Tisch. Die Tomaten waren noch warm, Mutter hatte sie gerade aus dem Gemüseladen mitgebracht. Ich aß ein wenig davon. Gerade begann ich mich besser zu fühlen, als es klingelte. Und als Mutter öffnete, standen zwei Polizisten vor ihr. Ich konnte sie vom Wohnzimmer aus durch die offene Tür sehen, und sie sahen mich auch.

»Oh, Kommissar Ellison!«, rief Mutter, erleichtert und erfreut. »Haben Sie mein Portemonnaie gefunden?«

Kommissar Ellison, ein guter Bekannter meines Vaters,

275

erwiderte höflich, nein, der Geldbeutel sei noch nicht zum Vorschein gekommen. Es ginge um etwas ganz anderes, sagte er und trat langsam durch die Diele ins Esszimmer. »Wir sind gekommen, um dieser jungen Dame einige Fragen zu stellen.«

23. Kapitel

Mutter sah mich an, und ihr Gesicht wurde starr. »Alessa! Was hast du denn angestellt?« Ich saß wie angewurzelt vor meinem Teller, die Gabel noch in der Hand. Die Polizisten kamen näher, im Gegenlicht, ich sah sie nur als Umrisse, als Schatten. Ich blinzelte, legte meine Gabel auf den Tisch, erhob mich mit mächtiger Anstrengung und grüßte, wobei mir gleichzeitig in den Sinn kam, dass ich Mutters Frage nicht beantwortet hatte.

»Nichts…«, stammelte ich. »Wirklich nichts!«

»Das glauben wir eigentlich auch.« Kommissar Ellison lächelte gütig, wenn auch etwas verlegen. »Aber vielleicht kannst du uns weiterhelfen.« Er kannte uns natürlich – in Valletta kannten sich alle –, hatte er doch mit Vater die Schule besucht. Beide trafen sich gelegentlich, verzogen sich in eine Bar und sprachen über Politik. Kommissar Ellison war ein typischer Malteser, breitschultrig und stattlich, mit einem großen Kopf und hoher Stirn. Seine Augen waren freundlich, sein Benehmen untadelig. Er hatte natürlich bemerkt, dass ich nicht mehr das Kind war, das er von früher her kannte. Er wusste offenbar noch nicht recht, wie er mit mir umgehen sollte, und stellte zunächst seinen Begleiter vor: Mateo Goyen, Polizeianwärter.

»Ich bringe ihm das Handwerk bei. Kollege Goyen lernt schnell.« Ellison zeigte ein verbindliches Lächeln. »In ein paar Jahren wird er besser sein als ich!«

Der junge Mann lächelte auch, allerdings nur mit den Zähnen. Kleingewachsene, magere junge Männer mochte ich schon damals nicht. Sie haben etwas beflissen Ehrgeiziges an sich, das schnell in Hysterie umschlägt. Ich lächelte verkrampft zurück, der ganze Kiefer tat mir weh. Inzwischen bot Mutter den Besuchern Stühle an, fragte, ob sie Kaffee wollten. Keinen Kaffee, nein. Ein Glas Wasser vielleicht? Ich setzte mich auch, stumm und steif, ihnen gegenüber. Dem Polizeianwärter Goyen misstraute ich sehr. Seine Augen waren ständig in Bewegung, als ob er sich jede Einzelheit im Haus einprägen wollte. Inzwischen kam Mutter mit einer Karaffe zurück und füllte zwei Gläser. Beide Männer bedankten sich, und Ellison nahm einen langen Schluck, bevor er mit einem Räuspern das Gespräch eröffnete.

»Die Angelegenheit betrifft den Schüler Giovanni Russo, der bisher bei seinem Onkel Don Antonino wohnte und sich auf die Prüfung für das Priesterseminar vorbereitete.«

Er sah mich freundlich an.

»Alessa, du kennst ihn doch? Was kannst du uns über ihn sagen?«

Ich legte meine Hände zwischen die Knie, um sie ruhig zu halten.

»Wir gehen in die gleiche Klasse. Er ist jünger als ich... aber er konnte eine Klasse überspringen.«

Ellison schien erstaunt.

»Dann ist er also ein guter Schüler?«

»Er ist Klassenbester«, sagte ich lebhaft und mit einer Regung von Stolz.

Polizeianwärter Goyen schrieb etwas auf seinen Notizblock. Seine Anwesenheit machte mich kribbelig. Ich versuchte ihn zu ignorieren.

»Bekam er manchmal Verweise? Schlechtes Betragen? Zuspätkommen?«

»Nein, niemals!«

»Wie lange kennst du ihn schon?«

Diesmal war es Mutter, die antwortete. Ihr Gesicht zeigte einen verlegenen Ausdruck, der sich schlecht mit dem künstlichen Lächeln vertrug, zu dem sie sich zwang. Die Anwesenheit der Polizisten ließ sie spüren, dass sie in eine peinliche Geschichte verwickelt war. Eine Geschichte, mit der sie nichts zu tun hatte und nichts zu tun haben wollte.

»Wissen Sie, Kommissar, die Kinder sind zusammen aufgewachsen. Ich meine jetzt Alessa, Giovanni und ihre beiden Freunde Viviane Ogier und Peter Micalef. Inzwischen lebt Viviane bei ihrem Großvater in London. Und Peter kam, soviel ich weiß, gerade aus den Ferien zurück.«

Ellison nickte recht höflich.

»Ja, das haben wir in Erfahrung gebracht. Wir hatten ein längeres Gespräch mit seinem Vater. Dr. Micalef verschwieg uns nicht, dass er Peters Freundschaft mit Giovanni nie gutgeheißen hat. Er versicherte uns auch, dass beide Jungen kaum noch Kontakt haben. Sie sehen sich nur in der Schule.«

Ich senkte die Augen, und Mutter sagte: »Ja, Giovanni stammt aus schlechten Verhältnissen.«

Der junge Polizist kniff die Lippen auf besondere Art zusammen, und Ellison seufzte.

»Leider vergeht kaum eine Woche, in der wir nicht auf irgendeine Art mit der Familie zu tun haben. Die Brüder saßen schon etliche Male. Nun, über den Jüngsten lag bisher nichts vor. Aber jetzt ...«

Er wandte sich plötzlich direkt an mich.

»Alessa, du wurdest oft mit ihm am Strand gesehen, auch in letzter Zeit. Ist dir nichts an ihm aufgefallen?«

Mein Gesicht musste flammend rot geworden sein. Ich schüttelte wortlos den Kopf, krampfhaft bestrebt, nur das Wenigste von mir preiszugeben.

Ellisons Augen kehrten zu Mutter zurück.

»Hat Sie es nie gestört, dass Ihre Tochter diesen Jungen traf?« Seine Frage verursachte ein kurzes Schweigen. Auf Mutters Gesicht zeigten sich einige rote Flecken, bevor sie antwortete: »Um die Wahrheit zu sagen, mein Mann und ich waren nicht gerade begeistert. Aber zu uns war er immer sehr höflich. Und da die jungen Leute sich schon so lange kannten und er doch Priester werden wollte ... Als dann sein Vater vor Gericht kam, wurde es uns doch zu viel. Geoffrey verbot Alessa, sich mit ihm zu treffen. Wenn sie es trotzdem getan hat, wissen wir nichts davon.«

Sie blickte vorwurfsvoll zu mir hinüber. Ich wippte leicht vor und zurück, die Augen auf meine Hände gesenkt, ein Bild des Trotzes und des schlechten Gewissens. Ellison nickte langsam.

»Ich verstehe. Wann hast du Giovanni zum letzten Mal getroffen, Alessa? Bitte, sag die Wahrheit.«

Angstvoll versteift, antwortete ich mit kaum geöffneten Lippen.

»Vor ... vor ungefähr einem Monat.«

»Nur ein einziges Mal?«

Mein Bauch fühlte sich bretterhart an. Ich krümmte mich wie unter Schmerzen.

»Zwei- oder dreimal, vielleicht ... und nie sehr lange.«

Mutter bewegte sich unruhig. Ich spürte, wie sie nur mühsam ihren Zorn bezwang. Ellisons dunkle Augen betrachteten mich forschend; ich fürchtete, dass er meinen rasenden Herzschlag hörte, und vermeinte, so etwas wie Mitgefühl in seinem Blick zu lesen. Schließlich brach er das Schweigen.

»Wir wissen, Alessa, dass Giovanni dir sein Leben verdankt. Das war eine sehr mutige Tat. Und ich meine, dass er die beträchtliche Dankesschuld seinen Freunden gegenüber besser hätte würdigen sollen. Aber offenbar geht Giovanni mit jeder Dankesschuld locker um. Auch Don Antonino, der gut zu ihm war wie ein Vater zu seinem Sohn, musste die schmerzliche Erfahrung machen, dass sein Vertrauen missbraucht wurde.«

»Was hat Giovanni denn gemacht?« Mutter stellte end-

lich die Frage, die ihr von Anfang an auf den Lippen brannte.
Ellison legte plötzlich den verbindlichen Ton ab, seine Antwort klang berufsmäßig knapp und sachlich.

»Üblicherweise gehen wir nicht auf Einzelheiten ein. Aber ich werde mir hier eine kleine Ausnahme gestatten. Um es kurz zu machen: Gestern Nacht, so zwischen eins und zwei, sah Don Antonino Licht in Giovannis Zimmer und überraschte den Jungen, als er in aller Hast Pornografie unter seiner Matratze versteckte. Als der Junge sich entdeckt sah, schlug er seinen Onkel bewusstlos und floh. Seitdem ist er verschwunden. Die Haushälterin fand den armen Mann ein paar Stunden später, als sie zur Arbeit erschien. Sie fand auch die blutbefleckten Hefte auf dem Bett. Don Antonino hat den Schulterknochen an zwei Stellen gebrochen und leidet unter einer starken Gehirnerschütterung. Er ist sehr geschwächt, aber er konnte aussagen. In seiner großen Güte fand er verzeihende Worte; er verzichtet auch auf eine Anzeige. Aber wir suchen den Lümmel. Ob er seine Schulausbildung beenden und Priester werden kann, wird sich zeigen«, sagte Ellison abschließend.

»Alessa!«

Mit zurückgeworfenem Kopf, fast hochmütig, wie jemand, der vor einer Beleidigung zurückfährt, sah Mutter ruckartig zu mir hinüber. Ich wich ihrem Blick aus, der eiskalt war, presste die Hände zwischen meine Knie. »Sag nichts, kein Wort!«, befahl ich mir innerlich. Mutter wandte sich wieder zu dem Polizisten um. Sie versuchte, Ruhe zu bewahren, obgleich ihre Stimme leicht bebte. Dabei kam ein hässlicher, fast verschlagener Ausdruck in ihre Züge.

»Werden Sie die Sache ... diskret behandeln?«

»Aber gewiss, selbstverständlich«, sagte der Kommissar verbindlich, und ich wusste, dass ich jetzt unter allen Umständen weder meine Mutter noch ihn ansehen durfte. Nein, Giovanni war kein Täter, Giovanni war das Opfer! Wie hatte er warm und geborgen einschlafen können mit dieser Gefahr, die ständig im Nebenzimmer lauerte? Das Geheimnis, hinter Mauern verschanzt, durfte um keinen Preis die Öffentlichkeit erreichen. Und es spielte keine Rolle, ob ein Unschuldiger dabei gebrochen und zerstört, zertrampelt und vernichtet wurde. Ja, Giovanni hatte alles vorausgesehen. Er brauchte Hilfe, er brauchte sie so nötig! Doch wer konnte helfen? Peter vielleicht? Ach, Peter würde sich fürchten, sich in sein Schneckenhaus zurückziehen. Nein, Giovanni hatte nur mich. Ich holte tief Atem, bevor ich sehr langsam und vorsichtig die Frage stellte:

»Hat Don Antonino ... stark dabei geblutet?«

Ich hatte gesprochen, als ob ich jedes Wort auf die Goldwaage legte. Beide Polizisten starrten mich an. Mir war, als stiegen kleine Blasen in meinem Kopf auf. Jetzt kam das Wesentliche, das Entscheidende. Ich hielt den Atem an, wagte nicht den kleinen Finger zu rühren. Und da – da ging Ellison tatsächlich in die Falle.

»Geblutet? Nein, zum Glück nicht. Er hatte Blutergüsse im Gesicht, aber keine offene Wunde.«

Ich flüsterte wie in Trance, ohne ihn aus den Augen zu lassen: »Aber Sie sagten doch, da lagen Zeitschriften mit Blutflecken. Woher kam denn das Blut, wenn er keine Wunde hatte?«

Ellisons Gesicht wurde starr wie Granit. Auch er hatte plötzlich mehr begriffen, als ihm lieb war. Er bildete Gedanken, die nicht willkürlich, sondern sehr rational waren. Er kämpfte mit sich selbst, doch nur kurz. Er warf einen Blick in eine gigantische, verdammte und gefährliche Welt, spürte ihre glühende Substanz und hastete daran vorbei, bevor er sich die Finger verbrannte.

»Heranwachsende Jungen finden Gefallen an seltsamen Spielen, das kommt häufiger vor, als man denkt.«

»Soll ich das auch notieren?«, fragte Polizeianwärter Goyen, der bisher kaum ein Wort gesagt hatte. Ellison bewegte verneinend die Hand.

»Es war nur eine Randbemerkung.«

Goyen nickte. Und schon verlor die Tatsache an Bedeutung; man brauchte den Worten nicht einmal Luft zu geben. Und da wusste ich, dass alles verloren war. Der Kommissar stellte noch einige Fragen, aber das Wesentliche war gesagt. Er gab das Zeichen zum Aufbruch, der junge Polizist, der nur geschrieben hatte, trank sein Glas Wasser aus und ließ den Notizblock in seiner Tasche verschwinden.

»Und was nun?«, fragte Mutter.

»Oh, wir suchen weiterhin den Jungen. Wir haben so eine Ahnung, wo er stecken könnte.«

»Gut.« Mutter schluckte schwer. »Und wenn mein Portemonnaie bei Ihnen abgegeben wird ...«

»Werden wir Sie unverzüglich benachrichtigen«, sagte Polizeianwärter Goyen und ließ die weißen Zähne blitzen. Sie verabschiedeten sich und gingen, und Mutter wischte sich den Schweiß aus der Stirn.

»Du lieber Jesus! Was für eine widerliche Angelegenheit! Bist du von Sinnen, Alessa? Wir hatten dir verboten, den Jungen zu sehen. Findest du das schmeichelhaft, dich von diesem Dreckfink befummeln zu lassen? Schäm dich, Alessa! Und warte nur ab, bis es dein Vater erfährt! Heilige Muttergottes, ich mag nicht daran denken!«

Religiöse Anrufungen kamen üblicherweise nicht aus dem Munde meiner Mutter. Daran erkannte ich, dass ihre Stimmung dicht an Panik grenzte. Und jetzt reagierte sie genau wie die Ziege Micalef. Mit norddeutscher Direktheit obendrein. Auf mich hatten Worte immer eine starke Wirkung. Ich hielt mir die Ohren zu.

»Mir scheißegal!«, schrie ich. »Und damit du es weißt, ich glaube kein Wort von der ganzen Geschichte!«

»Alessa! Der arme Don Antonino liegt verletzt im Krankenhaus!«

»Soll er von mir aus Blut pinkeln!«

Mein heftiger Ausbruch traf sie unvermittelt. Ihre Augen wurden groß und rund.

»Alessa! Bist du von Sinnen?«

»Ich weiß Bescheid!«, schrie ich. »Du nicht …«

Sie starrte mich an.

»Was sagst du da? Wieso weißt du Bescheid?«

In meinem Gehirn blinkte ein Rotlicht. Ich verstummte, krebste zurück, von Kopf bis Fuß die störrische Pubertierende.

»Einfach so«, brummte ich achselzuckend.

»Dann sei gefälligst still.« Mutter beherrschte sich mit gewaltiger Anstrengung. »Du hast uns in eine peinliche Lage gebracht. Der Kommissar weiß schon, wovon er redet. Und was Giovanni betrifft, da warst du immer viel zu vertrauensselig! Dass Don Antonino ihn nicht anzeigt, ist überaus großzügig. Ich muss den Mann bewundern.«

Ich ging in mein Zimmer, warf hinter mir die Tür ins Schloss, so laut, dass mein Spiegel klirrte. Die Gesellschaft hatte ihre Prinzipien. Wenn es darauf ankam, hielten die »besseren Leute« zusammen. Und jetzt waren alle – ja, auch meine Mutter – erleichtert, weil Giovanni keine Chance mehr hatte, Klassenbester zu sein. Und der geile Fanatiker mit seiner Peitsche wurde von allen nur bedauert. Wo war hier die Gerechtigkeit?

Ich überlegte eine Weile, dann putzte ich mir die Nase und ging ins Wohnzimmer zurück. Ich setzte mich in Vaters Sessel und griff zum Telefon, als Mutter den Kopf aus der Küchentür steckte.

»Alessa, du hast den Tisch nicht abgeräumt.«

»Gleich«, murmelte ich und tippte die Nummer ein.

»Hör auf, die Leute verrückt zu machen!«, schimpfte Mutter. »Wen rufst du jetzt schon wieder an?«

»Si, pronto«, antwortete die Ziege Micalef, die am liebsten italienisch sprach, am anderen Ende der Leitung. Ich ignorierte Mutters wütendes Anstarren, entschuldigte mich für die Störung und fragte nach Peter. Die Ziege Micalef antwortete zuckersüß. Sie hatte mich schon immer gemocht, sah mich schon als ausgesuchte Schwiegertochter, obwohl meine Mutter Ausländerin war und keine echte Katholische. Aber mein Vater war aus gutem Hause, si, si, und als zukünftige Arztgattin mochte ich eine gute Figur abgeben. Denn bei den Micalefs stand von vornherein fest, dass Peter die Praxis seines Vaters weiterführen würde.

»Peter?« Die Ziege Micalef lachte glockenhell. »Er ist mit seinem Vater im Tennisclub. Sie spielen schon sehr früh, weil die Tage kürzer werden.«

»Seitdem er wieder da ist, habe ich ihn nicht gesehen«, sagte ich vorsichtig. »Ich würde gerne mit ihm sprechen.«

»Über Giovanni, nehme ich an? Eine entsetzliche Geschichte, nicht wahr?«

Ich schluckte leer.

»Ja, wirklich schlimm.«

»Mein Gott, dieser Horror!« Peters Mutter verbarg gekonnt ihre heimliche Schadenfreude. »Der Kommissar – ein sehr netter Mann übrigens – war heute Morgen bei uns. Warum fährst du nicht zum Tennisplatz? Ihr könntet im Clubhaus etwas trinken. Es würde euch guttun, miteinander zu reden. Peter schlägt die ganze Sache auf den Magen. Er glaubt nämlich, dass man es dir nicht gesagt hat.«

Mit dem Segen der Ziege Micalef legte ich den Hörer auf. Mutter hatte zugehört, düster und steif wie eine Tugendwächterin. Dass ich mit Peter reden wollte, war ihr nur recht.

»Du weißt gar nicht, wie abscheulich du manchmal bist. Ich mag Peter gern, er ist ein netter Junge. Er wird dich schon zur Vernunft bringen.«

Der Bus hielt an der Straßenecke und brachte mich in zwanzig Minuten zum Tennisclub. Die Sonne stand bereits tiefer, die Tennisplätze waren alle besetzt. Das Aufprallen der Bälle verursachte ein helles, heiteres Geräusch. Ich sah Peter schon von Weitem, wie er gegen die harten, kraftvollen Schläge sei-

285

nes Vaters ankämpfte. Peter spielte nicht schlecht, und sein Vater schonte ihn nicht. Harte Zucht, auch auf dem Tennisplatz. Ich lehnte mich an das Geländer und sah zu. Peter war Linkshänder, was beim Tennisspiel einen Vorteil bedeuten mochte. Aber er war nicht bei der Sache, ermüdete schon im zweiten Satz und unterlag – gleichgültig und ganz außer Atem – im dritten. Ich winkte ihm zu, und sein finsteres Gesicht erhellte sich ein wenig. Auch sein Vater hatte mich gesehen. Beide kamen auf mich zu. Dr. Micalef konnte sich denken, warum ich hier war, und schob die Unterlippe verbindlich vor. Sein Tonfall klang betrübt, den Umständen entsprechend.

»Guten Abend, Alessa. Schön, dich zu sehen. Ihr hattet beide einen schlimmen Tag, oder täusche ich mich da? Peter hat miserabel gespielt, und am Montag ist Schulanfang!«

Ich nickte stumm, und er sprach mit einem Ausdruck angewiderten Mitleids weiter.

»Schade um den Jungen, er soll ja begabt gewesen sein. Es liegt ganz eindeutig an seiner Erbmasse. Der arme Don Antonino, der es so gut mit ihm meinte! Ich bin nicht ohne Einsicht, aber ihr kennt das Sprichwort: ›Der Apfel fällt nicht weit vom Stamm.‹«

Unter Peters gerunzelten Brauen flammte ein wütender Blick, bevor er wieder auf seine Tennisschuhe starrte. Ich ahmte ihn in seinem Schweigen nach, während Dr. Micalef sich mit einem Taschentuch den Schweiß abtupfte.

»Solche Geschichten sollen in Ordnung gebracht werden, und vielleicht es ist gut, wenn ihr – ohne Beisein von Erwachsenen – darüber sprecht. Es gibt etliche harte Tatsachen im Leben, mit denen wir uns abfinden müssen. Ihr habt noch Zeit zu reden. Das Clubhaus schließt erst um fünf. Und die Getränke gehen auf meine Rechnung, ja?«

Er schlug Peter auf die Schulter, sodass dieser leicht taumelte. Dann holte er seinen Sportsack und stakste mit raumgreifenden Schritten in Richtung Parkplatz. Endlich konnten wir uns ansehen, Peter und ich. Sein Gesicht rötete sich, schien anzuschwellen, und seine Augen wurden nass.

Ich berührte seinen Arm.

»Komm!«

Auf der Terrasse warteten einige Spieler, bis ein Feld frei wurde. Wir hatten Durst und bestellten Mineralwasser, eine große Flasche. Peter saß mit steifem Rücken auf seinem Plastikstuhl, zeichnete mit dem Finger Muster auf den Tisch, bevor er endlich das Schweigen brach.

»Hättest du so was für möglich gehalten? Wir wussten ja, dass seine Brüder Verbrecher sind. Aber Giovanni...!«

Peter sprach leise und verzweifelt von etwas, was er sich offenbar gar nicht recht vorstellen konnte. Die Frage: »Ist es überhaupt gut, davon zu reden?«, stand ihm ins Gesicht geschrieben. Entsetzen ergriff mich bei dem Gedanken, dass Peter womöglich glaubte, was ihm die Erwachsenen sagten. Dass er einfach nur trauern und nicht weiter suchen würde. Durch die Stille klangen das regelmäßige Klatschen der Bälle und gelegentlich die Grunzlaute der Spieler, wenn sie einen Schlag verfehlten.

Ich sagte vorsichtig: »Glaubst du wirklich, dass er das gemacht hat?«

Peter hob die Schultern, sah mich unglücklich an.

»Es kann ja sein, dass er wütend wurde, weil Don Antonino ihn mit Pornografie ertappte.«

Ich traute meinen Ohren nicht, dass Peter dieses Wort in den Mund nahm. Verglichen mit den Gleichaltrigen von heute lebten wir behütet und in krasser Unwissenheit. Ich schluckte.

»Hast du dir solche Hefte mal angesehen?«

Er bewegte sich unruhig.

»Ja, doch, aber...«

»Was, wenn dein Vater dich dabei ertappt hätte?«

Er antwortete lebhaft.

»Mein Vater ist Arzt, nicht Priester. Das macht einen Unterschied.«

»Tu nicht so scheinheilig!«, zischte ich.

Er duckte sich leicht. Wahrscheinlich spürte er das instinktive Ungerechtwerden, wenn man den eigenen Schmerz ersticken will.

»Möglich, dass Giovanni ein schlechtes Gewissen hatte.«

Ich schwieg. Durch die Brillengläser sah er mich jammervoll an.

»Begreifst du denn nicht, Alessa? Für Giovanni war es doch eine Sünde, dass er solche Hefte im Zimmer hatte. Don Antonino wird ihn ausgeschimpft haben! Und Giovanni ist wütend geworden, und ...«

Ich schnitt ihm das Wort ab.

»Hättest du das auch getan, Peter?«

Er starrte mich entsetzt an.

»Großer Gott, nein! Das liegt einfach nicht in meiner Natur!«

»Und du glaubst, es läge in Giovannis Natur?«

Ich sog an meinem Strohhalm, während er die unbequeme Frage erwog. Das schräge Licht fiel durch die großen Zypressen hindurch auf seine dunkelbraunen Haare. Schließlich seufzte er.

»Ich ... ich weiß überhaupt nicht, was ich glauben soll! Aber nach alldem, was ich gehört habe ...«

Ich betrachtete seine Gesichtszüge, das Zittern seiner Lippen. Er konnte die bittere Tatsache weder begreifen noch sich damit abfinden. Peters Seele litt schwer unter der Last der zerbrochenen Träume. Ich beobachtete die auftauchenden Erinnerungen, die hinter seinen geröteten Augenlidern vorbeizogen. Es tat uns beiden so weh.

Ich durfte nicht mehr länger schweigen.

»Peter, kannst du ein Geheimnis behalten?«

Er sah mich überrascht an.

»Warum fragst du?«

»Bringst du das fertig, ja oder nein?«

»Es kommt darauf an. Aber ich denke schon …«

»Du musst schwören!«

»Schwören?« Er zögerte. »Ich … ich weiß nicht, ob ich das kann.«

»Wenn du nicht schwörst, kann ich dir auch nichts sagen.« Er wurde plötzlich sehr aufmerksam.

»Du weißt mehr als ich! Das steht dir ins Gesicht geschrieben.«

»Das ist eben mein Geheimnis.«

»Geht es um Giovanni?«

Ich machte ein bejahendes Zeichen, trank Schluck auf Schluck. Mich fror es richtig im Bauch. Peters Augen trübten sich, vielleicht war auch nur seine Brille beschlagen. Auf seiner Lippe perlten Schweißtropfen.

»Ich will es wissen, Alessa. Bitte, sag es mir …«

»Dann schwöre!«

Er hob die Hand.

»Also gut. Ehrenwort!«

»Nein. Du musst sagen: Ich schwöre es im Namen der schlafenden Göttin!«

Er erwiderte entgeistert meinen Blick.

»Wir sind über das Alter hinaus! Wenn ich dir doch mein Ehrenwort gebe …«

»Nein, das genügt nicht! Du musst schwören!«

Wir nahmen unseren Geheimbund sehr ernst. Kinder sind voller Fantasie, aber mit einer strengen Einfachheit der Gedanken – was für ein Gegensatz! Jetzt waren wir älter, aber noch nicht alt genug, um abgebrüht zu sein. Noch konnten wir unsere frühere Welt nicht belächeln.

»Dann also …« Peter hob die Hand und räusperte sich. »Ich schwöre es im Namen der schlafenden Göttin!«

Er hatte es gesagt. Jetzt konnte ich nicht mehr kneifen. Jetzt musste ich reden, obwohl ich kaum denken konnte und überhaupt nicht wusste, welches Wort das richtige war und welches das falsche.

»Peter, hör zu. Diese Sache mit Giovanni, die stimmt nicht. Es ist alles ganz anders!«

»Woher willst du das wissen?«

»Von Giovanni.«

Er kniff die Augen zusammen.

»Hast du ihn gesehen? Wann denn?«

»Heute Morgen... Er hat die halbe Nacht bei uns im Garten verbracht. Unter der Treppe, wo die Mülleimer stehen...«

Peter zuckte zusammen, sein Mund stand leicht offen.

»Was hat er gesagt?«

»Dass er den Onkel verprügelt hat. Und dass die Polizei ihn sucht. Aber die Geschichte, die alle so felsenfest glauben, die ist überhaupt nicht wahr!«

Ich sagte es ebenso zu mir wie zu Peter, wobei ich unwillkürlich die Stimme senkte. Und auch Peter sah sich erschrocken um, ob jemand das Gespräch belauschte. Aber wir saßen an einem Tisch abseits, keiner hörte zu. Ich hatte immer noch keine Ahnung, wie ich ihm das alles erklären konnte; bei dem bloßen Gedanken wurde es mir angst und bange. Aber es war falsch, eine Ungerechtigkeit zu akzeptieren, sich davon demütigen zu lassen. Giovanni *spielte* nicht das Opfer, Giovanni *war* das Opfer. Ach, was hatten ihm die Erwachsenen in ihrer Blindheit angetan!

Ich dachte, ich konnte nicht darüber reden, jedenfalls nicht so, dass Peter es verstehen würde. Und trotzdem gelang es mir, die schreckliche Wahrheit in Sätze zu formen. Und gleichzeitig wusste ich, wie unerträglich diese Worte für Peter sein mochten. Sein Ausdruck spiegelte seine Gedanken, er dachte an Don Antonino, an die Wirkung, die er auf Giovannis Leben hatte. Er war mit der Religion groß geworden, hatte den Respekt vor jeder Soutane mit der Muttermilch eingesogen. Man hatte ihm schon in der Wiege beigebracht, die Hände zu falten und zu beten. Er hatte seine Erstkommunion im Sonnenstaub gemacht, das Gesicht zum vergoldeten Altar erhoben, ein warmer rosa Schein auf den kindlichen Wangen, während aus der Orgel das prachtvolle Gewebe ewigen Lobpreises brauste und die lieblichen Stimmen der Chorknaben das Muster der Verehrung vollkommen machten. Nie hatte er in dem ganzen Pomp eine Karikatur erblickt, eine Farce. Der Priester war unantastbar. Man begegnete ihm mit Ehrfurcht, im schlimmsten Fall mit Katzbuckelei. Armer, lieber Peter, dachte ich, die Welt bricht für dich zusammen, das Wichtigste ist immer die Gerechtigkeit, wichtiger als alles andere, für dich auch, Peter, nicht wahr? Sag, dass du mich verstehst!

»Vergewaltigt?«, flüsterte er.

Mich schauderte, ein schweres Gefühl, halb Ohnmacht, halb Schmerz. Aber ich redete jetzt, redete wie ein Wasserfall.

»Ja, genau das war es! Er zeigte Giovanni Schundhefte, und die waren mit Blut befleckt. Weil er die Bilder ansah und sich dabei schlug, verstehst du? Und weil er nicht wollte, dass das Blut auf den Boden tropfte. Aber Giovanni hat nicht mit sich machen lassen, was Don Antonino von ihm wollte. Der Mann hat ja 'ne Meise!«

Peter sah mich aus klaren, ruhigen Augen an.

»Ja, Selbstkasteiung.«

»Was?«, murmelte ich entgeistert.

Er nickte mir zu.

»So nennt man das, was der Onkel macht.«

Woher wollte Peter das wissen? Er war nicht einer, der dies oder jenes nur so sagte. Er machte keinen wirklich erschrockenen Eindruck, sondern sah mir ganz unbedenklich ins Gesicht, als ob ihn die Sache doch merkwürdig wenig berührte.

»Alessa, bist du sicher, dass Giovanni nicht gelogen hat?«

Ich schüttelte heftig den Kopf.

»Giovanni lügt nie, das weißt du doch!«

»Ich weiß«, sagte er.

Er beobachtete mich genau. Sogar jetzt noch, dachte ich, hat er schöne Augen. Alles spielt sich darin ab, und er ist nicht hysterisch geworden, er ist sogar viel ruhiger als ich.

»Dass sein Onkel sich auspeitschte, hatte er mir schon früher gesagt«, fing ich wieder an. »Giovanni hat ihn dabei überrascht. Der Onkel sagte, dass er Gott damit eine Freude machen wollte. Glaubst du, das ist normal?«

»Mir scheint«, sagte er, jedes Wort überlegend, »der Onkel brauchte etwas, was er nicht bekommen hat. Und wenn er so in Wut war, dass er es nicht mehr aushielt ...«

»Und die Hefte, die lagen am Boden, hat Giovanni gesagt. Er konnte nur nicht sehen, welche Hefte das waren.«

»Ich verstehe. Scheußlich!«

Ich fragte verwundert:

»Ach, das verstehst du auch?«

Mir hatte die Sache einen Stoß gegeben, von dem ich mich noch nicht erholt hatte. Peters Blick war merkwürdig scharf und doch so, als sähe er mich gar nicht. Die Sache ließ ihn nicht kalt, im Gegenteil, er fand sie ekelhaft. Aber er blieb dabei ganz sachlich, ich wusste nicht recht, weshalb. Früher war er nie so unbekümmert gewesen, verstand sich merkwürdig schlecht aufs Leben. Jetzt war er sehr gefasst.

»Mein Vater hat eine große Bibliothek«, erklärte er. »Und ganz oben im Regal stehen Bücher mit Fotos und Abbildungen. Vater würde nie dulden, dass ich meine Nase da reinstecke, aber er weiß überhaupt nicht mehr, dass er die Bücher noch hat. Früher, da konnte mir jeder was vormachen. Ich hatte ja keine Ahnung von diesen Dingen ...«

Er stockte. Ich starrte ihn an. Er verzog krampfhaft den Mund.

»Fesselung, Schläge, sexuelle Spiele. Aber ich möchte wirklich nicht, dass du denkst ...«

Peter hatte Zeit gehabt, sich mit diesen Dingen auseinanderzusetzen. Das machte ihn fähig, mit den Tatsachen fertig zuwerden. Besser als ich jedenfalls, die von solchen Dingen nie etwas gehört hatte.

»Ich mache dir ja keinen Vorwurf, Peter!«

»Nicht, dass du dir einbildest …«

»Nein, nein, überhaupt nicht!«

Er erklärte mir einiges. Also doch Platon, dachte ich, angewidert und fasziniert. Don Antonino hatte Giovanni in seine Macht bringen wollen, hatte nur dieses eine Ziel vor Augen gehabt. Er hatte Giovanni dem Vater abgekauft, wie er in früheren Zeiten einen Lustknaben erstanden hätte, dessen Vertrauen man langsam und beharrlich zu gewinnen wusste, um ihn dann ganz zur Verfügung zu haben. Das war in der Antike so üblich, sagte Peter, und in manchen Ländern auch heute noch. Und als Emilio seine Frau zu Tode prügelte und vor Gericht kam, hatte Don Antonino seine Lügen gedeckt. Möglich war, dass Emilio ihn sogar erpresst hatte. In seiner stolzen, redlichen Art war Giovanni solcher Durchtriebenheit nicht gewachsen.

»Jetzt kannst du begreifen, warum er zugeschlagen hat«, sagte Peter in vernünftigem Tonfall. »Hätte ich auch getan.«

Mir kam die Galle hoch. Wäre es nach meinem Willen gegangen, wäre der ekelhafte Typ auf der Stelle tot, zerquetscht, weg und nie da gewesen! Und gleichzeitig überfiel mich beklemmender Schmerz. Mir war, als hätte das Schicksal Giovanni gepackt, in grauenhafter Schlinge gefangen. Es war zu furchtbar, um weiter darüber nachzudenken. Gab es kein Entrinnen, keinen Ausweg? Eine eigentümliche Übelkeit und Spannung hielten mich in Atem. Es war, als ob die Gedanken in meinem Kopf hin und her jagten.

»Wir müssen zur Polizei, mit dem Kommissar darüber reden! Er wird einsehen, dass Giovanni …«

Jäh verschloss sich Peters Gesicht.

»Großer Gott, Alessa, bist du wahnsinnig?«

»Er weiß ja nicht die Wahrheit!« Ich schrie es fast.

»Und wenn er sie nicht wissen will?«

Mir stockte der Atem. Peters Worte trafen mich wie ein Stich, denn Giovanni hatte das Gleiche gesagt.

»Es ist zum Kotzen«, sagte ich erschöpft.

Er nickte, sprach weiter in seiner raschen, kaum hörbaren Art.

»Verstehst du, das würde die ganze Sache noch schlimmer machen. Stell dir mal den Skandal vor! Und noch dazu drei Tage vor Schulanfang.«

Ein Schweigen folgte. Ich war von Natur aus sachlich, aber jetzt wusste ich nicht mehr, was ich sagen sollte. Die Gesellschaft bestand aus Namen und Gestalten, eine erstarrte Welt des Nichthörens, des Nichtsehens, eine geschlossene Welt der Heuchelei. Die Gesellschaft kehrte die Außenseite heraus, wies jeden ab, der nicht dazugehörte. Von Giovanni wurde erwartet, dass er da blieb, wo er geboren wurde, zwischen Schweinestall und Jauchegrube. Und wenn er später zum Dealer verkam, sich Kokainbällchen in den Anus stopfte, nun, das war ja vorauszusehen. Das hätte sich geändert, gewiss, sobald er Priester war, da stand er unter Obedienz, und die Vergangenheit war ausgelöscht. Doch bis dahin hatte er zu kuschen. Gab er Anlass zu einem Verdacht, fiel man zeternd über den Eindringling her, der die Gesellschaft in ihren Gewohnheiten störte. Verachtung und Ekel überkamen mich.

»Alles Blödsinn, Peter! Wir können Giovanni nicht allein lassen! Es wäre... es wäre nicht richtig!«

Er nickte wortlos, wie geistesabwesend. Mir kamen beinahe die Tränen.

»Der Kommissar... na ja, ich verstehe schon! Aber auf wen ist Verlass?«

Als Peter endlich antwortete, brach es ihm fast die Stimme. Er hustete seine Verlegenheit fort.

»Ich glaube, da ist vielleicht jemand, der helfen könnte. Wir müssen uns nur trauen, ihn zu fragen.«

»Wen, Peter? Wen meinst du? Mir fällt niemand ein!«
Immer noch zauderte er, starrte vor sich hin, als ob er vor
den eigenen Gedanken zurückschreckte. Ich aber fühlte, dass
ich wieder stark wurde. Ja, meine Hände schienen mir stark
genug, diese verlogene Welt in Stücke zu reißen. Wenn ich nur
etwas Hilfe hatte – oder etwas, das dem gleichkam.
»An wen denkst du? Los, Peter, nun rede doch! Hast du einen Namen im Kopf?«
Peter schien sich einen inneren Ruck zu geben. Er trank
hastig sein Wasser aus, verschluckte sich, fuhr mit dem Handrücken über die nassen Lippen. Sein Gesicht wurde wieder
klar.
»Ja, Fra Beato«, sagte er.
Damals vertrauten wir noch der Religion, sie entsprach
auch unseren emotionellen Vorstellungen, waren wir doch in
ihrem Bannkreis aufgewachsen. Die Religion hütete ihr Geheimnis im Dunkel der Jahrtausende. Nichts hatte mich darauf vorbereitet, dass Peter, der ruhige, konforme Peter, sich
als fähig erwiesen hätte, dieser geheimen Welt die Stirn zu bieten. Wir hatten es hier mit einer Sache zu tun, wie sie unklarer,
dunkler und grauenvoller nicht sein konnte. Vor dieser Finsternis schreckten die Erwachsenen zurück. Um Gottes willen, nichts sagen, nicht einmal daran denken! Peter jedoch,
der sich im Klaren war, dass all dies viel mehr mit ihm selbst
zu tun hatte als mit mir, ging das Wagnis ein. Man hatte stets
von ihm erwartet, dass er gefasst und höflich blieb, nie ein
Wort lauter als das andere, und ja nicht fluchen oder wider-
borstig sein, auch wenn es ihm zum Heulen oder zum Toben
zumute war. Und jetzt forderte irgendetwas in ihm, dass er
Aufruhr machte, über seine Grenzen hinausging. Auch Peter
würde kämpfen. Und es war ihm völlig gleich, ob er seine Zukunft dabei aufs Spiel setzte.
»Wie kommst du auf Fra Beato?«, brach ich das lastende
Schweigen.

Er runzelte die Stirn, die hoch und glatt war, mit einer sichtbaren Vene zwischen den Brauen.

»Als wir Fra Beato besuchten, da glaube ich irgendwie begriffen zu haben, dass er anders dachte. Vielleicht bilde ich mir das nur ein, und er wird schrecklich böse auf uns sein und es den Eltern sagen...«, setzte er ganz kläglich hinzu.

»Warum glaubst du, dass er anders denkt?«, fragte ich.

Peter fuhr mit der Zunge über die Lippen.

»Als wir ihn besuchten, hat er zu Giovanni gesagt, dass er ein guter Priester sein würde. Er hat das nicht einfach nur so gesagt, wie das die Erwachsenen sagen. Er meinte es ernst. Er wird sich an Giovanni erinnern, ganz sicher.«

»Ja, ist er denn in Valletta?«, fragte ich.

»Ich habe gestern noch an ihn gedacht, weil ich die Fahne sah.«

»Ach so, ja, ja, die Fahne...«

Unsere Augen begegneten sich. Die seinen, leicht gerötet, schwammen in dem halben Licht der Sonne.

»Willst du ihn anrufen?«

Seine Augen zogen sich zusammen. Er überlegte.

»Ich würde es sofort tun. Aber sein Name steht nicht im Telefonbuch. Und ich weiß nicht, wen ich fragen kann.«

Mir fiel etwas ein.

»Du, ich glaube, mein Vater hat damals mit ihm telefoniert.«

»Hat er die Nummer irgendwo aufgeschrieben? In seinem Kalender vielleicht?«

»Ich weiß es nicht. Wenn er ihn im Büro hat, dann ist nichts zu machen. Aber ich werde nachsehen. Ich rufe dich morgen an. Gleich nach dem Frühstück, geht das?«

Ein Zug herber Entschlossenheit zuckte um Peters Mund.

»Das trifft sich gut. Meine Mutter ist morgen nicht da. Ich warte neben dem Telefon und rufe Fra Beato an, sobald ich die Nummer habe.«

Und dann verstummten wir beide. Vielleicht war das, was wir vorhatten, schlimm und falsch, vielleicht würden wir uns danach ganz entsetzlich schämen müssen. Aber besser, wir taten etwas Schlimmes und Falsches als überhaupt nichts. Und vielleicht nahm sich Fra Beato ein paar Minuten für uns Zeit. Vielleicht. Wir mussten es darauf ankommen lassen. Es ging um unsere Freundschaft, um unsere Ehre. Ja, wir waren noch in dem Alter, in dem wir daran glaubten. Der Druck lockerte sich. Wir hatten einen Entschluss gefasst. Wir blickten einander an, und vielleicht sahen wir dieselbe Kraft in unseren Augen, dieselbe Ehrlichkeit, denn plötzlich lächelten wir beide gleichzeitig.

24. Kapitel

Ich wartete, bis die Eltern schliefen, dann schlich ich im Dunkeln die Treppe hinunter. Ich hatte einige scheußliche Stunden hinter mir. Vater war noch nie so böse auf mich gewesen. Mutter hatte ihm alles erzählt. Beim Abendessen saß er da wie ein Betonklotz, richtete kein einziges Mal das Wort an mich. Strafe durch Ignorieren, für mich, so kommunikativ ich war, eine der schlimmsten. Ich wollte die ganze Misere los sein, verzog mich früh in mein Zimmer, dort tigerte ich herum. Ich fühlte, wie in mir eine Art Klumpen wuchs, tief in meinem Bauch, wie er wuchs und wuchs, gegen meine Eingeweide drückte und gegen meine Lungen, bis ich keine Luft mehr bekam. Ich musste mich ausziehen und zu Bett gehen, bevor ich wieder besser atmen konnte. Ich reckte mich und rieb die Handflächen am Körper. Ich hob die Jacke meines Schlafanzuges und kratzte meinen Bauch, langsam und ausgiebig, sodass die Fingernägel lange, brennende Rillen zurückließen.

Auf der Treppe merkte ich dann, wie die Beine unter mir zitterten. Ich hielt mich krampfhaft am Geländer fest. Im Haus war alles still, nur in der Ferne bellten Hunde, die üblichen Geräusche der Nacht. Ich ging in Vaters Büro. Die Jalousien waren heruntergezogen, es war stockfinster im Raum, wo es nach kalter Asche roch. Ich schloss behutsam die Tür, damit kein Licht in den Flur fiel, und knipste die Stehlampe an. Geblendet sah ich mich um. Vater, der morgens schlecht wach wurde, legte seine Sachen immer griffbereit auf seinen Schreibtisch.

Der Kalender lag neben der Brieftasche. Ich setzte mich nicht an den Tisch, sondern sah die Kalendereinträge im Stehen durch. Vater hatte eine schreckliche Schrift. Er schrieb alles in großen Druckbuchstaben, weil er wusste, dass Mutter seine Schrift nicht lesen konnte. Ich blätterte den Kalender durch, und es dauerte kaum eine Minute, bis ich Fra Beatos Nummer fand. Mein Herz pochte laut. Es gab also noch Wunder. Ich kritzelte die Nummer auf einen Zettel. Dann knipste ich die Lampe aus, tastete mich behutsam zur Tür, die Treppe hinauf. Den Zettel schob ich zwischen zwei Bücher, auf dem kleinen Regal über meinem Bett. Dann lag ich ganz still ausgestreckt auf dem Rücken, hörte mich atmen. Einschlafen konnte ich nicht, ich konnte nur denken, und alles war konfus und weitschweifig. Giovanni. Wo war er? Was machte er jetzt? Mit weit offenen Augen schaute ich an die helle Decke. Vor dem Abendessen, bevor mir Vater seine große Szene machte, hatte ich Giovanni schnell eine Zeile geschrieben: »Vielleicht gibt es morgen eine gute Nachricht.« Mehr – dazu war keine Zeit gewesen. Ich wusste ja auch nicht, wann er kommen würde, um den Zettel zu holen. Ich hätte am liebsten draußen auf ihn gewartet, aber das war ganz und gar unmöglich. Schlag dir die Sache aus dem Kopf, Alessa! Ich lag im Dunkeln, lauschte mit geschärften Sinnen auf die Geräusche von der Straße. Mein Magen flatterte, ich starrte und starrte nur, und Funken kreisten und zogen vorbei, bis sie in den Augenwinkeln verschwanden. Mir war, als ob der kleine Zipfel dieser Welt, an den ich mich klammerte, mir entgleiten und ich dort hinunterstürzen würde, zu den Toten. Aber das, dachte ich, war eine Sache für Viviane. Irgendwann drehte ich mich um, rieb mit der Wange und der Nasenspitze am Kissen entlang und schlief ein. Ich wachte auf, als die Dusche lief, meine Mutter schon in der Küche rumorte und es nach frischem Kaffee roch.

Auch beim Frühstück herrschte dicke Luft. Vater, im Morgenmantel, ignorierte mich. Er vergrub sich hinter der Zei-

299

tung, hörte gleichzeitig die Nachrichten. Im vergeblichen Versuch, ihn zu besänftigen, legte Mutter ihm alles bereit, das gebügelte Hemd, den Schlips, die frischen Socken. Ich kaute lustlos, stützte den Kopf in die Hand. Mit der anderen Hand zwirbelte ich an einer Haarsträhne herum. Mutter schaute abwechselnd auf Vater und mich, das schmollende Duo. Ihr Gesicht trug einen missbilligenden Ausdruck. Dann zog mein Vater sich an, stopfte seine Sachen in seine Aktentasche und verabschiedete sich von Mutter, nicht aber von mir. »Das hast du jetzt davon«, sagte Mutter kalt zu mir, als er weg war. Ich blieb ihr die Antwort schuldig. Sie stellte das Geschirr in die Spüle, hantierte schnell mit dem Staubsauger. Ich machte inzwischen mein Bett, brachte mein Zimmer in Ordnung. Dann packte Mutter ihre Sachen, fuhr mit dem Fahrrad zum Theater, wo sie sich hinter ihrer Näharbeit verkroch und den Alltag vergessen konnte. Danach wurde alles still im Haus. Ich holte den Zettel und lief zum Telefon. Es läutete nur zweimal, schon wurde abgenommen, schon hörte ich Peters Stimme.

»Hast du die Nummer?«

Ich gab sie ihm. Hoffentlich hatte ich sie nicht falsch aufgeschrieben; es war mitten in der Nacht gewesen, und ich war so aufgeregt.

»Ich muss warten, bis meine Mutter geht«, sagte Peter leise. »Bist du zu Hause?«

»Ich rühre mich nicht vom Fleck.«

»Gut!«

Ein ferner Piepton, die Verbindung war abgebrochen.

Mein nächster Weg war nach draußen. Ich rannte die Treppe hinunter, hob den Blumentopf hoch, unter dem ich die Nachricht für Giovanni versteckt hatte. Schrecken fuhr mir in die Glieder, als ich den Zettel an der gleichen Stelle fand. Warum war Giovanni nicht gekommen? Wo mochte er sein? Ich ging wieder, wobei ich trotz der Hitze am ganzen Körper schlotterte.

300

Wie viele Jahre kann es dauern, bis man alle Konsequenzen einer Handlung begreift? Rückblickend glaube ich, dass es uns gar nicht vollumfänglich bewusst war, in welche Sache wir uns da einließen. Fra Beato würde es nicht im Traum einfallen, da mitzuspielen. Er würde Moral predigen. Wir konnten nur hoffen, dass er die Eltern aus dem Spiel ließ, sonst waren die Folgen nicht auszudenken. Ich kaute heftig an meinen Nägeln, da schrillte das Telefon. Peter? Vor lauter Aufregung glitt ich auf den Fliesen aus, schlug mit der Hüfte schmerzhaft gegen einen Stuhl, ließ das Telefon beinahe fallen. Ja, es war Peter.

»Hast du mit ihm reden können?«, keuchte ich.

»Ja, ja, er selbst war am Telefon.« Peter atmete laut. »Er erwartet uns um drei. Er holt uns ab, wie das letzte Mal.«

»Was hat er gesagt?«

»Nicht … nicht jetzt!« Peter war ebenso aufgewühlt wie ich. »Meine Mutter kommt gleich. Um zwei an der Haltestelle, ja?«

Ich sah auf die Uhr. Halb eins. Es hing von Vater ab, ob Mutter mittags nach Hause kam oder nicht. Heute würde Mutter im Theater arbeiten, sie hatte für mich gekocht und das Essen in den Kühlschrank gestellt, sodass ich es nur warm zu machen brauchte. Ich stopfte den Eintopf in mich hinein, verspürte keinen Hunger, keinen Durst. Was wir vorhatten, würden uns die Eltern nie verzeihen, so viel war klar. Und plötzlich – vielleicht, weil die Würfel gefallen waren – geriet ich in einen sonderbaren Zustand hinein. Was um mich herum war, schien mir keinen hohen Grad an Wirklichkeit mehr zu haben. Eine seltsame Leichtigkeit war in meinem Kopf, ich sah alle Dinge in seltsamem, fernem Licht. Ich verstand den Sinn: Diese Sache ließ sich nicht mehr rückgängig machen. Ich spürte eine große Kraft in mir, eine Art Triumph. Warum nur?, fragte ich mich. Die stundenlange Quälerei, die ganze Panik! Und jetzt – plötzlich – nur noch diese helle, wilde Begeisterung. Genau wie damals, kam mir in den Sinn, als ich für Giovanni durch die Brennnesseln rannte. Für diese Sache, die jetzt kam, musste ich stolz und mutig sein. Zum Schämen würde ich noch Zeit haben.

Die Haltestelle war, wie stets, voller Menschen. Busse hielten, fuhren ab, Motoren knatterten, Abgase machten die Luft stickig. Und daneben die Marktstände, wo man Mineralwasser, Limonade, Eisbecher, warmen Kaffee in Dosen und klebrige Kuchen kaufen konnte. Endlich sah ich Peter; er kam atemlos und mit geröteten Wangen. Er wollte zum Kaufhaus, hatte er der Mutter erzählt, verschiedene Dinge für den Schulanfang besorgen. Wir zwängten uns in den Bus, der überfüllt war und gleich abfuhr, nachdem der Fahrer alles Kleingeld kassiert hatte. Noch heute sind die maltesischen Busse altmodisch, verbraucht, die Fahrgäste werden durchgeschüttelt, dass die Zähne aufeinanderschlagen, aber der Fahrplan wird auf die Minute genau eingehalten. Das gehört, sagt mein Vater, zu unserem britischen Erbe.

Wir fanden keine Sitzplätze, standen im Gedränge, hielten uns an der Stange fest und konnten uns nur schreiend verständigen.

»Wie hast du ihm die Sache beigebracht?«, schrie ich Peter zu.

»Er hat uns nicht vergessen, glaub das ja nicht. Ich habe ihm gesagt, dass wir nur zu zweit kommen. Dass Viviane in London ist und Giovanni große Probleme hat. Und dass unsere Eltern nicht wissen dürfen, dass wir ihn aufsuchen.«

»Und was hat er gesagt?«

»Nun, er meinte, wir sollten uns keine Sorgen machen. Aber er hat ja keine Ahnung...« Peter stockte, rückte seine Brille zurecht. Die Gläser waren ganz beschlagen. Er hatte weiße Ringe um den Mund und um die Nase. Ich nickte krampfhaft. Als der Bus an einer Ampel hielt, senkte er die Stimme und flüsterte mir zu. »Er meint es ja gut mit uns, ja. Aber... es schickt sich einfach nicht, darüber zu reden. Er will sich bestimmt nicht einmischen, und... oh Gott! Mir dreht sich der Magen um!«

Mir ging es ähnlich, ich konnte nur nicken. Ich hatte bittere Spucke im Mund, die ich würgend schluckte, bevor der ruckartig abfahrende Bus mich gegen den nächsten Fahrgast schleuderte.

Und dann dauerte es nicht mehr lange, und der Bus hielt, wir stapften in der Mittagshitze den staubigen Weg hinauf und standen wie damals, vor vier Jahren, in der gleißenden Helle vor St. Angelo. Die wuchtigen Mauern ragten empor, entfalteten sich, von unten gesehen, riesenhaft groß, weckten in uns das Gefühl des Erdrücktwerdens. Es war, als ob sie uns zu verstehen gaben, dass alle Fragen, Hoffnungen und Beschwörungen an dieser Mauer abprallen würden, dass da etwas war, das ganz andere Wege ging, und die Schmerzen eines Kindes hier so wenig Bedeutung hatten wie die Spur einer Ameise im Sand.

Wir warteten, sprachen jetzt nicht mehr; wir schwitzten, kamen uns erbärmlich vor, kämpften gegen Brechreiz. Und dann ertönte aus unbestimmter Ferne Motorengeräusch, die Tür der Festung wurde aufgestoßen, und der Geländewagen brauste hinaus, direkt auf uns zu, näherte sich in einer Staubwolke, bremste ruckartig vor uns. Schon öffnete Fra Beato die Tür, beugte sich zu uns hinüber.

»Hallo«, rief er, genau wie damals. »Wer will vorn sitzen?«

Ich trat einen Schritt vor und Peter einen Schritt zurück. Fra Beato lächelte uns an.

»Wie lange ist es schon her? Vier Jahre, oder täusche ich mich da? Ihr seid ja kaum wiederzuerkennen!« Seine belustigte Stimme verriet gleichwohl ein wenig von der Rührung, die alte Menschen bei der Erinnerung an Früheres überkommt. »Ja, ja, es sind unsere Kinder, die uns zeigen, wie die Zeit vergeht.«

Ich erwiderte befangen sein Lächeln, setzte mich neben ihn, während Peter auf den Hintersitz kletterte und ungeschickt die Tür zuschlug. Fra Beato trug, wie bei unserem letzten Be-

such, Khaki-Shorts, diesmal war sein Hemd blau. Er hatte ein
wenig zugenommen, sein Gesicht mit den leuchtenden blauen
Augen schien etwas aufgeschwemmt, und das rotblonde Haar
zeigte einige dünne Stellen. Ansonsten war alles fast wie früher: Er wendete in scharfem Tempo, bremste, fuhr wieder an,
dem Tor entgegen. Der salutierende Wachtmann war jetzt ein
anderer, jüngerer, der seine Pflicht sehr ernst nahm, denn er
stand völlig stramm, ohne die Spur eines Lächelns im Gesicht.
Fra Beato blinzelte mir zu, fuhr haarscharf an ihm vorbei,
brauste mit Vollgas die Rampe empor, drehte eine Kurve zur
zweiten Rampe. Dann waren wir oben, der Wagen fuhr langsam, hielt vor der Hecke aus Lorbeeren, die jetzt höher und
dichter wuchsen. Ja, alles war wie früher und doch anders, ein
Teil des Gemäuers war frisch verputzt worden und einige Bo-
denfliesen offenbar neu gelegt.

Fra Beato nickte uns zu.

»Ja, die Arbeiter waren hier. Es gab eine Zeit lang viel Unruhe und Staub, und jetzt – wirklich, das reicht. Nun lebe ich
hier mit den Steinen in stiller Höflichkeit. Wir werden jetzt
eine kleine Weile zusammen altern, wobei ich von ihrer Weisheit nur träumen kann ...«

Er bewegte leicht die Hand.

»Ihr kennt den Weg.«

Der runde Tisch stand im Schatten der Olivenbäume. Es
liegt an dem Ort, dachte ich. Alles schien hier so leicht zu sein,
ganz ohne Schwere, wie über den Wolken. Der Brunnen plätscherte, wir blickten über den Rand auf die schimmernden
Gestalten der Karpfen, die, als Fra Beato zu uns trat, sich aus
den Tiefen emporhoben.

»Wie groß sie geworden sind!«, sagte Peter.

»Sie haben ihre volle Größe erreicht«, sagte Fra Beato. »Eine
Zeit lang habe ich mich gefragt, ob sie glücklich sind in diesem Becken. Karpfen brauchen Platz. Aber schließlich ließ
sich das Problem lösen, indem ich den Wasserspiegel anheben

ließ. So konnte eine beachtliche Wassermenge gewonnen werden, und offenbar fühlen sich die Tiere hier wohl.«

Er warf ihnen aus der kleinen Tüte ein paar Krümel Nahrung zu. Die Fische drehten sich anmutig und tauchten, kamen mit offenen Mäulern wieder empor, ein wunderbares Schauspiel, an dem wir uns nicht erfreuen konnten. Fra Beato merkte, dass wir nicht bei der Sache waren.

»Setzt euch!«, sagte er.

Auf dem Tisch standen drei Gläser, eine Schale voller Waffeln und eine große Colaflasche.

»Junge Leute bevorzugen Cola, ja? Nun, da mache ich mit.«

Er goss die Cola für uns ein, während wir steif auf den Stühlen Platz nahmen. Dann setzte er sich in den Schatten, betrachtete uns, und seine Augen blickten scharf und nachdenklich.

»Nun, Kinder, dann erzählt mal!«, meinte er sanft, als wir beharrlich schwiegen. »Ihr seid ja nicht nur gekommen, um meine schönen Karpfen zu bewundern. Offenbar ist etwas mit Giovanni, habe ich das richtig verstanden?«

Wir tauschten einen verzweifelten Blick. Ich sagte kläglich: »Es ist etwas sehr, sehr Schlimmes. Mit den Eltern können wir nicht darüber reden.«

Er hob fragend die Brauen.

»So schlimm, wirklich?«

Aus seiner Stimme klang ein leiser Spott, doch nichts, was uns Bange machte. Er spürte unsere Verlassenheit, das Zerbrechen der Schale, die unser Vertrauen und unsere Liebe hütete. Wir erlebten einen Kummer, trugen in uns eine gewaltige Last, zu schwer und zu hart, um von uns allein getragen zu werden. Er wartete schweigend, während Peter sich unruhig bewegte, mir einen hilflosen Blick zuwarf. Er hatte bisher viel getan, fast alles; jetzt holte ihn die Schüchternheit wieder ein. Ich spürte, dass ich es war, die reden musste. Denn schließlich hatte Giovanni mich, nicht Peter, ins Vertrauen gezogen.

305

Aber es ging über meine Kräfte, die Wahrheit war zu dunkel, zu schrecklich. »Alessa weint nie, außer im Zorn« – wie oft hatte Mutter das gesagt! Doch jetzt stieg es mir warm in der Kehle hoch. Das erste Aufschluchzen war so schwer, dass es fast einem Röcheln glich. Weitere Schluchzer folgten, leichtere. Zuerst tat es mir überall weh, dann aber fühlte ich, wie der schwere Klumpen in mir sich löste. Ich weinte, wie ich seit Langem nicht mehr geweint hatte, meine Tränen machten mich ganz klamm, und meine Nase lief. Ich wischte mir mit dem Handrücken über das Gesicht, bis Fra Beato mitfühlend sagte: »Komm, Kind, nimm dieses!«

Ich tastete blindlings nach dem Taschentuch, das er mir reichte. Es war sein eigenes, schön gefaltet, das sauber duftete. Ich trocknete mir die Tränen, putzte mir die Nase. Ich kam mir scheußlich vor.

»Trink etwas Cola«, sagte Fra Beato. »Aber langsam, dass du dich nicht verschluckst.«

Ich tastete nach dem Glas, führte es zum Mund. Das kühle Getränk tat mir wohl. Ich kam wieder zu mir. Ach, Alessa, was für ein Feigling du doch bist! Und dann, bevor ich daran denken konnte, meine Worte sorgfältig zu wählen, sprudelte alles aus mir heraus, der Zorn und der Schmerz, den ich vor den Eltern verbergen musste. Keuchend redete ich, es war, als ob sich mir mit jedem Atemholen ein Zähneklappern entrang. Die Angst von vielen Wochen, von Giovanni verzweifelt ausgesprochen; das niederschmetternde Unverständnis, die bittere Anklage. Für nichts anderes in mir schien Raum zu sein, außer für diesen Schmerz und diese Scham. So wirr, so unzusammenhängend hatte ich gesprochen, dass ich zunächst dachte, er könnte meinen Worten nichts entnehmen. Ich meinte, dass ich wohl nicht die Kraft haben würde, wirklich alles zu sagen; ich hoffte, dass Peter mir helfen konnte. Aber Peter saß da, völlig in sich zusammengesunken, wie erstarrt. Und als ich endlich – endlich wagte, den Blick zu Fra

Beato zu heben, sah ich mich für alle Schmerzen, Schrecken und Mühen belohnt – weit über meine Erwartung. Ich blickte in ein Gesicht, dessen Züge plötzlich alle Gelassenheit verloren hatten und nur noch Besorgtheit, Schmerz, Mitleid und Zorn ausdrückten. Ich dachte: Er versteht, was sich abgespielt hat, er versteht es wirklich, sonst wäre er nicht halb so erschüttert! Und da konnte ich freier reden, und als ich endlich alles gesagt hatte, fühlte ich mich so unendlich befreit, aber auch so unendlich müde, dass mir plötzlich schwindelte. Ich merkte, wie mir schlecht wurde, wie ich schwankte, bis von weit her Fra Beatos Stimme an meine Ohren drang.

»Trink!«, sagte er. »Trink!« Ich richtete mich auf, sah das Glas, das er mir reichte, und riss es ihm in meiner Benommenheit fast aus der Hand. Klamm am ganzen Körper trank ich gierig einen Schluck, noch einen, stellte mit zitternden Händen das Glas zurück auf den Tisch. Meine Augen klärten sich, ich sah, wie Fra Beato mein Glas wieder füllte.

»Besser?«, fragte er.

Ich nickte stumm, zerknüllte das Taschentuch. Er beugte sich zu mir – einen Atemzug lang berührten sich beinahe unsere Köpfe. Der Geist in mir, alles, was verzweifelt und redlich war, rief den Geist in ihm an, flehte um Hilfe. Dass er, um keinen Preis, Giovanni die Schuld gab! Und die Erschütterung auf seinen Zügen war es, nach der wir uns gesehnt hatten, um deretwillen wir den Kampf auf uns genommen hatten. In unserer Einsamkeit und Verzweiflung hatten wir instinktiv das Richtige getan, hatten Hilfe bei ihm gesucht, und diese Hilfe sollte uns nicht verwehrt werden. Fra Beato war blass geworden wie Lehm. Ich spürte in ihm die flugbereite Güte und die Traurigkeit der Engel, die unter uns weilen und verschiedene Gestalten annehmen. Wir aber erkennen ihr Angesicht im Dunkeln und suchen und finden es, wenn wir in Not sind.

Ein langes Schweigen folgte; nur die Vögel zwitscherten, das leichte Rieseln des Brunnenwassers, und dann und wann ein

Plätschern, wenn die Karpfen bei ihren mysteriösen Tänzen die Wasserfläche berührten. Schließlich seufzte Fra Beato tief und straffte sich ein wenig. Er sprach, und seine Stimme war klangvoll und jünger als sein Körper.

»Das, was Gott versprochen wurde, sollte ihm nicht genommen werden.«

»Wir haben nicht gelogen! Es ist wirklich die Wahrheit«, stieß ich hervor, und Peter bestätigte meine Worte mit heftigem Kopfnicken. Wir kamen wieder in die Wirklichkeit zurück, fühlten uns unsicher, aufdringlich und unendlich beschämt.

Er jedoch schüttelte ruhig den Kopf.

»Daran zweifle ich auch keinen Augenblick.«

Seine Augen blickten auf mich, nicht mit Vorwurf beladen, sondern mit einem Kummer, den ich nicht zu enträtseln versuchte, war er doch mit tieferen Dingen vermischt. Er sprach langsam und gleichmäßig, seine weit schweifenden Augen blickten in eine Ferne, die ganz nahe lag, in seinem Herzen oder in seinem Geist.

»Kinder, noch so nahe an der Unschuld, fühlen im Schlaf, wie der Wahnsinn wacht. Giovanni wollte Priester werden und wird es vermutlich niemals sein. Gott hat einen guten Diener verloren.«

»Werden Sie jetzt mit dem Kommissar reden?«, platzte Peter heraus.

Ich fuhr zusammen und warf ihm einen strafenden Blick zu. Eine solche Zumutung! Doch Fra Beato schien nicht im Geringsten gekränkt, nur traurig.

»Das, was geschah, kommt ans Licht aus Kammern, die der Polizei verschlossen sind. Die Männer wären Eindringlinge in einer verbotenen Welt.«

Er sprach wie in Gedanken, sodass ich ihn missverstand.

Auch Peter, verkrampft und wie versteinert, schaute ihn verstört an. Unser Gewissen enthüllte uns immer unerbittlicher, was wir so ängstlich vor uns selbst zu verbergen versuchten: Wir hatten ihn zu Hilfe gerufen, als ob er der Einzige auf der Welt war, der alles verstand, alles wusste und Giovanni nicht verurteilen würde. Wir hatten uns getraut, davon zu reden, von dieser furchtbaren Sache. Und jetzt hatten wir uns womöglich seine Sympathie verscherzt. Ach, wären wir doch nicht so vorwitzig gewesen! So dachten wir, während er weitersprach, wobei ich betroffen sah, wie seine herabhängenden Hände sich zu Fäusten ballten.

»Was geschehen ist, ist geschehen, und wir wollen das Gerechte vom Ungerechten trennen. Wir können nicht dem Unschuldigen eine Strafe auferlegen, noch sie dem Herzen eines Schuldigen abnehmen. Doch dies soll ohne Zeichen geschehen. Es gibt Pfeiler, die seit Jahrtausenden stehen. Solche Pfeiler dürfen nicht einstürzen, auch wenn ihr Gestein fault oder Risse zeigt.«

Er verstummte, und ich starrte ihn benommen an. Da war immer noch diese Furcht, die Furcht, dass er uns im Stich ließ. Zunächst erwiderte er meinen Blick nicht, nach wie vor waren seine Augen auf ferne Orte und Dinge gerichtet. Ich dachte an den Brunnen im Tempel der Göttin. Fiel ein Stein hinein, drang ein Summen aus der Tiefe, wie ein Echo aus einer anderen Welt. Furcht ergriff mich. Gewiss war die Luft warm, noch schien die Sonne, aber meine Nackenhaare hoben sich in einer Gänsehaut. Und wieder streifte mich ein Verdacht, kalt und nass wie ein dicker Regentropfen. Ich sagte mit rauer Stimme:

»Dann werden Sie also nichts tun, um Giovanni zu helfen?«

Da sah ich, wie in seinem erstarrten Gesicht die Augen auf mich gerichtet waren, dieselben hellen, gütigen Augen wie zuvor. Und jetzt lag in seinem Blick Erstaunen.

»Kind, wie kommst du darauf?«

»Aber ... aber«, stammelte ich. »Sie haben doch gesagt ...«

Er verzog die Lippen zu einer seltsamen Grimasse, halb Bitternis, halb Spott.

»Ach, ich habe vieles gesagt. Vergebt mir, Kinder. Dass ich ein Schwätzer bin, wisst ihr ja bereits.«

Er kniff die Augen zusammen, furchte die Stirn.

»Nein, ich war gerade dabei zu überlegen, wie ich eurem Vertrauen gerecht werden kann. Und ich bin so kühn, euch im Namen von Giovanni für eure Treue zu danken. Es gibt eine Freundschaft, die handelt und dabei wächst. Das alles war hart für euch, aber das Starke in euch hat es zu tragen gewusst.«

Er tastete nach den Armlehnen und erhob sich schwerfällig, immer noch in Gedanken versunken.

»Ich werde der Sache gleich nachgehen. Gott dürfen wir nicht warten lassen.«

»Werden Sie unseren Eltern sagen, dass wir hier waren?«, fragte Peter, nass geschwitzt und rot im Gesicht.

Ein Blinzeln trat in seine Augen, ein winziger Funken Schalk.

»Mein lieber junger Freund, St. Angelo ist eine sehr alte Burg und ein sicherer Hort für jedes Geheimnis.«

25. Kapitel

Abends zu Hause sprach ich kaum noch ein Wort, sodass mein Vater und ich uns gegenseitig anschwiegen, was Mutter – wie sie es später formulierte – »den letzten Nerv raubte«. Ich war zu gespannt, zu aufgewühlt, zu sehr mit mir selbst beschäftigt. Nachträglich erzählte mir Peter, dass auch er sich am liebsten irgendwo verkrochen hätte. Er spürte die gleiche Mischung aus Hochgefühl, Angst und schlechtem Gewissen. Wir waren empfindsame Halbwüchsige, unsere Gefühlswelt schwankte wie unter dem Einfluss eines hohen oder niedrigen Barometerdrucks. Für Peter war es schlimmer als für mich, zeigten doch seine Eltern weniger Nachsehen als meine. Was in Peter gefahren war, blieb undurchschaubar. Peter galt als freundlich, bedachtsam und gewissenhaft; ganz plötzlich hatte er viel mit einem Eisblock gemeinsam. Die Micalefs, die ihren Sohn auch nicht im Entferntesten verstanden, wussten immer weniger, woran sie mit ihm waren. Sie reagierten sauer.

Ich dachte, dass ich in dieser Nacht kein Auge zutun würde. Genau das Gegenteil traf ein. Kaum hatte ich mich nach der Dusche ins Bett gelegt, da schlief ich auch schon ein. Es war Samstag – Mutter ließ mich schlafen. Ich tat ihr leid. Liebeskummer war eine Sache, die sie im Grunde verstand. Mädchen haben eben diesen unvernünftigen, verrückten Drang, sich in den Falschen zu vergucken. Vater reagierte anders, nicht gerade schadenfroh, jedoch mit einer Art von rechthaberischer Genugtuung. Wenn es um die eigene Tochter ging, mauserte sich Geoffrey, der schöne Dionysos von einst, zum knauserigen Moralapostel. Immerhin war er erleichtert: Giovanni würde sich in unserer Klasse nicht mehr blicken lassen, die Gefahr war fürs Erste gebannt. Was aus ihm wurde, interessierte keinen. Dass ich nicht von heute auf morgen ein freundliches Gesicht machen konnte, sah Vater wohl ein. Dass ich mich die meiste Zeit in mein Zimmer verkroch, auch. Er ließ mich schmollen. Am nächsten Tag, gegen Abend, klingelte es an der Haustür. Ich saß auf dem Bett, voller Angst vor irgendeiner furchtbaren Strafe und auch vor dem Schulanfang, hielt eine Modezeitschrift auf den Knien, in der ich gedankenverloren blätterte. Ich las ja nicht wirklich, ich sah nicht einmal die Bilder. Giovanni. Er, sein Körper und seine sanften Bewegungen, seine Umarmung und zum Schluss seine Tränen; ich konnte mich nicht davon lösen. Ich litt Qualen, wie ich da neben dem Nachttisch saß und den eleganten Wecker – eine ziemlich teure Marke – im Auge behielt. Meine Mutter hatte mir den Wecker geschenkt, als ich auf die höhere Schule kam. Früher hatte sie mich immer geweckt, indem sie an die Tür klopfte. Eintönig und mechanisch rückten die vergoldeten Uhrzeiger über das Zifferblatt. Das ewige Ticktack, Ticktack hörte ich sonst nie. Jetzt erfüllte das winzige Geräusch meine ganze Wahrnehmung. Noch eine Nacht, und ich würde in der Klasse an meinem Platz sitzen, und Peter auch, aber Giovanni nicht. Und auch Viviane nicht, aber ihre Geschichte stand auf einem anderen Blatt. Ticktack, Ticktack! Mit wilder Geste drehte ich die Uhr um, das Zifferblatt gegen die Wand. Ja, es klang etwas leiser jetzt. Und dann, als es klingelte, tat mein Herz einen Sprung. Eine einzige, schnelle Bewegung brachte mich auf die Füße. Ich hielt den Atem an, legte mein Ohr an die Tür. Und als ich Kommissar Ellisons Stimme hörte, durchfuhr es mich siedend heiß. Hastig steckte ich mein Haar zu einem Pferdeschwanz fest, stopfte mein T-Shirt in die Jeans und wankte mit weichen Knien die Treppe hinunter. Diesmal war der Kommissar allein gekommen. Die Eltern hatten ihn schon ins Wohnzimmer gebeten, und Mutter kam mit einem Tablett zurück, Kaffee, Zucker, das übliche Glas Wasser. Der Kommissar dankte. Er war in Zivil, trug den sonntäglichen dunklen Anzug und sah gut darin aus. Er wollte nur rasch für einen Augenblick bei uns hereinschauen. Vater wandte mir, als er mich hereinhuschen sah, die Augen zu und sagte, Kommissar Ellison hätte Nachrichten für uns – in einem Ton, der zu erkennen gab, dass er wenig erfreut war. Ich erwiderte seinen Blick mit einem flauen Gefühl im Magen, grüßte wortkarg und setzte mich steif auf die Sofakante. Inzwischen hielt der Kommissar seine Tasse in der Hand, seine Miene war ausdruckslos und vornehm, mit einem leichten grauen Ton unter der Haut. Er nickte mir wohlwollend zu und sprach mit betonter Höflichkeit, wobei sich die Falte zwischen seinen Brauen vertiefte.

»Wie ich deinen Eltern soeben mitteilte, hat Don Antonino gestern Besuch erhalten. Sehr hohen Besuch. Und nach einem längeren, trostbringenden Gespräch fühlte er sich eindeutig besser. Jedenfalls hatte er wieder einen klaren Kopf und konnte einige Aussagen revidieren.«

Ein Schlag geradezu. Mir stockte der Atem. Vater sah vielsagend zu Mutter hinüber. Diese saß da, ganz Ablehnung, ich sah es an der übertriebenen Steifheit ihrer Schultern und einer ebenso übertriebenen Angespanntheit ihres Kinns. Es war still im Zimmer. Vaters Augen kehrten wieder zu Ellison zurück.

»So«, sagte er. Das war alles, was er sagte. Der Kommissar erwiderte seinen Blick, zuckte ein klein wenig die Achseln.

»Don Antonino stand zwei Tage lang unter Medikamenten. Der ganze Schock, das Fieber. Offenbar hatte er eine ... geistige Umnachtung erlitten. In diesem Zustand bildet man sich viel Irrelevantes ein, wie?«

Er schien auf eine Bestätigung von meinem Vater zu warten, der frostig nickte.

313

»Nun ja, solche Gefühle kann man tatsächlich dabei haben.«

Der Kommissar räusperte sich, wobei er wie ein Mann wirkte, der seine Gedanken sucht und sich noch unschlüssig ist, wie er sie ausdrücken soll. »Verstehen Sie, am Anfang schien die Schuld des Jungen ja klar erwiesen. Erst, als Don Antonino sich an Einzelheiten erinnerte, kamen Zweifel auf.«

Ich starrte ihn an, seine Worte hallten in meinem Bewusstsein wider, während Ellison einen Schluck Kaffee nahm, in Gedanken vorsorglich bemüht, die Dinge zu sagen, wie sie gesagt werden mussten.

»Und jetzt sieht es wohl so aus, dass die Schundhefte auf anderem Weg in das Pfarrhaus gekommen sind. Einige Tage zuvor hatten Handwerker Fliesen gelegt. Nette Leute, gewiss, können aber primitiv sein. Aber Don Antonino, der die Hefte fand, hat aus naheliegenden Gründen den Neffen verdächtigt. Ein Vierzehnjähriger, nicht wahr? Sehr anfällig für solche Dinge! Falls notwendig, wollte Don Antonino ihn tadeln. Als er den Neffen zu später Stunde aufsuchte, schlief dieser bereits. Don Antonino entsinnt sich jetzt gut: Er hat im Dunkeln einen Stuhl übersehen und ist mit dem Kopf gegen die Wand gestürzt. Und Giovanni – das muss man ihm sehr verübeln – hat dem Besinnungslosen nicht geholfen, nein, er ist davongelaufen. Die Sache setzt Don Antonino arg zu, der arme Mensch fühlt sich schuldig. Er versteht auch, dass der Junge Angst hatte. Er dachte offenbar, der Onkel sei tot. Von Geistesgegenwart keine Spur. Aber so ist die Jugend heutzutage. Wie auch immer, das Strafverfahren gegen Giovanni wurde eingestellt.«

Ich horchte den Worten hinterher, spürte, wie etwas in mir zu klopfen und zu flattern begann. Immer höher schwang sich der Triumph, zitterte mit sonderbarem Widerhall durch meinen ganzen Körper nach.

»Ist es wahr? Muss Giovanni nicht ins Gefängnis?«

Ich flüsterte rau die Frage. Jetzt hatte ich den Kommissar fast gern, beinahe lieb.

Ellison balancierte seine Kaffeetasse, wusste nicht, wie er sie loswerden sollte, und Mutter nahm sie ihm aus der Hand. Ihr Ausdruck war steinern. Der Kommissar dankte und sprach weiter.

»Hier lag eindeutig ein Missverständnis vor. Den Aussagen des Priesters ist nicht mehr viel Belastendes abzugewinnen, und Giovannis Akte wurde bereits vernichtet.«

Womit er indirekt meine Frage beantwortet hatte. Doch ich stellte bereits die nächste, vermied mit aller Selbstbeherrschung, dass meine Stimme spürbar um einen Ton anstieg.

»Kommt er jetzt wieder zu uns in die Klasse?«

Ein Schimmer von Verachtung flackerte in Mutters hellen Augen. Mit dem Zynismus der Außenstehenden wusste sie, dass hier ein neuer äußerer Schein an die Stelle des alten gesetzt wurde. Wo lag jetzt die Wahrheit? Für Mutter war das Ganze ebenso undurchsichtig wie typisch. Dass Giovanni jetzt plötzlich nicht mehr der Schuldige sein sollte, missfiel ihr; es hätte die Sache sehr vereinfacht. Glasklar war auch nicht der Priester, von dem Ellison recht aufdringlich betonte, welch frommer und milder Mann er doch sei. In ihrer Menschenverachtung war ihr wohl bewusst, dass man etwas Peinliches unter den Tisch wischen wollte und dass in der südländischen Welt wie in der Mathematik jedes Problem eine Lösung fand. Und auch Vater begriff, dass man sich gerne den Ekel ersparte, in trüber Brühe herumzurühren. Aber weil er als Mensch einfach und klar war und daher viel sentimentaler als Ingrid, fühlte er sich persönlich beleidigt. Aus kursierenden Gerüchten wurde schnell eine lange, abstoßende Geschichte, die dem guten Ruf seiner Tochter schaden konnte. Und dem seinen obendrein, schließlich war er ja in der Regierung.

»Jetzt aber Schluss, Alessa! Stell dir das nicht so einfach

315

vor!«, fuhr er mich aufgebracht an, worauf Ellison die Hände in einer sonderbaren Geste bewegte, halb betrübt, halb ergeben, und beides war gleichermaßen Theater.

»Darin liegt ja gerade das Problem, Geoffrey. Wir brachten in Erfahrung, dass der Junge Malta bereits verlassen hat. Er hielt sich auf einem Frachter versteckt, der heute bei Tagesanbruch aus dem Hafen lief. Schon möglich, dass er Gewissensbisse hatte, weil er seinen Onkel im Stich ließ. Es mag auch sein, dass sein familiäres Umfeld ihn beeinflusst hat. Und so konnten wir ihm das großzügige Entgegenkommen des Priesterseminars nicht mitteilen: Man war nämlich bereit, den Jungen sofort im Internat aufzunehmen. Das war mehr als fair, ausgesprochen großzügig, würde ich meinen. Leider wird nichts mehr daraus.«

Ich starrte den Kommissar an, sah in überdeutlicher Schärfe jede Einzelheit an ihm, die unsicheren Augen, die gerunzelte Stirn, die zögernden Bewegungen der Lippen. Und wie ich dort saß und den Mann betrachtete, war mir bewusst, welche Mühe es ihn kostete, sich natürlich zu geben. Er führte eine Art Monolog, peinlich darauf bedacht, dass jedes Wort zu dem passte, was er zuvor gesagt hatte. Es wirkte nicht gerade unecht oder affektiert, es wirkte lediglich befangen. Und ich dachte, dass ich gleich weinen würde, ich, die keine Heulsuse war – nicht vor den Eltern, bloß das nicht! Das Leid kann, genau wie das Glück, den menschlichen Geist in Verwirrung schlagen; ich war plötzlich wieder zwölf Jahre alt.

»Der Frachter, wohin geht der?«, hörte ich mich kindisch fragen. »Sehr weit weg? Wissen Sie das?«

Ellison jedoch war wieder in seinem Element, antwortete schnell, selbstsicher und überzeugend.

»Das haben wir bereits herausgefunden. Zunächst nach Libyen, dann weiter nach Somalia. Das Schiff gehört einer Gesellschaft, die Handel mit Afrika betreibt. Der Kapitän kommt aus Malta, die Mannschaft aus Süditalien und Nigeria.«

»Kann Giovanni wieder zurück?«

Der gleiche wehleidige, starrköpfige Ton. Ich hasste mich.

»Er braucht es nur zu wollen.« Der Kommissar schloss sich nicht ab. »Ich kann nur wiederholen: Seine Akte wurde vernichtet.«

»Wie kann man ihn benachrichtigen?«, rief ich fieberhaft.

»Alessa!«, rief drohend mein Vater. Ellison beachtete ihn nicht, erwiderte mein aufgeregtes Anstarren mit einem seltsam gütigen Ausdruck im Gesicht, bevor er geduldig antwortete.

»Per Funk wäre das jederzeit möglich. Die Frage ist nur: Wird man es ihm ausrichten? Und der Frachter wird auch nicht für ihn kehrtmachen. Er geht bis nach Kapstadt und betreibt recht krumme Geschäfte. Die Leute haben Erfahrung: Der Zoll findet nie etwas, alle Papiere stimmen, die Container sind immer clean. Das Schiff ist legal registriert, Geldüberweisungen finden nicht statt, jeder Stempel sitzt da, wo er hingehört. Aber geht man der Sache nach, läuft man gegen eine Wand.«

»Drogen?«, murmelte Vater. Und ich las in seinen Zügen klar wie die ausgesprochenen Worte den heimlichen Gedanken dahinter: »Gott sei Dank, er ist weg!« Wenn ich gekonnt hätte, hätte ich ihn geschlagen.

Ellison spürte, dass jetzt alles glücklich überstanden war. Er nickte ruhig und bekümmert. Das vertraute Worthandwerk kam geläufig über seine Zunge.

»Auch illegale Einwanderer und Waffen. Der Handel wickelt sich von Schiff zu Schiff in internationalen Gewässern ab. Unsere Seepolizei arbeitet gut, aber die Küsten Maltas sind teilweise ungeschützt. Wir vermuten, dass sie nachts irgendwo vor Anker gehen, ihre Ware ausladen und dann völlig legal in den Hafen fahren. Wir haben sie noch nie auf frischer Tat ertappt, wissen auch nicht, wer die Drahtzieher sind. Ihr Netzwerk ist perfekt abgeschottet. Wir müssen warten, bis der Zufall uns einen Fisch in die Netze spült. Und ich fürchte, dass diese Leute dem Jungen viel beibringen werden, nur keine Theologie.«

»Sehr unerfreulich, wirklich«, murmelte Vater angewidert.

»Ja, schade um den Jungen.« Mutter bestätigte es durch Kopfnicken. »Er hätte Besseres verdient.«

Doch als sich unsere Augen begegneten, senkte sie den Blick, und eine leichte Röte stieg in ihr Gesicht. Ich fühlte, dass der gesenkte Blick und das Blut in den Wangen auch bei ihr Erleichterung bedeuteten. Erleichterung darüber, dass Giovanni weit von mir entfernt war, sich immer weiter entfernte. Er mochte ein guter Junge sein, ein sehr guter Junge, solange er in seinen Grenzen blieb. Aber für eine Beziehung mit mir kam er überhaupt nicht in Frage. Und es war falsch, dass ich mich mit ihm eingelassen hatte. Sie ließ es mich spüren, indem sie hinzufügte:

»Nun, Alessa, ich glaube, die Sache ist gelaufen. Im Augenblick ist nichts mehr zu machen.«

Ich konnte dieses überlegene, fast mitleidige Getue nicht mehr ertragen. Ich murmelte eine Entschuldigung, schob den Stuhl zurück und ging. Eilig stieg ich die Treppe hinauf. Mir schien, als ob ich großen Lärm dabei machte. Oben öffnete ich eine Tür sehr laut, und dann war ich in meinem Zimmer und blickte mich um. Und von dem Augenblick an, da ich in mein Zimmer kam, nahm ich den Geruch wahr, den ich zunächst nicht identifizieren konnte. Hätte man mich gefragt, wonach es rieche, ich hätte geantwortet, es riecht nach Schweiß. Aber da war noch etwas anderes, für das ich keinen Namen wusste. Der Geruch meiner Verzweiflung, das war es. Ich stand da, und da standen mein Schrank, mein Bücherregal, und da stand auch mein Bett. Ich warf mich auf mein Bett und starrte zur Decke empor, erlebte schwindelerregend den Augenblick, der vergeht, der nie wiederkehrt. In meinem Kopf kreiste Giovannis Bild, Giovanni in seiner unschuldigen Schönheit und Redlichkeit, schon eingetaucht in die Vergangenheit, unberührbar und unerreichbar geworden, einzig und allein nur für mich da, in meiner Erinnerung. Die Erde kreiste mit ihm und mit mir; das Leben war eine Strömung, die uns beide mitzog, langsam, so langsam, dass man es kaum wahrnahm. Giovanni entfernte sich, zog sich zurück, ein Schatten in vielen Schatten. Er war Träger meiner unbeschwerten Kindheit, ich machte aus ihm eine Erinnerung, einen Traum, der mich begleiten würde, durch alle Höhen und Tiefen des Lebens. Vielleicht, wenn Giovanni ein Traum war, war es möglich, ihm im Traum wieder zu begegnen? Einen Traum darüber zu träumen, kann man das? Vielleicht. Doch inzwischen war nur die Erinnerung da. Einst kannte ich einen Jungen, der Giovanni hieß. Und ich dachte mit einer Art von trotziger Genugtuung, dass kein Mädchen auf der ganzen Welt ihm jemals den Namen Schwalbenflügel geben würde. Das war ein Trost, mit dem ich mich einstweilen abfinden konnte. Und das war – für lange Zeit – alles.

Ein paar Tage später – die Schule hatte bereits begonnen – erzählte Vater beim Abendessen in beiläufigem Ton, dass Don Antonino ein Pfarramt auf Comino übernehmen würde. Comino ist eine kleine, dünn besiedelte Felseninsel zwischen den Hauptinseln Malta und Gozo. Die Tradition erzählt, dass 1288 die Insel dem aus Spanien geflohenen jüdischen Propheten Abraham ben Samuel Aboulafia als Zuflucht diente. Im 15. Jahrhundert errichteten dann die Ordensritter einen Verteidigungsposten gegen die Piraten. Heute wohnen im alten Fort nur einige Landwirte, die Ziegen und Schweine züchten und spärliche Kräutergärten pflegen. Hier würde – meinte Vater – Don Antonino eine neue Aufgabe finden und die nötige Ruhe zur Rekonvaleszenz. Ich senkte die Augen auf meinen Teller, löffelte die Hühnersuppe und sagte kein Wort. Auf Comino gab es eine kleine Kapelle, einen Leuchtturm, einen Polizeiposten und einen Campingplatz. Das war alles. Nur die Küste, die senkrecht abfiel, verbarg ein blaues Lagunenwunder, eine Traumwelt für Taucher. Don Antonino aber, der nie einen Fuß ins Meer gesteckt hatte, würde nichts davon haben. Hätte man ihn ins Exil verbannen wollen, wäre man nicht anders vorgegangen.

Und noch eine letzte Überraschung hielt die Zukunft für uns bereit. Einige Tage nach Schulanfang wurde Peter, der mit dem Fahrrad zum Unterricht fuhr, auf einer einsamen Wegstrecke von einem Mann angehalten. Peter bekam ein mulmiges Gefühl, als der Fremde ihm den Weg versperrte. Der Mann sah wenig vertrauenswürdig aus und hatte es womöglich auf sein Taschengeld abgesehen.

»Peter Micalef?«, fragte er knapp. Er hatte die Pranke auf sein Lenkrad gelegt, und Peter bekam große Angst. Eine Entführung gegen Lösegeld war nicht auszuschließen. Seine Eltern galten als vermögend, und weit und breit war kein hilfreicher Autofahrer in Sicht. So nickte er nur, misstrauisch und verwirrt, während die schwarzen Augen des Fremden ihn durchdringend musterten.

»Kennst du ein Mädchen namens Alessa Zammit?«

Er sprach den schleppenden Dialekt der Bauern, den der Unterricht bei Giovanni ausgelöscht hatte, sodass ihm nur noch die kehlige Aussprache der Konsonanten geblieben war.

»Sie geht mit mir in die Klasse«, antwortete Peter unsicher.

»Ich habe etwas für sie«, sagte der Mann. »Du musst es mitnehmen und ihr geben. Willst du es tun?«

»Ja, ja klar, selbstverständlich«, stammelte Peter, worauf der Fremde einen Gegenstand aus der Hosentasche zog. Peter sah, dass es ein Portemonnaie war. Der Mann sah zu, wie Peter es hastig in seinem Schulranzen verstaute, dann nickte er kurz, entfernte sich und war ein paar Sekunden später in den Ginsterbüschen verschwunden.

Als ich Mutters Geldbeutel öffnete, kurz bevor die Schulglocke zum Unterricht rief, sah ich, dass er kein Geld mehr enthielt, dafür aber Ausweis und Führerschein. Ich schüttelte das Portemonnaie ein wenig, und da fiel ein kleiner, vertrockneter Klatschmohn heraus, der dunkelrot in meiner Handfläche schimmerte, wie ein einziger Tropfen Blut.

26. Kapitel

Das Leben ging weiter, und das eben begonnene Schuljahr verstrich. Nicht in Windeseile – wie es mir nachträglich vorkam, aber ich hatte ziemlich lange meine Aufgaben vernachlässigt. Jetzt holte ich alles nach. Obwohl ich mich nur undeutlich an die Reihenfolge dieser Tage erinnere, weiß ich noch, dass Peter und ich gute Schüler waren und dass von Giovanni keiner mehr redete.

Pünktlich und erfolgreich bestanden wir unsere Aufnahmeprüfung und wechselten die Schule. Jetzt gingen wir aufs Gymnasium. Wir lernten, wir hatten unseren Freundeskreis, Gleichaltrige, mit denen wir ausgingen. Wir vergnügten uns laut und unbekümmert, durchtanzten die Sommernächte. Weltentsagung und Flucht war unserem Alter nicht angemessen. Die Wirklichkeit spricht eine fordernde Sprache. Keine junge Seele hält es allzu lange in der Melancholie aus; sie musste wieder eintauchen in die unruhigen Gewässer des Lebens. In dieser Zeit geschah auch für mich eine Verwandlung: Unter Peters Augen wurde ich zur jungen Frau. Ich sehe diese Zeit wie einen Schnappschuss aus den Ferien, der lediglich den Zweck erfüllt, dem Gedächtnis zu bestätigen, was früher war. Vertiefe ich mich in die Erinnerungen, merke ich, dass aus der Wiederholung von einmal Gelebtem allmählich etwas Klares entsteht. Ja, es war genau in dieser Zeit, dass Peter und ich zueinanderfanden.

Sein Vater wollte, dass er Medizin studierte, er sollte die Praxis übernehmen. Er wäre auch dafür gewesen, wenn Peter sich in einer Klinik einer gut bezahlten Spezialisierung widmete, damit sein Ansehen wuchs und sein Gehalt für möglichst viele Dinge reichte. Peter merkte recht bald, dass er vor übergroßen Erwartungen zurückschreckte, dass es ihm aber unendlich schwerfiel, mit seinem Vater darüber zu reden.

»Ich nehme immer wieder einen Anlauf und renne gegen die Wand«, sagte er zu mir. »Er hat nur seine Argumente im Kopf. Der Ärzteberuf gehört zu unserer Familie, sogar mein Urgroßvater war Arzt. Du kannst dein Erbe nicht in die Ecke stellen.«

»Sagt er solche Dinge?«

»Ja, und ich fühle mich schuldig. Er hat für mich einen Käfig gebaut, und ich schäme mich, dass ich herauswill. Wie kann ich ihm klarmachen, dass es andere Dinge gibt, die für mich wichtig und wesentlich sind? Das kann ich nur dir sagen, Alessa. Rede ich mit ihm, führt es zu nichts.«

Wir hatten unsere Vorliebe für gemeinsame Radtouren entdeckt. Im Frühsommer, wenn die Tage noch nicht in voller Glut waren, fuhren wir abseits der Straßen den Hügeln entgegen. Es dauerte keine halbe Stunde, und Valletta, mit ihrem Lärm und Verkehr, verschwand wie ein dunstiger Traum. Jenseits der Höhenzüge waren die Wege nur noch steinige Trampelpfade. Hier fand man noch befestigte Höhlen und die Reste verlassener Siedlungen. Aus den Ritzen alter Gemäuer, erstickt von weit verzweigten Baumwurzeln, spross Farnkraut, eines der ältesten Gewächse dieser Erde. Es gab nur noch die Stille, das Rauschen des Windes. Wir begegneten einer Tierwelt, die abseits unseres Lebens ihr eigenes, unruhiges Leben führte. Wildkaninchen, die wir »Fennec« nannten, Igel, Mäuse und schlanke, misstrauische Wiesel. Grillen zirpten, blaue Schmetterlinge wirbelten empor. Bienen, die bereits die Römer in Tonbehältern züchteten, summten in den Thymianbüschen. Wir beobachteten Eidechsen, Kröten und Salamander. Und die Vögel! Kreisende Sturmschwalben, trunken tanzende Lerchen, stille Rebhühner, Blaumerlen und Falken, unser Nationalvogel. Der Anblick der Zugvögel auf dem Weg zwischen Europa und Afrika entzückte uns: Wir hatten uns Feldstecher besorgt, um sie besser zu sehen. Dann und wann segelte ein Adler über den Hügeln, hob sich gegen eine leuchtende Kumuluswolke ab, zog eine breite Schleife am Himmel, ließ sich treiben. Besaß der Adler ein Denkvermögen? War er nur eine aus purem Instinkt bestehende Kreatur? Dann aber war sein Instinkt unfehlbar. Nichts konnte ihn unverhofft treffen, nur eine Kugel. Die Jäger. Wir begegneten ihnen oft in den Hügeln. Misstrauische, finstere junge Männer und Burschen, die Spaß an der Jagd hatten oder sie als Gewerbe nutzten. Es war besser, ihnen aus dem Weg zu gehen. Es gab auch die Mitglieder des Jagdverbandes, die in Valletta ein großes Wählerpotenzial bildeten. Sie waren oft mit Hunden unterwegs, die laut bellten, aber gut gehorchten, sodass wir nie zu Schaden kamen. Diese Jäger waren freundlich und umgänglich. Das Vergnügen, abends einen Hasen auf den Küchentisch zu legen, bedeutete ihnen weniger als eine standesgemäße Geselligkeit. Man war an der frischen Luft, die vorsorglichen Ehefrauen hatten Proviant eingepackt, und es gab immer einen Teilnehmer, der ein gute Flasche Wein in der Jagdtasche hatte. Jedoch, das alles war nicht harmlos. Manche Felder waren voll von den Hülsen der Schrotpatronen. Man war sich damals noch nicht bewusst, dass der Bleigehalt aus den Schrotkugeln die Felder langsam, aber stetig vergiftete. Gelegentlich stießen wir auch auf ungeschützte Mülldeponien, wo Ratten lebten und Fliegen in brummenden Schwärmen aufstiegen. Und so, ganz allmählich, begannen wir die Landschaft in einem anderen Licht zu sehen. Die Welt unserer Kindheit, von Vögeln und Eidechsen heimgesucht, von wehender Brise und tanzendem Sonnenlicht umspielt, war eine bedrohte Welt. Dabei suchten wir nicht die Verdrängung. Hauchdünn und durchsichtig war die Wand zwischen gestern und nie mehr. Vivi mit ihren tanzenden roten Haaren und Giovanni mit dem glatten inneren Glanz seiner Haut begleiteten uns als Schatten in der Sonne. Sie waren verschwunden, und doch waren sie irgendwo, in einer anderen Dimension. Zwischen Peter und mir gab es ein Band, aus gemeinsamen Erinnerungen gewebt. Gerüche, Töne und Empfindungen brachten das weite Feld der Gedanken zum Vibrieren. Der Dialog mit der Vergangenheit fand immer statt, wir blieben nie stehen, weder innen noch außen. Wir entwickelten uns. Die Veränderung trat viel plötzlicher ein, als wir beide es für möglich gehalten hätten. Sie betraf zunächst Peter und spaltete sein Leben wie ein Riss. Es war an jenem Tag, da wir einen jungen Falken fanden. Er lag in einer Blutlache im Gebüsch. Die Kugel war nahe dem Herzen eingeschlagen und hatte einen Flügel durchtrennt, er hing nur noch an ein paar Sehnensträngen. Der sterbende Vogel zitterte, sein Auge war schon gebrochen. Er zuckte zusammen, als Peter ihn behutsam berührte, doch wehrte er sich nicht mehr, er hatte keine Kraft mehr. Ich betrachtete die wunderbar gelenkigen Krallen, den grünen Glanz der Rückenfedern und das zauberhafte Spiel wechselnder Regenbogenfarben um seinen flaumigen Hals. Ein Wunder der Natur, in jeder Hinsicht vollkommen. Jeder kleine Muskel, jede Sehne, jede Feder genau an der richtigen Stelle, und alles erfüllte seinen Zweck. Eine solche Kreatur, für die Lüfte geboren, brachte nur die Schöpfung zustande. Kein Mensch auf Erden, niemals, konnte einen solchen kleinen Körper erfinden oder gar erschaffen. Der Mensch aber besaß die Fähigkeit, dieses Wunderwerk zu zerstören, nur durch einen Fingerdruck, im Bruchteil eines Atemzuges. Und so auch diesen Falken. Schon fand sich, mit gierigem Gebrumm, ein Schwarm dicker Fliegen ein, vom Blutgeruch angelockt. Der Falke lebte noch, aber nicht mehr lange. Schauer durchschüttelten seinen Körper und ließen jeweils kurz die Fliegen, die an der klaffenden Wunde klebten, aufschwirren. Die Krallen krümmten sich ein letztes Mal, bevor der ganze Vogel steif wurde. Der Falke, der wunderbare Segler der Lüfte, war nur noch ein totes Tier, ein Aas. Wir richteten uns langsam auf, entfernten uns von den Fliegen, die sich gierig auf ihre Beute stürzten. Ich musste an Giovanni denken, der kleine Gräber für die toten Vögel ausgehoben hatte, während Peter an seinen Händen hinabsah, sich das Blut an den Nähten seiner Jeans abwischte. Und als unsere Blicke sich begegneten, sah ich Tränen in seinen Augen. Wir gingen stumm zurück zu unseren Fahrrädern, und etwas später, als wir oben auf den Klippen ruhten, den Blick auf das blaue Meer gerichtet, keimte in Peter der Gedanke, Tierarzt zu werden.

Ich war dabei, erlebte diesen Augenblick, ohne es zu wissen, denn davon sprach er erst später. Er erzählte mir, wie er sich der Augen des jungen sterbenden Falken entsann, und an seine Gefühle dabei. Ich hatte nur Mitleid empfunden, mehr nicht. Er aber entdeckte Werte, die ihm wichtig waren, und fühlte, dass er dafür kämpfen wollte. Peter erweckte immer den Eindruck, dass er nicht wusste, was er eigentlich wollte. Aber das stimmte nicht. Ging es ihm darum, ein Ziel zu erreichen, setzte er sich durch. Immer stillschweigend, sodass man ihn leicht als heimtückisch bezeichnen konnte, was wiederum nicht zutraf: Peter wollte ganz einfach die Leute nicht stören. Tatsache war, dass die Melancholie Macht über ihn hatte und gelegentlich seine zielstrebige Beharrlichkeit bremste. Und Beharrlichkeit, davon brauchte er eine ganze Portion, als sein Vater sich ihm in den Weg stellte.

Es war auch die Zeit, in der Malta sich veränderte, Anschluss an eine ebenso sich verändernde Welt suchte. Immer mehr Touristen kamen, auf St. Julian und Sliema wurden Hotels und Appartements gebaut, eine wuchernde Architekturwelt machte sich breit. Mit der Zahl der Touristen wuchs auch das Interesse der Malteser an ihrem Erbe, das lange genug nur von aufgeklärten Geistern wahrgenommen worden war. Der geheimnisvolle Ursprung vorgeschichtlicher Riesentempel erlebte neue Interpretationen, gab ernstzunehmenden Studien wie auch fantastischen Spekulationen Raum. Das Angesicht der Erde hatte sich im Laufe der Jahrtausende gewandelt, Flüsse waren ausgetrocknet, der Boden hatte sich über dem Meeresspiegel gehoben. Offenbar war unser Archipel in der letzten Eiszeit durch einen Landrücken mit Sizilien verbunden gewesen. Noch heute weiß keiner, woher die Ureinwohner Maltas kamen, welches geheimnisvolle Wissen sie mit sich trugen. Die Spiralen, karminrot und schwarz, flüsterten ihre Geheimsprache, erzählten von Sternbildern und Strudeln, von den ersten Lebensformen, von der Kraft der Großen Mutter, die aus den Vorfahren wuchs, aus den Menschen und Tieren, die hier begraben wurden. Einst hatte Vivi, die kleine Mondtänzerin, diese Kraft gespürt und ihr einen Namen gegeben: Persea. Wir seien ihre Kinder, hatte Viviane gesagt. Wir hatten daran geglaubt, wie Kinder es glauben: Es war ein Spiel gewesen, und doch nicht nur ein Spiel. Die uralte, schwere Kraft war ja nicht vergeudet: Wir, die Kinder, hatten sie gespürt. Denn unser Planet lebte sein Sternenleben, atmete mit Riesenlungen, nährte sich aus den Feuern unter der Erdkruste. Dies alles spürten Peter und ich, wenn wir am frühen Abend durch die Tempelruinen von Hagar Qim wanderten; der Abendhimmel war Perlenglanz, Mondsichel und Abendstern schimmerten hinter den Steinriesen am Himmelssaum. Wir gingen Seite an Seite, stumm und ergriffen. Wer nur, Menschen oder Riesen, hatten einst die Monolithen aufgestellt? Wer hatte sie zerstört, die plündernden Feinde oder lediglich die Zeit? Hier war die Vergangenheit nicht gelöscht, nur unerreichbar geworden, entrückt in jene Dimension, in der sich auch Giovanni und Viviane bewegten; die Dimension des »es war einmal«. Die Orte der Vergangenheit gleichen Bienenwaben, vergeistigt vom Echo vergangener Träume. Erinnerungen lassen sich sammeln wie Honig.

Und auf Malta gab es viele dieser Orte, beseelt mit Geistern und Stimmen. Die Ruinen von Tarxien, Mnajdra, Skorba und Ġgantija, auf der Insel Gozo, entsprangen Architekturgedanken, die zunehmend an Bedeutung gewannen. Nach Jahren der Vernachlässigung wurde man auf politischer Ebene aufmerksam. Es galt, ein Erbe zu schützen. Man versah die Anlagen mit einer Umzäunung, stellte Wächter an, verlangte Eintrittsgeld. Den Schäfern und Jägern, die in den Ruinen schliefen, und den Jugendlichen, die gelegentlich dort ihre Trinkgelage abhielten, wurde das Gelände verboten. Die Touristen sollten weder Scherben noch Kondome, weder menschliche Exkremente noch Damenbinden vorfinden.

Peter und ich erlebten diese Entwicklung als Gymnasiasten, genau im richtigen Alter, um davon berührt zu werden. Im Gedächtnis geblieben ist mir – aus naheliegenden Gründen – auch dieser Ausflug zur Insel Filfla, der sogenannten »Pfefferinsel«. Die Idee kam von Peter, der Zugvögel wegen, die dort auf ihrem Migrationsweg nach Afrika Station machten. Wir hatten ein Boot gemietet, waren frühmorgens der Insel entgegengefahren. Wie konnten wir ahnen, dass das Schicksal auf Filfla bereits die Fäden webte, die uns fangen würden wie in einem Netz? Noch berührte uns kein Vorgefühl, noch waren wir unbefangen. Uns fehlte Vivianes Gabe, durch die Zeiten zu schlüpfen. Sie hätte uns warnen können, aber auch Viviane war fern.

Das Boot war, wie die meisten Boote hierzulande, blau und türkisfarben gestrichen und trug am Bug ein gemaltes Auge, als Schutz gegen den bösen Blick. Das Boot hatte einen kleinen Außenbordmotor, den Peter geschickt anspringen ließ. Gemächlich schaukelten wir durch die leichte, volle Dünung. Die Meereslungen atmeten, die Wasserhaut hob sich gleichmäßig. Die Überfahrt dauerte nur eine halbe Stunde, die Kalksteinklippen wuchsen vor unseren Augen, und die Felsen, teilweise gelöst, schienen im labilen Gleichgewicht zu balancieren. Peter fuhr nahe an die Insel heran, bis wir knapp unter den Felsen waren. Die Nase des Bootes stieß auf den kleinen Kieselstrand, wir befestigten die Leine an einem Stein, schnallten unsere leichten Rucksäcke um und begannen den Aufstieg, wobei uns dann und wann das unheimliche Gefühl überkam, dass die im scheinbar labilen Gleichgewicht aufgetürmten Felsbrocken plötzlich ins Rutschen kommen könnten, um uns unter ihrer Masse zu zermalmen. Doch nichts rührte sich, nur kreischende Seeschwalben umschwärmten uns in wilden, neugierigen Kreisen. Hoch oben, am Rand der Felsmauer, blickten Reiher, einer neben dem anderen, unbeweglich zu uns hinab, wie die Wächter einer verwunschenen Welt. Wenn alles darauf ausgerichtet ist, höher zu kommen, geht es schnell vorwärts. Wir erreichten bald unser Ziel. Der Abstieg würde mühsamer sein. Oben wuchsen kleine Ginsterbüsche und verschiedene Sorten von Flechten. Zahlreiche Vögel nisteten hier. Wir entdeckten auch Kröten und Salamander, die in Pfützen lebten, die das Regenwasser gebildet hatte. Ferner gab es einige – allerdings kümmerliche – Reste aus der Jungsteinzeit sowie die Ruinen einer kleinen Kapelle. Es war ein verwunschener Ort, der langsam zur seinen Ursprüngen zurückfand, denn die Insel war heute Naturschutzgebiet; sogar Taucher benötigen eine Sondergenehmigung. Damals war man noch nicht so strikt, obwohl wir auch auf der Insel – nach mühsamem Hochklettern an der Felswand – vereinzelte Hülsen von Schrotkugeln fanden. Aber die hier nistenden Vögel waren zutraulich, was zeigte, dass sie mit der menschlichen Schießlust noch wenig in Berührung gekommen waren.

Allerdings hatte man auch hier nach dem Zweiten Weltkrieg ausgiebig geballert, als die britische Royal Air Force die Pfefferinsel als Zielübungsgebiet für Bombenabwürfe nutzte. Die Einwohner der Küstendörfer wissen zu erzählen, dass Filfla, früher doppelt so hoch, durch die Bomben nahezu zerstückelt wurde. Das Verbot, die Insel zu betreten, kam auch von dem Verdacht, dass womöglich noch zahlreiche Blindgänger auf und rund der Insel lagen. Und natürlich machte das Verbot die Sache umso verlockender. Man durfte sich nur nicht von der Seepolizei erwischen lassen, die ohnehin selten zur Stelle war.

Die Sonne schien an diesem Tag leicht verschleiert, der Wind schmeckte würzig nach Afrika. Den Himmel muss man im Liegen betrachten, die Horizonte versinken, man spürt, wie die Erde kreist. Dieses Kreisen mit dem Wind, das mächtige Pulsieren der Wellen, erfüllte uns mit Harmonie und Ruhe. An diesem Ort, in diesem Augenblick, begann ich, die Erde zu lieben, zu lieben wie einen lebendigen Körper. Das Unfassbare sprach zu mir, wie es zu Persea, hundert Generationen zuvor, gesprochen hatte. Denn was war das Leben, wenn nicht ein Weitergehen in der Geschichte? Wir hatten – seit zweitausend Jahren – einen falschen Zugang zu uns selbst, zu unserer Umwelt. Aber die Zauberkraft war intakt, ihre Geheimnisse flogen uns zu. Das, was man uns beigebracht hatte, stimmte nicht: Der Mensch war keineswegs die Krone der Schöpfung. Der Mensch war ein zerstörerisches kleines Insekt, ein Aasfresser. Ich sprach meine Gedanken laut aus, und Peter war ein wenig verwundert.

»Na, hör mal, so schlimm kann es doch wohl nicht sein.«

»Doch. Der Beton überall, die Schadstoffe in der Luft, das schmierbraune Wasser, die Schrottplätze, die Mülldeponien. Gab es die, als wir Kind waren? Ich entsinne mich nicht mehr!«

»Natürlich gab es die«, sagte Peter. »Wir haben sie nur nicht wahrgenommen.«

»Wir haben uns überhaupt keine Gedanken gemacht. Jetzt wird es dringend Zeit, etwas zu tun, sonst leben wir bald auf einer Müllhalde.«

Er lachte. Es freute mich, dass ich ihn zum Lachen brachte. Er lachte selten, und das war schade.

»Da ist was dran«, gab er zu.

»Ich will nicht mehr stumpfsinnig zulassen, dass Leute scheinheilig den Fortschritt rühmen. Versteh doch, sie verwechseln Fortschritt mit Profit. Gefällt dir St. Julian, diese Betonschlucht, wo früher der Strand war?«

»Nein.«

»Dir auch nicht? Aber viele Leute sind dabei zu Geld gekommen. Und warum wurde Filfla zerbombt? Doch nur, um Munition zu verballern und die Rüstungsindustrie zu stützen. Kannst du da gleichgültig sein? Ich nicht. Mein Vater hört es nicht gerne, wenn ich kritisiere. Er hat seine Politik im Rücken, natürlich. Mutter sagt in solchen Momenten nichts. Sie spielt die Unbeteiligte, das macht mich wütend. Aber Wut ist keine Verteidigung.«

»Und was ist, deiner Meinung nach, Verteidigung?«

»Nicht mehr still sein und aushalten. Keine duseligen Gefühle mehr zulassen, nur durchdachte Vorstellungen. Ich habe es dir noch nicht gesagt, aber ich will Naturschutzbiologie studieren.«

»Nie davon gehört.«

»Kein Wunder. Wir sind hier in manchen Dingen noch hinter dem Mond. Aber in London gibt es seit kurzem das Institut für Conservation Biology. Das Forschungsgebiet ist neu, aber immerhin existiert es. Ich habe den Eltern gesagt, dass ich mich einschreiben will. Komischerweise haben sie nichts dagegen.«

Wir lagen im Gras, das trocken und warm war, sprachen entspannt zueinander.

»Wie bist du darauf gekommen?«, fragte Peter.

»Weil ich die Zusammenhänge sehen will, die genetischen Wechselwirkungen zwischen Pflanzen, Tieren und Menschen. Dazu kommen Elemente aus Geschichte, Philosophie, Anthropologe und Politik. Auf der ganzen Welt ist das so. Hast du nie darüber nachgedacht?«

Peter war nicht sehr schlagfertig. Und weil er nichts Banales sagen wollte, brummte er lediglich: »Interessant!«

»Du bist der Erste, der mir nicht sagt, du spinnst!«

331

»Wie lange trägst du diesen Gedanken schon mit dir herum?«

»Ach, eigentlich schon lange. Ich dachte nur, mir schwebt etwas vor, das es nicht gibt. Aber dann ging ich ins Internet und fand genau, was ich suchte.«

Wir tranken einen Schluck von der mitgebrachten Limonade. Er sagte: »Viele Leute werden das nicht verstehen.«

»Man muss es ihnen eben beibringen.«

»Das kann schwierig werden.«

Wirklich schwierig war nur Peter, der alles zu ernst nahm. Aber eigentlich war er mir lieber als die anderen, weil er sich aufregte, genau wie ich mich selbst aufregte. Und weil er was dagegen tun wollte.

»Vielleicht sogar unmöglich«, setzte er hinzu, und wir lachten. Ich sagte: »Aber du tust ja schon was!«

»Weil ich Tierarzt werden will? Mein Vater weiß noch nichts davon. Ich werde zunächst Medizin studieren. Ein Jahr lang. Danach muss ich mich entscheiden. Und dann wird er keine Luftsprünge machen. Im Augenblick ist er ruhig.«

»Lass ihm seine Ruhe«, sagte ich. »Ist ja bald vorbei.«

Wir lachten wieder, leise und etwas boshaft, bevor Schweigen zwischen uns eintrat. Der Ort war beladen mit jener Magie, die wir nie beim Namen nannten, die aber in unserem Hinterkopf stets gegenwärtig war. Die Erinnerung schlief nie, sie war die erste Stufe der dunklen Treppe, die zu den Träumen führt. War die Welt, die große und weite, nicht durchzogen von Träumen? Ich streckte mich neben Peter aus, schmiegte mich enger an ihn. Er antwortete mit leichtem Druck. Doch ich sah ihn nicht an, sondern starrte an ihm vorbei, in die helle Luft, bevor ich leise einen Namen aussprach.

»Giovanni.«

Er versteifte sich ein wenig, zog leicht die Schulter zurück, doch nur um eine Fingerbreite, bestimmt nicht mehr.

»Ach ja, Giovanni«, seufzte er.

Es trieb mich, mit Peter über Giovanni zu reden, obwohl mir klar war, dass er dabei kaum auf mich achtete und nur an sich dachte. Aber das war mir egal.

»Ob er sich wohl verändert hat?«

Ach, Alessa, dachte ich gleichzeitig, wie naiv du doch bist! Gewiss war Giovanni nicht mehr der Junge, den wir gekannt hatten. Wie alt war er jetzt? Siebzehn? Der Gedanke, dass es ihn irgendwo auf dieser Welt noch gab, machte weder Peter noch mich glücklich. Und zu glauben, dass er der Gleiche war, war nur in sinnloser Leichtfertigkeit möglich.

Peter sprach vorsichtig aus, was ihn beschäftigte. Und es gab mir einen Schock, weil ich – ohne es wahrhaben zu wollen – das Gleiche dachte.

»Wenn er sich stark verändert hat, glaubst du, dass es gut wäre, ihn wiederzusehen? Würdest du nicht lieber die Erinnerung an ihn bewahren, wie er früher war? Was meinst du?«

Ich empfand ein dumpfes Furchtgefühl, eine Angst, die sich auf der Stelle in Trotz verwandelte.

»Wieso zerbrechen wir uns überhaupt den Kopf über ihn?«, fragte ich bissig. »Er wird ohnehin nie zurückkommen.«

Einen Augenblick lang war es, als ob er etwas sagen wollte. Aber das ging vorüber, er presste sein Gesicht an meines, und so blieben wir lange liegen. Plötzlich brach er das Schweigen, wie ein Mensch, der sich auf etwas besinnt.

»Noch etwas.«

»Ja?«

Er sah ein wenig betreten aus.

»Ich glaube, dass ich dich liebe.«

Er hatte leise gesprochen. Ich wandte feige das Gesicht von ihm weg. Er sollte nicht sehen, wie aufgewühlt ich war.

»Seit wann?«

»Ich kann es nicht sagen.«

»Nein, du irrst dich.«

»Sei still.«

Ich konnte ihn nicht wegstoßen, im Gegenteil: Aus der Tiefe der Vergangenheit überkam mich ein überwältigendes Vertrauen, eine unverbrauchte Zärtlichkeit. Ich hatte entdeckt, dass er mich immer verstand, auch wenn ich es aussprach. Bei Peter brauchte ich nicht nach Worten zu suchen, ihren Doppelsinn zu fürchten. Denn um den Schmerz der Vergangenheit wussten wir beide, hatten wir ihn doch gemeinsam erfahren. Ich ließ meine Fingerspitzen über Peters Stirn, über seine Wangen und Lippen gleiten. Dann zog ich mit zitternden Händen seinen schmalen, harten Kopf an meine Brust. Er nahm seine Brille ab und küsste mich, und ich küsste ihn zurück. Eine Wolke zog über das Meer, verdunkelte die Sonne, die dahinter glühte, wie ein weißes, fernes Feuer. Und ich sah, wie diese Wolke auch Peters Augen verdunkelte, sich über sein ganzes Gesicht ausbreitete. Ich erkannte zum ersten Mal, wie schön Peters Gesicht war, ebenmäßig, fein geschnitten. Ich zog ihm das T-Shirt über den Kopf, legte meine gespreizten Finger auf seine nackte Brust. Seine Schultern waren breit und rund, er hatte feste Muskeln, war er doch ein guter Schwimmer und spielte noch immer regelmäßig Tennis. Unsere Hände wetteiferten in dringender Eile, um uns vollständig zu entkleiden. Es ging schnell, wir hatten ja nicht viel an. Er war nicht so erfahren wie ich, seine Gesten waren zögernd, etwas ungeschickt. Wir umarmten einander, atmeten einige Augenblicke lang den Geruch unserer Haut ein. Alles sahen wir vor uns, unsere Kindheit, unsere wilden Spiele am Strand. Aber unsere vertrauten Körper hatten sich auf geheimnisvolle Weise verändert; wir waren Fremde, die sich entdeckten. Ich hielt lange die Augen geschlossen. Peters heiße, harte Nähe, sein beschleunigter Atem machten mich leicht benommen. Er legte ein Knie zwischen meine Schenkel, schob meine Beine auseinander. Ich sperrte mich aus irgendeinem Grund, mein Körper war steif, ich vibrierte nicht, bevor ich endlich nachgab. Die tastenden, packenden Bewegungen seiner Hände und Lippen erregten mich. Ich schlang die Beine um seinen Rücken, öffnete mich tief, wurde feucht. Als er in mich eindrang, leistete ich keinen Widerstand mehr, rieb mich an ihm, und mein Becken war breit und warm, nachgiebig wie Wasser. Es war ein miteinander Verschmelzen, ein gemeinsames Versinken in warme, weiche, dunkle Gewässer. Wir schaukelten und wiegten uns endlos, wie auf dem Meer. Ich spürte ihn so nahe, so stark, unsere Vereinigung war so schwindelerregend, neu und trotzdem vertraut, dass mir war, als ob sich vor meinen Augen, meinen Armen, eine Traumgestalt formte. Auch Peters Blicke waren in der Ferne entrückt, auf einen Punkt gerichtet, irgendwo ganz nahe oder weit weg, in einer anderen Dimension. Und ohne dass wir es aussprachen, hatten er und ich nur Giovanni im Kopf.

Jahre später würde ich zu ihm sagen: »Du weißt, dass ich mit Giovanni geschlafen hatte. Du wolltest Giovanni übertreffen, ihn aus meinem Körper vertreiben. Das war es doch, oder?«

Und er würde antworten, mit großer Offenheit und Wärme: »Für Giovanni hatte ich Empfindungen, die ein Junge für einen anderen nicht haben sollte. Ich litt sehr darunter und empfand es als Strafe für etwas, das nicht sein sollte.«

»Das ist doch Unsinn«, würde ich sagen. »Du konntest ja nichts dafür. Es war nicht deine Schuld.«

»Nein, natürlich nicht. Und Giovannis Schuld schon gar nicht.« Peter würde geistesabwesend sprechen, tonlos und mit einer Stimme, die sich selbst erbittert geißelte. »Ich glaube, er wusste überhaupt nicht, was für Gefühle er in einem Menschen weckte. Und ich schäme mich sehr, dass ich es auch nicht wusste.«

Ja, es waren harte, aufrichtige Worte, die er aussprechen würde – Worte, die für einen Atemzug in der Luft hingen, bevor sie im Wind verwehten.

27. Kapitel

Bis heute beschäftigt mich die Frage, wie sich unsere Freundschaft so lange halten konnte. Die Erfahrung sagt mir, dass Gefühle, und seien sie noch so intensiv, vergänglich sind. Es wäre unklug zu glauben, irgendetwas auf dieser Welt sei von Dauer. Das macht mich nachdenklich, traurig kaum noch, wozu auch? Zu Anfang – und auch später, in London – materialisierte sich Giovanni oft in meinen Träumen. Ein Scheinbild, für mich aber vollkommen präsent. Das Scheinbild sah mich mit dunklen Augen an, ich berührte seine linke Braue, den kleinen weißen Flaum, und er nahm meine Hand und legte sie auf seinen warmen Bauch. Aber nur einen Augenblick lang. Dann gesellte sich das Scheinbild wieder zu den Geistern, und ich war nicht Viviane und konnte sie nicht herbeiholen. Sie kamen freiwillig oder überhaupt nicht.

Als ich zum Studium nach London kam, fand ich die Stadt bunt, lärmend, hektisch und trübselig. Ich war ganz auf mich selbst gestellt, fühlte mich gleichermaßen verloren und gefangen. In den ersten Tagen balancierte ich auf den Straßen, von einem Bürgersteig zum anderen, langsam, schwankend und vorsichtig wie im Zirkus, bis ich mich eingewöhnt hatte und das Ganze mechanisch ablief. Belinda, der das Wohnheim gehörte, das wie eine WG funktionierte, war eine freundliche Frau, die stets geblümte Hauskleider und falsche Perlenschnüre um den Hals trug. Sie hatte ein liebenswertes weiches Gesicht, das in der Kinnpartie schlaff wie rosa Stoff herabhing. Ihre Lippen waren stets geranienrot geschminkt, ihr Lächeln herzerwärmend. Sie hatte das Haus geerbt, es umbauen lassen und die zehn Zimmer an Studenten und Künstler vermietet. Drei Stockwerke, und auf jeder Etage nur ein Badezimmer, grün gestrichen. Geheizt wurde mit einem Boiler, den ich selbst anstecken musste. Wenn die Gasflamme nicht sofort zündete, gab es einen Knall, und der Boiler zitterte, dass ich jedes Mal dachte, gleich explodiert alles! Jeder Mieter musste sein eigenes Toilettenpapier mitbringen, sein Handtuch und seine eigene Seife. Jeder hatte einen kleinen Ofen im Zimmer, aber die Küche wurde gemeinsam benutzt. Sie war das pulsierende Herz der WG, Durchgangs-, Gemeinschafts- und Partyraum in einem. Zum Glück war sie sehr geräumig, denn morgens und abends herrschte hier Gedränge, jeder wollte an die Kaffeemaschine, an den Kühlschrank, holte seine Fertigmahlzeiten, seine Milch. Jeder Ankömmling wurde mit lauten Zurufen begrüßt, jeder tolerierte freundlich die kleinen Macken des Nachbarn. Es gab solche, die nur schnell einen Teebeutel in ein Glas heißes Wasser legten, und andere, die mit Kanne und Zucker den Tee in Gemütsruhe zelebrierten, sich dabei an den Tisch setzten und bereits in ihre Bücher vertieften, sodass andere über ihre Füße stolperten oder ihre Butter und Marmelade unter vielen Entschuldigungen auf die Seite schieben mussten. Es war nicht immer so, dass alle Bewohner zur gleichen Zeit zu Hause waren, folglich wurde immer in kleineren Gruppen gekocht und gegessen. Gelegentlich gab es frisch gebackenen Kuchen oder Lasagne für alle. Die Bewohner studierten an Fachhochschulen so unterschiedliche Fächer wie Architektur, Materialwissenschaften, Medienkunst oder Wirtschaft. Es gab den Medizinstudenten, der täglich seine Dreieinhalb-Minuten-Eier wollte, die zukünftige Ernährungswissenschaftlerin, die sich von Körnern und Biogemüse ernährte. Es gab solche, die akribisch ihr Essen auf dem Herd brutzelten, während die anderen ihre Fertigmahlzeiten in der Mikrowelle erwärmten und die Bierdosen knallen ließen. Im Gedränge saß friedlich Mattau, ein gewaltiger, behäbiger Kater, der genau wusste, dass er von allen, die in die Küche kamen, zweimal am Tag gestreichelt, gebürstet und gefüttert wurde. Belinda klagte, dass Mattau übermäßig fett dabei wurde, aber sie tat nichts, um dem Kater zu einer schlankeren Linie zu verhelfen, indem sie ihn aus der Küche verbannt hätte.

Die Studenten waren bunt gemischt, exzentrisch und zumeist – falls sie nicht über die Maßen getrunken hatten – gut gelaunt. Es gab auch eine Cellistin, die die Hochschule für Musik besuchte, und zwei Kunststudenten. Diese malten ein Fresko an der großen Backsteinwand, draußen im Garten. Belinda tolerierte das mit amüsiertem Augenzwinkern. Sie war dreißig Jahre älter, wollte dazugehören und – es stimmte schon, dass sie auf besondere Weise dazugehörte, denn alle verehrten sie. Es kamen stets viele Leute zu Besuch. Die Gespräche waren von dieser Art:

»Ich male nur zu Elektropop. Bei voller Lautstärke. Das inspiriert mich.«

»Ziehen wir uns doch alle nackt aus und tanzen im Hof!«

»Kunst ist Revolution.«

»Gewalt ist Revolution.«

»Shakespeare, es geht nichts über Shakespeare. Vor allem seine Frauen. Er war der erste Feminist.«

»Bacon hat alles gespürt, alles, was auf der Welt ist und kommen wird.«

Der Kaufmann von Venedig hatten wir in der Schule gelesen, von Francis Bacon hatte ich nie etwas gehört. Ich kam mir prüde und linkisch vor, meine Mitbewohner schienen mir vorbildlich und erstrebenswert frei. Leben, sich amüsieren und sich ausdrücken waren die einzigen Dinge, die im Augenblick für sie in Frage kamen. Die Studienzeit ist eine Schonzeit. An Geldmitteln fehlte es ihnen offenbar nicht, obwohl manche halbtags in einer Wäscherei oder in einer Pizzeria jobbten. Mit einigen freundete ich mich an; da war Clea, die Cellistin, die nie Make-up trug und sich nur in Schwarz kleidete, da war Mathieu, der höchstens siebzehn war, blond, nonchalant, mit Haaren bis zu den Hüften, da war Jack, der junge Kritiker, mit seiner Freundin Amanda, die immer zusammen waren wie zwei Wassertropfen, sodass wir sie nur »Jackanda« nannten. Man witzelte, dass sie sogar zusammen aufs Klo gingen. Da war Guillermo, ein Chilene, der Architekt werden wollte, groß, bleich, mit enorm erotischem Blick, der bei jedem unserer Feste stets so betrunken war, dass er sich in einer Ecke zusammenrollte und laut schnarchte. Man konnte ihn auf die Seite schieben, wie man wollte, er wachte nicht auf. Am Morgen schlurfte er beduselt in die Küche, ließ sich hintereinander sieben Kaffee einlaufen und ging dann frisch rasiert und geduscht zum Unterricht, als sei nichts gewesen. Es kamen auch einige Mädchen, die nicht in dem Haus wohnten; die Studenten brachten sie mit, und sie schliefen dann im gleichen Zimmer. Belinda hatte nichts dagegen. Sie erzählte stolz, dass sich bei ihr schon drei Pärchen gefunden hatten. Und jedes Mal war sie zur Hochzeit eingeladen gewesen.

Einen Putzplan gab es in der WG nicht. Eine zu starke Regelung des Zusammenlebens wurde vehement abgelehnt. Aber das klappte meistens. Wer sah, dass etwas gemacht werden musste, ging sofort ans Werk. Sammelte sich zu viel Altpapier, wurde es entsorgt, war das Treppenhaus schmutzig, griff einer zum Staubsauger. Grundsätzlich galt, Badezimmer und Küche nach Gebrauch sofort zu reinigen, damit der nächste Besucher keine Haare im Waschbecken oder ein benutztes Klo vorfand. Wenn jemand sich nicht an diese Abmachung hielt, griff Belinda ein, und meistens genügte ein freundlicher Hinweis, und Ordnung kehrte ein. Allerdings war Toleranz notwendig; bei so vielen Leuten im Haus durfte man nicht zu pingelig sein. Mir fehlte zunächst eine gesicherte Privatsphäre, ich merkte aber bald, dass die Pension der richtige Ort für mich war. Ich hatte meine Familie verlassen. Ich hatte meine Insel verlassen. Und eine Zeit lang war ich mir nicht klar darüber, was ich mit meinem Leben nun anfangen wollte. Ich fühlte mich, als wäre ich durch eine Glastür gesprungen, innerlich ganz zerschnitten und zerschlagen. Dass ich Biologie in London studieren wollte, hatte ich mit aller Anstrengung und Berechnung zuwege gebracht. Allerlei Schritte waren dabei zu tun gewesen, ich hatte einen Teil meiner Freiheit selbst entwerfen müssen, aufgegeben, den anderen erlaubt, sich noch ein Stück weiter von mir zu entfernen. Eine Zeit lang gab es nichts von meiner Zukunft, das in meinem Inneren hätte Gestalt annehmen können, bis ich merkte, dass darin nichts Beunruhigendes lag. Vergleiche mit der Biologie drängten sich auf. Die Natur war immer da, bei uns, in uns. Wir waren Gesetzen unterworfen, die wir bei einem Tautropfen, einem Sandkorn oder auch am menschlichen Körper beobachten konnten, ja sogar an der Art, wie unsere Gesellschaft funktionierte. Ich war ein besonnener Mensch, keine hysterische Zicke. Blickte ich im Mikroskop auf das langsame und zielstrebige Wachsen eines Saatkornes, das seine Hülse sprengte, auf das gierige Emporsprießen der winzigen Triebe, nahm ich nicht mehr wahr, was rings um mich geschah. Es war – obwohl ich damals den Gedanken nicht in Worte kleiden konnte –, als ob ich zu den Quellen des Lebens zurückfand. Ich leistete mir die beruhigende Freude, einfach wegzutauchen, erlebte sie ganz allmählich, diese Erleichterung des Herzens, die Entspannung des Körpers, gepaart mit einer Art von wildem Vergnügen. »So ist es also und nicht anders!« Ich gab mich dieser Verzauberung hin, wenn ich mich auch nur zögernd vorantastete. Eine Zeit lang las ich gierig Edgar Allan Poe und fand mich in Übereinstimmung mit ihm. Auch mir jagte die Unendlichkeit der Schöpfung keinen Schrecken ein. Die pathologischen Schauer des Entsetzens, die mich in gewissen Abständen überfielen, kamen nicht aus dem Dunkel des Weltalls, sondern aus dem

Dunkel der menschlichen Seele. Ja, die Seele schien mir mit ihrer Unberechenbarkeit viel unheimlicher als die Nachttiefe des Universums.

Solche Fragen interessierten die Künstler nur wenig, die Politikstudenten überhaupt nicht. Sie verfielen sofort in Gesellschaftskritik: die Labour Party, das Establishment, das es zwangsläufig zu bekämpfen galt. Sie waren fest davon überzeugt, dass alles, was sie machten, zum Politikum wurde. Sie waren immer ganz dafür oder völlig dagegen, eine Zwischenstellung schien es für sie nicht zu geben. Es war nicht einmal ein Forum von Ideen, sondern ein sehr konventionelles Denken und Fühlen, von echter kreativer Unordnung weit entfernt. Dabei waren das alles nette, intelligente Menschen, die vorgekaute Ideen in alle vier Winde warfen. Sie verhielten sich wie Blinde, deren Gemütsruhe durch ihre Blindheit gesichert ist, während sie am Rande eines Abgrundes dahintappten. Ich aber hatte begonnen, diesen Abgrund zu sehen, und zwar schon als Kind. Aber ich wusste bereits, dass der Mensch nicht das Maß aller Dinge sein kann, dass er nur ein Atemzug im großen Leben unseres Planeten ist. Die Natur mochte Grausames und Schreckliches hervorbringen; es war ihr gutes Recht, dass sie es den Menschen heimzahlte. Unser ganzes Gedächtnis hing ja an der Erde, und Knochenreste lassen uns wissen, dass jede Weltepoche nur eine Zeile in einem Buch ist. Allerdings zeigt das Neue, dass unsere Existenz die Existenz der Erde verändern kann. Der Glaube an die menschliche Vernunft ist eine Illusion, wenn auch eine besonders hartnäckige. Ich beneidete und bedauerte gleichzeitig diese Intellektuellen, hätte gerne ihre Unbeschwertheit geteilt und brachte es nicht mehr fertig. Es war schon zu lange her, dass ich ihre beruhigenden Gewissheiten verloren hatte. Dafür waren meine Erfahrungen zu empirisch.

»Liebe Alessa«, schrieb Peter, »was du über Viviane berichtest, ruft so viele Erinnerungen in mir wach. Wir hatten uns ja gänzlich aus den Augen verloren! Dass sie mit ihrer Rockband Erfolg hat, überrascht mich nicht. Vivi ist eben einzigartig, Gott weiß warum und wieso. Du schreibst, dass ihr Großvater sie immer unterstützt hat. Ach, wie ich sie beneide! Ich habe diese Chance nie gehabt, quälte mich jahrelang mit Gedanken, die man mir verbot. Es war, als ob man mir Arme und Beine verschnürte. Es dauerte eine ganze Ewigkeit, bis die Knoten platzten. Ich war frei, ein Schock geradezu, aber nur am Anfang. Heute blicke ich fassungslos auf so viel Verbohrtheit. Meine frisch erworbene Unabhängigkeit beschämt mich sogar. Über Borniertheit kann man nicht streiten, man kann sie nur erleben, wie Zahnschmerzen. ›Eigentlich ist Viviane aus guter Familie‹, sagte meine Mutter, wenn es ihr zu bunt wurde. Was heißen sollte, dass ich es auch war und Giovanni absolut nicht. Mein Gott, diese Vorurteile! Bei uns zu Tisch war jedes Wort abwägend und hochkultiviert, man redete gelehrt über ethische und politische Fragen, über Medizin und Stahlindustrie. Man schärfte mir Prinzipien ein, ich musste mich mit jedem Wort festlegen. ›Du sollst doch eine Meinung haben‹, sagte Vater und ermunterte mich zur Kritik. Aber wenn ich eine Meinung hatte, bekam ich sofort – bildlich gesprochen – eins auf die Schnauze. Nichts, gar nichts taugte, was ich sagte. ›Das wirst du erst später verstehen!‹, hieß es, so als übersteige das Problem mein gegenwärtiges Fassungsvermögen. Eine Beleidigung jedes Mal, und am Ende sagte ich nur noch ja, wenn ich auch gerne nein gesagt hätte. Leider sah ich auf mich zukommen, dass wir zunehmend verschiedener Meinung sein würden und dass ich es auch irgendwann mal sagen würde. Statt mich in meinem Elternhaus wohl zu fühlen, erlebte ich es so wie eine triste Zwischenzeit und träumte von einem Leben als glücklicher Vagabund. Rundherum war mir alles verhasst, die schweren Möbel, die düsteren Gemälde, ja selbst die Teppiche und die Farben der Sofakissen. Ich habe es damals für mich behalten, aber eine Erlösung aus der Misere fand ich nur, wenn ich abhauen konnte und wir zusammen in alten Tempelruinen oder am Strand spielten. Weißt du noch, Alessa? Die Winter waren eiskalt, oft kauerten wir schlotternd in den Eingängen von Mietshäusern, rauchten Zigaretten, die von Hand zu Hand und von Mund zu Mund gingen. Die Zigaretten brachte natürlich Vivi mit. ›Alle rauchen bei mir Zigaretten und Joints, aber Joints mag ich nicht, man wird davon ganz beduselt.‹ Erwischten uns die Bewohner, jagten sie uns fort. Ich fand es aufregend, dass wildfremde Leute uns ausschimpften. In Valletta wurden meine Eltern ehrfürchtig gegrüßt. Vater bildete sich ein, dass er als Nasen-Ohren-Spezialist – wirklich nichts Überragendes, würde ich meinen – zu den wichtigen Leuten gehörte. ›Guten Abend, Herr Doktor!‹ Vater grüßte zurück, mit besonderem Nachdruck, wenn ihm der Grüßende noch Honorare schuldete. Er führte akribisch Buch über jeden seiner Patienten, die er mit großer Höflichkeit und guten Kenntnissen heilte, die er aber im Grunde verachtete. Meine Mutter, die – entschuldige! – nur eine Landkuh aus Gozo ist, hielt sich für eine große Dame, weil sie zwei Jahre lang die höhere Schule besucht hatte und mit gut situierten Freundinnen Bridge spielte. Was sie nicht sagte, war, dass sie mit Leidenschaft pokerte. Den Gewinn steckte sie heimlich ein, legte ihn beiseite fürs Sparbuch, mein Vater durfte es nicht wissen. Er war sparsam bis zum Geiz, und sie hatte ein schlechtes Gewissen. Eine Ehefrau ohne Fehl und Tadel, die Poker spielt, war nicht ›comme il faut‹! Diese halbe Freiheit, die sie sich nahm, hatte sie nicht einsichtiger gemacht. In allen Fällen hatte ich ›brav‹ zu sein, also gezwungen und unnatürlich. Fühlte ich mich zu Tieren hingezogen, zu jedem Tier, war Mutters Verständnis dafür gleich null. Einmal blieb ich bei einem Droschkenpferd stehen. ›Es ist viel zu alt, um noch eingespannt zu werden. Sieh nur diesen leidenden Blick!‹ Mutter zog mich hastig weg. ›Fass es nicht an, es ist krank!‹ Ein andermal verirrte sich eine Katze in unseren Garten, ließ sich

343

von mir streicheln und in die Arme nehmen. ›Darf ich diese Katze behalten?‹, bettelte ich. ›Sie sieht so adelig aus!‹ Mutter tadelte meinen beschränkten Wortschatz. ›Adelig, weißt du überhaupt, was das heißt? Menschen können adelig sein, Katzen niemals. Außerdem haben sie Flöhe.‹ Sie verscheuchte die Katze, die sich nie wieder blicken ließ. Ich bewunderte die Fledermäuse, die abends in Scharen über den Balkon flatterten. Fledermäuse sind Meisterwerke der Natur, in Vaters Naturkundebüchern waren sie mit allen faszinierenden Einzelheiten beschrieben, aber Mutter hatte nur Angst, dass sie sich in ihren Haaren verfingen. Sie besaß eine fundamentale Gleichgültigkeit jedem Tier gegenüber. Unser lustiger ›Pointer‹ Zephyr brachte Leben ins Haus. Aber für Mutter war er nicht viel mehr als eine Kommode, mit dem Unterschied, dass Zephyr nicht an der Wand stand und ihr ständig um die Füße bellte. Sie schubste ihn ärgerlich weg. Ich protestierte: ›Er will doch nur spielen, jetzt denkt er, dass wir böse auf ihn sind!‹ – ›Was stellst du dir eigentlich vor?‹, entgegnete Mutter. ›Tiere denken doch nicht!‹ Heute kommen mir solche Erinnerungen mit einem Beigeschmack von Staub. Ich rieche sogar noch das Mottenpulver.

Ach, Alessa, warum schreibe ich dir das alles? Briefe schaffen einen Zustand der leichten, gelösten Mitteilsamkeit. Man schickt sie schnell ab und überlegt sich erst hinterher, welche Dummheiten man wohl aufs Papier gebracht hat. Aber ich zähle auf deine Nachsicht. Früher taten wir ja alles gemeinsam. Entsinnst du dich an unseren Schwur in der Tempelkammer? Es war ja nicht richtig dunkel, nur dämmrig, ich sehe noch unsere Gesichter, höre noch unsere Herzen klopfen. Und Vivi mit ihren haarsträubenden Geschichten, und dann diese Sache zwischen Giovanni und dir! Noch heute, wenn ich daran denke, überläuft mich eine Gänsehaut. Verrückt, einfach verrückt! Die Kindheit ist ein merkwürdiger Bereich, wir erleben alles gleichzeitig überdeutlich und ver-

344

schwommen. Wir taten verbotene Dinge, und es war für uns völlig normal, sie zu tun. Heute versuchen wir uns weiszumachen, dass wir nicht mehr dieselben sind. Wir sprechen uns von allen Erinnerungen frei, unsere Lebensuhren schlagen gemeinsam im Takt der Verschwiegenheit, nicht anders als die alte Pendeluhr im Wohnzimmer meiner Eltern. Aber alle abwegigen und für unsere überreizten Empfindungen so schuldhaften Gedanken, haben wir die wirklich vergessen? Ich für meinen Teil kann es mir nicht vorstellen. Wir liebten zu sehr unsere Kindheit voller Geheimnisse und Verletzungen jeglicher Art, die körperlichen wie auch die seelischen. Eine ruhelose Neugier treibt mich immer wieder zu den Orten von damals. Mein Fahrrad ist dabei mein einziger Gefährte, um dem Heute zu entfliehen und dem Gestern nachzufahren. Dabei erlebe ich oft ein ganz kurzes, aber heftiges Zusammentreffen von Fühlen und Denken, einen Augenblick, der mich mit dem Meer vereint, mit den Klippen und den ziehenden Wolken. Hinter jeder Wegbiegung verbirgt sich eine Erinnerung, jeder Stein am Weg erzählt die Geschichte einer Sehnsucht. Ganz im Verborgenen meiner selbst gestehe ich mir ein, dass es Giovanni ist, den ich suche und niemals mehr finden werde. Fließend und durchsichtig ist die Grenze zwischen jetzt und nie mehr. Der Wind flüstert Geheimnisse, die ich zu kennen glaube, die aber womöglich nur Träume sind. Die Spuren bewegen sich mit der Luft, sie hinterlassen keine Abdrücke, weder auf den Steinen noch im Sand. Auf die Dauer ist das nicht gesund, ich könnte sogar meine Schüchternheit damit erklären. Oft stelle ich mir vor, wie die Dinge sein könnten, wenn ich endlich ›darüber hinaus‹ sein würde, was den Eindruck voraussetzt, dass ich in etwas gefangen bin, aus dem ich mich zu befreien habe. Aber das habe ich ja längst hinter mir! Oder doch nicht? Ich denke, es wird mir besser gehen, wenn ich so weit komme, dass ich die Vergangenheit einfach abschneiden kann. Eine klare, saubere Trennung. Schnipp, schnipp! Aber ich dazu bräuchte ich wohl das Skalpell des Chirurgen!

Es war einmal: Mit diesem traurigen Satz beginnen alle Märchen. Das Schicksal führte uns zusammen, riss uns wieder auseinander. Oft frage ich mich, ob Giovanni sich noch an uns erinnert. Ob er in Gedanken zu uns spricht oder nur durch Gefühle oder überhaupt nicht mehr? Diese Fragen beschäftigen mich sehr, aber ich weiß keine Antwort. Du vielleicht?«

28. Kapitel

Ich verbrachte vier Jahre in London und wurde Zeuge, wie sich eine zunächst umstrittene Disziplin langsam, aber stetig durchsetzte. Wir Studenten fühlten uns zunächst wie Mitglieder einer Geheimloge – von denen es in Großbritannien ja nur so wimmelt –, einer Loge von Idealisten, die milde belächelt wurden, bis man ihnen plötzlich Aufmerksamkeit schenkte, was den Aufgabenbereich noch weitläufiger und komplizierter machte. Denn Naturschutz kann sich nicht aus einer verschwommenen ökologischen Vorstellung verwirklichen, ohne dass die Grundlagen der Physik, der Technik, der Architektur und der Politik mit einbezogen werden. Dazu kamen die unterschiedlichen Rechtslagen, die Veränderung politischer Strukturen; wir lernten, wie wesentlich die Zusammenarbeit zwischen Naturschutz, Straßen- und Hochbaukonzepten, Privatwirtschaft und Wissenschaft sein muss. Das alles waren komplexe Gebiete, es gab Widerstände, aber nur die Mischung führte zum Ziel, und die beunruhigten Menschen fühlten es wohl, wie nötig sie es hatten.

Auch wenn viele Studenten arbeiteten, um Geld zu verdienen (ihre Eltern waren nicht so großzügig wie meine), waren sie viel lässiger, viel trendiger als ich. Eine negative Haltung der Gesellschaft gegenüber gehörte dazu. Sie waren mit Dialektik ausgefüllt, nicht aber mit Selbstkritik. Sie streikten ausgesprochen gerne, man sah sie auf Demonstrationen, am liebsten Seite an Seite mit schwarz vermummten Anarchisten, und waren erst richtig zufrieden, wenn die englischen Polizis-

347

ten ihre sprichwörtliche Geduld verloren. Ich war – nach außen hin – von einer fast widerwärtigen Normalität, schwänzte keine Vorlesung, war nahezu unanständig strebsam. Und das nur, weil mich die Materie interessierte. Das erregte zunächst Misstrauen. Wo hatte ich denn vorher gelebt? Auf dem Mond? Nein, auf Malta. Ach so. Malta war Militärbastion, nicht wahr, Stützpunkt der Engländer im Zweiten Weltkrieg? Und wer waren denn die Johanniter, mit ihrem feudalistischen Zwang? Imperialisten, Kolonialisten? Doch ganz gewiss Finanzhaie, oder? Ich sprach ein wenig über das alles, man schenkte mir Wohlwollen, weil ich differenziert urteilte. Man hörte gerne, dass Malta 1971 eine Reihe von Reformen eingeleitet hatte, die sich an den planwirtschaftlich gelenkten Staaten Osteuropas und Chinas orientierten. Ja, aber der 1969 erbaute Schnellstraßentunnel im Bezirk Santa Barbara wurde von Bauingenieuren aus Taiwan errichtet und daher auch »Sun Yat-sen«-Tunnel genannt. Man nahm die Widersprüche perplex zur Kenntnis. Ja, und zurzeit stand Malta vor einem wirtschaftlichen Aufschwung, und die Menschen lebten recht gut. Die Kriminalitätsrate war niedrig, es gab wenige Einbrüche, Diebstähle oder dergleichen. Und Sex war nicht mehr verpönt, sondern geduldet. Ob es Aids gab? Aids gab es wohl, machte aber keine Schlagzeilen. Ansonsten pflegte man die alten, warmen und vertrauten Familienwerte: Mutter, Vater und vier oder fünf Kinder, sonntäglicher Kirchgang, Taufe und Erstkommunion. Aufgeklärte Geister gab es in Fülle, aber es war schon so, dass Malteser gerne mit ihresgleichen verkehrten: die Lehrer mit den Lehrern, die Beamten mit Beamten, die Juristen mit Juristen und so weiter. Jemand ließ einen tragischen Seufzer hören. Das System kränkelte also, spuckte aber noch nicht Blut. Für die Revolution, die echte, war es offenbar noch zu früh. Und so übte man Nachsicht und lauschte hingerissen auf die Kehl-und Zischlaute meiner arabisch-semitischen Muttersprache. »Wie geht's?«, übersetzte ich mit »Kif inti«, »danke« mit »Grazzi«

348

und »bitte« mit »jekk joghgbok«. Das machte mich zu einer raren Erscheinung, bei der man nicht recht wusste, was man von ihr zu halten hatte, die aber, aus undefinierbaren Gründen, einen gewissen Grad von Beliebtheit genoss. Auf diese Weise hatte ich bald eine Menge Bekannte, und mein erstes Studienjahr verlief recht lustig. Ich tanzte auf Partys, verkehrte in Pubs und verliebte mich gelegentlich. Aber nie etwas Ernstes. Giovanni war immer da, war das Symbol und der Brennpunkt von allem, was mir mangelte, der Kern meiner Sehnsucht, eine schmerzlich brennende Stelle in mir. Mit Viviane hätte ich darüber sprechen können, aber Viviane, die Senkrechtstarterin, war selten in London. Sie war in Los Angeles oder in Ottawa oder in Melbourne, immer unterwegs, auf Erfolgskurs. Inzwischen tauschten Peter und ich regelmäßig E-Mails. Peter war im ersten, dann im zweiten Semester. Er spielte Tennis und besuchte einen Schachclub. So weit, so gut. Ich begann allmählich zu argwöhnen, dass ihm wohl nicht mehr viel anderes übrig blieb, als nolens volens Arzt zu werden. Wobei ich mich – wie es bei Peter oft vorkam – schwer in ihm täuschte. Er war gleichbleibend gelassen, nur Freundlichkeit, nur Pflichtbewusstsein – er hatte nie etwas von Selbstbehauptung gehört. Sein äußerliches Image blieb ganz an der Oberfläche, während die sekundäre Erscheinung in ihm – die Zielstrebigkeit – keimte und wucherte. Und – nein, von Giovanni hatte er nie mehr etwas gehört. Giovanni war wie vom Erdboden verschwunden. Als ob es ihn nie gegeben hätte. Giovanni war jener, der sich in Wirrnis verlor, in der Nacht unserer Seele, ein unruhiger Puls in unserem Blut. Vielleicht war er tatsächlich nur ein »Jemand«, der kam und wieder weiterging, den niemand halten konnte, ein freies Elektron, ein Irrlicht, das durch die Welt wanderte und sich wenig darum scherte, ob er uns folgte oder nicht. Für ihn musste der Weg zurück entsetzlich weit sein. Vermutlich würde er nie wieder suchen.

Mein Verstand fand dieses fruchtlose Grübeln zwar abscheulich, mein Herz lebte in der potenziellen Erwartung einer utopischen Rückkehr. Wo alles von vornherein schicksalhaft und unmöglich zu ändern ist, bleibt nur die Nostalgie. Ich dachte mir, dass es normal sei, in London dann und wann depressiv zu sein, und stellte mir vor, dass es mir in den Sommerferien auf Malta, wo immer die Sonne schien, besser gehen würde. Aber als die Ferien kamen, fuhr ich nicht nach Malta, sondern nach Binz auf der Insel Rügen, um meine Großeltern zu besuchen. Das Reisegeld war schon auf mein Konto überwiesen worden. Mutter wollte, dass ich mehr Kontakt zu den Großeltern hatte.

Als die Mauer fiel, war ich vier Jahre alt. Ich entsann mich, dass Mutter damals geweint hatte. Sie war eine Frau, die nicht gerne ihre Tränen zeigte. »Bist du traurig?«, hatte ich sie gefragt. Sie hatte mit zitternden Lippen gelächelt. »Nein, denk das ja nicht! Ich bin glücklich!« Mutter hatte oft von einer Mauer gesprochen, hinter der die Großeltern leben mussten. Jetzt hatte ich im Fernsehen miterlebt, wie Leute diese Mauer kaputt schlugen und jubelten. Ich war natürlich viel zu klein, um zu begreifen, was da eigentlich geschah. Ich dachte nur: »Jetzt werde ich die Großeltern sehen!« Ich freute mich auf sie. Die Großeltern kamen dann auch und blieben einen ganzen Monat. Lore, die Großmutter, hatte noch eine schlanke Figur. Sie war nach einigen Tagen dunkelbraun, ihr helles Haar leuchtete silbern in der Sonne. Sie schwamm so weit hinaus ins Meer, dass wir sie aus den Augen verloren und Mutter wie eine Verrückte herumrannte, bis man sie in weiter Ferne endlich zurückkraulen sah. Inzwischen lag Dieter, der Großvater, auf dem Liegestuhl, hatte eine Schirmmütze auf dem Kopf und ein Buch in den Händen. Er wischte sich den Schweiß von der Brust, ging nur kurz ins Wasser, um sich zu erfrischen, und lag dann wieder in der Sonne.

Ich mochte die Großeltern sehr. Mir gefiel auch ihre lässige, unkomplizierte Art, sich zu kleiden. Dieter trug Pullover in bunten Farben und einen Fransenschal um den Hals. Malteser im gleichen Alter trugen dunkle Anzüge, im Sommer höchstens ein kurzärmeliges Hemd.

Und Großmutter erst! Ihre weit geschnittenen Hosen, ihre bunten Pullover, die sie selbst anfertigte, entzückten mich. Ihr Haar war kurz geschnitten, ihre nackten Füße steckten in Sandalen. Mit den einheimischen vollbusigen Matronen hatte sie nicht das Geringste gemeinsam. Sie sah aus wie ein Mischung aus Elfe und Schiffsjunge.

In den folgenden Jahren sahen wir sie weniger. Es gab andere Orte, für sie jetzt wieder erreichbar, und so viel Neues, das sie erleben wollten, schnell, schnell, solange sie es noch vermochten. Ihre Uhr tickte bereits, und Großvater war von zarter Gesundheit. Ich, die das Vorher und Nachher nicht gekannt hatte, verstand nicht ihre Unruhe, ihr Bedürfnis, immer wieder ihre Koffer zu packen. Dann, während einer Kreuzfahrt, erlitt Großvater einen Schlaganfall. Sie fuhren durch den Suezkanal, die Hitze war zu stark für ihn. Großvater erholte sich, aber er zieht noch heute einen Fuß nach, und der linke Winkel des Mundes und der linke Winkel des Auges sind herabgezogen, sodass diese Seite seines Gesichts immer verdrossen aussieht. Sie waren Buchhändler gewesen, hatten im gleichen Jahr in Rente gehen können. Die Buchhandlung hatte die Prokuristin übernommen, und mit dem Reisen war es vorbei. »Wir haben viele Orte gesehen, die allerschönsten dieser Welt«, sagte Großmutter zu mir. »Was davon zurückbleibt, ist die Bildkraft. Wir sind ganz von Bildern umstellt. Nichts ist vergangen, alles ist da. Wir haben gelernt, was immer wir sehen, als Erinnerung zu bewahren. Und darin haben wir Übung, glaube mir, Alessa.«

Ich glaubte ihr aufs Wort, blickte ich doch auf eine ähnliche Erfahrung zurück. In den Schmerz des Verlustes mischte sich eine seltsame Freude, die mir unsinnig vorkam. Und doch lag Logik darin, die Logik des Besitzens. Die Erinnerungen ge-

351

hörten nur mir, sie waren ein Schatz, den ich im Herzen hütete. Ich war Trägerin von Gefühlen, die nicht mitteilbar waren.

Binz war ein Städtchen wie aus einem Bilderbuch, von Meer und Wäldern umgeben. Die Großeltern bewohnten hier ein Haus, das mich an ein Puppenhaus denken ließ, weiß, mit schwarzem Gebälk und direkt dem Badestrand gegenüber. Ein paar Schritte nur, und man war im Wasser. Jedes Möbelstück im Haus war sorgfältig poliert, jede Pflanze liebevoll gepflegt. Bisher war mir nur der maltesische Pomp vertraut, die Tische mit Marmorplatten, die Kredenzen und Buffets, die mit Spitzen überzogenen Lampenschirme, die Kronleuchter, die düsteren Gemälde. Ich hatte auch die englische Blümchentapeten gesehen, die mit Stoff bezogenen Sofas und Sessel, undefinierbar und unpersönlich, die Nippsachen in jeder Vitrine. Nun begriff ich, warum Mutter es verstanden hatte, auch in unserer Wohnung in Valletta eine Harmonie herzustellen, alte Eichenmöbel mit schlichten Korbstühlen zu kombinieren, für Vorhänge und selbst genähte Kissen schöne, kontrastreiche Farben zu wählen. Die Großeltern hatten mir ein Zimmer unter dem Dach gegeben, schlicht wie eine Mönchszelle, aber so liebevoll durchdacht und bequem, dass ich mich auf Anhieb wohl fühlte. Daneben das kleine Badezimmer, weiß gekachelt, alles hell, mit einem großen Naturschwamm in der Duschkabine. Die Großmutter zeigte mir die Buchhandlung, ein paar Straßen weiter, die jetzt der Prokuristin gehörte. Klein, mit Regalen aus hellem Holz: ein freundlicher Ort, ein Ort zum Wohlfühlen. Für Kinder waren bunte Kissen und jede Menge Bilderbücher vorgesehen. Ein großes Sortiment an Märchenbüchern, erzählte Großmutter, das hätten sie schon vor der Wende gehabt. Märchenbücher waren immer erlaubt gewesen, auch Klassiker und Lyrik. Und Literatur aus dem Osten natürlich, und aus allen »befreundeten« Ländern – sogar aus Kuba. Ich ließ Großmutter erzählen, ich hatte ja von diesen Dingen

352

keine Ahnung. Ja, und es gab zahlreiche sprachgewaltige und hochgebildete Autoren, solche, die gelernt hatten, nur einen Bruchteil von alldem mitzuteilen, was sie hätten schreiben können. Sie nannte einige Namen: Erwin Strittmatter, Helmut Sakowski, Fritz Reuter, Christa Wolf. Ob sie berühmt waren, wollte ich wissen. In ihrer Zeitepoche, ja gewiss, meinte Großmutter. Sie hatten sich imaginäre Freiräume geschaffen, ihre Freiheit in der Enge bewahrt. Manche fanden sich gut damit ab, einige zerbrachen.

Die Großeltern gerieten nie in Verlegenheit, wenn sie ihr damaliges Leben schilderten. Sie verloren sich auch nie in der Aufzeichnung der kleinen täglichen Quälereien. »Wir meinten, es würde genügen zu arbeiten, jeder an seinem Platz, um zufrieden zu sein. Es gab ja zu essen für alle. Die Jungen, die in dieser Zeit geboren waren, die nie etwas anderes gekannt hatten, fanden dieses Leben normal. Wir, die Alten, wussten es besser, aber hielten den Mund. Wir waren vorsichtig geworden. Man konnte eigentlich über alles reden, über Kunst und Musik, über Literatur und Film. Auch über Umweltschutz und über Friedensforschung, was auch immer man darunter verstand. Über alles, nur nicht über Dinge, die wirklich wichtig waren.«

An das aus der Überwachung entstandene Widerwärtige wollten die Großeltern nicht erinnert werden. Dafür zeigten sie mir Bilder meiner Mutter Ingrid als Kind: ein schlaksiges Mädchen in Shorts, mit hellblonden Fransen und einem arglosen Lächeln, die sich, von Bild zu Bild, zu einer Ballerina entwickelte, zu einer Feengestalt.

»Ihre Sprünge waren einfach unglaublich, sie schien in der Luft zu schweben. Sie war eine begnadete Künstlerin, ihr Fortgehen war schon richtig«, kommentierte Großvater. »Und das Leben hier, was war das denn schon? Aber dann verletzte sie sich, und alles war aus. Und dann lernte sie deinen Vater kennen ...«

Von meinem Vater als jungem Mann hatte ich nur wenige Fotos gesehen. Das Hochzeitsbild natürlich, Vater im gut geschnittenen dunklen Anzug und Mutter als Braut, im weißen Spitzenkleid, immer noch mit diesem arglosen Lächeln. Bei den Großeltern sah ich noch einige Bilder, die ich nicht kannte. Meine Eltern bei einem Fest. In Avignon sei das gewesen, sagte Großmutter. Mutter trug ein Kaftankleid mit einem Blumenmuster und Vater eine Halskette mit dem Peace-Zeichen als Anhänger auf der nackten Brust. Wir betrachteten gemeinsam die Bilder. Aus den Augenwinkeln sah ich Großmutters gesenktes Profil, die Krähenfüße um die Augen, den blassen Mund, hörte ihre leicht brüchige Stimme.

»Ingrid schrieb in einem Brief, dass sie glaubte, Geoffrey sei in einem anderen Leben ein großer Herr gewesen, ein stolzer Fürst, der über das Mittelmeer herrschte. Oh, sie hatte viel Fantasie!« Sie hob ihr welkes Gesicht, sah mich an und lächelte ein wenig.

»Es kam einfach über sie. Das ist so mit der Liebe. Was kann man da machen?«

»Nichts«, sagte ich rau. Großmutter kniff ihre Augen zusammen, die hinter der Brille sanft und verschwommen waren. Vielleicht wünschte sie sich, auch meine Geschichte zu hören, aber sie stellte keine Fragen. Sie hatte die gleiche Kühle wie ihre Tochter.

Bei den Großeltern gab es nur selbst gebackenen Kuchen. Obst und Gemüse wurde eingemacht, die Heringe in weiße Tunke eingelegt. »Wir machten alles selbst«, sagte Großmutter. »Wir haben einen Garten, zum Glück. In der Kaufhalle gab es immer Lebensmittel, Brot, Käse, Wurst, das Übliche, aber man musste anstehen. Und wenn man drankam, war das Beste weg.«

Eine wunderschöne Perserkatze, weiß und ruhig und sorgfältig gebürstet, nahm gern den Sessel in Beschlag, in dem Großvater vormittags seine Zeitung las. Dann lag die Katze auf seinen Knien. Auf dem Rasen draußen wuchsen die ersten Astern, rote Stachelbeeren und rote Beeren, die es auf Malta nicht gab. Großmutter machte daraus rote Grütze, die wunderbar schmeckte. Ich fühlte mich eingehüllt, verhätschelt, geborgen. Mit Großmutter, die noch immer gerne Rad fuhr, machte ich größere Touren auf der Insel. Ich entdeckte eine liebliche, grüne Landschaft, die mit dem Meer verschmolz, das wild und kalt war. Ein anderes Land, eine andere Insel, ein anderes Meer. Auf den ersten Blick sahen die Dörfer gepflegt, die Häuser neu und frisch gestrichen aus. »Nach der Wende, da wollten wir es schön haben«, sagte Großmutter. »Aber wir haben zu schnell zu viel Geld ausgegeben und sind noch lange nicht fertig.«

An einigen Orten gab es sie noch, die grauen Häuser mit den eingeworfenen Scheiben, in denen keiner mehr wohnte, die zugemauerten Ladentüren, den verfaulenden Putz, die schiefen Rollläden. Ich bekam allmählich eine Ahnung davon, wie es damals gewesen war. »Wir mussten uns mit wenig begnügen«, sagte Großmutter. »In den Ferien gingen wir zelten, da oben in den Wäldern. Von den Kreidefelsen blickten wir aufs Meer und sahen nachts die Scheinwerfer, die das schwarze Wasser absuchten. Man konnte ja sehen, wie die Fähren nach Schweden vorbeifuhren. Manche versuchten nachts, die Schiffe in kleinen Booten, ja sogar auf Luftmatratzen zu erreichen. Das war natürlich Wahnsinn. Die Seepolizei fing sie ein. Und nicht wenige ertranken.«

Es gab Gefängnisse, die keine Gitter brauchten und auch keine verschlossenen Türen. War die Seele eingesperrt, glaubte ich wohl, dass man auf dieser Insel ersticken konnte. Was, wenn die wechselnden Fernen unerreichbar blieben? Wenn Schiffe gnadenlos einem fremden Horizont entgegenzogen? Viel Trost blieb da nicht, und aus dem Meer, dem Auf und Ab der Wogen stieg eine Betäubung auf, die mir vertraut war. Ich dachte an meine Mutter, an ihre Wünsche und Träume, an ihr halb gelebtes Leben. Einmal fragte mich Großmutter, als wir in einer Strandbar Eis aßen, ob ihre Ingrid auf Malta eigentlich glücklich war. Ihr Tonfall ließ durchblicken, dass sie daran zweifelte. Ich antwortete so, wie ich es empfand: dass Mutter, logisch und konsequent wie sie war, aus ihrem Leben das Beste machte. Worauf Lore die Schultern krümmte und errötete, sodass sie plötzlich einem kleinen, runzeligen Apfel glich.

»Sie ist weggegangen, hat sich von sich selbst getrennt, ein klarer, sauberer Schnitt. Das Sinnlose daran ist, dass sie vielleicht ein Gefängnis gegen ein anderes eingetauscht hat. Dass auch ihr das Schicksal die Flügel stutzte. Diesen Gedanken habe ich manchmal, Alessa, und er belastet mich sehr. Aber rede mit ihr nicht darüber, sei so gut!«

Ich legte meine Hand auf ihre, die klein und schmal war, mit ganz dünnen Knochen.

»Nein, ich werde nicht darüber reden.«

Aber innerlich war ich sehr erregt. Mir würde man nicht die Flügel stutzen! Ich war eine andere Generation, ichbezogen und rücksichtslos. Keine erbaulichen Eigenschaften freilich, in mancherlei Hinsicht aber erleichterten sie das Leben.

Am Ende der Ferien fragte mich Großmutter: »Wann kommst du wieder?« Und Großvater setzte hinzu, mit einem Schimmer von Besorgnis in der Stimme: »Das Gästezimmer ist doch nicht zu kalt, oder? Wenn es dir zu kalt ist, musst du es sagen. Wir geben dir noch eine Decke. Und Omas rote Grütze, die magst du doch?«

Ich verstand, dass sie in mir eine Art Ersatztochter suchten, eine neue Ingrid, unkomplizierter und vielleicht um eine Spur klüger. Und auch, dass sie sich einsam fühlten in dem beruhigten Spiel ereignislos gleitender Tage. Ich versetzte sie in jene Zeit zurück, als sie noch jung waren und Ingrid noch unbeschwert. Gewiss hatte es Streit gegeben – Großmutter hatte ihren Dickschädel, und Ingrid auch –, aber im Nachhinein zählte das alles nicht mehr. Jeder Augenblick meiner Anwe-

356

senheit war für sie ein unermesslicher Trost. Für sie, die Alten, bedeutete Leben jetzt nur noch, sich zu erinnern. Und auch für mich begann es bereits, dies Wiedererleben vergangener Tage. Alles kehrt dahin und kommt nie wieder. Giovanni? Immerzu überkam mich die gleiche Vorstellung, die allmählich zu einer Obsession wurde: Ob es mir wohl gelang, ihn, den wirklichen Menschen, für mich ganz allein neu zu erträumen? War das zu machen? Ging das denn? Konnte die Einbildung deutlich wie die Wirklichkeit werden? Der wunderliche Glaube liegt darin, dachte ich, dass wir meinen, dazu fähig zu sein. Eine Utopie, die ins Nichts führte. Schwamm drüber!

Die Großeltern brachten mich in ihrem kleinen Wagen zum Bahnhof. Lore saß am Steuer, Großvater stützte sich auf seine Krücke. Der Zug war schon da, der Platz für mich reserviert. Weil der Zug hier erst eingesetzt wurde, waren noch keine Leute im Abteil. In einigen Stunden würde ich in Berlin sein, und von da aus ging am gleichen Abend mein Flug nach London. Wir umarmten uns, und Lore steckte mir noch eine Tüte Zimtplätzen zu – selbst gebacken natürlich –, mit einer hübsch gebundenen rosa Schleife versehen. Dann standen beide da, wehmütig lächelnd, gestenlos und mit Verlassenheit in den Augen. Ich zog das Fenster auf, lächelte zurück, während der starke Sommerwind mein Haar zerzauste. Wie das beim Abschied oft vorkommt, wussten wir in den letzten Minuten nicht mehr, worüber wir uns unterhalten konnten. Dann, mit kräftigem Ruck, fuhr der Zug an. Ich winkte, die Großeltern winkten zurück, zwei kleine, bunt gekleidete alte Leute. Erst, als ich sie nicht mehr sah, schob ich das Fenster hoch und setzte mich. Ich war so gerührt, dass ich das Zellophan aufriss, die dünne Schleife hastig zerknüllte und ein Zimtplätzchen nach dem anderen in mich hineinstopfte, wie ein trostsuchendes Kind.

Ich hatte versprochen, dass ich wiederkommen würde. Ich hielt Wort, ein Jahr später, und brachte Peter mit. Es wurde ein verregneter Sommer. Wir machten ausgedehnte Radtouren, holten uns beide eine Erkältung und sprachen ausführlich über Dinge, über die wir sonst womöglich nie gesprochen hätten.

29. Kapitel

Weitere zwei Jahre in London. In meiner sturen Art weigerte ich mich, meine persönliche Lebensauffassung dem Mainstream zu unterwerfen. Aber ich wollte nicht anecken und behielt vieles für mich, widerstand auch der Versuchung, Pragmatismus mit Utopie zu verwechseln. Die Dinge änderten sich eben nicht, bloß weil ich es wollte, sondern weil die Notwendigkeit sie dazu zwang. Immerhin konnte ich mit dem, was mir beigebracht wurde, Unordnung in die schöne alte Ordnung bringen. Ich traute mir das wohl zu, trug ich doch in mir eine natürliche Aggression, die recht solide war. Und auf Malta gab es reichlich Dinge, die mich störten, Widerstände, die ich aus dem Weg räumen wollte. Der sprichwörtliche Kampf gegen die Windmühlen, aber warum auch nicht?

»Du warst ja immer heroisch«, sagte Viviane, als wir uns in einem Pub am Borough Market trafen. War sie in London, sahen wir uns von Zeit zu Zeit, immer im gleichen Pub. Sie war gerne in diesem Viertel am südlichen Themseufer, wo es südländisch nach Früchten und Gewürzen roch, wo Tag und Nacht gegessen, getrunken, geredet und gelacht wurde. Das Lokal war überfüllt, aber man kannte Viviane, und wie durch Zauberhand wurden für uns zwei Plätze frei. Das Essen – eine Fischpastete, die wie Butter im Mund zerging – hatten wir uns an der Theke geholt.

»Was verstehst du unter heroisch?«, fragte ich.

Viviane hatte – neben ihren Visionen oder was auch immer dahinterstecken mochte – eine kühl realistische Einstellung.

»Deine Kämpfe waren melodramatisch«, erwiderte sie leichthin.

»Sie lohnten sich aber auch«, konterte ich.

Sie nickte mit vollem Mund.

»Mit elf schon Lebensretterin. Du kannst dir etwas darauf einbilden.«

Sie saß mir gegenüber, ein erstaunlicher Anblick selbst in diesem Viertel, wo es von Freaks nur so wimmelte. Trat sie irgendwo in Erscheinung, schien alles wie elektrisch geladen. Sie erzeugte um sich herum eine eigentümliche Energie, die ihre Mitmenschen berührte und gleichzeitig explosionsartig auf die Seite schleuderte. Die Männer, die sie – wie sie zugab – recht eifrig konsumierte, mussten es jedenfalls schwer mit ihr haben. Normal, dass keiner es langfristig bei ihr aushielt. »Noli me tangere«, na gut, wenn sie es nicht anders wollte. Auch ich war in ihrem Magnetfeld nur Gast. Dabei bewegte sie sich auf den ersten Blick völlig unbefangen, sehr mädchenhaft, sehr freundlich, und gleichzeitig uralt. Sie trug immer Rot, gelegentlich Braun oder Purpur, Farben, die zu einer Rothaarigen eigentlich nicht passten, dazu eine rote Blüte im Haar oder – im Winter – ein rotes Bandana. Ihre Haut war milchweiß, die Sommersprossen überdeckte sie mit Puder, die hellen Brauen auch, sodass die großen Augen umso faszinierender schimmerten. Zwischen Stirn und Nase zeigte sich gelegentlich eine dünne Falte, die kam und ging, im Rhythmus ihrer wechselnden Gedanken. Sie war mager, ungelenkig und gleichzeitig wie aus Gummi, mit Beinen, überlang und dünn, die bei jedem Schritt ihrer schwindelerregenden High Heels zu stolpern schienen, ihren grazilen Körper aber unverwandt im Gleichgewicht trugen, als ob sie gewichtslos schwebte. Etwas Unnahbares, Gebieterisches war an ihr, und gleichzeitig etwas Derbes, Erdverhaftetes. Dünn, wie sie war, konnte sie Unmengen von Nahrung verschlingen. Als ob ihr diese Maßlosigkeit als Ersatz für einen geheimen Appetit auf Macht und

Herrschaft diente. Was mich aber am meisten in Erstaunen versetzte, war der Ernst, sozusagen die Strenge ihrer Lebensführung: Die Männer, die ihren Weg kreuzten, verschwanden rasch wieder, husch, husch. Partys besuchte sie seltener als ich, sie rauchte nicht, sie trank nicht – außer Bier, weil ihr Bier nichts ausmachte. Selbst den häufigen Gang zur Toilette – bei biertrinkenden Frauen ein notwendiges Übel – konnte sie sich ersparen. Ich sagte, dass ich das seltsam fand. Sie lächelte ein wenig.

»Ich habe einen überdurchschnittlich schnellen Stoffwechsel und müsste eigentlich ständig aufs Klo. Aber normal war ich ja nie.«

»Wer ist schon normal?«

»Klar doch, du!«

»Auch nur so eine Redensart«, sagte ich, worauf sie amüsiert blinzelte, bevor ihr Gesicht wieder ernst wurde.

»Ich war in Valletta und habe Miranda geholt. Mein Vater ist gestorben.«

Ich war geschockt.

»Oh, das tut mir leid, Viviane!«

Sie zog ihre knochigen Schultern hoch.

»Er war total zerstochen. Er setzte die Nadel sogar zwischen die Zehen, weil da noch ein paar Stücke unversehrte Haut waren. Und zum Schluss nahm er nur noch Methadon. Er hatte auch Knochentuberkulose. Die Beine gaben einfach unter ihm nach. Ich kam von Los Angeles, machte schnell, ich wollte ihn noch ein letztes Mal sehen. Aber Miranda hatte ihn schon in ein Flugzeug gesetzt und zu seiner Mutter nach Thessaloniki geschickt. Wie ein lästiges Paket ist sie ihn losgeworden. Dabei lebten sie seit dreißig Jahren zusammen. Aber Alexis kam aus einer sehr traditionellen Familie, hast du das gewusst? Miranda sagte, sie könne griechische Bestattungen nicht ertragen, den Popen, das Geschrei, die Totenlieder, den Weihrauch. Jetzt liegt Alexis still und lächelnd da, er ist noch nicht weit

361

weg. Er weiß ja, dass ich um ihn trauere. Manchmal singt er mir sogar ein griechisches Lied vor, ein ›Rembetiko‹. Das Lied erzählt von einem Nachtfalter, der sich in der Sonne die Flügel verbrennt. Es klingt herzzerreißend. Und seine Stimme hört sich wunderschön an, ein ganz sanfter, klarer Tenor…«

Wann sang er ihr was vor? Früher? Oder meinte sie jetzt, da er tot war? Bei Viviane wusste man das nie so genau. Auf die eine oder andere Weise war sie stets in ihren Tagträumen gefangen. Wir erleben den Tod mit Neugier und Furcht. Einige Menschen – die Mutigen unter uns – wagen sich bis an den Rand des Unbekannten. Von dort aus blicken sie, die Augen geschärft und die Ohren gespitzt, über den Abgrund. Das war nichts für mich, und ich erschauerte, während Viviane, wie wir es von ihr gewohnt waren, stufenweise in die Wirklichkeit zurückkehrte. Ihr verschwommener Blick klärte sich, ihre Augen funkelten durchdringend und kühl. Diesem Blick entging nichts, nicht die geringste Kleinigkeit.

»Ich fragte Miranda nicht, warum sie so feige war und Alexis einfach abgeschoben hat. Ich kannte ja die Antwort.«

Ihr Messer teilte geschickt die Fischpastete. Sie kaute langsam und mit Nachdruck, genoss jeden Bissen.

»Und was macht Miranda jetzt?«

»Die Pension gehört ja nicht ihr, sie war nur gepachtet. Der Besitzer hatte es satt, weil Miranda nichts mehr sauber machte und die Gäste ausblieben. Er kündigte ihr den Vertrag. Er will das Haus abreißen, Ferienwohnungen bauen. Schließlich ist Miranda nicht mittellos. Du weißt doch, Grandpa hat ihr den ›Taubenschlag‹ in Old Sarum vermacht. Dort züchteten wir früher Schafe und Schweine. Grandpa hatte auch seine Pferde dort. Old Sarum, bei Salisbury, du kennst ja den Ort.«

»Nein.«

»Wie, du hast noch nie die Kathedrale gesehen?« Viviane schien überrascht.

»Die stammt aus dem dreizehnten Jahrhundert und hat einen besonderen Turm, habe ich erfahren. Aber Kirchen interessieren mich nicht. Auf Malta steht ja eine an jeder Straßenecke.«

Viviane zog die mageren Schultern hoch.

»Na gut, wenn du so denkst. Aber es lohnt sich trotzdem. Rein informativ, wenn dir das besser gefällt. Der Turm ist hundertzwanzig Meter hoch und spitz wie eine Nadel, ein bauwerkliches Wunder! Schaust du empor, wird dir duselig. Du kannst hinaufsteigen, das tun viele. Der Treppenschacht empfängt Licht nur durch Schießscharten. Du steigst und steigst, der Rücken zieht, du kannst kaum noch die Beine bewegen. Und kommst du von der Treppe auf die Plattform hinaus, siehst du bis nach Stonehenge. Der Turm legt seinen Schatten über die Landschaft: Hier bin ich! Aber die Ruinen bilden ein großes Netzwerk, eine Energiezentrale, einen magischen Kreis. Und in der Mitte schläft die Göttin. Der Turm zwingt ihr seine Gegenwart auf, aber der Kreis ist Urzelle des Glaubens, und alle Kathedralen und Kirchen sind nur Variationen und Fantasien darüber.«

Was reimt sie sich da wieder zusammen?, dachte ich. Esoterik und Science-Fiction, offenbar hatte sie den gleichen Spleen wie früher. Aber sie war kein Kind mehr, sondern erfahren in allerlei Dingen der Welt, erfahrener in gewisser Weise als ich, die immer noch recht naiv war. Allmählich kam mir ihre Art bedenklich vor. Ich hatte anderes im Kopf und verlor schnell den Faden.

»Persea«, sagte ich trotzdem, um ihr eine Freude zu machen.

»Ah, du entsinnst dich?«, rief sie zufrieden. »Bravo! Aber Persea hat viele andere Namen. Sie überlebte heimlich, auch wenn die Götter Roms und dann der Gott der Christen sie verdrängen wollten. Schau um dich, sie ist überall! Und hohe Türme, die imponieren ihr nicht. Eines Tages werden sie ja nicht mehr da sein.«

Es war unheimlich, woher sie das jedes Mal hatte. Sie erzählte, was eine innere Stimme, nur für sie allein vernehmbar, ihr zu diktieren schien. Offenkundig waren ihre Anknüpfungen nie gewesen, dafür sehr eindrucksvoll. Aber für mich war es nun genug, sie hatte mein Ohr nicht mehr.

»Wenn du das glaubst ...«, sagte ich.

Sie antwortete in vernünftigem Tonfall.

»Es ist nicht so, wie ich es zu glauben wünsche. Es ist wahr.«

»Also gut. Ich warte darauf.«

»Du bist zu vernünftig, Alessa, das warst du schon immer. Schmeiß mal endlich deine Vernunft über Bord!«

Ich war ein bisschen pikiert.

»Stonehenge ist ja ständig überfüllt. Ich will nicht unter die vielen Leute. Das, was wir erlebt haben, war schöner und kommt nie wieder.«

Sie steckte sich einen Bissen in den Mund, kaute, schluckte.

»Ach, stören dich die Besucher? Mich nicht. Ich schaue an ihnen vorbei, von Hügel zu Hügel, wo alles bald näher erscheint und bald weit weg. Ich sehen die Geister, wenn sie sich formen. In Stonehenge ist alles Magie. Aber Miranda fühlt nichts, sieht nichts. Die Gabe hat sie sich mit Rauchen, Kiffen und Koksen vertrieben. Als sie aus der Pension geschmissen wurde, kümmerte ich mich um sie, zahlte ihr sogar Businessclass, damit sie ihre zerstochenen Beine schonen konnte. Sie hatte viel zu lang im Süden gelebt. Das feuchte Klima bekam ihr nicht, ihr Immunsystem war geschwächt, sie fror und sah erbärmlich aus. Ich kaufte ihr warme Klamotten, machte einen Termin für sie bei einem guten Friseur ab. Danach sah sie wieder ganz manierlich aus. ›Wie fühlst du dich?‹, fragte ich sie immer wieder, aber sie saß einfach nur da, mit verschränkten Armen, verstockt. Als ich sie dann nach Old Sarum brachte, sah sie sich die Hügel an, mit ihren Schaf- und Schweineherden. Ich weiß nicht, was sie empfand, jedenfalls war da nichts, das ihr gefiel. Sie schimpfte nur drauflos.

›Was soll ich in diesem Kaff? Schweine hüten?‹
›Grandpa hat mit Koteletts viel Geld verdient‹, sagte ich,
was sie noch mehr in Rage brachte.
›Hier bleibe ich auf keinen Fall! Ich hasse diesen Ort, das
solltest du wissen!‹
›Früher hast du ihn nicht gehasst‹, sagte ich, worauf sie für
eine Weile den Mund hielt. Der ›Taubenschlag‹ ist ein Guts-
haus aus dem neunzehnten Jahrhundert, klein, aber elegant,
und liegt neben einem Teich, wo nachts die Frösche quaken.
Nach vorn blickt es über einen Park, mit einem schönen Rasen und alten Zedern. Wenn die Sonne schräg über die Hügel
scheint, leuchtet die Säulenfassade durch das Grün, wie man
es auf alten Stichen sieht. Hinter dem Haus befindet sich ein
gepflasterter Hof mit Stallungen und ein ummauerter Obst-
und Gemüsegarten.«

Ich hörte Viviane zu und war gegen meinen Willen gefes-
selt. Das Erzählte, in seiner Wirkung unfehlbar, entwuchs ihr
wie eine Blume aus der Erde. Ihre Zungenfertigkeit war wirklich zu beneiden. Ihr Gedächtnis ließ sie keine Sekunde im
Stich.

Inzwischen aß sie weiter, trank Bier und erzählte, dass frü-
her der »Taubenschlag« voller Leben war. Dass Lavinia und
Willbur kluge und berühmte Leute zu sich einluden. Es gab
Wochenendgäste im Sommer, Jagdgäste im Herbst und Silves-
tergäste. Bei solchen Gelegenheiten trug Lavinia ihre Pariser
Couture-Kleider und ihren wenigen, aber ausgesucht schönen
Schmuck. Willbur hatte seine Pferde hier, man gewann den
Eindruck, dass er viel Zeit in Old Sarum verbrachte, obwohl er
es mit seinen politischen Pflichten peinlich genau nahm. Aber
es stimmte schon, dass die offenen, mit Heidekraut und Blau-
beeren bewachsenen Hänge ein ideales Reitgelände waren.

Gleichwohl war es Lavinia, die das Gut verwaltete, und ihre
hellen Augen, die ein klein wenig schielten, erspähten jede Einzelheit in Haus, Garten und Stallungen. Nicht Willbur, sondern

Lavinia wurde gerufen, wenn es ein krankes Tier gab oder die Schafe ihre Lämmer zur Welt brachten. Sie rief jede einzelne ihrer schönen weißen Angoraziegen beim Namen, und es waren über fünfzig! Es machte ihr auch nichts aus, in Gummistiefeln durch den Matsch zu den Schweinen zu waten. Als ein Fohlen bei der Geburt quer lag, drehte es Lavinia mit eigenen Händen in die richtige Stellung, bevor sie es aus dem Bauch der Mutterstute zog. Der Geruch der Hände, die sie zur Welt gebracht hatten, musste im Unterbewusstsein der Stute haften, denn sie folgte Lavinia wie ein gehorsamer Hund. Man musste sie sogar daran hindern, hinter ihr das Haus zu betreten!

Woher wusste Viviane all diese Einzelheiten? Von ihrem Grandpa, nahm ich an. Sonst hätte sie es mir nie so genau erzählen können. Aber so vieles aufzubewahren, wie sie es tat, und sogar die Gefühle und Gedanken ihrer Mitmenschen nachzuempfinden, fand ich nahezu erschreckend. Aber vielleicht besaß sie die Gabe, genau zwischen dem zu unterscheiden, was in Vergessenheit geraten konnte und was bleiben sollte.

»Nach Lavinias Tod«, sagte Viviane, »dachten alle, dass Grandpa den ›Taubenschlag‹ verkaufen würde. Er behielt aber das Anwesen, was die Leute sehr verwunderte. Vielleicht waren es Erinnerungen an glückliche Zeiten, die ihn an diesen Ort ketteten. Mir hatte er gesagt, er wusste selbst nicht, warum es ihn immer wieder nach Old Sarum zog. Aber es war unverkennbar, dass das Haus verfiel. Nur der Garten wuchs, voller Kraft und Energie, die Zwiebel- und Rhabarberbeete wucherten, und ungepflegte Brombeerbüsche eroberten den Boden. Unter den Bäumen lag faulendes Fallobst. Als Miranda nach dreißig Jahren zum ersten Mal wieder nach Großbritannien kam und ich mit ihr nach Old Sarum fuhr, führte ich sie zunächst durch den Garten, ich dachte, es würde ihr guttun, das alles wiederzusehen. Aber Miranda interessierte sich für nichts.

366

›Hör auf, von Karotten und Salatköpfen zu reden!‹

›Früher war hier die Gartenschaukel befestigt. An den Zweigen des Apfelbaums. Da, man sieht noch die Stelle.‹

›Ja, und?‹, fragte sie kalt.

›Du hast doch hier geschaukelt. Ich habe die Fotos gesehen.‹

›Ich entsinne mich nicht.‹

›Du hast immer die harten, grünen Äpfel gegessen. Grandpa sagte, davon kriegst du Bauchweh.‹

Miranda sagte immer wieder, dass ich aufhören sollte. Ihr Gesicht drückte Panik aus. Sie wollte von diesen Dingen nichts wissen. Verstehst du, Alessa, sie trug in sich einen verzweifelten Kummer und das Gefühl des völligen Versagens. Wahrscheinlich erschien ihr der ›Taubenschlag‹ wie ein Symbol dieses Versagens. Mir war inzwischen klargeworden, dass Miranda diese Spannung nur in Zorn und Selbstzerstörung loswerden konnte. Ich nahm es ihr nicht einmal übel, dass sie Old Sarum hasste. Hier war es ja, wo alles begonnen hatte. Im ›Taubenschlag‹ lag das Schweigen einer Totenwache. Miranda irrte verloren durch die Räume, die alle muffig rochen, rauchte eine Zigarette nach der anderen, hustete und putzte sich die Nase. Sie hatte nach wie vor diese klaren grünen Augen, die mich anstarrten, wenn ich sie nicht ansah. Ertappte ich sie dabei, sah sie sofort weg. Schließlich wurde es mir unheimlich, und ich fragte: ›Warum schaust du mich immer so an?‹

Sie fuhr leicht zusammen. Sie dachte natürlich, dass ich es nicht bemerkt hätte.

›Weil du genau wie Lavinia aussiehst‹, sagte sie.

Das gab mir einen Schock.

›Das kann nicht sein, Lavinia war schön.‹ Ja, und weißt du, Alessa, was Miranda antwortete? ›Das stimmt allerdings, du bist hässlich, du warst schon immer ein hässliches Kind. Aber du bist trotzdem Lavinia.‹

Als sie das sagte, Alessa, ist mir fast schlecht geworden. Ich wollte ihr ja nur helfen. Sie empfand das alles wie Hohn. Ich war wirklich sehr geduldig, aber allmählich wurde ich nervös. Ich sollte die Mutter meiner Mutter sein und war es nicht gerne. Sie war ein wenig verrückt, so viel war klar. Ich wusste nie, was ihr durch den Kopf ging und was als Nächstes kam. Sie stellte unverschämte Forderungen, ich musste ihre wirren Fragen beantworten, sie trösten. Sie kam mir so nahe, drängte sich in der peinlichsten und bedrückendsten Weise auf. Ihre Unterwäsche war eine Katastrophe, ich musste sogar ihre schmutzigen Slips waschen. Sie stellte sich nur unter die Dusche, wenn ich sie dazu zwang.«

Viviane leerte ihr Glas, machte leicht und graziös eine Geste, die ein zweites Glas verlangte. Der Kellner brachte es, und Viviane sprach weiter. Sie legte nicht viel Ausdruck in ihren leisen, gleichmäßigen Tonfall. Aber ihre Worte waren berührend und bezwingend und dabei absolut sachlich. Keine Spur von Schönfärberei. Wie kam sie bloß mit diesen Erinnerungen zurecht, die sie wie Verwesungsdünste umgaben?

Sie hatte Miranda vorgeschlagen, wenigstens ein paar Tage im »Taubenschlag« zu bleiben, damit sie sich eingewöhnen konnte. Der Sohn des alten Verwalters war ja noch da, er konnte mit seiner Frau das Haus wieder wohnlich machen. Miranda bekam eine Nervenkrise, schrie wie eine Irre, Viviane sollte sie in ein Hotel bringen. Sie tat ihr auch diesen Gefallen, fand ein kleines Hotel in Salisbury. Weil sie Miranda nicht allein lassen wollte, übernachtete sie im gleichen Zimmer. Die erste Nacht war schrecklich, sagte Viviane, Miranda musste sich ständig übergeben. Viviane hielt ihren Kopf, streichelte ihre nasse Stirn, zog die Klospülung und machte alles sauber. Und als Viviane endlich einschlief, kam Grandpa im Traum zu ihr und sagte: »Ich mache mir Sorgen. Aber wir können nichts mehr für sie tun.«

»Danach«, erzählte sie weiter, »schlief ich wie ein Stein. Die Sonne weckte mich, und als ich mich im Zimmer umsah, war

Miranda verschwunden. Ihre Reisetasche war noch da, aber ich fragte mich beunruhigt, was sie wohl trieb. Der Concierge hatte sie gesehen, wie sie aus dem Hotel ging, sie hatte nicht einmal gefrühstückt. Ich suchte sie in ganz Salisbury, überlegte bereits, ob ich die Polizei einschalten sollte, bis ich sie endlich in einem Pub fand. Sie war stockbetrunken und sah entsetzlich aus. Ich brachte sie ins Hotel zurück, zerrte ihr das verschwitzte Zeug vom Leib. Ich schob sie unter die Dusche, wusch ihr sogar die Ohren. Dann trocknete ich sie ab, wie ein Baby. ›Komm, wir gehen jetzt etwas essen‹, schlug ich vor. ›Das wird dir guttun.‹

Sie schüttelte den Kopf. Nein, sie sei müde. Sie kroch unter die Decken, nackt, wie sie war. Weil ich Hunger hatte, nahm ich den Schlüssel und sagte: ›Dann schlaf ein bisschen. Ich bin unten in der Gaststube. Und wenn du Lust hast, gehen wir nachher noch etwas aus.‹ Als der Aufzug hochschepperte, rief sie hinter mir her durch die offene Tür: ›Lavinia!‹ Ich drehte mich verblüfft um. ›Aber ich bin Viviane.‹ Sie hustete und lachte gleichzeitig; es hörte sich wie ein Krächzen an. ›Du kannst sagen, was du willst, ich weiß genau, wer du bist. Und glaube ja nicht, ich hätte meine Zeit verplempert. Salisbury kenne ich besser als du. Ich war bei einem Makler. Der wird das Haus übernehmen.‹ Gerade hielt der Aufzug mit einem Ruck. Ich war so erschrocken, dass ich mir die Finger im antiken Scherengitter einklemmte.

›Aber das kannst du doch nicht!‹, stieß ich fassungslos hervor. Sie lachte stoßweise, drückte das Kopfkissen an ihre schlaffe Brust. Liegend schien sie nur noch Haut und Knochen.

›Und wieso nicht? Das ist mein gutes Recht! Der Taubenschlag gehört mir. Ich mache mit dem Scheißhaus, was ich will.‹

Als sie das sagte, fühlte ich mich ganz lahmgelegt, kam zum Glück wieder rasch zu Verstand und fragte, wie der Makler denn hieß. Sie gab mir den Namen, überheblich kichernd, als ob sie sagen wollte: ›Da siehst du nun, wie schlau ich bin!‹ Am nächsten Morgen vereinbarte ich einen Termin bei dem Makler. Ich erzählte ihm, dass Miranda nicht ganz zurechnungsfähig war, und versuchte die Sache rückgängig zu machen. Aber der Makler sagte, alle Papiere seien völlig in Ordnung, sie sei die rechtmäßige Besitzerin, und das Einzige, was ich tun könnte, wäre, einen Prozess zu führen, der lange, kostspielig und nutzlos sein würde. Er kannte natürlich den ›Taubenschlag‹ und wollte sich das gute Geschäft nicht entgehen lassen. Tatsächlich meldeten sich bald verschiedene Interessenten, und zwei Wochen später wurde das Haus zum Besitz eines nicht zusammen passenden, aber recht vermögenden Ehepaars aus Oxford. Die Ländereien wurden separat verkauft. Miranda hatte den ›Taubenschlag‹ mit allen Möbeln abgestoßen, aber die neuen Besitzer waren nett. Ich sollte doch kommen, sagten sie, und die Sachen holen, die ich haben wollte. Aber da war nicht mehr viel. Grandpa hatte Lavinias Couture-Roben längst einem Museum überlassen. Ihr Schmuck, der inzwischen mir gehörte, lag in einem Safe. Wenn ich auf Tournee bin, kann ich mich damit nicht blicken lassen. Viel zu exklusiv. Ich trage nur diesen Aquamarin. Der ist von Fabergé, aber ich sage allen Leuten, das ist kein echter.

Kurzum, im ›Taubenschlag‹ gab es kaum noch etwas, das wichtig für mich war. Ich fand noch einige Fotoalben, zwei Schachteln voller alter Briefe und Postkarten und in einer Schublade etwas, das mich sehr anrührte: eine Bürste von Lavinia, aus Schildpatt, an der noch zwei lange, rotblonde Haare hingen. An diesen Haaren erkannte ich, mehr als an allem anderen, dass sie wirklich ein Wesen war, das gelebt und geatmet hatte. Ich befreite behutsam die Haare, legte sie in feines Seidenpapier. Und daneben entdeckte ich noch etwas anderes: ein ungeöffnetes Parfümfläschchen: *Si* von Schiaparelli. Ich wusste von Grandpa, dass Lavinia dieses Parfüm in Paris entdeckt hatte und seitdem nur noch das trug. Das Parfüm gibt es heute nicht mehr. Ich öffnete das Fläschchen, schnupperte an dem Stöpsel, ließ ein paar Tropfen auf mein Handgelenk fallen. Und obwohl alte Parfüms ihren Duft verändern oder verlieren, fand ich trotzdem einen Hauch auf meiner Haut, der mich an Lavinia denken ließ, obwohl ich sie ja nie gekannt hatte. Es stimmte schon, dass kein anderes besser zu ihr gepasst hätte.«

Viviane hörte unvermittelt zu reden auf, schob ihren Stuhl zurück.

»Die Pastete war wirklich gut. Holen wir uns noch eine?«

Ich brauchte zwei Sekunden, bevor ich verneinen konnte. Vivianes Geschichte ging mir an die Nieren. Merkwürdig, analysierte ich, bei ihr vollzieht sich alles wie in einem Labor: Sie verknüpft Nebensächliches, das sie verknüpft sehen will, zeigt das Menschliche wie in einem Experiment und vergisst dabei nicht, auch die seelischen Abläufe zu entlarven. Mir war dabei der Appetit vergangen. Doch Vivianes starke Lebenskraft verlangte nach Nahrung.

»Bei mir setzt der kleinste Bissen an, es ist unglaublich!«, sagte ich als Entschuldigung.

»Das bildest du dir nur ein!«

Viviane ging gelassen zur Theke, kam mit einer zweiten Pastete zurück, die sie sich schmecken ließ. Ich sah ihr zu, trank mein Bier in kleinen Schlucken. Sie hatte noch immer ihre tadellosen Tischmanieren, hielt nie die Gabel in der Mitte des Griffs, wie ich es dann und wann gedankenlos tat. Orangen, auch wenn sie hart waren, zerteilte sie mit Messer und Gabel. Es sah mühelos und elegant aus, aber ich hätte das nie fertiggebracht. Endlich schob sie ihren leeren Teller zurück, beugte sich leicht über den Tisch. Eindringlich, fast verstohlen, sprach sie in meine Augen.

»Hätte Miranda nur gesagt: ›Vater, ich habe gelogen. Ich war jung und hatte große Angst, es tut mir ja so leid!‹ Hätte sie es nur ein einziges Mal gesagt, und Grandpa hätte sie in die Arme genommen, sie getröstet und gesagt: ›Komm, Kind, beruhige dich!‹ Und sein Leben und ihr Leben hätten eine andere Wendung genommen. Aber nein, sie hat nie den Mut dazu aufgebracht. Grandpa hat nächtelang nicht geschlafen, in Erwartung, dass sie es sagte. In solchen Nächten, in jeder von ihnen, hat er es wieder und wieder gehofft. Aber nein, nichts kam. Immer wieder nur die gleiche Lüge. Und darunter litt er am meisten, dass sie ihm nicht die Wahrheit sagte. Und als eine bestimmte Zeit überschritten war, komisch, da war es nicht mehr wichtig, ob sie es sagte oder nicht. Da hat er einfach aufgehört zu warten, und sie ist fortgegangen. Endgültig.«

Ich dachte, was sollte Miranda auch anfangen, mit ihrem geteilten, vielfach zerstückelten Leben? Ein Leben, das vertrieben und vernichtet war. Ich hätte Viviane gerne gefragt: »Wie ist Lavinia denn gestorben? Und warum trägt Miranda die Schuld?« Aber ich wollte ihr nicht zu nahetreten.

»Sie hat ja auch Schweres durchgemacht«, sagte ich unbestimmt. »Aber du hast immer gesagt, dein Grandpa wollte nicht, dass du darüber redest.«

Sie bewegte den Kopf hin und her, als ob sie unschlüssig sei. Oder auch nur müde, tatsächlich erstickte sie ein Gähnen.

»Jetzt spielt das keine Rolle mehr. Er ist bei Lavinia, und es ist ihm gleich.«

»Was ist ihm gleich?«

Sie antwortete mit einer gewissen Ungeduld.

»Kapierst du eigentlich nie, dass die Toten zu mir sprechen?«

»Das weiß ich ja«, gab ich beschwichtigend zur Antwort. »Und was sagt jetzt dein Grandpa?«

Viviane legte behutsam ihr Besteck auf den Teller, tupfte sich mit der Serviette den Mund ab.

»Er sagt, dass ich die Geschichte erzählen kann.«

30. Kapitel

Es war im September 1987«, sagte Viviane, »vier Tage vor Schulanfang. Willbur war schon in London, Lavinia würde mit Miranda nachkommen. Am Morgen der Abreise kam Miranda spät zum Frühstück. Sie sah blass und mitgenommen aus. Lavinia fragte, ob sie sich nicht wohl fühlte. Ach, es sei spät geworden, sagte Miranda, sie hatte ein Glas zu viel getrunken und nicht genug geschlafen. Lavinia wusste, dass sie die Nacht auswärts verbracht hatte, stellte aber keine Fragen. Lavinia erlaubte ihrer Tochter fast alles, das war unbedingt ein Fehler von ihr. Miranda durfte rauchen und trinken; Lavinia hatte ihr auch erklärt, wie man Verhütungsmittel benutzt. Dass Lavinia sich so nachsichtig zeigte, hatte seinen Grund: Miranda war zur Welt gekommen, als die Söhne bereits das College besuchten. Miranda hatte Irwin und Robert, die sie herumtrugen und mit ihr spielten, abgöttisch geliebt. Sie war neun, als Irwin und Robert nach Rhodesien gingen, und war eine Zeit lang traurig. Sie vermisste das Fröhliche der beiden jungen Männer, ihren bisweilen skurrilen Humor. Sie war überglücklich, wenn die Brüder zwei- oder dreimal im Jahr zu Besuch kamen. Irwin hatte eine Australierin geheiratet und Robert eine bildschöne Indonesierin. Eine schwarze Nanny kümmerte sich um die drei Kleinkinder. Kam die Familie zusammen, herrschte ein sehr freier Ton. Es wurde auch viel über Politik geredet. Sogar beim Abendessen war das Thema kein Tabu, obgleich Lavinia meinte, dass Politisieren nicht gut für die Verdauung sei. Die Eltern waren ›Peers‹ und dementsprechend konservativ, die Brüder zog es mehr zu Labour hin. Die Unterhaltung war oft sehr anspruchsvoll, denn die Familie war sehr gebildet. Miranda war stets dabei, eine verschmitzte, gescheite Halbwüchsige, die mitreden konnte, weil sie Übung hatte. Sie beherrschte schon die Schlagfertigkeit ihrer Brüder, hatte zu allem eine Meinung, manchmal sogar eine recht kluge. ›Unser junger Premierminister‹ nannten sie scherzhaft die Brüder. Aber andere Gespräche gaben Anlass zur Sorge. Miranda mochte diese Gespräche überhaupt nicht, sie hatte immer abscheuliche Träume danach. Die politische Entwicklung in Rhodesien beschäftigte die Familie sehr. Zum Beispiel verlangte die Regierung, dass die Weißen die Ländereien, die sie bewirtschafteten, unter den Eingeborenen aufteilten. Willbur und Lavinia waren beunruhigt, sehr heimatlich hatten sie diese Gegenden nie gefunden. Die Ländereien hatten sie geerbt, jetzt wären sie sie gerne losgeworden. Aber die Söhne meinten, dass vieles, was man sagte, übertrieben war. Die Eingeborenen, mit denen die Siedler seit Generationen zusammen wohnten, zeigten sich harmlos, zutraulich. Eine erstaunliche Unbekümmertheit und Fröhlichkeit hatten sie, die das Leben angenehm machte. Zwar trugen sie in sich eine unberechenbare, bisweilen halb wahnwitzige Energie, zeigten jedoch selten wirkliche Feindseligkeit. Überfälle hätte es bisher nur vereinzelt gegeben, und man hatte die Täter aufs Schärfste bestraft. Irwin und Robert dachten nicht daran, Rhodesien zu verlassen. Sie hatten sich mit großem Einsatz ihrer Kakaoplantagen angenommen, die jetzt Gewinn abwarfen. Sie beschäftigten viele Arbeiter, zahlten ihnen gute Löhne, ließen sie auch nicht im Stich, wenn sie krank wurden oder einen Unfall hatten. Die Liebe zu Afrika, dieses mysteriöse, unbeschreibliche Gefühl, war wie ein Fieber, das ins Blut ging. Ständig brachte das große, offene Land neue Herausforderungen. Jedes Hindernis hatte etwas Aufreizendes an sich, bewirkte eine permanent nervöse Anspannung. Den Zwillin-

374

gen, die Draufgänger waren, entsprach das. Eine gute Portion Stress und Nervenkitzel, meinten sie, konnte dem Leben nicht schaden.

Miranda war vierzehn, als die Tragödie über sie hereinbrach. Die Familie erholte sich nie von dem Schock. Die beiden Söhne, die Schwiegertöchter und ihre Kinder, ja selbst die Nanny, alle weg, ermordet! Man hatte von ihnen nur Reste gefunden, es gab nicht einmal ein Grab.

Am härtesten traf es Miranda, deren Wesen sich von Grund auf veränderte. Sie war immer rasch und feinfühlig gewesen, immer leicht am Rande der Hysterie. Nun wurde sie launisch, abweisend, unberechenbar. Weil sie der grauenhaften Wirklichkeit nicht gewachsen war, flüchtete sie in die Nichtwirklichkeit, verbiss sich in Gefühlskälte. Und Lavinia, hilflos gegen diesen Schmerz, den sie ja am eigenen Leib empfand, beugte sich Mirandas Launen, gefügig, fast demütig, las ihr jeden Wunsch von den Augen ab. Es war wie ein Kampf, den beide austrugen. Miranda probierte aus, wie weit sie gehen konnte, und Lavinia gab nach, gab immer wieder nach. Sie hätte es nicht tun dürfen, aber sie konnte nicht anders. Ihre verzweifelte Liebe sollte endlich ein Wunder bewirken, ihre Tochter wieder das unbeschwerte Mädchen von einst werden. Als Ersatz für die beiden Söhne, die sie verloren hatte. Dass es dieses Mädchen nicht mehr gab, wollte Lavinia nicht einsehen.

Sie sah immer eine Spur zu entspannt aus, Lavinia. Ihr perfekt zurechtgemachtes Gesicht zeigte eine künstliche, ein wenig maskenhafte Heiterkeit. Mit der leichthin ausgesprochenen Formel ›Life must go on‹ täuschte sie ihre Freunde, die ihre Selbstbeherrschung bewunderten oder auch befremdend und ein wenig abstoßend fanden. Nur wenige sahen in ihren Augen den leeren, verlorenen Ausdruck, in dem keine Hoffnung mehr war.

Und Willbur, der sich wie ein Besessener in seine Arbeit stürzte, merkte von alldem nur wenig.

An diesem Morgen also, nach einer Tasse Tee, hatte Miranda wieder Farbe im Gesicht. Sie zündete sich eine Zigarette an, und Lavinia sagte, dass sie in einer Stunde fahren würden. Sie machte noch einen Rundgang durchs Haus, gab die letzten Anweisungen. In Mirandas Zimmer fiel ihr ein seltsamer Geruch auf, den sie kaum beachtete oder nicht beachten wollte. Sie bat lediglich die Gouvernante, gut zu lüften. Von dieser Gouvernante eben, die alles genau beobachtet hatte, erfuhr Grandpa später viele Einzelheiten. Dass Miranda ihre Reisetasche noch nicht gepackt hatte, dass Lavinia sie zur Eile mahnte. Miranda, die etwas überdreht schien, stopfte ihre Sachen wahllos hinein. Das Spätsommerwetter war warm, Lavinia ließ ihren Plymouth vorfahren. Miranda kam mit ihrer Reisetasche und fragte, ob sie fahren durfte.

Miranda war inzwischen sechzehn und fuhr schon recht gut, obwohl sie noch keinen Führerschein hatte. Die Eltern stellten ihr den Wagen dann und wann zur Verfügung. Auf dem Lande nahm man es nicht so genau, es gab wenig Verkehr und kaum jemals eine Kontrolle. ›Machst du einen guten Abschluss, bekommst du deinen eigenen Wagen‹, hatte Willbur versprochen. Es war als Ermutigung gedacht, denn Miranda tat sich im Unterricht schwer. Sie hatte sich in den Kopf gesetzt, nach dem Abitur das St. Martins College of Art and Design zu besuchen, obwohl sie, wie ich heute weiß, nicht die geringste Begabung dafür hatte. Keine Fantasie, nichts. Nur seitenverkehrte Logik im Gehirn. An diesem Tag erlaubte ihr Lavinia nur bis zur Autobahn zu fahren, kaum zwölf Kilometer, ein Katzensprung. Es war ein blauer, leicht dunstiger Tag. Miranda fuhr, Lavinia saß neben ihr. Im Schatten der duftenden Hecken glitten sie durch die liebliche Hügellandschaft. Unter großen, alten Bäumen dehnte sich die Straße in weichen Kurven, schlängelte sich wie ein helles Band von Hügel zu Hügel. Miranda fuhr zunächst langsam und vorsichtig, dann steigerte sie die Geschwindigkeit. Es machte ihr Spaß.

Um sie herum schwankte der strahlende Morgen auf und nieder mit dem plötzlichen Wechsel von Licht und Schatten und dem Aufzucken von Vogelschwärmen. Später, als die Polizei ermittelte, wurde eindeutig bewiesen, dass Miranda viel zu schnell gefahren war. Lavinia hatte ihrer Tochter gewiss gesagt, sie sollte langsamer fahren, aber Miranda musste ihre Warnung nicht beachtet haben. Jedenfalls kam hinter einem Waldstück eine scharfe Kurve.

Miranda nahm die Kurve zu eng, die Räder kreischten, Lavinia sah die Böschung auf sich zukommen, ihre Hände griffen nach vorn, um ihrer Tochter das Lenkrad zu entreißen. Miranda stieß sie mit dem Ellbogen weg. Da waren Augenzeugen, die das gesehen hatten: zwei Arbeiter, die am Abholzen waren und auch gehört hatten, wie Lavinia schrie und Miranda hysterisch lachte. Als die Straße dem Graben entlang wieder gerade wurde, kam das Auto in die richtige Lage zurück. Doch nur für einen kurzen Augenblick.

Dann hörten die Männer, wie die Bremsen kreischten. Der große Plymouth schwankte und kam von der Straße ab, raste die Böschung hinab, auf einen Graben zu, der hart und todbringend näher kam.

Lavinia schrie.

Der Schrei erfüllte mit seiner Angst die lange Straße, von einem Ende bis zum anderen. Für den Bruchteil einer Sekunde war es, als ob der Wagen ohne Schwergewicht frei im Raum schwebte. Dann folgte ein dumpfer Aufprall, ein Krachen, splitterndes Glas. Und danach hüllte ein paar Sekunden lang Stille das Geschehen ein. Aber gleich darauf wurde es gebrochen, als von allen Seiten gerufen wurde. Die Holzfäller waren als Erste zur Stelle. Dann kamen Bauern, die auf dem Feld gearbeitet hatten. Das Auto lag auf der Seite, halb im Wasser. Um den zertrümmerten Plymouth schloss sich bald ein Kreis von Menschen, die alle helfen und die Verunglückten bergen wollten. Beide Frauen waren nicht angeschnallt gewe-

377

sen, obwohl Sicherheitsgurte damals schon Pflicht waren. Ein dummes Versagen von Lavinia. Sie war mit dem Kopf durch die Windschutzscheibe gestoßen, hing im zersplitterten Glas wie eine Puppe mit weichen Gliedern. Ihr Schädel war eingedrückt, ihr Brustkorb und ihr Becken gebrochen. Miranda, das Gesicht mit Blut überströmt, schien nicht wahrzunehmen, was um sie herum geschah, reagierte kaum, als man sie behutsam aus dem Wagen hob. Auch eine Polizeistreife kam, stoppte den Verkehr, hielt die Neugierigen von der Unfallstelle fern. Für Lavinia kam jede Hilfe zu spät. Die Halsschlagader war geplatzt, sie erstickte in ihrem eigenen Blut. Sie lag schon im Koma, als das Rettungsauto sie mit heulenden Sirenen zum Krankenhaus brachte. Miranda hatte die Hüfte und zwei Halswirbel gebrochen und musste eine Zeit lang eine Halskrause tragen. Als der Arzt ihr im Krankenhaus eine Blutprobe entnahm, stellte man fest, dass sie außer Alkohol eine hohe Dosis Kokain im Körper hatte. Es war ein verhängnisvoller Fehler von Lavinia gewesen, dass sie ihrer Tochter erlaubt hatte, den Wagen zu fahren. Aber als Willbur wissen wollte, was geschehen war, leugnete Miranda alles, schwor unter Tränen, dass sie nur ganz wenig Alkohol zu sich genommen hatte. Und Drogen? Nein, niemals! Nur zwei Schlaftabletten. Und nicht sie war es gewesen, sondern Lavinia, die am Steuer saß. Miranda blieb bei ihrer Behauptung, so unglaubwürdig diese auch war, wo doch alle Dienstboten beim Abschied gesehen hatten, dass Lavinia ihre Tochter fahren ließ. ›Ich fühlte mich nicht wohl‹, erzählte Miranda ihrem Vater, und nach einer Weile habe Lavinia gesagt: ›Komm, lass mich lieber fahren.‹ Sie wiederholte es immer wieder, allen Augenzeugen zum Trotz, auch, als ein Polizeibeamter sie befragte. Schließlich wurde sie mit einer schweren Depression in eine Klinik eingeliefert, und auf weitere Vernehmungen wurde verzichtet.

Willbur musste eine Strafe zahlen, weil er seiner minderjährigen Tochter nicht verboten hatte zu fahren. Das war alles.

Und auch später gab Miranda die Wahrheit nie preis. Womöglich war sie in ihren Wahnvorstellungen fest davon überzeugt, dass sich die Wirklichkeit zurechtbiegen ließ: ›Wenn ich ganz fest daran glaube, wird es sich wohl so zugetragen haben.‹ Es hat wahrscheinlich sehr lange gedauert, bis sie endlich begriff, was sie angerichtet hatte. Denn sie hatte Lavinia sehr geliebt, ihre Mutter war stets ihr Vorbild gewesen. Am Ende lernte sie dann, mit dieser Lüge zu leben. Sie behauptet noch heute, dass sie sich nicht daran erinnern kann, jemals gelogen zu haben. Und damit muss auch ich mich abfinden.«

Ich schaute zu, wie Viviane aus der Vergangenheit auftauchte. Sie war etwas verstört nach all dem Erinnern. Ihr großflächiges Gesicht hatte jede Leuchtkraft verloren. Sehr langsam griff sie nach ihrem Glas. Ihre Hände zitterten. Ich hielt das Glas, damit sie trinken konnte. Sie nahm einen langen Schluck. Ich stellte behutsam das Glas wieder vor ihr hin.

»Deine Geschichte geht mir unter die Haut.«

»Ich erzähle sie auch kein zweites Mal.«

»Wo ist Miranda jetzt?«, fragte ich.

»Auf den Malediven«, antwortete sie, wieder gleichmütig. »Sie hat sich dort einen Bungalow gekauft und lebt mit einem indischen Koch zusammen, der ihr streng vegetarische Kost vorsetzt und ihr Yoga beibringt. Kürzlich mailte sie mir, dass es ihr viel besser ginge. Kein Alkohol mehr und kein Koks. Sie dachte wohl, dass ich jetzt Freudensprünge mache, aber ich kann sie nicht mehr ernst nehmen. Sie schafft es einfach nicht, Ordnung in ihr Leben zu bringen. Sie wird es nie schaffen. Das alles steckt zu tief in ihr drin und hat sich sogar auf mich übertragen. Die Autos, die mich nachts am Schlafen hinderten, die kreischenden Bremsen, weißt du noch? Das waren Mirandas Albträume, die ich am eigenen Leib spürte. Deswegen brauchte ich den Lärm, um das nicht mehr zu hören. Jetzt aber Schluss mit dem Zeug! Jetzt suche ich nur noch die Stille.«

»In der Rockmusik?«, fragte ich perplex.

Sie schüttelte den Kopf.

»Noch zwei Jahre, dann höre ich auf. Grandpa wusste genau, dass Musik für mich nur so eine Phase war. Warum hätte er mir sonst die vielen Bücher hinterlassen, die Bilder, die Skulpturen? Er hat mir alles anvertraut, mir mehr gegeben, als ich verdiene. Wir brauchen viel Zeit, fast das halbe Leben, um zu begreifen, wer wir eigentlich sind.«

Sie zeigte ein kleines, ernüchtertes Lächeln und zitierte halblaut eine Zeile von Louis Aragon:

»Le temps d'apprendre à vivre, il est déjà trop tard ...«

In meiner Erinnerung sah ich das kleine Mädchen von einst, mit Schorf um den Mund und die dünnen Beine voller Mückenstiche. Ich entsann mich ihrer verwahrlosten Kindheit, die vieles zu erklären schien und gar nichts erklärte. Sie war umgeben gewesen von hässlichen Dingen, von Darmerkrankungen, blutigen Spritzen, gebrauchten Kondomen. Sie hatte Heroinsüchtige in verschiedenen Stadien der Verwesung gesehen. Sie glich einem Schmetterling, der mit zerfetzten Flügeln über eine Müllhalde taumelt und doch nicht müde wird, duftende Blüten und Gräser zu suchen. Diese Augenblicke äußerster Müdigkeit, wenn eine extreme Anstrengung Körper und Geist immer wieder aufrichteten, hatte Viviane durchgemacht, bis ihre Flügel heilten.

»Und was wirst du tun«, fragte ich, »wenn du keine Musik mehr machst?«

Sie antwortete in völlig sachlichem Ton.

»Ich werde nach Japan gehen.«

Ich starrte sie an.

»Bist du schon mal dort gewesen?«

»Wir traten in Tokio, in Kyoto und noch in einigen anderen Großstädten auf. Dann habe ich meine Kerle nach Hause geschickt und bin drei Monate lang in Japan geblieben.«

»Warum?«

Für ein paar Sekunden hing sie ihren Gedanken nach. Dann sagte sie:

»Gute Frage! Ja, warum eigentlich? Hör zu, ich vereinfache: Ich habe ein Haus, Verträge, einen Manager, eine Masseurin. Ich habe Erfolg, ich fahre in der Welt herum, bin auf der Bühne oft herrlich glücklich, aber dann wache ich morgens mit dem Gefühl auf, dass es ja schon wieder vorbei ist und ohnehin nicht viel bedeutet. Kennst du das auch?«

»Meinst du das Gefühl der Zeit, die wir nicht anhalten können?«

»Genau das meine ich«, sagte sie etwas gönnerhaft. »Es sei denn, wir bringen etwas aus uns hervor. Und ich habe noch nichts aus mir hervorgebracht. Die Songs, die ich schreibe, hängen bloß so in der Luft. Sie erzählen von Tod, Sinnlosigkeit und Einsamkeit, aber keiner hört auf die Worte, nur der Lärm zählt, das Bum-bum-bum der Bässe, der Rhythmus. Das Publikum kreischt und hüpft und wackelt mit dem Po. Ja, und das soll alles sein? Es gibt etwas Liebevolles, Tröstliches in meinen Songs, aber es wird nicht gehört. Und am Ende finde ich das beschissen. Meine Kerle denken, ich hätte einen Klaps. Aber in Japan hab ich Dinge erlebt, deren Existenz ich nie vermutet hätte. Ich sagte zu mir selbst: Moment mal, was ist das? Hier gibt es etwas, was ich brauche und mir auch aneignen will. Ich will gar nicht behaupten, dass es besser wäre als das andere … Es ist nur, dass es zu mir passt. Da ist etwas, das mich liebt und auf mich wartet. Ich kann nicht sagen, was es ist. Eine Art Geist vielleicht, wie … wie Persea damals, verstehst du? Japan ist für mich wie ein geheimer Ort, als ob da jemand ist, der alles in beiden Händen hält, jemand, der mich liebt. Es ist dort, in Japan, und viel realer als überall sonst auf der Welt. Aber jedenfalls ist es kein Mann.«

»Ja, was ist es denn?«

»Es ist die Ruhe«, sagte sie. »Die glückliche Ruhe oder auch die vorherbestimmte.«

»In Japan«, sagte ich, »kann von Ruhe kaum die Rede sein. Da gibt es Erdbeben, Flutwellen, Atomunfälle, die schrecklichsten Katastrophen. Japan ist ein tragisches Land. Ganz ehrlich, deine Rockkonzerte gefallen mir besser. Da bleibt der Boden stabil.«

»Nicht immer.« Sie grinste. »Und das andere stimmt auch nicht. Japan ist ein fröhliches Land. Die Menschen dort wissen, dass mit der Brüchigkeit ihres Lebens alles Nachdenken beginnt. Die Drohung eines Untergangs macht die Menschen stärker, schöpferischer und vielleicht auch besser. Wenn ich könnte, würde ich schon morgen abreisen.«

»Und was wirst du in Japan tun?«

»Ich werde bei einem Töpfer in die Lehre gehen. Erinnerst du dich, wie es war, als wir in der Grabkammer die kleine schlafende Frau fanden?«

Ich nickte mit zugeschnürter Kehle, und sie fuhr fort:

»Ich hielt sie in den Händen. Sie war alt, so alt, sie war gleichzeitig Frau und Lehm. Es war, als ob die Erde sie aus sich selbst erschaffen hätte, aber das stimmte ja nicht. So beschränkt, wie ich damals war, wusste ich bereits, dass es die Hand eines Menschen war. Und meine Hände … siehst du, wie stark sie sind? Diese verdammte Gitarre, du ahnst nicht, wie schwer die ist! Können meine Hände diese Gitarre halten, sind sie auch stark genug, um die Erde zu kneten. Ich habe in Japan mit einem Töpfer gesprochen, habe ihm ganz triviale Fragen gestellt, als suchte ich Hilfe bei … nun, sagen wir mal, bei einer Steuererklärung!«

»Was für ein Vergleich«, meinte ich lachend.

Sie lachte auch.

»Ich will ja nur sagen, dass wir uns sachlich unterhalten haben. Eine japanische Freundin war dabei und übersetzte. Der Meister saß vor mir, ausdruckslos und unbeweglich wie ein Stück Holz. Ich dachte, ich muss ihm auf die Nerven gehen, und gleich setzt er mich vor die Tür! Aber nein: Er redete irgendetwas, und ich wurde schon ganz kribbelig. Ich musste ja immer warten, bis Akiko übersetzt hatte. Aber er war plötzlich wie verwandelt. Er hatte ein Licht in den Augen und Gesten wie ein Tänzer. Er sagte, dass er mir die Technik wohl beibringen könnte. Jenseits davon aber läge ein anderer, ein wesentlicher Bereich. Hier käme es auf die Fähigkeit des Schülers an, sein Werk mit der ganzen Realität seines Lebens zu füllen und darzustellen. Jeder Schüler sei auf sich allein gestellt. Ich sollte also stets im Auge behalten, dass auch das Nicht-Lehrbare Gegenstand meiner Arbeit sei. Du ahnst es nicht, Alessa, aber genau das war es, was ich hören wollte! Und als ich ihm sagte, dass ich in zwei Jahren kommen würde, verbeugte er sich und erwiderte: ›Es wird mir eine Ehre sein, Sie zu unterrichten.‹«

Ich starrte sie an.

»Hat er das wirklich gesagt?«

Sie lächelte.

»Der Mann hat anderes zu tun, als seine Zeit mit Geschwätz zu vergeuden. Jedenfalls gebe ich noch die Gastspiele, für die ich mich verpflichtet habe, aber neue Angebote nehme ich nicht mehr an. Meine Kerle sind schon auf der Suche nach neuen Engagements. Aber es ist schon okay, sie kennen das Geschäft.«

Sie saß vor mir, und ich spürte ihn deutlich, den unsichtbaren unmittelbaren Puls der Energie, der in ihr klopfte, durch ihren grazilen Körper. Früher war sie ständig in Unruhe gewesen, hatte den Kopf hin und her bewegt, mit dem Fuß gewippt und so weiter, und ich fragte mich, wie schon so oft, welche Kreatur ich da vor mir hatte, so präsent, so gespannt, und gleichzeitig schon so entrückt. Eine Mondtänzerin, die ihr Leben fest genug im Griff hatte, um nie den Verstand zu verlieren.

Für mich gab es noch eine Frage; ich war noch nicht dazu gekommen, sie zu stellen.

»Als du in Valletta warst, hast du Peter gesehen?«

Zwischen Vivianes blassen, aber schön geschwungenen Brauen zeigte sich die kleine Falte.

»Ja. Er sitzt in der Scheiße, würde ich sagen.«

»Er mailte mir, dass er Krach mit seinem Vater hat.«

»Der ist stocksauer. Wie, sein Sohn will Tierarzt werden? Was für eine Blamage! Für den Herrn Papa ist der Arztberuf keine Berufung, sondern ein Kreislauf von Rendite und Endproduktion. Peter findet diese Gesinnung abscheulich.«

»Alle unterschätzen Peter«, erwiderte ich. »Man glaubt, dass er sich nichts zutraut. In Wirklichkeit hält er viel Seelendruck aus, lässt sich nicht ablenken und wartet, bis ein günstiger Augenblick kommt. Und dann tut er genau das Richtige.«

Viviane lachte leicht auf.

»Er sagte zu mir, er käme sich wie eine Kaulquappe in einem gestörten Biotop vor. Ein vergiftetes Biotop sei tot, und er wolle nicht im Schlamm ersticken.«

»Und seine Mutter?«

»Die Ziege Micalef? Weißt du noch: Die ›kleine rothaarige Schlampe‹ hat sie mich genannt. Aber als ich bei ihr anrief und nach Peter fragte, war sie eigentlich ganz nett. Sie hält zu ihm und macht sich Sorgen. Sie meint, dass er nicht genug zu essen hat. Er wohnt jetzt bei seiner Schwester, in einem winzigen Zimmer, das er die ›Besenkammer‹ nennt. Er hat nur Platz für eine Couch, einen Schreibtisch und den Computer.«

»Seitdem hat er mich ohne Nachricht gelassen. Ich habe ihm schon ein Dutzend Mal gemailt. Mindestens. Aber er antwortet nicht. Auch kein Brief, nichts.«

»Das ist typisch für ihn. Geht es ihm dreckig, verkriecht er sich.«

»Ja, ich weiß. Aber ich sehe ihn ja bald. In zwei Monaten habe ich meinen Abschluss und bin ich wieder in Valletta. Ich werde mir dort einen Job suchen.«

Viviane lächelte in sich hinein, wie das ihre Art war.

»Er sagte, dass du ihm fehlst. Liebst du ihn eigentlich?«

Ich erwiderte matt ihr Lächeln.

»Ich habe gelernt, ihn zu lieben, so nach und nach.«

Viviane hatte einen weichen Glanz in den Augen.

»Das ist so bei Peter. Er fällt nicht auf, er meldet keine Besitzansprüche an. Er wühlt auch nicht in deinem Leben herum. Er riecht nicht einmal, wie Männer sonst riechen. Und du kriegst auch nicht gleich raus, woran du mit ihm bist. Erst wenn du mit ihm redest oder in seiner Nähe lebst, spürst du, dass er zu deinem Herzen spricht, dass er liebevoll alles hervorlockt, was gut darin ist. Und auch das Finstere akzeptiert er, ohne zu erschrecken. Ich sage dir, Alessa, du kannst glücklich sein, dass du ihn hast.«

Ich schluckte, aber die Neugier war stärker.

»Und du? Hast du jemanden, den du liebst?«

Ein Schatten glitt über ihr Gesicht.

»Eine Zeit lang war ich nicht sehr wählerisch. Wenn ich einen Mann sah, der mir auch nur ein bisschen anziehend vorkam, musste ich ihn gleich haben. Ich war dauernd verliebt oder auf der Pirsch. Mal sehen, ob der Nächste besser zu mir passt! Es gibt so viele Männer auf der Welt, Milliarden. Aber es gibt nur einen, den ich hätte wirklich lieben können. Und du weißt, wen ich meine ...«

Mein Herz schlug hart an die Rippen. Ich spürte, wie ich innerlich zitterte.

»Ach, du auch?«, stieß ich rau hervor.

Sie sah mich an und sah mich nicht wirklich. Ihre Züge waren starr, wie verklärt.

»Schon immer«, sagte sie.

Unsere Augen fanden sich, hielten einander fest, mit fast schmerzlicher Zärtlichkeit. Ich brach als Erste das Schweigen.

»Ich wüsste so gerne, wo er ist ...«

Sie fand in ihren lockeren Tonfall zurück.

»Er sieht sich die Welt an.«

Ein beängstigendes Gefühl stieg in mir auf.

»Vielleicht ist er nicht mehr am Leben?«

Sie sah mich an mit ihren großen Augen, die zu lächeln schienen und doch nicht lächelten.

»Oh nein«, sagte sie. »Das hätte ich gespürt. Auch wenn er weit weg ist... etwas davon wäre bestimmt rübergekommen. Nein, tot ist er nicht.«

Es stieg mir heiß in die Wangen.

»Wie kannst du da so sicher sein?«

»Veranlagung«, konterte sie leichthin. »Und sag bloß nicht, dass dich das überrascht. Sonst explodiere ich.«

Ich lächelte krampfhaft.

»Ich habe nichts gesagt.«

Ihre Augen schimmerten im warmen Licht, ich hatte das duselige Gefühl, in zwei ferne, ganz ferne Planeten zu blicken.

»Nein, Giovanni lebt. Aber wir können ihn nicht haben, Alessa. Wir müssen uns das aus dem Kopf schlagen. Du weißt doch, dass er die Aura trägt.«

Meine Stimme zitterte.

»Welche Aura?«

Viviane hob die rechte Hand, ihre Finger mit den roten Nägeln und den leuchtenden Aquamarin zogen einen raschen Kreis um ihren Kopf.

»Perseas dunkle Aura, erinnerst du dich? Die Aura des Unheils.«

386

31. Kapitel

Wieder zurück auf Malta, um mir eine Stelle zu suchen. Ich wollte eigentlich nirgendwo anders hin. Ich war mit mir recht zufrieden, und so glaubte ich nicht, dass es allzu schwer sein würde. Hier war ich groß geworden, hier hatte es angefangen, hier auf der Insel, zwischen Felsen und Meer. Ich sah manche Veränderungen, die mir gefielen. Hatte man früher wild und planlos gebaut, versuchte man nun, die Neubauten an die alten Gebäude anzugleichen. Es wurde auch viel renoviert, die Straßen waren sauber. Der Hafen war ausgebaut worden, neue Hotels aus Sandstein leuchteten bernsteinfarben. Bars und Diskotheken füllten sich abends mit fröhlichen Jugendlichen, hochgewachsen, laut und unbekümmert. Es gab auch mehr Grün. Neue Kanalisationen und Meerwasserentsalzungsanlagen sorgten dafür, dass das Grundwasser geschont wurde. Das war eine gute Sache. Man hatte auch den Tourismus gefördert, und im August waren die Straßen von spärlich bekleideten Menschen bevölkert, die zumeist einen prachtvollen Sonnenbrand spazieren führten.

Mein zweifaches Erbe war hybride Energie. Mit dem ließ sich etwas machen. Ich war jetzt Bachelor in Umweltschutz und »Environment Educator«. Mit diesem Titel bewarb ich mich an der Universität, an verschiedenen Hochschulen. Leider steckte das Fach noch in den Kinderschuhen. Man bot mir die eine oder andere lächerliche Stelle an: Ich war auf die Erhaltung der Biodiversität spezialisiert und sollte jetzt im archäologischen Museum an der Kasse sitzen und Eintrittskarten verkaufen? Nein danke! Man bot mir auch an, Funde aus dem Neolithikum zu klassifizieren. Nichts für mich: Jede Sekretärin wäre fähig gewesen, die Daten in den Computer zu speichern. Ich wurde langsam nervös. Man bot mir auch eine Stelle bei einem Fotografen an, ein reizender alter Herr, Mitglied der ehrwürdigen Royal Photographic Society von Großbritannien. Er reiste jetzt nicht mehr, führte kaum noch interessante Forschungsarbeiten durch, besaß aber über fünfzigtausend Dias und suchte jemanden, der ihm half, seine Dokumentation zu sortieren. Wir hatten angeregte Gespräche und verstanden uns gut, aber ich war leider nicht die Person, die er suchte. Ich wollte draußen sein, an der frischen Luft, und nicht den ganzen Tag in einem Büro schwitzen.

»Warte, du wirst schon das Richtige finden«, meinte Peter, als ich ihn wiedersah und ihm mein Fiasko erzählte. »Du kannst dir leisten, wählerisch zu sein.«

»Zumindest eine Zeit lang«, sagte ich. »Solange ich nicht im Clinch mit den Eltern liege wie du!«

»Ach, mein Vater ist ein harter Brocken!«

Peter nahm es gelassen. Er lebte jetzt in Mosta, bewohnte dort ein Zimmer, kaum größer als die »Besenkammer« seiner Schwester, besuchte tagsüber Kurse und arbeitete abends als Kellner in einer Pizzeria. Von Valletta aus war Mosta in weniger als einer Stunde mit dem Bus zu erreichen; eine hübsche, verschlafene Kleinstadt, sehr provinziell, die nur alle zwei Jahre am 15. August – »Maria Himmelfahrt« – mit einer grandiosen »Festa« erwachte: Mostas traditionelles, das Böse verscheuchende Feuerwerk zog gewaltige Besucherströme an, sodass man in dem Städtchen kaum einen Fuß vor den anderen setzen konnte. Ansonsten hatte Mosta eine Kirche mit einer der größten freitragenden Kuppeln Europas, ein paar Pubs und Cafés, eine »Pastizzeria«, ein Kino und eine ganze Anzahl Geschäfte für Haushaltswaren. Peter gab zu, dass Mosta nicht unbedingt amüsant war. Notgedrungen war

er jetzt hier für drei Jahre »in der Verbannung« – wie er sagte.
In Mosta befand sich das Malta College of Arts, Science und
Technology, wo er seit Herbstbeginn Kurse belegte. Das Institut arbeitete eng mit dem Institut für landwirtschaftliche Flächennutzung zusammen. Tierverhalten, Tiergesundheit und
angewandte Tierkrankenpflege standen ebenso wie Klimamanagement und Agrarwissenschaft auf dem Programm. Peter
hatte sich zum Ziel gesetzt, nach drei Jahren ein nationales
Diplom zu erhalten.
»Du siehst müde aus«, stellte ich fest.
Er hatte etwas Fiebriges und Trauriges im Gesicht.
»Es war ziemlich schrecklich, weißt du«, erzählte er. »Wenn
mein Vater mich anschnauzte, hatte ich regelrecht Angst vor
ihm. Er gestikulierte wie ein Irrer. Aber ich hielt durch. Meine
Schwester Isabella unterstützte mich. Ich konnte bei ihr wohnen, bei ihr schlafen. Isabella hat einen Italiener geheiratet.
Enzo nannte seinen Schwiegervater nur ›Il buffone‹ – der
Clown –, was die Angst, die ich vor ihm hatte, wohltuend relativierte. Ich hatte kein Geld – der Clown hatte mir die Kreditkarte gesperrt –, aber Isabella half mir über die Runden.
Nachts lag ich wach in der ›Besenkammer‹ in meinem engen Bett. Von meiner ›Besenkammer‹ aus sah ich den Glockenturm mit seinen zwei Kalenderuhren. Wenn die Glocken
läuteten, war mir, als dröhnten sie in meinem Kopf. Isabella
lachte mich aus. ›Du bist einfach zu sensibel!‹ Ihr macht der
Lärm nichts aus. Es ist sehr heiß im August, im Zimmer war es
eng und stickig. Ich entsann mich an unser Haus, an den Garten mit seinem Duft nach Orangenblüten und Jasmin. Nachts
waren die Fenster immer offen, ich hörte nur die Tauben gurren, die Katzen miauen und ganz in der Ferne die Schiffssirenen. Und jetzt – kaum war ich eingeschlafen, donnerten die
Glocken wieder los und riefen zur Frühmesse. Am Ende war
ich so müde, dass ich im Stehen schlief. Aber jetzt geht es mir
besser. Es war einfach so« – er lachte ein wenig – »dass ich vor

mir selbst keine Entschuldigung mehr hatte, um meinen Vater zu ertragen.«

»Du hast die gute Entscheidung getroffen«, sagte ich.

»Ich brauche meine Freiheit.« Peter machte ein stures Gesicht. »Bei uns war das Jasagen immer eine Notwendigkeit, das Neinsagen ein Ding der Unmöglichkeit. Als ich meinen Rucksack packte, hat ihn mein Vater in die Ecke geschleudert und mir eine Ohrfeige verpasst.«

»Hast du zurückgeschlagen?«

»Ich habe nur gedacht: Nimm dich zusammen, bevor du diesem Mann eine klebst! Das durfte ich doch wohl denken, oder?«

»Allerdings.«

»Er muss es irgendwie gespürt haben, denn er wurde weiß wie Stein, bevor er sagte: ›So. Das war jetzt das letzte Mal! Und jetzt hau ab und komm nicht wieder!‹ Da habe ich meinen Rucksack fertig gepackt und bin zu Mutter gegangen, die im verdunkelten Zimmer vor dem Fernseher saß und so tat, als hätte sie nichts gehört, nichts gesehen und auch nichts zu sagen.

›Ich gehe weg‹, habe ich verkündet.

›Du meinst, heute?‹

Mutter saß kerzengerade da, starrte auf drei italienische Schönheiten im Bikini, ein Federbüschel vorn und ein Federbüschel hinten, die wie Hühner flatterten, wobei sie immerzu ›amore, amore!‹ kreischten.

Als Auftakt sozusagen. Zu meinem zukünftigen Beruf.

›Es tut mir leid‹, habe ich gesagt.

Da hat sie endlich aufgeschaut.

›Wohin gehst du?‹

›Irgendwohin – weg.‹

Sie sagte mit leiser Stimme:

›Du wirst sehen, in acht Tagen beginnst du dir zu sagen, dass dein Vater vielleicht doch recht hatte.‹

›Das würde mich sehr wundern‹, sagte ich.

Daraufhin ist sie in Tränen ausgebrochen.

›Du machst die Familie kaputt!‹

›Ich bin widerspenstig.‹

›Du bist sehr jung‹, hat sie geschluchzt.

›Ich hole schnell auf. Von Minute zu Minute, sozusagen.‹

›Du hast Vaters Lebenswerk zerstört. Schämst du dich nicht?‹

Ich sagte, dass ich mich sehr schämte.

Ich zog also zu Isabella. Die war immer ruhig gewesen, brav und zuverlässig, und hatte mit Puppen gespielt. Solange ich denken konnte, war Vater nett zu ihr gewesen. Aber ich war ein Junge. Ein Junge muss ein Mann werden, Gefühle sind dabei nicht angebracht. Vater hatte nicht gern gesehen, dass Isabella zur Frau wurde. Frauen sind eigenwillige Wesen. Es gefiel ihm auch nicht, dass sie sich nicht standesgemäß verliebte – in einen italienischen Möbelverkäufer. Aber Isabella ließ sich von nichts abbringen, was sie sich in den Kopf gesetzt hatte, genau wie ich. Und jetzt war sie mit Enzo verheiratet und erwartete ihr erstes Kind.

›Wenn du dich anders besinnst, kann ich ja mit ihm reden‹, schlug sie vor. ›Ich weiß schon, wie ich ihn zu nehmen habe.‹

›Misch dich da nicht ein, Isabella, tu mir den Gefallen.‹

›Keine Schuldgefühle oder so?‹

›Im Gegenteil: Ich fühle mich erleichtert.‹

›Hast du Geld?‹

›Ich habe nichts bei mir.‹

›Das sieht dir ähnlich. Ich werde dir Geld geben.‹

›Danke. Ich will arbeiten und es dir zurückzahlen.‹

›Das brauchst du nicht.‹

›Ich will es aber.‹

›Du bist ein verdammter Dickschädel‹, sagte sie.

›Genau wie du, Isabella.‹

Sie runzelte die Stirn, verbiss sich ein Lächeln und meinte, dass ich meinem Vater eigentlich sehr ähnlich sei.«

Peter sagte, dass der Moment, in dem er einen Schlussstrich zog, einfach kommen musste. Sein jetziges Unabhängigkeitsgefühl war so vollkommen, dass es ihn berauschte.

»Aussteigen, den ersten Schritt machen, ging nicht von allein. Als ich das hinter mir hatte, fühlte ich mich wohler. Isabella habe ich das Geld schon zurückgegeben. In der Pizzeria, da bekomme ich zu essen, für mein Zimmer zahle ich nicht viel. Es gibt kein warmes Wasser, und das Klo ist eine Etage tiefer, aber das macht nichts. Alles ist sehr sauber. Durch die Wand höre ich die Nachbarn im angrenzenden Zimmer reden, aber ich stecke mir Stöpsel in die Ohren und schlafe ganz gut.«

»Du hättest zu meinen Eltern gehen können.«

»Das habe ich nicht gewagt. Mein Vater hätte ihnen die Tür eingeschlagen. Aber jetzt ist alles vorbei.«

»Ich habe es von Viviane erfahren«, sagte ich. »Warum hast du mich ohne Nachricht gelassen?«

»Es gibt Momente, in denen du keine E-Mails mehr abschicken magst, wo dir das Briefeschreiben zur Qual wird. Ich wusste ja selbst nicht, was aus mir werden würde. Und du warst weit weg und konntest mir nicht helfen. Ich fand es besser, dich nicht mit dem Zeug zu belasten. Du solltest in Ruhe dein Diplom machen.«

Ich sah Peters Fürsorge hinter der strengen Sicherheit, die er zur Schau trug. Niemand auf der Welt, dachte ich, ist so mitfühlend wie Peter. Das war es, was mir an ihm so gefiel. Er zeigte diese Mischung aus überholter Wohlerzogenheit und der Unbekümmertheit unserer Genration. Viele hätten sich schwer damit getan.

Wir wanderten den Strand entlang, und ich dachte, dieser Strand ist unser Zuhause. Es war ein erstickender Herbstnachmittag, die heiße Luft wehte den Geruch der Eukalyp-

tusbäume über den Sand. Wir mochten unsere Einsamkeit –
und unsere Körper, die, ein wenig später, mit nassen Haaren
und salzigen Lippen zueinanderfanden. Ich dachte an das,
was Viviane über Peter gesagt hatte, und stellte fest, dass es
der Wahrheit entsprach. Legte er die Arme um mich, konnte
ich fühlen, wie schnell sein Herz schlug. Lieben Männer nicht
wirklich, verändert sich ihr Herzschlag kaum. Das war eine
Sache, die ich bereits gelernt hatte – auch wenn meine Erfahrung auf diesem Gebiet, verglichen mit Vivianes, dürftig war.
Doch Peters Herz schlug hart und fordernd an meine nackte
Brust, wenn er auf mir lag. Er hielt meinen Kopf, weil der Boden hart war – er wollte nicht, dass mir der Nacken schmerzte.
Manchmal küsste er mich zärtlich mit geschlossenem Mund
auf die Lippen. Er hatte auch immer eine Packung Kondome
dabei, das war ihm wichtig. Ich war ihm für diese Rücksicht
dankbar. Wenn er sich sanft und rhythmisch in mir bewegte,
spürte ich, wie wir beide mühelos auf die zitternde Erregung
der Erfüllung zutrieben. Und stets behielt er die Hände unter
mir – gelegentlich auch unter meinem Rücken –, während ich
beide Knie hob und ihn immer tiefer in mich hineinschob.
Dann kamen wir zum Höhepunkt, und zusammen zogen wir
ihn in die Länge, bis es nicht mehr ging. Später lagen wir entspannt im dämmernden Schatten. Der Strand lag ruhig, verlassen da; die Touristen waren in ihre Hotels zurückgekehrt.
Nur in der Ferne riefen Stimmen. Das Meer war warm, trüb
und violett-golden. Es war eine Art Frieden, der sich ausbreitete, eine Harmonie zwischen dem einschlummernden Tag
und dem Erwachen der Nacht. Das Gespenst der vier Kinder,
die in der Abendsonne hüpften und sprangen, erwachte mit
dem Wind, mit dem Schlagen der Wellen an den Klippen. Ein
Schauer jagte mir über die klamme Haut. Peter spürte es sofort.

»Was hast du?«, fragte er zärtlich.

Peter hatte seine Brille abgenommen. Seine dunklen Augen

393

erwiderten meinen Blick. Diese dunklen Augen waren immer in mir gewesen, ich merkte es plötzlich. Ich sagte leise: »Ich dachte an früher.«

»Ich auch«, sagte er mit ruhiger Offenheit. »Aber jetzt ist alles anders, meinst du nicht auch?« Fast war es, als hätte er mich gefragt: »Kennst du mich überhaupt noch?« Er hatte nach wie vor den gleichmäßigen, ruhigen Tonfall, der ihn als Zwölfjährigen so unglaublich ernst hatte erscheinen lassen. Auch später hatte ich seine Stimme gemocht, die sich auch in der Pubertät nie in Fistelstimme oder Krächzen gewandelt hatte. Diese Stimme, diese nachdenklichen Augen, lösten in mir ein schlechtes Gewissen aus, eine seltsame Art von Schmerz. Ich beantwortete auch nicht Peters Fragen, jene, die er gestellt hatte, und jene, die er nicht gewagt hatte zu stellen. Meine Antwort wäre aus der Tiefe gekommen, wo unsere Hoffnungen ruhten und unsere Träume sich formten. Wir teilten ein Geheimnis, über das wir nicht sprachen. Und jeder ließ den anderen allein mit seinen Erinnerungen. Denn Erinnerungen können sehr mächtig sein. Vielleicht waren wir ihnen nicht gewachsen.

32. Kapitel

Ich wusste noch immer nicht, was ich mit mir anfangen sollte, als Vater mir eines Abends mitteilte, dass das maltesische Fremdenverkehrsamt eine Mitarbeiterin suchte. Die Stelle wäre doch was für mich, oder? Ich war nahe daran, überheblich zu reagieren. Als Forscherin fand ich mich zu gescheit, um Touristen in Kleinbussen durch die Gegend zu führen.

»Sei nicht töricht, es ist doch besser als nichts«, meinte Mutter in ihrer praktischen Art. »Mach das doch eine Zeit lang, dann siehst du weiter.«

»Ich weiß ja gar nicht, ob sie mich überhaupt wollen«, brummte ich unwirsch.

Vater sagte, ich sollte mich bei Adriana de Flavigny, die den Titel Manager Executive trug, melden. Ich rief am nächsten Morgen an, wir machten einen Termin ab. Das Fremdenverkehrsamt befand sich in der Merchand Street, in der »Auberge d'Italie«. Der gut erhaltene Palast, von der Sonne beschienen, bot den Anblick friedlicher Strenge. Der Innenhof mit seinen vielen Pflanzen, Steinbänken und Flachreliefs war von einer Galerie umgeben. Hier befanden sich alle Büros, absichtlich einfach gehalten, während eine Marmortreppe zu prunkvollen Empfangsräumen führte. Die Werke lokaler Künstler, provokativ grellbunt, milderten das traurige Weiß der Galerie, die als Ausstellungsraum dem Publikum zugänglich war. Ein Beamter, wichtigtuerisch und vollkommen überflüssig, führte mich in Adrianas Büro, das sie mit zwei Sekretärinnen teilte. Hier blieben wir nur zehn Minuten, bevor Adriana mit mir die Cafeteria im Innenhof aufsuchte. Ein Wunder war geschehen: Wir mochten uns auf den ersten Blick. Adriana war kleingewachsen, etwas füllig, eine klassische Schönheit mit schwerem dunklem Haar, das im Sonnenschein bläulich schimmerte. Ihr ebenmäßiges Gesicht glühte vor Leben, jede Geste war energisch, und sie hatte eine funkelnd aufmerksame Art, der nichts entging. Das Gespräch verlief leicht und flüssig, im vollkommenen Einverständnis. Adriana war ursprünglich Ethnologin und bekleidete ihre Stelle erst seit zwei Jahren. Im Gespräch fanden wir rasch heraus, dass wir die gleichen Anschauungen teilten. Der Tourismus auf Malta, eine wirtschaftliche Notwendigkeit, sollte sich nicht mehr auf Kosten der Umwelt entwickeln. Maltas Geschichte war ein tiefgründiges Bilderbuch. Adriana glaubte fest daran, dass die Vergangenheit des kleinen Archipels noch nicht vollständig erforscht war. Sie hoffte, dass die neuen Techniken, wie die Radiokarbon-Datierung und die DNA-Analyse, zu wissenschaftlich fundierten Ergebnissen führen würden. Und seitdem Valletta von der UNESCO dem Weltkulturerbe zugeordnet war, konnte die Stadt mit neuen Geldquellen und internationaler Unterstützung rechnen.

»Aber wir tragen eine große Verantwortung«, sagte Adriana. »Im Verhältnis zu unserer kleinen Insel haben wir zu viele historische Schauplätze. Das kostet Geld! Und einerseits sollte der Zutritt zu den archäologischen Plätzen jedem zugänglich sein, andererseits müssen wir die Baudenkmäler vor Verfall und Vandalismus schützen.«

Jetzt gerade wurden verschiedene Möglichkeiten geprüft: Einzäunungen, Zutrittsbeschränkungen, erhöhte Eintrittspreise. Kostspielige Schutzdächer sollten Pfeiler, Riesensteinplatten und Ornamente vor Wind und Regen schützen.

»Bringt das was?«, fragte ich.

Adriana hatte der Neuzeit längst den Puls gefühlt und

machte aus ihrer Skepsis den Menschen gegenüber keinen Hehl.

»Wind und Regen sind weniger bedrohlich als das Wegwerfen von Abfällen und Vandalismus.«

Allerdings wollten die Malteser keine modernen Repliken herstellen, wie das die Franzosen machten.

»Und Computersimulationen?«, fragte ich.

»Die sind interessant, aber steril. Wir sollten langfristig denken und uns keine Laxheit erlauben. Touristen, die ein Stück Malerei abkratzen, Steine als Souvenir mitnehmen oder ihren unbedeutenden Namen in eine Säule ritzen, müssen wir auf die Finger klopfen.«

Ich entdeckte bei Adriana, Tochter aus einem alten Malteser Geschlecht, eine Fähigkeit zur Leidenschaft, die meiner eigenen entsprach. Gleichzeitig verstand sie es gut, sich ironisch abzugrenzen.

»Immerhin wollen wir die Touristen nicht wie einst die Türken mit Kanonenkugeln davonjagen! Ich denke eher an eine gepfefferte Buße.«

Was mir an Adriana gefiel, war, dass sie einfach und geradeheraus sprach und nicht praxisfern, wie das bei Beamten oft vorkam. Ich erzählte von der Zeit, als wir uns in den Grabkammern von Hal Saflieni so unbeschwert bewegten wie kleine, mutige Fabelwesen. Ein Teil der Geschichte war Adriana bekannt. Doch als ich ihr von Viviane erzählte, von ihren Visionen und Traumvorstellungen, wurde ihr Blick durchdringend. Es war das erste Mal, dass ich davon sprach. Früher hatte mich stets eine innere Schranke daran gehindert.

»Sie glaubte daran, verstehst du?«, sagte ich. »Sie hatte der Göttin sogar einen Namen gegeben: Persea.«

»Himmel! Mich überläuft es kalt.« Adriana verschränkte die Arme.

»Woher hatte sie diesen Namen?«

»Ich weiß es nicht. Ich habe immer gedacht, dass sie ihn erfunden hat.«

Adriana sah den Kellner an und hob zwei Finger. Noch zwei Kaffee, bitte!

»Du kennst den Mythos«, sagte sie dann. »Perseus war halb Gott durch seinen Vater, Zeus, und halb Mensch durch seine Mutter Danae, die ihn in einem Goldregen empfangen hatte. Es heißt, Acrisius, Danaes Vater, fürchtete sich sehr. Denn das Orakel hatte geweissagt, dass sein Sohn, sobald er ein Mann war, ihn töten würde. Folglich setzte er das Kind mit seiner Mutter in eine Barke und übergab sie den Meereswogen. Die Barke strandete auf einer Insel. Der Name dieser Insel wird nicht genannt; ich für meinen Teil glaube, dass es Malta war. Hier wuchs Perseus zum starken, gefürchteten Kämpfer heran. Er bezwang die furchterregende Medusa, die alle, die sie betrachteten, in Stein verwandelte. Aber Perseus hielt ihr einen Spiegel vor, den ihm die Göttin Athena überreicht hatte. Medusa erschrak vor ihrem eigenen Anblick, sodass Perseus sie vernichten konnte. Das hast du gewiss in der Schule gelernt?«

Ich nickte, und Adriana schüttete eine ganze Menge Zucker in ihren Kaffee.

»Laut einer Überlieferung, die mir in Griechenland eine alte Frau erzählte, hatte Zeus mit Danae noch eine Tochter gezeugt, Persea. Persea wurde im alten Wissen der Sterndeutung erzogen. Als Perseus auf der Insel starb, betete seine Schwester zur Göttin Athena. Die Göttin beklagte den Verlust ihres guten Dieners und verwandelte ihn in ein Sternbild. Zu Ehren ihres Bruders ließ Persea einen Tempel bauen; zur Zeit der Wintersonnenwende fiel sie in einen heiligen Schlaf. Im Traum kam ihr Bruder in Menschengestalt zu ihr. Mit ihrer Vereinigung und der steigenden Kraft der Sonne und der Gestirne wuchs der Geist der Getreidesaat, und die Ernte war gesichert. In Griechenland und auch auf Zypern wird Persea als Göttin der Ackerbaus verehrt. Und auf Malta?«

Sie sah mich und beantwortete selbst ihre Frage.

»Von dem, was im Neolithikum geschah, wissen wir ja kaum etwas.«

»Vivianes Vater, Alexis, war Grieche«, sagte ich. »Vielleicht hat er ihr die Legende erzählt?«

»Du könntest ihn mal fragen.«

»Er war ein verkommener Architekturstudent, ein Junkie. Er starb im vergangenen Jahr.«

»Vielleicht hatte er Viviane davon erzählt, und sie hat es lediglich vergessen«, murmelte Adriana zwischen zwei Schluck Kaffee. »Alles, was wir erleben oder was uns erzählt wird, bleibt in unserem Gedächtnis haften. Manchmal – noch viele Jahre danach – sickert etwas durch. Vielleicht hatte Viviane einen Punkt gefunden, wo etwas durchsickerte? Nun, wer weiß?«

Es war angenehm luftig im Innenhof. Wir saßen an einem kleinen Tisch und unterhielten uns wie Freundinnen. Adrianas Begeisterung und Liebe für ihre Heimat waren greifbar.

»Wir mischen stark in der Politik mit. Politik war früher Männersache, wie du weißt. Aber Frauen bringen neue Ideen. Sieh mich nur an.« Sie breitete ihre schönen Arme aus, wobei sie etwas boshaft lachte. »Ich übe ein öffentliches Amt aus. Noch vor zehn Jahren hatte hinter meinem Schreibtisch ein Herr in schwarzem Anzug und weißem Hemd gesessen, mit einem dicken Bauch und einer Zigarette im Mund. Nein, es ist keine Karikatur«, setzte sie amüsiert hinzu. »Wir Frauen sind auf dem Vormarsch. Und ich verdiene nicht weniger als ein Mann. Die Löhne sind per Gesetz angeglichen und, wie du weißt, hat jede Mutter Anrecht auf Erziehungsurlaub.«

»Ich stelle fest«, meinte ich, »dass sich hier in letzter Zeit viel getan hat.«

»Nicht genug. Wir sind die Letzten in Europa, die sich nicht scheiden lassen können, aber bald gibt es wieder Wahlen.«

Zwischen den Parteien kam es nicht selten zu verbalen Verunglimpfungen, wenn nicht zu handfesten Raufereien. Das war Tradition. Immerhin hatte Adrianas Partei schon große Teile des Landes zum Naturschutzgebiet erklärt. Malta war der europäischen Naturschutzkommission beigetreten und hatte das Abkommen über die Erhaltung wild wachsender Pflanzen und wild lebender Tiere unterzeichnet. Obwohl das neue Gesetz zum Schutz der Zugvögel böses Blut brachte, wurden auch die offiziellen Jagdzeiten eingeschränkt.

»Wir haben hier eine richtige kleine Mafia«, sagte Adriana. »Leute, die sich nicht gerne in ihrem Gewerbe einschränken lassen. Auch das Schmuggelgeschäft wird für sie schwieriger. Und seitdem die Seepolizei die Küsten überwacht, haben die Schlepper mehr Mühe, Afrikaner einzuschleusen. Die armen Kerle werden schamlos ausgebeutet, ganze Familien legen Geld zusammen, schicken ihre arbeitslosen Söhne unter Lebensgefahr nach Europa. Die Schlepper kassieren das Geld, die Unglücklichen werden irgendwo ausgeladen. Sie sehen sich auf der Schwelle zum Paradies und landen im Vorhof zur Hölle, denn fast jedes Asylgesuch wird abgelehnt.«

Adriana seufzte voll echtem Mitgefühl.

»Das Ganze ist menschlich untragbar, zumal sich die Schlepper hemmungslos bereichern. Dann und wann schnappen wir einen, aber leider konnten wir das Wespennest noch nicht ausräuchern. Der übliche Mangel an Beweisen. Und Verbrechen verjähren, darauf zählen sie ja. Darüber hinaus müssen wir vorsichtig sein. Bei uns sind schon etliche Drohbriefe eingegangen. Früher hatten diese Leute noch eine Art rustikale Ehre im Bauch. Heute ist das leider vorbei, sie sind nur noch gewalttätig.«

»Ja, ich weiß«, sagte ich leise.

Sie nickte, ohne zu merken, dass ich gewisse Gedanken nicht aussprach, und kam auf das eigentliche Thema, meine zukünftige Aufgabe, zu sprechen. Ich dachte, wie viel leichter das Leben doch war, wenn man einen Menschen traf, der die eigene Gesinnung teilte. Adriana suchte keine gefällige Erklärungsmaschine, sondern einen Menschen, der den Traum der Vergangenheit neu formen konnte, der die Einwohner in ihrer Umwelt sah, die Tiere in ihrer Wildnis; ein Mensch, der Deutungen und Namen kannte und Dialektbezeichnungen übersetzen konnte. Der mehrere Sprachen beherrschte und auch bereit war, über Politik zu debattieren. Adriana sicherte mir zu, dass das Touristenamt eine Auswahl treffen würde: Nur Leute, die sich wirklich für die Vergangenheit Maltas, für Geschichte und Umwelt interessierten, würden mir anvertraut werden. Reisende, die nicht »Sex, See and Sun«, sondern ein geistiges Erlebnis suchten. »Zwölf bis fünfzehn Teilnehmer, nie mehr«, sagte Adriana. Zwischen den Reisenden sollte ein Austausch stattfinden. Freundschaften, die auf diese Weise entstanden, ließen sich nicht in Pauschalen definieren. Ein Kleinbus mit Chauffeur würde uns zur Verfügung stehen. Allerdings musste ich mich um die Reservierungen in Restaurants kümmern, und Trinkgeld durfte ich nicht annehmen. Mein Gehalt – sie nannte eine Summe – war gut, weil die Arbeitszeit ja saisonbedingt und nicht regelmäßig war. Ich sollte sozusagen auf Abruf bereitstehen und hatte im Prinzip nur einen freien Tag in der Woche, den Sonntag. Aber das machte nichts. Es war ein Traumjob, eine zweite Chance wie diese würde mir im Augenblick nicht geboten werden. Ich unterschrieb den Vertrag.

33. Kapitel

Eine Zeit lang hatte ich es richtig schön. Die Touristen, die ich zu führen hatte, waren gebildet. Akademiker zumeist, die Maltas kulturellen Hintergrund bereits kannten, die aber mehr empirische Erfahrungen sammeln wollten. Sie interessierten sich ebenso für die historischen Bauten wie für Fauna und Flora. Es gab auch Tauchsportler, Studenten und ältere Leute, die gerne Burgen und Museen besichtigten und mehr über die Johanniter wissen wollten. Ich konnte gut reden, beschreiben und erklären. Ich war jung und voller Begeisterung. Ich war noch nicht abgebrüht. Ich führte meine Leute in kleine, schattige Restaurants, wo ich wusste, dass es schmackhafte Fischgerichte und gute »Pasta« gab. Es freute mich, mit Professoren, Historikern, Schriftstellern an einem Tisch zu sitzen, sie sprechen zu hören. Manche dozierten gerne. Ihre Fragen zu beantworten war schon schwieriger, und es bestand kein Grund, beleidigt zu sein, wenn sie, wie es gelegentlich vorkam, mehr wussten als ich. Dann ließ ich sie reden. Sie redeten mit Genuss und ich lernte einiges dabei. Diese Menschen hatten längst den Gedanken begriffen, dass es zwischen den Organismen und ihrer Umgebung Beziehungen gab und dass die Umgebung sich allen Organismen gemäß verhielt, die in ihr lebten. Eine einfache Feststellung! Und doch, wie lange hatten wir gebraucht, bis wir sie verstanden? Meine Leute bewunderten Kirchen und Paläste, aber man konnte ihnen auch Saatkörner in die Hand legen: »Riechen Sie!«, und sprießende Blätter zeigen: »Fühlen Sie!« Und es gab auch die Verhaltensforscher, die sich über Vogelzug, Genetik und Populationsdynamik auf Malta ein Bild machen wollten. Sie fanden, dass Malta den Zugvogelarten noch zu wenig Unterstützung gewährte. Mit einer jungen Frau, Professorin für Verhaltensforschung an einer Schweizer Universität, führte ich nach dem gemeinsamen Essen ein langes Gespräch in der Bar, und sie erzählte von der Bedeutung der Zugvögel für den Menschen, von den römischen »Auspizien – Vogelschauen«, aus denen man sogar die Chancen für die Kriegsführung abzulesen versuchte. »Erstaunlich, nicht wahr?«, sagte die junge Frau, die Verena hieß. »Ja, von den Klassikern kann man lernen!« Sie sprach auch von abergläubischen Vorstellungen, von Eulen, die man an Scheunentore nagelte, von dem Nachtigallgesang in der Dichtung. Ich hörte sie reden, witzig und klug, und dachte, ich mache nur ein Handwerk, sie sieht da tiefer hinein als ich. Wir redeten lange, nicht über uns, sondern über die Vögel, wir hatten eine gemeinsame Sprache gefunden, eine fiktive Ebene, auf der wir uns entgegenkamen. Und immer wieder erklang ihr helles, scharfes Lachen. Ich erzählte ihr von Peter, den sein Vater vor die Tür gesetzt hatte, weil er Tierarzt werden wollte. Sie hörte aufmerksam zu, rauchte eine Zigarette dabei – in der Bar war das noch erlaubt – und sagte schließlich:

»Es ist noch nicht allzu lange her, da wurde dem Tier nur das Recht zugestanden, für den Menschen da zu sein. Jetzt müssen wir lernen, nebeneinanderzuwohnen und füreinander Sorge zu tragen. Es gibt Menschen, die noch nicht bereit dafür sind. Heute bereiten sie uns noch Verdruss, doch zum Glück sind sie eine aussterbende Gattung!«

Beim Abschied tauschten wir unsere E-Mail-Adressen aus. Wir würden in Kontakt bleiben.

Ich war glücklich darüber, dass mein Beruf mir auch Freunde bereiten konnte und besprach das mit Adriana. Meine Zwischenberichte interessierten sie. Wir trafen uns ziemlich regelmäßig, gingen einen Kaffee trinken oder aßen auch zusammen. Adriana hatte ein warmes, freundliches Herz, war aber nicht sentimental und als Politikerin ziemlich skrupellos.

»Du scheinst dich in deinem neuen Beruf wohlzufühlen«, meinte sie. »Wir bekommen nur positive Rückmeldungen.«

»Ich gebe mein Bestes.« Ich lachte ein wenig. »Manchmal denke ich laut. Und wenn ich müde bin und zu viel auf einmal sagen will, komme ich mit den Sprachen durcheinander.«

»Du machst deine Sache ausgezeichnet.«

Ich war Adriana dankbar; ich bemühte mich um sachliche Berichte, hielt mein Pathos, das ich geschmacklos fand, zurück. Doch einmal gestand ich ihr, dass mir bei den Besichtigungen und Erklärungen war, als empfände ich die Landschaft stärker, als nähme ich sie in mich auf. Dabei fielen mir immer wieder Erlebnisse von früher ein, aus meiner Kindheit und Jugend, der wichtigsten Zeit in meinem Leben. Ich entsann mich an alles, woran ich hing, so klar und genau, als sei es erst gestern geschehen. In meinem Kopf gingen das Eingebildete und Erlebte Seite an Seite. Warum ich Malta liebte? Bisher hatte ich nie darüber nachgedacht. Die nördliche Heimat meiner Mutter hatte mir hybride Energie geschenkt, mir eine Geschichte erzählt, die mir zu Herzen ging. Aber mit Malta verhielt es sich doch anders. Hier war eine Sprache, die aus den Tiefen der Geschichte kam, aus der Legende und dem Mythos. Hier hatte sich mein Leben aus den reifen Momenten vieler Menschen und Ereignisse entwickelt. Mir kam in den Sinn, dass Malta ein Land mit mehreren Schichten war, wie eine Cremeschnitte. Neben Kirchen, Palästen und alten Festungen standen die bleichen Steine der Antike. Jeder Wechsel der Geschichte bringt notwendigerweise einen Wechsel der Bilder mit sich. Und die Natur zeigte sich stets als geistige Komponente. Götter und Geister hatten ihre Gestalt verloren, verharrten auf einer Stufe des Elementarischen. Ich spürte das sehr deutlich. Religionen werden von den Menschen gemacht, alle erzählen die gleiche Fabel, und eine Religion kann nie mehr sein als eine Utopie, um den Weg durch das Leben leichter zu machen.

Einige Male kam ich in Versuchung, Adriana von Giovanni zu erzählen. Ich ließ es bleiben. Es hätte unnötig Wunden aufgerissen, und es war längst vorbei.

34. Kapitel

Während ich in London war, hatten meine Eltern ein Haus im alten Stadtteil Birgu geerbt und instand setzen lassen. Birgu – ursprünglich »Vittoriosa« genannt –, hatte einst in Maltas Geschichte eine glorreiche Rolle gespielt. Dann verkam das Viertel, die »besseren Leute« wollten dort nicht wohnen. Die Straßen waren eng, ohne Sonnenlicht, die Fenster mit rostigen Gittern versehen. Die Tante meines Vaters, der das Haus zuletzt gehört hatte, hatte es an Dockarbeiter vermietet. Nach ihrem Tod stapften meine Eltern die Steintreppen empor, traten in Zimmer, wo es nach alten Lumpen und Mäusekot roch. Die Latrinen hatten Holzdeckel und auf jeder Etage gab es nur eine Waschgelegenheit. Immerhin – das Haus verfügte über Strom- und Wasserversorgung. Und als meine Mutter im dritten Stockwerk auf den brüchigen Holzbalkon trat, schien der Hafen von Valletta mit seinen Kreuzern, Fischerbooten und Luxusyachten unter ihren Füßen zu liegen. Ungeachtet ihrer sonstigen Zurückhaltung zeigte Mutter plötzliche Anflüge wahrer Begeisterung für Dinge, die meinem Vater der Aufmerksamkeit wenig wert erschienen. Jedenfalls verliebte sie sich in das Haus. Ein Architekt wurde zu Rate gezogen. Dieser meinte, die Lage sei schon famos, allerdings müsste die Bruchbude von Grund auf saniert werden. Kurze Zeit später brachte mein Vater die Nachricht, dass im Rahmen der Restaurierung Vallettas das alte Viertel Birgu zu seiner kulturhistorischen Bedeutung zurückfinden sollte. Die Regierung erteilte Subventionen. Plötzlich kauften die Leute Häuser, die seit Jahrzehnten vermoderten, und in kurzer Zeit schnellten die Preise in die Höhe. Das änderte natürlich die Lage. Meine Eltern stellten den Antrag für eine Subvention, steckten auch eigenes Geld in die Sache. Es stellte sich heraus, dass die Grundsubstanz solide war, und unter dem schmutzig braunen Linoleum kamen Marmor und gut erhaltene Kacheln in den Farben Ockergelb und Grün zum Vorschein. Mosaikfresken schimmerten hinter den verschimmelten Tapeten, und die Balken und Stuckarbeiten an der Decke waren nahezu intakt. Neue Rohre wurden verlegt und ein Badezimmer und eine große Küche eingerichtet. Inzwischen wurden auch die Straßen neu gepflastert und die Mülltonnen fortgeschafft. Künstler öffneten Ateliers, kleine Cafés und Restaurants zogen nach Birgu. Jetzt stank es nicht mehr nach Abfall, sondern duftete nach Orangen und Jasminblüten und liebevoll zubereiteter »Pasta«. Da unser altes Wohnvierel Hal Saflieni inzwischen im Verkehr erstickte, waren meine Eltern froh, dass sie umziehen konnten. Mutter war ganz enthusiastisch, und auch mein Vater meinte, er habe sein Geld wohl gut angelegt. Er vermisste zwar eine Garage, konnte aber eine in der Nähe mieten.

Wieder zurück aus London, wohnte ich eine Zeit lang bei meinen Eltern. Ich hatte nicht nur ein großes Zimmer mit Bad und Kochnische zur Verfügung, sondern nahezu ein ganzes Stockwerk. Aber lange hielt ich es in Birgu nicht aus. Jahrelang hatte ich völlig unabhängig gelebt, jetzt sah ich meine Eltern täglich, und auf die Dauer war das zu viel für mich. Ich wollte kommen und gehen, wie es mir passte, nicht immer mit dem Gedanken, dass die Eltern hören konnten, wann ich nach Hause kam. Darüber hinaus zog es mich wieder nach Hal Saflieni. Es war eine fixe Idee, die ich hatte, eine kaum wahrgenomme Sehnsucht nach dem Ort meiner Kindheit. Ich suchte in den Immobilienangeboten und fand eine Wohnung in der Nähe unseres früheren Hauses, nur einige Querstraßen weiter. Zweieinhalb Zimmer in einem modernen Bau, hell, funktionell, aber formschön, mit cremefarbigen Fliesen und Fenstern, die den Blick auf einen Meeresstreifen freigaben. Ich unterschrieb den Mietvertrag, kaufte einige Möbel, einen großen Spiegel, ein paar bunte Kissen, die ich am Boden verstreute, und zwei Stühle. Einen Esstisch brauchte ich nicht, ein Klapptisch gehörte bereits zur Kücheneinrichtung. Auf den Balkon, der eine schöne Rundform hatte, stellte ich Topfpflanzen aus dem Vorgarten meiner Eltern, einen jungen Olivenbaum, eine Azalee. Dazu einen kleinen Tisch, einen Korbsessel und einen Liegestuhl. Mutter gab mir ein altes Plakat, das eine Aufführung der »Tosca« ankündigte. Die Titelrolle sang die junge Renata Tebaldi. »Sag niemandem, dass ich dir das Plakat gegeben habe«, meinte Mutter dazu. Sie hatte es aus dem Fundus des kleinen Theatermuseums entwendet. »Zufällig haben wir davon noch ein zweites Exemplar.« In London hatte ich im Trödelladen die Reproduktion von einer *Marine* von Turner gefunden. Das Bild zeigte ein düsteres Segelschiff in einem roten Sonnenuntergang auf einem Gewässer von unergründlicher Tiefe. Aus mir unerfindlichen Gründen entsprach das Bild einer düsteren Stimmung in mir. Jetzt hing es vor mir, und ich betrachtete es oft, das Bild, das von Hitze, Trauer und Abschied genährt war. Sein wahres Wesen zeigte sich, wenn man lange genug den Blick auf das Schiff gerichtet hielt: Dann wurde es durchscheinend wie Kristall, und die Sonne sog es auf. Warum liebte ich Bilder, die nicht mitteilbar waren? Ich sah etwas – und es war etwas ganz anderes da. Etwas, das mich berührte.

Ungefähr um diese Zeit stellte sich ein seltsamer Traum bei mir ein. Ich stand auf einer Klippe und sah auf das Meer herunter. Ich betrachtete ohne Angst die rollende Flut – der Felsen stand ja fest. Aber plötzlich verlor ich den Halt und stürzte in die von Licht verschleierte, glitzernde See. Es war mehr ein Schweben als ein Fallen, und gleichwohl ein vertikaler Sturz, dicht vorbei an messerscharfen Klippen. Wie es in Träumen meistens vorkommt, war die Bildsequenz stumm. Nie hörte ich irgendein spülendes Geräusch. Ich fühlte auch keinen Aufprall: Die Wellen teilten sich, mein Gewicht zog mich nach unten, in unbekannte, grün-dunkle Tiefen. Ich versuchte die Luft anzuhalten, ich wusste, dass ich nicht atmen durfte, hörte ganz deutlich, wie ich mit den Zähnen knirschte. Ich fühlte mich wie ein Fisch, der im Ozean schwebt, ohne Gestern und ohne Morgen. Da war auch ein Bild von einem Gesicht, vermischt und verschmolzen mit Dunkelheit. Ich erinnerte mich auch nicht daran, ob das im Wasser schwebende Gesicht ein vertrautes oder ein unbekanntes war. Ich hatte kein Gefühl, ich spürte nichts, bis ich schlürfend Atem holte und mit einem Schauder erwachte. Ich hatte den Eindruck, dass mein Körper noch weit fort in der Dunkelheit war, und holte ihn mit Mühe zurück. Oft hatte ich Koliken im Bauch oder ein pelziges Gefühl auf der Zunge, bis ich in die Küche taumelte und mir einen Kaffee machte. Für gewöhnlich ging es mir danach besser, und ich schlief noch ein paar Stunden ruhig.

Eines Tages, als ich bei Nachteinbruch vor der Tür stand und meinen Schlüssel suchte, sah ich vor dem Haus eine weiße Katze. Das Tier sah abgemagert und verwahrlost aus. Doch als die Katze mir entgegenblickte, fiel mir auf, dass sie ein grünes und ein blaues Auge hatte. Malta war voller streunender Katzen, die in der Sonne lagen und nachts in Mülltonnen wühlten, die meisten auffallend groß, mit langen Beinen und rostrotem Fell. Doch an dieser Katze war etwas, das mich fesselte – fast so, wie mich die *Marine* von Turner fesselte. Ich brachte ihr etwas zu fressen und stellte ihr einen kleinen Teller vor die Haustür. So ausgehungert sie auch war, die Katze fraß manierlich, wobei sie dann und wann mit ihrer gelenkigen Pfote ein Stückchen Fleisch heraussuchte, das sie mit besonderem Genuss verspeiste. Dann verschwand sie und hinterließ einen leeren Teller. Doch am nächsten Abend zur gleichen Stunde war die Katze wieder da, und ich füllte ihren Teller. Ein paar Tage später folgte sie mir, als ich die Haustür aufschloss, sprang aber sofort wieder nach draußen, als ob der eigene Mut sie erschreckte. Am folgenden Tag aber begleitete sie mich die zwei Stockwerke hinauf, und als ich die Wohnungstür einen Spalt breit öffnete, schlüpfte sie an mir vorbei hinein. Sie ging in der Wohnung umher, wie eine scheue, stolze kleine Fürstin, beschnupperte alles, rieb sich an den Tischbeinen. Dann sprang sie beherzt auf die Sofabank, lehnte den Kopf an ein Kissen und sah mich an, als ob sie sagen wollte: »So, hier bin ich, und ich geh nicht mehr fort.« Tatsächlich wollte sie die Wohnung nicht mehr verlassen: Ich rief sie leise, lockte sie nach draußen, hielt die Tür für sie auf. Die Katze sah mich mit ihren seltsamen Augen an und drehte dann den Kopf zur anderen Seite. Die Bewegung war endgültig. Sie wollte nicht wieder weg. Mir blieb nichts anders übrig, als ihr einen kleinen Sandkasten und Futter zu besorgen, und dazu ein rotes Halsband, das sie willig annahm. Ich gab ihr den Namen Kenza. Tagsüber, wenn ich fort war, lag sie im Liegestuhl auf dem Balkon und blieb den ganzen Tag draußen im Halbschatten. Nachts kam sie zu mir, kuschelte sich neben mir auf mein Bett, schlief in der Beuge meiner angewinkelten Knie oder neben meinen Füßen. Sie hatte ein paar Flöhe, doch sie putzte sich immerfort, und nach einigen Tagen war ihr weißes Fell makellos. Und es war, als ob die Katze meinen überreizten Nerven Ruhe schenkte, denn meine Träume wurden seltener. Ich schlief wieder ruhig.

Als Peter mich besuchte, empfing ihn Kenza mit distanzierter Ruhe, setzte sich dann abseits, als wollte sie sich nicht in unsere Zweisamkeit mischen. Doch sie ließ sich geduldig von Peter untersuchen. Er ging sehr liebevoll mit Kenza um, prüfte Augen, Zahnfleisch, Rachen und Ohren. Sie war ein Weibchen, das schon Junge gehabt hatte. Und er entdeckte einige

Narben am Hals und am Nacken, die bezeugten, dass sie böse Zeiten durchgemacht hatte.

»Ansonsten ist sie gesund«, sagte Peter, »gute Augen, gute Zähne, gute Ohren. Aber offenbar ist ihr die Welt zu viel geworden. Jetzt will sie Ruhe, Bequemlichkeit und Verpflegung, und du bist ihre Auserwählte. Sie wird dich nicht mehr verlassen, es sei denn, du schmeißt sie raus.«

»Um Himmels willen!«, sagte ich. »Es ist doch schön, wenn ich nach Hause komme und mich jemand erwartet.«

Peter sagte, dass er sie impfen würde; gesunde Tiere vertrugen eine Impfung. Auch die Krallen mussten geschnitten werden. Peter setzte die Katze auf seinen Schoß, ging sehr behutsam vor, sodass Kenza sich nicht einmal wehrte. Man merkte ihm seine Erfahrung mit Tieren an.

Blieb Peter über Nacht, zeigte Kenza kein Missfallen, sondern lag auf einem Kissen unter dem Bett. Nachts hörten wir sie manchmal schnarchen. Peter war jetzt viel ausgeglichener als früher, weniger wehrlos, obgleich er oft müde wirkte, schlug er sich doch in der Pizzeria die halbe Nacht um die Ohren.

»Ich lerne den ganzen Tag, und abends muss ich Geld verdienen. Ich bin oft todmüde und habe es satt. Aber ich mache weiter. Ich bin so verrückt.«

Wir sahen uns nur am Wochenende, und in letzter Zeit weniger, weil er für sein Examen büffelte. Unser Zusammensein war im Ganzen etwas sehr Unaufgeregtes; wir lachten viel und waren auch glücklich. Peter mit seiner zarten Haut, seine weichen Fingerkuppen kannte meinen Körper gut, wusste, wo er mich streicheln konnte, sodass ich antwortete, mein Körper reagierte. Mit Worten nicht. Ich brauchte keine Worte. Er war gut und zärtlich, wir kannten uns schon so lange; es war schön, Vertrauen zu haben, lieben zu können, nichts Inkonsequentes mehr, nichts Verwegenes. Es waren Gefühle, die uns in klarer Einfachheit verbanden. Wir waren beide, obwohl wir

411

es nicht zugaben, extrem eigenwillig, extrem feinfühlig. Denn auch die Liebe zweier Menschen füreinander kann nichts anderes erreichen, als dass sie ihre Einsamkeit erkennen und ergänzen, um einander zu trösten und zu beschützen. Peters nachgiebiger Männerkörper verlieh mir Sicherheit. Ich war allmählich überzeugt davon, dass Peter der Richtige für mich war. Manchmal, wenn er auf mir lag, packte er meinen Kopf mit beiden Händen und sah mich ernst an, als ob er in das Gesicht einer Fremden schaute. In diesen Augenblicken schwieg ich; und durch mein Schweigen fühlte ich in ihm eine überraschende Unsicherheit. Im Gegensatz zu mir wurde er in der Liebe gesprächig.

»Sprich, sprich!«, sagte er manchmal, »hör nicht auf! Ich liebe deine Stimme.«

»Meine Stimme?«, fragte ich überrascht.

Oft war mir, als hätte meine Stimme etwas Linkisches aus der Kindheit behalten, den rauen dunklen Ton fand ich wenig anziehend. Doch Peter sagte, diese Stimme sei einzigartig, er habe sie ständig im Ohr gehabt, seitdem wir uns in London zum letzten Mal gesehen hatten und zusammen nach Rügen gefahren waren. Wenn er so sprach, dachte ich, mein Gott, wie lieb ich ihn habe! Ihm konnte ich ohne Scheu in die Augen sehen, ihn konnte ich schön finden und es ihm sogar sagen. Er wollte ja, dass ich sprach. Ich wusste nicht, was ich sagen sollte. Nannte ich leise seinen Namen, machte es ihn glücklich. Dann küsste er mich auf die Augen, auf die Stirn, die Haare und sagte bei jedem Kuss: »Ich liebe dich.«

Diese Worte wiederholte er mehrmals, mehr für sich als für mich, schien mir, als ob er sich zwingen müsse, sie für wahr zu halten. Er erwartete eine Antwort, aber ich sprach diese einfachen Worte nie aus. Ich konnte in seinem Gesicht lesen, dass er sich scheute, mich darum zu bitten. Manchmal legte er den Kopf auf meine Brust, hielt mich fest und blieb mit geschlossenen Augen liegen. Er überließ sich mir, was mich verwirrte.

Ich, deren Leben aus Leidenschaft und Aufruhr bestand, genoss diese stumme Vertrautheit, diese Windstille der Seele. Doch immer blieb diese verborgene Sphäre in mir, ein ferner Raum des Schweigens. Und dahinter war nichts, das ich voraussehen konnte.

Seit einiger Zeit hatte ich verstörende Gefühle. Ich wusste nicht, woher sie kamen, jedenfalls erlebte ich sie nicht nur im Traum, sondern auch, wenn Peter und ich auf den Klippen wanderten, wo wir Vögel beobachteten. Wehte mir der Wind ins Gesicht, war mir, als ob die Schwerelosigkeit mich aufnahm. Und unwillkürlich stellte sich der Gedanke in mir ein: Die Arme auszubreiten, wie ein Vogel seine Flügel, mich dem Wind zu überlassen, ach, wie verlockend das war! Peter erschrak, als ich eines Tages, im starken Luftstrom, über den steilen Felsen auf das Meer blickte. Ich befand mich plötzlich in einer Art Trance, hatte das Gefühl, dass ich einfach springen musste, in den Wellenstrudel, aus dem ein Auge starrte, geheimnisvoll und bezwingend. Alle Geräusche erstarben, ich hörte nichts mehr, weder das Schlagen der Wellen noch das Sausen des Windes. Ich sah nur dieses Auge, das an die Oberfläche trat, wieder hinabtauchte, das sich öffnete und wieder schloss, leicht hin und her schwankend, als ob es blinzelte, das mich anzog wie ein Magnet.

»Alessa!«

Peters Stimme erreichte mich durch fremde, ferne Luftschichten. Ich fuhr leicht zusammen. Er packte mich am Arm, zog mich zurück.

»Geh nicht so nahe an den Rand!«

Ich sah ihn an, als wäre er vom Himmel gefallen. Ich hatte ihn ein paar Atemzüge lang vollkommen vergessen. Richtig zu Bewusstsein gekommen war ich noch nicht. Ich wartete ein wenig, bis mein Atem wieder ruhig ging, und sagte: »Früher sind wir da hinuntergeklettert, bis zum Strand. Weißt du noch?«

»Ja, wir waren ganz schön leichtsinnig.« Peter hielt noch immer meinen Arm. »Heute würde ich das nicht mehr tun.« Damals hatte keiner versucht, uns davon abzuhalten, etwas besonders Verwegenes zu tun.

»Nimm die Vorstellung zu Hilfe, du hättest Flügel«, sagte ich.

Er lächelte, aber nicht ganz von Herzen.

»Ich kann's mir ein wenig vorstellen. Aber ich fühle mich hier oben wohler.«

Die Realität sollte mir nicht mehr entgleiten. Entschlossen blickte ich auf das Meer hinab. Kein Auge mehr, nichts, nur weißer Schaum.

»Du denkst zu viel«, hörte ich Peter sagen.

Ich machte behutsam meinen Arm los.

»So ist es.«

Ich spürte eine Traurigkeit in mir, die ich nicht in Worte fassen konnte. Diese merkwürdige Traurigkeit war immer da, auch wenn ich mit Peter scherzte und lachte. Die Traurigkeit senkte sich auf mich herab, füllte mein Herz mit Unbekanntem, verdammte mich zur Einsamkeit. Aber was konnte ich sagen, an Stelle dessen, was ich nicht sagen wollte? »Es lässt sich nicht ändern«, dachte ich, aber auch das sagte ich Peter nicht. Es lief aufs Gleiche hinaus, ob ich es ihm sagte oder nicht. Und auch meinen immer wiederkehrenden Traum – den Absturz ins Meer – verschwieg ich ihm. Wir alle haben unsere Neurosen.

35. Kapitel

Der Oktober kam mit klarem Licht, mit blauer, straffer See. Für die Winterstürme war es noch zu früh. Die Touristen, die jetzt kamen, genossen die eingekehrte Ruhe, fern von den Gruppen, die sich den ganzen Sommer lang wie an Drähten gezogen durch die Straßen bewegten. Im Frühherbst trat der verwegene Zauber der Landschaft deutlicher hervor, alles schien weiter auseinandergerückt. Diese Klarheit entstand überall auf der Insel, ohne Zusammenhang, aber offenbar nach demselben Gesetz. Das Flachland und alle Hänge waren ausgetrocknet, die Bäume verdurstet, die Klage der Zikaden erfüllte die Luft, die nach Wärme und Thymian duftete. Aber die Hitze brütete nur in der Mittagszeit, und bereits am Nachmittag kam Wind auf und brachte Abkühlung in großen, unsichtbaren Kreisen.

Es war an einem solchen Nachmittag, als ich die Haustür aufstieß und müde die Treppe hinaufstieg. Das Haus hatte nur zwei Stockwerke, einen Aufzug gab es nicht.

Ich hatte meine Gruppe zu den Schwesterstädten Rabat und Mdina geführt, hatte ihnen die barocken Klosterkapellen erklärt, die wuchtigen Patrizierhäuser. Droschken warteten im staubigen Schatten der Platanen. Vor der St.-Pauls-Kirche stauten sich andere Gruppen, der Marmorboden, unter dem die Gebeine vieler Bischöfe ruhten, war stumpf, die Goldinschriften verblasst. Wir waren durch die gewundenen Straßen gewandert, mit ihren verborgenen Gärten hinter den hohen Mauern. Die alte Pracht war mit den schwingenden Kirchenglocken erwacht, die Geschichte lief mit dem heißen Wind neben uns her, und ich dachte über den Traum der Vergangenheit nach. Vielleicht konnten das meine Leute fühlen, denn alle waren zufrieden. Für mich aber war es ein langer Tag gewesen. Jetzt konnte ich nicht mehr. Teilnahmslos schleppte ich mich die Stufen hoch, freute mich auf die heiße Dusche, auf die Couch, wo ich meine Beine ausstrecken und die Zeitung lesen konnte, als ein besonderer Geruch meine Nerven plötzlich erschauern ließ. Im Bruchteil eines Atemzuges wurde ich hellwach; mir war, als ob sich jede einzelne Pore fröstelnd zusammenzog. Und schlagartig überkam mich ein Gefühl für die Materie, aus der die Dinge gemacht sind. Ich fühlte, über ein genaues Erkennen hinaus, den Granit der Treppe unter meinen Füßen, sah die Streifen von Licht und Schatten, die eine schräge Sonne an die hellen Wände warf. Es war, als ob etwas in mir erwacht war und auf der Lauer lag, ähnlich wie Kenza, wenn sie einen Vogel auf dem Balkon erspähte und in straffer Bereitschaft erstarrte. Einen Augenblick lang verlor ich, während ich mich langsam vorwärtsbewegte, den Kontakt zu dem, was wir Wirklichkeit nennen; es war eine Art unsichtbare Strömung, die mich trug, und sie hing mit dem Geruch zusammen, den ich mit jeden Schritt deutlicher wahrnahm: ein Geruch nach Sand, nach warmer, verschwitzter Haut. Es war ein Geruch, der aus irgendeiner Ferne kam, ein Geruch aber, den ich kannte. Ich ging die letzte Drehung der Stufen empor, und da sah ich den Mann, der mit dem Rücken an meiner Wohnungstür saß. Er hatte den Kopf auf den Arm gelegt und schien zu schlafen; safrangelbes Licht hüllte ihn ein, ich sah ihn zunächst nur als Umriss, als ruhende Form, wie eine dunkle Skulptur vor der hellen Tür. Doch ich wusste, wer er war, und zitterte am ganzen Körper. Schweiß brannte auf meiner Haut, meine Kehle schnürte sich zusammen. Ich tat einen letzten Schritt, da erwachte der Mann, rührte sich, hob den Kopf. Seine Schulterpartie hob sich im Gegenlicht von dem

Hintergrund ab, auf der anderen Seite zeichnete sich, ebenso breit und abgerundet, seine Schulter ab. Ein paar Atemzüge lang starrten wir uns an. Ich fand als Erste meine Sprache wieder, sie klang wie die einer Fremden, so leise und rau und fern.

»Giovanni!«

Er erhob sich mit einer schnellen, gleitenden Bewegung. Mein erster Gedanke war, wie groß er geworden war! Er sagte zunächst kein Wort, doch ich hörte ihn atmen. Er kam auf mich zu, oder ging ich ihm entgegen? Wenige Schritte nur, die hinausführten aus den Jahren, aus dem Dunkel der Erinnerungen. Ja, es war Giovanni, aber war er es wirklich? Ich erkannte die Brauen – die linke mit dem weißen Flaum –, das etwas flache Profil, die geschwungenen Lippen. Die dichten schwarzen Wimpern bedeckten seine Pupillen, die aus dem Licht hervorglänzten, große Pupillen, von einem fast violetten Schwarz. Seine Augen waren leicht zu den Schläfen hingezogen, wie Antilopenaugen, seltsam feminin in diesem mageren Gesicht mit den hohlen Wangen, dem festen Kinn. Sein kurzgeschorenes Haar und seine Haut strömten den Geruch von früher aus, nur dass er jetzt viel brauner war als einst, gegerbt von Jahren in der Sonne. Er trug Jeans und ein ärmelloses T-Shirt. Verwaschen und farblos schien es eng mit seiner Haut verwachsen zu sein. Zuerst hatte ich die absurde Idee, dass er darunter ein Hemd anhatte, irgendeinen Stoff mit spiralförmigen, indigoblauen Mustern. Erst beim zweiten Blick merkte ich, dass seine Arme, Schultern und Hände tätowiert waren.

Doch auch dies sah ich – wie alles andere –, ohne es bewusst wahrzunehmen. Schon beugte er sich zu mir, seine Arme umfassten mich, zogen mich fast die letzte Stufe empor. Und nun, da er mich umarmte, da seine Hände über meine Arme strichen, traf mich die Berührung wie ein glühender Schock. Seine Haut war so straff und lebendig unter den Spiralen, die mit jeder Bewegung seiner Muskeln ihre Form zu verändern schienen. Es war seltsam, diese Muster aus un-

417

mittelbarer Nähe zu betrachten, Muster, die ich kannte und doch nicht kannte. An seiner Erscheinung war nichts mehr weich; seine Härte schien tief in seinem Charakter zu wurzeln, sie war wie eine schnell zupackende, gefährliche Kraft. Seine Sanftheit – wenn es sie noch gab – hielt er sorgsam in der Tiefe seines Wesens verborgen. Mir aber zeigte er sie rückhaltlos, lehnte sich an mich, als ob ich ihn halten müsse, als ob er müde wäre, so unendlich müde, dass er ohne meine Hilfe zu keinem Schritt mehr fähig war. Einige Atemzüge lang standen wir Wange an Wange, bevor ich endlich das Schweigen brach.

»Wie hast du erfahren, wo ich wohne?«

»Man hat es mir gesagt.«

Seine Stimme war tief, schön im Klang, sehr männlich. Es war nicht mehr die Stimme von früher.

Ich legte meinen Arm um seine Schulter. Er trug einen silbernen Ohrring. Mir fiel auf, dass er die Form einer Schlange hatte.

»Komm!«, sagte ich.

Ich drehte den Schlüssel im Schloss und stieß die Tür mit meinem Knie auf. Kenza saß an ihrer gewohnten Stelle, genau in der Mitte zwischen Tür und Fenstertür. Sie saß da, wie eine kleine Gottheit, rührte sich nicht, zeigte nicht die geringste Furcht. Sie war hier zu Hause, und Besuch war nur Besuch. Ich lächelte mit zitternden Lippen, deutete auf meine Mitbewohnerin.

»Kenza«, sagte ich.

Er lächelte ebenfalls, hob leicht die Hand; sein Gruß galt der Katze.

»Sie hat seltsame Augen«, stellte er fest.

»Ja, nicht wahr?«, erwiderte ich kehlig.

Mehr konnte ich nicht sagen. Ich bewegte mich wie eine Spielpuppe, tat jede Geste aus reiner Gewohnheit. Fast war ich über mich selbst erschrocken und über den Aufruhr von Empfindungen, den Giovanni in mir erweckte – dieser Unbekannte, den ich schlafend vor meiner Tür vorgefunden hatte. Aus den Augenwinkeln sah ich, wie Giovanni die Katze beobachtete, sie mit langsamen Schritten umkreiste. Kenza behielt ihn ihrerseits im Auge, nahm seinen Geruch wahr, die Schwingungen, die von ihm ausgingen. Dann erhob sie sich, drehte ihm den Rücken zu, gelassen, ging zu mir in die Küche und setzte sich neben ihren kleinen Teller, den ich füllte.

Ich sagte: »Kenza ist den ganzen Tag allein. Sie bekommt ihr Fressen immer zuerst.«

Er nickte.

»Das ist auch richtig.«

»Setz dich«, sagte ich. »Hast du Hunger?«

»Etwas könnte ich schon vertragen.«

Ich holte ein Fertiggericht aus der Tiefkühltruhe und machte es warm. Es dauerte nicht lange. Kenza fraß ruhig, mit den sauberen kleinen Gesten ihres Pfötchens, bevor sie sich auf ihren Platz auf das Sofa setzte, neben Giovanni, der die Hand ausstreckte und sie geistesabwesend kraulte. Ich sagte, in spaßhaftem Ton und wie jemand, der ein Schweigen überbrücken will: »Sie mag dich.«

Er sah auf. Sein silberner Ohrring warf einen kleinen Funken.

»Wieso auch nicht? Ich habe Tieren nie etwas Böses getan. Und die Tiere spüren das natürlich...«

Er hatte noch immer diesen abwesenden Blick. Doch jedes Mal, wenn er sprach, wurde seine Stimme lebhafter und sein Gesicht erschien jünger. Er saß entspannt da, seine Hand auf das Köpfchen der Katze gelegt, und doch hatte ich das Gefühl, dass er ein Mann war, der unaufhörlich in der Erwartung einer Gefahr lebte, dass er diese Gefahr nie herausforderte, aber immer für sie bereit war. Diese Eigenart war etwas sehr Verwirrendes. Sie war vollkommen neu. Und doch war Vertrauen zwischen uns, etwas Unversehrtes, es war auf reine Weise und auf unantastbare Art in unseren Stimmen, in unseren Bewegungen und sogar in unserem Schweigen eingeprägt.

Inzwischen holte ich zwei Teller und Besteck und stellte das warme Reisgericht auf den Tisch.

»Möchtest du ein Glas Wein?«

»Gerne. Und für dich?«

»Ich nehme auch ein Glas.«

Ich reichte ihm die Flasche, die er öffnete und brachte zwei Gläser. Wir setzten uns einander gegenüber. Er füllte die Gläser, aß langsam und ruhig. Ich sah ihn dabei verstohlen an und stellte fest, dass er immer noch die guten Tischsitten hatte, die ihm Pater Antonino damals beigebracht hatte.

»Du warst lange fort«, sagte ich.

»Elf Jahre«, erwiderte er.

»Eine lange Zeit«, sagte ich. »Warum bist du zurückgekommen?«

»Ich wollte dich sehen.«

Ich zuckte lächelnd mit den Schultern.

»Im Ernst?«

»Im Ernst, mein Vater ist gestorben, und meine Brüder schulden mir Geld. Aber dass ich dich sehen wollte, stimmt. Ich lüge nie.«

»Nie?«, fragte ich zweifelnd.

Er lächelte vor sich hin.

»Man braucht nicht zu lügen. Es geht auch anders.«

Ich nickte, obwohl ich ihn nicht ganz verstand. Meine Kehle war wie zugeschnürt. Ich zwang mich dazu, einige Bissen zu essen, während ich nur mühsam meine Fassung bewahrte. Er trank den Wein, und er trank schnell. An dem Zittern seiner Hand, die sich an das Glas klammerte, erkannte ich, dass er genauso aufgewühlt war wie ich.

»Ich hatte Durst«, sagte er.

Ich schwieg, schenkte ihm nochmals Wein ein.

»Ich war ziemlich verstört«, sagte ich.

Seine Hand tastete mechanisch nach dem Glas.

»Frage mich nicht, Alessa, ob ich an dich gedacht habe in diesen elf Jahren. Du warst immer bei mir, mit mir verwachsen. Du warst etwas Gutes, was mir zuteilgeworden war. Du warst so oft in meinen Gedanken und so vertraut, dass ich immer wieder Mut fasste. So war ich nicht ganz verloren und habe es überstanden ...«

Ich fragte nicht: Was hast du überstanden? Ich schwieg.

»Lebst du allein?«, brach er das Schweigen.

»Nein, ich lebe mit Kenza.«

Wieder erschien sein flüchtiges Lächeln.

»Es ist gut, dass du nicht einsam bist.«

»Ich habe meine Arbeit. Eine Zeit lang war es schlimm, da hatte ich nichts mehr, niemanden mehr, auch mich selbst nicht.«

Er antwortete langsam, ohne mich aus den Augen zu lassen.

»Ja, ich verstehe. Mir ging es auch so. Ich spielte oft mit dem Gedanken zurückzukommen. Aber ich wollte nicht ins Gefängnis. Das war eine Sache, vor der ich mich als Junge schrecklich fürchtete. Ich fürchte mich auch heute noch davor. Eingesperrt zu sein, das ertrage ich einfach nicht!«

»Du wärest nicht eingesperrt worden. Das Verfahren gegen dich wurde eingestellt.«

Er verzog unfroh die Lippen.

»Aber als man es mir sagte, war ich schon in Somalia.«

»Was hat man dir erzählt?«

»Dass sich Pater Antonino plötzlich nicht mehr erinnerte, was er denn eigentlich gesagt hatte. Dass man ihn falsch verstanden hatte, und ähnliche Dinge. Ich glaubte kein Wort davon. Ich dachte: Die Lüge hat sich die Polizei ausgedacht, damit ich in die Falle gehe. Ich hatte Angst. Zurückkehren, was hatte das für einen Sinn? Wozu? Für wen?«

»Für mich«, sagte ich leise.

Er seufzte. Manchmal zog er leicht an seinem Ohrring, ganz unbewusst.

»Für dich, ja. Aber es ging über meine Kräfte. Dass ich Priester wurde, davon konnte keine Rede mehr sein. Alles, nur das nicht! Ich wäre gerne wieder zur Schule gegangen, aber ich dachte an die Lehrer und schämte mich. Und wo sollte ich wohnen? Auch das war ein Problem. Ich wollte bei dir sein, ich wurde fast verrückt, von dir getrennt zu sein. Ich war außer Fassung, es gibt einfach Dinge, die unverzeihlich sind. Und schließlich war Malta weit weg und ich war in Afrika. Ich dachte, hier kann ich mich durchschlagen.«

Ich fragte langsam:

»Und was hast du noch über Pater Antonino erfahren?«

»Dass er sich den Schädel angeschlagen hatte und eine Zeit lang nicht mehr die Messe lesen konnte. Und dass er, als der Priester von Comino in den Ruhestand ging, darum bat, dessen Amt zu übernehmen. Dort ist er zweifellos noch und pflegt seine seelischen Wunden.«

»Nein, er ist vor ein paar Jahren gestorben.«

Giovannis breite Schultern hoben sich.

»Gott schütze seine arme Seele. Er war wohl alt genug.«

Er reagierte noch immer nachtragend. Sein Groll war deutlich spürbar. Ich konnte das verstehen.

»Was du offenbar nicht weißt, ist, dass er nicht freiwillig nach Comino ging, sondern dorthin verbannt wurde.«

Giovanni schnitt eine Grimasse.

»Verbannt? Das kann ich nicht glauben.«

»Und doch ist es wahr.«

»Sag bloß«, meinte er sarkastisch, »das Gerücht ist an bischöfliche Ohren gedrungen? Das nehme ich dir nicht ab, Alessa.«

»Es war nicht der Bischof.«

»Ja, wer denn sonst? Der Papst?« Giovanni lachte stoßweise und bitter.

»Lass den Papst in Ruhe. Es war Fra Beato.«

»Fra Beato?«

Giovannis Lachen gefror. Er sprach den Namen langsam aus, wie man von etwas spricht, über das man lange nicht nachgedacht hat, das einen aber trotzdem erfüllt. Es war, als habe dieser Name etwas in ihm geweckt, das lange verschüttet gewesen war, als sei aus der Erinnerung etwas in sein Bewusstsein getreten, das tief in ihm begraben gewesen war, seinem Gedächtnis fern. Jetzt trat ihm die Erinnerung wieder vor Augen, versetzte ihn in jene Zeit zurück, als er noch ein Kind war, das das Hässliche auf Erden nicht sah, nicht sehen wollte, das noch voller Hoffnung und Ideale war. Giovanni sprach Fra Beatos Namen aus, als sei es der Name eines Heiligen. Denn Fra Beato war ein Mensch, der sich von allen anderen unterschied, weil das, was ihn aus der Menge emporhob, die Weisheit war. Das Kind, das Giovanni einst gewesen war, hatte es schon damals begriffen. Und seltsamerweise schien er das, was ich sagte, auch nicht in Zweifel zu ziehen.

»Woher wusste er, was geschehen war?«

»Peter und ich waren bei ihm.«

Giovannis Augen weiteten sich, sodass seine Pupillen noch größer wurden.

»Wie? Ihr seid auf St. Angelo gewesen? Meinetwegen?«

»Deinetwegen, ja. Es war Peters Idee. Fra Beato hat uns mit seinem Wagen abgeholt, genau wie damals, entsinnst du dich? Aber wir waren nur zu zweit. Viviane war schon in London. Wir haben ihm alles erzählt.«

Ich spürte, wie er den Atem anhielt.

»Alles?«

»Wir schämten uns sehr, aber wir mussten es tun. Anders ging es nicht.«

»Und er hat euch geglaubt?«

»Er hat uns jedes Wort geglaubt.«

Giovanni hatte immer noch dieses außergewöhnlich schöne Gesicht, dieses warme Leuchten in den Augen.

»Und ... was hat er gesagt?«

»Er hat gesagt: Wir sollen Gott nicht warten lassen.«

Giovanni stieß kurz und zischend die Luft aus.

»Bist du sicher, dass er das gesagt hat?«

»So, wie ich es dir sage. Ich habe jedes Wort noch genau im Ohr. Und dann hat er noch gesagt, er würde die Sache in Ordnung bringen. Danach ging alles ganz schnell. Die Polizei hat uns mitgeteilt, das Missverständnis sei geklärt, und du könntest sofort im Priesterseminar aufgenommen werden. Aber es war schon zu spät ...«

Er saß eine Weile da, stumm und steif, das sinkende Licht spielte auf seinem Gesicht, das von innen her wie durch Goldreflexe erleuchtet schien. Es lag ein Ausdruck des Schmerzes auf diesem Gesicht, als sähen die Augen seiner Seele das Kind, das er nicht mehr war. Sein Atem wurde hastig und rau. Ganz plötzlich legte er den Kopf auf beide Arme, atmete schwer, mit zuckenden Schultern. Als er endlich wieder aufblickte, sah ich den Ausdruck der Verzweiflung auf seinem Gesicht – den Schatten, der seine dunklen Augen noch dunkler machte, und die Tränen, die langsam über seine Wangen liefen. Er weinte die Tränen eines Menschen, der zu früh erwachsen geworden war, weinte um die verlorene Unschuld, wie er einen toten Freund beweint hätte. Schließlich hob ein schwerer Seufzer seine Brust. Und als er sprach, klang seine Stimme tonlos.

»Manches Mal ... kommen die Engel ganz nahe. Wir spüren ihre Gegenwart, auch wenn sie uns als Menschen erscheinen. Sie bringen uns Hoffnung und Trost. Und manches Mal ... kommt etwas Schwarzes über uns. Ich weiß nicht, was es ist.«

Er stockte, verbarg sein Gesicht in beide Hände, verwischte die Tränen mit den Fingern. Ein Schweigen folgte, das ich behutsam brach.

»Giovanni, wo warst du die ganze Zeit?«

Er hob das Gesicht, wischte sich mit dem Handrücken über die Augen.

»Ägypten, Libyen, Somalia. Und am Ende Mexiko.«

»Welchen Pass hast du?«

Er zog die Schultern hoch.

»Ich habe einen falschen italienischen Pass. Schlampige Arbeit übrigens. Aber wozu einen Pass? Ich bin auf einer Segelyacht gekommen. Kontrollen kommen auf Sportbooten selten vor. Es ist eine zuverlässige Art, an Land zu kommen, ohne einen Pass vorweisen zu müssen. Das geht natürlich nur, wenn man die richtigen Leute kennt.«

Ich spürte ein inneres Kribbeln. Was er da sagte, war nicht viel, ein dünnes Mindestmaß an Informationen. Ich wollte mehr wissen.

»Was hast du in den elf Jahren alles gemacht?«

Er nahm einen langen Schluck.

»Oh, so allerhand. Es war am besten, dass ich mich ruhig verhielt und das tat, was man mir sagte. Niemand war verpflichtet, mich durchzufüttern. An gewissen Orten und unter gewissen Leuten ist Ungehorsam ein Zeichen von angeborener und unheilbarer Dummheit. Immerhin ließ man mich nicht verhungern.«

»War es schwierig für dich?«

»Du willst wissen, wie oft mir der kalte Schweiß ausbrach?« Er lachte leise. Seine Stimme war ganz anders als früher, mühelos gedämpft, ohne Modulation. Eine heimliche Stimme.

»Man lernt schnell, dass es keinen Zweck hat, vor Angst zu schwitzen. Ob ich Angst zu haben hatte oder nicht, ob es mir gefiel oder nicht, wurde von denen entschieden, die stärker waren. In Afrika gibt es ein Sprichwort: ›Küsse die Hand, die du nicht abhacken kannst.‹ Brutal, aber zutreffend. Erfahrung macht vorsichtig. Es ist wie ein sechster Sinn, der in Extremsituationen in uns zum Vorschein kommt. Selbsterhaltungstrieb. Als ich in Afrika genug Hände geküsst hatte, machte ich mich auf den Weg in die Vereinigten Staaten. Man hatte mir gesagt, nach fünf Jahren in Amerika hast du Geld, und nach weiteren fünf Jahren bist du reich und man gibt dir die Green Card umsonst. Das jedenfalls hat man mir gesagt. Ich fand einen chinesischen Frachter, der eine Ladung Holz nach Mexiko brachte. Illegal gefällte Bäume natürlich, und mitten im Naturschutzgebiet. Ich dachte, Mexiko liegt neben den Vereinigten Staaten, man muss nur über die Grenze. Ich hatte natürlich keine Ahnung, dass man sich beiderseits der Grenze wie ein Kaninchen vorkommt, dass man heckt und springt, während die Kugeln fliegen. Inzwischen half ich dem chinesischen Koch, putzte Gemüse, hackte Hühner in akkurate Würfel. Mischt man das Fleisch mit Curry, merkt keiner, dass es nicht frisch ist. Ich kann dir heute ein chinesisches Festmenü auf den Tisch stellen. Na gut, ich ging in Mexiko an Land, und irgendwann auf dem Weg zur Grenze stieß ich auf Leute, die sich gerne meine Lebensgeschichte anhörten. Bei diesen Leuten merkst du bald, ob du willkommen bist oder nicht. Wenn nicht, sorgen sie dafür, dass du nicht lange bleibst. Nach und nach lernte ich sie besser kennen. Sie leben in Clans, wobei viele verschwägert oder verwandt sind. Jede Sippe hat besondere Kennworte und eine eigene Zeichensprache. Es kommt oft vor, dass die Clans aufeinander losballern – aufgrund irgendwelcher Rivalitäten –, und dann fließt Blut. Aber das gehört dazu. Ansonsten helfen sie sich gegenseitig und lügen sich nie an. Lügner werden bei ihnen nicht alt. Wer einer dieser Sippen beitreten will, muss sich absurden Mutproben unterziehen. Aber dann ersetzt der Clan die Familie, und alles wird gut. Diese Leute sind fromm auf ihre Art, fallen vor dem Jesusbild auf die Knie, tragen eine Medaille mit der Muttergottes um den Hals und bekreuzigen sich, sobald ihnen eine Nonne über den Weg läuft. Das alles kam mir nicht fremd vor. Und da ich keine Vorzugsbehandlung erwartete und nichts gegen besondere Arbeiten hatte, verschaffte ich mir Respekt. Außerdem konnte ich lesen und schreiben, was sich gelegentlich als nützlich erwies.«

Er trank, sah mich über den Rand seines Glases an.

»Willst du mehr wissen? Ich werde es dir sagen.«

Er war mir vertraut, doch mir war inzwischen klargeworden, dass mit dieser Vertrautheit etwas nicht stimmte. Er wusste wohl zu schweigen, wo kein Vorteil weder für ihn noch für mich darin lag, gewisse Dinge klarzustellen. Er sah mich dabei ruhig an, ohne auszusprechen, was vielleicht unaussprechlich war.

»Sag nichts«, flüsterte ich rau. »Ich brauche keine Auskünfte über dich.«

Er bewegte vage die Hand.

»Wie du willst.«

Ich schüttelte den Kopf.

»Ich will nichts wissen. Auch nicht, ob du irgendwo Frau und Kinder hast.«

Er zupfte leicht an seinem Ohrring.

»Ich habe keine Frau, zu diesem Zeitpunkt jedenfalls nicht. Kinder? Zwei oder drei, glaube ich, die vielleicht schon laufen können.«

Ich fragte verwundert:

»Kennst du deine eigenen Kinder denn nicht?«

Da schmunzelte er.

»Was hat der Mann zu sagen? Die Mutter trägt das Kind und bestimmt, ob es aufwachsen soll oder nicht. Dort, wo ich war, gehören die Kinder der Mutter.«

»Wenn auf die Väter ja kein Verlass ist ...«

Er brach in Lachen aus, rollte den Kopf hin und her.

»Da magst du schon recht haben.«

Ich lachte auch, aber nicht wirklich von Herzen. Dann wurde sein Gesicht wieder ernst.

»Was ich dir aber sagen muss, ist, dass ich hier einiges riskiere.«

»Keiner wird dir Fragen stellen. Jeder weiß doch, wie ungerecht du behandelt wurdest.«

Es schüttelte den Kopf.

»Nein. Ich rede nicht von dem, was früher war, sondern von dem, was heute ist. Ich bin hier, weil meine Brüder mir Geld schulden. Und es ist eigentlich nicht gut, dass du mit mir zu tun hast. Es könnte schlecht für deine Arbeit sein. Ich werde dich wieder verlassen müssen, Alessa, damit du es im Voraus weißt. Und ich will dein Leben nicht durcheinanderbringen.«

Seltsam, was er erzählte. Und seltsam auch, wie er es erzählte. Mir fiel auf, dass er nicht das Geringste erklärte. Meinte er, ich würde schon wissen, worüber er sprach? Die hinter ihm liegenden Jahre waren, so glaubte ich, zu ereignisreich, als dass er näher darauf eingehen wollte. Es spielte auch keine Rolle. Erklärungen irgendwelcher Art hatten nichts mit unserer Geschichte zu tun. Der Mann, den ich vor mir hatte, war der Giovanni von einst, und gleichsam der Fremde, der er in vielen tausend dahingelebten Tagen geworden war. Diese Wandlung, die ich plötzlich empfand, flößte mir seltsame Empfindungen ein. Ich fühlte in mir eine brennende Sehnsucht aufkommen, einen heißen Wunsch, den Jungen von früher wieder zu erleben, und gleichzeitig den heutigen Mann, damit ich ihm nahe sein könnte. Denn eines wusste ich so sicher wie nichts anderes: dass er nie aufgehört hatte, mich zu lieben, mit unveränderter Kraft.

Inzwischen beobachtete ich ihn ruhig und gründlich. Auf den ersten Blick schien er unversehrt – doch nur auf den ersten Blick. Er trug verschiedene Narben am Körper, die alle gut verheilt waren. Beim näheren Hinsehen entdeckte ich auch eine ziemlich tiefe Kerbe am linken Wangenknochen, die früher nicht da gewesen war. Ich strich mit dem Finger darüber, spürte einen Knoten unter der Haut und sah ihn fragend an. Er nickte gleichmütig.

»Gebrochen.«

Was hatte er inzwischen erlebt? Aus welchen Abenteuern

war er wohl wieder aufgetaucht? Welchem Rausch an Irrwegen, Gefahren, Entbehrungen, Hunger, Schicksalsschlägen war er entronnen? Glaubte er noch an Gott, wie früher? Gewiss nicht. Sein Gott hatte nicht das Kind beschützt, das einst in Seinem Haus schlief. Giovanni hatte Elend und Hunger gekannt, Verbrechen, Gewalt und Einsamkeit. Was gab es anderes? Freundschaft, vielleicht? Mitgefühl und Güte? Es mochte ja sein, obwohl er davon nicht sprach. Und die Liebe? Ja, die Liebe war gewiss noch vorhanden. Alles andere zählte zu Verlust und Gewinn. Giovanni und ich wussten das ohne viele Worte. Es gab nichts zu erklären, nichts zu begreifen. Es war einfach so. Ich nahm und leerte mein Glas, obgleich ich den Wein nicht gewohnt war, und sagte leise:

»Ich habe immer gehofft, dass ich dich wiedersehe.«

Er antwortete ebenso leise.

»Ich liebe dich seit tausend Jahren.«

»Ich konnte gar nicht anders, als auf dich zu warten.«

»Ich weiß. Seit tausend Jahren.«

»Tausend Jahre sind wie ein Tag...«

Wir sahen uns an, der gleiche Schwindel ergriff uns. Es war, als ob wir beide schwankten. Für uns, zwischen uns, hatte sich nichts verändert. Und so würde es bleiben, bis zum letzten Atemzug, bis das Schicksal uns auseinanderriss. Und dieser Gedanke war so grauenvoll, dass ich ihn gar nicht erst aufkommen ließ. Er zog mich fest an sich. Ich sah, wie sich sein Blick aus dem meinen löste, hinabglitt, sich auf meinen Mund richtete. Er sagte rau:

»Du bist noch schöner, als ich dich in Erinnerung hatte.«

Das Verlangen ergriff uns im gleichen Augenblick. Er hielt mir beide Hände entgegen, ich packte diese Hände wie eine Ertrinkende, krallte mich daran fest. Er hob mich hoch, trug mich durchs Zimmer, legte mich auf mein Bett. Jetzt schaffte er das mühelos. Früher, als Heranwachsende, war ich so groß wie er gewesen. Jetzt war er ein ganzer Kopf größer als ich, breit in den Schultern, schmal in der Taille. Wir sahen uns unverwandt an, als er mich mit lähmender Kraft in seine Arme schloss. Unsere Begierde hüllte uns ein und überströmte uns, wie die Flut über mitternächtliche Meerestiefen strömt. Das Verlangen flackerte durch jeden Muskel, jeder Kuss brannte auf unseren Lippen, bevor wir die Augen schlossen und die warmen Gewässer über uns zusammenschlugen, uns einhüllten und forttrugen in einem verzehrenden und immer wieder neue Lust gebärenden Wirbel. Giovannis starke Arme hielten mich, und in bejahender Verzückung hielt ich meine eigenen Hände nicht zurück, die in helfender und dringender Eile mein T-Shirt über den Kopf zogen, meinen Büstenhalter aufhakten, an einem Reißverschluss rissen. Ich ließ die Hose auf den Boden fallen, entledigte mich meines Slips, während ich seine Jeans aufknöpfte und ihm die paar Sachen, die er trug, vom Leibe zerrte. Im Rot des Sonnenuntergangs sah ich seinen tätowierten Körper, wie ein Faun kam er mir vor, ein Wesen mit einer glatten Haut, golden darunter, und bedeckt von Mustern, kupfern und lila und schillernd wie Libellenflügel und manchmal glänzend wie Stahl. Ich war wie behext von dem Anblick, der Berührung, der Beschaffenheit dieses Körpers, so stark, so frei, so gelenkig. In ihm hatte sich ein Geheimnis bewahrt, ein Geheimnis aus dem Dunkel der Vergangenheit. Ob er davon wusste? Wahrscheinlich nicht; aber sein Instinkt wusste darum. Giovannis Hand glitt zwischen meine offenen Schenkel, ich spürte seine Finger in mir, die in meinem Unterleib ein träges, schwelendes Rieseln entfachten. Ich hörte den eigenen Atem beim Luftholen, verlor mich in stummer Trunkenheit in seinen Liebkosungen. Ich fühlte, wie meine Hüften sich aufbäumten, sich zu ihm emporhoben, es war, als ob mein Körper schon fort war, sich von mir trennte, ich öffnete mich, suchte ihn, aufgelöst und hochgetragen, schwebend durch die Kraft des Erinnerns. Als er in mich eindrang, hörte ich mich leise aufschreien – ein Aufschrei des Entzückens –, doch im gleichen

Atemzug umschloss er mit den Lippen meinen Mund, hielt mich fest, saugte mich auf. Er bewegte sich in mir, er gehörte mir, er war mein Besitz, ich hielt ihn mit meinen Muskeln fest, zog ihn noch tiefer, noch endgültiger in mich hinein. Ich sah in seinem dunklen Gesicht das Weiß seiner Augen leuchten, die Kreiswellen meiner Lust stiegen bei jedem seiner langsamen, festen Stöße. Das Innere meines Körpers wurde zu Wasser, leuchtend von der Sonne durchbrochen, ein langsam kreisender Strudel. Er presste sich auf mich, sein Atem ging keuchend, und immer wieder erstickte sein Mund mein Stöhnen. Mit tastenden Händen strich ich über seine Schultern, den Rücken und die Hüften entlang, ich versank tiefer und tiefer, spürte ein Rauschen in meinen Ohren, dem Rauschen der Wellen ähnlich, die durch mich brandten, mich emporhoben und davontrugen, in ferne, unerforschte Räume. Giovanni bebte in mir, ich hörte das heftige Pochen seines Herzens, während ein tiefes Erschauen sich durch seinen Körper zog. Dann lagen wir still, ruhten uns zitternd aus. Giovanni lag dicht neben mir, ein Schenkel noch auf meinem Bauch, die Augen geschlossen. Er hielt den Kopf auf meinem Arm. Sogar als mich der Arm leicht zu schmerzen begann, bewegte ich mich nicht, bis auch er sich bewegte, leicht von mir wegrollte und den Kopf etwas hob, sodass ich ihn ansehen konnte. Behutsam strich ich mit dem Daumen über seine Braue, den weißen Flaum entlang. Er war, wie mir schien, breiter geworden.

»Schwalbenflügel«, flüsterte ich.

Wir deuteten beide gleichzeitig ein Lächeln an. Er antwortete ebenso leise.

»Keiner kennt diesen Namen. Nur du.«

»Ich habe so lange gewartet«, sagte ich, »dass ich ihn fast vergessen habe.«

Er lehnte den Kopf an seine Schulter.

»Ich weiß nicht, was schlimmer ist, zu vergessen oder sich zu erinnern. Man kann dabei nur leiden.«

»Es schien mir so sinnlos, dich nicht mehr bei mir zu haben. Du warst immer ein Beispiel für mich.«

»Ein nicht zu befolgendes Beispiel«, meinte er. Jetzt lachten wir beide, aber nur leise, Mund an Mund. Einen Moment lang waren die Dinge auf magische Weise wieder in ihren früheren Zustand verwandelt. Ohne mich zu rühren, betrachtete ich seinen langen, geschmeidigen Körper, seine starken Muskeln, seine dunklen Augen. Sie schienen schlicht und offen zu mir zu sprechen, doch dahinter waren andere Dinge, die ich nicht kannte. Meine Blicke auf sein Gesicht zeigten mir, dass seine Wangen eingefallen waren, die Stirn von Falten durchzogen, der Mund hart, der Ausdruck verdrossen. Unversehens wurde mir dabei bewusst, dass auch er mich ansah. Unsere Gesichter waren einander vertraut, aber es waren nicht mehr die weichen, arglosen Gesichter von einst. Unsere Kindheit war dahin und für immer. Sah auch er auf meinem Gesicht die Spuren der Veränderung? Unser neues Gesicht, das kannten wir noch nicht. Wir betrachteten es lange, mit einer Art Verwunderung. Und ich dachte an Viviane und Peter, entsann mich an sie in ihrer früheren, kindlichen Gestalt. Auch sie hatten heute ein neues Gesicht. Sinnlos für uns, diese Gesichter verstehen zu wollen. Und ebenso sinnlos, darüber zu weinen. Es mochte sein, dass er ahnte, was in mir vorging, denn nach einer Weile brach er das Schweigen, indem er ihre zwei Namen nannte.

»Viviane? Peter?«

»Viviane ist jetzt ein Star.«

Er lächelte ein wenig.

»Das wollte sie ja schon immer. Wie hat sie das geschafft?«

»Ihre Stimme haut wirklich jeden um, ich werde dir eine CD geben. Sie hat viel Geld, lebt in einem großen Haus in London. Sie trinkt nicht und sie kifft nicht. Alexis ist gestorben, ihr Grandpa auch, sie kümmert sich um Miranda und hat alles gut im Griff.«

»Sprechen die Toten immer noch zu ihr?«

»Viviane sagt, dass sie Stimmen hört, die ihr in den Ohren klingen wie das Träufeln aus dem Kopfhörer. Sie setzt diese Stimmen in Songs um. Keine Ahnung, wie sie das macht. Sie sagt ja immer wieder, dass ihr die Toten nicht schrecklich sind.«

Er nickte, geistesabwesend.

»Ja. Den Toten kannst du trauen. Den Menschen nur selten.«

Es waren bittere Worte, und sie kamen aus einer verbitterten Seele. Doch wie wahr! Er sprach weiter, ganz seinen Erinnerungen hingegeben.

»Wie ein kleines Gespenst sah sie aus. Weißt du noch? Sie spürte überhaupt keinen Schmerz. Sie stach sich mit Dornen in die Arme, und es blutete nicht.«

»Solche Dinge, die macht sie heute nicht mehr.«

»Mir war, als ob sie ein anderes Wesen verkörperte.«

Ich war betroffen und leicht beunruhigt.

»Persea? So habe ich das nie empfunden.«

»Doch. Was sie sagte, hörte sich wie wiedergefundene Erinnerungen an. Als ob die Göttin selbst in ihrer Haut steckte. Ich fand das wunderschön.«

Mich überlief es.

»Hast du ihr alles geglaubt?«

»Du nicht?«, fragte er verwundert.

Und wieder dachte ich, dass er tiefer blickte als ich. Wie machte er es nur, um dem Rätselgebilde auf den Grund zu kommen? Ich selbst hatte stets nur so getan, als ob ich begriff. Schließlich sagte ich:

»Wahrscheinlich lag es daran, dass wir Kinder waren.«

Er zweifelte, still und herzlich.

»Ach, ich weiß nicht. Vielleicht nicht nur daran. Sag, hast du Kontakt zu ihr?«

»Als ich in London studierte, oft. Jetzt ist sie wieder auf

433

Tournee. Aber du hast Glück. Sie hat nämlich vor, nach Valletta zur *Notte Bianca* zu kommen.«

»Welche *Notte Bianca*?«, fragte er perplex.

Ich musste lachen.

»Die ist neu. Das Konzept haben die Italiener erfunden. Das Fremdenverkehrsamt, für das ich jetzt arbeite, hat die Idee übernommen. Eine Nacht lang sind alle Museen, alle Kirchen offen, du kannst dir jedes offizielle Gebäude ansehen, überall treten Straßenkünstler auf. Werbung für Valletta, weil im Oktober schon Flaute ist. Die Rechnung geht auf. Den Touristen gefällt das.«

»Und Viviane?«

»Sie sagt, Valletta eigne sich gut als Bühne. Sie tritt gratis auf. Aus Nostalgie. Ich werde ihr mailen, dass du da bist. Das wird sie freuen.«

Er erwiderte geistesabwesend:

»Ich kann nicht sagen, ob ich dann noch hier sein werde.«

»Das ist am Samstag, in vier Tagen. Du machst natürlich, was du willst«, setzte ich bitter hinzu. »Aber Peter würde dich auch gerne sehen.«

»Ach, Peter ...«, sagte er. »Was macht er jetzt?«

Der Ton war ein wenig geringschätzig, doch nichts, worüber ich hätte böse sein können. Ich erzählte, dass er sein Elternhaus verlassen hatte. Dass er in Mosta studierte, um Tierarzt zu werden.

»Er ist sehr empfindlich und quälte sich eine Zeit lang mit Selbstvorwürfen. Er hat ganz schrecklich unter der Familie gelitten. Auf Malta, das weißt du ja, verändern sich die Dinge langsamer als anderswo, das gilt auch für den Familienstolz und alles Verschrobene, aber Peter ist längst darüber hinweg.«

»Siehst du ihn oft?«

Ich schluckte.

»Ja, ungefähr an jedem Wochenende. Und er hat mich in

England besucht, und wir sind zusammen zu meinen Großeltern gefahren, nach Rügen.«

»Hast du mit ihm geschlafen?«

Zwischen uns hatte es nie eine Lüge gegeben. Niemals.

»Ja«, sagte ich schlicht.

Er schwieg. Ich streichelte seinen nackten Arm, verfolgte den Lauf der Spiralen auf der glatten, unversehrten Haut; sogar seine Taille, sein Gesäß waren mit diesen Mustern bedeckt. Mir war, als wollte er sich selbst in ein Symbol verwandeln, den phallischen Steinen ähnlich, zu Ehren der Göttin aufgerichtet. Dieser Gedanke war völlig fremd, fast zu reichhaltig für mein logisches Denken. Es gab eine Verbindung zwischen ihm und Viviane, wenn ich auch nicht genau sah, welche. Und was Peter betraf, gewiss. Giovanni lag da, die Augen halb geschlossen; auch er dachte nach. Ich brach das Schweigen.

»Bist du eifersüchtig?«

Er antwortete ebenso schonungslos wie ich.

»Ich bin eifersüchtig. Aber weil es Peter ist, macht es mir weniger aus. Er ist wie ein Stück von mir.«

Ich dachte, er würde mich immer in Erstaunen versetzen. Denn er fragte, fast im gleichen Atemzug:

»Glaubst du, dass Peter eifersüchtig ist?«

Es kam mir seltsam vor, dass die Erfüllung des einen das Leid des anderen sein konnte. Ich fühlte mich plötzlich sehr selbstsüchtig. Ja, Peter hatte wohl allen Grund, eifersüchtig zu sein. Doch im Augenblick konnte ich mir darüber nicht allzu viele Sorgen machen.

»Wenn er erfährt, dass du hier bist, ganz gewiss. Aber noch weiß er es ja nicht.«

»Wirst du mit ihm darüber sprechen?«

Ich zögerte.

»Ich würde die falschen Worte wählen und ihm wehtun…«

435

»Du unterschätzt ihn«, erwiderte er sanft.

Ich blickte aus dem Augenwinkel in sein Gesicht, sah nur seinen Blick, der wieder hinter den Wimpern verschwand. Er fragte ganz leise:

»Liebst du ihn eigentlich?«

»Ich weiß es nicht«, sagte ich. »Ich brauche ihn.« Und fügte mit kleiner Stimme hinzu: »Weil du ja so lange fort warst. Aber jetzt bist du wieder da.«

Seine Arme umfassten mich enger.

»Alessa, ich werde nicht immer da sein.«

Ich antwortete wie ein dummes kleines Mädchen.

»Oh, kannst du auf Malta nicht Arbeit suchen? Und da ist ja noch das Geld, das man dir schuldet ...«

Er schüttelte den Kopf.

»Nein, Alessa. Es ist wirklich besser, dass ich verschwinde. Ich habe mich in zu viele vertrackte Situationen gebracht.«

Ich sah in seinen Augen den finsteren Funken, der in den violetten Tiefen tänzelte, und mein Herz wurde schwer. Ich sagte kehlig:

»Das kann vorkommen.«

»Man gewöhnt sich daran.«

»Vielleicht sollte ich nicht daran denken.«

»Wenn du es vermeiden kannst ...«

So viele Erfahrungen, wie er sie gemacht hatte, kamen mir vor wie ein schlechter Roman mit zu vielen Ereignissen. Zudem waren es – wie ich ahnen konnte – die Erfahrungen aus einer sehr gefährlichen Welt. Man gewöhnt sich daran, hatte er gesagt. Schlief er ruhig, oder hatte er quälende Träume? Wie mochte er mit den Bildern, die in ihm waren, zurechtkommen? Wäre es für ihn nicht möglich, diese Bilder dem Vergessen zu überlassen? Aber was gewesen war, konnte er nicht bis an die Wurzeln ausrotten, und das Gewissen leistete Widerstand, lebte klageführend und sich beschwerend in ihm fort. Und so sagte ich nichts mehr, und auch er sprach von etwas anderem.

»Deine Eltern? Wie geht es ihnen?«

Ich antwortete leichthin.

»Gut. Ich sehe sie nicht oft. Ich habe keine Zeit. Dann und wann besuche ich Mutter, wenn sie im Theater arbeitet. Was meinst du? Sage ich ihr, dass du da bist, oder lieber nicht?«

Er zog leicht die Schultern hoch.

»Wie du willst. Du kannst sie von mir grüßen.«

Fast hätte ich gelacht. Die höfliche Floskel hörte sich bei ihm so eigenartig an. Aber ich lachte nicht, im Gegenteil, mir kamen fast die Tränen. Er sprach wie ein Mensch, dessen Höflichkeit die vorüberziehenden Gedanken verbirgt, und das mit einem Kummer, der aus tiefer Bitterkeit wuchs. Als ob er sagen wollte: »Früher gehörte ich ein wenig dazu. Aber jetzt überhaupt nicht mehr.« Aber er war kein Mann, der so oder so viel Verwendung für Erklärungen hatte. Stattdessen sagte er mit einer Klarsicht, die mich erschütterte:

»Es wird sie beunruhigen, aber ich gehe ja bald wieder.«

Die Schatten in ihm kamen und gingen; auch wenn er in meinen Armen lag, glich er einer Gestalt, die im Begriff war, sich von mir zu lösen.

»Du versuchst nicht, mich zu beeinflussen«, meinte er, als ich schwieg.

Ich antwortete ruhig.

»Weil es keinen Zweck hätte.«

»Das mag ich so an dir«, sagte er. »Dass du mir nie vormachst, ich hätte die Wahl.«

»Ich will nicht so tun, als könnte ich dich zurückhalten.«

Er sagte gepresst: »Es ist sehr hart, dass ich dich verlassen muss.«

Ich streichelte ihn, als ob sich meine Fingerspitzen jede Linie seines Gesichts einprägen wollten.

»Wie lange bleibst du noch?«

»Ich kann es nicht sagen. Die Zeit verrinnt.«

»Sie rinnt uns beiden aus den Händen«, sagte ich.

»Wir wollen sehen, ob wir die Zeit nicht etwas anhalten können«, sagte er kehlig, bevor er mich mit lähmender Kraft in seine Arme schloss. Es war klar, dass wir nicht voneinander loskamen. Wir zogen es in der Länge, schufen die Variationen und Fantasie dazu. Und später war das Zimmer in blaue Dunkelheit getaucht, und Kenza schlief friedlich unter unserem Bett. Es waren die Nachtstunden, in denen das Herz sich ganz auftut, seine innere Kammer zeigt, aus der alles entspringt. Wir liebten uns in Verzweiflung und Gier, und immer am Rande der Tränen. Die Wirklichkeit schien so fern, und alles war Magie, als ob jede Pore flüsternd funkelte. Konnte Liebe so wonnevoll, so restlos sein, konnte Leidenschaft sich immer wieder neu entfachen, nur weil das Imaginäre hinzukam? Wo Liebe nach innen dringt, tilgt sie das Nichts in uns, überspringt den Abgrund. Und nur das Bewusstsein eines unausweichlichen Endes gibt dieser Liebe so viel Kraft.

Das zu erleben, war eine Wohltat, ein Geschenk. In Stunden wie diesen sind tausend Nächte lebendig. Dass Giovanni andere Frauen gehabt hatte und viel bei ihnen gelernt hatte, war klar. Aber ich fragte ihn nicht nach diesen Frauen, sie waren unbedeutend. Wir wollten nicht schlafen, es war unsinnig, so viel Zeit mit Schlafen zu verschwenden! Doch die Zeit konnten wir nicht aufhalten; der Verzückung folgte unweigerlich die Müdigkeit. Mattigkeit sickerte ein, wir schliefen, obwohl wir nicht schlafen wollten, als ob unsere Liebe nicht bald verwehen, sondern für immer und ewig gegenwärtig sein würde. Und dann, irgendwann im Schlaf, hörte ich Kenza miauen. Ich schlug verwirrt die Augen auf, sah die Dämmerung ihre Schleier vor dem Fenster weben, silbergrau, mit Rosa durchglüht.

»Giovanni?«, rief ich leise.

Alles blieb still. Ich hörte nur das dunkle Rascheln der Morgenfrühe, schon war der erste Vogelschwarm in einem Baum. Meine tastenden Hände fanden nichts, nur das zerwühlte Laken. Giovanni war fort. War er jemals bei mir gewesen?

36. Kapitel

Ich rollte mich zusammen, zog das Laken, auf dem er gelegen hatte, fest an mich, wühlte mein Gesicht in den zerknitterten Stoff, fand seinen Geruch wieder, diesen aufwühlenden Geruch nach Leder, Holzkohle und Orangenblüte, der mich noch in der Erinnerung besessen machte vor Verlangen. Der Hitzegrad dessen, was man Liebe nennt, schien stark genug, um alle Bestandteile vollkommen zu schmelzen. Noch immer floss Zauber durch meine halbwache Welt. Doch Kenza miaute stärker, forderte ihr Recht. Ich warf mein Haar aus dem Gesicht, richtete mich mühsam auf, stellte meine Füße auf die kalten Fliesen. Ich taumelte in die Küche, schüttete Katzenfutter und frisches Wasser in die Schälchen, stellte sie vor Kenza auf den Boden. Als mich umwandte, sah ich den Zettel auf dem Tisch. Mit dem Blatt Papier, das Giovanni von meinem Schreibblock abgerissen hatte, trat ich näher ans Fenster heran und las die hastig hingekritzelten Zeilen.

»Alessa, warte nicht auf mich. Ich komme, sobald ich kann, zu dir.« Das war alles. Nicht ein Wort mehr, soviel ich auch daraufstarrte. Dann sah ich auf die Uhr. Halb sieben. Um neun warteten Touristen im Hotel *Phoenicia* auf mich, ich musste zuerst ins Büro, wo der Chauffeur mich abholen würde. Ich wankte unter die Dusche, wusch mich ausgiebig, zuerst heiß, dann kalt, wusch auch mein Haar mit einem Shampoo, das nach Pinien duftete. Inzwischen lief die Kaffeemaschine, ich goss Milch über Cornflakes, frühstückte ausgiebig. Ich brauchte jetzt Kraft, musste ein freundliches Gesicht zeigen, Worte aussprechen, die nichts mit mir zu tun hatten. »Nimm dich zusammen, Alessa!« Giovanni war hier gewesen. Mit einem Mal befiel mich eine Lähmung, eine zermürbende Schwere in den Gliedern. Alles in allem war es nur eine Art von Irrtum und Abenteuer gewesen, nur ein Hauch aus der Erinnerung, vom Schicksal herangetragen. Glück, Schmerz, Lachen, Stillsein, Herzklopfen und hohe Seligkeit, hatte ich das alles nur geträumt? Nein, Giovanni war wirklich hier gewesen. Wie viel war dies schon! Aber es war nicht genug. Ich wollte mehr. Nicht viel, nein, nur noch ein bisschen mehr. Denn wir hatten nur wenig Zeit gehabt, zu wenig Zeit, um alle Zeichen des Schmerzes, des Fragens zu tilgen. Und auch diese Zeit war schon ausgelöscht. Noch während wir uns liebten, rann die Zeit vorbei. Es war ja unnötig, sich darüber Gedanken zu machen. Er war nur vorübergehend da, aber für uns wurde ein Teil unseres Lebens daraus. Wir glauben, erfahren zu haben, wie lange genau die Zeit dauert, wie sie manchmal dahinjagt und dann wieder träge sickert. Aber dann kommt dieses Unheimliche, Unvorhergesehene hinzu; die Zeit wird plötzlich zur Urform. Für Giovanni und mich blieb die Welt dort stehen, wo wir sie zum ersten Mal bewusst erlebt hatten. Kein Tag würde nie anbrechen, keine Nacht nie enden. Der Mensch ist ein einsamer Träger von Zeitschichten, die Vergangenheit geht in die Gegenwart. Was war, wird nie mehr sein, oder anders.

Meine Gruppe, bunt zusammengewürfelt, wartete vor dem Hotel. Sie waren gestern erst angekommen. Ich stellte mich vor, sprach die Begrüßungsworte, fragte nach dem Flug, berichtete, dass es auf Malta noch warm sei, aber nicht zu heiß, denn es wehte ein starker, erfrischender Wind. Während der Fahrt hatte ich Ruhe, sah aus dem Fenster. Wo mochte Giovanni jetzt sein? Wann würde ich ihn wiedersehen? Wir durchfuhren verkehrsreiche Straßen. Dicht belaubte Bäume warfen Schatten auf ockerfarbenen Putz, halbgeschlossene

Jalousien beschützten dämmrige, kühle Räume. Die Touristen filmten die vorspringenden Holzbalkone. Die Blätter der Kastanienbäume waren schon hart und halb verbrannt, eine Droschke, gezogen von einem munteren Pferd, fuhr die Straße hinauf, die Hufe erzeugten ein Prasseln kleiner Steine. Auch die Droschke wurde gefilmt. Die Bauten saugten die erste gelbe Hitze auf, der Tag war noch lang, wir hatten noch viel zu sehen: Museen, Kirchen, die Prunkbauten der Johanniter. Ich hatte so viel zu erklären. Ich hätte lieber geschwiegen, doch das wäre nicht professionell gewesen. Ich funktionierte fehlerfrei. Wir aßen am Meeresufer zu Mittag, aus den Straßen kam Hitze, vom Meer stieg Frische auf, ein fruchtiger Geruch nach Tang. Die kleinen Boote, blau und türkisfarben gestrichen, entzückten die Besucher. Ich erklärte die Bedeutung des gemalten Auges am Bug, der vor dem »bösen Blick« schützte, ein Symbol, das aus Afrika kam. Das Essen war vorzüglich, ich ließ die Weinkarte kommen, empfahl einige maltesische Sorten; die meisten allerdings tranken nur Tafelwasser oder Bier. Als alle unter sich ins Gespräch verwickelt waren, erhob ich mich diskret, ging in Richtung der Toilette. Nachdem ich mir die Hände gewaschen hatte, klaubte ich mein Handy aus dem Rucksack und gab Peters Nummer ein. Ich hörte sofort seine verhaltene Stimme. Er hatte erst um eins Mittagspause und wusste, dass ich ihn nicht ohne Grund stören würde.

»Ich muss dich sehen«, sagte ich halblaut. »Aber nicht bei mir zu Hause.«

»Was ist los?«

Ich schluckte.

»Peter, Giovanni ist wieder hier.«

Kurzes Schweigen. Dann, mit Argwohn in der Stimme:

»Wo wohnt er? Bei dir?«

»Nein. Aber er kann jederzeit vorbeikommen. Ich bin mit Touristen in St. Paul's Bay unterwegs, aber um fünf habe ich frei. Ich würde dich lieber in Mosta treffen.«

441

»Hör mal«, sagte er, »du bist heute schon genug rumgefahren. Ich komme nach St. Julian.«

»Arbeitest du nicht?«

»Nein, die Pizzeria ist montags geschlossen. Heute ist mein freier Abend. Um sieben, geht das?«

»Gut«, sagte ich.

Wir verabredeten uns in St. Julian, in einer Snackbar, die wir beide kannten. Für Peter dauerte die Fahrt mit dem Bus kaum vierzig Minuten. Nach dem Essen besuchte ich mit meiner Gruppe den wunderschön erhaltenen Palazzo Parisio, ein Privathaus, das Napoleon 1798 während seiner Landung auf Malta zu seinem Quartier gemacht hatte. Der Palast mit seinen Wandmalereien war der Öffentlichkeit eigentlich nicht zugänglich. Aber ein fröhlich geschwätziger Historiker, der Napoleon sehr respektlos und ironisch schilderte, wollte den Palazzo besuchen, und ich hatte die notwendige Erlaubnis eingeholt. Während der Besichtigung hatte ich nicht viel zu sagen: Der Historiker dozierte selbst. Das war an diesem Tag genau das Richtige für mich. Danach brachte ich meine höchst zufriedene und müde Gruppe wieder zum *Phoenicia* zurück. Unser Chauffeur wohnte in St. Julian, sodass ich gleich mitfahren konnte. In der Snackbar waren noch wenige Leute zu dieser Zeit. Ich suchte die Toilette auf und machte mich frisch. Kaum saß ich wieder an meinem Tisch, als Peter erschien. Er kam von draußen, aus dem Sonnenschein, blickte sich um, etwas gedankenverloren, und ging in die falsche Richtung. Endlich sah er mich und kam erleichtert auf mich zu. Sein gutherziges Lächeln blitzte kurz auf. Er setzte sich, warf seine Tasche neben sich auf den Stuhl und blickte auf mein Mineralwasser.

»Ich habe auch Durst.«

Ich hielt ihm mein Glas hin. Er nahm einen langen Schluck.

»Danke. Es war warm in Mosta. Die letzten Hitzewellen.«

442

Der Kellner kam mit der Karte. Ich dachte, ich bringe keinen Bissen hinunter, bestellte aber Salat mit Ziegenkäse.

»Ich nehme das Gleiche«, sagte Peter.

»Hast du keinen Hunger?«

Er schüttelte den Kopf.

»Ich esse jeden Abend Pizza, massenhaft. Ich habe schon zugenommen. Salat ist genau das Richtige für mich.«

Der Keller goss das Mineralwasser ein. Als er gegangen war, verschwand Peters Lächeln. Er sagte tonlos:

»Wie geht es ihm?«

»Ich weiß es nicht.«

»Du weißt es nicht?«

»Nein, er ist ... seltsam.«

»Was verstehst du unter seltsam?«

Ich seufzte.

»Ach, Peter. Es fällt mir so schwer, von ihm zu sprechen. Es tut mir leid, ich muss mir Zeit nehmen. Ich glaube, er hat allerhand hinter sich.«

Der Kellner erschien bereits wieder, um die Salate zu bringen. Wir versuchten zu essen, während ich von Giovanni sprach.

»Er erzählt kaum etwas von sich. Und wenn er etwas erzählt, werde ich unruhig. Ich weiß auch nicht, warum.«

Ich trank einen Schluck, schwieg, stocherte in meinem Salat herum. Peter ließ mich nicht aus den Augen.

»Hast du ihn nicht gefragt?«

Ich wich seinem Blick aus.

»Es ist etwas anderes. Verstehst du, für mich ist es so, dass ich nichts Genaues wissen will. Nichts verstehen will, nichts ...«

Er antwortete nicht, eine ganze Weile lang. Es war ruhig in dieser Bar, laut würde es erst später werden.

Schließlich seufzte Peter.

»Immerhin war es nicht seine Schuld.«

»Nein. Und ich habe ihm erzählt, wie wir Fra Beato aufgesucht haben und er uns geholfen hat.«

»Und was hat Giovanni gesagt?«

»Er hat geweint.«

Peter schien betroffen.

»Geweint?«

»Ja.«

Peter holte gepresst Luft.

»Das Leben ist einfach beschissen. Sag, sieht er unglücklich aus?«

»Eigentlich nicht. Eher düster. Verschlossen. Und ich weiß nicht, warum ich derartig an ihm hänge«, setzte ich ganz leise hinzu.

Peter sah mich an, mit hellen, verschwommenen Augen hinter der Brille.

»Was hat er bloß die ganze Zeit gemacht?«

»Er war lange Zeit in Mexiko.«

»Drogen?«, murmelte Peter.

»Ich nehme es an. Vielleicht auch andere Sachen.«

»Spricht er darüber?«

»Wäre es dir lieber, er spräche?«

Peter seufzte.

»Hat er dir was vorgelogen?«

»Du weißt, dass Giovanni grundsätzlich nie lügt. Er sagt lieber nichts als etwas, das nicht stimmt.«

»In dieser Hinsicht hat er sich nicht verändert.« Peter sprach zerstreut, da war etwas anderes, was ihn beschäftigte.

»Will er hierbleiben?«

»Nein.«

Ich merkte ihm einige Erleichterung an.

»Hat er dir gesagt, wann er wieder geht?«

»Willst du ihn sehen?«

»Natürlich will ich das.« Peter wurde ein wenig rot. »Und wie steht es mit ihm?«

»Er würde dich gerne wiedersehen. Hat er gesagt. Er will auch Viviane sehen.«

»Wird er bleiben, bis sie kommt?«

Ich hatte das deutliche Gefühl, er wäre froh gewesen, wenn
ich gesagt hätte: »Nein, er muss schon morgen wieder weg.«
Stattdessen sagte ich: »Er weiß es noch nicht. Er ist nur hier,
um einige Dinge zu regeln. Eine Erbschaftssache. Der Vater
war ja reich, aber die Brüder sind Gangster.«

»Er soll sich vor ihnen in Acht nehmen.«

Ich lächelte unfroh.

»So, wie er jetzt ist, dürfte es eher das Gegenteil sein.«

»Ich an seiner Stelle ...«

»Nein«, unterbrach ich ihn. »Er hat jahrelang zu einem dieser Clans gehört, die so gefährlich sein sollen. Da macht ihm
unsere Lokalmafia keine Angst.«

»Ich sehe schon ...«

Peter versank in Gedanken, wiegte sich leicht hin und her.
Irgendetwas, von dem ich nicht wusste, was es war, erinnerte
ihn, so kam es mir vor, an andere Orte und Zeiten. Schließlich
fand er aus seiner Verzückung heraus, räusperte sich.

»Ich wollte dich eigentlich etwas anderes fragen: Liebst du
ihn immer noch?«

»Ich liebe ihn, Peter. Und du liebst ihn auch.«

Er zuckte zusammen.

»Warum sagst du das?«

»Ich weiß es nicht. Es ist doch die Wahrheit, oder?«

Er sah mich an, mit Qual in den Augen.

»Sieh mal, Alessa, aus dieser Sache konnte ja nie etwas werden ...«

Peters Worte gingen bejammernswert an den Tatsachen
vorbei. Wenn der bloße Gedanke an Giovanni ihn so alar-
mieren konnte, wie würde dann seine Gegenwart auf ihn wirken? Unsere Kindheit, so reich sie uns auch im Nachhinein
erschien, hatte uns nicht im Geringsten beschützt. Peters ganzes Benehmen mir gegenüber deutete an, dass er seelisch noch
verwundbar war. Er musste erst mit seinen eigenen Gefühlen

ins Reine kommen, eine klare innere Linie finden, eine genaue Route des Verhaltens, um einem Mann wie Giovanni ins Gesicht zu sehen. Im Grunde waren ihre Schicksale ähnlich, beide waren gesellschaftlich entwurzelt. Mit allem Nachdruck des Herzens hätte ich Peter gerne gesagt, dass es für ihn nicht so schlimm sein konnte wie für mich. Selbstverständlich war ich nicht so naiv, das zu tun. Aber das Unheil war geschehen. Da Giovanni zuverlässig gefährlich war, wurde Peter sich mit Schrecken bewusst, dass er sich vor ihm fürchtete. Das alles brauchte er mir nicht zu erklären. Und auch nicht, dass die Liebe zu Giovanni nach wie vor unser Leben erfüllte. Aber das war eine Sache der Mystik. Als wir Kinder waren, hatten wir in die Rinde eines Olivenbaums ein Herz geschnitten; darin hatten wir unsere vier Namen geritzt: Peter, Alessa, Vivi, Giovanni.»Vielleicht gab uns die Erinnerung Kraft. Wenn nicht, dann nicht.

Er schob den Teller zurück.

»Wie sind jetzt deine Pläne?«

»Ich habe keine. Ich warte.«

»Auf ihn?«

»Er wird wiederkommen.«

Uns beiden war der Appetit vergangen. Eine ähnliche Unruhe hatten wir bereits früher empfunden. Jetzt aber wurde es bewusster erlebt und zerrte auch viel stärker an den Nerven.

»Ich dachte, dass du und ich ...« Peter sprach den Satz nicht zu Ende, formte jedes Worte mit Mühe.»Wir hatten es doch schön zusammen ...«

Ich beugte mich vor, legte meine Hand auf die seine.

»Sei mir nicht böse. Denk nicht mehr daran.«

Er schüttelte heftig den Kopf.

»Ich bin dir nicht böse. Aber nicht daran denken ... ist ganz und gar unmöglich.«

Ich spürte, wie seine Hand leicht zitterte, und drückte sie fester.

»Peter, sei ruhig. Er bleibt nicht lange hier. Und soll ich dir
etwas sagen? Es ist sehr klug, dass er wieder geht. Er hat sich
da draußen in der Welt ein eigenes Leben gemacht. Zwischen
dir und mir ändert sich nichts, das verspreche ich dir.«
Ein schwaches Lächeln flog über sein Gesicht, ein bisschen
verschämt, ein bisschen schuldbewusst.

»Mir war es ja von vornherein klar. Und ich will weiter
nicht viel, ihn nur wiedersehen. Weil...weil das jetzt alles vorbei ist.«

Er war dabei, mir etwas zu sagen, was er eigentlich nicht
sagen wollte. Da waren wir wieder, jeder für sich, immer
anders und unheimlich in unseren Gedanken. Eine homoerotische Neigung, hatte Viviane damals festgestellt. Ich sagte
leise: »Er ist kaum wiederzuerkennen.«

Peter befreite seine Hand, tastete fahrig nach dem Glas.

»Aber das ist es ja gerade, warum ich ihn sehen will. Es geht
mir nur darum...«

Sein Gesicht war dunkelrot geworden. Er lehrte das Glas in
einem Zug.

»Mir ist etwas übel.«

»Warum? Mir kannst du es doch sagen.«

Er holte tief Atem.

»Verstehst du, ich muss ihn aus meiner Erinnerung löschen.
Sonst nämlich...« Er schwieg abermals, ballte die Fäuste.

Ich entsann mich an das gemeinsame Leuchten in Peters
und Giovannis Augen. Und ich erinnerte mich auch daran,
wie warm, vertrauensvoll und offen Giovannis Blick früher
gewesen war. Aber das Leuchten in Giovannis Augen war in
einem Anderswo erloschen. Und vielleicht war es sinnvoll,
dass Peter es sah, dieses Dunkel in Giovannis Blick. Damit er
die Veränderung erkannte und nichts mehr zu beweinen hatte.
Ich nickte Peter zu.

»Ich werde ihm sagen, dass du ihn sehen willst.«

Die Frage war: wann? Peter hatte Kurse und abends die Pizzeria. Blieb die *Notte Bianca*, ein paar Stunden nur; aber das genügte. Und Viviane würde auch da sein.

Und am Ende war es Peter, der den Gedanken aussprach, den ich weder wahrhaben noch zulassen wollte.

»Vielleicht ist es das letzte Mal, dass wir uns zu viert treffen.«

Spätabends kam ich in meine Wohnung zurück, fütterte Kenza, die ziemlich ungeduldig maunzte. Auf Giovanni zu warten nützte nicht viel. Er kam – oder er kam nicht, ich musste es darauf ankommen lassen. Außerdem war ich todmüde. Doch bevor ich mich zu Bett legte, brauchte ich ein Orakel. Ich schaltete meinen Computer an und schickte Viviane eine E-Mail. Ich erzählte, dass Giovanni wieder da war und welche Eindrücke ich von ihm hatte. Was nun die Frage betraf, wer er heute war, im Unterschied zu damals…

Ich formulierte sie in einem kurzen Satz:

»Glaubst du, er hat einen Mord auf dem Gewissen?«

Ich übergab die Frage dem Netz, oder dem System, oder dem Äther, im Extremfall war mir das egal. Kalte Kommunikation ist besser als überhaupt keine.

Ich schaltete den Computer aus, duschte und legte mich schlafen. Ich schlief traumlos und tief und erwachte, als die Morgensonne in den Raum schien und Kenza in ihrem Sandkasten kratzte. Gähnend ging ich ins Badezimmer und stellte die Kaffeemaschine an. Meine Gruppe erwartete mich um neun, ich musste mich beeilen. Als ich gefrühstückt hatte, ging ich schnell ins Internet. Ich erwartete keine Antwort von Viviane, so schnell nicht. Und doch hatte Viviane sich gemeldet, knapp und schnoddrig, wie sie manchmal sein konnte. Ihre Antwort brachte das weite Feld der Emotionen in Bewegung, barg Geheimnisse, war allzu enorm, oder allzu schrecklich, um von mir aufgenommen zu werden. Ich betrog mich lieber selbst, um sie nicht zu verstehen. Zwei Worte hatte das Orakel eingetippt und dazu ein Fragezeichen:

»Nur einen?«

37. Kapitel

Am gleichen Abend kam Giovanni wieder. Es war schon spät, halb elf. Ich hatte mein Programm für die nächsten zwei Tage erarbeitet und wollte mich schlafen legen, als ich ein Geräusch am Fenster hörte. Es klang, als ob Regentropfen gegen die Scheibe schlugen. Aber die Nacht war klar. Vorsichtig löschte ich das Licht, bevor ich das Fenster öffnete und mich nach draußen beugte. Ich sah unten auf der Straße eine Gestalt, die ich sofort erkannte. Ich gab ein Zeichen, dass ich öffnen würde, lief, so wie ich war, in T-Shirt und Shorts, die zwei Etagen hinunter und öffnete unten die Haustür. Es gehörte zur Hausordnung, dass die Mieter nach zehn die Haustür zu schließen hatten. Giovanni stand vor mir, dunkel in der Nacht, und roch nach Zigaretten, was mich verwunderte. Er grinste leicht, als er mich in die Arme nahm.

»Ich wollte das Schloss nicht knacken. Das fällt auf.«

»Kannst du das denn?«, fragte ich einfältig.

Er zog die Schultern hoch.

»Wer reinwill, kommt rein.«

Ich schloss stumm die Tür, und er stieg hinter mir die zwei Stockwerke empor. Er ging vollkommen lautlos. Ich hörte nur meine eigenen Schritte; die seinen nicht. Wir sprachen kein Wort, bis ich die Wohnungstür geschlossen hatte. Dann standen wir im sanften Licht der Stehlampe und sahen einander an. Meine Wangen und mein Ohr prickelten, als er behutsam die Hand hob, mein Gesicht streichelte. Wieder roch ich den Geruch seiner Haut, diesen öligen, etwas würzigen Balsam,

der ihm eigen war, vermischt mit Zigarettenaroma, das nicht
von ihm war.

Ich sagte unwillkürlich:

»Hast du geraucht?«

Er schüttelte den Kopf.

»Ich nicht, die anderen. Ich – ich rauche nicht. Eben darum,
weil man es riecht.«

Ich dachte, er ist vorsichtig, er denkt an alles. Vivianes Warnung, sachlich über alle Maßen, ging mir nicht aus dem Sinn,
wobei ich sie nicht als Abschreckung empfinden konnte, eher
als einen Schmerz, der noch hinzukam. Viviane irrte sich nie.
Aber das sagte ich Giovanni nicht. Wozu? Er hätte es nicht
einmal abgestritten. In unserer unwiderruflich zertrennten
Welt war alles, was aus der Erinnerung zu uns drang, ein Geschenk. In diesem unwirklichen Zustand der geborgten Zeit
erwuchsen sie uns neu, die Gefühle von einst. Mehr noch, wir
besaßen sie stärker, weil zuvor keiner von uns diese Erfahrung
hatte. Früher hatten wir sie nur halb empfunden. Aber darüber sprachen wir nicht. Es waren nur die Erinnerungen, an
denen die Flügel unserer Seele zerbrachen. Giovannis Hand
wanderte zu meinem Nacken. Seine langen, schlanken Finger
spreizten sich unter meinem Haar, tasteten über meine Kopf-
haut. Dann wieder legten sie sich ganz sanft auf mein Gesicht,
ich fühlte ihren zarten Druck auf meinen Wimpern. Es durchfuhr mich wie ein elektrischer Strom, aus aller Vernünftig-
keit herausgerissen; was blieb, war die Intensität unserer Beziehung, ihre Wirkung, ihr Einfluss. Ich schlang beide Arme
um seinen Hals, brachte ihn fast aus dem Gleichgewicht. Wir
küssten uns, unsere Lippen ließen voneinander nicht ab, wir
tranken unseren Atem, unser Speichel hatte den Geschmack
der Jugend. Dabei rissen wir uns fast die Kleider vom Leib,
empfanden die Berührung unserer Haut wie einen glühenden Schock. Es war, als ob Licht aus uns hervorbrach, eine
Sturzflut von Gefühlen uns niederriss. Wir fielen auf das Bett,

450

dem Begehren hingegeben, es war eine Art Wahnsinn, der nirgends Halt machte, ein einziger Lustkrampf, der Liebkosung war. Ich formte diesen Körper mit meinen Händen, definierte ihn neu für mich, baute ihn nach den Maßen meines eigenen Körpers. Der Einklang unserer Bewegungen entfachte immer wieder neue Stürme in uns, von den Schultern bis zu den Fersen. Giovanni beugte sich über mich, hatte seine Arme rechts und links neben meinem Kopf aufgestützt, er streichelte mich mit der Zunge, unsere Augen ließen voneinander nicht ab, wir warfen einander unser Bild zu, ein doppelter, sich langsam trübender Spiegel. Immer würde ich mich an diese Augenblicke erinnern, und das Vertrauen, das ich ihm schenkte, war ein Urvertrauen, so zwingend und stark, wie das Neugeborene es empfinden muss, wenn es das Licht der Welt entdeckt und die Arme der Mutter, die es schützend umgeben, bis in die Dunkelheit des Schlafes, der alle Verlassenheit tilgt und Geborgenheit schenkt. Wir schenkten uns Seele und Leib, wälzten uns im zerwühlten Bett, die Laken waren ebenso heiß wie unsere Körper. Ich kroch auf Giovanni, bog seinen Rücken zurück, ich hielt seinen Kopf in meinen Händen, ich drang in seinen Mund ein, hielt ihn mit meinen Lippen ebenso fest, wie ich ihn in der Dunkelheit meines Leibes festhielt. Brennen und Beben in mir lösten einander ab, als überfielen mich Wellen. Die Sonne, die in unserem Fleisch kreiste, war die Sonne des Paradieses; und doch zerfiel sie unaufhörlich, von Seligkeit zu Seligkeit, schrumpfte zusammen mit langsamem Pulsschlag. Meine Ellbogen gaben nach, ich fiel auf Giovannis nasse Brust, meine klebrige Wange an seiner, die Wellen waren noch in meinem Körper, eine innere Wasserkugel, die lebte und atmete, bevor sie allmählich zur Ruhe kam. Danach empfanden wir nur noch Mattigkeit, unsere Haut kühlte ab. Ich stellte eine verschwommene Berechnung auf, um zu sehen, wie viel Uhr es sein mochte; noch blieb uns Zeit, aber die Nacht würde weichen, die Zeit uns durch die Finger rinnen, ohne dass wir etwas anderes empfinden konnten als das Unausweichliche dieses Verrinnens. Lautlos erhob ich mich, ging in die Küche, trank Wasser in langen Zügen. Dann trat ich wieder ans Bett, reichte ihm das Glas Wasser. Er schlug die Augen auf, setzte sich hoch. Er trank in durstigen Zügen, bevor er mich anlächelte.

»Denk nicht, dass ich geschlafen habe ...«

Ich erwiderte sein Lächeln.

»Du hast geschlafen.«

Er schüttelte leicht den Kopf, widersprach nicht.

»Oder vielleicht doch, ein paar Minuten. Es tut mir leid.«

»Du bist müde.«

Es war eine Feststellung, keine Frage. Er nickte.

»Ja, sehr. Aber Schlaf kann ich mir eigentlich nicht leisten. Ich versuche mich zu konzentrieren. Die Typen sind wahrhaftig zum Kotzen.«

»Deine Brüder?«

Er nickte.

»Zur Hölle mit ihnen!«

»Machen sie Schwierigkeiten?«

»Für sie bin ich es, der Schwierigkeiten macht. Wo ich sie seit meiner Geburt nicht ertragen kann, weder ihren Anblick noch ihre Sprache noch ihren Geruch! Wenn ich an all die Lügen denke, die sie mir auftischen! Und ich muss etwas vortäuschen oder behaupten, was ich nicht fühle und was mir zuwider ist. Zum Beispiel muss ich so tun, als ob ich noch irgendetwas für sie übrighätte. Verdammt, wie mich das langweilt! Ich sitze da und höre mir ihr dämliches Geschwätz an.«

»Was treiben sie?«

»Immer dasselbe. Neuerdings mischen sie sich auch in die Politik ein. Sie wollen nicht diskutieren, sie wollen – wie sie sagen – ›aktiv‹ werden. Sie nehmen das Wort ›Freiheit‹ in den Mund, als ob es etwas Heiliges sei, dabei schleusen sie haufenweise Afrikaner ins Land, arme Teufel, die sie vor der Küste ausladen. Wer nicht schwimmen kann, ersäuft. Aber sie haben Probleme, seitdem die Küstenwache schärfer durchgreift. Der Zigarettenschmuggel läuft auch nicht mehr wie früher. Und dann das Vogelschutzgesetz, die Jagdeinschränkung. Das macht ihnen am meisten zu schaffen. Sie wollen beweisen, dass sie sich von den Behörden nicht einschüchtern lassen.«

Giovanni sprach wie zu sich selbst, mit einer Art erstickter Wut, ich nahm betroffen die emotionalen Strömungen wahr, die er in Gang setzte.

»Die Schmierereien auf den Tempelsteinen, was bringt das? Alles ist so überflüssig und albern. Keine Ehre im Bauch! Sie können ja nicht einmal fehlerfreie Drohbriefe schreiben.«

»Ach so, die Drohbriefe«, murmelte ich und erinnerte mich an das, was mir Adriana erzählte. »Muss man die ernst nehmen?«

»Sie sind Feiglinge, und deshalb unberechenbar. Daneben wollen sie mich reinlegen. Sie haben einen Teil der Ländereien verkauft und das Geld unter sich aufgeteilt. »Mir steht ein Anteil zu«, sagte ich. Sie spielten zuerst die Dummen. Ich sagte: ›Na los, reden wir darüber!‹ Sie antworteten daraufhin: ›Nicht jetzt, später! Wir haben dir geholfen, erinnere dich. Wir nehmen nicht an, dass du in einem Kloster warst. Und jetzt brauchen wir dich.‹ Ich sagte: ›Bei mir ist Know-how nicht gratis.‹ Das macht sie natürlich sauer.«

»Warum sagen sie, dass sie dich brauchen?«

»Eben darum, weil sie sich in Politik einmischen. Aber warum soll ich für diese Dreckskerle noch irgendetwas tun?«

Er lehnte den Kopf an meine Schulter.

»Das Land gehörte meiner Mutter. Mein Vater – in der Hölle soll er verrecken – hat ihr alles genommen. Sie hatte nur zwei Kleider, hast du das gewusst? Ein Kleid für den Alltag und ein Kleid für den Kirchgang. Mein Vater sagte: ›Mehr brauchst du nicht!‹ Ich sagte zu dem verlotterten Pack: ›Glaubt ihr, ich merke nicht, wie ihr um die Dinge herumredet? So oder so bekomme ich mein Geld, oder es sieht schlecht für euch aus!‹ Sie sagten: ›Wir haben auch unsere besseren Seiten, wir werden dir Wertpapiere geben. Bist du jetzt zufrieden?‹ Ich sagte: ›Wertpapiere, die könnt ihr euch sonstwohin stecken. Ich will das Geld in bar.‹ Verstehst du, mit meinem gefälschten Pass kann ich mich hier nicht am Bankschalter blicken lassen. In Italien sieht die Sache anders aus, ein paar Schmiergelder – fertig! Aber ihnen widerstrebt es, eine große Summe abzuheben. Sie wollen nicht auffallen. Dazu kommen meine Schwestern, Bianca und Angelina, erinnerst du dich noch an sie?«

»Ein wenig.«

Giovanni erzählte, dass beide verheiratet waren, dass ihre Männer mitmischten und Dickschädel hätten.

»Was machen die?«, fragte ich.

»Biancas Mann handelt mit Gebrauchtwagen. Ein gerissener Gauner. Diego, der Mann von Angelina, arbeitet auf einem Frachter. Er ist es, der mir damals geholfen hat. Er ist kein übler Typ, mit ihm kann ich reden. Aber er ist auf See, ich muss warten. Offenbar läuft sein Schiff in diesen Tagen wieder in Valletta ein.«

Giovanni rieb sich die Stirn.

»Jedenfalls habe ich in ein Wespennest gestochen, der Clan ist in Aufruhr. Dabei verlange ich nur das, was mir legal zusteht.«

Er drückte sein Gesicht an meinen Arm.

»Vielleicht muss man lügen, um zu leben, vielleicht ist es so, ich weiß es nicht. Ich habe aber immer die Wahrheit gesagt. Meine Brüder, die lügen mir ins Gesicht und denken, ich merke es nicht.«

Er sah mich an, mit umflortem Blick.

»Es tut mir leid, Alessa. Ich kann nicht mehr klar denken. Und ich rede zu viel.«

Ich streichelte seine Stirn.

»Versuche, ein wenig zu schlafen.«

Er nahm meine Hand, presste sie an seinen Mund, fuhr mit der Zunge über die klamme Handfläche.

»Die Zeit geht so schnell vorbei. Ich will sie nicht mit Schlafen vergeuden. Und so früh beginnt der Tod …«

Er redete wie im Fieber, oder wie im Traum. Mich überlief es kalt.

»Wovon sprichst du, Giovanni?«

»Von dem Tod. Mach dir keine Sorgen, Alessa. Das kommt, weil ich müde bin, nur deswegen. Ich schulde dir etwas, Alessa, und dieses Etwas ist mein Leben. Und ich bitte dich jetzt, nie böse auf mich zu sein.«

Mein Herz krampfte sich zusammen.

»Wie kann ich böse auf dich sein, Giovanni?«

»Weil ich dir vieles nicht gesagt habe. Und es dir auch nicht sagen möchte. Weil ich will, dass du mich liebst.«

Ich streichelte sanft seine Lippen.

»Sei ruhig, Giovanni! Schlafe jetzt.«

Er lächelte ein wenig.

»Liebst du mich immer noch?«

»Ich liebe dich. Hör zu, ich muss um acht ins Büro, aber du kannst hier schlafen, solange du willst. Und du brauchst die Tür nicht abzuschließen, wenn du gehst.«

»Irgendwie komme ich schon hinaus.«

»Nicht durchs Fenster, tu mir den Gefallen. Und ich werde dir das Frühstuck machen. Mit Kaffee und Eiern und allem, was dazugehört. Nimmst du auch Joghurt?«

Er lächelte; es war ein trauriges Lächeln.

»Man hat mich noch nie so verwöhnt!«

Unwillkürlich erwiderte ich sein Lächeln.

»Tja, dann wird es ja mal Zeit.«

Sein Kopf sank zurück; er schlief sofort ein, schlief wie ein Stein. In der Nacht hörte ich ihn leise und gleichmäßig atmen. Er schlief nicht wie ein Mann, sondern leicht und lautlos, wie ein kleiner Junge. Die Finsternis kreiste über uns, ich lag still, am Anfang hielt ich sogar den Atem an. Außerdem schwebten Bilder in meinem Kopf herum und hielten mich wach. Es waren – ich erinnerte mich – die Bilder meines immer wiederkehrenden Traumes: der Sturz durch die blaue Luft, der Strudel, das schwarze Auge, das sich öffnete. Und darunter die unbekannte Welt, das sensible Chaos, ein Universum, im Werden seit dem Beginn der Zeiten. In meinem Kopf rauschte die See, ich spürte es sogar im Zwerchfell. Doch ich lag ruhig, atmete flach, entspannte mich allmählich, verschloss mich vor dem kleinsten Gedanken. Irgendwann schlief ich tatsächlich ein. Doch nicht lange. Schon wurde es hell, und Kenza miaute, als ob sie die ganze Nacht auf die Morgendämmerung gewartet hätte. Ich legte die Finger auf die Lippen.

»Leise!«, flüsterte ich ihr zu, bevor ich das Bett verließ; mir war, als hätte ich Bleigewichte an den Füßen. Seltsam: Das Meeresrauschen war noch da, in meinen Ohren. Als ich an das offene Fenster trat, hörte ich es deutlicher. Der Wind kam von Südosten, brachte hohen Seegang. Schlugen die Wellen an die Klippen, hörte man es bisweilen in diesem Stadtviertel. Giovanni regte sich nicht, sein Gesicht war gegen die Wand gedreht. Beim Anblick seiner dunklen Gestalt, vertraut und doch so fremd, empfand ich eine seltsame Rührung, eine Schwere ums Herz, ein Würgen in der Kehle. Leise ging ich ins Badezimmer, duschte mich, und als ich mit nassen Füßen in den Wohnraum kam, saß Kenza in vorwurfsvoller Stille vor der Tür. Zuerst also Kenza. Ich reinigte und füllte ihre Schälchen neu, während sie um meine Beine strich. Als sie zufrieden knabberte, machte ich das Frühstück bereit, presste frischen Orangensaft, kochte Eier, mischte Salat. Beinahe, als ob wir verheiratet wären, ging es mir durch den Kopf. Mir fiel auf, dass ich dabei lächelte. Das Radio stellte ich nicht an, damit Giovanni ruhig weiterschlafen konnte. Ich trank meinen Kaffee, löffelte zwei Joghurte, strich Butter und Marmelade auf meinen Toast. Ein Blick auf die Uhr zeigte mir, dass es schon zwanzig vor sieben war. Ich deckte rasch den Tisch für Giovanni, dann zog ich mich an, kämmte mich und verdeckte mit etwas Make-up die Spuren der durchwachten Nacht. Dann nahm ich meinen Rucksack und wollte leise nach draußen gehen. Aber kaum ging ich an dem Bett vorbei, da erwachte Giovanni und setzte sich in einer gleitenden Bewegung auf.

»Musst du gehen? Jetzt schon?«

Ich setzte mich neben ihn.

»Ja, es wird Zeit. Es tut mir leid, dass ich dich geweckt habe.«

»Gewöhnliche Geräusche höre ich nicht – nur die ungewöhnlichen wecken mich.«

Ich streichelte ihn, meine Hände glitten über die Spiralen, diese Muster, die er am Körper trug und die etwas über ihn aussagten. Doch mir fiel nicht ein, was es sein könnte. Der Mann, den ich in den Armen hielt, war der Mann, den ich nicht halten konnte; ich hielt nur das Kind, das er einst gewesen war.

»Schlafe noch ein wenig«, sagte ich.

Er drückte den Kopf an meinen Arm.

»Ich werde tun, was du willst.«

Ich küsste seine warme Haut, die nach Salz und Schlaf schmeckte. Er nahm mich in den Arm, wiegte mich leicht. Wir liebten uns ohne Gesten, Stirn gegen Stirn. Ich war beinahe erschrocken über so viel Liebe.

»Ich muss gehen«, sagte ich.

Draußen hatten sich Vögel angesammelt, kreischten und flatterten. Kenza saß vor dem Fenster, den Kopf erhoben, lauschte mit gespitzten Ohren.

»Kleine Jägerin«, flüsterte Giovanni zärtlich.

»Gibst du ihr noch etwas Wasser, bevor du gehst?«

Er nickte. Wir sahen uns an, mit Augen, in denen kein Trost war, nur Angespanntheit und Verzweiflung.

»Warte«, sagte er.

Widerwillig löste er sich von mir, fuhr mit der Hand durch sein Haar. Giovanni dachte nach, mit gerunzelter Stirn. Etwas wie Verwirrung war auf seinem Gesicht.

»Morgen ist *Notte Bianca*, ja? Wo tritt Viviane auf?«

»In den Hastings Gardens. Um zehn.«

»Kommt Peter auch?«

»Ich habe mit ihm gesprochen. Er will dich sehen.«

Er machte ein bejahendes Zeichen.

»Sag ihm, ich werde da sein.«

38. Kapitel

Um drei war ich am Flughafen. Ich hatte Viviane gemailt, dass ich sie abholen würde. Sie kam erst am Tag ihres Auftritts, weil sie am Abend zuvor noch in Liverpool gewesen war. Das Engagement stand schon seit Langem fest. Liverpool – die Heimat der Beatles – sei wichtig für ihre »Kerle«, sagte Viviane. Sie selbst machte sich nichts mehr daraus. Ich war mit dem Kleinbus des Fremdenverkehrsbüros gekommen, weil die Musiker viel Material bei sich hatten. Der Chauffeur, ein beleibter, freundlicher Mann, wartete geduldig vor dem Wagen und schlug die Zeit tot, indem er sich mit den Taxifahrern unterhielt. Das Flugzeug hatte Verspätung, ich saß nervös im klimatisierten Warteraum, wo das ständige Kommen und Gehen von Flugpersonal und Touristen meine Ungeduld noch steigerte. Draußen war es heiß, bei weißem Himmel und starkem Wind, der die Eukalyptusbäume zerzauste. Schon sank die Sonne, als die Maschine aus London endlich landete. Viviane und ihre Musiker gehörten zu den ersten, die herauskamen. Ich sah Viviane schon von Weitem, sie sah mich auch und winkte mir zu. Mein Herz klopfte. Viviane! Ich konnte das Gefühl, das sie in mir auslöste, nicht deuten. Es war zugleich eine Freude, sie zu sehen, und ein unbegreiflicher Schmerz. Die Musiker schoben Gepäckwagen, Viviane hatte nur ihre Gitarre bei sich, das Monstrum aus dem Jahr 1917, das sie als Kabinengepäck auf dem Rücken trug. Diese Gitarre gab sie nie aus der Hand. Das Nötige trug sie in einer kleinen Tasche, die an einer Kordel um ihren Hals baumelte. Ich starrte sie an und wunderte mich, wie sie es schaffte, mich immer wieder in Erstaunen zu versetzen. Auch jetzt wusste ich nicht, wie ich ihre wunderliche Art bezeichnen konnte. Irgendwie erinnerte sie mich an ein Insekt, an einen Nachtfalter vielleicht. Ihr Haar war von einem ganz fahlen Rot, fast sandfarben, die Brauen waren es ebenfalls. Das Haar war fein, aber mit einem besonderen Lichtschimmer, und ihre Haut weiß wie Milch. Bei jedem Schritt balancierte sie die Arme ein wenig, tastete mit den Füßen, als ob sie Hände wären, um zu prüfen, ob der Boden fest war. Sie trug Leggins aus schwarzem Leder, ein rotes Top, einen ebenfalls schwarzen Perfecto mit klirrenden Reißverschlüssen. Ich ging ihr entgegen, sie beschleunigte leicht ihre unsicheren Schritte; schon umarmten wir uns. Sie war ganz locker, ganz weich, und roch nach einem Parfüm, das ich nicht kannte. Lavinias Parfüm, konnte das sein? Ihre Wange an meiner Wange war frisch, ja sogar kühl, und ich spürte den leichten Druck ihrer rotgeschminkten Lippen. Dann wich sie leicht zurück, ich sah ihre Augen, groß und leicht vorgewölbt, mit diesem Opal-hellen Schimmer.

»Danke, dass du mich abholst. Geht es dir gut?« Ihre Stimme, ruhig und kühl, war längst nicht mehr die dünne Kinderstimme von einst, und doch lag etwas Bestimmtes, Gebieterisches in ihr, das ich von früher kannte.

»Ich habe dich vermisst«, sagte ich.

Sie lächelte, legte mir ihren dünnen Arm um die Taille.

»Seitdem ich so viel reise, vermisse ich viele Menschen, und es werden immer mehr.«

Sie betrachtete mich intensiv und sehr genau, wobei sie das Gesicht leicht hin und her drehte, mit einer lockeren, fast tierhaften Bewegung.

»Ein bisschen müde?«

Ich lächelte schwach.

»Ach, fällt das so auf?«

»Nur, wenn man ganz genau hinsieht.«

Ich antwortete betont leichthin:
»Du, zum Beispiel, siehst hinreißend aus. Ich weiß nicht,
wie du das machst, bei all dem Stress.«
Ihre roten Lippen teilten sich zu einem Lächeln.
»Das kommt davon, weil ich die ganze Zeit schlafe. Ich
schlafe im Bus, im Auto, in der Abflughalle, im Flugzeug,
überall. Ich schlafe sogar im Stehen, wenn es nicht anders
geht.«
»Aber auf der Bühne, da schläfst du nicht?«
Sie hatte ein ganz süßes Lächeln. Jeder Mann wäre davon
geschmolzen.
»Nein. Die Bühne ist der einzige Ort, an dem ich hellwach
bin.«
Sie stellte mir ihre »Kerle« vor, junge Männer, schlecht rasiert, in trendigen Klamotten und mit Piercings in Augen-
brauen und Ohren. Viviane nannte sie liebevoll beim Namen:
»Adrian, Raphael, Tommy.«
Sie begrüßten mich mit schlaffem Handschlag und sagten
freundlich »Hello!«, bevor sie ihre schlurfenden Füße zum
Zoll trugen, wo sie das Material abzuholen hatten. Viviane
kam auch, füllte alle Papiere aus; sie tat es lächelnd, nahm sich
Zeit, obwohl die Musiker noch die Bühne vorzubereiten, die
ganze technische Infrastruktur aufzustellen hatten. Wegen der
verspäteten Landung blieben ihnen nur zwei Stunden Zeit, wo
sie üblicherweise drei benötigten.

Endlich waren wir soweit. Wir gingen zum Wagen, der
Chauffeur half uns dabei, das umfangreiche Gepäck einzu-
laden. Ich setzte mich neben Viviane, während die Musiker
hinten Platz nahmen. Viviane hatte ihren Manager beauftragt,
Zimmer im *Castille* zu reservieren, weil das Hotel in der Nähe
der Hastings Gardens lag, wo sie auftrat. Auch hatte sie darauf
bestanden, dass sie für ihre Show einen runden Platz wollte,
mit einer Hausmauer im Rücken. Der Manager hatte das für
sie arrangiert.

»Heute bauen sie Rockpaläste, Fußballstadien, Diskos für 5000 Leute«, sagte Viviane. »Ich hasse das, die ganze Energie geht verloren. Ich will an Orten der Fantasie singen: in einem Garten, in einem Zelt oder mitten in der Stadt. Die Musik setzt Zeichen. Die Zuhörer sollen an einer Zeremonie teilhaben, zumindest empfinde ich das so. Verstehen sie es nicht, kann ich ihnen nicht helfen. Vielleicht fühlen sie etwas, und das ist schon o.k.«

Sie saß neben mir, ihre Hände lagen entspannt im Schoß, und ich bemerkte, dass ihre Schultern etwas zu schmal waren und ihr Mund etwas zu breit, als dass man sie hätte wirklich schön nennen können. Aber das machte nichts; da war etwas anderes, was sie einzigartig machte. Wieder roch ich ihr Parfüm, süß, etwas aufdringlich, geheimnisvoll. Ich beobachtete sie verstohlen, während sie in die Betrachtung der Straßen und Bauwerke versunken war, die in Zeitlupe vorbeizogen. Nach den Zerstörungen des Zweiten Weltkrieges hatte man alles neu aufgebaut, und zwar so, dass die Stadt seit Jahrhunderten unberührt erschien. Man hatte dem Alten nicht den Garaus gemacht, sondern es unter dem neuen Putz wieder hervorgeholt. Die Häuser und Paläste sagten: »Wir sind vorgestern, gestern und heute gebaut worden, aber wir gehören zusammen.« Der visuelle Zusammenhalt stimmte. Dieses wache Verhältnis zur Vergangenheit war es, was Malta so besonders machte, und ich hatte es oft den Touristen erklärt. Viviane wusste das. Es war ihr egal, dass die Musiker gleichgültig im hinteren Teil des Kleinbusses die Beine ausstreckten, schläfrig nach draußen blickten und gähnten. Neue Eindrücke waren sie gewohnt; sie guckten vorbei, kümmerten sich um nichts, außer um die Kontinuität ihrer Arbeit. Ihr klar strukturiertes Leben bestand aus gemeinsamen Fixpunkten: Abendessen, Vorstellungen, Austausch mit Kollegen – und dann wieder Abreise.

Ganz anders aber Viviane. Ihre Augen waren ständig in

Bewegung, als wollte sie die Umgebung, in der sie einst gelebt hatte, mit den Blicken einfangen. Vielleicht, dachte ich, fühlte sie sich mit Orten verbunden, an denen ein lebendiger, zeitgemäßer Umgang mit Mythen stattfand. Meine Blicke auf ihr abwesendes Gesicht sagten mir, dass sie sich ihre Kindheit vor Augen rief. Dachte sie dabei an unsere Spiele von früher, an die Zeichen, Omen, Vorbedeutungen und Träume von einst? Ich fühlte mich ihr sehr nahe; ihr Leben und mein Leben hatten einen gemeinsamen Ursprung: diese Insel. Wir – Giovanni, Peter, Viviane und ich – hatten früher einen Knoten gebildet. Viviane war des Knotens Mitte gewesen. Doch der Knoten hatte sich gelöst, jetzt wanderten wir einzeln durchs Leben. Aber bei Viviane war etwas anderes dahinter, was immer das auch sein mochte. Unwillkürlich dachte ich an ihre beunruhigende Mail-Post, die Giovanni betraf. Eine Gänsehaut überlief mich. Ich fragte mich, wann ich den Mut haben würde, mit ihr darüber zu sprechen. Doch es war Viviane, die mir jetzt ihr Gesicht zuwandte, wobei ihre schmale Hand mit dem Aquamarin durch ihr Haar fuhr, das der Fahrtwind zerzauste. Ihre Augen schimmerten mir groß und tränenfeucht entgegen. Aber es war nur das Licht, das sich in ihnen spiegelte.

»Kommt Peter auch?«

»Ja, ich habe mit ihm einen Treffpunkt ausgemacht.«

»Und Giovanni?«

Ich fuhr mit der Zunge über die trockenen Lippen.

»Er hat gesagt, dass er kommt. Aber du wirst ihn nicht wiedererkennen.«

»Oh doch«, sagte sie.

»Er hat Krach mit seinen Brüdern«, setzte ich steif hinzu. Sie lehnte sich mit ihrem ganzen Oberkörper in den Sitz zurück. Es war, als zöge sie sich in sich selbst zusammen. Ein leichter Schweißfilm überzog ihr Gesicht.

»Fühlst du dich nicht gut?«, fragte ich, etwas erschrocken.

»Soll der Chauffeur langsamer fahren?« Sie hob matt die Hand, verneinte. Doch ich kannte Viviane aus dem Instinkt heraus. Ihr plötzlicher Stimmungswechsel machte mir Angst.

»Viviane? Was hast du?«

Sie drehte den Kopf hin und her, als sei sein Gewicht zu schwer für ihren schmalen Hals. Sie hatte oft diese wiegende Bewegung, die ihr etwas Lauerndes gab. Als sie sprach, klang ihre Stimme schleppend.

»Die Hitze. Der Klimawechsel. Wenn man das nicht mehr gewohnt ist...«

Der Tag versprühte seine letzte Glut. Wie so oft in der Abenddämmerung hatte der Wind den Himmel blank gefegt. Nur über dem fernen Meer staute sich eine Wolkenwand.

»Bist du in Form?«, fragte ich, immerhin etwas beruhigt. »Kannst du überhaupt singen?«

Sie schien die Frage nicht gehört zu haben. Es dauerte eine kleine Weile, bis sie wieder bei der Sache war. Unvermittelt fand sie aus ihrer Verzückung heraus, kratzte sich ziemlich heftig am Hinterkopf und sagte ganz nüchtern:

»Ja, wieso denn nicht? Ich werde zwei Kaffee trinken und um zehn eine tolle Show zeigen.«

Dabei lachte sie ein wenig überdreht, was mich allemal beruhigte. Viviane war ein Profi und mit allen Wassern gewaschen. Sie verließ sich nie auf Gesichertes, Vorgefasstes; nichts war fruchtbarer für sie als die Herausforderung. Und die Müdigkeit gab ihr eine noch stärkere Präsenz. Aber trotzdem spürte ich Unruhe. Viviane war so extrem feinfühlig, da stimmte etwas nicht. Denken ist die Sprache des Selbstgespräches. Dann wird die Zunge schwer, die Gesten unbeholfen. Vivianes Tagträume formten sich auf einer Ebene, die uns ein Rätsel war.

Ich brachte sie zum Hotel, entließ den Fahrer. Die Musiker schleppten ihr Gepäck in das dritte Stockwerk und sagten, sie wollten sofort mit der Arbeit beginnen. Viviane trank ihre zwei Kaffee, essen wollte sie nichts.

»Nach der Show, ja? Vorher nicht, das ist besser.«

Ich hatte das Gefühl, dass ich Viviane und den Musikern nur im Weg war, und verließ sie. Ich war nervös und wusste genau, es hing mit Giovanni zusammen. Irgendwie musste ich die Zeit totschlagen, den Gedanken an ihn loswerden. Peter kam erst in einer Stunde, er musste noch in der Pizzeria aushelfen. Ich ging zu meiner Mutter. Auch das Theater war in der *Notte Bianca* bis vier Uhr morgens geöffnet, die Sänger stellten sich auf Leute ein, die keine üblichen Theaterbesucher waren. Im Theater traten eigentlich nur Hobbykünstler auf, aber gute, die aus der Musikschule kamen. Mit den Sängern verhielt es sich ebenso. Ein- oder zweimal im Jahr kamen hochkarätige Solisten nach Malta. Für mehr Gastspiele aus dem Ausland reichten die Subventionen nicht.

Mutter beklagte sich, dass es in dieser Nacht zwangsläufig zu einer Niveausenkung kam. Die Perfektionistin in ihr war verärgert.

»Die Leute können ein- und ausgehen, wie es ihnen passt. Das nervt die Künstler und ist bloß frustrierend.«

Sie nähte ein Kleid mit schnellen akkuraten Stichen: Die Sopranistin hatte zugenommen, ein Reißverschluss war geplatzt, als sie *La Traviata* probte. Das Kleid war dunkelrot, mit Fransen und Pailletten bestickt.

»Stell dir vor, es wäre ihr bei der Aufführung passiert!«

Ich lächelte pflichtbewusst. Beim Nähen blickte sie mich verdrossen an.

»Du siehst müde aus«, stellte sie fest.

Ich nahm einen innerlichen Anlauf.

»Mama, Giovanni ist zurück.«

Sie sah rasch auf.

»Seit wann?«

»Seit ein paar Tagen.«

»Dein Vater wird nicht sehr erfreut sein.«

»Das Gegenteil hätte mich überrascht.«

Sie fuhr fort zu nähen; in ihren Bewegungen lag unterdrückte Heftigkeit.

»Wo war er denn die ganze Zeit?«

»In Afrika und Mittelamerika, ich weiß nicht einmal, wo sonst noch. Er hat wenig gesagt.«

»Wie geht es ihm?«

»Gut, eigentlich. Er lässt dich grüßen«, setzte ich hinzu und merkte, dass meine Stimme herausfordernd klang.

»Danke«, erwiderte sie spröde. »Er hat sich gewiss sehr verändert.«

»Ja… und auch wieder, nein. Es ist im Grunde erstaunlich, wie sehr er noch so ist wie früher …«

»Warum ist er zurückgekommen?«

»Der Vater ist tot, die Brüder haben das Land verkauft und schulden ihm Geld.«

»Bei Erbschaftsgeschichten gibt es immer Streit.«

»Es sieht ganz danach aus.«

»Ist er verheiratet? Hat er Kinder?«

Mein Kopf wurde heiß.

»Ist doch egal.«

»Hat er dir nichts erzählt?«

»Er sagt, er hätte ein paar Frauen gehabt.«

»So? Und das lässt du dir gefallen?«

»Was erwartest du? Dass ich Moral predige?«

»Weiß Peter schon, dass er da ist?«

»Aber natürlich!«

Sie räusperte sich.

»Ihr seid wirklich sonderbar!«

»Worin sind wir so sonderbar, wenn ich fragen darf?«

Sie warf eine Strähne aus dem Gesicht.

»Hör mal«, sagte sie bekümmert, »ich habe zwar die Sache nie regelrecht studiert, aber Menschen kann ich analysieren. Ich behaupte auch nicht, dass es immer zutrifft. Aber meistens doch. Giovannis Hauptproblem war immer sein Umfeld: schlechte Kinderstube, schlechte Freunde. Nur in deiner optimistischen Meinung ist er immer noch ein toller Typ. Du siehst alles Mögliche in ihm, du spinnst nur Illusionen. Weiche doch nicht immer den Tatsachen aus!«

Ich biss die Zähne zusammen. Mein gesunder Menschenverstand sagte mir, sie hat recht. Und auf einmal war ich von der Einsicht überwältigt, dass sich hier das Ende eines langen Weges in der Ferne zeigte. Stur, wie ich war, wandte ich mich von diesem Weg ab, flüchtete in die Sackgasse der Aggression, ein altbekanntes Verhalten.

»Bist du bald fertig?«, fragte ich kalt.

»War er bei dir in der Wohnung?«

Sie zeigte den gleichen fragenden und missbilligenden Blick wie vor zwölf Jahren, als der Kommissar – inzwischen längst im Ruhestand – mich verhört hatte. Ich schlug zurück.

»Das geht dich überhaupt nichts an!«

»Und was ist mit den Nachbarn?«

»Ja, was ist mit ihnen?«, äffte ich sie nach.

Mutter bewahrte ihre Geduld.

»Ich kritisiere nicht dich – versteh mich recht! Aber Valletta ist ein Hühnerhof, überall wird geklatscht. Sogar Peter gab Anlass zu Geschwätz, zum Glück hat sich die Sache beruhigt. Aber Giovanni! Dass seine Brüder ein Gaunerpack sind, weiß die ganze Stadt. Giovanni war nie ein Umgang für dich. Gestern nicht und heute nicht! Aber du willst das ja nicht hören.«

Sie sprach mit einem merkwürdig boshaften, gerissenen Unterton. Von der Cafeteria im Innenhof hatte ich mir Kaffee in einem Pappbecher geholt. Ich nahm einen Schluck. Der Kaffee war viel zu heiß und schmeckte scheußlich.

»Mama, ich kann es nicht fassen, wie engstirnig du geworden bist. Wenn ich mir die Großeltern vorstelle, so offen, wie die sind …«

Sie schüttelte heftig den Kopf.

»Aber das steht überhaupt nicht zur Debatte! Im Norden hat

man mehr…Verständnis. Hier gibt es vieles, was man machen möchte, aber nicht kann. Auch ich musste mich anpassen. Was habe ich in meinem Leben ertragen, wenn ich nur daran denke!«

»Ich möchte dir keinen Kummer machen, aber das war vor dreißig Jahren!«

»Hast du Augen im Kopf, wirst du sehen, dass sich wenig geändert hat. Hier haben die Menschen noch feste Vorstellungen von dem, was sich gehört und was nicht.«

»Mama, du langweilst mich. Wovon redest du eigentlich?«

»Ich rede von deiner infantilen Story, mit der du nicht weiterkommst. Was hat er nun vor? Will er hierbleiben? Entschuldige«, setzte sie höhnisch hinzu, »es ist reine Neugierde…«

Ich bemerkte die angewiderte Abneigung in ihrer Stimme, und es war, wie ich inzwischen herausbekommen hatte, eher die Abneigung meines Vaters. Ich zitterte innerlich von Kopf bis Fuß und wollte den Streit beenden.

»Nein. Er bringt seine Sachen in Ordnung und verschwindet.« Ich setzte hinzu, im lockeren Umgangston: »Siehst du, wenn er geht, nur deshalb, weil es keinen Sinn hat, dass er bleibt. Er kann sich nicht mehr umstellen.«

»Hat er dir das gesagt?«

»Er würde mir nie etwas vorlügen.«

Ihre steife Haltung entspannte sich ein wenig.

»Ja, das stimmt eigentlich«, gab sie widerwillig zu. »Giovanni hat immer die Wahrheit gesagt.«

Ich schlürfte den abscheulichen Kaffee. Ich fühlte mich elend. Ach, was wurde bloß aus mir, wenn Giovanni nicht mehr da war? Ich sprach von etwas anderem.

»Gehst du nachher aus?«

Vallettas nächtlicher Rausch ließ Mutter kalt.

»Nein, ich habe ohnehin im Theater zu tun. Vielleicht sehe ich mir das eine oder andere im Vorbeigehen an. Es ist ja immer dasselbe.«

»Und Vater?«

»Der trifft sich mit Freunden, bei ihm wird es wohl spät werden.«

Die beiden hatten immer im Gegensatz zueinander gestanden. In letzter Zeit schien sich der Graben, der sie voneinander trennte, zu vergrößern. Ich konnte mich einer Stichelei nicht enthalten.

»Lebt ihr eigentlich in zufriedener Partnerschaft?«

Sie warf mir einen misstrauischen Blick zu.

»In welcher Hinsicht?«

»In jeder Hinsicht.«

»Nach ein paar Jahren ist es eben so.«

Früher konnte sie mich mit ihrer Kälte zur Weißglut treiben. Jetzt wehrte sie sich kaum noch. Mir war, als verlöre sie nach und nach jedes Interesse an der Welt. Ich zerknüllte den Pappbecher. Du meine Güte! Wenn ich so in Wut war, musste ich mich zusammennehmen. Bevor ich ging, sagte ich auf anständige Weise, was ich zu sagen hatte.

»Wir treffen uns heute Abend – alle vier.« Und fügte gleich hinzu, »Peter freut sich sehr, Giovanni zu sehen.«

Sie ging mir nicht auf den Leim.

»Das bezweifle ich. Und Viviane?«

Allmählich gewann ich meine Ruhe wieder.

»Sie gibt zuerst ihr Konzert. Anschließend gehen wir essen.«

Sie hatte wieder zu nähen begonnen. Ihr blasses nordisches Gesicht zeigte keine Grausamkeit mehr, ihre Gesten waren akkurat und schön. Sie tat nichts, als Kostüme auszubessern und war am liebsten mit sich selbst allein. Eine Frau, die stumpf und blass eine Scheinwelt bewohnte. Mein Vater hingegen war lebensfroh und ging gerne aus. Was er sonst noch trieb, war seine Sache. Ich fand das in Ordnung. Möglicherweise blieb er auf diese Weise von Kummer und Kränkung verschont. Ich verabschiedete mich, ging zur Tür hinüber und sie sagte hinter mir, im beiläufigen Tonfall:

»Da seid ihr ja wieder unter euch!«

39. Kapitel

Auf Malta kommt die Nacht schnell. Die Sonne zieht sich zu einer purpurnen Kugel zusammen, gleitet flimmernd am Horizont herab; die Häuser, der Hafen und die Festungsmauern nehmen die Farbe reifer Aprikosen an. Der Mond steigt groß und kupfern empor, während flirrende Unruhe die Stadt erfüllt.

An diesem Abend flatterten Kirchenbanner, Lichterketten schaukelten im Wind, Holzbuden waren für die auftretenden Künstler errichtet worden. Schon am Nachmittag hatte Musik begonnen aus jeder Bar, jeder Disco zu schallen. Tische und Stühle standen mitten auf der Straße. Die *Notte Bianca* – die »weiße Nacht« – gefiel besonders den Malteser Künstlern, die sich immer ein wenig isoliert fühlten. Komponisten, Maler, Tänzer und Musiker wollten zeigen, dass sie am Puls der Zeit lebten. Es gefiel ihnen sehr, wenn sich in der Stadt Menschen von auswärts drängten. Sie befanden sich in der ausgelassenen Stimmung von Kindern, die endlich zeigen konnten, was in ihnen steckte. Schon seit Wochen hatten sie eifrig ihre Nummern einstudiert, Kostüme genäht und Bühnenbilder gemalt. Alles wirkte einfallsreich, schöpferisch und etwas naiv. Es war auch eine Form von Widerstand. Widerstand gegen eine traditionelle Gemeinschaft, die noch recht einengend war. Die Künstler – oder solche, die sich dafür hielten – gingen mit Provokationen knausrig um. Alle Gebäude und Kirchen, von Scheinwerfern angestrahlt, zeichneten sich wie ein Schattentheater am Himmel ab. Kaum dunkelte es, waren die Straßen

470

schwarz von Menschen, in jedem Café herrschte Gedränge, kein Tisch, kein Stuhl war mehr frei. Alle Kirchen und Paläste waren ohne Eintrittsgeld zu besichtigen. Und weil es den Maltesern gefiel, ihre bisweilen recht düstere Vergangenheit genüsslich aufzuarbeiten, wurde im Palast des Inquisitors ein Hexenprozess dargestellt, Folter und Hinrichtung inbegriffen. Düstere Mönchgestalten bildeten eine Prozession im Kerzenlicht, eine zerlumpte, mit roter Farbe verschmierte junge Frau flehte herzzerreißend um Erbarmen, das Ganze mit dramatischer Musik auf Tonband und in voller Lautstärke untermalt, während wollüstig schaudernde Touristen eifrig fotografierten.

Peter und ich hatten uns in einer Bar bei der Busstation verabredet. Peter war schon da. Er hatte einen der runden Marmortische ergattert. Ich setzte mich zu ihm und bestellte Orangina.

»Ist Viviane gut angekommen?«, fragte er.

»Mit Verspätung, aber sie ist da.«

»Wie sieht sie aus?«

»Großartig!« Ich seufzte. Es blieb immer noch diese Unruhe in mir. »Aber dann ist sie plötzlich komisch geworden.«

»Was verstehst du unter komisch?«

»Irgendwie abwesend, halb verschlafen.«

»Sie wird müde sein.«

»Sie sagt, sie hatte im Flugzeug geschlafen.«

»Oder sie hat getrunken.«

»Viviane trinkt nicht.«

»Oder geraucht.«

»Viviane raucht nicht. Nie im Leben.«

»Tja«, meinte er, »du kennst sie besser als ich.«

»Nein, überhaupt nicht.«

Mein Herz wurde schwer. Was hatte Viviane bei unserem letzten Gespräch in London über Giovanni gesagt? »Er trägt die dunkle Aura, die Aura des Unheils.« Wieder überlief es

471

mich kalt. Anscheinend sah Viviane diese Aura. Ihr Wesen war labil und verschwiegen. Und es war schon so, dass Giovanni in ihr etwas anderes spürte als Peter und ich. Zwischen Viviane und Giovanni gab es eine Verbindung, die zu tiefgründig war für mein sachliches Empfinden. Doch davon sprach ich nicht. Und Peters nächste Frage brachte mich in die Wirklichkeit zurück, aber so, dass ich mich kaum besser fühlte.

»Hängt es womöglich mit Giovanni zusammen?«

Es war, als hätte er meine Gedanken gelesen. Mühsam hielt ich seinem Blick stand. Er stützte die Ellbogen auf den Tisch, den Kopf in die Hände. Dabei versuchte er zu lächeln, brachte es jedoch nicht fertig. Ich nickte ihm langsam zu.

»Frag sie doch«, sagte ich.

Er antwortete nicht. Und mit fast ein und derselben Bewegung wandten wir die Gesichter voneinander ab, starrten blind auf die vorbeiziehende Menschenmenge. Es wurde allmählich Zeit, dass wir aufbrachen. Wir riefen den Kellner, und sofort stellten sich Leute dicht an unseren Tisch, nahmen ihn bereits in Beschlag. Wir verließen das Café. In der *Notte Bianca* kam eine Kunst zum Ausdruck, kreativ, aber ohne Sponsoren. Es traten keine Berühmtheiten auf, keine musikalischen Schwergewichte – außer Viviane. Aber Viviane war eine Einheimische. Die Leute freuten sich auf sie. Wir bahnten uns einen Weg durch das Gedränge und wichen Kinderwagen aus, während größere Kinder, wie bunte Schmetterlinge, glückselig durch die Menge tobten. Dann und wann sahen wir bekannte Gesichter, winkten, blieben stehen, von allen Seiten gestoßen, um ein paar Worte zu wechseln. Die Touristen bewegten sich in kompakten Gruppen, was das Gedränge noch dichter machte. Überall flammten Blitzlichter auf. Schon gingen die ersten Knallfrösche hoch, ohne die ein Malteser Fest kein Fest ist. Auf den Stehbühnen spielten Straßenmusikanten alle möglichen Instrumente, von der Elektrogitarre bis zur Geige, von der keltischen Harfe bis zum Tam-Tam, und alles fröhlich durcheinander. Trachten-

472

gruppen sangen volkstümliche Weisen, die Frauen trugen die altmodische, elegante *Faldetta*, einen schwarzen Doppelrock, der über das lange Kleid getragen wurde. Bei Wind oder zu starkem Sonnenschein schlugen die Damen den oberen Rock über ihren Kopf, sodass er eine Art Kapuze bildete. Sie hielten diese Kapuze seitlich fest, mit der Hand oder mit einem extra dafür angefertigten kleinen Stab. »Die schwarzen Segel«, so nannte man früher diese Trachten, mit denen die Damen aus gutem Hause ihre helle Haut schützten oder sich unerkannt zu einem Stelldichein begaben. Die jungen Frauen in der »Faldetta« wurden am meisten fotografiert, und an manchen Stellen wurde das Gedränge so dicht, dass wir nur Schritt um Schritt vorwärtskamen. Endlich erreichten wir Hastings Gardens, wo sich die Zuschauer bereits wie eine schwarze Mauer stauten. Nur mit langsamer, zielstrebiger Ellbogenarbeit gelang es Peter und mir, uns weiter vor zu schieben, bis wir endlich in kurzer Entfernung von der Bühne standen. Diese war aus ein paar Brettern gemacht, die man vor der Festungsmauer aufgebaut hatte. Bäume und Sträucher warfen bewegliche Schatten, ein ständig sich veränderndes Muster. Die drei Musiker hatten die Technik hinter einem schwarzen Vorhang verborgen, den sie einfach an einem Drahtseil gespannt hatten. Die Beleuchtung hob jeden einzelnen Steinblock im Gemäuer hervor, sodass sich der Sternenhimmel dahinter mit seinem fernen Gefunkel wie eine transparente Decke über die Bühne spannte; dadurch wurde die Bühne zu einem unberührbaren Ort, die Zuschauer blieben hinter einer Trennlinie, in nächster Nähe, aber draußen. Viviane war nirgendwo zu sehen, sicher war sie mit den letzten Details beschäftigt. Sie hatte mir gesagt, dass sie ihre Show bis ins Kleinste selbst inszenierte. Ich staunte, wie sie es auch hier geschafft hatte, jede geometrische Orientierung aufzuheben. Die Musiker in schwarzen Lederjeans und ebenfalls schwarzen T-Shirts waren schon bereit, regelten die Sound-Stärke, machten Sprechproben. Weil sich das Publikum hinter uns verdichtete, wurden Peter und ich immer näher an die Bühne geschoben. Um uns herum unterhielten sich die Zuschauer heiter, scharrten mit den Füßen auf dem Kies, ein Kleinkind schrie, bis es einschlief. Als alle Kirchenglocken im verschiedenen Rhythmus zehn schlugen, war die Spannung auf dem Höhepunkt. Und auf die Minute genau trat Viviane hinter dem Vorhang hervor, die Riemen ihrer großen Gitarre um den Hals geschlungen. Von Jubel, Pfiffen, Getrappel und Händeklatschen begrüßt, trat Viviane dicht an den Rand der Bühne. Ihre sonderbare Art, sich zu bewegen, war auf der Bühne noch deutlicher sichtbar, dieses Zerbrechliche, Unbeholfene, das gleichzeitig an eine Fee denken ließ und an eine Spielpuppe, die zum Leben erwachte. Sie trug ein rotes Bustier-Kleid und eine ebenfalls rote Blüte im Haar. Ihr dünnes Mikrofon hatte sie hinter dem Ohr befestigt, sodass es sie nicht in ihren Bewegungen hemmte. Sie lächelte ins Publikum, ohne es wirklich zu sehen, ihre Augen glitten über die vielen Gesichter hinweg, schimmernd wie zwei goldene Tropfen. Sie stimmte ihre Gitarre; die Musiker waren bereit und hielten ihre Instrumente: Schlagzeug, Saxofon und eine Sitar, ein indisches Saiteninstrument. Ich entsann mich, dass Viviane einmal gesagt hatte: »Auch die Beatles und die Rolling Stones wurden von den Klängen der Sitar beeinflusst. Raphael ist ein Meister, er spielt schon so gut, dass er die Zuhörer zum Weinen bringt.« Doch schon wandte sich Viviane kurz den Musikern zu und sang den ersten Ton, als habe sie ihn aus der Luft geholt. Und dann – von einem Atemzug zum anderen – entfesselte sich der Sturm. Wie eine Flamme kam Viviane mir vor, eine Flamme, die sich leicht zuckend im Wind bewegte, getragen von den Herzschlägen des Schlagzeugs, den vollen Klängen der Sitar, den Vibrationen des Saxophons. Oft drehte ein Musiker im Hintergrund das Volumen des Sounds voll auf, ohrenbetäubend. Viviane gab sich dieser Ekstase hin, die nie kakophonisch wurde, weil sie alles perfekt unter Kontrolle hielt. Sie rief die Klänge zurück, holte sie ein, wenn sie ihrer Stimme entflohen. Manchmal bewegte sie sich ruhelos, leicht vornübergebeugt, als sammelte sie etwas ein, das keiner sehen konnte und das sie an sich zog. Dann wurde ihre Stimme klar und rein wie eine Kinderstimme. Ihre Melodien wurden zärtlich, einfach wie Wiegenlieder, sie hielt die Gitarre an sich gepresst, wie ein schlafendes Kind. Wechselte sie den Rhythmus, wechselte sie auch die Stimmlage. Es war, als ob sie sich über alle musikalischen Gewohnheiten hinwegsetzte, die Musik ging ebenso von ihrer Stimme aus wie von ihrem Körper, eine sichtbar gewordene Sprache der Empfindungen. Nichts daran war maniert, alles wirkte vollkommen natürlich. Aus der Tiefe ihrer Kehle zog sie feine Tonfäden, gurrte, zirpte, hauchte Worte zart aus oder schrie sie in die Luft. Sie konnte kreischen wie ein Vogel, fauchen wie eine Großkatze. Manchmal summte sie fast tonlos; aus diesem Summen schienen unsichtbare Fäden zu wachsen, die sich über die Zuschauer legten, hauchfein wie wehende Spinnweben im Spätsommer. Und wie die Spinne es tut, schuf Viviane diese Fäden aus ihrem Mund, es war ein Akt der Magie. Irgendwann gab sie ein Zeichen; ein Musiker brachte ihr Wasser. Sie leerte das Glas in einem Zug, bevor sie die letzten Tropfen vor ihren Füßen ausleerte, wie eine Opfergabe, bevor ihre Stimme zu verzückter Leidenschaft anschwoll und die Energie ihrer Musik sich unmittelbar auf ihren Körper auswirkte, der zuckte und bebte und tanzte. Sie sang auf Englisch, und dann und wann auch auf Malti, was jedes Mal unter den Zuhörern Stürme der Begeisterung entfachte. Dabei wurde ihre Stimme dunkel, rau, als ob sie flüsternd Geheimnisse preisgab. Sie gebrauchte Ausdrücke und Vokabeln, die mir fremd waren, doch mir fiel auf, dass ältere Leute sie zu verstehen schienen und ergriffen lauschten. Woher kannte Viviane diese Worte? Wer hatte sie ihr, in ihrer freudlosen Kindheit, beigebracht? Ein Rätsel mehr, das sich zu den anderen Rätseln gesellte, zu dem Geheimnis, das sie zu verbergen schien. Etwas wirkte in ihr, eine Präsenz, uralt und bezwingend

475

und gleichzeitig sich selbst erneuernd, mit jedem Atemzug. Und die Zuhörer, so unterschiedlich sie sein mochten, schienen das zu spüren, denn sie blieben bis zur letzten Note in ihrem Bann. Erst eine Stunde später, als der Wind vom Meer kam und salzige Kühle brachte, verschwand Viviane nach einer letzten Verbeugung hinter dem schwarzen Vorhang. Die Zuhörer spendeten ausgelassen Applaus, pfiffen, hüpften, riefen ihren Namen im Takt ihrer klatschenden Hände. Sie wollten eine Zugabe, doch Viviane kam nicht wieder zum Vorschein. Schon machten sich die Musiker daran, die akustischen Installationen abzubauen und ihre Instrumente zu verpacken. Das würde einige Zeit in Anspruch nehmen. Die Menge lichtete sich ein wenig, wobei viele, die das Feuerwerk sehen wollten, ihren Platz nicht verließen. Peter und ich warteten etwas abseits, an der Mauer, von der aus wir einen Teil des Hafenbeckens überblicken konnten, die schwarze-polierte Wasserfläche, die angestrahlten Wolkenfetzen, die großen Schiffe mit ihren Spiegelbildern und die Neonlichter der Restaurant-Boote. Die ganze Stadt war in weißes Licht getaucht, und von allen Seiten gingen Knallfrösche hoch.

»Vivianes Stimme umfasst vier Oktaven«, sagte ich zu Peter, der sie zum ersten Mal gehört hatte. »Sie benutzt sie wie ein Instrument und kann damit machen, was sie will.«

»Warum gibt sie eigentlich ihre Karriere auf? Wo sie doch Erfolg hat?«

»Erfolg nimmt sie nicht mehr so wichtig«, sagte ich. »Aber man weiß bei ihr nie, was sie denkt.«

»Und warum hat sie sich ausgerechnet Japan in den Kopf gesetzt? Die radioaktive Verseuchung, macht ihr die keine Angst?«

Ich schüttelte den Kopf.

»Sie will das Los der Menschen teilen, die das Ungerechte so tapfer und geduldig tragen. Da muss etwas sein, was wir nicht kennen. Sie nennt es: die vorbestimmte Ruhe.«

Peter schwieg; mir wäre es lieber gewesen, wenn er etwas gesagt hätte.

Ich hatte das Gefühl, dass er sich nicht recht wohl fühlte. Aber das hing mit anderen Dingen zusammen. Und während wir an der Mauer standen, zueinander sprachen, den Blick abwärts auf den Hafen gerichtet, spürten wir von hinten einen verstärkten Druck, als ob Menschen sich dichter an uns heranschoben. Wir wollten auf die Seite treten, als zwei Arme uns von hinten umfassten.

»Es war leicht, euch zu finden in Valletta«, sagte in unserem Rücken eine vertraute Stimme. Wir wandten uns um, mit derselben hastigen Bewegung.

»Giovanni!«, rief Peter.

»Schön, dich zu sehen«, sagte Giovanni. Er erwiderte Peters Blick, warmherzig lächelnd. Er trug zu seinen Jeans ein Hemd mit langen Ärmeln, das die Tätowierungen verbarg. Man sah sie nur im Nacken und auf den Wangenknochen, wo sie wie blaue Schminke wirkten. Bewegte er den Kopf, warf der silberne Ohrring kleine Funken. Früher, kam mir in den Sinn, war Peter größer als Giovanni gewesen. Aber Giovanni hatte schnell aufgeholt, sich mit seinen langen Armen und Beinen ständig gestreckt. Und jetzt war er ein gutes Stück größer. Und weil ich so dicht neben Peter stand, spürte ich, wie er leicht zusammenfuhr, als wäre ihm in einem einzigen Atemzug zu viel klargeworden. Dann stahl sich ein Lächeln in sein Gesicht. Er packte Giovanni an den Ellbogen, sah ihm in die Augen. In Giovannis Blick war eine andere Welt, ein Jenseits. Auf Peter mochte dieser Blick befremdlich wirken, und trotzdem stand er sofort unter Giovannis Zauber. Seine Augen hinter der Brille waren weit offen und starr, wie unter Hypnose. Giovanni blinzelte ihm zu. Mir war, als nähmen beide ihre vertraute Verbindung wieder auf, in einem Atemzug und ganz mühelos. Aber ich konnte mich täuschen.

»Herzlich willkommen daheim!«, sagte Peter, betont heiter.

Giovannis Antwort war, wie stets, vollkommen ehrlich.

»Ich fühle mich fremd.«

Peters sensible Lippen zitterten ein wenig.

»Hat es dir im Ausland besser gefallen?«

»Aber ja«, erwiderte Giovanni leichthin.

»Hast du dich dort einsam gefühlt?«

»Kann ich nicht sagen.«

»Liebst du Malta nicht mehr?«

Giovanni zog an seinem Ohrring.

»Eine verdammt unbequeme Liebe ist das.«

»Weswegen?«

Giovannis Gesicht wurde starr.

»Ich habe Brüder, die unheilbar krank sind.«

Peter sah leicht verwirrt aus.

»Was meinst du damit, krank?«

»Sie verbreiten Lügen. Lügen stinken, hast du das nicht gewusst?«

Ich erbebte innerlich. Als sie von Miranda sprach, hatte Viviane das Gleiche gesagt.

»Machen sie immer noch ihre krummen Geschäfte?«, fragte Peter.

»Das geht mich eigentlich nichts an.«

Giovanni erwiderte Peters Blick. Beide schwiegen. Ich sprach lieber von etwas anderem und fragte Giovanni, ob er Viviane singen gehört hatte. Er nickte.

»Ja, ich bin rechtzeitig gekommen.«

»Hat es dir gefallen?«

»Ja, sehr.«

Wieder Schweigen.

»Hör mal, Giovanni, ich weiß wirklich nicht, ob ich dir Fragen stellen sollte oder lieber nicht«, sagte schließlich Peter. Er hatte nicht damit gerechnet, dass er derart verlegen sein würde.

Giovanni antwortete gleichmütig.

»Ich weiß es auch nicht.«

»Wie lange bleibst du denn in der Gegend?«

»Nicht mehr lange. Vielleicht noch ein oder zwei Tage. Dann verschwinde ich wieder.«

Peter stand still da, für einen Augenblick versunken, ja verwirrt, bevor er beherzt fragte:

»Für immer?«

En dumpfes Lächeln huschte über Giovannis Lippen.

»Ich bin hier nicht unbedingt erwünscht.«

»Wie kommst du darauf?«

»Darüber möchte ich jetzt nicht sprechen«, sagte Giovanni. Das düstere Licht in seinen Augen glühte auf, dann sanken leicht verächtlich seine Lider und hoben sich wieder. Peter fühlte diese Augen auf ihm ruhen; es waren nicht mehr die arglosen Augen von früher. Peter wusste offenbar nicht, woran er bei ihm war. Zwischen ihnen schwebte etwas Sonderbares, eine gegenseitige Unsicherheit. Schließlich räusperte sich Peter.

»Kein Heimweh, also?«

Kein Muskel regte sich in Giovannis Gesicht.

»Man reißt es mit der Wurzel heraus.«

Peter hatte plötzlich wieder seine steife Art, hinter der sich wohl Angst verbarg. Er maß Giovanni mit verstohlenen, scharfen Blicken, als ob er eine Gefahr in ihm sehe. Ich spürte diese seltsame Schwingung zwischen ihnen und war erleichtert, als Viviane den Vorhang zurückschlug und auf die Bühne trat. Ich winkte ihr zu. Sie sah uns und winkte zurück: Wir sollten kommen. Ein paar Bretterstufen führten zur Bühne empor, wo uns die Musiker mit mattem Kopfnicken grüßten. Alle waren erschöpft, man sah es ihnen an. Aber sie waren routiniert, jede Bewegung stimmte, das gewaltige Soundmaterial war schon fast vollständig abgebaut. Giovanni ging mit seinen eigentümlich langen Wolfsschritten voraus, wobei er mich an der Hand hielt, eine Geste, die Peter natürlich be-

479

merkte. Was er dabei empfand, konnte ich mir gut vorstellen. Viviane trug noch ihre rote Blüte im Haar, aber sie hatte sich umgezogen. Schmale Jeans betonten ihre überlangen Beine, dazu trug sie unter ihrem Perfecto ein rotes, mit Pailletten besticktes Top. Ein paar Atemzüge lang stand sie da, vom Licht der Scheinwerfer übergossen, bis unvermittelt das Licht ausging: Die Musiker hatten die Scheinwerfer ausgeschaltet. Es waren nur noch die Sterne, die Viviane beleuchteten. Ihr rotes Haar umrahmte sie wie Goldfiligran, als sie uns entgegentrat, drei unbeholfene Schritte, bevor sie Peter an den Schultern packte, ihr Gesicht an seines schmiegte, als söge sie die Ausdünstung seiner Haut in sich ein. Dann löste sie sich von ihm und betrachtete ihn von Kopf bis Fuß. Unerwartet brach sie in herzliches Gelächter aus.

»Du bist fett geworden!«

»Ach, findest du?«, fragte Peter, etwas betroffen.

Sie blinzelte verschmitzt.

»Ja, ich kann es riechen. Wenn du nur von Pizza lebst ...«

»Pizza kann ich gratis essen«, sagte Peter.

»Aber nicht zu viel, ja?«

Sie drohte ihm schelmisch mit dem Finger, bevor ihr Lächeln erlosch und sie sich an Giovanni wandte. Dabei wusste ich mit untrüglicher Sicherheit, dass sie nur ihn die ganze Zeit im Auge behalten hatte. Lautlos trat sie einen vorsichtigen Schritt, dann noch einen auf ihn zu, reckte den Kopf und kniff dabei die Augen zusammen, als ob sie ihn besser sehen wollte. Giovanni rührte sich nicht. Es war, als ob sie ihn in einen Zauberkreis gefangen nahm. Er bewegte nur leicht die Schultern, zeigte ein kleines, verlegenes Lächeln, unfähig oder nicht gewillt, sich aus diesem Zauberkreis zu lösen.

»Giovanni«, sagte sie halblaut, mit samtiger Stimme. Mir war klar, dass sich zwischen ihnen etwas vollzog, woran weder Peter noch ich teilhatten. Vivianes Augen waren jetzt groß und hell, etwas Flackerndes stand in ihnen. Sie ging noch ei-

480

nen Schritt weiter, eine in sich gesammelte Kraft. Dann zog sie ihn in ihre Arme. Er drückte sie an sich, wiegte sie, ungestüm und zärtlich, als ob er sie in die Luft schwingen wollte. Schließlich hob sie den Kopf, nahm sein Gesicht in beide Hände und küsste ihn auf den Mund. Es war ein langer, erotischer Kuss, der, so sonderbar es war, nicht die geringste Eifersucht in mir auslöste. Sie beide allein wussten, was sich zwischen ihnen abspielte; und so musste es bleiben, ganz geheim. Viviane konnte mit ihm verfahren, wie sie wollte; es war, als ob ich ihr Giovanni überließ. Endlich trennten sich ihre Lippen. Giovanni machte sich aus ihren Armen frei, betrachtete sie, indem er sie an den Schultern hielt. Die Spur eines kleinen, traurigen Lächelns zuckte um seinen Mund. Mit überquellender Zärtlichkeit legte sie ihre Hand an Giovannis Gesicht, streichelte es sanft, folgte mit den Fingerspitzen den Windungen der Tätowierungen.

»Diese Muster ... wie bist du darauf gekommen?«

Er hob weich die Schultern. Als er sprach, erschauerte ich. Merkwürdig schien mir die Stimme, die er plötzlich hatte, so aufwühlend monoton.

»Vielleicht, ohne dass ich zuerst wusste, warum. Vielleicht, weil ich einsam war, oder aus irgendeinem anderen Grund?«

»Aus was für einem anderen Grund denn auch sonst?«, fragte sie.

Er nickte vor sich hin.

»Der Erinnerung wegen. Ein Stück Heimat auf der Haut ... und die Freiheit zum Tausch.«

Sie wiegte langsam den Kopf, als überdächte sie die Antwort.

»Ja, das ist ein faires Geschäft.«

Ihre Stimme klang herzlich. Er senkte den Blick, bevor er die Augen wieder hob. Er lächelte beinahe und fragte im gespielt scherzhaften Ton:

»Und was sagt Persea dazu?«

Vivianes leicht hin und her schwankende Augen wichen nicht von seinem Gesicht. Die Schminke war verwischt, und auf ihren Wangen waren Schatten wie zerdrückte Nachtfalter. Sie hielt sich an seiner Schulter fest, krallte ihre Finger in seinen Arm. Dann antwortete sie schleppend, als ob sie jedes Wort nur mit Mühe über die Lippen brachte.

»Persea sagt, dass sie nicht um dich weinen will.«

40. Kapitel

Wir hatten zwei Tische auf der Terrasse vom *Castille* reserviert. Ein Tisch war für die Musiker. Wir saßen etwas abseits, dicht an der Mauer, von wo aus man die erleuchtete Stadt überblicken konnte. Fledermäuse schwirrten in wirren Kreisen über das Dach, auf der Jagd nach Insekten. Valletta glänzte im Licht aller Scheinwerfer und der roten, blauen und grünen Beleuchtungen der Bühnen. Von oben sahen wir, wie die Menschen die langen geraden Straßen und die Durchgänge und Treppen zwischen den Häusern verstopften. Wirre Musikfetzen und das Dröhnen von Trommeln brandeten empor. Bald krachten Feuerwerke an verschiedenen Stellen, der Himmel überzog sich mit glühenden Farben, mit Feuerfontänen, mit wirr kreisenden, glutroten und smaragdgrünen Traumblüten, verfolgt von ihren verzerrten Spiegelbildern im Hafenbecken. Wir bestellten unsere schweren einheimischen Gerichte, Fischsuppe, geschmorte Tintenfische, Risotto mit Hackfleisch, Speck, Zwiebeln und Tomaten, im Ofen mit Eiern und Parmesan überbacken. Dazu Malteser Landwein, der noch, wie in alten Zeiten, in Holzkübeln abgefüllt wurde. Wir rückten zusammen und neigten die Köpfe zueinander. Die alte Vertrautheit stellte sich sofort wieder ein, wir bildeten ein Bollwerk gegen den Rest der Welt. Wir hatten unsere Erinnerungen, unsere Schlüsselworte; unser Einvernehmen war auffallend, erstaunlich, beinahe gespenstisch in seiner Innigkeit. Natürlich redeten wir zunächst nur vorsichtig miteinander, bis die Erinnerungen erwachten und zwischen uns hin- und herflogen. Es lohnte sich, die Vergangenheit zu rekonstruieren, alte Bilder neu zu sehen, vergessene Empfindungen anders zu erleben. Wir hatten damals wirklich Besonderes erlebt, aber wir mussten erwachsen werden, um die Zusammenhänge zu erkennen, wie das Echo eines unendlichen Verlusts. Wir konnten neue Kombinationen in unserem Lebenskreis erwägen und sie präzise formulieren, doch das alles nützte nichts: Wir lebten nicht mehr im Paradies.

»Weißt du noch?«

»Ach, habe ich das wirklich gesagt?«

»Wort für Wort!«

»Was für eine Geschichte!«

»Ja, ich entsinne mich!«

Und dergleichen in einem fort. Wir waren ein geschlossenes Ganzes, eine Welt innerhalb der Welt. Das Wiederfinden von Fühlen und Denken rief Verlangen wach, riss verheilte Wunden wieder auf. Und doch lag alldem eine Gesetzmäßigkeit zugrunde. Unser Leben blieb, was es einst gewesen war, eine gemeinsame Fortbewegung, eine kreisende Spirale in Raum und Zeit. Wir redeten manchmal alle gleichzeitig und tranken nur wenig. Viviane trank nicht einmal ein Glas, ein paar Schlucke genügten, schon schlug ihr die Röte ins Gesicht. Sie war gefährlich reizvoll anzusehen, mit ihren mondhellen Augen, ihren geschminkten Lippen und dieser Blüte mit dem ölig betörenden Duft im Haar. Wir mussten sie unverwandt anschauen, und sie ließ es geschehen, aufreizend sicher, fast gleichgültig. Willig erlagen wir ihrer Magie, früher war das ja nicht anders gewesen. Und gleichzeitig ließ uns jedes Wort, jedes Lachen, die eigene Traurigkeit fühlen. Giovanni, dicht neben mir, erwiderte jeden Blick, sobald ich ihn ansah. Unsere Knie berührten sich, und ich spürte einen animalischen Strom des Verlangens, der uns miteinander verband. Peter sprach freundlich, in gleichmäßigem Ton. Doch mir kam es so vor, als suche er immer etwas, das nicht da war, etwas, das tiefes

Interesse und Besorgnis in ihm auslöste. Es war, als beobachte er uns aus der Entfernung, selbst wenn er lächelte, blieb immer noch etwas in ihm fern von uns. So war er schon als Junge gewesen, immer nur ein Zuschauer am Rande. Manchmal, bei einer Geschichte von früher, schüttelte er ein bisschen sonderbar den Kopf, halb zweifelnd, halb spöttisch, als wollte er sagen: »Es war nicht ganz so!« Doch er mischte sich nicht ein, und ich dachte, dass er sich vielleicht mit dem Gedanken tröstete, Giovanni sei ja bald nicht mehr da. Unsere sinnlichen Erinnerungen ließen uns schmerzlich den Riss spüren, den das Leben zwischen uns geschlagen hatte. Wir sprachen von der Vergangenheit, aber kaum von der Gegenwart, und Giovanni am wenigsten. Seine Ruhe hatte etwas Endgültiges an sich, als ob er viele Jahre mit dem Stoff des Vergessens überzog. Er war es auch, der am meisten trank.

»Woher kennst du unsere Volkslieder?«, fragte er Viviane. »Meine Großmutter sang diese Lieder, als ich ein Kind war, seitdem habe ich sie nie mehr gehört.«

Ihre glänzenden Lippen teilten sich zu einem Lächeln.

»In unserer Pension hatten wir Zimmermädchen. Sie kamen und gingen, sie hielten es nie lange bei uns aus. Aber mich mochten sie. Wenn ich sie bat, mir etwas vorzusingen, dann sangen sie. Fast alle hatten eine schöne Stimme«, setzte sie versonnen hinzu. »Und mein Vater, wenn er nicht zu bekifft war, sang wunderbar ›Rembetiko‹. Das hat mich tief beeindruckt. Ich glaube, wenn wir richtig hinhören, müssten wir die Melodie schnell begreifen. Die Worte sind immer da, an der richtigen Stelle. Unsere Gefühle kommen einfach dazu.«

Peter seinerseits erzählte, dass er sich noch immer nicht mit seinem Vater versöhnt hatte.

»Er will, dass ich mich entschuldige.«

Viviane blinzelte.

»In aller Form, wie es sich gehört?«

»In aller Form, jawohl. Ich habe mich noch nicht dazu aufraffen können. Vielleicht nach dem Examen, wenn er sieht, dass ich es zu etwas bringe. Und inzwischen muss ich arbeiten, um meine Miete zu zahlen.«

»Wenn du fett dabei wirst...«, meinte Viviane. Wir lachten. Viviane spielte gedankenverloren mit seiner Hand.

»Bist du glücklich?«, fragte sie ihn zärtlich.

Er seufzte.

»Ich habe festgestellt, es kommt in der ganzen Welt doch nur auf eins an: dass man das macht, wozu man sich fähig fühlt. Ich habe Tiere sehr lieb.«

»Lieber als deinen Vater?«, fragte ich.

»Viel lieber«, sagte Peter.

Und wieder lachten wir, während Viviane über seine Hand strich, eine warmherzige, fast mütterliche Geste.

»Die Menschen, die liebst du also nicht sehr?«

Er verzog leicht die Lippen, sein Blick glitt rasch zu Giovanni hinüber. Das Lächeln in seinen Augen war sehr erstaunlich, zeigte es doch eine lebendige Zuneigung. Er sagte:

»Die Menschen lieben? Es würde mir besser gehen, wenn ich davon überzeugt wäre, dass es sich lohnt. Ich glaube es beinahe nicht mehr«, meinte er, und wir lachten. Peter sah unentwegt Giovanni an, dessen Züge sich zu einem versonnenen Lächeln spannten. Er war wohl etwas betrunken und hatte sich nicht mehr ganz in der Gewalt.

»Du hast wohl recht. Wenn ich den Menschen vertraue, mache ich Unfug. Und manchmal sage ich mir... mir ist gleich, was aus mir wird. Mir ist's gleich, solange ich nicht...«

Er stockte, ein erschreckend leerer Ausdruck zog über sein Gesicht. »Solange ich nicht mehr fühle, dass ich wirklich lebe... weil... ich etwas verloren habe, was nie wiederkommt.«

Er sah mich dabei an, nahm mit einer langsamen, sehr bewussten Bewegung meine Hand, hielt sie fest. Sie waren vorbeigegangen, die Jahre, so unaufhaltbar, wie Maschen aus

einer Strickarbeit herunterfallen, und schon bald würde das
Heute zu Gestern werden und nichts übrig lassen außer der
Erinnerung. Und am Ende nicht einmal mehr das. Dieser Ge-
danke war ganz unerträglich.

Wir tranken unseren Kaffee, als die Musiker an unseren
Tisch kamen. Sie wollten sich das Fest ansehen. Wir tauschten
lachende Blicke. Ja, wir auch! Und während wir uns alle erhoben und unsere Stühle zurückschoben, sagte Giovanni halblaut zu mir:

»Ich habe nie eine andere Frau so geliebt, wie ich dich liebe.
Und ich werde auch nie eine andere lieben.«

Er zog mich kurz an seine Brust. Ich flüsterte rau:

»Vielleicht ist es möglich, dass du bleibst …«

»Ganz und gar unmöglich«, sagte er.

So war es mit Giovanni, er machte mir nie etwas vor, nicht
einmal, um mich zu schonen. Und während er das sagte, umarmte er mich, als wären wir alleine auf der Welt, klammerte
sich an mir fest, erdrückte mich fast. Sein Herz schlug so hart,
als ob es in meiner Brust hämmerte. Peter betrachtete uns mit
unbeteiligtem Gesicht, aber Viviane trat an uns heran und
sagte, fast schwärmerisch ergriffen: »Ihr seht so wunderbar
aus, einfach unbeschreiblich …«

Sie war uns ganz nahe, wie sie es stets gewesen war, noch als
wir ihre nervöse kleine Nähe als zudringlich empfunden hatten. Aber jetzt war alles anders, sie berührte uns mit feinen, lebendigen Fingerspitzen, und ihre Berührung war eine Wohltat. Auf einmal stieß sie einen hörbaren Seufzer aus, drehte
sich von uns weg und stolperte auf ihren High Heels die Stufen hinab, die zum altmodischen Aufzug führten. Peter folgte,
mit einem nervösen Zucken um den Mund. Die drei Musiker hatten Stiefel an, die auf der Holztreppe bis zum Aufzug
viel Lärm machten. Das ganze Gebäude trug diesen Schall, wie
eine Trommel.

Endlich waren wir draußen, in der stickigen Wärme der Pas-

487

santen. Es war vier Uhr morgens, doch keiner dachte an Schlaf. Aus jedem Restaurant, aus jedem Café drangen Stimmengewirr und das Klappern von Geschirr. Die rot-goldenen Kirchenbanner blähten sich und flatterten im Wind des anbrechenden Tages. Überall pfiffen Knallfrösche, und die bunten Kugeln der Laternen schaukelten oder hüpften, von Kinderhänden getragen. Die Leute zogen in verschwommenem, gemächlichem Bewegungsfluss vorbei, geisterhafte Klänge schwebten über ihren Köpfen. Der Mond stand tief, golden wie ein Kürbis, sein Gleiten konnte man mit bloßen Augen verfolgen. In den Upper Barakka Gardens, oberhalb der St. Pauls Bastion, spielte ein kleines Orchester Tangos und altmodische Slows. Die Leute waren allmählich müde und bewegten sich weniger ausgelassen. Die Rhythmen wurden langsamer. Vivianes Musiker holten sich fremde Mädchen zum Tanz, drückten sie ungeniert an sich, und die Mädchen lachten schrill und etwas überdreht. Viviane tanzte mit Peter und ich mit Giovanni. Ich lehnte halb verschlafen den Kopf an seine Brust. Er war mir so vertraut in seiner verschwiegenen, geheimnisvollen Männlichkeit. Er roch nach Wein und jugendlicher Haut und irgendwie auch nach Honig. Er bewegte sich kaum, rieb sanft und aufreizend seine Hüften an meinen, hielt mich mit beiden Armen umschlungen.

»Ist dir kalt?«, flüsterte er.

»Ein wenig.«

»Möchtest du gehen?«

»Ja, bald.«

Ich schloss die Augen, drückte mein Gesicht in die Beuge seiner Schulter, spürte nichts als die beglückende Nähe seines lebendigen Körpers. Die Musik hörte sich sehnsuchtsvoll und traurig an, mein Denken war fast aufgelöst, aber nicht ganz. Ich sprach leise an Giovannis Hals.

»Sobald die Trennung unvermeidlich wird, dann, glaube ich, macht es wenig aus, ob du nun ein wenig später oder ein wenig früher gehst.«

Er lehnte seine Stirn, die etwas kalt und feucht war, an meine.

»Da du alles begriffen hast, reden wir nicht mehr darüber.«

Ich nickte wortlos. Eine Zeit lang würde ich nichts anderes zu tun haben, nichts als die verlorene Liebe zu beweinen. Und vielleicht, ganz allmählich, würde sein Bild in meinem Gedächtnis verblassen. Warum auch nicht? Es war ja bereits schon einmal geschehen.

Die Musik spielte eine Samba, aber keiner folgte wirklich dem Rhythmus. Dann und wann brach Gelächter aus, irgendwo klirrte Glas, ein Betrunkener torkelte grölend; die Satzfetzen entfernten sich, der Wind trug sie fort. Dann merkte ich plötzlich, wie Giovanni sich versteifte; es geschah im Bruchteil eines Atemzuges, als ob ein elektrischer Stromschlag durch seinen Körper zuckte. Er starrte in die Dämmerung hinaus, irgendwohin, ganz Spannung und Wachsamkeit. Ich hob im selben Augenblick den Kopf, drehte mein Gesicht leicht von ihm ab und blickte in dieselbe Richtung. Zunächst sah ich nichts, nur ein paar Männer, die Bier tranken, betrunken schwankten oder am Boden dösten. Dann entdeckte ich einen Mann, der etwas näher an die Tanzfläche getreten war; er stand da, eine dunkle Gestalt, die – wie mir schien – etwas Drohendes an sich hatte. Mir kam in den Sinn, dass ich diesen Mann vor langer, langer Zeit einmal gesehen hatte, als Giovanni halblaut zu mir sagte:

»Warte hier einen Augenblick.«

Er ging auf den Mann zu, und beide redeten miteinander. Der Mann war so groß wie Giovanni: Als er sich leicht zur Seite drehte und sein Gesicht beleuchtet wurde, fiel mir die Ähnlichkeit zwischen beiden auf. Einer der Brüder also. Ich warf mein Haar aus der Stirn, verschränkte fröstelnd die Arme. Jetzt, wo Giovanni mich nicht mehr an sich drückte, war mir kalt. Was wollte der Kerl? Wie hatte er uns gefunden? Ich sah Giovanni nach einer Weile ein bejahendes Zeichen machen. Dann drehte er sich schroff um und ließ den Mann stehen, der sofort in der Menge verschwand.

»Wer ist das?«, hörte ich Viviane fragen. Sie stand neben Peter und hielt sich an ihm fest. Sie war erschöpft, ein Schimmer von Feuchtigkeit lag auf ihrem Gesicht, das matt glänzte, und die Blüte in ihrem Haar war verwelkt. Ich schüttelte wortlos den Kopf, als Giovanni schon wieder bei uns war. Sein Gesicht trug einen starren, finsteren Ausdruck.

»Das war Mario, mein älterer Bruder«, sagte er.

»Was wollte er von dir?«, fragte ich.

Giovannis Ausdruck war eisig.

»Er sagt, dass der Frachter gestern Abend angekommen ist und mein Schwager Diego mich sehen will. Und dass ich mich beeilen soll. Weil das Schiff schon um acht wieder klarmacht.«

Peter sah, trotz seiner Müdigkeit, plötzlich sehr misstrauisch aus.

»War der Kerl die ganze Zeit hinter dir her?«

Giovanni beruhigte ihn mit einer Geste.

»Er konnte mich nicht anders erreichen. Auf Malta will ich mein Handy nicht benutzen.«

Peter starrte ihn stirnrunzelnd an.

»Warum? Weil du keine feste Adresse hast?«

Giovanni schüttelte den Kopf.

»Nur so aus Vorsicht.«

Peter öffnete den Mund, doch Giovanni beachtete ihn schon nicht mehr, wandte sich mir zu und griff nach meiner Hand.

»Komm, Alessa. Da ist eine Sache, die ich erledigen muss. Aber ich bringe dich zuerst nach Hause.«

Ich zog die Hand weg, bevor er sie nehmen konnte.

»Ach, geh schon, Giovanni«, sagte ich etwas gereizt. »Ich kenne den Weg!«

Dann sah ich seine Augen, die mich anblickten, und in mir wurde es finster. Er war unglücklich und besorgt und fühlte

490

sich wie ein Schuft. Da war etwas, das ihn nervös machte. Dunkelheit begann sich in mir auszubreiten. Ich konnte es nicht ertragen, dass er unglücklich war. Aber er ist es ja schon viele Male gewesen, dachte ich, und ohne dass ich eine Ahnung davon hatte. Mach die Sache nicht komplizierter, Alessa, dachte ich mir. Ich legte meine Hand auf seinen Arm.

»Geh, Giovanni, dann hast du es hinter dir. Ruf mich an, wenn du kommst. Ich habe zwei Tage frei.«

Er nickte, bevor sich seine Augen auf Viviane richteten. Sie schwankte leicht, als ob es ihr übel sei.

»Wann geht dein Flugzeug?«

»Welches Flugzeug?«

Sie sprach mit schleppender Stimme, wobei ihr Kopf nach vorn fiel und sie auf den Boden starrte. Die Antwort kam von Tommy, einem der Musiker, der neben uns stand.

»Morgen um 18:30 Uhr. Wir fliegen direkt nach London. Und in drei Tagen treten wir in Dublin auf.«

»Dann sehen wir uns ja noch«, sagte Giovanni. Sie stolperte, hielt sich an Peter fest.

Viviane hob ruckartig den Kopf.

»Wie?«

Sie stolperte ein zweites Mal und hielt sich wieder an Peter fest. Ihr Ausdruck war völlig abwesend.

»Viviane, du bist müde«, sagte ich. »Komm, wir bringen dich ins Hotel. Und du, Peter, wo schläfst du?«

Er antwortete ziemlich frostig. »Bei meiner Schwester, natürlich. In der Besenkammer. Und ich glaube nicht, dass ich schlafen kann.«

Natürlich, dachte ich. Er fühlt sich plötzlich nicht mehr sicher unseretwegen. Ich wollte ihn nicht verletzen, aber ich hatte es trotzdem getan.

»Peter«, sagte ich, »du darfst dich nicht aufregen. Ich werde sehr traurig sein, wenn du nicht schlafen kannst.«

Er lächelte, schon etwas ruhiger.

»Manchmal schlafe ich schlecht, aber das hat nichts mit dir zu tun. Ich komme mit wenig Schlaf aus. Das macht nichts, man muss es nur gewohnt sein.«

Ich nickte ihm zu, aber ich hatte nicht wirklich zugehört. Ich hatte nur einen Mann im Kopf und war blind und taub für die Gefühle des anderen.

Die Musiker waren müde und gähnten, und Viviane hatte ihre High Heels von den Füßen gestreift, als ob sie die Berührung mit dem Boden suchte, um sicher zu stehen.

Ich schlug vor, dass wir uns zum Mittagessen wieder im *Castille* treffen sollten. So hätten alle genug Zeit auszuschlafen. Die Musiker nickten, okay für sie. Viviane blickte zum Himmel empor und sagte kein Wort. Ihr Gesicht war von einem leichten Schweißfilm überzogen. Ich wandte mich an Giovanni.

»Um eins, geht das für dich?«

»Ja«, sagte er, wobei er Viviane nicht aus den Augen ließ. Und er setzte hinzu: »Ich denke, es wird das letzte Mal sein, dass wir uns sehen.«

Viviane hob tastend die Hand, zerrte sich die welke Blüte aus den Haaren. Sie hatte aufgehört, jung und schön zu sein. Ich empfand einen plötzlichen Schrecken, weil ihr Gesicht auf einmal so alt und fast blicklos wirkte. Nicht blind – nein eher, als weilten ihre Gedanken anderswo, und sie war so vertieft darin, dass ihre Umgebung den starrenden Augen nichts zu bieten hatte. Giovanni, der gerade gehen wollte, trat auf einmal dicht an sie heran. Er beobachtete sie intensiv, bevor er zärtlich ihren Arm drückte.

»Du schläfst im Stehen?«

Sie antwortete mit vager Stimme:

»Es muss ja wohl so sein, dass jemand schläft.«

»Ist sie betrunken?«, fragte Peter, mit ratlosem Blick.

Ich schüttelte den Kopf.

»Aber nein, sie hat doch kaum etwas getrunken.«

Unter Giovannis forschendem Blick hob Viviane ihr blasses Gesicht zu ihm empor. Sie sprach plötzlich mit einer ganz anderen Stimme, wie in Trance.

»Ich bitte dich, das zu tun, was du tun musst. Ich… ich zwinge dich dazu! Sonst verzeihe ich dir nicht, übrigens auch sonst niemand. Ich habe schon lange auf dich gewartet. Und wenn ich sage, du sollst kommen, dann kommst du, ja?«

Giovannis Gesicht war wie entrückt, in seiner Gespanntheit fast dem ihren gleich. Es war wie in einem Theaterstück, sie waren zwei Schauspieler, die eine besondere Rolle spielten und ihren Text sprachen. Wir starrten beide an, wir kannten ihre Absichten nicht, wussten auch nicht, wie wir Vivianes Worte auslegen sollten. Sie hörten sich so absurd an. Giovanni verzog keine Miene, doch seine Augen glühten. Etwas war in ihnen, eine Dumpfheit, eine Verzweiflung, von der wir nichts wussten. Und obgleich er reglos dastand, schüttelte ihn der Schmerz, schüttelte ihn innerlich mit einer Leidenschaft, als ob die Erde unter seinen Füßen zerbrach.

Dann hob ein tiefer Seufzer seine Brust, und er sagte ruhig:

»Wenn du mir sagst, ich soll kommen, werde ich da sein.«

Sie warf den Kopf nicht zurück, wie sie es vorhin getan hatte, sondern schaute ihm in die Augen, als wollte sie in ihnen ein Vorzeichen erblicken. Ich sah nicht mehr als das in ihr; ich spürte, dass von uns allen Giovanni der Einzige war, der wirklich verstand, was sie meinte. Unvermittelt brach er in Gelächter aus, und das erschreckte mich noch mehr als alles andere. Ich sah seine weißen, starken Zähne im Dämmerlicht blitzen.

»Du hast lange gewartet«, sagte er.

Vivianes blasses Gesicht verzerrte sich, wurde zur weißen Fratze. Sie fauchte ihn an, wie ein Raubtier.

»Mach, dass es schnell geht.«

Giovannis Lachen verschwand ebenso schnell, wie es sich gezeigt hatte.

»Ja«, sagte er im freundlichen, rücksichtsvollen Tonfall, bevor er sich mir mit heftiger Bewegung zuwandte und mich in seine Arme riss.

Es war ein langer, harter Kuss, dem ich mich kraftlos ergab. Als er endlich seine Lippen gewaltsam löste, merkte ich, dass er mir das Innere des Mundes mit den Zähnen verletzt hatte. Ich taumelte zurück, doch er drehte sich bereits um und ging mit großen Schritten über den Platz. Als ich ihm nachsah, hatte ich das Gefühl, dass ich die Hälfte von mir verloren hatte, dass er mein Leben mit sich trug, meine ganze Seele. Und in diesem Augenblick hörte ich neben mir einen Aufschrei, ein dumpfes Geräusch. Ich wandte mich hastig um und sah Viviane klatschend zu Boden fallen: Sie hatte einen epileptischen Anfall.

41. Kapitel

Vivianes Körper war gekrümmt wie ein Bogen, sie keuchte und zuckte in Krämpfen, als ob Feuer durch ihr Rückgrat floss. Sie drehte sich hin und her, schlug heftig mit den Armen, griff mit beiden Händen nach der Brust, riss mit erstaunlicher Kraft ihr Top auf, als sei sie am Ersticken. Sie war jetzt nicht mehr blass, sondern fast blau im Gesicht. Ihre kleinen Brüste wurden sichtbar, ihre dünnen Rippen, die sich stoßweise hoben und senkten. Sie wälzte sich auf der Blüte, die am Boden lag, zerdrückte sie endgültig, verstreute die purpurnen Blätter wie Blutstropfen. Ihre Augen, auf meine gerichtet, waren weit offen, blicklos. Ich stand da wie gelähmt, es war, als ob das Geschehen mir selbst das Kreuz brach. Auch die Musiker waren stumm und betroffen, es schien als fehlte ihnen jede Kraft, ihr zu helfen. Peter war der Einzige, der fast augenblicklich reagierte.

»Festhalten!«, keuchte er. »Ein Taschentuch, schnell!« Tommy hatte eins, Peter riss es ihm aus der Hand, öffnete mit Gewalt Vivianes Lippen, die von blutigem Speichel und Lippenstift verschmiert waren, schob ihr das Taschentuch in den Mund. Sie entwickelte fast übermenschliche Kräfte, bäumte sich auf, strampelte, schlug mit den Fäusten auf den Boden. Die drei Musiker hatten alle Mühe, sie zu halten. Um uns herum stauten sich die Menschen, gafften und wichen erschrocken zurück. Peter sah auf, sein Gesicht war nass vor Schweiß.

»Alessa! Schnell! Der Notruf!«

Ich hatte die Nummer zum Glück gespeichert. Das war in

meinem Beruf eine unerlässliche Maßnahme, weil es ja sein konnte, dass ein Unfall passierte, während ich mit einer Gruppe unterwegs war. Touristen mochten stürzen oder einen Hitzekollaps erleiden. Es gab Insektenstiche, die gefährliche allergische Reaktionen auslösten. Ich tippte sofort die Nummer ein und gab unseren Standort an. Man sagte mir, dass ein Krankenwagen in ein paar Minuten zur Stelle sein würde. Inzwischen war Vivianes heftiger Krampf in unentwegtes Zittern übergegangen, als ob elektrische Impulse sie durchfluteten. Ihre Augen schwammen, die verdrehten Pupillen zeigten nur das matt glänzende Weiße. Ich kniete neben ihr und wollte Peter helfen, sie zu halten, als sie unvermittelt meine Hand packte und festhielt. Ich stöhnte, weil sie mir fast die Hand zerquetschte und versuchte erfolglos, ihre Finger zu lösen. Ich hatte das Gefühl, dass ihre Hand keine menschliche Hand mehr war, sondern eine Art Schraube, die meine Finger in gewaltiger Umklammerung hielt. Peter murmelte: »Scheiße!«, versuchte Vivianes Finger zurückzubiegen, schaffte es aber nicht, und sie drückte umso fester zu, je mehr Peter sich bemühte.

»Es geht nicht!«, keuchte er, »ich bringe es nicht fertig!«

»Lass nur«, stammelte ich, »ich werde schon durchhalten.«

Ich hatte das Gefühl, dass kein Tropfen Blut mehr in meine Hand floss, dass meine Finger ganz taub wurden und abstarben. Der Schmerz war kaum zu ertragen und ich knirschte mit den Zähnen. Da ertönte, immer näher kommend, das Signal des Krankenwagens, der mit blinkenden Blaulicht die Straße hinauffuhr. Die Reifen knirschten auf dem Kies und die Menge wich zurück, bevor sie wieder dichter wurde. Ein junger Notarzt und zwei Helfer sprangen eilig heraus und brachten eine Trage. Sie hoben die wild um sich Schlagende hoch und schnallten sie auf der Trage fest. Viviane klammerte sich immer noch an meine Hand. Der Notarzt sah das auf einen Blick, machte eine Spritze bereit und stieß die Nadel in Vivianes Arm. Zu mir sagte er:

»Können Sie es aushalten? Der Krampf wird sich gleich lösen.«

Ich nickte; es tat höllisch weh, aber irgendwie gab es mir das seltsame Gefühl, dass Viviane und ich für alle Zeiten verbunden sein würden.

»Epilepsie«, sagte der Arzt. »Das hatten wir heute noch nicht.« Der junge Arzt, der sich als Dr. Santi vorstellte, brachte mit den Worten ein blasses, beruhigendes Lächeln zum Vorschein. »Wir bringen sie für eine Nacht ins Krankenhaus. Zur Beobachtung. Morgen wird sie wieder auf den Beinen sein. Seit wann hat sie solche Anfälle?«

Er warf mit der Bemerkung einen fragenden Blick auf unsere beunruhigten Gesichter.

»Schon seit jeher«, sagte Peter.

»Das kommt bei Kindern ab und zu vor. Die Symptome verschwinden nach der Pubertät. Hat sich das bei ihr nicht gebessert?«

Peter und ich sahen uns an, zogen ratlos die Schultern hoch. In letzter Zeit? Wir wussten es nicht. Doch die Musiker scharrten mit den Füßen und bewegten sich unruhig. Schließlich sagte einer von ihnen, Raphael, dass sie vor zwei Jahren einen Anfall gehabt hatte.

»Irgendein besonderer Grund?«, wollte der Arzt wissen. »Müdigkeit? Stress?«

Raphael räusperte sich. Die Sache war ihm offenbar peinlich.

»Das war am Flughafen von Rio. Wir haben deswegen das Flugzeug verpasst.«

»Oh?«, sagte Dr. Santi. »Wie unangenehm! Leidet sie auch unter Flugangst?«

»Nein ...« Raphael dehnte die Silben, während die anderen betreten zur Seite schauten. »Wir ... wir flogen nach Paris, wo wir ein Konzert geben sollten. Aber die Maschine, die wir verpasst hatten, die ... die kam nie an.«

497

»Was war denn?«, murmelte der Arzt. Die Helfer, die sich um Viviane kümmerten und ihr behutsam das speichelnasse Taschentuch aus dem Mund entfernten, sahen betroffen hoch.

Raphael warf einen verwirrten Blick auf die beiden anderen Musiker, die verlegen nickten. Es war Adrian, der Schlagzeug-Spieler, der die Geschichte an seiner Stelle zu Ende erzählte.

»Es war die Air France 474, die in ein Gewitter kam und über dem Pazifik abstürzte. Alle zweihundertvierzig Passagiere starben. Erinnern Sie sich nicht?«

Der junge Arzt starrte ihn an, dann kehrten seine Augen zu Viviane zurück.

»Doch, ja … ich glaube, ich entsinne mich«, sagte er, bevor er langsam nickte.

»Da haben Sie aber Glück gehabt.«

Ein heftiges Frösteln überlief mich. Ich hatte sagen wollen: »Viviane spürt solche Dinge«, doch ich sagte nichts, denn mein einziger Gedanke war: Was spürt sie denn jetzt?

Inzwischen gaben ihre Finger, die mich wie in einem Schraubstock umklammert hielten, allmählich nach. Endlich gelang es mir, meine Hand zu befreien. Sie sah schrecklich aus, als ob ich auf einen Steinblock geprallt wäre, geschwollen, bleich und voller blauer Flecken.

»Zeigen Sie mal her«, sagte Dr. Santi.

Er bewegte behutsam meine Finger. Sie waren völlig gefühllos, und die Hand war so kalt, als hätte ich sie in Eiswasser getaucht. Nach und nach begann das Blut wieder zu zirkulieren, und mit dem Blut kamen auch die Schmerzen. Ich biss mir auf die Lippen, um nicht aufzuschreien. Dr. Santi rief einen der Helfer, der meine Hand mit Salbe bestrich.

»Die Salbe ist leicht schmerzlindernd«, sagte er, bevor er einen leichten Verband anlegte.

»Schonen Sie Ihre Hand ein paar Tage lang. Die Blutergüsse bilden sich bald zurück.«

Ich nickte, unfähig zu sprechen. Inzwischen wurde die

Trage in den Krankenwagen geschoben. Ich war todmüde, und alles, nicht nur die Hand, tat mir weh, doch ich brachte es nicht übers Herz, Viviane zu verlassen. Ich fragte den Arzt:

»Kann ich sie ins Krankenhaus begleiten?«

»Sind Sie eine Angehörige?«, fragte er.

»Nein, sie hat keine mehr«, sagte ich. Und setzte gleich hinzu:

»Aber wir kennen uns seit unserer Kindheit.«

Dr. Santi nickte.

»Ja, kommen Sie mit. Jemand muss ja die Formulare ausfüllen.«

Viviane trug ihre Papiere in einer kleinen roten Tasche, die zu Boden gefallen war. Peter hatte sie an sich genommen. Er gab mir die Tasche und sagte, er würde zu seiner Schwester gehen. Er konnte sich vor Müdigkeit kaum noch auf den Beinen halten. Auch die Musiker waren erschöpft und entkräftet. Ich sagte, sie sollten schlafen gehen, ich würde sie benachrichtigen, sobald Viviane wieder ansprechbar war. Dann stieg ich zu ihr in den Krankenwagen. Die Spritze hatte den Krampf gelöst. Sie lag ganz ruhig, doch bei ihrem Anblick zog sich mein Innerstes zusammen. Ich musste ein entsetztes Gesicht gemacht haben, denn Dr. Santi sagte mit beruhigender Stimme:

»Epilepsie versetzt einem immer einen Schock. Manche haben eben die Veranlagung dazu.«

»Schlimm?«, fragte ich leise.

»Eigentlich nicht. Es sieht schrecklicher aus, als es ist. Aber wenn es im unpassenden Moment geschieht, könnte sie sich verletzen oder andere Menschen gefährden.«

»Kann man Epilepsie heilen?«

»Es gibt Medikamente. Aber jeder Patient ist verschieden.«

»Viviane hat gesagt, dass sie Medikamente nimmt.«

»Dann muss ich herausfinden, welche das sind. Andere könnten ihr schaden.« Dr. Santi zögerte.

499

»Epileptiker sind oft besondere Menschen.«

Ich sagte leise:

»Viviane ist ein sehr besonderer Mensch.«

Die beunruhigende Geschichte, die ich von den Musikern gehört hatte, ging mir nicht aus dem Sinn. Wer Viviane so gut kannte wie ich, wusste, dass sie die Welt anders wahrnahm als wir. In ihr wurzelten eine natürliche Güte und Großmut, die sie empfänglich für ihre Mitmenschen machten. Eine fast übersteigerte Empathie. Aber auch ein Hochmut, eine Art von Gewalt, die gelegentlich aus ihr herausbrach. Da waren unbekannte Dinge, die im Zentrum ihres Bewusstseins wohnten, die sie Bilder sehen ließen, die wir nicht sahen und sie zu den seltsamsten Handlungen trieben. Ich war überzeugt davon, dass ihr Anfall hier etwas zu bedeuten hatte.

Im Krankenhaus zeigte ich Vivianes Ausweis vor und füllte die notwendigen Papiere aus. Sie hatte eine gute Versicherung. Als ich ihre Tasche durchsuchte, fand ich auch einige Medikamente. Ich überließ sie der Schwester, die Viviane betreute. Sie würde sie Dr. Santi geben. Es herrschte eine seltsame Stimmung im Krankenhaus. Der Tag brach an, und die erste Morgensonne schien blass durch die großen Glasfenster. Ich entsann mich, dass ich vor vielen Jahren hier Giovanni besucht hatte, nachdem ich ihm das Leben gerettet hatte. Ich fand die langen Flure wieder, die leisen Schritte, die Türen, hinter denen die Kranken jetzt auf das Frühstück warteten. Im Geiste wanderte ich zurück zu dem zwölfjährigen Giovanni, während ich in das kleine Zimmer trat, in dem Viviane still und blass lag. Eine Infusionsnadel steckte in ihrem Arm. Man hatte ihr die Kleider auszogen, und sie nackt in ein langes weißes Hemd gesteckt. Die Schwester kam und ging lautlos. Ich setzte mich auf den Stuhl neben dem Bett. Viviane schien zu schlafen. Ich fuhr fast zusammen, als ich plötzlich ihre raue, schwache Stimme hörte, die mich beim Namen rief.

500

»Alessa.«

Sie bewegte die Lippen. Ihre weit offenen Augen starrten mich an. Ich beugte mich über sie.

»Viviane, wie geht es dir?«

»Wo sind wir?«, flüsterte sie.

»Im Krankenhaus. Sei ruhig, du bist bald wieder in Ordnung.«

»Was hatte ich?«

Ich versuchte, ruhig zu sprechen.

»Einen deiner Anfälle. Nicht weiter schlimm. Aber wir mussten den Arzt rufen.«

Ein Schimmer von Erkenntnis trat in ihre Augen. Sie formte die Worte mit Mühe, deutete auf ihren Mund.

»Ich glaube, ich habe mir die Zunge verletzt.«

»Kann sein. Du hast geblutet.«

»Wie … wie lange muss ich hierbleiben?«

»Nicht lange, nehme ich an. Du sollst jetzt schlafen.«

Sie reagierte mit plötzlicher Heftigkeit.

»Bleib hier, Alessa! Geh nicht weg! Du darfst nicht weggehen!«

»Ich weiß nicht, ob man mir das erlaubt«, sagte ich verunsichert.

»Du musst hierbleiben!«, keuchte sie. »Unbedingt! Ich will, dass du hierbleibst!«

Die Tür ging auf, die Schwester trat herein und sah mich leicht vorwurfsvoll an. Ich sagte:

»Sie ist gerade zu sich gekommen.«

Die Schwester machte ein besorgtes Gesicht.

»Sie darf sich nicht aufregen.«

»Sie will, dass ich hierbleibe.«

»Lieber nicht«, sagte die Schwester sanft, aber bestimmt. »Ich gebe ihr jetzt ein leichtes Schlafmittel.«

Viviane richtete sich auf, fiel wieder zurück, warf ihr Kissen aus dem Bett.

»Geh nicht weg, Alessa! Bleib hier!«

Ich sah die Schwester hilflos an. Diese schüttelte den Kopf. Mit eigenwilligen Patienten hatte sie genug Erfahrung.

»In ein paar Stunden kann es schon viel besser aussehen, dann kommen Sie gleich her. Rufen Sie mich gegen Mittag an. Fragen Sie nach mir, Schwester Luisa.«

Ich nickte wortlos, wobei ich Viviane anlächelte.

»Schlaf ein paar Stunden, das wird dir guttun. Ich komme ja bald wieder.«

Sie verkrampfte sich, und blutige Speichelblasen traten über ihre Lippen. Schwester Luisa gab mir unauffällig ein Zeichen. Sie bereitete eine neue Infusion vor, wobei sie beruhigende Worte murmelte. Ich verließ das Zimmer und ging wie betäubt durch den weißen Flur die Treppe hinunter. Es roch nach Kaffee und warmem Brot. Die Schwestern schoben kleine Wagen vor sich her und brachten den Patienten das Frühstück. Ich blickte auf die Rühreier, den Toast und dachte, dass ich mich gleich übergeben musste. Ich suchte die Toilette auf und übergab mich tatsächlich. Danach wusch ich mein Gesicht mit kaltem Wasser und ließ auch Wasser über meine Unterarme laufen. Meine linke Hand war fast auf die doppelte Breite angeschwollen. Nachdem ich mich übergeben hatte, fühlte ich mich besser und machte mich auf den Weg nach Hause. Es war nicht sehr weit, und die frische Luft tat mir gut. In den Gärten zwitscherten die Vögel, im Hafen tutete eine Schiffssirene. Ansonsten war Valletta still und menschenleer. Nur einige Straßenarbeiter waren schon wach, sammelten Abfall ein und leerten die Mülleimer. Es fuhren kaum Autos und ein paar Leute warteten an der Busstation. Ihre Kleider waren zerknittert, alle sahen übernächtigt und verkatert aus. Zum Glück war es Sonntag und sie konnten sich ausruhen. Ich schleppte mich durch die leeren Straßen, an den zugezogenen Rollladen der Geschäfte vorbei. In Hal Saflieni war es so still, dass man den Brunnen plätschern hörte. Eine alte Frau kam aus der Kir-

502

che. Sie hielt einen Rosenkranz in den Händen. Zurück in der Wohnung empfing mich Kenza in der Dämmerung, ein kleiner weißer Schatten, der vorwurfsvoll miaute.

»Gleich«, murmelte ich, »gleich sollst du alles haben.«

Ich füllte Kenzas Schälchen, gab ihr frisches Wasser. Dann säuberte ich das Katzenklo, öffnete die Fenster, ließ frische Luft in die Wohnung. Ich überprüfte mein Handy. Keiner hatte angerufen, keiner eine Nachricht hinterlassen. Umso besser. Meine linke Hand konnte ich kaum gebrauchen, sodass mir jeder Handgriff schwerfiel. Unbeholfen zog ich meine verschwitzte Kleidung aus, nahm den Verband ab und besah meine blau angelaufene Hand. Schlimm! Ich duschte ausgiebig, zuerst kalt, dann warm, und wusch und föhnte mein Haar, bis es nur noch ein wenig feucht war. Dann zog ich frische Wäsche an. Die heiße Dusche hatte mich nicht erwärmt. Ich fror ganz erbärmlich, meine Zähne klapperten, obwohl die Wohnung warm war und die Morgensonne hell auf den Balkon schien, wo Kenza ihr Katzengras knabberte. Ich schlüpfte in einen Jogginganzug und streifte bequeme Hausschuhe über die geschwollenen Füße. Dann erneuerte ich den Verband. Ich setzte mich auf das Bett und stellte den Wecker auf zwölf. Gerade zog ich meine Decken glatt, als man an der Tür kratzte. Mein Herz tat einen Sprung. Ich richtete mich auf, lief durchs Zimmer und drückte mein Ohr an die Tür.

»Giovanni?«

Draußen vernahm ich ein Schleifen, ein undeutliches Gemurmel. Ich hatte plötzlich ein ganz furchtbares Gefühl.

»Giovanni?«, stieß ich hervor.

Ich war so müde und überdreht, dass ich nicht mehr klar denken konnte. Instinktiv drehte ich den Schlüssel im Schloss und öffnete die Tür einen Spalt breit. Sie flog mir an den Kopf. Zwei Männer, schwarz vermummt, barsten in den Raum. Ich schrie auf, wich zurück, doch schon hatten sie mich gepackt und mir die Arme nach hinten gerissen. Ich versuchte zu

503

schreien, aber sie schoben mir ein Knebel in den Mund, fesselten mir mit Stricken die Arme auf dem Rücken und stülpten mir einen Sack über den Kopf. Dann packten sie mich unter den Armen, schleiften mich aus der Wohnung, die Treppe hinunter. Das Ganze dauerte nur einige Augenblicke. Dann war ich vor dem Haus. Ich merkte es daran, dass der Sack lichtdurchlässig wurde und ich die Geräusche von draußen hörte. Nach ein paar Metern wurde ich in einen Wagen gestoßen. Die Türen schlugen zu, ein Motor sprang an. Die beiden Männer hielten mich fest in der Mitte. Sie sagten kein einziges Wort. Ich roch ihren Gestank nach Schmutz, Schweiß und Tabaksqualm. Dann fuhr der Wagen ab.

42. Kapitel

Der Wagen fuhr schnell. Ich saß zwischen den Männern eingeklemmt, die nie das Wort an mich richteten und sich auch nur mit knappen, zwischen den Zähnen ausgestoßenen Worten verständigten, sodass ich den Klang ihrer Stimme nicht hören konnte. Merkwürdigerweise war es Kenza, der mein erster klarer Gedanke galt: Ich hoffte, sie hatten die Tür geschlossen, damit Kenza nicht auf die Straße laufen konnte. Sonst hätte ich sie womöglich nie wiedergesehen. Aber dann überlegte ich, dass meine Entführer die Tür wohl geschlossen haben mussten; eine offene Wohnungstür würde den Nachbarn sofort auffallen. Ich merkte, dass wir durch die Stadt fuhren und hoffte, sie würden ein Rotlicht nicht beachten oder die Geschwindigkeitsbegrenzung überschreiten und von einer Polizeistreife angehalten werden. Aber nach der *Notte Bianca* gab es kaum Verkehr, ich hörte es, als einer der Männer das Fenster einen Spalt öffnete. Gerade ertönten Kirchenglocken. Ich versuchte, mich dem Klang nach zu orientieren; der Glockenton klang hell, es musste eine kleinere Kirche sein. Ich versuchte nachzudenken. Giovanni! Ich war mir sicher, dass das alles irgendwie mit Giovanni zu tun hatte. Doch was war geschehen? Wollte man sich an ihm rächen? Wohin brachte man mich? Und wer waren diese Männer? Seine Brüder, vermutete ich, vielleicht auch irgendwelche Verwandten. Und wo war Giovanni selbst? War er überhaupt noch am Leben? Irgendetwas war schiefgelaufen, so viel war klar. Mir kam Schwester Luisa in den Sinn, der ich versprochen hatte, um zwölf anzurufen, um zu wissen, wann ich zu Viviane konnte. Viviane! Lähmender Schreck fuhr mir in die Glieder. Ich entsann mich an das, was die Musiker erzählt hatten: weil Viviane den Anfall am Flughafen hatte, waren sie nicht mit der Unglücksmaschine gestartet und auf diese Weise mit dem Leben davongekommen. Hatte sie auch diesmal ein Vorgefühl gehabt, das Herannahen einer Gefahr gespürt? Ich entsann mich, wie sie meine Hand gepackt hatte und mich daran hindern wollte, dass ich mich von ihr entfernte. Und dann ihre ersten Worte, als sie ihr Bewusstsein wiedererlangte: »Geh nicht fort, bleib hier!« Das hatte sie immer wieder mit steigender Erregung wiederholt. Aber es war ja nur richtig gewesen, dass die Schwester mich nicht in ihrem Zimmer haben wollte. Viviane sollte schlafen, in Ruhe wieder zu Verstand kommen. Aber wie hatte sich Viviane dagegen gewehrt! Und Peter! Er würde gewiss versuchen, mich auf meinem Handy zu erreichen. Ein Funken Hoffnung blitzte in mir auf. Meldete ich mich nicht, würde er sich Sorgen machen und der Sache nachgehen. Mein Gedanken überschlugen sich. Wo waren wir überhaupt? Meiner Schätzung nach fuhren wir schon seit mehr als einer halben Stunde, und zwar durch die Vororte, denn bald schlängelte sich die Straße in vielen steigenden Kurven. Bei jedem Wechsel der Fahrtrichtung fiel ich gegen den einen oder den anderen der beiden Männer, worauf ich mich voller Ekel immer wieder aufzurichten versuchte. Wieder verging eine Weile. Nach einer gewissen Zeit verließen wir die Asphaltstraße, und das Fahrzeug holperte und schepperte über Landwege einen Hügel hinauf. Einer meiner Entführer zündete sich eine Zigarette an, ich hörte das Knipsen des Feuerzeugs, der Qualm wehte mir in die Nase. Dann warf er hustend die Kippe aus dem Fenster. Das Gelände wurde immer felsiger und unebener. Mein Herz klopfte zum Zerspringen. Was nun? Hatten sie vor, mich zu ermorden, und suchten eine Stelle, wo sie meine Leiche verscharren konnten? Meine Panik wuchs. Aber was konnte ich tun? Ich war unfähig, mich zu wehren. Die Angst war mir in die Blase gesunken. Ich empfand das verzweifelte Bedürfnis, mich zu erleichtern, und es wurde bei jedem Aufprall schlimmer. Inzwischen schleppte sich der Wagen, immer ansteigend, über Stock und Stein, bevor er unvermittelt anhielt. Offenbar hatten wir unser Ziel erreicht. Der Fahrer stieg aus, der eine Mann zog mich, der andere stieß mich aus dem Wagen. Ich setzte die Füße nach draußen, tastend und gekrümmt, um nicht in die Hose zu machen. Inzwischen packten mich die zwei Männer, jeder an einem Arm, und zerrten mich weiter. Sie hielten mich fest und taten mir weh, aber hätten sie mich nicht gehalten, wäre ich bei jeden Schritt gestolpert. An dem Geräusch der Schritte merkte ich, dass der dritte Mann, der den Wagen gefahren hatte, vorausging. Ich hörte vereinzelte Vögel zwitschern, Bienen summten, und der starke Duft nach Ginster und Thymian umfing mich, zusammen mit einem fernen Geruch nach Holzkohle. Keiner der Männer sprach, ich vernahm nur ihre Schritte, die Atemgeräusche, das Schleifen aneinanderreibender Kleidungstücke. Dann – nach einer Weile – stiegen wir bergab, wobei der Pfad immer enger wurde. So steil war der Abstieg, dass drei Menschen nicht nebeneinander gehen konnten. Einer meiner Entführer stapfte voraus, der andere hinterher, aber beide lockerten ihre Umklammerung nicht und zerrten mich dann und wann hoch, wenn ich einknickte oder gegen einen Stein stieß. Der Abstieg dauerte lange, aber wir waren nicht auf den Klippen, und es ging nicht zum Strand hinab, denn das Meer war nicht zu hören. Dann bewegten wir uns eine Zeit lang im Schatten, bis auf einmal der Boden wieder eben wurde und meine Entführer so plötzlich anhielten, dass ich taumelte. Ich hörte, wie sie – immer noch stumm – an irgendwelchen Gegenständen zerrten. Zweige knarrten, Blätter raschelten. Vor lauter Panik konnte ich kaum atmen. Ich dachte mit einem Rest von Verstand: »Jetzt ist es um mich geschehen!« Sie hatten offenbar vor, mich zu ermorden und in irgendeinem Loch zu verscharren. Meine Knie zitterten, mein ganzer Körper war klamm vor Schweiß. Und tatsächlich, sie packten mich wieder, stießen mich in Dunkelheit hinein, schleiften mich über große Steine nach unten, wo es stockfinster war. Plötzlich spürte ich ein Messer an meinen Armen, das meine Fesseln durchschnitt. Sie gaben mir einen Stoß, sodass ich vorwärtstaumelte, stürzte und hart auf die Knie schlug. Da lag ich ein paar Atemzüge lang, unfähig, mich zu rühren, während ich gleichzeitig neben mir ein dumpfes Geräusch hörte. Sie hatten mir irgendein Paket nachgeschleudert. Danach hörte ich, wie sie Gegenstände schleiften und zogen und dabei – zum ersten Mal – einige erstickte Worte wechselten. Benommen richtete ich mich auf. Mein erster Impuls war, mir den Sack vom Kopf zu schleudern und den Knebel, den sie mit Pflastern befestigt hatten, wegzureißen. Die Haut um meine Lippen war aufgeschürft und brannte. Mühsam tastete ich mich hoch, im Dunkeln, das immer dunkler wurde. Ich begriff, dass sie irgendwelche Bretter vor die Öffnung geschoben hatten und jetzt Steine davorwälzten. Die Bretter hatten winzige Ritzen, durch die das Tageslicht schien, sodass es im Loch nicht vollkommen dunkel war. Dann wurde es ruhig. Ich hörte, wie sich die Schritte und Stimmen entfernten. Sie waren weg, und ich saß in diesem Loch. Das Erste, was ich machte, war, meine Hose herunterzulassen, mich etwas abseits zu kauern und mich zu erleichtern. Danach ging es mir schon besser. Inzwischen hatten sich meine Augen etwas an das Dunkel gewöhnt. Ich stellte fest, dass ich mich in einer der Höhlen befand, von denen es viele in den Hügeln gab. In früheren Zeiten dienten solche Höhlen oft den Hirten als Unterschlupf. Soviel ich ausmachen konnte, war diese recht klein, die Decke hing tief, sodass ich mit den Händen tasten musste, um nicht mit dem Kopf anzuschlagen. Die Stille rauschte in meinen Ohren, während ich mich vorsichtig bewegte, die Wand entlangkroch, der Öffnung entgegen. Um sie zu erreichen, musste ich über ein paar Steine klettern, ich tat es sehr langsam, denn meine Knie schmerzten sehr, und ich konnte mich auch nur mit einer Hand aufstützen. Endlich erreichte ich die Öffnung, tastete über die Bretter und versuchte sie nach hinten zu stoßen – vergeblich natürlich, denn die Bretter waren dick und die Steine hielten sie fest. Ich drückte mein Gesicht an das Holz und spähte seitwärts durch eine Ritze. Wie ich ausmachen konnte, lag die Höhle im Schatten, aber in der Ferne sah ich Sonnenlicht. Ich versuchte zu überlegen, mir die Ortsbeschaffenheit in Erinnerung zu rufen. Mir kam der lange Abstieg in den Sinn, die Gerüche, der Wechsel von Licht und Schatten. Ich kam zu der Vermutung, dass ich mich in einem der alten Steinbrüche befand, die seit Jahrzehnten nicht mehr in Gebrauch waren. Als ich langsam über die Steine wieder hinabstieg, stieß ich mit dem Fuß an das Paket, das sie mir dagelassen hatten. Ich hockte mich nieder und untersuchte das Bündel. Ich stellte fest, dass es sich um eine zusammengerollte Decke handelte, in die zwei Flaschen Mineralwasser und ein Brot eingewickelt waren. Diese Entdeckung erleichterte mich. Aha! Sie wollten mich also nicht ermorden. Aber sofort darauf folgten Mutlosigkeit und Angst: Decke und Proviant bedeuteten, dass ich hier eine Zeit lang gefangen bleiben sollte. Wie lange? Ich dachte, wenn ich sparsam bin, kann ich mit dem Wasser zwei oder drei Tage auskommen, und das Brot, nun, ich musste sehen, wie lange ich etwas zu essen hatte. Ich setzte mich auf die Decke und rieb meine schmerzenden Knie. Was nun? Ich nahm an, dass Peter bereits meine Eltern verständigt hatte. Und dass diese sofort die Polizei einschalten würden, war klar. Ich hatte Mutter von Giovanni erzählt, sie würde sofort einen Zusammenhang sehen. Aber wie konnte ich gefunden werden? Ein paarmal rief ich um Hilfe, was ebenso nutzlos wie töricht war. Dann wurde meine Kehle trocken, und ich gab es auf. Wer kam schon in diese abgelegene Gegend? Tou-

509

risten, vielleicht? Ja, wenn ich Glück hatte, aber bestimmt nicht heute, nach der *Notte Bianca*. Die hatten sich die Nacht um die Ohren geschlagen und ruhten sich aus. Ich dachte an Giovanni, und mich packte erneut die Angst. War er überhaupt noch am Leben? Seltsam war, mir kam kein einziges Mal der Verdacht, er hätte mich hintergehen können. Dieser Gedanke existierte nicht in meinem Kopf. Wenn mir jemand helfen konnte, dann Giovanni. Die Polizei? Ich machte mir kaum Hoffnung. Sie würden viele Tage, wenn nicht Wochen brauchen, um Maltas wilde, zerklüftete Landschaft zu durchsuchen. Gewiss, sie hatten Spürhunde. Aber auch Spürhunden waren Grenzen gesetzt, hatten mich meine Entführer ja in einem Wagen fortgebracht. In mir nahm die Müdigkeit allmählich ungeahnte Ausmaße an. Seit achtundvierzig Stunden mindestens hatte ich kein Auge zugetan. Ich suchte eine bequeme Stelle auf dem unebenen Boden, wickelte mich in die Decke ein, zog einen Zipfel über mein Gesicht. Kaum lag ich, da schlief ich schon ein. Irgendwann weckte mich ein Schrei: Ich fuhr hoch, von Entsetzen geschüttelt. Einige Herzschläge später begriff ich, dass ich es war, die geschrien hatte. Im selben Atemzug fiel mir auch der Traum ein, den ich gerade gehabt hatte, dieser Traum, der mich hartnäckig verfolgte: der Sturz in das kalte, grünfunkelnde Unbekannte. Als ob das Meer sich hob, mich mit lebendigen Strudelarmen packte. Und unten war das Auge, das mich anstarrte und mich aufsaugte, wie ein Magnet. Schweißgebadet richtete ich mich auf und schlug dabei schmerzhaft mit dem Kopf an die niedrigen Steine. Ich sah Sterne funkeln, rieb mir die Stirn. Ich hatte geschlafen ... wie lange schon? Ich hatte keine Uhr, um die Zeit zu messen, aber mir schien, dass die Dunkelheit noch schwärzer war. Ich blickte zu den Ritzen empor und sah, dass das Licht jetzt rot war. Die Sonne sank. Ich hatte den ganzen Tag geschlafen. Das war gut, ich hatte immerhin Zeit gehabt, wieder zu Kräften zu kommen ... aber was nutzte mir das? Ich ergriff eine Flasche, drehte die Kapsel auf, nahm ein paar Schlucke von dem lauwarmen Wasser, kaute ein Stück Brot dazu. Das Brot schmeckte säuerlich, irgendwie wurde mein Durst dabei noch größer, aber ich zwang mich, nur noch einen kleinen Schluck zu trinken. Mit dem Wasser hieß es sparsam umgehen. Wie lange musste ich noch hier warten? Oh, Himmel, wahrscheinlich die ganze Nacht! Die Nacht kam, im Verließ wurde es stockdunkel, und ich hörte, wie draußen ein Käuzchen schrie, ein dumpfes, leichtes Heulen. In den folgenden Stunden wurde mir die Kenntnis der Dinge nur durch die Finger zuteil, die über den Boden tasteten, zum Brot hin, zur Wasserflasche. Ich versuchte, wieder zu schlafen. Schlaf war das Beste, mit dem Schlaf verging die Zeit schneller. Ich legte mich hin, und irgendwann schlief ich tatsächlich wieder ein.

Als ich wieder zu mir kam, stöhnend vor Hunger und mit einem pelzigen Gefühl auf der Zunge, war das Licht hinter den Ritzen grau. Es wurde also Tag. Ich trank einen Schluck Wasser, steckte ein Stück trockenes Brot in den Mund. Als das Licht heller wurde, tastete ich mich zu den Brettern empor. Ich hatte einen kleinen Stein bei mir, mit dem ich versuchte, eine Ritze zu vergrößern. Vielleicht gelang es mir, ein Loch anzubringen, durch das ich einen Arm zwängen konnte, um das Brett von außen zu lockern. Ich kratzte und rieb, verlor eine Menge Kraft dabei, und nach ein paar Stunden hatte ich die Ritze vielleicht um einige Millimeter vergrößert. Den Wechsel von Tageslicht und Schatten sah ich jetzt etwas deutlicher, aber ich gab mein Vorhaben auf. Ich war vollkommen erschöpft, meine Armmuskeln zitterten. Mir war klar, dass es mir nie gelingen würde, das Brett auch nur um eine Handbreit zu bewegen. Mit weichen Knien kletterte ich wieder hinab, rollte mich in die Decke ein. Ich zitterte und fror, und mir war übel. Ich lag ganz still. Schlafen konnte ich nur noch für kurze Zeit, irgendein Mechanismus in mir war durcheinandergeraten. In Abständen, die ich für angemessen hielt, nahm ich einen Schluck

Wasser, würgte ein Stück Brot hinunter. Die erste Flasche war leer. Vernunft und Menschenverstand sagten mir, dass meine Gefangenschaft noch dauern konnte, und dass ich nur trinken durfte, wenn der Durst zu groß wurde. Und was, wenn die zweite Flasche auch aufgebraucht wäre?

Ich wachte und schlief, und schlief und träumte. Wirres Zeug, zumeist. Und immer wieder vom Meer, von Wellen, die sich von unten her kreisend auf mich zubewegten, mich einsaugten und mich gefangen hielten in einer Wasserkugel, schwebend im zeitlosen Nichts. Ich schüttelte die Traumbilder ab, machte gymnastische Übungen, um meine steifen Glieder zu lockern. Das auch nur eine Zeit lang, denn hinterher hatte ich Durst, mein Wasservorrat war fast aufgebraucht, und der bittere Speichel in meinem Mund verursachte mir Schluckauf. Irgendwie musste ich bei Verstand bleiben, und am Ende gab es nichts, was ich tun konnte, außer mit aller verbleibender Kraft in die Vergangenheit zu stoßen, mich zu erinnern, wie alles gekommen war. Ich wanderte durch Raum und Zeit, überließ mich der Schwerkraft der Erde, die rückwärts schwebte statt vorwärts, hörte spielende Kinder, die meinen Namen riefen. Ganze Schwärme von Erinnerungen zogen vor meinen Augen vorbei, eine fortlaufende Reihe von Ereignissen. Meine Finsternis war voll von Gestalten, und ich empfand Freude und Spaß ungeteilt und intensiv. Von Zeit zu Zeit kam ich wieder zu Verstand, rief um Hilfe, aber meine Stimme war nur noch ein Röcheln, und danach war ich so erschöpft, dass ich in Fötusstellung am Boden kauerte und nur noch wimmerte. Und auf einmal, irgendwann, vernahm ich durch meine Benommenheit ein fernes dumpfes Geräusch, einen Donnerschlag, der den Boden erzittern ließ und mit langsamem Echo erstarb. Ich fuhr hoch, alle Sinne gespannt, strengte mich an, lauschte. Ein Gewitter? Nein, das Donnern wiederholte sich kein zweites Mal. Das war etwas anderes gewesen. Eine Explosion? Ein Geschützfeuer? Ach, Unsinn! Wir waren nicht mehr im Zweiten Weltkrieg. Eine Sprengung, vielleicht? Ich hatte keine Ahnung, wo die hätte hochgehen können, ich hatte überhaupt von nichts mehr eine Ahnung. Eine Halluzination, gewiss, teils Geräusch, teils fühlbar. So was mochte vorkommen. Ich wollte nicht verrückt werden, aber ich würde wohl müssen. Was anderes erwartete mich in dieser Dunkelheit, von der Welt abgeschnitten? Ich ließ mich zurückfallen, rollte mich zusammen. Ach, wie lange lag ich schon da? Und ich hatte kein Wasser mehr, kein Brot, nichts. Ich musste mich damit abfinden, dass ich hier verhungerte, vor Durst starb, es war ja keine Hilfe zu erwarten. Weder von der Polizei noch von Peter noch von irgendwem. Und ganz gewiss nicht von Giovanni. Denn Giovanni war ja tot, das wusste ich so sicher wie sonst nichts. Und auch ich war schon so gut wie tot. Noch eine kleine Anstrengung, und ich würde bei ihm sein. Sterben war gewiss unerträglich, weil ich noch vieles durchmachen musste, aber vielleicht am Ende, wer weiß? Vielleicht kam am Ende die Gnade. Aber noch hatte ich Atem in mir, noch pochte mein Herz, schlug hart an die Rippen, und wieder hörte ich Geräusche, die nicht existierten, und Stimmen, die keine Stimmen sein konnten. Diese Geräusche und Stimmen waren dumpf und fern, kamen aber näher. Ich verschloss meine Wahrnehmung, ignorierte sie, so gut ich konnte. Sie störten mich nur, jetzt, da ich beschlossen hatte zu sterben. Ach, warum so laut jetzt? Die Stimmen, das Klopfen und Poltern nun dazu, kamen nur aus meinem überreizten Hirn und waren mir so gleichgültig wie der Zeitverlauf der Tage. Ich ersehnte nichts mehr, weder Essen noch Trinken, und was ich da zu hören glaubte, war unstofflich und rein geistiger Natur, aber viel zu lärmig im Vergleich zu meinem Herzklopfen, dieses hartnäckige Pochen, das mich noch dazu am Schlafen hinderte. Stöhnend rollte ich mich zusammen, wollte einfach nur in Ruhe gelassen werden. Und da krachte etwas ganz in der Nähe, schräg oberhalb von mir. Eine glühende Scheibe flog mir in die Augen, es war, als ob Nadelstiche meine Netzhaut durchbohrten. Ich wälzte mich auf die andere Seite, schlug beide Hände vors Gesicht. Weg mit diesem Licht, verdammt! Und da kam eine Stimme seitwärts von oben, von dorther, wo es so unerträglich hell war, eine Stimme, die ich kannte, und sie rief meinen Namen.

»Alessa?«

43. Kapitel

Ich warf mit zitternder Hand mein verfilztes Haar aus dem Gesicht, richtete mich auf Knie und Ellbogen auf und blinzelte in das Licht, das jetzt durchsichtig wurde wie Schmelzglas. Meine Knie waren weich und nahezu gefühllos. Ich vermochte nicht auf die Beine zu kommen. Kalte Luft strich über mein Gesicht, das ich endlich über die Höhe der Steine hinausbrachte, und da sah ich, dass hinter einer Felswand die Sonne blitzte, dass der Himmel rosa flammte und dass der Weg aus der Hölle offen stand. Man hatte die Bretter auf die Seite geräumt, und vor der Höhle bewegten sich Gestalten, die ihre Umrisse veränderten, sobald ich versuchte, meine Sicht auf sie einzustellen. Ich stemmte mich hoch, kroch vorwärts, auf Händen und Knien, dem Licht entgegen, das hereinstürzte wie ein Wasserfall.

»Giovanni?«, krächzte ich.

Ich sah ihn nicht, ich hörte nur seine Stimme.

»Kannst du gehen?«

Ich hielt mich an den Steinen fest, zog mich hoch, schleifte die Beine nach.

»Langsam«, hörte ich ihn sagen. »Tu dir nicht weh.«

Zitternd, schweißgebadet, kam ich auf die Füße. Torkelnd wie eine Betrunkene kletterte ich über die Steine, stolperte nach draußen. Meine Augen waren verklebt, ich konnte kaum die Lider heben, sah alles wie durch ein Prisma, das Formen und Farben verfälschte. Verschwommen erblickte ich zwei Männer im Gegenlicht. Sie standen einfach da und rührten sich nicht. Ich wusste nicht, wer sie waren und ob ich sie je gesehen hatte. Erst danach fiel mein Blick auf Giovanni, und ich begriff in einem Atemzug, warum ich alleine aus der Höhle kriechen musste. Giovanni konnte sich keinen Schritt bewegen, denn er hielt mit einem Arm einen Mann umfasst. Das Gesicht des Mannes war von Schnittwunden entstellt, aus seiner Nase tropfte Blut, und ein dicker Blutklumpen hing an seinem Mund. Giovanni stand ganz ruhig da und hielt ihn fest. Und als meine Sicht sich halbwegs klärte, sah ich, dass er dem Verletzten einen Revolver gegen die Schläfe drückte. Im gleichen Augenblick bewegten sich die beiden Männer, die wie unwesentliche Komparsen abseitsstanden. Sie hoben die Hände, versuchten zu sprechen. Giovanni schnitt ihnen das Wort ab. Seine Stimme knallte wie ein Peitschenhieb.

»Schnauze!«

Beide schwiegen. Giovannis Stimme wurde wieder ganz sanft.

»Komm, Alessa, komm zu mir. Langsam!«, wiederholte er. »Du darfst nicht fallen ...«

Ich stolperte ihm entgegen und sah sein Gesicht, zur harten, kupfernen Maske erstarrt. Ich hatte ihn in meinem ganzen Leben nie so gesehen. Es war ein ganz anderer Giovanni. Ich taumelte an den Männern vorbei, ihre Augen wichen den meinen aus, sie traten sogar einen Schritt zurück, damit sie mich nicht berührten. Der Verletzte in Giovannis Arm gab ein Stöhnen von sich, der Blutklumpen rollte langsam aus seinem Mund, über sein T-Shirt. Giovanni glich einer Steinfigur, an der der Verletzte sich stützte. Nur der Revolver in seiner Hand warf ein silbriges Geflimmer.

»Stell dich hinter mich, Alessa«, hörte ich ihn sagen. »Und bleib ganz ruhig, ja?«

Meine Beine schmerzten bei jedem Schritt. Ich deutete ein Nicken an, wankte um ihn herum. Giovanni trug nur ein T-Shirt, das klamm vor Schweiß an seiner Haut klebte. Die

516

Tätowierungen auf seinem muskulösen Rücken hoben und senkten sich bei jedem seiner Atemzüge. Und kaum stand ich hinter ihm, als die Welt in Stücke zerplatzte. Ein Schuss krachte, ohrenbetäubend. Giovanni ließ den Mann, den er in den Armen gehalten hatte, einfach los. Der Mann sank zu Boden, und ich sah, dass er nur noch ein halbes Gesicht hatte, der andere Teil war eine blutige Masse. Alles geschah im Zeitraum einer flüchtigen, düsteren Sekunde. Die beiden anderen Männer wirbelten herum und versuchten zu fliehen. Ich hörte, wie durch Polster gedämpft, zwei weitere Schüsse. Ich sah, wie der zweite Mann stolperte. Ein rotes Loch platzte in seinem Rücken auf. Er stürzte ins Geröll, zuckte ein wenig und rührte sich nicht mehr. Der dritte Mann fiel röchelnd auf die Knie. Die Kugel hatte im schrägen Winkel seine Schulter durchschlagen. Er lebte noch, eine heisere Klage kam aus seiner Kehle. Giovanni trat dicht an ihn heran und schoss ein zweites Mal. Der Mann kippte in den Staub, spuckte Blut und starb. Giovanni ging einen Schritt zurück und murmelte ein paar Worte. Ich sah, wie er flüchtig das Kreuzeichen schlug, und zwar tat er es mit der Mündung seiner Waffe. Dann sicherte er den Halt, steckte die Waffe in seinen Gürtel und zog sein T-Shirt darüber. Dann kam er auf mich zu, hielt mir seine blutbeschmierte Hand entgegen.

»Komm, Alessa!«

Ich nahm seine Hand nicht, sondern wich zurück. Giovanni war zu ruhig, zu gleichmütig, und das war für mich fast am schlimmsten. Es lag etwas in seinem Benehmen, was zu viel Vertrautheit mit solchen Situationen verriet. Ich war meiner Stimme, meiner Glieder nicht mehr mächtig, und als ich den Fuß hob, spürte ich eine jähe Schwäche, die mich zusammenknicken ließ. Er war sofort hinter mir, hielt mich, sonst wäre ich gefallen.

»Es ist vorbei, Alessa. Du brauchst keine Angst mehr zu haben.«

Ich versuchte vergeblich, mich von ihm loszumachen.

»Du … du hast deine Brüder getötet!«

Ich hörte meine Stimme, sie klang wie die einer Fremden, so schwach und rau und fern. Er nickte nur, zog mich behutsam an den Ermordeten vorbei.

»Schau nicht hin, Alessa.«

Ich betrachtete ihn voller Entsetzen.

»Du bist ein Mörder.«

Er antwortete ruhig.

»Die Sache musste gemacht werden. Auf Verrat steht der Tod. Das ist unser Gesetz.«

Meine Zähne klapperten.

»Welches Gesetz?«

Er bewegte leicht die Hand.

»Es gibt eben Leute, die so denken. Ich erwarte auch nicht, dass du das verstehst.«

Er zog mich mit einer so einfachen Bewegung an sich, dass es schien, diese hinge gar nicht von seinem Willen oder seinem Bewusstsein ab. Und da, mit einem Schlag, lockerte sich die Spannung. Mein Körper bog sich leicht nach innen, als wollte ich mich mit diesem anderen Körper, der nach mir rief, verbinden und mit ihm verschmelzen. Dieses Hinströmen geschah so rasch und auf solch natürliche Art, dass ich mich nicht dagegen wehren konnte. »Ach, Giovanni!«, stöhnte ich.

Aufgelöst, zitternd, fiel ich gegen seine Brust. Er wiegte mich in seinen Armen, streichelte mich.

»Es tut mir ja so leid, Alessa.«

Ich stammelte wie ein Kind.

»Ich habe auf dich gewartet … du bist nicht gekommen.«

»Ich habe die ganze Zeit nur an dich gedacht«, sagte er. »Ich bin gekommen, so schnell ich konnte. Aber vorerst musste ich einige Sachen in die Wege leiten.«

Ich antwortete nicht. Ich war nicht imstande zu denken oder irgendeine Frage zu formulieren.

»Komm!«, sagte er. »Aber sei vorsichtig! Der Aufstieg ist steil.«

Endlich konnte ich sprechen. Ich sagte:

»Du lässt sie einfach … liegen?«

»Ja«, sagt er knapp, »sie werden in der Sonne verfaulen!«

Seine mir geltende Fürsorge war ebenso erstaunlich und aufwühlend, wie die Grausamkeit, mit der er seine eigenen Brüder erschossen hatte. Er hielt mich umfasst, stützte mich. Er roch nach Blut, das machte mich schaudern, aber ich stieß ihn nicht weg. Allmählich wurden meine Glieder wieder elastischer, ich konnte fester auftreten: Ich hatte entsetzlichen Durst, aber die frische Morgenluft belebte mich ein wenig. Ich sah mich um und bemerkte, dass wir uns in dem alten Steinbruch in der Nähe der Tempelruinen von Hagar Qim befanden. Der Steinbruch, ein tiefer Einschnitt an der Felswand, lag unweit der Küste. Von Zeit zu Zeit besahen sich Touristen die Schlucht von oben, aber nur selten wagten sie den Abstieg. Es lohnte sich nicht. Außer den Höhlen gab es ja unten kaum etwas zu sehen. Ich sagte bitter:

»Da konnte ich vergeblich um Hilfe rufen!«

»Ja«, antwortete er, »sie haben die Stelle gut ausgewählt.«

»Wie lange war ich in dem Loch?«

»Heute wäre der dritte Tag gewesen.«

»Mir kam es länger vor.«

»Das ist so, wenn man kein Zeitgefühl mehr hat.«

»Was ist geschehen, Giovanni?«

Er versteifte sich, ich spürte den Hass in seiner Stimme.

»Sie haben mich in eine Falle gelockt. Als ich kam, war nur mein Schwager da und spielte seine Rolle als Köder. Wir redeten endlos um den Brei herum. Ich musste abgelenkt werden, und das Spiel ist ihnen gelungen. Ich fragte Diego: ›Wo sind die anderen?‹ Er sagte: ›Ach, die haben etwas zu erledigen und kommen bald.‹ Ich wurde zunehmend nervöser. Irgendetwas war faul an der Sache. Und dann kamen die drei Halunken zurück, strotzend vor Selbstzufriedenheit. Sie sagten, so, jetzt wird klar geredet. Und sie zeigten mir dein Handy, mit dem sie deine Entführung gefilmt hatten. Hier ist es…«

Giovanni zog das Handy aus seiner Tasche.

»Willst du die Bilder sehen?« Ich schüttelte wortlos den Kopf, und er fuhr fort: »Dann sagten sie: ›Willst du diese Frau wiedersehen, musst du Papiere unterschreiben.‹ Sie schoben mir Dokumente über den Tisch, in denen ich mich bereiterklärte, auf meinen Erbanteil zu verzichten. Was blieb mir anderes übrig? Ich unterschrieb diese Papiere.«

Ich starrte ihn an, aufgewühlt und fassungslos. Er lächelte ein wenig betreten; in seinen Augen stand ein winziger Funken Schalk.

»Was hätte ich, deiner Meinung nach, tun sollen?«

Ich sagte rau:

»Kannst du auf das Geld verzichten, Giovanni?«

Er nickte finster.

»Wenn es um dich geht, kann ich auf alles verzichten. Die Kerle sind… waren zu allem fähig, verstehst du?«

Ich konnte nur wortlos nicken. Er rieb sich die nasse Stirn. Er war plötzlich sehr blass geworden. »Aber das ist nicht alles.«

Er holte gepresst Luft. Ich spürte, wie ihm das Reden zunehmend schwerfiel.

»Als ich unterschrieben hatte, sagte ich: ›Los jetzt! Wo ist sie?‹ Doch sie antworteten: ›Du musst noch etwas für uns tun. Du hast immer nein gesagt, aber sagst du es noch einmal, sieht es für die Frau schlecht aus.‹ Und sie erklärten mir, was sie von mir erwarteten. Es ging darum, dass die Regierung die Gesetze, die ihnen nicht ins Geschäft passten, zurücknahm. Wenn nicht, hatten sie der Verwaltung angedroht, würden sie Hagar Qim in die Luft jagen. Von Sprengstoff hatten sie keine Ahnung. Aber sie wussten, dass ich mich auskenne. Ich sagte: ›Ihr seid bewaffnet, ich habe nur ein Messer zum Brotschneiden dabei. Und ohne Dynamit kann ich nichts in die Luft sprengen.‹ Da grinsten sie wie Schakale. ›Wir haben mit einem Freund Folgendes abgemacht: Du hast vierundzwanzig Stunden, hört er bis dahin keine Explosion, erledigt er die Frau.‹ Ich sagte: ›Wo lagert ihr den Sprengstoff?‹ Oben an der Küste, sagten sie, in der Nähe von Ghadira. Das war ein ganzes Stück Weg. Ich dachte, sie haben ihr Revier ausgedehnt, diese Halunken. Wir holten also das Zeug, die Fahrt dauerte ein paar Stunden. Dann machte ich mich an die Arbeit. Am nächsten Abend gegen elf, als ich sicher war, dass sich niemand mehr im Tempel aufhielt, befestigte ich die Sprengkörper und zündete die Lunte.«

Ich packte seinen Arm.

»Giovanni… ich habe die Explosion gehört. Hast du wirklich…« Ich schluckte würgend »…Hagar Qim beschädigt?«

Er fuhr mit dem Handrücken über die Stirn.

»Nur zwei Pfeiler. Mir war nicht wohl bei der Sache, ich hatte die Sprengkörper so angebracht, dass der Schaden gering blieb. Aber die Schweine hatten mich wieder reingelegt. Nachts ist da keiner, haben sie gesagt. Und das stimmte eben nicht. Der Tempelbezirk wird bewacht, jede Stunde macht der Wächter eine Runde. Das ist so, seitdem die Verwaltung die Drohbriefe erhalten hat. Aber davon wusste ich nichts.«

Ich schwieg. Ich krallte mich an seiner Schulter fest.

»Wurde der Wächter verletzt?«

»Er ist tot«, sagte Giovanni dumpf. »Und was noch schlimmer ist, sein vierzehnjähriger Sohn hatte ihn an diesem Abend begleitet. Er kommt mit dem Leben davon, aber man musste ihm ein Bein amputieren.«

Plötzlich überfiel ihn ein krampfhaftes Zittern. Seine Haut war grau geworden. Mich packte eine solche Qual, dass ich beide Arme um ihn warf, meine eigene Schwäche vergaß, ihn verzweifelt an mich drückte. Ein paar Atemzüge lang sagte keiner von uns ein Wort. Nach einer Weile hob er sein Gesicht, das er an meine Schulter gedrückt hatte, und ich sah seine Augen nass schimmern. Er holte gepresst Atem und sprach weiter:

»Den Ausgang dieser Sache, den hatten sie nicht so geplant. Ich wartete, bis Diego gegangen war. Mit drei Männern wurde ich zur Not noch fertig, vier waren einfach zu viel. Als wir wieder unter uns waren, nutzte ich die erstbeste Gelegenheit, packte Mimmo, der ein Weichling ist, und machte ein wenig Hokuspokus mit dem Messer. Dann schnappte ich mir seinen Revolver und sagte zu den anderen: ›Bleibt mir vom Leib, sonst ist dieses fette Schwein ein totes Schwein.‹ Ich zwang sie, ihre Waffen zu Boden zu werfen. Als sie keine mehr hatten, befahl ich: ›Führt mich zu ihr!‹ Sie waren völlig kopflos, fuhren den Wagen fast zu Schrott. Mimmo winselte die ganze Zeit, bat um Gnade. Ich nahm die Waffe nicht von seiner Schläfe. Ich wusste nicht, ob ihre Drohung mit dem Freund echt war oder nicht, aber ich hatte höllische Angst um dich. Zum Glück ging alles gut. Und die Kerle, die habe ich erledigt. Sie haben sich an dir vergriffen, und sie haben mich verraten. Dort, wo ich herkomme, müssen Verräter sterben. Es ist ein hartes Gesetz, Alessa. Das einzige aber, auf das wir uns verlassen können. Wer weder Ehre noch Treue kennt, darf keine Gnade erwarten. Und meine Schwestern werden sich freuen. Jetzt erben sie alles!«

Ich strich mit beiden Händen über mein verschmiertes Gesicht. Die Schwestern waren mir egal.

Er ließ mich nicht aus den Augen.

»Was ich dich noch fragen muss: Hast du eigentlich an mir gezweifelt?« Ich drückte seinen Arm.

»Nie, keinen einzigen Augenblick.«

»Du weißt nicht«, sagte er leise, »wie gut es mir tut, das zu wissen…«

»Ich habe nur gedacht, dass du wohl tot sein müsstest.«

Er zog die Schultern hoch.

»Ich bin so gut wie tot.«

Mein Verstand machte eine Art Sprung, mir wurde schwarz vor Augen. Ich klammerte mich an ihm fest. Er sagte kein Wort mehr, während wir aus dem Steinbruch kletterten; mir war, als bekäme ich keine Luft mehr, als hole dieses Klettern allen Sauerstoff aus meinem Körper. Endlich waren wir oben. Vor Anstrengung war mir schwindlig geworden, ich brauchte einige Sekunden, bis ich wieder zu Atem kam.

»Was nun, Giovanni?«

Er antwortete sehr sachlich.

»Die Polizei wird eine Verbindung zu den Drohbriefen herstellen. Sie werden nach meinen Brüdern fahnden. Meine Schwager werden aussagen, und die Spur führt zu mir. Aber die Leichen werden sie nicht sofort finden. Das gibt mir eine kurze Frist. Und bis dahin werde ich Malta verlassen haben.«

»Wie, Giovanni?«

Er verzog die Lippen.

»Ich habe einen Freund angerufen. Mit deinem Handy, übrigens, weil es nicht unter Bewachung steht. Der Freund ist der gleiche, der mich hergebracht hat. Er ist schon mit seiner Yacht unterwegs. Aber er will nicht bis an die Küste kommen. Zu gefährlich, sagt er. Er wird bei Filfla anlegen. Ich soll mit einem Boot dahin kommen. Aber zuerst bringe ich dich nach Hause. Du bist hungrig und müde. Du musst dich ausruhen.«

Mein Verstand arbeitete wieder klar. Ich steckte bis über beide Ohren in einer entsetzlichen Sache. Es war zu spät, mich da rauszuhalten. Was ich jetzt in die Waagschale werfen musste, war unser Liebe, unser Vertrauen, seine unbedingte Treue zu mir. Auch wenn ich mit dem Gesetz in Konflikt kam, wollte ich Giovanni nicht auf dem Gewissen haben. Ich spürte, wie meine Stimme trotzig klang.

»Nein, Giovanni. Ich denke, dass die Polizei schon meine Wohnung bewacht. Du würdest in Gefahr sein. Ich schulde dir etwas, und dieses etwas ist mein Leben. Solange du noch da bist, bezahle ich meine Schuld.«

»Die Schuld ist längst bezahlt. Entsinnst du dich nicht?«

Ich schüttelte den Kopf.

»Nein, Giovanni! Das gilt nicht mehr. Ich weiß doch, dass wir uns für immer trennen müssen. Und ich will bei dir sein. Ist dir klar, dass wir sterben werden, ohne uns jemals wieder gesehen zu haben?«

Er lächelte unfroh.

»Das ist wahrscheinlich, ja. Außer, vielleicht... wenn die Polizei mich doch noch findet.«

»Sie wird dich nicht finden. Aber du darfst dich niemals mehr auf Malta blicken lassen.«

»Mach dir keine Sorgen«, sagte er düster.

Er legte die Hand auf meinen Kopf, streichelte mein verklebtes Haar.

»Ich gebe zu, dass ich nicht für dich tauge. Ich kenne kein anderes Leben als das, das ich jetzt führe. Und ich bin auch für kein anderes geschaffen. Aber ich spüre dich in mir, seit damals – und es hat immer geschmerzt. Als ob wir als Zwillinge geboren wurden. Aber jetzt trennen sich unsere Wege.«

Er hatte leise und müde gesprochen, während ich verzweifelt zu Boden sah. Doch nun schaute ich auf; ich sah das dumpfe Elend in seinem Gesicht, las die trockene Härte in seinen Augen. Ich straffte die Schultern.

»Ich verlasse dich nicht. Verdammt, nein, das werde ich nicht tun! Ich will bei dir sein, bis ich dich in Sicherheit weiß.«

»Ich bin nirgendwo in Sicherheit.«

Ich hob zornig den Kopf.

»Das brauchst du mir nicht zu sagen! Du hast dein Leben, und ich meines. Und was später aus dir wird, kann mir knallegal sein.«

Giovanni sah mich lange schweigend an. Der Schatten, der seine Augen verdunkelte, war unendlich zart.

»Gut«, sagte er dann. »Aber wir müssen jetzt schnell machen.«

»Was hast du vor?«

»Ich muss mir ein Boot ausleihen. Mein Freund sagt, er braucht noch zwei Stunden, vielleicht weniger.«

»Ein Boot ausleihen?«, wiederholte ich einfältig. »Bei wem?«

»Bei irgendwem«, sagte er, so, dass ich endlich verstand.

»So etwas habe ich noch nie gemacht.«

»Nur für eine Weile«, sagte er.

Inzwischen hatten wir den Pfad verlassen. Ein paar Schritte weiter stand ein staubbedeckter Wagen. Der Wagen war nicht abgeschlossen. Giovanni half mir beim Einsteigen, ging um den Wagen herum. Der Zündschlüssel steckte noch. Während Giovanni den Motor anließ, spürte ich, mit einem Gefühl von Ekel, den Geruch, den ich damals, bei meiner Entführung, gerochen hatte. Und dazu gab es nun einen anderen Geruch, der mir fast den Magen umdrehte.

»Giovanni … es riecht komisch.«

»Ja«, antwortete er knapp. »Es riecht nach Blut.«

Ich blickte kurz auf die dunklen Flecken und unterdrückte ein Würgen. Giovanni kurbelte die Scheibe hinunter, um Luft in das Fahrzeug zu lassen. Dann griff er unter seinen Sitz und brachte eine Flasche Mineralwasser zum Vorschein. Ich trank gierig aus der Flasche. Inzwischen achtete Giovanni auf den Weg, fuhr vorsichtig, sah mich von der Seite an.

»Besser?«

Ich erwiderte umflort seinen Blick.

»Ja … danke, besser!«

Ich reichte ihm die Flasche. Er trank den Rest, bevor er die Flasche aus dem Fenster warf.

»Da ist nichts zum Essen, tut mir leid«, sagte er.

Ich schüttelte den Kopf.

»Mir würde das Essen hochkommen.«

»Das ist der Schock.«

525

Wir fuhren die kleine Asphaltstraße zum Hafen hinunter. Am Himmel hingen Wolkenfetzen, aber der Tag würde klar werden. Die Fischer waren gewiss schon ausgefahren. Und als wir auf den kleinen Parkplatz fuhren, sahen wir auch schon, dass einer in knapper Entfernung in seinem Boot saß und die Netze bereitmachte. Ich erschrak, aber Giovanni sagte:

»Bewege dich ganz natürlich, er wird keinen Verdacht schöpfen.«

Der Fischer war tatsächlich mit seiner Arbeit beschäftigt. Giovanni ging voraus, mit seinen langen Schritten, ich folgte, der Kälte wegen die Arme auf der Brust verschränkt. Giovanni suchte nicht lange, sondern ging zielstrebig auf das nächstliegende Boot zu.

»Ist das dein Boot?«, fragte ich.

Er grinste.

»Ja, aber ich habe keine Ahnung, wem es gehört.«

Schmal, wie es war, schwang das Boot heftig hin und her, als wir einstiegen. Ich setzte mich zähneklappernd. Das Boot hatte einen kleinen Außenbordmotor. Giovanni brauchte nicht lange, um den Motor anspringen zu lassen, der mit einem kräftigen Tuckern sofort arbeitete. Während er das Boot aus dem Hafen steuerte, saß ich am Heck und bemerkte, dass der Fischer grüßte. Giovanni wandte das Gesicht ab.

»Grüß zurück!«, sagte er halblaut zu mir.

Ich hob die Hand, setzte ein Lächeln auf. Ich schätzte, dass der Mann aus der Entfernung unsere Gesichter schlecht erkennen konnte. Doch ich atmete erleichtert auf, als wir den Hafen verließen. Die Kalksteinklippen rund um die Bucht ragten in den Himmel, fern und doch so nahe, dass man glaubte, nur die Hand ausstrecken zu müssen, um ihre Flanken zu berühren. Der Sand zwischen den Steinen schimmerte perlgrau, und die Wellen des Meeres kräuselten sich in düsteren Schuppen. Hier war der Ort unserer Kindheit, das verlorene Paradies, die Sehnsucht. Mein Herz schnürte sich schmerzvoll zusammen. Ich setzte mich neben Giovanni, schob meinen Arm unter den seinen.

»Weißt du noch?«

Er drückte meinen Arm fester an sich.

»Es ist vorbei, Alessa.«

Ich konnte nur den Kopf bewegen. Meine Kehle schwoll an, als wäre sie mit Tränen gefüllt, doch ich ließ nicht zu, dass ich weinte. Giovanni merkte, dass ich zitterte.

»Kalt?«, fragte er zärtlich.

Ich nickte bejahend.

»Bald kommt die Sonne wieder durch«, sagte er, »dann wird es wärmer.«

Während er sprach, nahm er Kurs auf die Insel, und ich erinnerte mich an meinen letzten Ausflug mit Peter. Aber davon redete ich nicht, ich wollte Giovanni nicht noch zum Abschied mit solchen Gedanken belasten. Und so fuhren wir schweigend dahin. Das Boot hob und senkte sich in den Wellen. Ich sog tief die frische Meeresluft ein, mit ihrem eigenen, lebendigen Duft nach Fruchtschale und Algen. Dann und wann sahen wir andere Fischerboote, aber die Männer behielten ihre Netze im Blick, und kein Boot kam so nahe an uns heran, dass man uns erkennen konnte. Inzwischen hatte die Sonne die Wolken aufgelöst, das Azurblau des Himmels war von einer gespannten, gläsernen Härte. Bald fuhren wir dicht an der Bohranlage vorbei, das Boot tuckerte eine Weile in Schatten der stählernen Plattform. Hoch oben kamen und gingen Männer, die Maschinen waren schon tätig und funkelten im Licht. Endlich verließen wir die dichte, eisige Schattenzone, das Meer leuchtete dunkelblau. Die Sonne, die bereits kräftig schien, spendete wohltuende Wärme. Ich war so müde, dass mir die Augen zufielen und ich für kurze Zeit schlief, die Stirn an Giovannis Schulter gelehnt, bis diese Schulter sich plötzlich bewegte. Da erwachte ich und sah, wie er den Kastendeckel hob und den Motor untersuchte.

»Ist was?«, murmelte ich.

Er warf den Kastendeckel wieder zu.

»Wir haben ein Problem. Der Tank war nur halb voll. Das Benzin wird knapp.«

Schlagartig war ich wieder wach, richtete mich auf und schätzte die Entfernung ab. Ich wusste, dass das Meer hier ziemlich tief war.

»Glaubst du, dass wir schwimmen müssen?«

»Nein, bis zur Insel reicht es noch gerade. Aber nicht für die Rückfahrt. Du kannst nicht alleine auf dieser Insel bleiben.«

»Ach, Giovanni, denk doch nicht immer nur an mich!«

»An wen soll ich denn sonst denken?«

»Ich werde warten, bis ein Boot vorbeifährt, und Zeichen machen.«

»Nein.«

Er klaubte mein Handy aus der Hosentasche, warf einen Blick auf den Bildschirm und reichte es mir.

»Peter soll dich holen. Ruf ihn an!«

»Jetzt sofort?«, murmelte ich.

»Ja. Die Batterie ist fast am Ende.«

Ich zögerte.

»Was soll ich Peter sagen?«

»Er soll sich ein Boot besorgen und dich holen.«

»Was, wenn er Fragen stellt?«

»Später kannst du ihm alles sagen.«

»Und was erzählen wir dann der Polizei?«

Er zog gleichmütig die Schultern hoch.

»Die Wahrheit, natürlich.«

»Sie werden dich in jedem Hafen suchen.«

»Und auf jedem Boot. Das wird eine gewaltige Arbeit für sie sein.«

Er sah mich ruhig an, und ich senkte den Blick. Peters Mobilfunknummer war in meinem Handy gespeichert. Ich rief an; ein fernes, sehr fernes Läuten ertönte. Doch nur zweimal, da hörte ich schon Peters Stimme.

»Alessa! Endlich! Wo bist du?« Er sprach völlig überdreht, ich erkannte seine Stimme kaum wieder. Giovanni hatte schon recht, die Batterie war beinahe flach. Ich fasste mich kurz:

»Peter, Giovanni und ich sind auf See, Richtung Filfla. Aber ich kann nicht zurück. Kein Benzin mehr. Du musst mich holen.«

Stille. Ich vernahm ein seltsames Geräusch, als ob er laut atmete. »Alessa, was ist los?«

»Ich kann jetzt nicht reden. Später.«

»Und Giovanni?«

»Der wartet auf ein Schiff.«

»Was für ein Schiff?«

»Eine Segelyacht. In einer Stunde ist er weg.«

Diesmal dauerte die Stille etwas länger. Ich merkte, dass ich zitterte, und presste das Handy an meine Wange, damit ich es nicht fallen ließ. Dann sagte Peter:

»Gut. Viviane und ich fahren sofort los.«

»Ist sie nicht mehr im Krankenhaus?«, fragte ich mit Herzklopfen.

»Nein, im Hotel. Die Musiker sind schon weg, aber sie hat ihren Flug abgesagt. Sie macht sich entsetzliche Sorgen, ich habe sie noch nie in diesem Zustand gesehen. Alessa? Bist du noch da?«

»Die Batterie. Ich höre dich schlecht.«

»Alessa!«

Peters Stimme wurde plötzlich unterbrochen. Totale Stille. Ich zeigte Giovanni den schwarzen Bildschirm. Er nickte mir zu.

»Das war knapp.«

»Er kommt mit Viviane«, sagte ich.

Er nickte, hielt wortlos Kurs, und ich war mir der schwebenden Spannung bewusst, die von ihm ausging. Er hatte gelernt, seine Gedanken zu verbergen. Ich hatte das Gefühl, dass es nichts gab, was ihn irgendwie verwirren oder ängstigen konnte. Er war ein Mann, der sich an einem harten Land, an harten Menschen und ihrer Wildheit gemessen hatte. Aber was ihm auch begegnet sein mochte – er sprach nicht darüber. Zwischen uns aber war es wie immer – das absolute Vertrauen. Und das allein zählte.

Bald näherte sich die Insel. Ich beugte mich über den Bootsrand, machte Giovanni auf die Felsen aufmerksam, die gelegentlich knapp unter der Wasserfläche sichtbar waren. In der Nähe des kleinen Strandes sprang Giovanni aus dem Boot, zog es an Land, vertäute es an einem Felsen.

»Der Besitzer wird es schon finden«, meinte er.

Er reichte mir die Hand, und ich stieg mit weichen Beinen aus dem Boot. Giovanni zeigte auf eine Felsnase, auf halber Höhe.

»Ich muss bis da oben klettern. Da kann ich das Boot sehen und Zeichen geben. Ob du es bis dahin schaffst?«

Ich stemmte mich mühsam hoch, tat den ersten Schritt. Weitere Schritte folgten, es ging leichter, als ich gedacht hätte. Wir stiegen empor. Am Anfang war der Felsen mit Geröll bedeckt und recht steil, doch dann wurde es besser. Die Steine, von der Sonne gebleicht, vom Regen verwaschen, bildeten eine Art Treppe, an der wir uns hochziehen konnten. Die Sonne stieg und brannte, Trinkwasser hatten wir nicht mehr. Doch es machte mir nichts aus. Ich hatte auch nicht das geringste Bedürfnis zu essen, mein Magen war wie zugeschnürt. Es steckte eine geradezu fürchterliche Entschlosenheit in mir, mein seelisches Gleichgewicht zu bewahren, mich nicht von der Erschöpfung überwältigen zu lassen. Eine Zeit lang waren nur unsere keuchenden Atemzüge zu hören. Hochkletternd hielt Giovanni Umschau, doch außer einem Frachter am Horizont war kein Boot zu sehen. Endlich erreichten wir einen großen, flachen Felsblock. Hier hatte sich in kleinen Mulden

530

Regenwasser angesammelt, sodass spärliches Gras und ein paar kleine Sträucher Nahrung für ihre Wurzeln gefunden hatten. Giovanni überflog das Meer mit einem Blick.

»Höher brauchen wir nicht zu steigen.«

Ich kauerte unbeholfen nieder, den Rücken gegen einen Felsen gelehnt. Mein ganzer Körper war wie gerädert. Giovanni setzte sich neben mich.

»Leg deinen Kopf an meine Schulter.«

Ich legte mich in die Beuge seines Armes, spürte das Auf und Ab seiner Atemzüge. Ein Weile saßen wir still, nur gemeinsam atmend. Dann bewegte er sich, und auch ich hob den Kopf. Unsere Augen trafen sich. Giovannis Arme schlangen sich fest um mich, mein Gesicht presste sich an seinen Hals, seine Brust drängte an meine, keuchend und pochend mit seinem heftig schlagenden Herzen. Lange umarmten wir uns, stumm, verzweifelt, nach Atem ringend. Weiter geschah nichts. Die Kraft des Begehrens war ausgelöscht. Da gab es nichts mehr, außer den Schmerz, der alle Leidenschaft besiegte. Was übrig blieb, war die bange Gewissheit, dass auch dieser letzte Austausch vergänglich war, dass unsere Umarmung kaum noch zählte, dass jeder Augenblick, der kam, bereits im Verschwinden war, unwiderruflich fortgetragen mit jedem Atemzug, mit jeder Hebung und Senkung des Meeres. Einst, vor langer Zeit, hatten wir einen Bund fürs Leben geschlossen, dem Zwang eines Naturgesetzes gleich, doch es gab Dinge, die wir nicht teilen konnten, eine Zukunft, die jeder für sich erleben musste. Unsere Liebe, unwiederbringlich verloren, schenkte keine Erlösung, linderte keine Qual.

Wir schliefen. Einen Augenblick nur? Eine Ewigkeit? Es war ein tiefer Schlaf der Erschöpfung. Giovanni lag halb auf meinem Arm. Ich erwachte, weil mir der Arm wehtat. Da bewegte auch er sich, rollte sich leicht auf die Seite, setzte sich auf. Die Sonne stand hoch über uns. Giovanni warf einen Blick auf seine Uhr und sah über das Meer, das jetzt flüssiges Feuer war.

Ich blinzelte mit verklebten Augen in die Helle und hatte entsetzliche Kopfschmerzen.

»Siehst du was?«, fragte ich.

»Ein paar Boote«, murmelte er.

»Und deine Yacht?«

»Noch nicht. Aber die ist leicht zu erkennen.«

Ein Vogelschwarm kreiste über uns, setzte sich in die Büsche, wo irgendwelche kleinen Früchte wuchsen. Der Tag würde weichen und nichts als Tränen hinterlassen. Giovanni setzte sich wieder zu mir.

»Was hast du?«, fragte er zärtlich.

»Ach nichts, nur Kopfschmerzen.«

»Schlafe noch ein wenig. Ich werde aufpassen.«

»Nein, ich will nicht mehr schlafen.« Er umfasste mich mit beiden Armen. Mein Kopf schmerzte wie verrückt, aber mir war, als ob Giovannis Arme eine schützende Decke bildeten, sodass ich trotzdem wieder einduselte. Irgendwann schreckte ich hoch, spürte Giovanni nicht mehr, tastete angstvoll über die Steine.

»Wo bist du?«

»Hier.«

Sein Schatten fiel über mich.

»Warst du fort?«, stammelte ich

»Nein, ich bin hier.«

»Komm zurück. Mir ist kalt.«

»Es ist seltsam«, sagte er.

Seine Stimme klang anders als zuvor. Ich wurde schlagartig wach, richtete mich auf.

»Was ist seltsam?«

»Die Boote. Ich habe sie gezählt, da sind mindestens zehn. Und es sind keine Fischerboote.«

Ich taumelte auf die Beine, blickte mit müden Augen über das Meer. Der Wellengang war ziemlich stark. Schaumstreifen rollten dem Kieselstrand entgegen. Sie trugen das glitzernde

Funkeln der Mittagszeit, ein Sprühfeuer aus Sonne, Spiege-
lung und Wasser.

»Ich glaube, da kommt Peter«, hörte ich Giovanni plötzlich
sagen.

»Wo?«

Er zeigte mir ein Boot. Ich hielt die Hand über meine Augen, blickte angestrengt über dieses Meer aus flüssigem Feuer,
kniff die Lider zusammen, schärfte meine Sicht. Tatsächlich
waren zwei Gestalten in dem Boot, die ich erkannte. Giovanni
sah mich an und nickte ausdruckslos.

»Da haben sie schneller gemacht, als ich dachte.«

Ich zerrte mir das Sweatshirt vom Leib und schwenkte es
über meinem Kopf.

»Glaubst du, dass sie uns gesehen haben?«, fragte ich nach
einer Weile atemlos.

»Ja«, sagte Giovanni. »Peter hat den Arm gehoben.«

»Gehen wir ihnen entgegen?«, schlug ich vor, obwohl mir
jede Kraft fehlte.

»Ich muss hierbleiben«, sagte Giovanni, »sonst sehe ich
die Yacht nicht. Diese verdammte Sonne!«, setzte er grimmig
hinzu.

Ich spürte eine Beklemmung in mir.

»Hat dein Freund Verspätung?«

Er nickte.

»Ja, und das ist nicht seine Art.«

Ich schwieg mit wachsendem Unbehagen. Der Schmerz in
meinem Hinterkopf klopfte und pochte. Bittere Spucke sammelte sich in meinem Mund an. Ich fühlte mich, als ob ich
mich im nächsten Atemzug übergeben müsste, doch nichts
kam, außer einem heftigen Schluckauf, den ich mit der Hand
erstickte. Inzwischen hatten Viviane und Peter den kleinen
Strand erreicht und zogen ihr Boot an Land. Peter blickte empor. Ich winkte ihm zu. Er wechselte einige Worte mit Viviane.
Sie trug Jeans, ihren Perfecto und ein weißes T-Shirt darunter.

Dazu Sneakers, die sich gut zum Klettern eigneten. Wir sahen zu, wie beide sich an dem Steilhang, der prall in der Sonne lag, abmühten. Hoch oben, wo wir waren, zerrte heißer Wind an den einsamen Grasbüscheln. Während Peter und Viviane sich näherten, blickte ich dann und wann auf Giovanni. Er war merkwürdig still, wie erstarrt. Ich begriff, dass er unruhig war. Und wenn sein Freund ihn im Stich ließ? Meine Gedanken überschlugen sich. Um Himmels willen, was dann? Wie konnten wir ihm helfen, ohne uns selbst strafbar zu machen? Giovanni war ein Killer, er hatte vier Menschenleben auf dem Gewissen, und wer weiß noch wie viele, von denen ich nichts wusste. Dazu hatte er noch einen Jungen zum Krüppel gemacht. Es war entsetzlich, grauenhaft. Wir waren einem Schicksal ausgeliefert, das zu gewaltig für uns war. Ein heftiger Schauer schüttelte mich. Ich wandte meinen Blick Giovanni zu, doch er rührte sich nicht. Er blickte auf die schaukelnden Wellen, auf die Schiffe, die ihren Kreis immer enger um die Insel zogen. Giovannis Gesicht war steinern, die Augen schwarz wie Pechkohle. Und dann, ohne auch nur das geringste Zeichen von Unruhe, wandte er mir langsam den Kopf zu und sagte:

»Hast du gesehen? Das sind alles Polizeiboote.«

44. Kapitel

Der Wind hatte Giovannis Worte schon davongetragen, ich konnte mir einbilden, dass ich sie überhaupt nicht gehört hatte. In mir war nichts mehr, kein Gedanke, kein Gefühl. Nichts als ein seltsames Schwingen, das sich auf meinen ganzen Körper übertrug. Ein ganz sonderbares Gefühl, als ob innere Wellen in mir schaukelten. Für nichts anderes schien in mir Raum zu sein als für dieses langsame innere Schwanken. Das dauerte eine ganze Weile, bis unterhalb der Plattform endlich ein Stein rollte. Das Geräusch durchzuckte meine Nerven. Ich fuhr zusammen, sah Peter und Viviane die letzte kleine Steigung überwinden und uns entgegenlaufen. Vivianes Haar war vom Salzwind verkrustet, und Peter war so blass, dass er Schatten unter den Augen hatte. Seine Lippen schimmerten sogar in der Sonne fast bläulich, die Haut war herabgezogen und wie nach innen gesaugt. Zunächst standen wir einfach nur da und starrten uns an. Unten rauschte das Meer, schlug an die Klippen, über unseren Köpfen kreischte ein Möwenschwarm. Keiner sagte ein Wort, es war unerträglich. Schließlich hob ich die Hand, massierte meinen schmerzenden Hinterkopf. Diese Geste schien etwas in Bewegung zu bringen. Peter machte einen Schritt vorwärts, setzte zum Sprechen an. Doch Giovanni kam ihm zuvor. Sein nackter, tätowierter Arm wies auf die Polizeiboote. Seine Stimme, die er nicht im Geringsten erhoben hatte, hatte einen monotonen, leicht vibrierenden Klang.

»Die Polizei, Peter? Warst du es?«

Etwas von seiner verborgenen Erregung offenbarte sich mir; mein Herz schlug rasend. Ich sah zu Peter hinüber, sah, wie er langsam vor sich hin nickte, mit der Zunge über die Lippen fuhr. Viviane stand leicht hinter ihm, das Gesicht abgewandt, als ob sie halb träumte; ich kannte diesen Zustand in ihr, der hellste Aufmerksamkeit bekundete. Doch sie blieb stumm. Sie hatte das Unheil schon so lange vorausgesehen, dass sie nichts mehr zu sagen hatte.

»Ja«, sagte Peter endlich. »Das war ich.«

Mich durchfuhr es siedend heiß.

»Peter! Giovanni hat mich gerettet! Warum hast du das getan?«

Er stand da, mit bleichem, ausdruckslosem Gesicht, bewegte nur die Gelenke ein wenig.

»Ich wollte ein reines Gewissen haben.«

»Ich hoffe, du fühlst dich jetzt wohler.«

Meine Stimme hörte sich erschöpft und höhnisch an.

»Nein«, sagte Peter, »ich fühle mich scheußlich.«

Er schüttelte den Kopf, starrte unentwegt Giovanni an. Er sprach jetzt schnell, seine Stimme rasselte.

»Man hat die drei Leichen gefunden. Heute früh. Rein zufällig. Ein paar Touristen wollten klettern. Natürlich haben sie es sofort gemeldet. Die Polizei kam gleich. Es waren deine Brüder, Giovanni. Man hat sie identifiziert.«

Bisher hatten sich Giovannis Lippen nicht ein einziges Mal zu einer Antwort geteilt. Er stand da, kalt und wie in sich versunken. Doch ich bemerkte, wie seine herabhängenden Hände sich zu Fäusten ballten. Der harte, fast abwesende Blick, den ich bereits an ihm beobachtet hatte, trat in seine Augen. Er sagte:

»Die Scheißkerle haben Alessa entführt.«

Peter fuhr sich mit dem Handrücken über die Stirn.

»Das weiß man inzwischen. Aber warum dieses Massaker?«

»Sie haben mich verraten. Und Verrat, Peter, ist etwas Abscheuliches.«

»Und der Sprengstoff, wer hat ihn gezündet? Ein Mann ist dabei ums Leben gekommen.«

Giovannis Stimme klang unverändert gleichmütig.

»Und ein Junge wurde schwer verletzt. Ja, ich weiß. Und ich fühle mich auch schuldig. Es war nicht vorgesehen. Aber sie hatten mir eine Frist gesetzt. War sie abgelaufen, hätten sie Alessa erdrosselt.«

Peter warf mir einen raschen entsetzten Blick zu. Ich verzog keine Miene.

»Ich verstehe.«

Giovanni schüttelte leicht den Kopf.

»Ich fürchte, nicht ganz.«

Wieder Schweigen. Ungläubig schaute Peter in Giovannis starres Gesicht. Als er Luft holte, zuckte hinter seinen Brillengläsern ein scharfer Blitz auf.

»Du warst mein Freund, Giovanni.«

Giovanni nahm die Worte langsam auf. Der Blick aus seinen schwarzen Augen wanderte weit fort, wie seine schweifenden Gedanken.

»Ach, bin ich jetzt nicht mehr dein Freund?«

»Wie viele Morde hast du begangen, Giovanni?«

»Soll ich dir eine Liste machen?«, erwiderte Giovanni trocken. »Ich bräuchte etwas Zeit.«

Peters Stimme überschlug sich.

»Ich kann nicht mit einem Killer befreundet sein.«

Giovannis Antwort kam ganz melancholisch über seine Lippen.

»Und ich nicht mit einem Verräter.«

Wie ein Stein in stilles Wasser fällt und nach allen Seiten Wellenringe aussendet, so rührte sich Panik in mir, als ich zu begreifen begann, was Giovannis sanfte Worte bedeuteten. Doch ich brachte keinen Ton über die Lippen, schüttelte nur den Kopf in wortlosem Entsetzen. Giovannis Augen glitten zu mir hinüber, bevor sie sich wieder auf Peter richteten.

»Ich dachte, du kennst mich«, sagte er.

»Ich dachte auch, dass du mich kennst, Giovanni.«

»Oh ja, ich kenne dich!« Giovanni lachte kurz auf, es klang wie ein Schluchzen. »Du und deine verdammte Überheblichkeit. Hast du nie bemerkt, wie neidisch ich früher auf dich war? Ein ordentliches Zuhause, warmes Essen jeden Tag, gute Kleider, der Tennisclub. Ich wollte in deiner Haut stecken, Peter. War ich dein Freund, konnte ich ein wenig an deinem Leben teilhaben.«

Peter schluckte.

»Dann hast du mich nie lieb gehabt?«

»Doch. Sonst hätte ich dich hassen müssen.«

»Warum sagst du mir das erst jetzt?«

»Ich wollte es dir im Grunde nie sagen. Du hattest ja immer die besseren Karten im Einsatz. Und jetzt auch wieder mit Alessa.«

Peter bemühte sich krampfhaft um einen sachlichen Tonfall und kam trotzdem ins Stottern.

»Ich möchte ... ich möchte wissen, worauf du hinauswillst.«

Giovanni schnitt ihm das Wort ab.

»Sei nicht so nervös, Peter. Erinnerst du dich an unseren Schwur? Du hast den Schwur gebrochen, Peter. Du hast mich verraten.«

Peter verlor plötzlich die Beherrschung.

»Hol dich der Teufel, Giovanni. Wir waren Kinder. Jetzt sind wir erwachsen, das Spiel ist aus! Ja, ich bin schuld, ich habe dich verraten. Und nichts, was früher war, kann wiederhergestellt werden.«

Giovanni sagte langsam:

»Wenn du das glaubst, dann hast du nichts begriffen. Und jetzt wäre es ohnehin für dich zu spät, dir noch irgendwelche Gedanken zu machen. Das könntest du nicht mehr, mit einem Loch im Gehirn. Aber so gerne ich es möchte, ich kann nicht dein Feind sein. In dir muss ein beträchtlicher Kampf getobt

haben. Aber das bist du ja gewohnt. Und zum Schluss weißt
du immer, worauf es dir ankommt.«

Seine Hand fiel auf den Gürtel, blitzschnell war seine Pistole draußen. Die Mündung hob sich, der Schuss krachte,
kreisender Donnerschlag, vermischt mit dem Echo und dem
tausendfachen Kreischen der Vögel. Wilde Schwärme hoben
sich aus jedem Felsen, flatterten empor, in Kreisen von Federn, Schreie und Licht. Peter aber kauerte am Boden, stöhnend, das Gesicht schmerzverzerrt, und hielt sich das Bein.
An der Seite des rechten Schenkels war ein dunkelroter Fleck,
der feucht war und glänzte, bevor der blaue Jeansstoff das Blut
aufsaugte. Den Revolver in der Hand, trat Giovanni langsam
an ihn heran.

»Die letzte Kugel«, sagte er. »Ich habe gelernt, gut zu zielen. Du wirst das aushalten, und du wirst auch kein Krüppel
sein. Du kannst jetzt die Wunde verbinden, du bist ja Arzt,
und in ein paar Tagen ist sie verheilt.« Er nickte finster. »Ein
Denkzettel nur, damit du dich erinnerst, dass du nach wie
vor mein Freund bist. Mein Feind wäre nicht mehr am Leben.«

Er wandte sich ab und schleuderte den leeren Revolver in
hohem Bogen über den Hang. Die Waffe zog einen blitzenden Bogen, bevor sie scheppernd auf die Steine fiel. Giovanni
baute sich vor Peter auf, während er auf ihn hinabblickte, ausdruckslos weitersprach.

»Alessa hat mir gesagt, was du für mich getan hast. Damals,
entsinnst du dich, als ich Malta verlassen habe? Das kann ich
nicht vergessen.«

Er wies mit der Hand auf das Meer, mit den langsam sich
nähernden Schiffen.

»Und das da kann ich dir nicht übel nehmen, Peter. Weil,
das, was du getan hast, das Richtige war.«

Er beugte sich und sprach die Worte in Peters Ohr, der mit
weit aufgerissenen Augen dastand.

»Hör zu, ich hoffe nicht auf dein Verständnis. Es sieht schon besser aus, wenn du nur an früher denkst. Ich halte es für wahrscheinlich, dass du es kannst. Treue um Treue, Peter, denke immer daran. Und noch etwas: Zwischen den Kindern, die wir waren, und den Menschen, die wir jetzt sind, besteht kein Unterschied. Wir gehören weder zu den Guten noch zu den Bösen. Wir sind nur erwachsen geworden. Aber nach wie vor sind wir die ›Kinder der schlafenden Göttin‹.« Peter war aschfahl, sagte nichts, klapperte nur leicht mit den Zähnen.

Ein Geräusch wurde laut; es kam aus nächster Nähe. Ich wandte den Kopf, es war Viviane, aus deren Lippen ein seltsamer Laut kam. Es klang wie ein Schluchzen, oder wie ein ersticktes Gelächter, oder wie beides gleichzeitig. Auch Giovanni war dieser Laut nicht entgangen. Schroff drehte er sich von Peter weg, sah zu Viviane hinüber, die ihrerseits ihr blasses Gesicht zu ihm drehte. Ihre Augen waren groß und leer, mit diesem vergoldeten Schimmer. Da lächelte Giovanni flüchtig, ging auf sie zu, schloss sie in die Arme. Sie entspannte sich, stieß einen Seufzer aus, als ob sie schlürfend Atem holte. Dann hob sie das Gesicht und blickte zu ihm empor. Leise brach er das Schweigen:

»Was sagt Persea, Viviane?«

Sie antwortete halb abwesend, als ob sie nicht ganz erwacht war.

»Persea sagt, dass sie dich liebt.«

»Ich habe Schlimmes getan. Die Steine trugen ihr Zeichen.«

»Du hast es für eine Frau getan. Sie wird dir verzeihen.«

Sie legte beide Hände an Giovannis Gesicht, als ob sie ihn segnete, ließ ihre Fingerspitzen mit den roten Nägeln über die Konturen seiner Stirn, seiner Wangen, seines Mundes gleiten. Er brachte sein Gesicht ganz nahe an ihres, ihre Lippen berührten sich in einem flüchtigen Kuss. Dann trat sie zurück. Giovanni wandte sich von ihr ab, richtete seine Augen auf Peter, der sein Hosenbein hochgekrempelt hatte und die Wunde

540

mit einem Taschentuch verband. Ich kniete neben ihm, half ihm, den Verband enger zu ziehen. Die Kugel hatte das Bein nur gestreift, die Wunde blutete, war jedoch vollkommen ungefährlich. Giovanni hatte gewusst, was er tat. Doch zu Peter sagte er kein Wort mehr, sein Blick glitt einfach über ihm hinweg. Er nickte mir zu, hielt mir seine Hand hin.

»Komm mit mir, Alessa.«

Ich ergriff die Hand, die er mir reichte, zog mich an ihr hoch, denn ich hatte kaum noch Kraft, mich ohne Hilfe auf die Beine zu kommen. Ich wusste nicht, wohin er mich führte, ich dachte an nichts, auch nicht, als er bis an den Rand der Klippen mit mir trat. Gerade an dieser Stelle waren die Felsen sehr hoch. Ich fragte Giovanni nicht nach seinen Absichten, ich folgte ihm nur, wie ich ihm immer gefolgt war. Giovanni sah mich an und lächelte. Es war bestürzend, die Seligkeit und das Frohlocken in seinem Lächeln zu sehen. Dann ließ er meine Hand los, seine Finger legten sich kurz auf meine Lippen.

»Wirf Peter nichts vor. Ich sage es noch einmal: Es war richtig. Du weißt das, und ich weiß es. Sei gut zu Peter. Er wird dich glücklich machen. Das musste ich dir sagen, Alessa, weil du auf Erden meine einzige Liebe bist. Und so denn …«

Und bevor ich ein Wort über die Lippen brachte, eine Geste machen konnte, die ihn zurückhielt, sprang er über den Rand, schoss in die Tiefe, wie ein schlanker Pfeil, der sich in einen grünblau blinkenden Schild bohrt. Und in dem Moment, als sein Körper die Oberfläche traf, hoben sich die kreisenden Wellen. Das schaumgeborene Auge schwebte empor, öffnete sich, zog ihn dorthin, wo das Blau in Smaragd umschlug, das Smaragd in Dunkelblau, das Dunkelblau in Schwarz. Und dann schloss sich die See über einer anderen Dimension, überzog die Schichten der vielen Zeitalter, bis zu dem Geheimnis, das schon bestand, bevor die ersten Menschen ihren Fuß auf Erden setzten.

Und nach einer Weile, als ich mich taumelnd vor Qual nach Peter umwandte, sah ich, wie die Tränen über sein Gesicht liefen, hörte ihn schluchzen wie ein Kind.

»Ich musste es tun, Alessa! Es ging nicht anders, verstehst du?«

Ich sah ihn an, hörte, was er sagte, doch die Worte trafen nicht mein Bewusstsein. Eine Art Wasserhaut hatte sich auf mein Empfinden gelegt, wie ein Vorhang, hinter dem die Gedanken und Gefühle sich bewegten und wieder zur Ruhe kamen. Und dann blickte ich auf Viviane, die auf den Steinen lag. Ich dachte zunächst, sie sei vielleicht gestürzt. Ich wankte auf sie zu und rief Peter. Er kroch auf allen vieren zu ihr hin. Doch als wir uns über sie beugten, erkannten wir, dass sie schlief. Da erst fiel mir ihre besondere Stellung auf: der geneigte Kopf, der Arm, der ihn stützte, die linke Hand friedlich auf die Brust gelegt. Ihr Atem ging tief und schwer. Und mit einem Mal entsann ich mich – sie lag in der gleichen Stellung wie einst die kleine Tonfigur, die wir im Totenreich gefunden hatten. Ihre kleinen Füße lagen dicht nebeneinander, und der Stein unter ihr schien so weich wie ein Ruhebett. Und im Rhythmus ihrer wandernden Gedanken bewegten sich hinter den geschlossenen Lidern ihre Augen, während ihre Lippen Worte in einer unbekannten Sprache formten. Worte, die ein Gebet sein mochten und die einzig Viviane verstand.